原民喜戦後全小説

hara tamiki
原民喜

講談社文芸文庫

目次

夏の花 ………… 一二
夏の花 ………… 三二
廃墟から ………… 五四
壊滅の序曲

美しき死の岸に ………… 一〇〇
忘れがたみ
小さな庭 ………… 一二五
吾亦紅 ………… 一三二
冬日記 ………… 一三六

原民喜戦後全小説

夏の花

夏の花

私は街に出て花を買うと、妻の墓を訪れようと思った。ポケットには仏壇からとり出した線香が一束あった。八月十五日は妻にとって初盆にあたるのだが、それまでこのふるさとの街が無事かどうかは疑わしかった。恰度《ちょうど》、休電日ではあったが、朝から花をもって街を歩いている男は、私のほかに見あたらなかった。その花は何という名称なのか知らないが、黄色の小弁の可憐な野趣を帯び、いかにも夏の花らしかった。

炎天に曝《さら》されている墓石に水を打ち、その花を二つに分けて左右の花たてに差すと、墓のおもてが何となく清々しくなったようで、私はしばらく花と石に視入った。この墓の下には妻ばかりか、父母の骨も納まっているのだった。持って来た線香にマッチをつけ、黙礼を済ますと私はかたわらの井戸で水を呑んだ。それから、饒津《にぎつ》公園の方を廻って家に戻ったのであるが、その日も、その翌日も、私のポケットは線香の匂がしみこんでいた。原子爆弾に襲われたのは、その翌々日のことであった。

私は厠《かわや》にいたため一命を拾った。八月六日の朝、私は八時頃床を離れた。前の晩二回も空襲警報が出、何事もなかったので、夜明前には服を全部脱いで、久振りに寝巻に着替えて睡った。それで、起き出した時もパンツ一つであった。妹はこの姿をみると、朝寝したことをぷつぷつ難じていたが、私は黙って便所へ這入った。

それから何秒後のことかはっきりしないが、突然、私の頭上に一撃が加えられ、眼の前に暗闇がすべり墜ちた。私は思わずうわあと喚き、頭に手をやって立上った。嵐のようなものの墜落する音のほかは真暗でなにもわからない。手探りで扉を開けると、縁側があった。その時まで、私はうわあという自分の声を、ざあーというもの音の中にはっきり耳にきき、眼が見えないので悶えていた。しかし、縁側に出ると、間もなく薄らあかりの中に破壊された家屋が浮び出し、気持もはっきりして来た。

それはひどく厭な夢のなかの出来事に似ていた。最初、私の頭に一撃が加えられ眼が見えなくなった時、私は自分が斃《たお》れてはいないことを知った。それから、ひどく面倒なことになったと思い腹立たしかった。そして、うわあと叫んでいる自分の声が何だか別人の声のように耳にきこえた。しかし、あたりの様子が朧ながら目に見えだして来ると、今度は惨劇の舞台の中に立っているような気持であった。たしか、こういう光景は映画などで見たことがある。濛々と煙る砂塵のむこうに青い空間が見え、つづいてその空間の数が増えた。壁の脱落した処や、思いがけない方向から明りが射して来る、畳の飛散った坐板の上をそろそろ歩いて行くと、向から凄さまじい勢で妹が駈けつけて来た。

「やられなかった、やられなかったの、大丈夫」と妹は叫び、「眼から血が出ている、早く洗いなさい」と台所の流しに水道が出ていることを教えてくれた。

私は自分が全裸体でいることを気付いたので、「とにかく着るものはないか」と妹を顧ると、妹は壊れ残った押入からうまくパンツを取出してくれた。そこへ誰か奇妙な身振りで闖《ちん》入《にゅう》して来たものがあった。顔を血だらけにし、シャツ一枚の男は工場の人であったが、私の姿を見ると、

「あなたは無事でよかったですな」と云い捨て、「電話、電話、電話をかけなきゃ」と呟きながら忙しそうに何処かへ立去った。

到るところに隙間が出来、建具も畳も散乱した家は、柱と閾ばかりがはっきりと現れ、しばし奇異な沈黙をつづけていた。これがこの家の最後の姿らしかった。後で知ったところに依ると、この地域では大概の家がぺしゃんこに倒壊したらしいのに、この家は二階も墜ちず床もしっかりしていた。余程しっかりした普請だったのだろう、四十年前、神経質な父が建てさせたものであった。

私は錯乱した畳や襖の上を踏越えて、身につけるものを探した。上着はすぐに見附かったがずぼんを求めてあちこちしていると、滅茶苦茶に散らかった品物の位置と姿が、ふと忙しい眼に留まるのであった。昨夜まで読みかかりの本が頁をまくれて落ちている。長押《なげし》から墜落した額が殺気を帯びて小床を塞いでいる。ふと、何処からともなく、水筒が見つかり、つづいて帽子が出て来た。ずぼんは見あたらないので、今度は足に穿くものを探していた。

その時、座敷の縁側に事務室のKが現れた。Kは私の姿を認めると、

「ああ、やられた、助けてえ」と悲痛な声で呼びかけ、そこへ、ぺったり坐り込んでしまった。額に少し血が噴出ており、眼は涙ぐんでいた。

「何処をやられたのです」と訊《たず》ねると、「膝じゃ」とそこを押えながら皺の多い蒼顔を歪める。

私は側にあった布切れを彼に与えておき、靴下を二枚重ねて足に穿いた。

「あ、煙が出だした、逃げよう、連れて逃げてくれ」とKは頻りに私を急《せ》かし出だす。この私よりかなり年上の、しかし平素ははるかに元気なKも、どういうものか少し顛動気味であった。

　縁側から見渡せば、一めんに崩れ落ちた家屋の塊《かたま》りがあり、やや彼方の鉄筋コンクリートの建物が残っているほか、目標になるものも無い。庭の土塀のくつがえった脇に、大きな楓の幹が中途からポックリ折られて、梢を手洗鉢の上に投出している。ふと、Kは防空壕のところへ屈み、

「ここで、頑張ろうか、水槽もあるし」と変なことを云う。

「いや、川へ行きましょう」と私が云うと、Kは不審そうに、

「川？　川はどちらへ行ったら出られるのだったかしら」と嘯《うそぶ》く。

　とにかく、逃げるにしてもまだ準備が整わなかった。私は押入から寝巻をとり出し彼に手渡し、更に縁側の暗幕を引裂いた。座蒲団も拾った。縁側の畳をはねくり返してみると、持逃げ用の雑嚢が出て来た。私は吻《ほっ》としてそのカバンを肩にかけた。隣の製薬会社の倉庫から赤い小さな焔《ほのお》の姿が見えだした。いよいよ逃げだす時機であった。私は最後に、ポックリ折れ曲った

楓の側を踏越えて出て行った。

その大きな楓は昔から庭の隅にあって、私の少年時代、夢想の対象となっていた樹木である。それが、この春久振りに郷里の家に帰って暮すようになってからは、どうも、もう昔のような潤いのある姿が、この樹木からさえ汲みとれないのを、つくづく私は奇異に思っていた。不思議なのは、この郷里全体が、やわらかい自然の調子を喪《うしな》って、何か残酷な無機物の集合のように感じられることであった。私は庭に面した座敷に這入って行くたびに、「アッシャ家の崩壊」という言葉がひとりでに浮んでいた。

Kと私とは崩壊した家屋の上を乗越え、障害物を除けながら、はじめはそろそろと進んで行く。そのうちに、足許《あしもと》が平坦な地面に達し、道路に出ていることがわかる。すると今度は急ぎ足でとっとと道の中ほどを歩く。ぺしゃんこになった建物の蔭からふと、「おじさん」と喚く声がする。振返ると、顔を血だらけにした女が泣きながらこちらへ歩いて来る。「助けてえ」と彼女は脅えきった相で一生懸命ついて来る。暫《しばら》く行くと、路上に立はだかって、「家が焼ける、家が焼ける」と子供のように泣喚いている老女と出逢った。煙は崩れた家屋のあちこちから立昇っていたが、急に焰の息が烈しく吹きまくっているところへ来る。走って、そこを過ぎると、道はまた平坦となり、そして栄橋の袂に私達は来ていた。ここには避難者がぞくぞく蝟集していた。「元気な人はバケツで火を消せ」と誰かが橋の上に頑張っている。私は泉邸の藪の方へ道をとり、そして、ここでKとははぐれてしまった。

その竹藪は薙《な》ぎ倒され、逃げて行く人の勢で、径が自然と拓かれていた。見上げる樹木もおおかた中空で削ぎとられており、川に添った、この由緒ある名園も、今は傷だらけの姿であった。ふと、灌木の側にだらりと豊かな肢体を投出して蹲《うずくま》っている中年の婦人の顔があった。魂の抜けはてたその顔は、見ているうちに何か感染しそうになるのであった。こんな顔に出喰わしたのは、これがはじめてであった。が、それよりもっと奇怪な顔に、その後私はかぎりなく出喰わさねばならなかった。

川岸に出る藪のところで、私は学徒の一塊りと出逢った。工場から逃げ出した彼女達は一ように軽い負傷をしていたが、いま眼の前に出現した出来事の新鮮さに戦《おのの》きながら、却って元気そうに喋り合っていた。そこへ長兄の姿が現れた。シャツ一枚で、片手にビール瓶を持ち、まず異状なさそうであった。向岸も見渡すかぎり建物は崩れ、電柱の残っているほか、もう火の手が廻っていた。私は狭い川岸の径へ腰を下ろすと、しかし、もう大丈夫だという気持がした。長い間脅かされていたものが、遂に来たるべきものが、来たのだった。さばさばした気持で、私は自分が生きながらえていることを顧みた。かねて、二つに一つは助からないかもしれないと思っていたのだが、今、ふと己れが生きていることと、その意味が、はっと私を弾いた。

このことを書きのこさねばならない、と、私は心に呟いた。けれども、その時はまだ、私はこの空襲の真相を殆ど知ってはいなかったのである。

対岸の火事が勢を増して来た。こちら側まで火照りが反射して来るので、満潮の川水に座蒲団を浸しては頭にかむる。そのうち、誰かが「空襲」と叫ぶ。「白いものを着たものは木蔭へ隠れよ」という声に、皆はぞろぞろ藪の奥へ匐《は》って行く。陽は燦々と降り灑《そそ》ぎ藪の向も、どうやら火が燃えている様子だ。暫く息を殺していたが、何事もなさそうなので、また川の方へ出て来ると、向岸の火事は更に衰えていない。熱風が頭上を走り、黒煙が川の中ほどまで煽られて来る。その時、急に頭上の空が暗黒と化したかと思うと、沛然として大粒の雨が落ちて来た。雨はあたりの火照りを稍々鎮《ややしず》めてくれたが、暫くすると、またからりと晴れた天気にもどった。対岸の火事はまだつづいていた。今、こちらの岸には長兄と妹とそれから近所の見知った顔が二つ三つ見受けられたが、みんなは寄り集って、てんでに今朝の出来事を語り合うのであった。

あの時、兄は事務室のテーブルにいたが、庭さきに閃光が走ると間もなく、一間あまり跳ね飛ばされ、家屋の下敷になって暫く藻掻《もが》いた。やがて隙間があるのに気づき、そこから這い出すと、工場の方では、学徒が救いを求めて喚叫している――兄はそれを救い出すのに大奮闘した。妹は玄関のところで光線を見、大急ぎで階段の下に身を潜めたため、あまり負傷を受けなかった。みんな、はじめ自分の家だけ爆撃されたものと思い込んで、外に出てみると、何処も一様にやられているのに唖然とした。それに、地上の家屋は崩壊していながら、爆弾らしい穴があいていないのも不思議であった。あれは、警戒警報が解除になって間もなくのことであった。ピカッと光ったものがあり、マグネシュームを燃すようなシューッという軽い音とともに一瞬さっと足もとが回転し、……それはまるで魔術のようであった、と妹は戦きながら語るのであった。

　向岸の火が鎮《しず》まりかけると、こちらの庭園の木立が燃えだしたという声がする。かすかな煙が後の藪の高い空に見えそめていた。川の水は満潮の儘《まま》まだ退こうとしない。私は石崖を伝って、水際のところへ降りて行ってみた。すると、すぐ足許のところを、白木の大きな函《はこ》が流れており、函から喰み出た玉葱があたりに漾《ただよ》っていた。私は函を引寄せ、中から玉葱を摑み出しては、岸の方へ手渡した。これは上流の鉄橋で貨車が顚覆し、そこからこの函は放り出されて漾って来たものであった。私が玉葱を拾っていると、「助けてえ」という声がきこえた。木片に取縋《とりすが》りながら少女が一人、川の中ほどを浮き沈みして流されて来る。私は大きな材木を選ぶとそれを押すようにして泳いで行った。久しく泳いだこともない私ではあったが、思ったより簡単に相手を救い出すことが出来た。

　暫く鎮まっていた向岸の火が、何時の間にかまた狂い出した。今度は赤い火の中にどす黒い煙が見え、その黒い塊りが猛然と拡がって行き、見る見るうちに焔の熱度が増すようであった。が、その無気味な火もやがて燃え尽すだけ燃えると、空虚な残骸の姿となっていた。その時である、私は川下の方の空に、恰度川の中ほどにあたって、物凄い透明な空気の層が揺れながら移動して来るのに気づいた。竜巻だ、と思ううちにも、烈しい風は既に頭上をよぎろうとしていた。まわりの草木がことごとく慄え、と見ると、その儘引抜かれて空に攫《さら》われて行く数多の樹木があった。空を舞い狂う樹木は矢のような勢で、混濁の中に墜ちて行く。私はこの時、あたりの空気がどんな色彩であったか、はっきり覚えてはいない。が、恐らく、ひどく陰惨な、地獄絵巻の緑の微光につつまれていたのではないかとおもえるのである。

　この竜巻が過ぎると、もう夕方に近い空の気配が感じられていたが、今迄姿を見せなかった二番目の兄が、ふとこちらにやって来たのであった。顔にさっと薄墨色の跡があり、背のシャツも引裂かれている。その海水浴で日焦した位の皮膚の跡が、後には化膿を伴う火傷となり、数ヵ月も治療を要したのだが、この時はまだこの兄もなかなか元気であった。彼は自宅へ用事で帰ったとたん、上空に小さな飛行機を認め、つづいて三つの妖しい光を見た。それから地上に一間あまり跳ね飛ばされた彼は、家の下敷になって藻掻《もが》いている家内と女中を救い出し、子供二人は女中に托して先に逃げのびさせ、隣家の老人を助けるのに手間どっていたという。

　嫂がしきりに別れた子供のことを案じていると、向岸の河原から女中の呼ぶ声がした。手が痛くて、もう子供を抱えきれないから早く来てくれというのであった。

　泉邸の杜も少しずつ燃えていた。夜になってこの辺まで燃え移って来るといけないし、明るいうちに向岸の方へ渡りたかった。が、そこいらには渡舟も見あたらなかった。長兄たちは橋を廻って向岸へ行くことにし、私と二番目の兄とはまだ渡舟を求めて上流の方へ溯って行った。水に添う狭い石の通路を進んで行くに随って、私はここではじめて、言語に絶する人々の群を見たのである。既に傾いた陽ざしは、あたりの光景を青ざめさせていたが、岸の上にも岸の下にも、そのような人々がいて、水に影を落していた。どのような人々であるか……。男であるのか、女であるのか、殆ど区別もつかない程、顔がくちゃくちゃに腫れ上って、随って眼は糸のように細まり、唇は思いきり爛《ただ》れ、それに、痛々しい肢体を露出させ、虫の息で彼等は横わっているのであった。私達がその前を通って行くに随ってその奇怪な人々は細い優しい声で呼びかけた。「水を少し飲ませて下さい」とか、「助けて下さい」とか、殆どみんながみんな訴えごとを持っているのだった。

「おじさん」と鋭い哀切な声で私は呼びとめられていた。見ればすぐそこの川の中には、裸体の少年がすっぽり頭まで水に漬って死んでいたが、その屍体と半間も隔たらない石段のところに、二人の女が蹲っていた。その顔は約一倍半も膨脹し、醜く歪み、焦げた乱髪が女であるしるしを残している。これは一目見て、憐愍《れんびん》よりもまず、身の毛のよだつ姿であった。が、その女達は、私の立留まったのを見ると、

「あの樹のところにある蒲団は私のですからここへ持って来て下さいませんか」と哀願するのであった。

見ると、樹のところには、なるほど蒲団らしいものはあった。だが、その上にはやはり瀕死の重傷者が臥していて、既にどうにもならないのであった。

私達は小さな筏《いかだ》を見つけたので、綱を解いて、向岸の方へ漕いで行った。筏が向の砂原に着いた時、あたりはもう薄暗かったが、ここにも沢山の負傷者が控えているらしかった。水際に蹲っていた一人の兵士が、「お湯をのましてくれ」と頼むので、私は彼を自分の肩に依り掛からしてやりながら、歩いて行った。苦しげに、彼はよろよろと砂の上を進んでいたが、ふと、「死んだ方がましさ」と吐き棄てるように呟いた。私も暗然として肯き、言葉は出なかった。

愚劣なものに対する、やりきれない憤りが、この時我々を無言で結びつけているようであった。私は彼を中途に待たしておき、土手の上にある給湯所を石崖の下から見上げた。すると、今湯気の立昇っている台の処で、茶碗を抱えて、黒焦の大頭がゆっくりと、お湯を呑んでいるのであった。その尨大な、奇妙な顔は全体が黒豆の粒々で出来上っているようであった。それに頭髪は耳のあたりで一直線に刈上げられていた。（その後、一直線に頭髪の刈上げられている火傷者を見るにつけ、これは帽子を境に髪が焼きとられているのだということを気付くようになった。）暫くして、茶碗を貰うと、私はさっきの兵隊のところへ持運んで行った。ふと見ると、川の中に、これは一人の重傷兵が膝を屈めて、そこで思いきり川の水を呑み耽っているのであった。

夕闇の中に泉邸の空やすぐ近くの焔があざやかに浮出て来ると、砂原では木片を燃やして夕《ゆう》餉《げ》の焚き出しをするものもあった。さっきから私のすぐ側に顔をふわふわに膨らした女が横わっていたが、水をくれという声で、私ははじめて、それが次兄の家の女中であることに気づいた。彼女は赤ん坊を抱えて台所から出かかった時、光線に遭い、顔と胸と手を焼かれた。それから、赤ん坊と長女を連れて兄達より一足さきに逃げたが、橋のところで長女とはぐれ、赤ん坊だけを抱えてこの河原に来ていたのである。最初顔に受けた光線を遮ろうとして覆うた手が、その手が、今も捥《も》ぎとられるほど痛いと訴えている。

潮が満ちて来だしたので、私達はこの河原を立退いて、土手の方へ移って行った。日はとっぷり暮れたが、「水をくれ、水をくれ」と狂いまわる声があちこちできこえ、河原にとり残されている人々の騒ぎはだんだん烈しくなって来るようであった。この土手の上は風があって、睡るには少し冷え冷えしていた。すぐ向は饒津公園であるが、そこも今は闇に鎖され、樹の折れた姿がかすかに見えるだけであった。兄達は土の窪みに横わり、私も別に窪地をみつけて、そこへ這入って行った。すぐ側には傷ついた女学生が三四人横臥していた。

「向の木立が燃えだしたが逃げた方がいいのではないかしら」と誰かが心配する。窪地を出て向を見ると、二三丁さきの樹に焔がキラキラしていたが、こちらへ燃え移って来そうな気配もなかった。

「火は燃えて来そうですか」と傷ついた少女は脅えながら私に訊《き》く。

「大丈夫だ」と教えてやると、「今、何時頃でしょう、まだ十二時にはなりませんか」とまた訊く。

その時、警戒警報が出た。どこかにまだ壊れなかったサイレンがあるとみえて、かすかにその響がする。街の方はまだ熾《さか》んに燃えているらしく、茫とした明りが川下の方に見える。

「ああ、早く朝にならないのかなあ」と女学生は嘆く。

「お母さん、お父さん」とかすかに静かな声で合掌している。

「火はこちらへ燃えて来そうですか」と傷ついた少女がまた私に訊《たず》ねる。

河原の方では、誰か余程元気な若者らしいものの、断末魔のうめき声がする。その声は八方に木霊し、走り廻っている。「水を、水を、水を下さい、……ああ、……お母さん、……姉さん、……光ちゃん」と声は全身全霊を引裂くように迸《ほとばし》り、「ウウ、ウウ」と苦痛に追いまくられる喘ぎが弱々しくそれに絡んでいる。——幼い日、私はこの堤を通って、その河原に魚を獲りに来たことがある。その暑い日の一日の記憶は不思議にはっきりと残っている。砂原にはライオン歯磨の大きな立看板があり、鉄橋の方を時々、汽車が轟と通って行った。夢のように平和な景色があったものだ。

夜が明けると昨夜の声は熄《や》んでいた。あの腸を絞る断末魔の声はまだ耳底に残っているようでもあったが、あたりは白々と朝の風が流れていた。長兄と妹とは家の焼跡の方へ廻り、東練兵場に施療所があるというので、次兄達はそちらへ出掛けた。私もそろそろ東練兵場の方へ行こうとすると、側にいた兵隊が同行を頼んだ。その大きな兵隊は、余程ひどく傷ついているのだろう、私の肩に依掛りながら、まるで壊れものを運んでいるように、おずおずと自分の足を進めて行く。それに足許は、破片といわず、屍といわず、まだ余熱を燻《くすぶ》らしていて、恐ろしく嶮悪であった。常盤橋まで来ると、兵隊は疲れはて、もう一歩も歩けないから置去りにしてくれという。そこで私は彼と別れ、一人で饒津公園の方へ進んだ。ところどころ崩れたままで焼け残っている家屋もあったが、到る処、光の爪跡が印されているようであった。とある空地に人が集まっていた。水道がちょろちょろ出ているのであった。ふとその時、姪が東照宮の避難所で保護されているということを、私は小耳に挿んだ。

急いで、東照宮の境内へ行ってみた。すると、いま、小さな姪は母親と対面しているところであった。昨日、橋のところで女中とはぐれ、それから後は他所の人に従いて逃げて行ったのであるが、彼女は母親の姿を見ると、急に堪えられなくなったように泣きだした。その首が火傷で黒く痛そうであった。

施療所は東照宮の鳥居の下の方に設けられていた。はじめ巡査が一通り原籍年齢などを取調べ、それを記入した紙片を貰うてからも、負傷者達は長い行列を組んだまま炎天の下にまだ一時間位は待たされているのであった。だが、この行列に加われる負傷者ならまだ結構な方かもしれないのだった。今も、「兵隊さん、兵隊さん、助けてよう、兵隊さん」と火のついたように泣喚く声がする。路傍に斃れて反転する火傷の娘であった。かと思うと、警防団の服装をした男が、火傷で膨脹した頭を石の上に横たえたまま、まっ黒の口をあけて、「誰か私を助けて下さい、ああ、看護婦さん、先生」と弱い声できれぎれに訴えているのである。が、誰も顧みてはくれないのであった。巡査も医者も看護婦も、みな他の都市から応援に来たものばかりで、その数も限られていた。

私は次兄の家の女中に附添って行列に加わっていたが、この女中も、今はだんだんひどく膨れ上って、どうかすると地面に蹲りたがった。漸《ようや》く順番が来て加療が済むと、私達はこれから憩う場所を作らねばならなかった。境内到る処に重傷者はごろごろしているが、テントも木蔭も見あたらない。そこで、石崖に薄い材木を並べ、それで屋根のかわりとし、その下へ私達は這入り込んだ。この狭苦しい場所で、二十四時間あまり、私達六名は暮したのであった。

すぐ隣にも同じような恰好の場所が設けてあったが、その莚の上にひょこひょこ動いている男が、私の方へ声をかけた。シャツも上衣もなかったし、長ずぼんが片脚分だけ腰のあたりに残されていて、両手、両足、顔をやられていた。この男は、中国ビルの七階で爆弾に遇ったのだそうだが、そんな姿になりはてても、頗《すこぶ》る気丈夫なのだろう、口で人に頼み、口で人を使い到頭ここまで落ちのびて来たのである。そこへ今、満身血まみれの、幹部候補生のバンドをした青年が迷い込んで来た。すると、隣の男は屹となって、

「おい、おい、どいてくれ、俺の体はめちゃくちゃになっているのだから、触りでもしたら承知しないぞ、いくらでも場所はあるのに、わざわざこんな狭いところへやって来なくてもいいじゃないか、え、とっとと去ってくれ」と唸るように押っかぶせて云った。血まみれの青年はきょとんとして腰をあげた。

私達の寝転んでいる場所から二米あまりの地点に、葉のあまりない桜の木があったが、その下に女学生が二人ごろりと横わっていた。どちらも、顔を黒焦げにしていて、痩せた背を炎天に晒し、水を求めては呻いている。この近辺へ芋掘作業に来て遭難した女子商業の学徒であった。そこへまた、燻製の顔をした、モンペ姿の婦人がやって来ると、ハンドバックを下に置きぐったりと膝を伸した。……日は既に暮れかかっていた。ここでまた夜を迎えるのかと思うと私は妙に佗《わび》しかった。

夜明前から念仏の声がしきりにしていた。ここでは誰かが、絶えず死んで行くらしかった。朝の日が高くなった頃、女子商業の生徒も、二人とも息をひきとった。溝にうつ伏せになっている死骸を調べ了えた巡査が、モンペ姿の婦人の方へ近づいて来た。これも姿勢を崩して今は

ことときれているらしかった。巡査がハンドバックを披《ひら》いてみると、通帳や公債が出て来た。旅装のまま、遭難した婦人であることが判った。

昼頃になると、空襲警報が出て、爆音もきこえる。あたりの悲惨醜怪さにも大分馴らされているものの、疲労と空腹はだんだん激しくなって行った。次兄の家の長男と末の息子は、二人とも市内の学校へ行っていたので、まだ、どうなっているかわからないのであった。人はつぎつぎに死んで行き、死骸はそのまま放ってある。救いのない気持で、人はそわそわ歩いている。それなのに、練兵場の方では、いま自棄に嚠《りゅう》喨《りょう》として喇叭《らっぱ》が吹奏されていた。

火傷した姪たちはひどく泣喚くし、女中は頻《しき》りに水をくれと訴える。いい加減、みんなほとほと弱っているところへ、長兄が戻って来た。彼は昨日は嫂の疎開先である廿日市町の方へ寄り、今日は八幡村の方へ交渉して荷馬車を傭って来たのである。そこでその馬車に乗って私達はここを引上げることになった。

馬車は次兄の一家族と私と妹を乗せて、東照宮下から饒津へ出た。馬車が白島から泉邸入口の方へ来掛かった時のことである。西練兵場寄りの空地に、見憶えのある、黄色の、半ずぼんの死体を、次兄はちらりと見つけた。そして彼は馬車を降りて行った。嫂も私もつづいて馬車を離れ、そこへ集った。見憶えのあるずぼんに、まぎれもないバンドを締めている。死体は甥の文彦であった。上着は無く、胸のあたりに拳大《こぶしだい》の腫れものがあり、そこから液体が流れている。真黒くなった顔に、白い歯が微かに見え、投出した両手の指は固く、内側に握り締め、爪が喰込んでいた。その側に中学生の屍体が一つ、それから又離れたところに、若い女の死体が一つ、いずれも、ある姿勢のまま硬直していた。次兄は文彦の爪を剝《は》ぎ、バンドを形見にとり、名札をつけて、そこを立去った。涙も乾きはてた遭遇であった。

馬車はそれから国泰寺の方へ出、住吉橋を越して己斐《こい》の方へ出たので、私は殆ど目抜の焼跡を一覧することが出来た。ギラギラと炎天の下に横《よこた》わっている銀色の虚無のひろがりの中に、路があり、川があり、橋があった。そして、赤むけの膨れ上った屍体がところどころに配置されていた。これは精密巧緻な方法で実現された新地獄に違いなく、ここではすべて人間的なものは抹殺され、たとえば屍体の表情にしたところで、何か模型的な機械的なものに置換えられているのであった。苦悶の一瞬足搔いて硬直したらしい肢体は一種の妖しいリズムを含んでいる。電線の乱れ落ちた線や、おびただしい破片で、虚無の中に痙攣的の図案が感じられる。だが、さっと転覆して焼けてしまったらしい電車や、巨大な胴を投出して転倒している馬を見ると、どうも、超現実派の画の世界ではないかと思えるのである。国泰寺の大きな楠も根こそぎ転覆していたし、墓石も散っていた。外廓だけ残っている浅野図書館は屍体収容所となっていた。路はまだ処々で煙り、死臭に満ちている。川を越すたびに、橋が墜ちていないのを意外に思った。この辺の印象は、どうも片仮名で描きなぐる方が応《ふさ》わしいようだ。それで次に、そんな一節を挿入しておく。

ギラギラノ破片ヤ
灰白色ノ燃エガラガ
ヒロビロトシタ　パノラマノヨウニ
アカクヤケタダレタ　ニンゲンノ死体ノキミョウナリズム
スベテアッタコトカ　アリエタコトナノカ
パット剝ギトッテシマッタ　アトノセカイ
テンプクシタ電車ノワキノ
馬ノ胴ナンカノ　フクラミカタハ
ブスブストケムル電線ノニオイ

倒壊の跡のはてしなくつづく路を馬車は進んで行った。郊外に出ても崩れている家屋が並んでいたが、草津をすぎると漸くあたりも青々として災禍の色から解放されていた。そして青田の上をすいすいと蜻蛉の群が飛んでゆくのが目に沁みた。それから八幡村までの長い単調な道があった。八幡村へ着いたのは、日もとっぷり暮れた頃であった。そして翌日から、その土地での、悲惨な生活が始まった。負傷者の恢復もはかどらなかったが、元気だったものも、食糧不足からだんだん衰弱して行った。火傷した女中の腕はひどく化膿し、蠅が群れて、とうとう蛆が湧くようになった。蛆はいくら消毒しても、後から後から湧いた。そして、彼女は一ヵ月あまりの後、死んで行った。

この村へ移って四五日目に、行衛《ゆくえ》不明であった中学生の甥が帰って来た。彼は、あの朝、建もの疎開のため学校へ行ったが恰度、教室にいた時光を見た。瞬間、机の下に身を伏せ、次いで天井が墜ちて埋れたが、隙間を見つけて這い出した。這い出して逃げのびた生徒は四五名にすぎず、他は全部、最初の一撃で駄目になっていた。彼は四五名と一緒に比治山に逃げ、途中で白い液体を吐いた。それから一緒に逃げた友人の処へ汽車で行き、そこで世話になっていたのだそうだ。しかし、この甥もこちらへ帰って来て、一週間あまりすると、頭髪が抜け出し、二日位ですっかり禿になってしまった。今度の遭難者で、頭髪が抜け鼻血が出だすと大概助からない、という説がその頃大分ひろまっていた。頭髪が抜けてから十二三日目に、甥はとうとう鼻血を出しだした。医者はその夜が既にあぶなかろうと宣告していた。しかし、彼は重態のままだんだん持ちこたえて行くのであった。

Nは疎開工場の方へはじめて汽車で出掛けて行く途中、恰度汽車がトンネルに入った時、あの衝撃を受けた。トンネルを出て、広島の方を見ると、落下傘が三つ、ゆるく流れてゆくのであった。それから次の駅に汽車が着くと、駅のガラス窓がひどく壊れているのに驚いた。やがて、目的地まで達した時には、既に詳しい情報が伝わっていた。彼はその足ですぐ引返すようにして汽車に乗った。擦れ違う列車はみな奇怪な重傷者を満載していた。彼は街の火災が鎮まるのを待ちかねて、まだ熱いアスファルトの上をずんずん進んで行った。そして一番に妻の勤めている女学校へ行った。教室の焼跡には、生徒の骨があり、校長室の跡には校長らしい白骨があった。が、Nの妻らしいものは遂に見出せなかった。彼は大急ぎで自宅の方へ引返してみた。そこは宇品の近くで家が崩れただけで火災は免がれていた。が、そこにも妻の姿は見つからなかった。それから今度は自宅から女学校へ通じる道に斃れている死体を一つ一つ調べてみた。大概の死体が打伏せになっているので、それを抱き起しては首実検するのであったが、どの女もどの女も変りはてた相をしていたが、しかし彼の妻ではなかった。しまいには方角違いの処まで、ふらふらと見て廻った。水槽の中に折重なって漬っている十あまりの死体もあった。河岸に懸っている梯子に手をかけながら、その儘硬直している三つの死骸があった。バスを待つ行列の死骸は立ったまま、前の人の肩に爪を立てて死んでいた。郡部から家屋疎開の勤労奉仕に動員されて、全滅している群も見た。西練兵場の物凄さといったらなかった。そこは兵隊の死の山であった。しかし、どこにも妻の死骸はなかった。

Nはいたるところの収容所を訪ね廻って、重傷者の顔を覗き込んだ。どの顔も悲惨のきわみではあったが、彼の妻の顔ではなかった。そうして、三日三晩、死体と火傷患者をうんざりするほど見てすごした挙句、Nは最後にまた妻の勤め先である女学校の焼跡を訪れた。

八幡村へ移った当初、私はまだ元気で、負傷者を車に乗せて病院へ連れて行ったり、配給ものを受取りに出歩いたり、廿日市町の長兄と連絡をとったりしていた。そこは農家の離れを次兄が借りたのだったが、私と妹とは避難先からつい皆と一緒に転がり込んだ形であった。牛小屋の蠅は遠慮なく部屋中に群れて来た。小さな姪の首の火傷に蠅は吸着いたまま動かない。姪は箸を投出して火のついたように泣喚く。蠅を防ぐために昼間でも蚊帳が吊られた。顔と背を火傷している次兄は陰鬱な顔をして蚊帳の中に寝転んでいた。庭を隔てて母屋の方の縁側に、ひどく顔の腫れ上った男の姿――そんな風な顔はもう見倦《みあき》る程見せられた――が伺われたし、奥の方にはもっと重傷者がいるらしく、床がのべてあった。夕方、その辺から妙な譫言《うわごと》をいう声が聞えて来た。あれはもう死ぬるな、と私は思った。それから間もなく、もう念仏の声がしているのであった。亡くなったのは、そこの家の長女の配偶で、広島で遭難し歩いて此処まで戻って来たのだが、床に就いてから火傷の皮を無意識にひっかくと、忽ち脳症をおこしたのだそうだ。

病院は何時行っても負傷者で立込んでいた。三人掛りで運ばれて来る、全身硝子の破片で引裂かれている中年の婦人、――その婦人の手当には一時間も暇がかかるので、私達は昼すぎまで待たされるのであった。――手押車で運ばれて来る、老人の重傷者、顔と手を火傷している中学生――彼は東練兵場で遭難したのだそうだ。――など、何時も出喰わす顔があった。小さな姪はガーゼを取替えられる時、狂気のように泣喚く。

「痛い、痛いよ、羊羹をおくれ」

「羊羹をくれとは困るな」と医者は苦笑した。診察室の隣の座敷の方には、そこにも医者の身内の遭難者が担ぎ込まれているとみえて、怪しげな断末魔のうめきを放っていた。負傷者を運ぶ途上でも空襲警報は頻々と出たし、頭上をゆく爆音もしていた。その日も、私のところの順番はなかなかやって来ないので、車を病院の玄関先に放ったまま、私は一まず家へ帰って休もうと思った。台所にいた妹が戻って来た私の姿を見ると、

「さっきから『君が代』がしているのだが、どうしたのかしら」と不思議そうに訊ねるのであった。

私ははっとして、母屋の方のラジオの側へつかつかと近づいて行った。放送の声は明確にはききとれなかったが、休戦という言葉はもう疑えなかった。私はじっとしていられない衝動のまま、再び外へ出て、病院の方へ出掛けた。病院の玄関先には次兄がまだ呆然と待たされていた。私はその姿を見ると、

「惜しかったね、戦争は終ったのに……」と声をかけた。もう少し早く戦争が終ってくれたら――この言葉は、その後みんなで繰返された。彼は末の息子を喪っていたし、ここへ疎開する

つもりで準備していた荷物もすっかり焼かれていたのだった。

私は夕方、青田の中の径を横切って、八幡川の堤の方へ降りて行った。浅い流れの小川であったが、水は澄んでいて、岩の上には黒とんぼが翅を休めていた。私はシャツの儘水に浸ると、大きな息をついた。頭をめぐらせば、低い山脈が静かに黄昏の色を吸集しているし、遠くの山の頂は日の光に射られてキラキラと輝いている。これはまるで嘘のような景色であった。もう空襲のおそれもなかったし、今こそ大空は深い静謐《せいひつ》を湛えているのだ。ふと、私はあの原子爆弾の一撃からこの地上に新しく墜落して来た人間のような気持がするのであった。それにしても、あの日、饒津の河原や、泉邸の川岸で死狂っていた人間達は、――この静かな眺めにひきかえ、あの焼跡は一体いまどうなっているのだろう。新聞によれば、七十五年間は市の中央には居住できないと報じているし、人の話ではまだ整理のつかない死骸が一万もあって、夜毎焼跡には人魂が燃えているという。川の魚もあの後二三日して死骸を浮べていたが、それを獲って喰った人間は間もなく死んでしまったという。あの時、元気で私達の側に姿を見せていた人達も、その後敗血症で斃れてゆくし、何かまだ、惨として、割りきれない不安が附纏《つきまと》うのであった。

食糧は日々に窮乏していた。ここでは、罹災者に対して何の温かい手も差しのべられなかった。毎日毎日、かすかな粥を啜《すす》って暮らさねばならなかったので、私はだんだん精魂が尽きて食後は無性に睡くなった。二階から見渡せば、低い山脈の麓からずっとここまで稲田はつづいている。青く伸びた稲は炎天にそよいでいるのだ。あれは地の糧であろうか、それとも人間を飢えさすためのものであろうか。空も山も青い田も、飢えている者の眼には虚しく映った。

　夜は灯火が山の麓から田のあちこちに見えだした。久振りに見る灯火は優しく、旅先にでもいるような感じがした。食事の後片づけを済ますと、妹はくたくたに疲れて二階へ昇って来る。彼女はまだあの時の悪夢から覚めきらないもののように、こまごまとあの瞬間のことを回想しては、ブルブルと身顫《みぶるい》をするのであった。あの少し前、彼女は土蔵へ行って荷物を整理しようかと思っていたのだが、もし土蔵に這入っていたら、恐らく助からなかっただろう。私も偶然に助かったのだが、私が遭難した処と垣一重隔てて隣家の二階にいた青年は即死しているのであった。——今も彼女は近所の子供で家屋の下敷になっていた姿をまざまざと思い浮かべて戦くのであった。それは妹の子供と同級の子供で、前には集団疎開に加わって田舎に行っていたのだが、そこの生活にどうしても馴染めないので両親の許へ引取られていた。いつも妹はその子供が路上で遊んでいるのを見ると、自分の息子も暫くでいいから呼戻したいと思うのであった。火の手が見えだした時、妹はその子供が材木の下敷になり、首を持上げながら、「おばさん、助けて」と哀願するのを見た。しかし、あの際彼女の力ではどうすることも出来なかったのだ。

　こういう話ならいくつも転がっていた。長兄もあの時、家屋の下敷から身を匐い出して立上ると、道路を隔てて向の家の婆さんが下敷になっている顔を認めた。瞬間、それを助けに行こうとは思ったが、工場の方で泣喚く学徒の声を振切るわけにはゆかなかった。

もっと痛ましいのは嫂の身内であった。槙氏の家は大手町の川に臨んだ閑静な栖《すま》いで、私もこの春広島へ戻って来ると一度挨拶に行ったことがある。大手町は原子爆弾の中心といってもよかった。台所で救いを求めている夫人の声を聞きながらも、槙氏は身一つで飛び出さねばならなかったのだ。槙氏の長女は避難先で分娩すると、急に変調を来たし、輸血の針跡から化膿して遂に助からなかった。流川町の槙氏も、これは主人は出征中で不在だったが、夫人と子供の行衛が分らなかった。

私が広島で暮したのは半年足らずで顔見知も少かったが、嫂や妹などは、近所の誰彼のその後の消息を絶えず何処かから寄せ集めて、一喜一憂していた。

工場では学徒が三名死んでいた。二階がその三人の上に墜落して来たらしく、三人が首を揃えて、写真か何かに見入っている姿勢で、白骨が残されていたという。纔《わず》かの目じるしで、それらの姓名も判明していた。が、T先生の消息は不明であった。先生はその朝まだ工場には姿を現していなかった。しかし、先生の家は細工町のお寺で、自宅にいたにしろ、途上だったにしろ、恐らく助かってはいそうになかった。

その先生の清楚な姿はまだ私の目さきにはっきりと描かれた。用件があって、先生の処へ行くと、彼女はかすかに混乱しているような貌で、乱暴な字を書いて私に渡した。工場の二階で、私は学徒に昼休みの時間英語を教えていたが、次第に警報は頻繁になっていた。爆音がして広島上空に機影を認めるとラジオは報告していながら、空襲警報も発せられないことがあった。「どうしますか」と私は先生に訊ねた。「危険そうでしたらお知らせしますから、それまでは授業していて下さい」と先生は云った。だが、白昼広島上空を旋回中という事態はもう容易ならぬことではあった。ある日、私が授業を了えて、二階から降りて来ると、T先生はがらんとした工場の隅にひとり腰掛けていた。その側で何か頻りに啼声がした。ボール箱を覗くと、雛が一杯蠢《うごめ》いていた。「どうしたのです」と訊ねると、「生徒が持って来たのです」と先生は莞爾笑った。

女の子は時々、花など持って来ることがあった。事務室の机にも活けられたし、先生の卓上にも置かれた。工場が退けて生徒達がぞろぞろ表の方へ引上げ、路上に整列すると、T先生はいつも少し離れた処から監督していた。先生の掌には花の包みがあり、身嗜《みだしなみ》のいい、小柄な姿は凜としたものがあった。もし彼女が途中で遭難しているとすれば、あの沢山の重傷者の顔と同じように、想っても、ぞっとするような姿に変り果てたことだろう。

私は学徒や工員の定期券のことで、よく東亜交通公社へ行ったが、この春から建物疎開のため交通公社は既に二度も移転していた。最後の移転した場所もあの惨禍の中心にあった。そこには私の顔を見憶えてしまった、色の浅黒い、舌足らずでものを云う、しかし、賢こそうな少女がいた。彼女も恐らく助かってはいないであろう。戦傷保険のことで、よく事務室に姿を現していた、七十すぎの老人があった。この老人は廿日市町にいる兄が、その後元気そうな姿を見かけたということであった。

どうかすると、私の耳は何でもない人声に脅やかされることがあった。牛小屋の方で、誰かが頓狂な喚きを発している、と、すぐその喚き声があの夜河原で号泣している断末魔の声を連想させた。腸《はらわた》を絞るような声と、頓狂な冗談の声は、まるで紙一重のところにあるようであった。私は左側の眼の隅に異状な現象の生ずるのを意識するようになった。ここへ移ってから、四五日目のことだが、日盛の路を歩いていると左の眼の隅に羽虫か何か、ふわりと光るものを感じた。光線の反射かと思ったが、日蔭を歩いて行っても、時々光るものは目に映じた。それから夕暮になっても、夜になっても、どうかする度に光るものがチラついた。これはあまりおびただしい焔を見た所為《せい》であろうか、それとも頭上に一撃を受けたためであろうか。あの朝、私は便所にいたので、皆が見たという光線は見なかったし、いきなり暗黒が滑り墜ち、頭を何かで撲りつけられたのだ。左側の眼蓋の上に出血があったが、殆ど無疵といっていい位、怪我は軽かった。あの時の驚愕がやはり神経に響いているのであろうか、しかし、驚愕とも云えない位、あれはほんの数秒間の出来事であったのだ。

私はひどい下痢に悩まされだした。夕刻から荒れ模様になっていた空が、夜になると、ひどい風雨となった。稲田の上を飛散る風の唸りが、電灯の点かない二階にいてはっきりと聞える。家が吹飛ばされるかもしれないというので、階下にいる次兄達や妹は母屋の方へ避難して行った。私はひとり二階に寝て、風の音をうとうとと聞いた。家が崩れる迄には、雨戸が飛び、瓦が散るだろう。みんなあの異常な体験のため神経過敏になっているようであった。時たま風がぴったり歇《や》むと、蛙の啼声が耳についた。それからまた思いきり、一もみ風は襲撃して来る。私も万一の時のことを寝たまま考えてみた。持って逃げるものといったら、すぐ側にある鞄ぐらいであった。階下の便所に行く度に空を眺めると、真暗な空はなかなか白みそうにない。パリパリと何か裂ける音がした。天井の方からザラザラの砂が墜ちて来た。

翌朝、風はぴったり歇んだが、私の下痢は容易にとまらなかった。腰の方の力が抜け、足もとはよろよろとした。建物疎開に行って遭難したのに、奇蹟的に命拾いをした中学生の甥は、その後毛髪がすっかり抜け落ち、次第に元気を失っていた。そして、四肢には小さな斑点が出来だした。私も体を調べてみると、極く僅かだが、斑点があった。念のため、とにかく一度診て貰うため病院を訪れると、庭さきまで患者が溢れていた。尾道から広島へ引上げ、大手町で遭難したという婦人がいた。髪の毛は抜けていなかったが、今朝から血の塊りが出るという。姙《みご》っているらしく、懶《ものう》そうな顔に、底知れぬ不安と、死の近づいている兆を湛えているのであった。

舟入川口町にある姉の一家は助かっているという報せが、廿日市の兄から伝わっていた。義兄はこの春から病臥中だし、とても救われまいと皆想像していたのだが、家は崩れてもそこは火災を免れたのだそうだ。息子が赤痢でとても今苦しんでいるから、と妹に応援を求めて来た。妹もあまり元気ではなかったが、とにかく見舞に行くことにして出掛けた。そして、翌日広島から帰って来た妹は、電車の中で意外にも西田と出逢った経緯を私に語った。

西田は二十年来、店に雇われている男だが、あの朝はまだ出勤していなかったので、途中で光線にやられたとすれば、とても駄目だろうと想われていた。妹は電車の中で、顔のくちゃくちゃに腫れ上った黒焦の男を見た。乗客の視線もみんなその方へ注がれていたが、その男は割りと平気で車掌に何か訊ねていた。声がどうも西田によく似ていると思って、近寄って行くと、相手も妹の姿を認めて大声で呼びかけた。その日収容所から始めて出て来たところだということであった。……私が西田を見たのは、それから一ヵ月あまり後のことで、その時はもう顔の火傷も乾いていた。自転車もろとも跳ね飛ばされ、収容所に担ぎ込まれてからも、西田はひどい辛酸を嘗《な》めた。周囲の負傷者は殆ど死んで行くし、西田の耳には蛆が湧いた。「耳の穴の方へ蛆が這入ろうとするので、やりきれませんでした」と彼はくすぐったそうに首を傾けて語った。

九月に入ると、雨ばかり降りつづいた。頭髪が脱け元気を失っていた甥がふと変調をきたした。鼻血が抜け、咽喉からも血の塊りをごくごく吐いた。今夜が危なかろうというので、廿日市の兄たちも枕許に集った。つるつる坊主の蒼白の顔に、小さな縞の絹の着物を着せられて、ぐったり横わっている姿は文楽か何かの陰惨な人形のようであった。鼻孔には棉の栓が血に滲んでおり、洗面器は吐きだすもので真赤に染まっていた。「がんばれよ」と、次兄は力の籠った低い声で励ました。彼は自分の火傷のまだ癒えていないのも忘れて、夢中で看護するのであった。不安な一夜が明けると、甥はそのまま奇蹟的に持ちこたえて行った。

甥と一緒に逃げて助かっていた級友の親から、その友達は死亡したという通知が来た。兄が廿日市で見かけたという保険会社の元気な老人も、その後歯齦から出血しだし間もなく死んでしまった。その老人が遭難した場所と私のいた地点とは二丁と離れてはいなかった。

しぶとかった私の下痢は漸く緩和されていたが、体の衰弱してゆくことはどうにもならなかった。頭髪も目に見えて薄くなった。すぐ近くに見える低い山がすっかり白い靄につつまれていて、稲田はざわざわと揺れた。

私は昏々と睡りながら、とりとめもない夢をみていた。夜の灯が雨に濡れた田の面へ洩れているのを見ると、頻りに妻の臨終を憶い出すのであった。妻の一周忌も近づいていたが、どうかすると、まだ私はあの棲《す》み慣れた千葉の借家で、彼女と一緒に雨に鎖じこめられて暮しているような気持がするのである。灰燼に帰した広島の家のありさまは、私には殆ど想い出すことがなかった。が、夜明の夢ではよく崩壊直後の家屋が現れた。そこには散乱しながらも、いろんな貴重品があった。書物も紙も机も灰になってしまったのだが、私は内心の昂揚を感じた。何か書いて力一杯ぶっつかってみたかった。

ある朝、雨があがると、一点の雲もない青空が低い山の上に展がっていたが、長雨に悩まされ通したものの眼には、その青空はまるで虚偽のように思われた。はたして、快晴は一日しか保たず、翌日からまた陰惨な雨雲が去来した。亡妻の郷里から義兄の死亡通知が速達で十日目に届いた。彼は汽車で広島へ通勤していたのだが、あの時は微傷だに受けず、その後も元気で活躍しているという通知があった矢さき、この死亡通知は、私を茫然とさせた。

何か広島にはまだ有害な物質があるらしく、田舎から元気で出掛けて行った人も帰りにはフラフラになって戻って来るということであった。舟入川口町の姉は、夫と息子の両方の看病にほとほと疲れ、彼女も寝込んでしまったので、再びこちらの妹に応援を求めて来た。その妹が広島へ出掛けた翌日のことであった。ラジオは昼間から颱風を警告していたが、夕暮とともに風が募って来た。風はひどい雨を伴い真暗な夜の怒号と化した。私が二階でうとうと睡っていると、下の方ではけたたましく雨戸をあける音がして、田の方に人声が頻りであった。ザザザと水の軋るような音がする。堤が崩れたのである。そのうちに次兄達は母屋の方へ避難するため、私を呼び起した。まだ足腰の立たない甥を夜具のまま抱えて、暗い廊下を伝って、母屋の方へ運んで行った。そこにはみんな起きていて不安な面持であった。その川の堤が崩れるなど、絶えて久しくなかったことらしい。

「戦争に負けると、こんなことになるのでしょうか」と農家の主婦は嘆息した。風は母屋の表戸を烈しく揺すぶった。太い突かい棒がそこに支えられた。

翌朝、嵐はけろりと去っていた。その颱風の去った方向に稲の穂は悉く靡き、山の端には赤く濁った雲が漾っていた。――鉄道が不通になったとか、広島の橋梁が殆ど流されたとかいうことをきいたのは、それから二三日後のことであった。

私は妻の一周忌も近づいていたので、本郷町の方へ行きたいと思った。広島の寺は焼けてしまったが、妻の郷里には、彼女を最後まで看病ってくれた母がいるのであった。が、鉄道は不通になったというし、その被害の程度も不明であった。とにかく事情をもっと確かめるために廿日市駅へ行ってみた。駅の壁には共同新聞が貼り出され、それに被害情況が書いてあった。列車は今のところ、大竹・安芸中野間を折返し運転しているらしく、全部の開通見込は不明だが、八本松・安芸中野間の開通見込が十月十日となっているので、これだけでも半月は汽車が通じないことになる。その新聞には県下の水害の数字も掲載してあったが、半月も列車が動かないなどということは破天荒のことであった。

広島までの切符が買えたので、ふと私は広島駅へ行ってみることにした。あの遭難以来、久振りに訪れるところであった。五日市まではなにごともないが、汽車が己斐駅に入る頃から、窓の外にもう戦禍の跡が少しずつ展望される。山の傾斜に松の木がゴロゴロと薙倒されているのも、あの時の震駭《しんがい》を物語っているようだ。屋根や垣がさっと転覆した勢をその儘とどめ、黒々とつづいているし、コンクリートの空洞や赤錆の鉄筋がところどころ入乱れている。横川駅はわずかに乗り降りのホームを残しているだけであった。そして、汽車は更に激しい壊滅区域に這入って行った。はじめてここを通過する旅客はただただ驚きの目を瞠るのであったが、私にとってはあの日の余燼がまだすぐそこに感じられるのであった。汽車は鉄橋にかかり、常盤橋が見えて来た。焼爛《やけただ》れた岸をめぐって、黒焦の巨木は天を引掻こうとしているし、涯てしもない燃えがらの塊は蜿蜒《えんえん》と起伏している。私はあの日、ここの河原で、言語に絶する人間の苦悶を見せつけられたのだが、だが、今、川の水は静かに澄んで流れているのだ。そして、欄杆の吹飛ばされた橋の上を、生きのびた人々が今ぞろぞろと歩いている。饒津公園を過ぎて、東練兵場の焼野が見え、小高いところに東照宮の石の階段が、何かぞっとする悪夢の断片のように閃いて見えた。つぎつぎに死んでゆく夥《おびただ》しい負傷者の中にまじって、私はあの境内で野宿したのだった。あの、まっ黒の記憶は向に見える石段にまだまざまざと刻みつけられてあるようだ。

広島駅で下車すると、私は宇品行のバスの行列に加わっていた。宇品から汽船で尾道へ出れば、尾道から汽車で本郷に行けるのだが、汽船があるものかどうかも宇品まで行って確かめてみなければ判らない。このバスは二時間おきに出るのに、これに乗ろうとする人は数丁も続いていた。暑い日が頭上に照り、日蔭のない広場に人の列は動かなかった。今から宇品まで行って来たのでは、帰りの汽車に間に合わなくなる。そこで私は断念して、行列を離れた。

家の跡を見て来ようと思って、私は猿猴橋を渡り、幟町の方へまっすぐに路を進んだ。左右にある廃墟が、何だかまだあの時の逃げのびて行く気持を呼起すのだった。京橋にかかると、何もない焼跡の堤が一目に見渡せ、ものの距離が以前より遥かに短縮されているのであった。そういえば、累々たる廃墟の彼方に山脈の姿がはっきり浮び出ているのも、先程から気づいていた。どこまで行っても同じような焼跡ながら、夥しいガラス壜が気味悪く残っている処や、鉄兜ばかりが一ところに吹寄せられている処もあった。

私はぼんやりと家の跡に佇み、あの時逃げて行った方角を考えてみた。庭石や池があざやかに残っていて、焼けた樹木は殆ど何の木であったか見わけもつかない。台所の流場のタイルは壊れないで残っていた。栓は飛散っていたが、頻りにその鉄管から今も水が流れているのだ。

あの時、家が崩壊した直後、私はこの水で顔の血を洗ったのだった。いま私が佇んでいる路には、時折人通りもあったが、私は暫くものに憑かれたような気分でいた。それから再び駅の方へ引返して行くと、何処からともなく、宿なし犬が現れて来た。そのものに脅えたような燃える眼は、奇異な表情を湛えていて、前になり後になり迷い乍《なが》ら従いてくるのであった。

汽車の時間まで一時間あったが、日蔭のない広場にはあかあかと西日が溢れていた。外郭だけ残っている駅の建物は黒く空洞で、今にも崩れそうな印象を与えるのだが、針金を張巡らし、「危険につき入るべからず」と貼紙が掲げてある。切符売場の、テント張りの屋根は石塊で留めてある。あちこちにボロボロの服装をした男女が蹲っていたが、どの人間のまわりにも蠅がうるさく附纏《つきまと》っていた。蠅は先日の豪雨でかなり減少した筈だが、まだまだ猛威を振っているのであった。が、地べたに両足を投出して、黒いものをパクついている男達はもうすべてのことがらに無頓着になっているらしく、「昨日は五里歩いた」「今夜はどこで野宿するやら」と他人事のように話合っていた。私の眼の前にきょとんとした顔つきの老婆が近づいて来て、「汽車はまだ出ませんか、切符はどこで切るのですか」と剽軽《ひょうきん》な調子で訊ねる。私が教えてやる前に、老婆は「あ、そうですか」と礼を云って立去ってしまった。これも調子が狂っているのにちがいない。下駄ばきの足をひどく腫らした老人が、連れの老人に対って何か力なく話しかけていた。

私はその日、帰りの汽車の中でふと、呉線は明日から試運転をするということを耳にしたので、その翌々日、呉線経由で本郷へ行くつもりで再び廿日市の方へ出掛けた。が、汽車の時間をとりはずしていたので、電車で己斐へ出た。ここまで来ると、一そ宇品へ出ようと思ったが、ここからさき、電車は鉄橋が墜ちているので、渡舟によって連絡していて、その渡しに乗るにはものの一時間は暇どるということをきいた。そこで私はまた広島駅に行くことにして、己斐駅のベンチに腰を下ろした。

その狭い場所は種々雑多の人で雑沓していた。今朝尾道から汽船でやって来たという人もいたし、柳井津で船を下ろされ徒歩でここまで来たという人もいた。人の言うことはまちまちで分らない、結局行ってみなければどこがどうなっているのやら分らない、と云いながら人々はお互に行先のことを訊ね合っているのであった。そのなかに大きな荷を抱えた復員兵が五六人いたが、ギロリとした眼つきの男が袋をひらいて、靴下に入れた白米を側にいるおかみさんに無理矢理に手渡した。

「気の毒だからな、これから遺骨を迎えに行くときいては見捨ててはおけない」と彼は独言を云った。すると、

「私にも米を売ってくれませんか」という男が現れた。ギロリとした眼つきの男は、

「とんでもない、俺達は朝鮮から帰って来て、まだ東京まで行くのだぜ、道々十里も二十里も歩かねばならないのだ」と云いながら、毛布を取出して、「これでも売る」かなと呟くのであった。

広島駅に来てみると、呉線開通は虚報であることが判った。私は茫然としたが、ふと舟入川

口町の姉の家を見舞おうと思いついた。八丁堀から土橋まで単線の電車があった。土橋から江波の方へ私は焼跡をたどった。焼け残りの電車が一台放置してあるほかは、なかなか家らしいものは見当らなかった。漸く畑が見え、向に焼けのこりの一郭が見えて来た。火はすぐ畑の側まで襲って来ていたものらしく、際どい処で、姉の家は助かっている。が、塀は歪み、屋根は裂け、表玄関は散乱していた。私は裏口から廻って、縁側のところへ出た。すると、蚊帳の中に、姉と甥と妹とその三人が枕を並べて病臥しているのであった。手助に行ってた妹もここで変調をきたし、二三日前から寝込んでいるのだった。姉は私の来たことを知ると、

「どんな顔をしてるのか、こちらへ来て見せて頂だい、あんたも病気だったそうなが」と蚊帳の中から声をかけた。

　話はあの時のことになった。あの時、姉たちは運よく怪我もなかったが、甥は一寸負傷したので、手当を受けに江波まで出掛けた。ところが、それが却っていけなかったのだ。道々、もの凄い火傷者を見るにつけ、甥はすっかり気分が悪くなってしまい、それ以来元気がなくなったのである。あの夜、火の手はすぐ近くまで襲って来るので、病気の義兄は動かせなかったが、姉たちは壕の中で戦きつづけた。それからまた、先日の颱風もここでは大変だった。壊れている屋根が今にも吹飛ばされそうで、水は漏り、風は仮借なく隙間から飛込んで来、生きた気持はしなかったという。今も見上げると、天井の墜ちて露出している屋根裏に大きな隙間があるのであった。まだ此処では水道も出ず、電灯も点かず、夜も昼も物騒でならないという。

　私は義兄に見舞を云おうと思って隣室へ行くと、壁の剝ち、柱の歪んだ部屋の片隅に小さな

蚊帳が吊られて、そこに彼は寝ていた。見ると熱があるのか、赤くむくんだ顔を呆然とさせ、私が声をかけても、ただ「つらい、つらい」と義兄は喘いでいるのであった。

私は姉の家で二三時間休むと、広島駅に引返し、夕方廿日市へ戻ると、長兄の家に立寄った。思いがけなくも、妹の息子の史朗がここへ来ているのであった。彼が疎開していた処も、先日の水害で交通は遮断されていたが、先生に連れられて三日がかりで此処まで戻って来たのである。膝から踵《かかと》の辺まで、蚤にやられた傷跡が無数にあったが、割りと元気そうな顔つきであった。明日彼を八幡村に連れて行くことにして、私はその晩長兄の家に泊めてもらった。が、どういうものか睡苦しい夜であった。焼跡のこまごました光景や、茫然とした人々の姿が睡れない頭に甦って来る。八丁堀から駅までバスに乗った時、ふとバスの窓に吹込んで来る風に、妙な臭いがあったのを私は思い出した。あれは死臭にちがいなかった。あけがたから雨の音がしていた。翌日、私は甥を連れて雨の中を八幡村へ帰って行った。私についてとぼとぼ歩いて行く甥は跣足《はだし》であった。

嫂は毎日絶え間なく、亡くした息子のことを嘆いた。びしょびしょの狭い台所で、何かしながら呟いていることはそのことであった。もう少し早く疎開していたら荷物だって焼くのではなかったのに、と殆ど口癖になっていた。黙ってきいている次兄は時々思いあまって呶鳴ることがある。妹の息子は飢えに戦きながら、蝗《いなご》など獲って喰った。次兄の息子も二人、学童疎開に行っていたが、汽車が不通のためまだ戻って来なかった。長い悪い天気が漸く恢復すると、秋晴の日が訪れた。稲の穂が揺れ、村祭の太鼓の音が響いた。堤の路を村の人達は夢中で輿を担ぎ廻ったが、空腹の私達は茫然と見送るのであった。ある朝、舟入川口町の義兄が死んだと通知があった。

私と次兄は顔を見あわせ、葬式へ出掛けてゆく支度をした。電車駅までの一里あまりの路を川に添って二人はすたすた歩いて行った。とうとう亡くなったか、と、やはり感慨に打たれないではいられなかった。

私がこの春帰郷して義兄の事務所を訪れた時のことがまず目さきに浮んだ。彼は古びたオーバーを着込んで、「寒い、寒い」と顫えながら、生木の燻る火鉢に獅嚙《しが》みついていた。言葉も態度もひどく弱々しくなっていて、滅きり老い込んでいた。それから間もなく寝つくようになったのだ。医師の診断では肺を犯されているということであったが、彼の以前を知っている人にはとても信じられないことではあった。ある日、私が見舞に行くと、急に白髪の増えた頭を持あげ、いろんなことを喋った。彼はもうこの戦争が惨敗に近づいていることを予想し、国民は軍部に欺かれていたのだと微かに悲憤の声を洩らすのであった。そんな言葉をこの人の口からきこうとは思いがけぬことであった。日華事変の始まった頃、この人は酔ぱらって、ひどく私に絡んで来たことがある。長い間陸軍技師をしていた彼には、私のようなものはいつも気に喰わぬ存在と思えたのであろう。私はこの人の半生を、さまざまのことを憶えている。この人のことについて書けば限りがないのであった。

私達は己斐に出ると、市電に乗替えた。市電は天満町まで通じていて、そこから仮橋を渡って向岸へ徒歩で連絡するのであった。この仮橋もやっと昨日あたりから通れるようになったものと見えて、三尺幅の一人しか歩けない材木の上を人はおそるおそる歩いて行くのであった。(その後も鉄橋はなかなか復旧せず、徒歩連絡のこの地域には闇市が栄えるようになったのである。)私達が姉の家に着いたのは昼まえであった。

天井の墜ち、壁の裂けている客間に親戚の者が四五人集まっていた。姉は皆の顔を見ると、「あれも子供達に食べさせたいばっかしに、自分は弁当を持って行かず、雑炊食堂を歩いて昼飾をすませていたのです」と泣いた。義兄は次の間に白布で被われていた。その死顔は火鉢の中に残っている白い炭を連想さすのであった。

遅くなると電車も無くなるので、火葬は明るいうちに済まさねばならなかった。近所の人が死体を運び、準備を整えた。やがて皆は姉の家を出て、そこから四五町さきの畑の方へ歩いて行った。畑のはずれにある空地に義兄は棺もなくシイツにくるまれたまま運ばれていた。ここは原子爆弾以来、多くの屍体が焼かれる場所で、焚つけは家屋の壊れた破片が積重ねてあった。皆が義兄を中心に円陣を作ると、国民服の僧が読経をあげ、藁《わら》に火が点けられた。すると十歳になる義兄の息子がこの時わーッと泣きだした。火はしめやかに材木に燃え移って行った。雨もよいの空はもう刻々と薄暗くなっていた。私達はそこで別れを告げると、帰りを急いだ。

私と次兄とは川の堤に出て、天満町の仮橋の方へ路を急いだ。足許の川はすっかり暗くなっていたし、片方に展がっている焼跡には灯一つも見えなかった。暗い小寒い路が長かった。どこからともなしに死臭の漾って来るのが感じられた。このあたり家の下敷になった儘とり片づけてない屍体がまだ無数にあり、蛆の発生地となっているということを聞いたのはもう大分以前のことであったが、真黒な焼跡は今も陰々と人を脅すようであった。ふと、私はかすかに赤ん坊の泣声をきいた。耳の迷いでもなく、だんだんその声は歩いて行くに随ってはっきりして来た。勢のいい、悲しげな、しかし、これは何という初々しい声であろう。このあたりにもう人間は生活を営み、赤ん坊さえ泣いているのであろうか。何ともいいしれぬ感情が私の腸を抉《えぐ》るのであった。

槇氏は近頃上海から復員して帰って来たのですが、帰ってみると、家も妻子も無くなっていました。で、廿日市町の妹のところへ身を寄せ、時々、広島へ出掛けて行くのでした。あの当時から数えてもう四ヵ月も経っている今日、今迄行衛不明の人が現れないとすれば、もう死んだと諦めるよりほかはありません。槇氏にしてみても、細君の郷里をはじめ心あたりを廻ってはみましたが、何処でも悔みを云われるだけでした。流川の家の焼跡へも二度ばかり行ってみました。罹災者の体験談もあちこちで聞かされました。

実際、広島では今でも何処かで誰かが絶えず八月六日の出来事を繰返し繰返し喋っているのでした。行衛不明の妻を探すために数百人の女の死体を抱き起して首実検してみたところ、どの女も一人として腕時計をしていなかったという話や、流川放送局の前に伏さって死んでいた婦人は赤ん坊に火のつくのを防ぐような姿勢で打伏になっていたという話や、そうかと思うと瀬戸内海のある島では当日、建物疎開の勤労奉仕に村の男子が全部動員されていたので、一村挙《こぞ》って寡婦となり、その後女房達は村長のところへ捻じ込んで行ったという話もありました。槙氏は電車の中や駅の片隅で、そんな話をきくのが好きでしたが、広島へ度々出掛けて行くのも、いつの間にか習慣のようになりました。自然、己斐駅や広島駅前の闇市にも立寄りました。が、それよりも、焼跡を歩きまわるのが一種のなぐさめになりました。以前はよほど高い建ものにでも登らない限り見渡せなかった、中国山脈がどこを歩いていても一目に見えますし、瀬戸内海の島山の姿もすぐ目の前に見えるのです。それらの山々は焼跡の人間達を見おろし、一体どうしたのだ？　と云わんばかりの貌つきです。しかし、焼跡には気の早い人間がもう粗末ながらバラックを建てはじめていました。軍都として栄えた、この街が、今後どんな姿で更生するだろうかと、槙氏は想像してみるのでした。すると緑樹にとり囲まれた、平和な、街の姿がぼんやりと浮ぶのでした。あれを思い、これを思い、ぼんやりと歩いていると、槙氏はよく見知らぬ人から挨拶されました。ずっと以前、槙氏は開業医をしていたので、もしかしたら患者が顔を憶えていてくれたのではあるまいかとも思われましたが、それにしても何だか変なのです。

最初、こういうことに気附いたのは、たしか、己斐から天満橋へ出る泥濘を歩いている時でした。恰度、雨が降りしきっていましたが、向から赤錆びたトタンの切れっぱしを頭に被り、ぼろぼろの着物を纏った乞食らしい男が、雨傘のかわりに翳しているトタンの切れから、ぬっと顔を現わしました。そのギロギロと光る眼は不審げに、槙氏の顔をまじまじと眺め、今にも名乗をあげたいような表情でした。が、やがて、さっと絶望の色に変り、トタンで顔を隠してしまいました。

　混み合う電車に乗っていても、向から頻りに槙氏に対って頷く顔があります。ついうっかり槙氏も頷きかえすと、「あなたはたしか山田さんではありませんでしたか」などと人ちがいのことがあるのです。この話をほかの人に話したところ、見知らぬ人から挨拶されるのは、何も槙氏に限ったことでないことがわかりました。実際、広島では誰かが絶えず、今でも人を捜し出そうとしているのでした。

壊滅の序曲

朝から粉雪が降っていた。その街に泊った旅人は何となしに粉雪の風情に誘われて、川の方へ歩いて行ってみた。本川橋は宿からすぐ近くにあった。本川橋という名も彼には久し振りに思い出したのである。むかし彼が中学生だった頃の記憶がまだそこに残っていそうだった。粉雪は彼の繊細な視覚を更に鋭くしていた。橋の中ほどに佇んで、岸を見ていると、ふと、『本川饅頭』という古びた看板があるのを見つけた。突然、彼は不思議なほど静かな昔の風景のなかに浸っているような錯覚を覚えた。が、つづいて、ぶるぶると戦慄が湧くのをどうすることもできなかった。この粉雪につつまれた一瞬の静けさのなかに、最も痛ましい終末の日の姿が閃いたのである。……彼はそのことを手紙に誌して、その街に棲んでいる友人に送った。そうして、そこの街を立去り、遠方へ旅立った。

……その手紙を受取った男は、二階でぼんやり窓の外を眺めていた。すぐ眼の前に隣家の小さな土蔵が見え、屋根近くその白壁の一ところが剝脱していて粗い赭土を露出させた寂しい眺めが、——そういう些細《ささい》な部分だけが、昔ながらの面影を湛えているようであった。……彼も近頃この街へ棲むようになったのだが、久しいあいだ郷里を離れていた男には、すべてが今は縁なき衆生のようであった。少年の日の彼の夢想を育んだ山や河はどうなったのだろうか、——彼は足の赴くままに郷里の景色を見て歩いた。残雪をいただいた中国山脈や、その下を流れる川は、ぎごちなく武装した、ざわつく街のために稀薄な印象をとどめていた。巷では、行逢う人から、木で鼻を括るような扱いを受けた。殺気立った中に、何ともいえぬ間の抜けたものも感じられる、奇怪な世界であった。

……いつのまにか彼は友人の手紙にある戦慄について考えめぐらしていた。想像を絶した地獄変、しかも、それは一瞬にして捲き起るようにおもえた。そうすると、彼はやがてこの街とともに滅び失せてしまうのだろうか、それとも、この生れ故郷の末期の姿を見とどけるために彼は立戻って来たのであろうか。賭にも等しい運命であった。どうかすると、その街が何ごともなく無疵のまま残されること、——そんな虫のいい、愚かしいことも、やはり考え浮かぶのではあった。

黒羅紗《くろらしゃ》の立派なジャンパーを腰のところで締め、綺麗に剃刀のあたった頤《あご》を光らせながら、清二は忙しげに正三の部屋の入口に立ちはだかった。

「おい、何とかせよ」

そういう語気にくらべて、清二の眼の色は弱かった。彼は正三が手紙を書きかけている机の傍に坐り込むと、側にあったヴィンケルマンの『希臘芸術模倣論』の挿絵をパラパラとめくっ

正三はペンを擱くと、黙って兄の仕草を眺めていた。若いとき一時、美術史に熱中したこ とのあるこの兄は、今でもそういうものには惹きつけられるのであろうか……。だが、清二はすぐにパタンとその本を閉じてしまった。

　それはさきほどの「何とかせよ」という語気のつづきのようにも正三にはおもえた。長兄のところへ舞戻って来てからもう一ヵ月以上になるのに、彼は何の職に就くでもなし、ただ朝寝と夜更かしをつづけていた。

　彼にくらべると、この次兄は毎日を規律と緊張のうちに送っているのであった。製作所が退けてからも遅くまで、事務室の方に灯がついていることがある。そこの露次を通りかかった正三が事務室の方へ立寄ってみると、清二はひとり机に凭《よ》って、せっせと書きものをしていた。工員に渡す月給袋の捺印とか、動員署へ提出する書類とか、そういう事務的な仕事に満足していることは、彼が書く特徴ある筆蹟にも窺われた。判で押したような型に嵌まった綺麗な文字で、いろんな掲示が事務室の壁に張りつけてある。……正三がぼんやりその文字に見とれていると、清二はくるりと廻転椅子を消えのこった煉炭ストーブの方へ向けながら、「タバコやろうか」と、机の引出から古びた鵬翼の袋を取出し、それから棚の上のラジオにスイッチを入れるのだった。ラジオは硫黄島の急を告げていた。話はとかく戦争の見とおしになるのであった。清二はぽつんと懐疑的なことを口にしたし、正三ははっきり絶望的な言葉を吐いた。……

夜間、警報が出ると、清二は大概、事務室へ駈けつけて来た。警報が出てから五分もたたない頃、表の呼鈴が烈しく鳴る。寝呆け顔の正三が露次の方から、内側の扉を開けると、表には若い女が二人佇んでいる。監視当番の女工員であった。「今晩は」と一人が正三の方へ声をかける。正三は直かに胸を衝かれ、襟を正さねばならぬ気持がするのであった。それから彼が事務室の闇を手探りながら、ラジオに灯りを入れた頃、厚い防空頭巾を被った清二がそわそわやって来る。「誰かいるのか」と清二は灯の方へ声をかけ、椅子に腰を下ろすのだが、すぐにまた立上って工場の方を見て廻った。そうして、警報が出た翌朝も、清二は早くから自転車で出勤した。奥の二階でひとり朝寝をしている正三のところへ、「いつまで寝ているのだ」と警告しに来るのも彼であった。

今も正三はこの兄の忙しげな容子にいつもの警告を感じるのであったが、清二は『希臘芸術模倣論』を元の位置に置くと、ふとこう訊ねた。

「兄貴はどこへ行った」

「けさ電話かかって、高須の方へ出掛けたらしい」

すると、清二は微かに眼に笑みを浮べながら、ごろりと横になり、「またか、困ったなあ」と軽く呟くのであった。それは正三の口から順一の行動について、もっといろんなことを喋りだすのを待っているようであった。だが、正三には長兄と嫂とのこの頃の経緯は、どうもはっきり筋道が立たなかったし、それに、順一はこのことについては必要以外のことは決して喋らないのであった。

正三が本家へ戻って来たその日から、彼はそこの家に漾う空気の異状さに感づいた。それは電灯に被せた黒い布や、いたるところに張りめぐらした暗幕のせいではなく、また、妻を喪って仕方なくこの不自由な時節に舞戻って来た弟を歓迎しない素振ばかりでもなく、もっと、何かやりきれないものが、その家には潜んでいた。順一の顔には時々、嶮《けわ》しい陰翳が抉られていたし、嫂の高子の顔は思いあまって茫と疼くようなものが感じられた。三菱へ学徒動員で通勤している二人の中学生の甥も、妙に黙り込んで陰鬱な顔つきであった。

……ある日、嫂の高子がその家から姿を晦《くら》ました。すると順一のひとり忙しげな外出が始まり、家の切廻しは、近所に棲んでいる寡婦の妹に任せられた。この康子は夜遅くまで二階の正三の部屋にやって来ては、のべつまくなしに、いろんなことを喋った。嫂の失踪はこんどが初めてではなく、もう二回も康子が家の留守をあずかっていることを正三は知った。この三十すぎの小姑の口から描写される家の空気は、いろんな臆測と歪曲に満ちていたが、それだけに正三の頭脳に熱っぽくこびりつくものがあった。

……暗幕を張った奥座敷に、飛きり贅沢な緞子の炬燵蒲団が、スタンドの光に射られて紅く燃えている、――その側に、気の抜けたような順一の姿が見かけられることがあった。その光景は正三に何かやりきれないものをつたえた。だが、翌朝になると順一は作業服を着込んで、せっせと疎開の荷造を始めている、その顔は一図に傲岸な殺気を含んでいた。……それから時々、市外電話がかかって来ると、長兄は忙しげに出掛けて行く。高須には誰か調停者がいるらしかった――が、それ以上のことは正三にはわからなかった。

……妹はこの数年間の嫂の変貌振りを、――それは戦争のためあらゆる困苦を強いられて来た自分と比較して、――戦争によって栄燿栄華をほしいままにして来たものの姿として、そしてこの訳のわからない今度の失踪も、更年期の生理的現象だろうかと、何かもの恐ろしげに語るのであった。……だらだらと妹が喋っていると、清二がやって来て黙って聴いていることがあった。「要するに、勤労精神がないのだ。少しは工員のことも考えてくれたらいいのに」と次兄はぽつんと口を挿む。「まあ、立派な有閑マダムでしょう」と妹も頷く。「だが、この戦争の虚偽が、今ではすべての人間の精神を破壊してゆくのではないかしら」と、正三が云いだすと「ふん、そんなまわりくどいことではない、だんだん栄燿の種が尽きてゆくので、嫂はむかっ腹たてだしたのだ」と清二はわらう。

高子は家を飛出して、一週間あまりすると、けろりと家に帰って来た。だが、何かまだ割りきれないものがあるらしく、四五日すると、また行衛を晦ました。すると、また順一の追求が始まった。「今度は長いぞ」と順一は昂然として云い放った。「愚図愚図すれば、皆から馬鹿にされる。四十にもなって、碌に人に挨拶もできない奴ばかりじゃないか」と弟達にあてこすることもあった。……正三は二人の兄の性格のなかに彼と同じものを見出すことがあって、時々、厭な気持がした。森製作所の指導員をしている康子は、兄たちの世間に対する態度の拙劣さを指摘するのだった。その拙劣さは正三にもあった。……しかし、長い間、離れているうちに、何と兄たちはひどく変って行ったことだろう。それでは正三自身はちっとも変らなかったのだろうか。……否。みんなが、みんな、日毎に迫る危機に晒されて、まだまだ変ろうとしているし、変ってゆくに違いない。ぎりぎりのところをみとどけなければならぬ。――これが、その頃の正三に自然に浮んで来るテーマであった。

「来たぞ」といって、清二は正三の眼の前に一枚の紙片を差出した。点呼令状であった。正三はじっとその紙に眼をおとし、印刷の隅々まで読みかえした。

「五月か」と彼はそう呟いた。正三は昨年、国民兵の教育召集を受けた時ほどにはもう驚かなかった。が、しかし清二は彼の顔に漾う苦悶の表情をみてとって、「なあに、どっちみち、今となっては、内地勤務だ、大したことないさ」と軽くうそぶいた。……五月といえば、二ヵ月さきのことであったが、それまでこの戦争が続くだろうか、と正三は窃《ひそ》かに考え耽った。

何ということなしに正三は、ぶらぶらと街をよく散歩した。妹の息子の乾一を連れて、久振りに泉邸へも行ってみた。昔、彼が幼なかったとき彼もよく誰かに連れられて訪れたことのある庭園だが、今も淡い早春の陽ざしのなかに樹木や水はひっそりとしていた。絶好の避難場所、そういう念想がすぐ閃めくのであった。……映画館は昼間から満員だったし、盛場の食堂はいつも賑わっていた。正三は見覚えのある小路を選んでは歩いてみたが、どこにももう子供心に印されていた懐しいものは見出せなかった。下士官に引率された兵士の一隊が悲壮な歌をうたいながら、突然、四つ角から現れる。頭髪に白鉢巻をした女子勤労学徒の一隊が、兵隊のような歩調でやって来るのともすれちがった。

……橋の上に佇んで、川上の方を眺めると、正三の名称を知らない山々があったし、街のはての瀬戸内海の方角には島山が、建物の蔭から顔を覗けた。この街を包囲しているそれらの山々に、正三はかすかに何かよびかけたいものを感じはじめた。……ある夕方、彼はふと町角を通りすぎる二人の若い女に眼が惹きつけられた。健康そうな肢体と、豊かなパーマネントの姿は、明日の新しいタイプかとちょっと正三の好奇心をそそった。彼は彼女たちの後を追い、その会話を漏れ聴こうと試みた。

「お芋がありさえすりゃあ、ええわね」

間ののびた、げっそりするような、声であった。


森製作所では六十名ばかりの女子学徒が、縫工場の方へやって来ることになっていた。学徒受入式の準備で、清二は張切っていたし、その日が近づくにつれて、今迄ぶらぶらしていた正三も自然、事務室の方へ姿を現わし、雑用を手伝わされた。新しい作業服を着て、ガラガラと下駄をひきずりながら、土蔵の方から椅子を運んでくる正三の様子は、慣れない仕事に抵抗しようとするような、ぎこちなさがあった。……椅子が運ばれ、幕が張られ、それに清二の書いた式順の項目が掲示され、式場は既に整っていた。その日は九時から式が行われるはずであった。だが、早朝から発せられた空襲警報のために、予定はすっかり狂ってしまった。

「……備前岡山、備後灘、松山上空」とラジオは艦載機来襲を刻々と告げている。正三の身支度が出来た頃、高射砲が唸りだした。この街では、はじめてきく高射砲であったが、どんよりと曇った空がかすかに緊張して来た。だが、機影は見えず、空襲警報は一旦、警戒警報に移ったりして、人々はただそわそわしていた。……正三が事務室へ這入って行くと、鉄兜を被った上田の顔と出逢った。

「とうとう、やって来ましたの、なんちゅうことかいの」

と、田舎から通勤して来る上田は彼に話しかける。その逞しい体軀や淡白な心を現わしている相手の顔つきは、いまも何となしに正三に安堵の感を抱かせるのであった。そこへ清二のジャンパー姿が見えた。顔は颯爽と笑みを浮かべようとして、眼はキラキラ輝いていた。……上田と清二が表の方へ姿を消し、正三ひとりが椅子に腰を下ろしていた時であった。彼は暫くぼんやりと何も考えてはいなかったが、突然、屋根の方を、ビュンと唸る音がして、つづいて、バリバリと何か裂ける響がした。それはすぐ頭上に墜ちて来そうな感じがして、正三の視覚はガラス窓の方へつ走った。向の二階の簷《のき》と、庭の松の梢が、一瞬、異常な密度で網膜に映じた。音響はそれきり、もうきこえなかった。暫くすると、表からドカドカと人々が帰って来た。「あ、魂消《たまげ》た、度胆を抜かれたわい」と三浦は歪んだ笑顔をしていた。……警報解除になると、往来をぞろぞろと人が通りだした。ざわざわしたなかに、どこか浮々した空気さえ感じられるのであった。すぐそこで拾ったのだといって誰かが砲弾の破片を持って来た。

その翌日、白鉢巻をした小さな女学生の一クラスが校長と主任教師に引率されてぞろぞろとやって来ると、すぐに式場の方へ導かれ、工員たちも全部着席した頃、正三は三浦と一緒に一番後からしんがりの椅子に腰を下ろしていた。県庁動員課の男の式辞や、校長の訓示はいい加減に聞流していたが、やがて、立派な国民服姿の順一が登壇すると、正三は興味をもって、演説の一言一句をききとった。こういう行事には場を踏んで来たものらしく、声も態度もキビキビしていた。だが、かすかに言葉に――というよりも心の矛盾に――つかえているようなところもあった。正三がじろじろ観察していると、順一の視線とピッタリ出喰わした。それは何かに挑みかかるような、不思議な光を放っていた。……学徒の合唱が終ると、彼女たちはその日から賑やかに工場へ流れて行った。毎朝早くからやって来て、夕方きちんと整列して先生に引率されながら帰ってゆく姿は、ここの製作所に一脈の新鮮さを齎《もたら》し、多少の潤いを混えるのであった。そのいじらしい姿は正三の眼にも映った。

正三は事務室の片隅で釦《ボタン》を数えていた。卓の上に散らかった釦を百箇ずつ纏めればいいのであるが、のろのろと馴れない指さきで無器用なことを続けていると、来客と応対しながらじろじろ眺めていた順一はとうとう堪りかねたように、「そんな数え方があるか、遊びごとではないぞ」と声をかけた。せっせと手紙を書きつづけていた片山が、すぐにペンを擱いて、正三の側にやって来た。「あ、それですか、それはこうして、こんな風にやって御覧なさい」片山は親切に教えてくれるのであった。この彼よりも年下の、元気な片山は、恐しいほど気がきいていて、いつも彼を圧倒するのであった。

艦載機がこの街に現れてから九日目に、また空襲警報が出た。が、豊後水道から侵入した編隊は佐田岬で迂廻し、続々と九州へ向かうのであった。こんどは、この街には何ごともなかったものの、この頃になると、遽《にわ》かに人も街も浮足立って来た。軍隊が出動して、街の建物を次々に破壊して行くと、昼夜なしに疎開の車馬が絶えなかった。

昼すぎ、みんなが外出したあとの事務室で、正三はひとり岩波新書の『零の発見』を読み耽けっていた。ナポレオン戦役の時、ロシア軍の捕虜になったフランスの一士官が、憂悶のあまり数学の研究に没頭していたという話は、妙に彼の心に触れるものがあった。……ふと、そこへ、せかせかと清二が戻って来た。何かよほど興奮しているらしいことが、顔つきに現れていた。

「兄貴はまだ帰らぬか」

「まだらしいな」正三はぼんやり応えた。相変らず、順一は留守がちのことが多く、高子との紛争も、その後どうなっているのか、第三者には把めないのであった。

「ぐずぐずしてはいられないぞ」清二は怒気を帯びた声で話しだした。「外へ行って見て来るといい。竹屋町の通りも平田屋町辺もみんな取払われてしまったぞ。被服支廠もいよいよ疎開だ」

「ふん、そういうことになったのか。してみると、広島は東京よりまず三月ほど立遅れていたわけだね」正三が何の意味もなくそんなことを呟くと、

「それだけ広島が遅れていたのは有難いと思わねばならぬではないか」と清二は眼をまじまじさせて、なおも硬い表情をしていた。

……大勢の子供を抱えた清二の家は、近頃は次から次へとごったかえす要件で紛糾していた。どの部屋にも、疎開の衣類が跳繰りだされ、それに二人の子供は集団疎開に加わって近く出発することになっていたので、その準備だけでも大変だった。手際のわるい光子はのろのろ

と仕事を片づけ、どうかすると無駄話に時を浪費している。清二は外から帰って来ると、いつも苛々した気分で妻にあたり散らすのであったが、その癖、夕食が済むと、奥の部屋に引籠って、せっせとミシンを踏んだ。リュックサックを縫うのであった。しかし、リュックなら既に二つも彼の家にはあったし、急ぐ品でもなさそうであった。清二はただ、それを拵《こしら》える面白さに夢中だった。「なあにくそ、なあにくそ」とつぶやきながら、針を運んだ。「職人なんかに負けてたまるものか」事実、彼の拵えたリュックは下手な職人の品よりか優秀であった。

……こうして、清二は清二なりに何か気持を紛らし続けていたのだが、今日、被服支廠に出頭すると、工場疎開を命じられたのには、急に足許が揺れだす思いがした。それから帰路、竹屋町辺まで差しかかると、昨日まで四十何年間も見馴れた小路が、すっかり歯の抜けたようになっていて、兵隊は滅茶苦茶に鉈を振るっている。廿代に二三年他郷に遊学したほかは、殆どこの郷土を離れたこともなく、与えられた仕事を堪えしのび、その地位も漸く安定していた清二にとって、これは堪えがたいことであった。……一体全体どうなるのか。正三などにわかることではなかった。彼は、一刻も速く順一に会って、工場疎開のことを告げておきたかった。親身で兄と相談したいことは、いくらもあるような気持がした。それなのに、順一は順一で高子のことに気を奪われ、今は何のたよりにもならないようであった。

清二はゲートルをとりはずし、暫くぼんやりしていた。そのうちに上田や三浦が帰って来ると、事務室は建物疎開の話で持ちきった。「乱暴なことをする喃《のう》。ちうに、鋸で柱をゴシゴシ引いて、縄かけてエンヤサエンヤサと引張り、それで片っぱしからめいで行くのだから、瓦も何もわや苦茶じゃ」と上田は兵隊の早業に感心していた。「永田の紙屋なんか可哀相なものさ。あの家は外から見ても、それは立派な普請だが、親爺さん床柱を撫でてわいわい泣いたよ」と三浦は見てきたように語る。すると、清二も今はニコニコしながら、この話に加わるのであった。そこへ冴えない顔つきをして順一も戻って来た。

四月に入ると、街にはそろそろ嫩葉《わかば》も見えだしたが、壁土の土砂が風に煽られて、空気はひどくザラザラしていた。車馬の往来は絡繹《らくえき》とつづき、人間の生活が今はむき出しで晒されていた。

「あんなものまで運んでいる」と、清二は事務室の窓から外を眺めて笑った。台八車に雉子の剝製が揺れながら見えた。「情ないものじゃないか。中国が悲惨だとか何とか云いながら、こちらだって中国のようになってしまったじゃないか」と、流転の相に心を打たれてか、順一もつぶやいた。この長兄は、要心深く戦争の批判を避けるのであったが、硫黄島が陥落した時には、「東条なんか八つ裂きにしてもあきたらない」と漏らした。だが、清二が工場疎開のことを急かすと、「被服支廠から真先に浮足立ったりしてどうなるのだ」と、あまり賛成しないのであった。

正三もゲートルを巻いて外出することが多くなった。銀行、県庁、市役所、交通公社、動員署——どこへ行っても簡単な使いであったし、帰りにはぶらぶらと巷を見て歩いた。……堀川町の通がぐいと思いきり切開かれ、土蔵だけを残し、ギラギラと破壊の跡が遠方まで展望されるのは、印象派の絵のようであった。これはこれで趣もある、と正三は強いてそんな感想を抱こうとした。すると、ある日、その印象派の絵の中に真白な鷗が無数に動いていた。勤労奉仕の女学生たちであった。彼女たちはピカピカと光る破片の上におりたち、白い上衣に明るい陽光を浴びながら、てんでに弁当を披いているのであった。……古本屋へ立寄ってみても、書籍の変動が著しく、狼狽と無秩序がここにも窺われた。「何か天文学の本はありませんか」そんなことを尋ねている青年の声がふと彼の耳に残った。

……電気休みの日、彼は妻の墓を訪れ、その序《つい》でに饒津公園の方を歩いてみた。以前この辺は花見遊山の人出で賑わったものだが、そうおもいながら、ひっそりとした木蔭を見やると、老婆と小さな娘がひそひそと弁当をひろげていた。桃の花が満開で、柳の緑は燃えていた。だが、正三にはどうも、まともに季節の感覚が映って来なかった。何かがずれさがって、恐しく調子を狂わしている。――そんな感想を彼は友人に書き送った。岩手県の方に疎開している友からもよく便りがあった。「元気でいて下さい。細心にやって下さい」そういう短かい言葉の端にも正三は、ひたすら終戦の日を祈っているものの気持を感じた。だが、その新しい日まで己は生きのびるだろうか……。

片山のところに召集令状がやって来た。精悍な彼は、いつものように冗談をいいながら、てきぱきと事務の後始末をして行くのであった。

「これまで点呼を受けたことはあるのですか」と正三は彼に訊ねた。

「それも今年はじめてある筈だったのですが、……いきなりこれでさあ。何しろ、千年に一度あるかないかの大いくさですよ」と片山は笑った。

長い間、病気のため姿を現わさなかった三津井老人が事務室の片隅から、憂わしげに彼等の様子を眺めていたが、このとき静かに片山の側に近寄ると、

「兵隊になられたら、馬鹿になりなさいよ、ものを考えてはいけませんよ」と、息子に云いきかすように云いだした。

……この三津井老人は正三の父の時代から店にいた人で、子供のとき正三は一度学校で気分が悪くなり、この人に迎えに来てもらった記憶がある。そのとき三津井は青ざめた彼を励ましながら、川のほとりで嘔吐する肩を撫でてくれた。そんな、遠い、細かなことを、無表情に近い、窄《すぼ》んだ顔は憶えていてくれるのだろうか。正三はこの老人が今日のような時代をどう思っているか、尋ねてみたい気持になることもあった。だが、老人はいつも事務室の片隅で、何か人を寄せつけない頑なものを持っていた。

……あるとき、経理部から、暗幕につける環を求めて来たことがある。上田が早速、倉庫から環の箱を取出し、事務室の卓に並べると、「そいつは一箱いくつ這入っていますか」と経理部の兵は訊ねた。「千箇でさあ」と上田は無造作に答えた。隅の方で、じろじろ眺めていた老人はこのとき急に言葉をさし挿んだ。

「千箇？　そんな筈はない」

上田は不思議そうに老人を眺め、

「千箇でさあ、これまでいつもそうでしたよ」
「いいや、どうしても違う」
老人は立上って秤を持って来た。それから、百箇の環の目方を測ると、次に箱全体の環を秤にかけた。全体を百で割ると、七百箇であった。

森製作所では片山の送別会が行われた。すると、正三の知らぬ人々が事務室に現われ、いろんなものをどこかから整えてくるのであった。順一の加わっている、さまざまなグルウプ、それが互に物資の融通をし合っていることを正三は漸く気づくようになった。……その頃になると、高子と順一の長い間の葛藤は結局、曖昧になり、思いがけぬ方角へ解決されてゆくのであった。

疎開の意味で、高子には五日市町の方へ一軒、家を持たす、そして森家の台所は恰度、息子を学童疎開に出して一人きりになっている康子に委ねる、――そういうことが決定すると、高子も晴れがましく家に戻って来て、移転の荷拵えをした。だが、高子にもまして、この荷造に熱中したのは順一であった。彼はいろんな品物に丁寧に綱をかけ、覆いや枠を拵えた。そんな作業の合間には、事務室に戻り、チェック・プロテクターを使ったり、来客を応対した。夜は妹を相手にひとりで晩酌をした。酒はどこかから這入って来たし、順一の機嫌はよかった……。

と、ある朝、B29がこの街の上空を掠《かす》めて行った。森製作所の縫工場にいた学徒たちは、一斉に窓からのぞき、屋根の方へ匐い出し、空に残る飛行機雲をみとれた。「綺麗だわね」「おう速いこと」と、少女たちはてんでに嘆声を放つ。B29も、飛行機雲も、この街に姿を現わしたのはこれがはじめてであった。――昨年来、東京で見なれていた正三には久振りに見る飛行機雲であった。

その翌日、馬車が来て、高子の荷は五日市町の方へ運ばれて行った。「嫁入りのやりなおしですよ」と、高子は笑いながら、近所の人々に挨拶して出発した。だが、四五日すると、高子は改めて近所との送別会に戻って来た。電気休業で、朝から台所には餅臼が用意されて、順一や康子は餅搗《もちつき》の支度をした。そのうちに隣組の女達がぞろぞろと台所にやって来た。……今では正三も妹の口から、この近隣の人々のことも、うんざりするほどきかされていた。誰と誰が結托していて、何処と何処が対立し、いかに統制をくぐり抜けてみんなそれぞれ遣繰《やりくり》をしているか。台所に姿を現した女たちは、みんな一筋縄ではゆかぬ相貌であったが、正三などの及びもつかぬ生活力と、虚偽を無邪気に振舞う本能をさずかっているらしかった。……「今のうちに飲んでおきましょうや」と、そのころ順一のところにはいろんな仲間が宴会の相談を持ちかけ、森家の台所は賑わった。そんなとき近所のおかみさん達もやって来て加勢するのであった。

正三は夢の中で、嵐に揉みくちゃにされて墜ちているのを感じた。つづいて、窓ガラスがドシン、ドシンと響いた。そのうちに、「煙が、煙が……」と何処かすぐ近くで叫んでいるのを耳にした。ふらふらする足どりで、二階の窓際へ寄ると、遥か西の方の空に黒煙が朦々と立騰っていた。服装をととのえ階下に行った時には、しかし、もう飛行機は過ぎてしまった後であった。……清二の心配そうな顔があった。「朝寝なんかしている際じゃないぞ」と彼は正三を叱りつけた。その朝、警報が出たことも正三はまるで知らなかったのだが、ラジオが一機、浜田（日本海側、島根県の港）へ赴いたと報じたかとおもうと、間もなくこれであった。紙屋町筋に一筋パラパラと爆弾が撒かれて行ったのだ。四月末日のことであった。

五月に入ると、近所の国民学校の講堂で毎晩、点呼の予習が行われていた。それを正三は知らなかったのであるが、漸くそれに気づいたのは、点呼前四日のことであった。その日から、彼も早目に夕食を了えては、そこへ出掛けて行った。その学校も今では既に兵舎に充てられていた。灯の薄暗い講堂の板の間には、相当年輩の一群と、ぐんと若い一組が入混っていた。血色のいい、若い教官はピンと身をそりかえらすような姿勢で、ピカピカの長靴の脛《すね》はゴムのように弾んでいた。

「みんなが、こうして予習に来ているのを、君だけ気づかなかったのか」

はじめ教官は穏かに正三に訊ね、正三はぼそぼそと弁解した。

「声が小さい！」

突然、教官は、吃驚するような声で呶鳴った。

……そのうち、正三もここでは皆がみんな蛮声の出し合いをしていることに気づいた。彼も首を振るい、自棄くそに出来るかぎりの声を絞りだそうとした。疲れて家に戻ると、怒号の調子が身裡に渦巻いた。……教官は若い一組を集めて、一人一人に点呼の練習をしていた。教官の問に対して、青年たちは元気よく答え、練習は順調に進んでいた。足が多少跛の青年がでてくると、教官は壇上から彼を見下ろした。

「職業は写真屋か」

「左様でございます」青年は腰の低い商人口調でひょこんと応えた。

「よせよ、ハイで結構だ。折角、今迄いい気分でいたのに、そんな返事されてはげっそりしてしまう」と教官は苦笑いした。この告白で正三はハッと気づいた。陶酔だ、と彼はおもった。

「馬鹿馬鹿しいきわみだ。日本の軍隊はただ形式に陶酔しているだけだ」家に帰ると正三は妹の前でぺらぺらと喋った。


今にも雨になりそうな薄暗い朝であった。正三はその国民学校の運動場の列の中にいた。五時からやって来たのであるが、訓示や整列の繰返しばかりで、なかなか出発にはならなかった。その朝、態度がけしからんと云って、一青年の頬桁を張り飛ばした教官は、何かまだ弾む気持を持てあましているようであった。そこへ恰度、ひどく垢じみた中年男がやって来ると、もそもそと何か訴えはじめた。

「何だと！」と教官の声だけが満場にききとれた。「一度も予習に出なかったくせにして、今朝だけ出るつもりか」

教官はじろじろ彼を眺めていたが、

「裸になれ！」と大喝した。そう云われて、相手はおずおずと釦を外しだした。が、教官はいよいよ猛って来た。

「裸になるとは、こうするのだ」と、相手をぐんぐん運動場の正面に引張って来ると、くるりと後向きにさせて、パッと相手の襯衣を剝ぎとった。すると青緑色の靄が立罩《たちこ》めた薄暗い光線の中に、瘡蓋《かさぶた》だらけの醜い背中が露出された。

「これが絶対安静を要した軀なのか」と、教官は次の動作に移るため一寸間を置いた。

「不心得者！」この声と同時にピシリと鉄拳が閃いた。と、その時、校庭にあるサイレンが警戒警報の唸りを放ちだした。その、もの哀しげな太い響は、この光景にさらに凄惨な趣を加えるようであった。やがてサイレンが歇むと、教官は自分の演じた効果に大分満足したらしく、

「今から、この男を憲兵隊へ起訴してやる」と一同に宣言し、それから、はじめて出発を命じるのであった。……一同が西練兵場へ差しかかると、雨がぽちぽち落ちだした。荒々しい歩調の音が堀に添って進んだ。その堀の向が西部二部隊であったが、仄暗い緑の堤にいま躑躅《つつじ》の花が血のように咲乱れているのが、ふと正三の眼に留まった。

康子の荷物は息子の学童疎開地へ少し送ったのと、知り合いの田舎へ一箱預けたほかは、まだ大部分順一の家の土蔵にあった。身のまわりの品と仕事道具は、ミシンを据えた六畳の間に置かれたが、部屋一杯、仕かかりの仕事を展げて、その中でのぼせ気味に働くのが好きな彼女

は、そこが乱雑になることは一向気にならなかった。雨がちの天気で、早くから日が暮れると鼠がごそごそ這いのぼって、ボール函の蔭へ陰れたりした。綺麗好きの順一は時々、妹を叱りつけるのだが、康子はその時だけちょっと片附けてみるものの、部屋はすぐ前以上に乱れた。仕事やら、台所やら、掃除やら、こんな広い家を兄の気に入るとおりには出来ない、と、よく康子は清二に零《こぼ》すのであった。……五日市町へ家を借りて以来、順一はつぎつぎに疎開の品を思いつき、殆ど毎日、荷造に余念ないのだったが、荷を散乱した後は家のうちをきちんと片附けておく習慣だった。順一の持逃げ用のリュックサックは食糧品が詰められて、縁側の天井から吊されている綱に括りつけてあった。つまり、鼠の侵害を防ぐためであった。……西崎に縄を掛けさせた荷を二人で製作所の片隅へ持運ぶと、順一は事務室で老眼鏡をかけ二三の書類を読み、それから不意と風呂場へ姿を現わし、ゴシゴシと流し場の掃除に取掛る。

……この頃、順一は身も心も独楽《こま》のようによく廻転した。高子を疎開させたものの、町会では防空要員の疎開を拒み、移動証明を出さなかった。随って、順一は食糧も、高子のところへ運ばねばならなかった。五日市町までの定期乗車券も手に入れたし、米はこと欠かないだけ、絶えず流れ込んで来る。……風呂掃除が済む頃、順一にはもう明日の荷造のプランが出来ている。そこで、手足を拭い、下駄をつっかけ、土蔵を覗《のぞ》いてみるのであったが、入口のすぐ側に乱雑に積み重ねてある康子の荷物――何か取出して、そのまま蓋の開いている箱や、蓋から喰みだしている衣類……が、いつものことながら目につく。暫く順一はそれを冷然と見詰めていたが、ふと、ここへはもっと水桶を備えつけておいた方がいいな、と、ひとり頷くのであった。

卅も半ばすぎの康子は、もう女学生の頃の明るい頭には還れなかったし、澄んだ魂というものは何時のまにか見喪われていた。が、そのかわり何か今では不逞不逞しいものが身に備わっていた。病弱な夫と死別し、幼児を抱えて、順一の近所へ移り棲むようになった頃から、世間は複雑になったし、その間、一年あまり洋裁修業の旅にも出たりしたが、生活難の底で、姑や隣組や嫂や兄たちに小衝かれてゆくうちに、多少ものの裏表もわかって来た。この頃、何よりも彼女にとって興味があるのは、他人のことで、人の気持をあれこれ臆測したり批評したりすることが、殆ど病みつきになっていた。それから、彼女は彼女流に、人を掌中にまるめる、というより人と面白く交際って、ささやかな愛情のやりとりをすることに、気を紛らすのであった。半年前から知り合いになった近所の新婚の無邪気な夫妻もたまらなく好意が持てたので、順一が五日市の方へ出掛けて行って留守の夜など、康子はこの二人を招待して、どら焼を拵えた。灯火管制の下で、明日をも知れない脅威のなかで、これは飯事遊《ままごとあそび》のように娯しい一ときであった。

……本家の台所を預かるようになってからは、甥の中学生も「姉さん、姉さん」とよく懐いた。二人のうち小さい方は母親にくっついて五日市町へ行ったが、煙草の味も覚えはじめた、上の方の中学生は盛場の夜の魅力に惹かれてか、やはり、ここに踏みとどまっていた。夕方、三菱工場から戻って来ると、早速彼は台所をのぞく。すると、戸棚には蒸パンやドウナツが、彼の気に入るようにいつも目さきを変えて、拵えてあった。腹一杯、夕食を食べると、のそりと暗い往来へ出掛けて行き、それから戻って来ると一風呂浴びて汗をながす。暢気そうに湯のなかで大声で歌っている節まわしは、すっかり職工気どりであった。まだ、顔は子供っぽかったが、軀は壮丁なみに発達していた。康子は甥の歌声をきくと、いつもくすくす笑うのだった。……餡を入れた饅頭を拵え、晩酌の後出すと、順一はひどく賞めてくれる。青いワイシャツを着て若返ったつもりの順一は、「肥ったではないか、ホホウ、日々に肥ってゆくぞ」と機嫌よく冗談を云うことがあった。実際、康子は下腹の方が出張って、顔はいつのまにか廿代の艶を湛えていた。だが、週に一度位は五日市町の方から嫂が戻って来た。派手なモンペを着た高子は香料のにおいを撒きちらしながら、それとなく康子の遣口を監視に来るようであった。そういうとき警報が出ると、すぐこの高子は顔を顰《しか》めるのであったが、解除になると、「さあ、また警報が出るとうるさいから帰りましょう」とそそくさと立去るのだった。

……康子が夕餉の支度にとりかかる頃には大概、次兄の清二がやって来る。疎開学童から来たといって、嬉しそうにハガキを見せることもあった。が、時々、清二は「ふらふらだ」とか「目眩《めまい》がする」と訴えるようになった。顔に生気がなく、焦燥の色が目だった。康子が握飯を差出すと、彼は黙ってうまそうにパクついた。それから、この家の忙しい疎開振りを眺めて、「ついでに石灯籠も植木もみんな持って行くといい」など嗤うのであった。

前から康子は土蔵の中に放りぱなしになっている箪笥や鏡台が気に懸っていた。「この鏡台は枠つくらすといい」と順一も云ってくれた程だし、一こと彼が西崎に命じてくれれば直ぐ解決するのだったが、己の疎開にかまけている順一は、もうそんなことは忘れたような顔つきだった。直接、西崎に頼むのはどうも気がひけた。高子の命令なら無条件に従う西崎も康子のことになると、とかく渋るようにおもえた。……その朝、康子は事務室から釘抜を持って土蔵の方へやって来た順一の姿を注意してみると、その顔は穏かに凪いでいたので、頼むならこの時とおもって、早速、鏡台のことを持ちかけた。

「鏡台？」と順一は無感動に呟いた。

「ええ、あれだけでも速く疎開させておきたいの」と康子はとり縋るように兄の眸を視つめた。と、兄の視線はちらと脇へ外らされた。

「あんな、がらくた、どうなるのだ」そういうと順一はくるりとそっぽを向いて行ってしまった。はじめ、康子はすとんと空虚のなかに投げ出されたような気持であった。それから、つぎつぎに憤りが揺れ、もう凝《じっ》としていられなかった。がらくたといっても、度重なる移動のためにあんな風になったので、彼女が結婚する時まだ生きていた母親がみたててくれた記念の品であった。自分のものになると箒一本にまで愛着する順一が、この切ない、ひとの気持は分ってくれないのだろうか。……彼女はまたあの晩の怕《こわ》い順一の顔つきを想い浮かべていた。

それは高子が五日市町に疎開する手筈のできかかった頃のことであった。妻のかわりに妹をこの家に移し一切を切廻さすことにすると、順一は主張するのであったが、康子はなかなか承諾しなかった。一つには身勝手な嫂に対するあてこすりもあったが、加計町の方へ疎開した子供のことも気になり、一そのこと保姆になって其処へ行ってしまおうかとも思い惑った。嫂と順一とは康子をめぐって宥《なだ》めたり賺《すか》せたりしようとするのであったが、もう夜も更けかかっていた。

「どうしても承諾してくれないのか」と順一は屹となってたずねた。

「ええ、やっぱし広島は危険だし、一そのこと加計町の方へ……」と、康子は同じことを繰返した。突然、順一は長火鉢の側にあったネーブルの皮を摑むと、向の壁へピシャリと擲げつけた。狂暴な空気がさっと漲《みなぎ》った。

「まあ、まあ、もう一ぺん明日までよく考えてみて下さい」と嫂はとりなすように言葉を挿んだが、結局、康子はその夜のうちに承諾してしまったのであった。……暫く康子は眼もとがくらくらするような状態で家のうちをあてもなく歩き廻っていたが、何時の間にか階段を昇ると二階の正三の部屋に来ていた。そこには、朝っぱらからひとり引籠って靴下の修繕をしている正三の姿があった。順一のことを一気に喋り了ると、はじめて泪があふれ流れた。そして、いくらか気持が落着くようであった。正三は憂わしげにただ黙々としていた。


点呼が了ってからの正三は、自分でもどうにもならぬ虚無感に陥りがちであった。その頃、用事もあまりなかったし、事務室へも滅多に姿を現さなくなっていた。たまに出て来れば、新聞を読むためであった。ドイツは既に無条件降伏をしていたが、今この国では本土決戦が叫ばれ、築城などという言葉が見えはじめていた。正三は社説の裏に何か真相のにおいを嗅ぎとろうとした。しかし、どうかすると、二日も三日も新聞が読めないことがあった。これまで順一の卓上に置かれていた筈のものが、どういうものか何処かに匿されていた。

絶えず何かに追いつめられてゆくような気持でいながら、だらけてゆくものをどうにも出来ず、正三は自らを持てあますように、ぶらぶらと広い家のうちを歩き廻ることが多かった。……昼時になると、女生徒が台所の方へお茶を取りに来る。すると、黒板の塀一重を隔てて、工場の露路の方でいま作業から解放された学徒たちの賑やかな声がきこえる。正三がこちらの食堂の縁側に腰を下ろし、すぐ足もとの小さな池に憂鬱な目ざしを落していると、工場の方では学徒たちの体操が始まり、一、二、一、二と級長の晴れやかな号令がきこえる。そのやさしい弾みをもった少女の声だけが、奇妙に正三の心を慰めてくれるようであった。……三時頃になると、彼はふと思いついたように、二階の自分の部屋に帰り、靴下の修繕をした。すると、庭を隔てて、向の事務室の二階では、せっせと立働いている女工たちの姿が見え、モーターミシンの廻転する音響もここまできこえて来る。正三は針のめどに指さきを惑わしながら、「これを穿いて逃げる時」とそんな念想が閃めくのであった。

……それから日没の街を憮然と歩いている彼の姿がよく見かけられた。街はつぎつぎに建ものが取払われてゆくので、思いがけぬところに広場がのぞき、粗末な土の壕が蹲っていた。滅多に電車も通らないだだ広い路を曲ると、川に添った堤に出て、崩された土塀のほとりに、無花果《いちじく》の葉が重苦しく茂っている。薄暗くなったまま容易に夜に溶け込まない空間は、どろんとした湿気が溢れて、正三はまるで見知らぬ土地を歩いているような気持がするのであった。……だが、彼の足はその堤を通りすぎると、京橋の袂へ出、それから更に川に添った堤を歩いてゆく。清二の家の門口まで来かかると、路傍で遊んでいた姪がまず声をかけ、つづいて一年生の甥がすばやく飛びついてくる。甥はぐいぐい彼の手を引張り、固い小さな爪で、正三の手首を抓《つね》るのであった。

その頃、正三は持逃げ用の雑嚢を欲しいとおもいだした。警報の度毎に彼は風呂敷包を持歩いていたが、兄たちは立派なリュックを持っていたし、康子は肩からさげるカバンを拵えていた。布地さえあればいつでも縫ってあげると康子は請合った。そこで、正三は順一に話を持かけると、「カバンにする布地？」と順一は呟いて、そんなものがあるのか無いのか曖昧な顔つきであった。そのうちには出してくれるのかと待っていたが一向はっきりしないので、正三はまた順一に催促してみた。すると、順一は意地悪そうに笑いながら、「そんなものは要らないよ。担いで逃げたいのだったら、そこに吊してあるリュックのうち、どれでもいいから持って逃げてくれ」と云うのであった。そのカバンは重要書類とほんの身につける品だけを容れるためなのだと、正三がいくら説明しても、順一はとりあってくれなかった。……「ふーん」と正三は大きな溜息をついた。彼には順一の心理がどうも把めないのであった。「拗ねてやるといいのよ。わたしなんか泣いたりして困らしてやる」と、康子は順一の操縦法を説明してくれた。鏡台の件にしても、その後けろりとして順一は疎開させてくれたのであった。だが、正三にはじわじわした駈引はできなかった。……彼は清二の家へ行ってカバンのことを話した。すると清二は恰度いい布地を取出し、「これ位あったら作れるだろう。米一斗というところだが、何かよこすか」というのであった。布地を手に入れると正三は康子にカバンの製作を頼んだ。すると、妹は、「逃げることばかり考えてどうするの」と、これもまた意地のわるいことを云うのであった。

四月三十日に爆撃があったきり、その後ここの街はまだ空襲を受けなかった。随って街の疎開にも緩急があり、人心も緊張と弛緩が絶えず交替していた。警報は殆ど連夜出たが、それは機雷投下ときまっていたので、森製作所でも監視当番制を廃止してしまった。だが、本土決戦の気配は次第にもう濃厚になっていた。

「畑元帥が広島に来ているぞ」と、ある日、清二は事務室で正三に云った。「東練兵場に築城本部がある。広島が最後の牙城になるらしいぞ」そういうことを語る清二は――多少の懐疑も持ちながら――正三にくらべると、決戦の心組に気負っている風にもみえた。……「畑元帥がのう」と、上田も間のびした口調で云った。「ありゃあ、二葉の里で、毎日二つずつ大きな饅頭を食べてんだそうな」……夕刻、事務室のラジオは京浜地区にB29五百機来襲を報じていた。顰面して聴いていた三津井老人は、

「へーえ、五百機！　……」

と思わず驚嘆の声をあげた。すると、皆はくすくす笑い出すのであった。

……ある日、東警察署の二階では、市内の工場主を集めて何か訓示が行われていた。代理で出掛けて来た正三は、こういう席にははじめてであったが、興もなさげにひとり勝手なことを考えていた。が、そのうちにふと気がつくと、弁士が入替って、いま体軀堂々たる巡査が喋りだそうとするところであった。正三はその風采にちょっと興味を感じはじめた。体格といい、

顔つきといい、いかにも典型的な警察官というところがあった。「ええ、これから防空演習の件について、いささか申し上げます」と、その声はまた明朗闊達であった。……おやおや、全国の都市がいま弾雨の下に晒されている時、ここでは演習をやるというのかしら、と正三は怪しみながら耳を傾けた。

「ええ、御承知の通り現在、我が広島市へは東京をはじめ、名古屋、或は大阪、神戸方面から、つまり各方面の罹災者が続々と相次いで流込んでおります。それらの罹災者が我が市民諸君に語るところは何であるかと申しますと、『いやはや、空襲は怕かった怕かった。何でもかんでも速く逃げ出すに限る』と、ほざくのであります。しかし、畢竟するに彼等は防空上の惨敗者であり、憐むべき愚民であります。自ら恃《たの》むところ厚き我々は決して彼等の言に耳傾けてはならないのであります。なるほど戦局は苛烈であり、空襲は激化の一路にあります。だが、いかなる危険といえども、それに対する確乎たる防備さえあれば、いささかも怖るには足りないのであります」

そう云いながら、彼はくるりと黒板の方へ対《む》いて、今度は図示に依って、実際的の説明に入った。……その聊《いささ》かも不安もなさげな、彼の話をきいていると、実際、空襲は簡単明瞭な事柄であり、同時に人の命もまた単純明確な物理的作用の下にあるだけのことのようにおもえた。珍しい男だな、と正三は考えた。だが、このような好漢ロボットなら、いま日本にはいくらでもいるにちがいない。

順一は手ぶらで五日市町の方へ出向くことはなく、いつもリュックにこまごました疎開の品を詰込み、夕食後ひとりいそいそと出掛けて行くのであったが、ある時、正三に「万一の場合知っていてくれぬと困るから、これから一緒に行こう」と誘った。小さな荷物持たされて、正三は順一と一緒に電車の停留場へ赴いた。己斐行はなかなかやって来ず、正三は広々とした道路のはてに目をやっていた。が、そのうちに、建物の向にはっきりと呉娑娑宇山がうずくまっている姿がうつった。

それは今、夏の夕暮の水蒸気を含んで鮮かに生動していた。その山に連らなるほかの山々もいつもは仮睡の淡い姿しか示さないのに、今日はおそろしく精気に満ちていた。底知れない姿の中を雲がゆるゆると流れた。すると、今にも山々は揺れ動き、叫びあおうとするようであった。ふしぎな光景であった。ふと、この街をめぐる、或る大きなものの構図が、このとき正三の眼に描かれて来だした。……清冽な河川をいくつか乗越え、電車が市外に出てからも、正三の眼は窓の外の風景に喰入っていた。その沿線はむかし海水浴客で賑わったので、今も窓から吹込む風がふとなつかしい記憶のにおいを齎《もた》らしたりした。が、さきほどから正三をおどろかしている中国山脈の表情はなおも衰えなかった。暮れかかった空に山々はいよいよあざやかな緑を投出し、瀬戸内海の島影もくっきりと浮上った。波が、青い穏かな波が、無限の嵐にあおられて、今にも狂いまわりそうに想えた。

正三の眼には、いつも見馴れている日本地図が浮んだ。広袤《こうぼう》はてしない太平洋のはてに、はじめ日本列島は小さな点々として映る。マリアナ基地を飛立ったB29の編隊が、雲の裏を縫って星のように流れてゆく。日本列島がぐんとこちらに引寄せられる。八丈島の上で二つに岐れた編隊の一つは、まっすぐ富士山の方に向かい、他は、熊野灘に添って紀伊水道の方へ進む。が、その編隊から、いま一機がふわりと離れると、室戸崎を越えて、ぐんぐん土佐湾に向ってゆく。……青い平原の上に泡立ち群がる山脈が見えてくるが、その峰を飛越えると、鏡のように静まった瀬戸内海だ。一機はその鏡面に散布する島々を点検しながら、悠然と広島湾上を舞っている。強すぎる真昼の光線で、中国山脈も湾口に臨む一塊の都市も薄紫の朧である。……が、そのうちに、宇品港の輪郭がはっきりと見え、そこから広島市の全貌が一目に瞰下される。山峡にそって流れている太田川が、この街の入口のところで分岐すると、分岐の数は更に増え、街は三角洲の上に拡がっている。街はすぐ背後に低い山々をめぐらし、練兵場の四角形が二つ、大きく白く光っている。だが、近頃その川に区切られた街には、いたるところに、疎開跡の白い空地が出来上っている。これは焼夷弾攻撃に対して鉄壁の陣を敷いたというのであろうか。……望遠鏡のおもてに、ふと橋梁が現れる。豆粒ほどの人間の群が今も忙しげに動きまわっている。たしか兵隊にちがいない。兵隊、——それが近頃この街のいたるところを占有しているらしい。練兵場に蟻の如くうごめく影はもとより、ちょっとした建物のほとりにも、それらしい影が点在する。……サイレンは鳴ったのだろうか。荷車がいくつも街中を動いておる。街はずれの青田には玩具の汽車がのろのろ走っている。……静かな街よ、さようなら。B29一機はくるりと舵を換え悠然と飛去るのであった。

琉球列島の戦が終った頃、隣県の岡山市に大空襲があり、つづいて、六月三十日の深更から七月一日の未明まで、呉市が延焼した。その夜、広島上空を横切る編隊爆音はつぎつぎに市民の耳を脅やかしていたが、清二も防空頭巾に眼ばかり光らせながら、森製作所へやって来た。工場にも事務室にも人影はなく、家の玄関のところに、康子と正三と甥の中学生の三人が蹲っているのだった。たったこれだけで、こんな広い場所を防ぐというのだろうか、――清二はすぐにそんなことを考えるのであった。と、表の方で半鐘が鳴り「待避」と叫ぶ声がきこえた。四人はあたふたと庭の壕へ身を潜めた。密雲の空は容易に明けようともせず、爆音はつぎつぎにききとれた。もののかたちがはっきり見えはじめたころ漸く空襲解除となった。

……その平静に返った街を、ひどく興奮しながら、順一は大急で歩いていた。彼は五日市町で一睡もしなかったし、海を隔てて向にあかあかと燃える火焔を夜どおし眺めたのだった。うかうかしてはいられない。火はもう踵に燃えついて来たのだ、――そう呟きながら、一刻も早く自宅に駈けつけようとした。電車はその朝も容易にやって来ず、乗客はみんな茫とした顔つきであった。順一が事務室に現れたのは、朝の陽も大分高くなっていた頃であったが、ここにも茫とした顔つきの睡むそうな人々ばかりと出逢った。

「うかうかしている時ではない。早速、工場は疎開させる」

順一は清二の顔を見ると、すぐにそう宣告した。ミシンの取りはずし、荷馬車の下附を県庁へ申請すること、家財の再整理、――順一にはまた急な用件が山積した。相談相手の清二は、しかし、末節に疑義を挿むばかりで、一向てきぱきしたところがなかった。順一はピシピシと鞭を振いたいおもいに燃立つのだった。

その翌々日、こんどは広島の大空襲だという噂がパッと拡がった。上田が夕刻、糧秣廠からの警告を順一に伝えると、順一は妹を急かして夕食を早目にすまし、正三と康子を顧みて云った。

「儂はこれから出掛けて行くが、あとはよろしく頼む」

「空襲警報が出たら逃げるつもりだが……」正三が念を押すと順一は頷いた。

「駄目らしかったらミシンを井戸へ投込んでおいてくれ」

「蔵の扉を塗りつぶしたら……今のうちにやってしまおうかしら」

ふと、正三は壮烈な気持が湧いて来た。それから土蔵の前に近づいた。かねて赤土は粘ってあったが、その土蔵の扉を塗り潰ぶすことは、父の代には遂に一度もなかったことである。梯子を掛けると、正三はぺたぺたと白壁の扉の隙間に赤土をねじ込んで行った。それが終った頃順一の姿はもうそこには見えなかった。正三は気になるので、清二の家に立寄ってみた。「今夜が危いそうだが……」正三が云うと、「ええ、それがその秘密なのだけど近所の児島さんもそんなことを夕方役所からきいて帰り……」と、何か一生懸命、袋にものを詰めながら光子はだらだらと弁じだした。

一とおり用意も出来て、階下の六畳、――その頃正三は階下で寝るようになっていた、――

の蚊帳にもぐり込んだ時であった。ラジオが土佐沖海面警戒警報を告げた。正三は蚊帳の中で耳を澄ました。高知県、愛媛県が警戒警報になり、つづいてそれは空襲警報に移っていた。正三は蚊帳の外に匐い出すと、ゲートルを捲いた。それから雑嚢と水筒を肩に交錯させると、その上をバンドで締めた。玄関で靴を探し、最後に手袋を嵌めた時、サイレンが警戒警報を放った。彼はとっとと表へ飛び出すと、清二の家の方へ急いだ。暗闇のなかを固い靴底に抵抗するアスファルトがあった。正三はぴんと立ってうまく歩いている己の脚を意識した。清二の家の門は開け放たれていた。玄関の戸をいくら叩いても何の手ごたえもない。既に逃げ去った後らしかった。正三はあたふたと堤の路を突きって栄橋の方へ進んだ。橋の近くまで来た時、サイレンは空襲を唸りだすのであった。

夢中で橋を渡ると、饒津公園裏の土手を廻り、いつの間にか彼は牛田方面へ向かう堤まで来ていた。この頃、漸く正三は彼のすぐ周囲をぞろぞろと犇《ひしめ》いている人の群に気づいていた。それは老若男女、あらゆる市民の必死のいでたちであった。鍋釜を満載したリヤカーや、老母を載せた乳母車が、雑沓のなかを掻きわけて行く。軍用犬に自転車を牽かせながら、颯爽と鉄兜を被っている男、杖にとり縋り跛をひいている老人。トラックが来た。馬が通る。薄闇の狭い路上がいま祭日のように賑わっているのだった。……正三は樹蔭の水槽の傍にある材木の上に腰を下ろした。

「この辺なら大丈夫でしょうか」と通りがかりの老婆が訊ねた。

「大丈夫でしょう、川もすぐ前だし、近くに家もないし」そういって彼は水筒の栓を捻った。

いま広島の街の空は茫と白んで、それはもういつ火の手があがるかもしれないようにおもえた。街が全焼してしまったら、明日から己はどうなるのだろう、そう思いながらも、正三は目の前の避難民の行衛に興味を感じるのであった。『ヘルマンとドロテア』のはじめに出て来る避難民の光景が浮んだ。だが、それに較べると何とこれは怕しく空白な情景なのだろう。……暫くすると、空襲警報が解除になり、つづいて警戒警報も解かれた。人々はぞろぞろと堤の路を引上げて行く。正三もその路をひとりひきかえして行った。路は来た折よりも更に雑沓していた。何か喚きながら、担架が相次いでやって来る。病人を運ぶ看護人たちであった。

空から撒布されたビラは空襲の切迫を警告していたし、脅えた市民は、その頃、日没と同時にぞろぞろと避難行動を開始した。まだ何の警報もないのに、川の上流や、郊外の広場や、山の麓は、そうした人々で一杯になり、叢では、蚊帳や、夜具や、炊事道具さえ持出された。朝昼なしに混雑する宮島線の電車は、夕刻になると更に殺気立つ。だが、こうした自然の本能を、すぐにその筋はきびしく取締りだした。ここでは防空要員の疎開を認めないことは、既に前から規定されていたが、今度は防空要員の不在をも監視しようとし、各戸に姓名年齢を記載させた紙を貼り出させた。夜は、橋の袂や辻々に銃剣つきの兵隊や警官が頑張った。彼等は弱い市民を脅迫して、あくまでこの街を死守させようとするのであったが、窮鼠の如く追いつめられた人々は、巧みにまたその裏をくぐった。夜間、正三が逃げて行く途上あたりを注意してみると、どうも不在らしい家の方が多いのであった。

正三もまたあの七月三日の晩から八月五日の晩——それが最終の逃亡だった——まで、夜間形勢が怪しげになると忽ち逃げ出すのであった。……土佐沖海面、警戒警報が出るともう身支度に取掛る。高知県、愛媛県に空襲警報が発せられて、広島県、山口県が警戒警報になるのは十分とかからない。ゲートルは暗闇のなかでもすぐ捲けるが、手拭とか靴篦《くつべら》とかいう細かなもので正三は鳥渡《ちょっと》手間どることがある。が、警戒警報のサイレン迄にはきっと玄関さきで靴をはいている。康子は康子で身支度をととのえ、やはりその頃、玄関さきに来ている。二人はあとさきになり、門口を出てゆくのであった。……ある町角を曲り、十歩ばかり行くと正三はもう鳴りだすぞとおもう。はたして、空襲警報のものものしいサイレンが八方の闇から喚きあう。おお、何という、高低さまざまの、いやな唸り声だ。これは傷いた獣の慟哭とでもいうのであろうか。後の歴史家はこれを何と形容するだろうか。——そんな感想や、それから、……それにしても昔、この自分は街にやって来る獅子の笛を遠方からきいただけでも真青になって逃げて行ったが、あの頃の恐怖の純粋さと、この今の恐怖とでは、どうも今では恐怖までが何か鈍重な枠に嵌めこまれている。——そんな念想が正三の頭に浮かぶのも数秒で、彼は息せききらせて、堤に出る石段を昇っている。清二の家の門口に駈けつけると、一家揃って支度を了えていることもあったが、まだ何の身支度もしていないこともあった。正三がここへ現れるのと前後して康子は康子でそこへ駈けつけて来る。……「ここの紐結んで頂戴」と小さな姪が正三に頭巾を差出す。彼はその紐をかたく結んでやると、くるりと姪を背に背負い、皆より一足さきに門口を出て行く。栄橋を渡ってしまうと、とにかく吻として足どりも少し緩くなる。鉄道の踏切を越え、饒津の堤に出ると、正三は背負っていた姪を叢に下ろす。川の水は仄白く、杉の大木は黒い影を路に投げている。この小さな姪はこの景色を記憶するであろうか。幼い日々が夜毎、夜毎の逃亡にはじまる「ある女の生涯」という小説が、ふと、汗まみれの正三の頭には浮かぶのであった。……暫くすると、清二の一家がやって来る。嫂は赤ん坊を背負い、女中は何か荷を抱えている。康子は小さな甥の手をひいて、とっとと先頭にいる。（彼女はひとりで逃げていると、警防団につかまりひどく叱られたことがあるので、それ以来この甥を貸りるようになった。）清二と中学生の甥は並んで後からやって来る。それから、その辺の人家のラジオに耳を傾けながら、情勢次第によっては更に川上に溯ってゆくのだ。長い堤をずんずん行くと、人家も疏《まば》らになり、田の面や山麓が朧に見えて来る。すると、蛙の啼声が今あたり一めんにきこえて来る。ひっそりとした夜陰のなかを逃げのびてゆく人影はやはり絶えない。いつのまにか夜が明けて、おびただしいガスが帰路一めんに立罩めていることもあった。

時には正三は単独で逃亡することもあった。彼は一ヵ月前から在郷軍人の訓練に時折、引ぱり出されていたが、はじめ頃廿人あまり集合していた同類も、次第に数を減じ、今では四五名にすぎなかった。「いずれ八月には大召集がかかる」と分会長はいった。はるか宇品の方の空では探照灯が揺れ動いている夕闇の校庭に立たされて、予備少尉の話をきかされている時、正三は気もそぞろであった。訓練が了えて、家へ戻ったかとおもうと、サイレンが鳴りだすのだった。だが、つづいて空襲警報が鳴りだす頃には、正三はぴちんと身支度を了えている。あわただしい訓練のつづきのように、彼は闇の往来へ飛出すのだ。それから、かっかと鳴る靴音をききながら、彼は帰宅を急いでいる者のような風を粧う。橋の関所を無事に通越すと、やがて饒津裏の堤へ来る。……ここではじめて、正三は立留まり、叢に腰を下ろすのであった。すぐ川下の方には鉄橋があり、水の退いた川には白い砂洲が朧に浮上っている。それは少年の頃からよく散歩して見憶えている景色だが、正三には、頭上にかぶさる星空が、ふと野戦のありさまを想像さすのだった。『戦争と平和』に出て来る、ある人物の眼に映じる美しい大自然のながめ、静まりかえった心境、――そういったものが、この己の死際にも、はたして訪れて来るだろうか。すると、ふと正三の蹲っている叢のすぐ上の杉の梢の方で、何か微妙な啼声がした。おや、ほととぎすだな、そうおもいながら正三は何となく不思議な気持がした。この戦争が本土決戦に移り、もしも広島が最後の牙城となるとしたら、その時、己は決然と命を捨てて戦うことができるであろうか。……だが、この街が最後の楯になるなぞ、なんという狂気以上の妄想だろう。仮りにこれを叙事詩にするとしたら、最も矮小で陰惨かぎりないものになるに相違ない。……だが、正三はやはり頭上に被さる見えないものの羽撃《はばたき》を、すぐ身近かにきくようなおもいがするのであった。

　警報が解除になり、清二の家までみんな引返しても、正三はそこの玄関で暫くラジオをきいていることがあった。どうかすると、また逃げださなければならぬので、甥も姪もまだ靴のままでいる。だが、大人達がラジオに気をとられているうち、さきほどまで声のしていた甥が、いつのまにか玄関の石の上に手足を投出し、大鼾で睡っていることがあった。この起伏常なき生活に馴れてしまったらしい子供は、まるで兵士のような鼾をかいている。（この姿を正三は何気なく眺めたのであったが、それがやがて、兵士のような死に方をするとはおもえなかった。まだ一年生の甥は集団疎開へも参加出来ず、時たま国民学校へ通っていた。八月六日も恰度、学校へ行く日で、その朝、西練兵場の近くで、この子供はあえなき最後を遂げたのだった。）

……暫く待っていても別状ないことがわかると、康子がさきに帰って行き、つづいて正三も清二の門口を出て行く。だが、本家に戻って来ると、二枚重ねて着ている服は汗でビッショリしているし、シャツも靴下も一刻も早く脱捨ててしまいたい。風呂場で水を浴び、台所の椅子に腰を下ろすと、はじめて正三は人心地にかえるようであった。——今夜の巻も終った、だが、明晩《あす》は——。その明晩も、かならず土佐沖海面から始まる。すると、ゲートルだ、雑嚢だ、靴だ、すべての用意が闇のなかから飛ついて来るし、逃亡の路は正確に横わっていた。……（このことを後になって回想すると、正三はその頃比較的健康でもあったが、よくもあんなに敏捷に振舞えたものだと思えるのであった。人は生涯に於いてかならず意外な時期を持つものであろうか）。

森製作所の工場疎開はのろのろと行われていた。ミシンの取はずしは出来ていても、馬車の割当が廻って来るのが容易でなかった。馬車がやって来た朝は、みんな運搬に急がしく、順一はとくに活気づいた。ある時、座敷に敷かれていた畳がそっくり、この馬車で運ばれて行った。畳の剝がれた座敷は、坐板だけで広々とし、ソファが一脚ぽつんと置かれていた。こうなると、いよいよこの家も最後が近いような気がしたが、正三は縁側に佇んで、よく庭の隅の白い花を眺めた。それは梅雨頃から咲きはじめて、一つが朽ちかかる頃には一つが咲き、今も六弁の、ひっそりした姿を湛えているのだった。次兄にその名称を訊くと、梔子《くちなし》だといった。そういえば子供の頃から見なれた花だが、ひっそりとした姿が今はたまらなく懐かしかった。

……

「コレマデナンド　クウシュウケイホウニアッタカシレナイ　イマモ　カイガンノホウガアカアカトモエテイル　ケイホウガデルタビニ　オレハゲンコウヲカカエテ　ゴウニモグリコムコノゴロ　オレハ　コウトウスウガクノケンキュウヲシテイルノダ　スウガクハウツクシイ　ニホンノゲイジュツカハ　コレガワカラヌカラダメサ」こんな風な手紙が東京の友人から久振りに正三の手許に届いた。岩手県の方にいる友からはこの頃、便りがなかった。釜石が艦砲射撃に遇い、あの辺ももう安全ではなさそうであった。

ある朝、正三が事務室にいると、近所の会社に勤めている大谷がやって来た。彼は高子の身内の一人で、順一たちの紛争《ごたごた》の頃から、よくここへ立寄るので、正三にももう珍しい顔ではなかった。細い脛に黒いゲートルを捲き、ひょろひょろの胴と細長い面は、何か危なかしい印象をあたえるのだが、それを支えようとする気魄も備わっていた。その大谷は順一のテーブルの前につかつかと近よると、

「どうです、広島は。昨夜もまさにやって来るかと思うと、宇部の方へ外れてしまった。敵も

よく知っているよ、宇部には重要工場がありますからな。それに較べると、どうも広島なんか兵隊がいるだけで、工業的見地から云わすと殆ど問題ではないからね。きっと大丈夫ここは助かると僕はこの頃思いだしたよ」と、大そう上機嫌で弁じるのであった。（この大谷は八月六日の朝、出勤の途上遂に行衛不明になったのである）。

……だが、広島が助かるかもしれないと思いだした人間は、この大谷ひとりではなかった。一時はあれほど殷賑をきわめた夜の逃亡も、次第に人足が減じて来たのである。そこへもって来て、小型機の来襲が数回あったが、白昼、広島上空をよこぎるその大群は、何らこの街に投弾することがなかったばかりか、たまたま西練兵場の高射砲は中型一機を射落したのであった。「広島は防げるでしょうね」と電車のなかの一市民が将校に対って話しかけると、将校は黙々と肯くのであった。……「あ、面白かった。あんな空中戦たら滅多に見られないのに」と康子は正三に云った。正三は畳のない座敷で、ジイドの『一粒の麦もし死なずば』を読み耽っているのであった。アフリカの灼熱のなかに展開される、青春と自我の、妖しげな図が、いつまでも彼の頭にこびりついていた。

清二はこの街全体が助かるとも考えなかったが、川端に臨んだ自分の家は焼けないで欲しいといつも祈っていた。三次町に疎開した二人の子供が無事でこの家に戻って来て、みんなでまた河遊びができる日を夢みるのであった。だが、そういう日が何時やってくるのか、つきつめて考えれば茫としてわからないのだった。

「小さい子供だけでも、どこかへ疎開させたら……」と康子は夜毎の逃亡以来、頻りに気を揉むようになっていた。「早く何とかして下さい」と妻の光子もその頃になると疎開を口にするのであったが、「おまえ行ってきめて来い」と、清二は頗る不機嫌であった。女房、子供を疎開させて、この自分は――順一のように何もかもうまく行くではなし――この家でどうして暮してゆけるのか、まるで見当がつかなかった。何処か田舎へ家を借りて家財だけでも運んでおきたい、そんな相談なら前から妻としていた。だが、田舎の何処にそんな家がみつかるのか、清二にはまるであてがなかった。この頃になると、清二は長兄の行動をかれこれ、あてこすらないかわりに、じっと怨めしげに、ひとり考えこむのであった。

順一もしかし清二の一家を見捨ててはおけなくなった。結局、順一の肝煎《きもいり》で、田舎へ一軒、家を貸りることが出来た。が、荷を運ぶ馬車はすぐには備えなかった。田舎へ家が見つかったとなると、清二は吻として、荷造に忙殺されていた。すると、三次の方の集団疎開地の先生から、父兄の面会日を通知して来た。三次の方へ訪ねて行くとなれば、冬物一切を持って行ってやりたいし、疎開の荷造やら、学童へ持って行ってやる品の準備で、家のうちはまたごったかえした。それに清二は妙な癖があって、学童へ持って行ってやる品々には、きちんと毛筆で名前を記入しておいてやらぬと気が済まないのだった。

あれをかたづけたり、これをとりちらかしたりした揚句、夕方になると清二はふいと気をかえて、釣竿を持って、すぐ前の川原に出た。この頃あまり釣れないのであるが、糸を垂れていると、一番気が落着くようであった。……、ふと、トットトットという川のどよめきに清二はびっくりしたように眼をみひらいた。何か川をみつめながら、さきほどから夢をみていたような気持がする。それも昔読んだ旧約聖書の天変地異の光景をうつらうつらたどっていたようである。すると、崖の上の家の方から、「お父さん、お父さん」と大声で光子の呼ぶ姿が見えた。清二が釣竿をかかえて石段を昇って行くと、妻はだしぬけに、

「疎開よ」と云った。

「それがどうした」と清二は何のことかわからないので問いかえした。

「さっき大川がやって来て、そう云ったのですよ、三日以内に立退かねばすぐにこの家とり壊されてしまいます」

「ふーん」と清二は呻いたが、「それで、おまえは承諾したのか」

「だからそう云っているのじゃありませんか。何とかしなきゃ大変ですよ。この前、大川に逢った時には、お宅はこの計画の区域に這入りませんと、ちゃんと図面みせながら説明してくれた癖に、こんどは藪から棒に、二〇メートルごとの規定ですと来るのです」

「満洲ゴロに一杯喰わされたか」

「口惜しいではありませんか。何とかしなきゃ大変ですよ」と、光子は苛々しだす。

「おまえ行ってきめてこい」そう清二は嘯いたが、ぐずぐずしている場合でもなかった。「本家へ行こう」と、二人はそれから間もなく順一の家を訪れた。しかし、順一はその晩も既に五日市町の方へ出かけたあとであった。市外電話で順一を呼出そうとすると、どうしたものか、その夜は一向、電話が通じない。光子は康子をとらえて、また大川のやり口をだらだらと罵《ののし》り

だす。それをきいていると、清二は三日後にとり壊される家の姿が胸につまり、今はもう絶体絶命の気持だった。

「どうか神様三日以内にこの広島が大空襲をうけますように」

若い頃クリスチャンであった清二は、ふと口をひらくとこんな祈をささげたのであった。

その翌朝、清二の妻は事務室に順一を訪れて、疎開のことをだらだらと訴え、建物疎開のことは市会議員の田崎が本家本元らしいのだから、田崎の方へ何とか頼んでもらいたいというのであった。

フン、フンと順一は聴いていたが、やがて、五日市へ電話をかけると、高子にすぐ帰ってこいと命じた。それから、清二を顧みて、「何て有様だ。お宅は建物疎開ですといわれて、ハイそうですか、と、なすがままにされているのか。空襲で焼かれた分なら、保険がもらえるが、疎開でとりはらわれた家は、保険金だってつかないじゃないか」と、苦情云うのであった。

そのうち暫くすると、高子がやって来た。高子はことのなりゆきを一とおり聴いてから、「じゃあ、ちょっと田崎さんのところへ行って来ましょう」と、気軽に出かけて行った。一時間もたたぬうちに、高子は晴れ晴れした顔で戻って来た。

「あの辺の建物疎開はあれで打切ることにさせると、田崎さんは約束してくれました」

こうして、清二の家の難題もすらすら解決した。と、その時、恰度、警戒警報が解除になった。

「さあ、また警報が出るとうるさいから今のうちに帰りましょう」と高子は急いで外に出て行くのであった。

暫くすると、土蔵脇の鶏小屋で、二羽の雛がてんでに時を告げだした。その調子はまだ整っていないので、時に順一たちを興がらせるのであったが、今は誰も鶏の啼声に耳を傾けているものもなかった。暑い陽光《ひざし》が、百日紅の上の、静かな空に漲っていた。……原子爆弾がこの街を訪れるまでには、まだ四十時間あまりあった。

美しき死の岸に

忘れがたみ

飛行機雲

大学病院の方へ行く坂を登りながら、秋空に引かれた白い線に似た雲を見ていた。こんな面白い雲があるのかと、はじめて見る奇妙な雲について私は早速帰ったら妻に話すつもりで……しかし、その妻はもう家にも病院にも居なかった。去年のこの頃、よくこの坂を登りながら入院中の妻に逢いに行った。その頃と変って今では病院の壁も黒く迷彩が施されてはいるが、その方へ行くとやはり懐しいものが残っていそうで……しかし、私がもう此処を訪れるのも今日をかぎりにそう滅多にあるまい。玄関ではもう穿き替えの草履を呉れないことになっていた、これも、以前と変ったことがらである。私は川島先生に逢って、妻の死を報告しておいた。それからとぼとぼ坂を降りて行った。

翌日、新聞に飛行機雲の写真が出ていた。さては昨日見た雲は飛行機雲というものなのかとひとり頷いたが、仮りにこれを妻に語るならば「漸くあなたはそんなことを知ったのですか」と、病床にいても新知識の獲得の速かった彼女はあべこべに私を笑ったかもしれないのだ。

財布

初七日が過ぎて、妻の財布を開けてみた。枕頭に置いて金の出入を司っていた、この大きな財布はもう外側などボロボロになっている。死ぬる二三日前はもう小銭の扱いも面倒くさがっていたが、患ってはいても長い間、几帳面に銭勘定をしてくれたものだ。

財布の内側には二十円なにがし金が残っていた。もっと内側のかすかに含らんでいるところには……何が這入っているのだろうと、私は一つ一つ調べてみた。竹村章一という印の捺された水道料金の受領証、それも昨年の六月分だけ一枚それから四年前の書留の受取、そうした無意味な紙片にまじって、大切そうに半紙に包んだ小さなものが出て来た。私は何だろうと思いながらそれを開けてみた。鹿島神宮武運長久御守……はっとして、眼頭の熱くなるものがあった。

花

「花というものが人間の生活に必要だということをつくづく感じるようになった、以前は何だかつまらないものだと思っていたが……」

柩に入れる花を求めて帰る途中、私の友人はふとそんなことを呟いた。

妻の霊前には花が絶やされなかったが、四十九日になるとあちこちから沢山の花を貰った。仏壇は花で埋れそうであった。雨気の多い日には障子の開けたてに菊の香が動いた。夜一人で寝ていると、いろんな花のけはいが闇の中にちらついて、何か睡眠を妨げるようであった。花が枯れて行くに随って香りも錆びてゆくのであった。

新しい花を求めてまた花屋に行った。近頃花屋にも花は乏しく、それに値段は驚くほど高くなっている。しかし、大輪の黄菊と紅白のカーネーションなど掌に持ち歩いていると、年寄の女など嘆声をあげて珍しがるのであった。

南瓜

寝ていて見える半間の窓に這い登っていた南瓜は、嵐で地面に叩き落されてしまった。後にはよごれたトタン塀が白々と残されていた。折角あれが見えるのを娯しみにしていたのに、と妻は病床で喞《かこ》った。

木戸の方に這っている南瓜には、しっかりとした実がついた。その実はどの位の大きさになったかと妻はよく訊ね、私は寸法を計っては病床に報告した。

ある日、信州にいる義弟から南瓜の菰包《こもづつみ》を送って来た。開けてみると、稍《やや》長目のもの、球形のもの、淡い青に白く斑点の浮出たもの、僧に似た褐色のもの、形も色も珍しく、畳の上に並べてみたが、どう並べてみてもしっくりと落着くのであった。

私は家に成っている一つを捥ぎとって、そのほとりに並べた。妻はうれしげにしげしげ眺めていたが、隣の奥さんを呼んで来てくれと云う。やがて隣の細君の姿が現れると「いずれ煮《た》いて食べる時には少しずつお頒けしますよ」と妻は晴れ晴れと云うのであった。――死ぬる六日前のことであった。

写真

その写真はいくつ位の時のものであろうか、娘の時撮ったものには違いないのだが、不思議に変らぬ一つの相を湛えていたし、妻の顔というものは時にさまざまに変っていたような気もするが、やはり一つを貫いて流れるものがあったらしい。最近の写真とても無かったので、仏壇のほとりにその写真を飾った。見れば無邪気な表情のなかにも、神経質らしい閃きがあった。義母も一枚その複製が欲しいと云うので、街の写真屋に持って行って頼むと、期日は請合かねるが一ヵ月もしたら来てみてくれと云った。

その後一ヵ月もたったが写真屋の前を通れば大概戸を鎖めているのであった。私はふとあの写真が紛失するのではないかと不安になった。ある朝思いたって行ってみると、今年中は出来ないと写真屋の返事であった。それで、一まず写真を返してもらった。オーバーのポケットに入れて、急いで家に帰ると、早速とり出して眺めた。すると、その写真は長い間不自由な場所にいて漸く帰って来たような、吻として多少呼吸困難を訴えているような、病み上りのいじらしい姿に見えるのであった。

手帳

枕頭においていた小さな手帳には遺言状をしたためていた。その手帳の第一頁に、蓋《そは》もし衣にだにも捫《さは》らば愈《いえ》んと意《おも》へばなりイエスふりかへり婦《をんな》を見て曰けるは女《むすめ》よ心安かれ爾の信仰なんぢを愈せり即ち婦この時より愈《いゆ》

と鉛筆で書いてあり「昭和十九年三月二十九日午後八時四十分」とある。私は妻が入院中糖尿の食餌療法のために誌していた、もう一つの手帳で、三月二十九日はどんな日だったか調べてみた。すると、三度の食事を記入した欄外に「夜法話を聞き眠れなく気分悪し、ホテリ」とある。ホテリというのは頬が火照って苦しいことである。

「蓋もし衣にだにも……」という一節はマタイ伝の中に見つかった。が「十二年血漏を患へる婦うしろに来て其衣の裾に捫れり」という句に続くものであった。

十二年血漏を患へる婦——それを凝と睡れないで考え詰めていた顔が、私には何だか怕しい。三月二十九日午後八時四十分、その時から妻も心安らかであったのだろうか。

きもの

大学から大先生が来診して下さると決まると、妻は急いで新しい寝巻にとりかえた。鋭い麻の葉模様の浴衣であった。それを着たまま三日後には死んで行った。が、あの浴衣はたしか昨年、大学に入院した最初の日にも着ていたものであった。麻の葉模様の青地に白く浮出た鋭い線が、痩せた軀に喰い込むように絡んでいて、それはふと私の心をかきむしったのであった。妻も悲壮な気持であったのに違いない。

小豆色のぱっと明るい、鹿子《かのこしぼり》絞の羽織を妻は好んで病院では着ていた。齢にも似合わない派手なものであったが、それをかたきのように身に着けていたのも、今にして思えば、悲壮な心からかもしれない。

白いフランネルの寝巻。これはむかし新婚の旅先で彼女がトランクからとり出して着、「この寝巻のことをいつかはきっと書いて下さい」と云っていたものだ。それほど好きだった寝巻も病床で着古し、今はすっかりすりきれたようになっている。

日和下駄

もう五年も前のことになるが、弟の入営を郷里まで見送りその帰りに日和下駄を一足買って戻った。軽い桐の台の、赤い緒の、値段も廉いものであったが、どこか、がっちりとした恰好が好もしく、気軽に足を載せてみたくなるような品であった。病床の妻はそれがよほど気に入ったらしく、気分のいい時など畳の上で履いてみたりしたが、早くその歯をじかに黒土に触れる日を待ち望むように、そっと履物を労わっては仕舞込んで置くのであった。

けれども下駄の履ける日はなかなかやって来なかった。重態になってからも、妻はよくその下駄を枕頭に持って来て見せてくれと云った。緒の色も今は少し派手であった。が、矢張その下駄をきりっと履きしめて歩ける日を夢みていたようだ。

天気のいい日など、私は今もあの下駄を履いて身軽に歩き廻る姿を思い浮かべ、その足音を耳の底に聴きとろうとするのである。

手

いたずらっぽい、小さな手であった。指もすんなりとして指さきは円々としていた。どの爪も、爪のつけ根にある三日月型のところが、はっきりと白かった。器用で、敏捷で、可憐な手だった。その手は、活花や習字やお茶の稽古にいそしんで来た手だった。その手は指にふっくらと肉が盛り上り、笑靨《えくぼ》の浮んだような、健やかな手になりたがっていた。

「よく写真を視てみると、どの写真もお茶の手つきをしている」と嫂は云った。発病する前、睡れない床で、その手は茶の湯の手前のことばかりを考えていたのだ。

不思議なことに、どんなに容態が悪い時でも、爪のつけ根の三日月型は白く冴えて美しかった。死んで行った時も、その三日月は消えなかった。

私は古い写真をとりだして、指のところを注意して視た。やっぱり、くっきりと白い三日月は昨日のように残っているのであった。

眼

よく働く眼であった。ちらっとものを窃視《ぬすみみ》ることも出来たし、静かにものを見詰めることもできる眼であった。どんな細かなものも見落すまいと褐色の眸は輝き、一眼でものの姿を把えようと勝気な睫《まつげ》は瞬いた。手先仕事のちょっとした骨《こつ》なら傍から見ていて、すぐに覚えとってしまう眼であった。眼分量のよくきく眼であった。マッチの大箱に軸が何本這入っているか、眼で測って、後で数えてみると殆ど差がなかった。

熱が出ると、その眼は潤んで、大きく見開かれた。頰の火照りをじっと怺《こら》えていて、何かを一心に祈っている眼であった。

人の気持に先廻りしようとする眼であった。その眼からはとげとげしいもの、やさしいもの、うれしげなものがいつも活潑に飛び出た。

私はその眼が末期の光を湛えて、大きく虚ろに見開かれたのを忘れはしないが、あの時の相は私の心に正確には映らなかった。むしろ、夜の闇の中で考えていると、まざまざと甦って来るまなざしの方がかなしいのである。

耳

もともと、よく訓練された耳ではなかった。人の云うことを聞き違えることもなかったかわりに、人の口真似を巧みにこなすことは出来なかった。活々した抑揚とか、快い発声法はなく、ただ内に閃くもの、迸《ほとばし》るものに随って声を出すのであった。その調子は時に唐突でもあった。

音楽も語学も身につけることが出来なかったが、それだけに名曲を聴きたがったり、英語の単語を覚え込もうとした。その耳が、病気のすすむに随って、だんだん冴えて行った。見えない所でする微かなもの音で、人の立居振舞や気分まで察することが出来たし、他所の家のラジオではっきりと報道を聴きとることもあった。耳はまた、しーんとして夜の静寂を貫き流れる声なき声に聴き入ろうとしていた。

私はその耳にあまり優しい言葉を囁かなかったが、だが、窃かにこの頃懐うことがらを、その耳は他界にあって聴きとるであろうか。

知慧

妻は私にとって、なかなかの知慧袋であった。私は妻から障子の貼り方、キセル掃除の仕方、アイロンの掛け方、字画の順序、算盤の加算などを教わった。字画の順序とか、算盤とかいうものは子供の時に教え込まれて居なければならない筈だと、妻は病床で歯痒がった。

火のおこし方とか、米の磨き方とか、洗濯・掃除なども、女中が雇えなくなってから私は習い覚えた。

そのほか、一つ一つは憶い出せぬ細かなことを教わったと思うし、もっと妻が生きていて呉れたら、まだまだ何かを教わったであろう。実際、人生に於ては常に教わらねばならぬこまかな事柄があるのに、私はこの齢になって驚かされるのである。

読書

妻はあまり読書家ではなかった。範囲も狭く、好みも偏っていたし、それに病気してからは余程気分がいい時でないと読書しなかった。

「ドルジェル伯の舞踏会」を読んで興奮して熱を出したことがある。チェーホフや、モーパッサンの短篇を好み、シェークスピヤの豊饒さに驚き、健康になったらこれはみんな読んでみたいと云っていた。どうも、読んだ後で鬱屈した気分を解放してくれるものを好んだようだ。鏡花の「高野聖」の頓智や芥川の「河童」の機智を愛し、里見弴の弾むような文体に惹かれ、十和田操を期待していた。それから、堀辰雄のものも読んでいた。惟《おも》うに、機智や諧謔の表面的な面白さより、それを創り出す人間性の逞しさに憧れていたのかもしれない。私はいつかはセルバンテスを読ませたかった。

死ぬる半年程前のこと、妻はプーシキンの「ベールキン物語」を読んでひどく喜んだ。いかにもプーシキンの短篇は病人に読ませていい書だ。私は病人に向く小説というものを考えてみたし、そんなものを書いてみたかった。

勘

「勘がないのですか、打てば響くというようになって下さい」と、病妻はよく私のことを零した。こまごました看病と体を使う雑用のため、頭は茫として、私の勘はだんだん鈍って行った。が、妻の方は反対に病気が進んでゆくに随って、直覚力が冴えて行った。あの病気につきものの、極微なものをしつこく穿鑿《せんさく》しようとする癖や、遠方にいる人の気持まで透視しようとする望みが、死期の近づくとともに募って行ったのである。そうして、大概の場合、妻の予言は的中していた。

簞笥や、押入の中にある品物の数量と位置をちゃんと記憶しているのも、街の路筋や、どこの店には何があり、どこそこの家の隣りは誰が棲んでいるかということなど、或は過去の忘れはてた瑣事をふと記憶の底から呼び起すのも、寝た儘動けない病人の方であった。それ故、私は妻を喪ったことに依って、何か大きな空隙ができてしまった。

こころ

わたしが詩を書いて病院に持って行くと、妻はベットで顔の上にそれをひらいて読み、読んでからよくこう云ったものだ「わたしの気持とそっくりではないのかしら、これは……」そうして、妻は不思議そうな顔をした。その顔が私には不思議でならなかった。

ある朝

庭の酸漿《ほおずき》が赤く色づき、葉が蝕《むしば》まれたまま、すがれてゆく頃、私は旅に出て、山の宿でさびしい鳥の啼声を聴いた。夜のあけがた、何か訴えるような、かすかな、せつなげな声が夢うつつに私の耳に入り、それがいつまでも魂にこびりついた。

その頃、妻はよくものごとに苛立っていた。見慣れた顔ながらときにひどく濃艶であったり、どうかすると透き徹ったような謎の顔つきをしていた。眼球が大きくなり、ギラギラ燃えていた。

ある朝（それは昭和十四年九月十日のことであった）私はまだ床にいて、よく目も覚めきらなかったが、とくに起出してごそごそやっている妻のけはいを隣室に感じているうち、ふと、かすかな、せつなげな、絶え入るばかりの咳の声を聞いた。私は寝巻のまま飛出して隣室に行ってみた。妻はぐったりとして、かすかに笑顔をした。それはたった今生じたことを容易に信じかねるような、稍うわずって美しい顔であった。だがこれが我々の身の上を訪れた最初の霹《へき》靂《れき》であった。

けはい

ごそっと机の引出を開ける音がする。紙をめくっているけはいがする。……私が徹夜して書いた原稿を読んでいるのだ。紙をめくる音も歇む。障子にはたきをかけだしたようだ。……その頃私は床にいて、妻の動作をぼんやり感じているのが好きだった。

いいものが書けた時は、妻の顔色も爽やかであった。私も救われるような気持がした。だが、いいものは書けず、徹夜しても白紙のままのことが多かった。そんな時、私は妻の動作の微細なところまで気に懸った。……俎《まないた》でコトコト菜葉を庖丁で叩いている。コトコトという細かい音の中に何ともしれぬ憂鬱が籠っている。私は暗黙に咎められているのだった。

このようにして、昔の月日は水のように流れて行った。……だが、近頃でもひとり家にいると、私はどこか見えない片隅に懐しいもののけはいを感じる。自分の使うペンの音とか、紙をめくる音のなかに、いつのまにやら、ふと若い日の妻の動作の片割れが潜んでいる。

椅子

おまえが静かに椅子に横たわり、あたりもひっそりとして吐く息、吸う息を数えながら、うっとりとしていると、空気も爽やかに澄み亘り、おまえのふるさとの山のはざまの青空が浮かび、とびかう小鳥のさえずりもきこえ。

おまえが椅子のうえで頰を火照らしているとき、海の近いこの土地の、わるい湿気や、南風や、苛立たしい光線などが皮膚のすみずみに甦り、何もかも堪え忍ばねばならぬ人間のかなしさがむねをふさぎ。

おまえの嘆き、歓び、背の恰好をのこしている椅子。

霜の宿

私は十年あまり住み慣れた、この借家を近いうちに引上げようかと思っていた。寒い夜半、ふと六畳の方の窓辺にある木瓜《ぼけ》の木と芙蓉の木が思い出された。あの木も今はみんな落葉して裸木になっているのだが、毎年春さきには木瓜の木が朱い蕾をもち、厚ぼったい花をひらいたし、秋になると芙蓉の淡い花が、つぎつぎに咲いては墜ちて行った。そして、木瓜の花も芙蓉の花も、ある時のある気分の、亡妻の面影に似かようているのであった。そう思うと、窓辺にある裸木の姿が頻りと気に懸った。

翌朝窓辺に立って、しみじみと眺めれば、ひどい霜に土は歪んで、木瓜も芙蓉も寒々としている。

　されればこそ荒れたきままの霜の宿

ふと、芭蕉の句が思い出されたのである。

門

見たこともない土地の夕暮であった。若い男がとぼとぼと砂の道を歩いて行った。糠《ぬか》のような砂は男の踵を没し、一足ごとに疲れは加わっていた。それでも男は歩いて行かなければならなかった。炎暑のほとぼりをもった空には低く雲が迷ってい、行手は茫漠として果しもないようであった。

若者は立留まって、ふと、

「遠い遠い道だなあ」と嘆息した。

「どこを歩いているのです」と、その時頭上の雲の裂間から母親の声が洩れた。

「遠い、遠い道……」若者はしずかに答えた。

しばらくすると、若者の目の前には大きな大きな琥珀色の石の砦が現れて来た。彼はやや嬉しげにその城門を見上げようとした。だが、城門のてっぺんは目もとどかない大空の高みにあった。

「高い高い門だなあ」と彼は力無げに呟いた。

「どんな風な門なのです」と今度は前よりもっと感動にふるえる母親の声がした。

「大きな、大きな門……」彼は低く低くうなだれるように応えた。

息子を喪った婦人が私の妻の七七忌にやって来て、臨終の話をしていた。その話を私はいつのまにか、こんな風な夢につくりかえていた。

小さな庭

庭

暗い雨のふきつのる、あれはてた庭であった。わたしは妻が死んだのを知っておどろき泣いていた。泣きさけぶ声で目がさめると、妻はかたわらにねむっていた。

……その夢から十日あまりして、ほんとに妻は死んでしまった。庭にふりつのるまっくらの雨がいまはもう夢ではないのだ。

そら

おまえは雨戸を少しあけておいてくれというた。おまえは空が見たかったのだ。うごけないからだゆえ朝の訪れが待ちどおしかったのだ。

閨

もうこの部屋にはないはずのおまえの柩がふと仄暗い片隅にあるし、妖しい胸のときめきで目が覚めかけたが、あれは鼠のしわざ、たしか鼠のあばれた音だとうとうと思うと、いつの間にやらおまえの柩もなくなっていて、ひんやりと閨《ねや》の闇にかえった。

菊

あかりを消せば褥《しとね》の襟にまつわりついている菊の花のかおり。昨夜も今夜もおなじ闇のなかの菊の花々。嘆きをこえ、夢をとだえ、ひたぶるにくいさがる菊の花のにおい。わたしの身は闇のなかに置きわすれられて。

真冬

草が茫々として、路が見え、空がたれさがる、……枯れた草が濛々として、白い路に、たれさがる空……。あの辺の景色が怕いのだとおまえは夜更におののきながら訴えた。おまえの眼のまえにはピンと音たてて割れそうな空気があった。

沼

足のほうのシイツがたくれているのが、蹠に厭な頼りない気持をつたえ、沼のどろべたを跣足で歩いているようだとおまえはいう。沼のあたたかい枯葉がしずかに煙むって、しずかに睡むってゆくすべはないのか。

墓

うつくしい、うつくしい墓の夢。それはかつて旅をしたとき何処かでみた景色であったが、こんなに心をなごますのは、この世の眺めではないらしい。たとえば白い霧も嘆きではなく、しずかにふりそそぐ月の光も、まばらな木々を浮彫にして、青い石碑には薔薇の花。おまえの墓はどこにあるのか、立ち去りかねて眺めやれば、ここらあたりがすべて墓なのだ。

ながあめ

ながあめのあけくれに、わたしはまだたしかあの家のなかで、おまえのことを考えてくらしているらしい。おまえもわたしもうつうつと仄昏《ほのぐら》い家のなかにとじこめられたまま。

岐阜提灯

秋の七草をあしらった淡い模様に、蠟燭の灯はふるえながら呼吸づいていた。ふるえながら、とぼしくなった焰は底の方に沈んで行ったが、今にも消えうせそうになりながら、またぽっと明るくなり、それからジリジリと曇って行くのだった。……はじめ岐阜提灯のあかりを悦んでいた妻はだんだん憂鬱になって行った。あかりが消えてしまうと、宵闇の中にぼんやりと白いものが残った。

朝の歌

雨戸をあけると、待ちかねていた箱のカナリヤが動きまわった。縁側に朝の日がさし、それが露に濡れた青い菜っぱと小鳥の黄色い胸毛に透きとおり、箱の底に敷いてやる新聞紙も清潔だった。そうして妻は清々しい朝の姿をうち眺めていた。

いつからともなくカナリヤは死に絶えたし、妻は病んで細って行ったが、それでも病室の雨戸をあけると、やはり朝の歌が縁側にきこえるようであった。それから、ある年、妻はこの世をみまかり、私は栖みなれた家を畳んで漂泊の身となった。けれども朝の目ざめに、たまさかは心を苦しめ、心を弾ます一つのイメージがまだすぐそこに残っているように思えてならないのだった。

鬼灯図

なぜか私は鬼灯《ほおずき》の姿にひきつけられて暮していた。どこか幼い時の記憶にありそうな、夢の隙間がその狭い庭にありそうで……。初夏の青い陽《かげ》さす青鬼灯のやさしい蕾。暗澹たる雷雨の中に朱く熟れた鬼灯の実。夏もすがれ秋はさりげなく蝕まれて残る鬼灯の茎。かぼそく白い網のような繊維の袋のなかに照り映えている真冬の真珠玉。そして春陽四月、土くれのあちこちからあわただしく萌え出る魔法の芽。……いく年かわたしはその庭の鬼灯の姿に魅せられて暮していたのだが、さて、その庭のまわりを今も静かに睡ってただよっているのは、妻の幻。

秋

窓の下にすきとおった靄が、葉の散りしだいた並木はうすれ、固い靴の音がしていくたりも通りすぎてゆく乙女の姿が、しずかにねむり入ったおんみの窓の下に。

鏡のようなもの

鏡のようなものを、なんでも浮かび出し、なんでも細かにうつる、底しれないものを、こちらからながめ、むこうにつきぬけてゆき。

夜

わたしがおまえの病室の扉を締めて、廊下に出てゆくと、長いすべすべした廊下にもう夕ぐれの気配がしのび込んでいる。どこよりも早く夕ぐれの訪れて来るらしいそこの廊下や階段をいくまがりして、建物の外に出ると澄みわたった空に茜雲が明るい。それから病院の坂路を下ってゆくにつれて、次第にひっそりしたものが附纏って来る。坂下の橋のところまで来ると街はもうかなり薄暗い。灯をつけている書店の軒をすぎ電車の駅のところまで来ると、とっぷり日が沈んでしまう。混み合う電車に揺られ次の駅で降りると、もうあたりは真暗。私は袋路の方へとぼとぼ歩いて行き、家の玄関をまたぎ大急ぎで電灯を捻《ひね》る。すると、私にははじめて夜が訪れて来るのだった、おまえの居ない家のわびしい夜が。

頌

沢山の姿の中からキリキリと浮び上って来る、あの幼な姿の立派さ。私はもう選択を誤らないであろう。嘗ておまえがそのように生きていたということだけで、私は既に報いられているのだった。

かけかえのないもの

かけかえのないもの、そのさけび、木の枝にある空、空のあなたに消えたいのち。
はてしないもの、そのなげき、木の枝にかえってくるいのち、かすかにうずく星。

病室

おまえの声はもう細っていたのに、咳ばかりは思いきり大きかった。どこにそんな力が潜んでいるのか、咳は真夜中を選んでは現れた。それはかたわらにいて聴いていても堪えがたいのに、まるでおまえを揉みくちゃにするような発作であった。嵐がすぎて夜の静寂が立もどっても、病室の嘆きはうつろわなかった。嘆きはあった、……そして、じっと祈っているおまえのけはいも。

春

不安定な温度のなかに茫として過ぎて行った時間よ。あんな麗しいものが梢の青空にかかり、——それを眺める瞳は、おまえであったのか、わたしであったのか——土のおもてに満ちあふれた草花。（光よ、ふりそそげ）かつておまえの瞳をとおして眺められた土地へ。

一九四四——四五年

吾亦紅

マル

マルが私の家に居ついたのは、昭和十一年のはじめであった。死にそうな、犬が庭に迷い込んで来たから追出して下さいと妻はある寒い晩云った。死にはすまいと私はそのままにしておいた。犬は二三日枯芝の日だまりに身をすくめ人の顔をみると脅えた目つきをしていたが、そのうちに元気になった。鼻や尻尾に白いところを残し、全体が褐色の毛並をしている、この雌犬は人の顔色をうかがうことに敏感であった。

その春、私たちは半月あまり家をあけて、帰郷していたが、千葉の家に戻って来たのは夜更であった。木戸の方から、生い繁った雑草を踏んで戸袋のところの南京錠をあけようとしていると、何か私たちの足もとに触わったものがある。「マル」と妻は感動のこもった声を放った。烈しい呼吸をつきながらマルは走り廻るのであった。

秋になると、マルはもう母親になっていた。芙蓉の花の咲誇る下で仔犬と戯れ合っている姿は、いかにも満ち足りたものの姿であった。ところが間もなく、マルは犬獲りに攫われて行った。隣家の細君と私の妻とは、蘇我という所の犬獲りの家を捜しあて、漸く無事に連れ戻った。すると、その隣家の子供は、戻って来たうれしさに、いきなりマルの乳を吸ってみたのである。うそ寒い夕方、台所の露次で、他所の犬が来て、マルの乳を吸っていることもあった。「おかしな犬」と妻はあきれた。

翌年の寒中のことであった。マルは他所の家の床下に潜り込んだ儘、なかなか出て来ようとしなかった。その暗い床下からは、既に産みおとされた仔犬の啼声がきこえていた。四五日して現われたマルの姿は、ひどく変りはてていた。子宮が外部に脱出してしまい、見るも痛々しげであった。マルは苦しそうに眠りつづけた。今度はもう死ぬるかと思われたが、そのうちにまた歩きだすようになった。胯間に無気味なものをぶらつかせて、のこのこと歩く姿は見る人の目を欹《そば》だたせたが、マルの目つきも哀れげであった。

その年の秋、私の家の前に小林先生が移転して来た。その新婚の細君と私の妻とは、すぐに親しく往来するようになった。マルの姿は先生の注意をひいた。「いつか手術してやる」先生はその細君に漏らしていたのである。

マルが手術されたのは、翌年の春であった。恰度、旅から帰って来た私は、玄関先に筵を敷かれて寝そべっているマルの姿を認めた。留守の間に、小林先生の細君と私の妻は、マルを医大に連れて行ったのであった。「それは大変でしたよ」と妻は浮々した調子でその時のことを語った。自動車に乗せて、大学の玄関まで運ぶと、そこに看護婦が待伏せていて、板に縛りつける。無事に手術を了えると、マルは、牛乳やらビスケットやらで歓待されたのである。（もっと細かに、面白げに、妻は私に話してくれたのだが、今はもう細かな部分を忘れてしまった。今になって思うと、妻は私にそのことを面白く書かせようと考えていたのに違いない。）

手術後のマルはあの醜いものを除かれて、再び元気そうになった。だが、歳月とともに、この犬の顔は陰気くさくなって行った。自転車に乗った人を見るたびに火のついたように吠え猛った。ある日、妻がお茶の稽古から帰って、派手なコートの儘、台所の七輪を弄っていると、ふとマルが鼻を鳴らしながら近づいて来る。珍しく甘えるような仕草で、終にはのそのそと板の間に這い上って来るのであった。どうしたのだろうと私たちは不審がったが、妻はお茶の師匠の処でそこの小犬を一寸撫でてやったことを思い出した。

マルは翌年の秋、死んだ。あまり吠えつくので、誰かが鉄片を投げつけたらしく、その疵がもとで、犬はぽっくりと死んだ。恰度、私の妻は最初の発病で、入院中であった。茫とした国道の裏にある、小さな病院の離れで、妻は顔を火照らしながら、ひどく苦しそうであった。その病院から、ほど遠からぬ荒れはてた墓地の片隅に、マルは埋められた。

（小林先生はマルを手術した翌年、本町の方へ転宅した。だが、その後も私の妻と先生の細君とは仲よく往来していたし、妻が病気してから他界する日まで絶えず私たちは先生のお世話になっていた。）

カナリヤ

カナリヤを飼いはじめたのは、昭和十一年の終頃からだった。ふと妻が思いついて、私たちはある夜、巷の小鳥屋を訪れた。そこには、小鳥のように、しなやかな、心の底まで快活そうな細君がいて、二羽のカナリヤを撰んでくれた。最初から、その女は私の印象にのこったが、妻もほぼ同様であったらしい。その後、妻は餌を買いにそこへ行くにつけ、小鳥屋の細君のことを口にするようになった。どうして、あんなに身も魂も軽そうに生きていられるのだろうか、小鳥など相手に暮していると自然そうなるのだろうか、と私の妻はその女の姿を羨しがるのであった。

さて、翌日カナリヤの箱が届けられると、それからは毎朝妻がその世話を焼くのであった。新しい新聞紙を箱の底に敷きかえて、青い菜っぱと水をやると、縁側の空気まで清々しくなる。妻は気持よさそうにそれを眺めた。

春さきになると、雌はよく水を浴びるようになったが、雄の方はひどくぎこちない姿で泊木に蹲ったまま、てんで水など浴びようとしなかった。それを妻は頻りに気にするようになっていた。と、ある朝、この雄は泊木から墜ちて死んでいた。

その後、一年あまりは残された雌だけを飼いつづけた。この雌は箱の中から、遠くに見える空の小鳥の姿を認めて、微妙な身悶えをすることがあった。私たちが四五日家をあけなければならなかった時、餌と水を沢山あてがっておいた。帰って来て早速玄関の箱の中を覗くと、このカナリヤは無事で動き廻っていた。

ある秋の夜、妻は一羽の雄をボール凾に入れて戻って来た。ボール凾から木の箱へ移すと、二三度飛び廻ったかとおもうと、咽喉をふるわせて囀《さえず》りだした。電灯の光の下で囀る雄と、それを凝と聴きとれている雌の姿はまことにみごとであった。こんどの雄は些も危な気がなかった。産卵期が近づくと、棉を喰いちぎって巣に持運んで行く雌を、傍からせっせと手助けするのであった。やがて、卵はかえったが、どれも育たなかった。梅雨の頃、三羽の雛が生れこんどは揃って育ちそうであった。が、母親がぽっくり死んでしまった。すると、残された雄が母親がわりになり、せっせと餌を運んでは、巧みに仔を育てて行った。雛はみな無事に生長して行った。一羽の雛はもう囀りを覚えはじめ、わけても愛らしく頼もしかった。

ある日、カナリヤの箱を猫が襲った。気がついた時には、金網がはずされており、箱の中は空であった。が、庭の塀の上に雄のカナリヤと二羽の雛がいた。この父親は仔をつれて、すぐに箱のなかへ戻って来た。だが、一羽の一番愛らしかった雛は、父に随わず、勝手に黐木《もちのき》の梢の方を飛び廻っていた。「あ、あそこにいるのに」と妻は夢中で空をふり仰いでいた。カナリヤは屋根に移り、そこで、しばらく娯しそうに囀っていた。その声がだんだん遠ざかり、遂に聞えなくなるまで、妻は外に佇んでいた。やがて、ぐったりして妻は家に戻って来た。耳はまだあの囀りのあとを追い、その眼は無限のなかに彷徨《さまよ》っているようで、絶え入るばかりの烈しいものが、妻の貌に疼いていた。妻が発病したのは、それから間もなくであった。

二羽のカナリヤは無事に育って行ったが、翌年の春になると、父親と喧嘩して騒々しいので、とうとう父親だけを残して、出入の魚屋に呉れてやった。残された雄は相変らずよく囀った。春も夏も秋も、療養の妻の椅子のかたわらに、ぽつんと置かれていた。カナリヤは孤独に馴れ、ひとり囀りを娯しんでいるようにおもえた。このカナリヤが死んだのは昭和十八年の暮で、妻が医大に入院している時のことであった。数えてみると、妻がそれを買って帰った時からでも、五年間生きていたことになる。

蛞蝓

その頃、妻は夜半に起出しては蛞蝓《なめくじ》退治をしていた。私がぼんやり夜の書斎に坐っていると、一寝入した妻は茫とした夢の温もりを背負って、しかし、いそいそとした顔つきで、懐中電灯を持って、すぐ隣の台所に現れる。それから、流場の笊《ざる》の下とか、敷板の下などを点検し、蛞蝓は火箸で摘んで、塩で溶かすのであった。妻は蛞蝓の居そうな場所と、出て来る時刻を、すっかり諳《そらん》じていた。これがすむと、妻は清々した顔つきで寝室に引返すのであった。

清潔好きの妻のことで、台所など自分の体のつづきのようにおもっているらしかったが、それにしても、蛞蝓は相手が相手だけに、私には何だかおかしかった。

『庭の無花果が芽を吹き、小さな果を持つ頃、蛞蝓は現れて来る。小さな青い無花果の嘘の果を見て、ほう、今年はもう無花果がなるのかしら、と亭主は感心している。こんな阿房な亭主だから、蛞蝓までこちらを馬鹿にして、するすると台所に侵入して来るのである。……』

私はその頃、こんな戯文を書いて、妻に示したことがある。すると妻も「蛞蝓退治」と題して、何か書こうとするのであった。

蛞蝓は、しかし、あの南風でねとねとする風土と、むかむかするその頃の世相を象徴しているようでもあった。何だか訳のわからない気持のわるいものが、外にも内にも溢れていた。妻が病気する前のことで、昭和十三年頃のことである。

嗟嘆

日盛の静かな時刻であった。私は椅子にねころんで、ぼんやり本を展げていた。露次の方に、荷車の音がして、垣のところの芥箱《ごみばこ》の蓋があく音がする。塵取人夫の来ていることは、その音でもわかる。窓に面した六畳の方で、妻の立上って、台所へ行く気配がする。暫くすると、窓のところで、「御苦労さま」と人夫に呼びかけている一きわ快活そうな声がする。「これ一つ」と何か差出したのは、多分、梅焼酎だったのだろう。やがて、「あーッ」と、いかにも、うまそうに一気にそれを呑み乾したらしい、溜息がきこえる。

……いつのことであったか、もうはっきりは憶い出せぬ。「あーッ」という嗟嘆ばかりは今も私の耳にのこっている。日盛の静かな時刻であった。

昆虫

草深いその侘住居《わびずまい》――侘住居と妻は云っていた――には、夏になると、いろんな昆虫がやって来た。梅雨頃のおぼつかなげな、白い胡蝶、潮風に乗って彷徨《さまよ》う揚羽蝶、てんとう虫、兜虫、やがて油照りがつづくと、やんまの翅をこする音がきこえ、蜥蜴《とかげ》の砂を崩す姿がちらついた。その狭い庭には、馬陸《やすで》という虫が密生していたし、守宮《やもり》も葉蔭に這っていた。それから、夜は灯を慕ってやって来る虫で大変だった。灯を消しても、邯鄲はすぐ側の柱で鳴き続けたし、大きな蛾は、パタパタと蚊帳のまわりを暴れた。殺して紙に包んで捨てた筈の蛾が、翌朝も、秋雨のなかで動いていることがあった。眼球がキーンと光っているといって、妻は特にその蛾を厭がった。ある年、黄色い蛾が、この地方を脅やかした。その粉にあてられると、皮膚が腫れるというのであった。この蛾のためかどうかはっきりしないが、妻の顔が遽かにひどく腫れ上った。それは湿疹だということであったが、妻の軀にはそれからひきつづいて不調が訪れて来たのだった。

夏の終り頃には、腹に朱と黄の縞のある蜘蛛が、窓のところに巣を造った。黐木の枝に巣を張っている蜘蛛も、夕方になると、かならず同じ場所に現れた。微熱のつづく妻は、縁側の静臥椅子に横わったまま、それらを凝と眺めるのであった。そういうとき、時間はいみじくも停止して、さまざまな過去の断片が彼女の眼さきにちらついたのではあるまいか。そこから、昆虫の夢の世界へは、一またぎで行けそうであった。簷のところで、蟷螂と蜂が争っていることもあった。蜥蜴と守宮が喧嘩していることもあった。蟻はせっせと荷を運び、蜂の巣は夕映に白く光った。

妻が死んだ晩、まだ一度も手をとおさなかった緑色の晴着が枕頭に飾ってあった。すると、窓から入って来た蟷螂が、その枕頭をあたふたと飛び廻った、——大きな緑のふしぎな虫であった。

草木

庭の片隅に移し植えた萩は毎年、夏の終りには、垣根の上まで繁り、小さな紅い花を持った。暑い陽光に蒸れる地面も、その辺だけは爽やかな日蔭となり、こまかなみどりが風に揺れていた。私は、あの風にゆらめく葉をぼんやりと眺めていると、そのまま、いつまでも、ここの生活がうつろわないもののような気持がしたのだが……。最初その小さな庭に、妻と二人でおりたち、前の借主が残して行った、いろんな草木を掘返した時の子供っぽい姿が、——素足で踏む黒土の鮮やかなにおいとともに——今も眼さきに髣髴とする。そういえば、二人であの浅い濁った海に浸ったとき海水で顔を洗い、手拭いの下から覗いた顔もまるで女学生の表情だった。

はじめのころ妻は、クロッカアズ、アネモネ、ヒヤシンスなど買って来て、この土地での春を待った。私は私で、芝生を一めんに繁らそうと工夫した。春さきになると、まず壺すみれが日南《ひなた》に咲いた。それからクローバー、車前草《おおばこ》、藜《あかざ》などがほしいままに繁った。黄色い暑苦しい花、焔のような真赤な小さな花、黄や紫の白粉花など、毎歳その土地には絶えなかった。ダリヤは花を持つ頃になると風に吹き折られた。紺菊は霜に痛められて細々と咲いた。庭の手入も、年とともに等閑になったが、鬼灯《ほおずき》ばかりは最後の年までよく出来た。私はその青い実の一輪を妻の病床に飾ったのだった。

一つ一つはもう憶い出せないが、私は妻とあの土地で暮した間、どれほどかずかずの植物に親しみ、しみじみそれを眺めたことか。妻が死んだ翌日、仏壇に供える花を求めて、その名を花屋に問うと、われもこう、この花を、つくづくと眺めたのはその時がはじめてだった。が、その花を持って家に帰る途中、自転車の後に同じ吾亦紅と薄の穂を括りつけてゆく子供の姿をふと見かけた。お月見も近いのだな、と私はおもった。

葡萄の朝

私は青白い中学生だった。夏が来ても泳ごうとはせず、二階に引籠って書物を読んでいた。だが、そうした憂鬱の半面で、私のまわりの世界は、その頃大きく呼吸づき、夏の朝の空気のように清々しかった。

家の裏には葡萄棚があって、涼しい朝の日影がこぼれ落ちている。私はぼんやりその下にいた。すると、ふと、その時私は側にやって来た近所の小父の声で我にかえった。

「少しは水泳にでも行ったらどうだね。この子を見給え、毎日泳いでるので、君なんかよりずっと色黒だ」

そう云われて、彼の側にくっついていた小さな女の児は、いま私の視線を受け、羞《はにか》みと得意の表情で、くるりと小父の後に隠れてしまった。

ある朝の、ほんの瞬間的な遭遇であった。その少女が、私の妻になろうとは、神ならぬ私は知らなかったのだ。

菓子

ある夕方、妻はぐったりした顔つきで、「お菓子が食べたい」と云った。その頃妻は貪るようにものを食べるのであったが、どうも元気がなかった。いつも私は教員室で先生たちが「せめて子供に、大福をもう一度食べさすことが出来る日まで、生きていたいものだ」など話合っているのをきかされていたが、「お菓子が食べたい」という妻の訴えは、普通の人のそれとは少し違っていたらしい。ひどく銷然としているので、私は妻を慰めるつもりで、その傍にねそべり、一時間あまりも菓子の話をした。思い出してみれば、世の中には随分いろんな菓子があったものだ。幼い時から親しんだ菓子の名前がすぐ念頭に浮かび、その恰好や、色彩をお互に話し合った。娘の頃から抹茶を習っている妻は、日本菓子について詳しかった。さまざまの記憶を静かに語り合っていると、もう返って来ぬ夢のように、うっとりと絶望するのであった。

妻の母は娘を悦ばすために、東京からわざわざ蓬団子を拵えて持って来ることがあった。すると、妻は重箱に詰められた団子を、見る見るうちに平らげてしまうのであった。これまでにないことであった。たまたま、私も学校で生徒の父兄から贈られた菓子を少し頒けてもらった。甘納豆、豆板、飴玉など、この時も妻は悦んだ。だが、菓子を食べても、ものを貪っても、どうも妻は元気にならなかった。ものに憑かれたように、たらふく食事をした後では、ぐいぐいと水を飲んだ。それが、糖尿病の所為だとは、暫くの間まだ気がつかなかったのである。

その後、糖尿の養生をはじめ、順調に行きそうもない時、もの狂おしげに妻は母に云った。「どうせ助からないのなら、思いきり欲しいものを食べて死のうかしら」「それはまだ早いよ」と母は静かに宥《なだ》めた。結局、妻は思いきり欲しいものを食べないうちに、死んでしまったのである。

戦争が終って、闇市にはぽつぽつ菓子の姿を見かけられるようになった。私はそれを亡き妻に報告したいような気持に駆られる。報告したいのは、菓子のことばかりではない。戦争によって歪められていた数かぎりないことがらを、今は、しずかにかえりみているのである。

机

私のいま使っている机は、——机ではなく実は箱なのだが、下に石油箱を横たえ、その上に木製の洋服箱を重ね、書きものをする高さに調節している訳なのだが、この上の方の軽い箱には蓋も附いていて、それが押匣の代用にもなり、原稿用紙や鳥渡したものを容れておくのに便利だ。もともと、これは洋服箱ではなく、実は妻が嫁入する時持って来たもので、中には彼女が拵えた繻子の袱紗や、水引の飾りものが容れてあった。

私は昨年の二月、千葉の家を引上げ、郷里の兄の許に移ると、土蔵の中で、この箱を見つけた。妻が嫁ぐとき持って来た品々は、まだその土蔵の長持の中に呼吸づいていて、それが私の嘆きを新たにした。警報がよく出てあわただしい頃ではあったが、私は時折、土蔵の二階へ行って、女学生の頃使用していたものらしい物尺や筆入などを眺めた。はじめて島田を結ったとき使ったきり、そのまま埋没されていた頭の飾りも出て来た。私は刺繍の袱紗の上に、綺麗な櫛など飾って四五日眺め、やがて一纏めにすると妻の郷里へ送り届けた。それから空箱になった木の箱には、私の夏の洋服やシャツを詰めて、田舎の方へ疎開させておいた。

原子爆弾のため、広島の家は灰燼に帰し、久しく私が使用していた机も本箱も、みんな喪われた。だが、八幡村へ疎開させておいた洋服箱は無事であった。私は八幡村の農家の二階で、この箱を机の代用にすることを思いつき、そこで半歳あまり、ものを書くのに堪えて来た。昭和二十一年三月、私は東京の友人のところへ下宿することに決心したが、荷物を送り出すについて、この箱が一番気にかかった。薄い板で出来ている箱ゆえ、もしかすると途中で壊れてしまいそうだし、それかといって、どうしても諦めてしまうことは出来なかった。私は材木屋で枠になりそうな板を買うと、奮然としてその箱に枠を拵えた。実際、自分ながら驚くべき奮闘であったが、やがて、その箱は他の荷物と一緒に無事で友人の許に届いていた。

死の影

永らく私は妻の軀を冷水摩擦してやっていたので、その輪郭は知り尽していた。夕食後、床の上に脚を投げ出した妻を、足指の方から手拭でこすって行く私は、どうかすると器具を磨いているような、なおざりな気持もした。「簡単な摩擦」と、そんなとき妻は私のやりかたを零すのであった。

妻が死んだ時、私はその全身をアルコールで拭いてやったが、それは私にとって、暫く杜絶えていた冷水摩擦のつづきのようでもあった。だが、硬直した背中の筋肉や、四肢の窪みには、嘗てなかった陰翳が閃めいていた。死体に触れた指を石鹼で洗い、それから自分の手にさわってみると、ふと私は自分の体まで死体ではないかと思えた。

原子爆弾遭難以来、私は食糧難とともに衰弱してゆく体を、朝夕怠らず冷水摩擦するのだった。瘦せ細る足を手拭でこすりながら、ふと私はそれが死んだ妻のそれに似てくるのに駭《おどろ》かされることもある。それから、私は近頃、嘗て妻が苦しんだ夜半の咳の発作にも悩まされている。夜と朝とが入替る微妙な外気のうごきが咽喉の一点を襲うと、もうそれからは、いくら制しようとしても制しきれぬ咳だ。私は溢れ出る涙を夜着の袂で覆い、今も地上に、こうした悲境に突き陥されてゆく人々の悶えを悶えるのであった。

——昭和二十一年九月　貞恵三回忌に——

冬日記

真白い西洋紙を展げて、その上に落ちてくる午後の光線をぼんやり眺めていると、眼はその紙のなかに吸込まれて行くようで、心はかすかな光線のうつろいに悶えているのであった。紙を展べた机は塵一つない、清らかな、冷たい触感を湛えた儘、彼の前にあった。障子の硝子越しに、黐の樹が見え、その樹の上の空に青白い雲がただよっているらしいことが光線の具合で感じられる。冷え冷えとして、今にも時雨が降りだしそうな時刻であった。廊下を隔てた隣室の方では、さきほどまで妻と女中の話声がしていたが、今はひっそりとしている。端近い近壁の家々も不思議に静かである。何か書きはじめるなら今だ、今なら深い文章の脈が浮上って来るであろう。だが、何故かすぐにペンを紙の上に走らすことは躊躇された。西洋紙は視つめているほどに青味を帯びて来て、そのなかには数々の幻影が潜んでいそうだ。弱々しく神経を消耗させて滅びて行く男の話、ものに脅えものに憑かれて死んでゆく友の話、いずれも失敗者の姿ばかりが彼の心には浮ぶのであった。……時雨に濡れて枯野を行く昔の漂泊詩人の面影がふと浮んで来る、気がつくと恰度ハラハラと降りだしたのである。そして今、露次の方に足音がして、それが玄関の方へ近づいて来ると、彼はハッとして、きき慣れた足音がその次にともなう動作をすぐ予想した。やがて玄関の戸がひらき、牛乳壜を置く音がする。かすかにかち合う壜の音と「こんちは」と呟く低い声がするのである。彼はずしんと、真空に投出されたような気持になる。微かにかち合う壜の音がまだ心の中で鳴りひびき、遠ざかって行く足音が絶望的に耳に残る。それは毎日殆ど同じ時刻に同じ動作が現れ、それを同じ状態の下にきく彼であった。だが、このもの音を区切りにやがてあたりの状態は少しずつ変って行く。バタンと乱暴に戸の開く音がして、けたたましい声で前の家の主婦は喋りだす。すると、もう何処でも夕餉の仕度にとりかかる時刻らしかった。雨は歇んだようだが、廊下の方に暮色がしのびよって来て、もう展げた紙の上にあった微妙な美しい青も消え失せている。手を伸べて、スタンドのスイッチを捻ればよさそうであったが、それさえ彼には躊躇された。薄暗くなる部屋に蹲ったまま、彼はじりじりともの狂おしい想いを堪えた。ものを書こうとして、書こうとしては躊躇し、この二三年をいつのまにか空費してしまった彼は、今もその躊躇の跡をいぶかりながら吟味しているのであったが、——時にこの悶えは娯しくもあったが、更により悲痛でもあったのだ。「黄昏は狂人たちを煽情する」とボオドレエルの散文詩にある老人のように、失意のうちに年老いてじりじりと夕暮を迎えねばならぬとしたら、——彼はそれがもう他人事ではないように思えた。「マルテの手記」にある痙攣する老人が彼の方に近づいて来そうであった。

『ベルリン——ロオマ行の急行列車が、ある中位な駅の構内に進み入ったのは、曇った薄暗い肌寒い時刻だった。幅の広い、粗天鵞絨《あらびろうど》の安楽椅子にレエスの覆いを掛けた一等の車室で、或る独り旅の客が身を起した――アルプレヒト・ファンクワアレンである。彼は眼を醒ましたのである。』

夕食後、彼は妻の枕許でトオマス・マンの「衣裳戸棚」の冒頭を暗誦してきかせた。女中のたつは通いで夜は帰って行ったから、その部屋はいま二人きりの領分であった。病気の妻はギラギラと眼を輝かし、彼の言葉に耳傾けていたが「絶唱だね」と彼がつけ加えると、それが他人の作品だと分り多少あきたらない面持にかえったが、猶《な》おも彼の意中をさぐろうとするように、凝と空間を見詰めている。長い間、彼は何も書こうとしないが、まだ書こうとする熱意を喪ってはいないのだろうか――そう妻は無言のうちに訊ねているようであった。だが、それはそれとして、妻も「衣裳戸棚」の旅の話を知っていた。あのような奇怪な絶望のはての娯しい旅へ出られたら、――それはこの頃二人に共通する夢でもあった。じりじりと押迫って来る何か不吉なものが、今にもこの小さな生活を覆しそうな秋であった。台所の硝子戸にドタンと風のあたる音がして、遠くの方にヒューッと唸る凩《こがらし》の音がする。電車が軋りながらすぐ近くの小駅に近づいて来る。不思議に外部のもの音が心に喰込んで来る。すると、急に電灯のあかりが薄暗く感じられ、見慣れた部屋の壁の色がおそろしく冴えているのだ。ここには妻の一日の憂鬱がすっかり立籠もっている。妻もまたこの二三年を病の床で暮し、来る日来る日をさびしく見送っているのだった。日によって、頬が火照ったり、そうして、その後ではきっと熱が高かったが、些細なことがらがひどく気に懸ることがある。かと思うと、ふと爽やかな恢復期の兆が見えたりして、病気は絶えず一進一退していた。寝たままで、女中のたつを口で使っていたが、おつかいから帰って来るたつは、変動してゆく外の空気をいつも妻に語りつたえた。そうして、妻の焦燥は無言の時、一際はっきりと彼の方へ反映して来るようであった。その高い額の押黙って電灯に晒されている姿が、今も何となく彼には堪えがたくなる。彼はふと思いついたように坐を立って、毎日の習慣である冷水摩擦の用意にとりかかる。タオルを堅く洗面器の上で絞ると、シイツの上に両足を投出している妻の方へ持って行き、足さきの方から皮膚をこすって行くのであったが、膝から脇腹の方へ進むに随って、妻の下半身の表情がおもむろに現れて来る。彼はそれを愛撫するというよりも、何か器具の光沢を磨いているような錯覚に陥りながら、やがて摩擦は上半身へ移って行く。すると、ここにはまるで少女のように細っそりした胸があり、背の方の筋肉は無表情の儘であるが、やがて首筋のあたりを撫であげて行くと、妻は頤を反らして、快げに眼を細めている。こうして、摩擦は完了する。この肉体的接触の後の爽やかさが、どうやらお互の気分をかすかに落着かすのではあったが……。

青黒い水の上を滑って行く汽船が、悲しい情緒に咽《むせ》びながら、港らしいところへ這入って行く。ぎっしりと詰まった旅客たちの間に挿まれ、彼も岸の方へ進んで行くのだが、彼の旅行鞄には小さな袋に入れた糸瓜の種が這入っていて、その白い種の姿がはっきりと目にちらついてならない。その上、その種はある神秘な力があって、彼の固疾にはなくてはならない良薬なのだし、それを今持運んでいるということが、かぎりない慰めを与えてくれるとともに、何ともいえない不安な気持をそそる。狭い暗い桟橋を渡ったかと思うと更に心細げな路が横わり、つづいてまた水の見える場所に来ている。そうして、暫くすると、彼はまたはてしない汽船の旅をつゞけているのであった。

——夏の頃、彼は窓の下にへちまの種を蒔いて、瘠土に生長して行く植物の姿を、つくづくと、まるで憑かれたように眺めていた。繊い蔓の尖端が宙に浮んで、何かまきつくものをさがしている、そのかぼそいもののいとなみは見ているものの心をうっとりとさせるのであったが、どうかするとかすかな苦悩をともなって来るのでもあった。この二三年彼の顔の皮膚をほしいままに荒らしている湿疹も微妙なるものの営みではあった。それは殆ど癒えかけてはいたが、ちょっとした気温の変動でも直ぐに応じて来た。たとえば、雨の近い夕方、息をしているのも不思議なような一刻、微かに皮膚の下側を匐い廻るもののけはいがあって、それをじっと怺《こら》えていると、今にも神経は張裂けそうになるのであった。……固疾に絡まる哀しい夢をみたので、彼の心は茫然としていたが、くるんでいる毛布の妙に生暖かいのがまた雨の近い徴のようにも想えた。暫くすると、また明け方の夢が現れた。

ぎっしりと人々の押込められた乗合自動車が緩い勾配をなした電車軌道の脇を異常な緊迫感で疾走している。そこは郷里の街の一部で、少し行くと河に出る道だということが先程から彼にはわかっている。が、そういうことを考えている暇もなく、いきなり烈しいもの音の予感に戦く。忽《たちま》ち轟音とともに自動車が猛煙につつまれた。人々はことごとく木端微塵になっている。それなのに、彼だけがひとり不思議に助かっている。おおらかな感銘の漾っているのも束の間で、やがて四辺は修羅場と化す。烈しい火焔の下をくゞり抜け、叫び、彼は向側へつき抜けて行く。向側へ。この不思議な装置の重圧する機械はゆるゆると地下を匐い、それ故、全身はさかしまに吊されながら暗黒の中を匐って行く。苦しい喘ぎと身悶えの後、更に恐しい音響が破裂する。ここですべては消滅し、やがて再び気がつくと、彼はある老練な歯科医の椅子の上に辿り着いているのであった。

——その日、彼はそれらの夢を小さな手帳に書きとめておいた。その手帳は、日記の役割をしていたが、気象に関する記録と夢の採集のほかは、故意に世相への感想を避けていた。だが夢ははっきりとある感想を述べているのでもあった。誰しもが避け難い破滅を予感し、ひそかに救済を祈っているのではあるまいか。その夢の最後に現れて来る歯科医は妻も知っている人物であった。少しでも患者が痛たそうな表情をすると手を休め、その癖、少しずつ確実に手術を為し遂げてゆく巧みな医者であった。ふと、彼は妻にみた夢の内容を語りたい誘惑を覚えた。しかし、それを話せば、頭上に迫っている更に酷しいものの印象を強めるだけのことであった。

『そのとき天の方では、日の沈む側に雲が叢《むらが》っていた。その一つは凱旋門に似ていて、次はライオンに、三番目のは鋏に似ている。……雲の後ろから幅のひろい緑色の光が射して、空の央《なか》ばまで達している。暫くするとこの光は紫色の光が来て並ぶ。その隣には金色のが、それから薔薇色のが。……が空はやがて柔かな紫丁香《ライラック》色になる。この魅するばかりの華麗な空を見て、はじめ太洋は顰め面をする。が、間もなく海面も、優しい、悦ばしい、情熱的な——とても人間の言葉では名指すことの出来ぬ色合になる。』

彼はとても人間の言葉では名指すことの出来ぬ情熱的な色合をしきりと想い浮べていた。すると目の前に、鱶《ふか》の餌食と化するはかない人間の姿と、チエホフの心の色合が海底のように見えて来るのだった。そして、三年前彼がはじめて「クーゼフ」を読んだ時から残されている骨を刺すような冷やかなものと疼くような熱さがまた身裡に甦って来るのでもあった。奇妙なことに、それを読んだ三年前の季節と部屋の容子とその頃の心のありさままでこまごまと彼には回想されるのであったが、それは殆ど現在の彼と異っていないようでもあった。その頃、彼は一度東京へ出て知人を訪ねようと思っていた。が、たったそれだけのことが彼にとってはなかなか決行できなかった。電車で行けば一時間あまりのところにある地点が彼には無限のかなたにあるもののように想像されたし、もしかするとその都会は一夜のうちに消滅しているかもしれないと、妄想は更に飛躍して行った。もの音の杜絶した夜半、泥海と茫漠たる野づらの涯しなくつづくそこの土地の妖しい空気をすぐ外に感じながら、ひとりでそんなことを考えていると、都会の兇悪な相貌がぐるぐると胸裡を駆けめぐりそれは一瞬たりとも彼のようなものの拠りつけそうにない場所に変っていた。そこには今では、彼にとって全く無縁のものや、激しく彼を拒否しようとするもののみが満ち溢れていた。それでなくても、顔の固疾や、脆弱《ぜいじゃく》な体質が出足を鈍らすのであったが、着つけない服をつけ、久振りに靴を穿いて出掛ける時には、まるで大旅行に出て行くように悲壮な気持がしたものであった。……鱶の泳ぎ廻る海底の姿と黙示録の幻影がいつまでも重たく彼の心にかさなり合っていた。

生涯のある時期に於いて、教師をするということは、僕にとって予定されていたことかも知れません、とにかく、やってみるつもりです。――彼はある朝、ひっそりとした時刻に、友人に対ってこんな手紙を書いた。そしてペンを擱くと、障子の硝子の向に見える空が、いまどこまでも白く寒々と無限に展がってゆくように想えた。あの寒々とした中に、以前からこの予言は誌されていたのであろうか――近く始まろうとする教師の姿をぼんやり考えてみた。殆ど何の自信も期待も持てなかったが、それでも、そこへ強いてゆくものが、たしかにあった。彼の安静な、そしてまた業苦多い、孤独の三昧境は既にこの二三年前から内からも外からも少しずつ破壊されていた。ある時は猛然と立って、敵を防ごうとしたが、空白の中に行詰ってゆく心理は、死守しようとするものを自ら弱めて行っているのでもあった。（だが、彼の力を絶したところに、やはり死守すべきものがあることだけは疑えなかった）生計の不安や、激変の世の姿が今怒濤となって身辺にあれ狂っていた。絶えず忌避していた世間へ、一歩踏込んで行かねばならなかった。「中学生を相手にするのは何だか怕しいようです」そう云う彼を先輩は憐むように眺め、「そんなことはありません、余程あなたは世間を怖れているのですね、なあに、やってみるまでのことです」と励ましてくれるのであった。その人の家を辞して帰ってくる途中、家の近くの小駅のほとりで、中年の男が着流しで寒々と歩いている佗しい後姿を認めた。近所の男であった。ひどい酒癖がはじまると、隣近所に配給酒を乞うて歩くが、今も巷へ出て乏しい酒を漁って帰るところらしかった。寒々とした夕空がかすかに明るかった。

……それから間もなく、あの恐ろしい朝（十二月八日）がやって来たのだった。気を滅入らす氷雨が朝から音もなく降りつづいていて、開け放たれた窓の外まで、まるで夕暮のように惨澹としていたが、ふと近所のラジオのただならぬ調子が彼の耳朶にピンと来た。スイッチを入れてみると、忽ち狂おしげな軍歌や興奮の声が轟々と室内を掻き乱した。彼は惘然《もうぜん》として、息を潜め、それから氷のようなものが背筋を貫いて走るのを感じた。苛酷な冬が来る。恐しい日は始まったのだ。――彼は身に降りかかるものに対して身構えるように、じっと頑な気持で畳の上に蹲っていた。日の暮れる前から何処の家でも申合わせたように雨戸を立ててしまった。黒いカーテンを張りめぐらした部屋ではくつくつと鳥鍋が煮えていた。「こんな大戦争が始まったというのに、鳥鍋がいただけるとは何と幸なことでしょう」と若い女中のたつは全く浮々していた。が、妻は震駭のあとの発熱を怖れるように愁い沈んでいた。

押入の奥から古びた英語の参考書を取出して、彼はぼんやり眺めていた。久しく忘れていた英語を憶い出そうとするように、あちこちの頁をめくっていると、ふと昔の教室の姿が浮ぶ。円味を帯びた柔かな声で流暢にリイダーを読み了った先生は、黒い閻魔帳をひらいて、鉛筆でそっと名列の上をさぐっている。中学生の彼は息をのみ、自分があてられそうなのを心の中で一生懸命防ごうとしている。先生の鉛筆は宙を迷いなかなか指名は決まらない。やがて、先生は彼から二三番前の者にあてると、瞬間吻としたような顔つきになる。先生は彼の気持は知っているのだ。孤独で内気な、その中学生に読みをあてれば、どんなに彼が間誤つき、真赫になるかをちゃんと呑込んでいるのだ。だから、どうしても指名しなければならない場合には、まるで長い躊躇の後の止むを得ない結果のように、態《わざ》とぶっきら棒な調子で彼の名をあてる。あんな微妙な心づかいをする先生は、やはり孤独で内気な人間なのかもしれない。どうかすると、生徒たちの視線にも堪えられないような、壊れ容いものをそっと内に抱いているようなところがあり、それでいて、粘り強い意志を研ぎ澄ましている人のようだった。……いつも周囲には獣のような生徒がいて、無意味なことを騒ぎ廻っていた。それでなくても、彼にはこの世の中に生れて来たことが不思議に堪えがたいもののようになっていたが、学校の厭な空気はともすれば、居たたまらないものになっていた。それだから、彼はよく学校を休んだ。それは大概冬の日のことであったが、家でひとり静かに休息をとり、久振りに学校へ出て行くと、彼の魂も、肉体もそれから周囲の様子まで少し新鮮になっていた。黒い服を着て大きな眼鏡をした先生は、彼の欠席していたことについては何も訊ねようとしなかった。

——彼は久振りに学校へ出掛けて行く中学生のようであったが、その昔の中学生がまだ根強く心の隅に蔓《はびこ》っているのでもあった。就職が決まりそうになると、女中のたつは、この生活の変化にひどく弾みをもち、靴下や手袋を新しく買いととのえて来てくれた。弁当箱も、それはこの頃既に巷から影を潜めていたが、どうやら手に入れることが出来た。

とらえどころのない空がどこまでも続いており、単調な坂路がはるかに展がっている。その風景は寒く凍てついていたが、どこかにまだギラギラと燃える海や青野の悶えを潜めているようで、ふと眩しく強烈なものが、すぐ足もとにも感じられた。空漠としたなかにあって、荒れ狂うものの姿が、殆ど絶望的に描かれた。彼の両側に平伏している疎らな家屋は荒れ狂うものに攫われまいとしているし、径や枯木も鋭い抵抗の表情をもっていた。だが、すべてはさり気なく、冬の朝日に洗われて静まっている。

坂の中ほどまでやって来ると、視野が改まり、向に中学の色褪せた校舎が見えたが、彼の脚はひだるく熱っぽかった。家を出て電車で二十分、ここまで来ただけで、もうそんなに疲労するのだったが、（荒天悪路だ、この坂を往かねばならぬのだ）と、彼は使い慣れぬ筋肉を酷使するように、速い足どりで歩いた。その癖、自分の魂は壊れもののように、おずおずと運んでいるのでもあった。彼には今、家に置いて来たもう一つの姿が頻りに気に懸った。それは今もじっと書斎の机に靠《よ》り、——彼方から彼の心の隅を射抜こうとしている。戸惑った表情の儘、前屈みの姿勢でせかせかと歩いている姿は、かえって何か影のように稀薄なものに想われて来る。彼は背後に、附纏う書斎からの視線を避けるように急いで中学の門へ這入って行く。そうして、その小さな門を潜った瞬間から、ともかく、あの書斎からつき纏って来たものと別れることが出来た。だが、そのかわり、今度は更に錯綜した視線の下に彼は剝出しで晒されるのであった。

——その夜、睡ろうとすると、鼻腔にものの臭いがまだしつこく残っているのを彼は感じたが、たしかそれは今日の昼間、小使室で弁当を食べた時嗅いだものに他ならなかった。その日、はじめて彼も教員室へ入ったが、そこにはいろんな年輩のさまざまの容貌をした教師たちが絶えず出入していた。弁当の時間になると、日南の狭い小使室に皆はぞろぞろと集まっていた。彼はその部屋の片隅で、佗しいものの臭い——それは毛糸か何かが煉炭で焦げるような臭いであった——を感じた。家へ戻ると早速、彼はその臭いの佗しさを病妻に語った。妻は頬笑みながら、「そんなに佗しいのなら、勤めなきゃいいでしょう」と労《いた》わるように云った。長い間、人なかに出たことのない彼にとっては、人間の臭いの生々しさが、まず神経を掻き乱すのであった。……ふと、昼間の光景が睡つけない闇の中に描かれた。階段を昇って、ザラザラの廊下を行くと、黄色く汚れた窓の中に、少年たちのいきれが立こもっていた。そっと、教室の後の方の入口から這入って行ったのに、忽ち四十あまりの顔と眼鼻が一斉に振返って彼の方へ注がれた。その視線のなかには、火のように嶮しいものも混っていた。彼はかすかに青ざめてゆく自分を意識した。睡つけない闇のなかには、いつまでも何かはっきりしないものの象が揺れかえっていた。彼等はどうした貌なのだろう、なにを感じなにに為ろうとする姿なのだろう。

それは、ひどい雪の降っている朝のことだった。彼は電車の中で昂然とした姿勢の軍人の顔をつくづく眺めていた。人々は強いて昂然としているらしかったが、雪に鎖された窓の外の景色は、混濁した海を控えていて、ひそかに暗い愁を湛えているのだった。道すがら雪は容赦なく靴のやぶれから彼の足にしみていたが、泥濘の中をリヤカーで病人を運んで来る百姓の姿も——更に悲惨な日の前触のように、彼の心を衝くのだった。坂路のあちこちには、ペタペタと汚れた紙片が貼ってあって、それには烈しい、そして空虚な文字が誌されていた。……寒さと慣れない仕事にうち克つためには、彼は絶えず背中をピンと張りつめていなければならなかった。教員室には、普通の家庭で使用する煉炭火鉢がたった一つ置いてあった。その貧弱な火をとり囲んで教師達は頻りにガヤガヤと談じ合った。そういう侘しいなかに交っていると、彼はふと、家に置忘れて来た自分の姿を振返ることがあった。長い間かかって、人生の隠微なるものの姿を把えようとしていたのに、それらはもうあのまま放置されてあった。学校から帰って来る彼の姿には外の新鮮な空気が附着しているのであろうか、妻は珍しげに彼を眺め、病んでいる彼女の顔にも前にも見られなかった明るみが添った。行列に加わってものを買って帰ると、妻の喜びは一層大きかった。

ある朝、一羽の大きな鳥が運動場の枯木に来てとまった。あたりは今、妙にひっそりしていたが、枯木にいる鳥はゆっくりと孤独を娯しんでいるように枝から枝へと移り歩いている。その落着はらった動作は見ているうちに羨しくなるのであった。こういう静かな時刻というものも、あるにはあったのか。彼はその孤独な鳥の姿がしみじみと眼に泌みるのだった。……この運動場の砂は絶えず吹き荒さぶ風のために、一尺から窪んでしまったのです、と、ある教師が彼に語ったことがある。絶えず吹き荒さぶものは風ばかりではなかった。無慙な季節に煽られて、生徒達はひどく騒々しく殺伐になっていた。旗行列の準備で学校中が沸騰している時も、彼はひとり教員室に残りぼんやりと異端者の位置にいた。もしも、こういう時代に自分が中学生だったら……と、彼はいつもそれを思うとぞっとする。そうして、生徒たちにものを教えていながらも、ふと向の席に紛れている己の中学生姿を見ることがあった。異端者の言葉がすぐ、口もとまで出かかっているのであった。

秋日記

緑色の衝立《ついたて》が病室の内部を塞いでいたが、入口の壁際にある手洗の鏡に映る姿で、妻はベッドに寝たまま、彼のやって来るのを知るのだった。一号室の扉のところまで来ると、奥にいる妻の気配や、そちらへ近づいて行こうとする微かに改まった気分を意識しながら、衝立をめぐって、ベッドのところへ彼がやって来ると、妻はいたずらっぽい微笑で彼を迎える。すると彼には一昨日ここを訪れた時からの隔りがたちまち消えてしまう。小さな卓の花瓶にコスモスの花が、紅い小さなポンポンダリアと一緒に挿してあるのが眼に留まると、彼は一昨日は見なかったダリアの花に、ささやかな変化を見出すのではあったが、午後の明るい光線と澄んだ空気は窓の外から、今もこちら側を覗いている。……

ベッドの脇の椅子に腰を下ろした彼は、かえって病人のような気持がするのだった。午後になると微熱が出て、眼にうつる世界がかすかに消耗されてゆく、そうすると、彼には外界もそれを映すものも冴えて美しくなった。彼の棲んでいる世界はいま奇妙な結晶体であった。彼はその限られた世界の中を滑り歩いていたし、そうして、妻の病室へやって来る時、その世界はいちばん透きとおっていた。

白いカバアの掛った掛蒲団の上に、小豆色の派手な鹿子絞の羽織がふわりと脱捨ててあるのが、雪の上の落葉のようにあざやかに眼にうつるが、枕に顔を沈めている妻は、その顔にも何か冴え冴えしたものがあった。二日まえのことだが、彼はこの部屋が薄暗くなり廊下の方がざわつく頃まで、じっと妻の言葉をきいていた。そして、結局しょんぼりと廊下の外へ出て行った。すると翌日、病院へ使いに行った女中が妻の手紙を持って戻り彼に手渡した。小さく折畳んだ便箋に鉛筆で細かに、こまかな心づかいが満たされていた。

（あなたがしょんぼりと廊下の方へ出てゆかれた後姿を見送って、おもわず涙が浮びました、体の方は大丈夫なのでしょうね、余計な心配かけて済みませんでした、……）努めて無表情に読過そうとしたが、彼は底の方で疼くようなものを感じた。

こうした手紙をもらうようになったのか――それは彼にとっては、やはり新鮮なおどろきであった。妻は入院の費用にあてるため、郷里に置いてある箪笥を本家で買いとってもらうことを相談した。彼がさびしく同意すると、妻は寝たままで、一頻り彼の無能を云うのであった。十年前、嫁入道具の一つとして郷里の土蔵に持込まれたまま、一度も使用されず、その箪笥がひと手に渡るのは彼にとっても身を削がれるような気持だった。だが、身の落目をとりかえすため奮然として闘うてだてが今あるのだろうか。彼は妻の言葉を聞きながら、薄暗くなってゆく窓の外をぼんやり眺めていた。おぼろな空のむこうに、遥かな、暗い海のはてに、火を吐いて沈んでゆく艨艟《もうどう》や、熱い砂地に晒されている白骨の姿が――それは、はっきりした映像としてではなく、何か凍てついた暗雲のようにいつも心を翳らせている。それから、何気ない日々のくらしも、彼の周囲はまだ穏かではあったが、見えない大きな力によって、刻々に壊されているのではないか。どうにもならない転落の中間に、ぽつんと放り出された二人ではないか。そうおもいながら、あのとき彼は妻にかえす言葉を喪っていたのだが……。書斎の椅子にぐったりとして、彼は女中が持って帰った妻の手紙を、その小さな紙片をもとどおりに折畳んだ。悲壮がはじまっていた。そしてそれは、ひっそりとしているのであった。

その年の秋も、いらだたしい光線のなかに雨雲が引裂かれていた。そうした、ある落着かない気分の夕刻近く、彼は妻に附添ってその大きな病院の門をくぐった。二階の廊下をいく曲りして静かな廊下に出たところに、一号室があった。その部屋の窓からは、遥かに稲田や人家が展望された。前にいた人が残して行ったらしい大きな古びた財布が片隅にあった。一わたり部屋を見まわすと、すぐに妻はベッドに臥さった。はじめて落着く場所にかえったような安らかさと、これから始まろうとする試練にうち克とうとする初々しさが、痩せた妻の身振りのなかにぱっと呼吸づいていた。だが、彼はひとり置去りにされたように、とぼとぼと日が暮れて家に戻って来たのだった。

この時から、二つにたち割られた場所のなかで、彼の逍遥がはじまった。隔日に学校へ通勤している彼は、休みの日を午後から病院へ出掛けて行くのだったが、どうかすると、学校の帰りをそのまま立寄ることもあった。巷で運よく見つけた電熱器を病室の片隅に取つけると、それで紅茶も沸かせた。ベッド脇に据えつけられている小さな戸棚には、林檎やバタがあった。

いつのまにか、そこは居心地のいい場所になっていたのだ。

いく日も雨が降りつづいた。粗末な学校の廊下も窓もびっしょりと湿り、稀れにしかやって来ない電車は、これも雨に痛めつけられていたし、電車の窓の外に見える野づらや海も茫として色彩を失っていた。だが、高台の上に立つ、大きな病院の建物は、牢固な壁や整った窓が下界の雨をすっかり遮っていた。

「あなたが学校まで歩いてゆく路と、家からこの病院まで来る路とどちらが遠いの」と妻はたずねた。「同じ位だね」と彼がこたえると、「まあ、そんなに遠い路をこれまで歩いていたのですか」と妻は彼がこの二年間通っていた路の長さがはじめて分ったような顔つきであった。その路の話なら、これまで家で寝ている妻に何度も語っていたし、彼にとってはもう慣れていて差程苦痛ではなかった。妻はもっといろんなことを訊ねたいような顔つきで、留守にした家のこまごました事柄が絶えず眼さきにちらついているようであった。だが、彼はそうした妻の顔を眺めながら、つきつめた想いで、何かはてしないものを考えていた。いつも二人は相対したまま、相手のなかに把えどころのない解答を求めあっているのであった。そうして時間はすぐに過ぎて行った。夕ぐれが近づいて、立去る時刻が迫ると、彼は静かなざわめきに急き立てられるような気がした。窓の外に雨はまだ絶望的に降りつのっていた。

「バスでお帰りなさい、バスの時間表がここにあるから、も少し待っていればいいでしょう」と妻は雨に濡れて行こうとする彼をひき留めた。

停車場とその病院の間を往来するバスが、病院の玄関に横づけにされた。すると、折鞄を抱えた若い医師が二人、彼の坐席のすぐ側に乗込んで腰を下した。雨はバスの屋根を洗うように流れ、窓の隙間からしぶきが吹込んだ。「よく降りますね、今年は雨の豊年でしょうか」と医師たちは身を縮めて話し合っていた。やがて、バスは揺れて、真暗な坂路を走って行った。

銀行の角でバスを降りると、彼はずぶ濡れの鋪道を電車駅の方へ歩いた。雨に痛めつけられた人々がホームにぼんやり立並んでいた。次の停留場で電車を降りると、袋路の方は真暗であった。彼はその真暗な奥の方へとっとと歩いて行った。

さきほどから、何か真暗な長いもののなかを潜り抜けて行くような気持が引続いていた。よく降りますね、今年は雨の豊年でしょうか、——そういう言葉がふと非力な人間の呟きとして甦って来るのであった。そういえばバスや電車の席にぐったりと凭掛《よりかか》っている人間の姿も、何か空漠としたものに身を委ねているようである。日々のいとなみや、動作まですべて、眼には見えない一本の糸によってあやつられているのであろうか。彼は書斎のスタンドを捻り、椅子に凭掛ったたまま、屋根の上を流れる雨の音をきいていた。病室の妻や、病院の姿が、真暗な雨のなかに点《とも》る懐しい小さな灯のようにおもえた。

ながい間、書斎の壁に貼りつけていた火口湖の写真が、いつ、どこへ仕舞込んでしまったものか、もう見あたらなかった。が、彼はよく、その火口湖の姿をおもい浮べながら、過ぎ去った日のことを考えた。それは彼が妻とはじめてその湖水のほとりを訪れた時、何気なく購い求めた写真であった。毎朝その写真の湖水のところに、窓から射し込む柔らかな陽光が縺《もつ》れ、それをぼんやり甘えた気持で眺める彼であった。……彼は山の中ほどで、息が切なくなっていた。すると妻が彼の肩を軽く叩いてくれた。それから、ふと思いがけぬところに、バスの乗場があり、バスは滑らかに山霧のなかを走った。——それはまだ昨日の出来事のように鮮かであった。だが、二度目にひとりで、その同じ場所を訪れた時の記憶もヒリヒリと眼のまえに彷徨っていた。みじめな、孤独な、心呆けし旅であった。優しいはずの湖水の眺めが、まっ暗な幻影で覆われていた。殆ど自殺未遂者のような顔つきで、彼はそのひとり旅から家へ戻って来た。すると、間もなく彼の妻が喀血したのだった。四年前の秋のことであった。妻の病気によって、あのとき、彼は自らの命を繋ぎとめたのかもしれなかった。

久振りに爽やかな光線が庭さきにちらついていたが、彼は重苦しい予想で、ぐったりとしていた。再検査の紙が彼のところにも送附されて来たのだった。それは、ただ医師の診断を受けて、書込んでもらえばよかったのだが、そういうものが舞込んで来ることに、彼は容易ならぬものを感じた。彼は昨日も訪れたばかりの妻のところへ、また出掛けて行きたくなった。

街は日の光でひどく眩しかった。それは忽ち喘ぐように彼を疲らせてしまった。だが、病院の玄関に辿り着くと、朝の廊下は水のように澄んでいた。ひっそりとした扉をあけて、彼が病室の方へ這入って行くと、妻は思いがけない時刻にやって来た彼の姿を、珍しげに眺め、ひどく嬉しそうにするのであった。その紙片を見せると、妻はしばらく黙って考えていた。

「診察なら、津軽先生にしてもらえばいいでしょう」と、妻はすぐにまた晴れやかな調子にかえった。

「お天気がいいので訪ねて来てくれたのかと思ったら、そんなことの相談でしたの」と妻は軽い諧謔をまじえだした。「御飯を食べてお帰りなさい、久振りに旦那さんと一緒に御飯なりと頂きましょうよ」

妻は努めて、そして無造作に、いま重苦しい考を追払らおうとしていた。……赤いジャケツを着た、はち切れそうな娘が、運搬車を押して昼食を持って来た。糖尿試験食の皿と普通の皿と、ベッド・テイブルの上に並べられると、御馳走のある試験食の方の皿から、普通の食の皿へ、妻は箸でとって彼に頒つのだった。

翌日、約束の時間に出掛けて行くと、妻のところに立寄った津軽先生は、軽く彼に会釈して、廊下の外へ彼を伴って行った。医局の前を通りすぎて、広い部屋に入ると、彼は上衣のボタンをはずした。妻のひどく信頼している津軽先生は、指さきから、ものごしにいたるまで、静かにととのった気品があった。一度は軍医として出征したこともあるのだが、荒々しいものの、まるで感じられない人柄であった。その、いつも妻の体を調べている指さきが、いま彼の背を綿密に打診していた。すると、かすかに甘えたいような魔術が読みとられた。津軽先生はペンを執って、再検査の用紙の胸部疾患の欄に二三行書込んで行った。「脚気の気味もあるようですね」と先生は呟いた。

診察がすむと、彼はぐったりして、廊下の方へ出て行ったが、眼のまえの空間が茫と疼く疲労感で一杯になっていた。それから、妻の病室へ戻って来ると、パッと何か渦巻く色彩があった。いま妻のベッドの脇には、近所の細君が二人づれで見舞に来ていた。テーブルの上に菊の花が乱れた儘になっていた。いつも、くすんだ身なりをしている隣組の女たちの、こうした、たまの盛装が、この部屋の空気を落着かなくしているのだろうか。……「ひどい南風ですね」と細君のひとりは窓の方を眺めながら云った。そういえば、リノリウムの廊下まで、べとべとと湿気ていたし、ガラス窓の外は茫と白くふくれ上って揺れかえしているのであった。見舞客が帰って行くと、妻はぐったりした顔つきで、枕に頭を沈めた。その頰はかすかに火照っているようであった。

その南風が吹き募ると、海と空が茫と脹らんで白く燃え上るようであった。どうかすると真夏よりも酷しい光線で野の緑が射とめられていた。落着のないクラスの生徒たちは、この風が吹きまくるとき、ことに騒々しかった。彼はときどき教壇の方から眼を運動場のはてにある遠い緑の塊りに対けていた。舞上る砂埃に遮られて、それは森とも丘とも見わけのつかぬ茫漠とした眺めではあったが、あの混濁のなかに一つの清澄が棲んでいて、それが頻りに向から彼の魂を誘っているようだった。すぐ表の坂を轟々《ごうごう》と戦車が通りすぎて行った。すると、かぼそい彼の声は騒音と生徒の喚きで、すっかり捥ぎとられてしまうのであった。

その風が鎮まると、漸く秋らしい青空が眺められた。澄んだ午後の光線は電車の中にも流れ込んでいた。瘦せ細った老人が萎《しな》びたコスモスの花を持って、恐ろしい顔つきのまま坐席に蹲っていた。ある小駅につづく露次では、うず高くつみ重ねられた芋俵をめぐって、人が蟻のように動いていた。よじくれた榎と叢のはてに、浅い海が白く光っていた。そうした眺めは、彼にとってはもう久しく見馴れている風景ではあったが、なぜか近頃、はっきりと輪郭をもって、小さな絵のように彼の眼にとまった。その絵を妻に頒ち伝えたいような気持で、病院の方へ足を運んでいることがあった。

胸の奥に軽く生暖かい疼きを感じながら、彼は繊細なものの翳や、甘美な連想にとり縋るように、歩き廻っていた。家と病院と学校と、その三つの間を往ったり来たりする靴が、溝に添う曲り角を歩いていた。そこから坂道を登って行けば病院だったが、その辺を歩いている時、ふと彼の時間は冷やかな秋の光で結晶し、永遠によって貫かれているような気がした。それから、病院の長い長い廊下や、（それは夢のなかの廊下ではなかったが）大概、彼が行くときか帰りかにきっと出逢う中風患者の姿、（冷たい雨の日も浴衣がけで何やら大袈裟な身振りで、可憐に片手を震わせていた。）合同病室の扉の方から喰み出している瘦せた女の黄色い顔、一つの角を曲ると忽ち轟然とひびいて来る庖厨部の皿の音、——そうした病院の風景を家に帰って振返ってみると、彼には半分夢のなかの印象か、ひそかに愛読している書物のなかにある情景のようにおもえた。

だが、彼の妻が白い寝巻の上に、パッと華手《はで》な羽織をひっかけ、「その辺まで見送ってあげましょう」と、外の廊下の曲り角まで一緒について来て、「ここでおわかれ」と云った時、彼はかすかに後髪を牽かれるようなおもいがした。そこには、妻の振舞のあざやかさがひとり取残されていた。

ひとりで、附添も置かず、その部屋で暮している妻は、彼が訪れて行くたびに、何かパッと新鮮な閃きをつたえた。「熱はもうすっかり退がりました。津軽先生が、この薬とてもよく効くとおっしゃるの」そう云って黒い小粒の薬を彼に見せながら、「そのうち気胸もしてみようかとおっしゃるの、でも、糖尿の方があるので……」と、妻は仔細そうな顔をする。「先生も尿の検査にはなかなか骨が折れるとおっしゃるの」

彼は妻の口振りから津軽先生の動作まで目に浮かぶようであった。……明るい窓辺で、静かにグラスの目盛を測っている津軽先生は、時々ペンを執って、何か紙片に書込んでいる。それは毎日、同じ時刻に同じ姿勢で確実に続けられて行く。と、ある日、どうしたことかグラスの尿はすべて青空に蒸発し、先生の眼の前には露に揺らぐコスモスの花ばかりがある。先生はうれしげに笑う。妻はすっかり恢復しているのだった。

「わかったの、わかったのよ」

妻は彼が部屋に這入って行くと、待兼ねていたように口をきった。

「もうこれからは、独りで病気の加減を知ることが出来そうよ、どうすればいいかわかって」

そう云って妻は大きな眼をみはった。

「尿を舐《な》めてみたの、すると、とてもあまかった、糖がすっかり出てしまうのね」

妻はさびしげに笑った。だが、笑う妻の顔には悲痛がピンと張っていた。この病院でも医者はつぎつぎに召集されていたし、津軽先生もいつまでも妻をみてくれるとは請合えなかった。三ヵ月の予定で、糖尿の療法を身につけるため入院した妻は、毎日三度の試験食を丹念に手帳に書きとめているのだった。

ある午後、彼の眼の前には、透きとおった、美しい、少し冷やかな空気が真二つにはり裂け、その底にずしんと坐っている妻の顔があった。

「この頃は、毎朝、お祈りをしているの、もう祈るよりほかないでしょう、つまらないこと考えないで一生懸命お祈りするの」

そう云って妻はいまもベッドの上に坐り直り、祈るような必死の顔つきであった。すると、白い壁や天井がかすかに眩暈を放ちだす、あの熱っぽいものが、彼のうちにも疼きだした。彼はそっと椅子を立上って、窓の外に出る扉を押した。そのベランダへ出ると、明るい灝気《こうき》がじかに押よせて来るようだった。すぐ近かくに見おろせる精神科の棟や、石炭貯蔵所から、裏門の垣をへだてて、その向うは広漠とした田野であった。人家や径が色づいた野づらを匐っていたが、遮るもののない空は大きな弧を描いて目の前に垂れさがっていた。

……………………

「こんどおいでのとき聖書を持って来て下さい」

妻はうち砕かれた花のような笑みを浮べていた。……家へ戻ってから、ふと古びた小型のバイブルをとり出してみて、彼はハッとするのだった。それは彼が少年の頃、亡くなった姉から形見に貰ったものであった。廿年も前のことだが、死ぬる前、姉は県病院に入院していた。二度ばかり見舞に行って、それきり姉とは逢えなかったのだが、この姉の追憶はいつも彼を甘美な少年の魂に還らせていた。そういえば、彼が妻の顔をぼんやりと眺めながら、この頃何かしきりに考えていたのはそのことだったのだろうか。静かな病室のなかで、うっとりと、ふと何か口をついて、喋りたくなりながら、口には出なかったのは、そのことだったのだろうか。

真昼の電車の窓から海岸の叢に白く光る芒《すすき》の穂が見えた。砂丘が杜切れて、窪地になっているところに投げ出されている叢だったが、春さきにはうらうらと陽炎が燃え、雲雀の声がきこえた。その小景にこころ惹かれ、妻に話したのも、ついこのあいだのようだったが、そこのところが今、白い穂で揺れていた。芒は気がつくと、しかし、沿線のいたるところにあった。電車の後方の窓から見ると、遥かにどこまでも遠ざかってゆく線路のまわりにチラチラと白いものが閃いた。ある朝、学校へ出掛けて行く彼は、電車の窓に迫って来る崖の上に、さわさわと露に揺れる丈高い草を刈り取っている女の姿をみた。崖下の叢もうっすら色づいていた。それから間もなく、田のあちこちが黒いおもてを現わして来た。刈あとの切株のほとりに、ふと大きな牛の胴を見ることもあった。時雨に濡れて、ある駅から乗込んだ画家は、すぐまた次の駅で降りて行った。そうした情景を彼もまた画家のような気持で眺めるのだった。

それから、ある午後、彼が教室で授業をしていると、ふと窓の外の方があやしく気にかかった。ソーダーを持ったまま、彼は硝子窓の方へ注意を対けていた。ひょろひょろの銀杏の梢に黄金色の葉がヒラヒラしているのだ。あ、あれだろうか、……何とも名ざし出来ない、美しい透明な世界がすぐそこにあるようだし、それはひっそりとおりすぎてゆくのであった。

彼はそっと窓の方の扉をあけて、いつものベランダに出てみた。冷たい空気が頬にあたり、すぐ真下に見える鈴懸の並木がはっと色づいていた。と、何かヒラヒラとするものがうごき、無数の落葉が眼の奥で渦巻いた。いま建物の蔭から、見習看護婦の群が現れると、つぎつぎに裏門の方へ消えて行くのだった。その宿舎へ帰って行くらしい少女たちの賑やかな足並《あしどり》は、次第にやさしい祈りを含んでいるようにおもえた。と、この大きな病院全体が、ふと彼には寺院の幻想となっていた。高台の上に建つこの大伽藍は、はてしない天にむかって、じっと祈りを捧げているのではないか。明るい空気のなかに、かすかな靄が顫えながら立罩《たちこ》めてくるようだった。やがて彼は病室へ戻って来た。すると、妻はいままで閉じていた眼をパッと見ひらいた。「行ってみる時刻でしょう」と妻は愁わしげに云う。その日、津軽先生から話があるというので、外来患者控室の前で逢うことになっていた。

彼は廊下の椅子に腰を下して待った。約束の時刻は来ていたが先生の姿は見えなかった。すぐ目の前を、医者や看護婦や医学生たちが、いく人もいく人も通りすぎて行った。やがて、廊下はひっそりとして、冷え冷えして来た。めっきり暗くなった廊下で彼はいつまでも待った。よくない予感がしきりにしていたが、そうして待たされているうちに、もう彼は何も考えようとはしなかった。ただ、この世の一切から見離されて、極地のはてに、置ざりにされたような、暗い、冷たい、突き刺すような感覚があった。

「遅くなりました」ふと目の前に津軽先生の姿が現れた。

「召集がかかりましたので」先生は笑いながら穏やかな顔つきであった。急に彼は眼の前が真暗になり、置ざりにされている感覚がまたパッと大きく口を開いた。誰か女のつれが向の廊下からちらとこちらを覗いたようであった。

「インシュリンのことでしたね、あの薬はあなたの方では手に這入りませんか」

「まるで、あてがないのです」

彼は歪んだ声で悲しそうに応えた。その大きな病院でも今は容易にそれが得られなかったが、その注射薬がなければ、妻の病は到底助からないのであった。

「そうですか、それでは僕が出て行ったあとも、引きつづいて、ここへ取寄せるように手筈しておきましょう」

そういって先生はもう立去りそうな気配であった。彼はとり縋って、何かもっと訊ねたいことや、訴えたいものを感じながらも、押黙っていた。

「それでは失礼します、お大切に」先生は軽く頷きながら静かな足どりで立去ってしまった。日が短かくなっていた。病院を出て家に戻って来るまでに、あたりは見る見るうちに薄暗くなってゆき、それが落魄のおもいをそそるのでもあった。薄暗い病院の廊下から表玄関へ出ると、パッと向の空は明るかった。だが、そこの坂を下って、橋のところまで行くうちに、靄につつまれた街は刻々にうつろって行く。どこの店でも早くから戸を鎖ざし、人々は黙々と家路に急いでいた。たまに灯をつけた書店があると、彼は立寄って書棚を眺めた。彼ははじめて、この街を訪れた漂泊者のような気持で、ひとりゆっくりと歩いていた。そうしているうちにも、何か急きたてるようなものがあたりにあった。日が暮れて路を見失った旅人の話、むかし彼が子供の頃よくきかされたお伽噺《とぎばなし》に出てくる夕暮、日没とともに忍びよる魔ものの姿、そうした、さまざまの脅え心地が、どこか遠くからじっと、この巷にも紛れ込んでくるのではあるまいか。

……弥生も末の七日明ほの、空朧〻として月は在明にて光おさまれる物から不二の峯幽にみえて上野谷中の花の梢又いつかはと心ほそしむつましきかぎりは宵よりつとひて舟に乗て送る千しゆと云所にて船をあかれは前途三千里のおもひ胸にふさかりて幻のちまたに離別の泪をそゝく

彼は歩きながら『奥の細道』の一節を暗誦していた。これは妻のかたわらで暗誦してきかせたこともあるのだが、弱い己の心を支えようとする祈りでもあった。

……幻のちまたに離別の泪をそゝく

今も目の前を電車駅に通じる小路へ、人はぞろぞろと続いて行った。

画集

落日

湖のうえに、赤い秋の落日があった。ほんとに、なごやかな一日であったし、あんな、たっぷりした入日を見たことはないと、お前も云った。いつまでも、あの日輪のすがたは残った、紙の上に、心の上に、そして、お前が死んでからは、はっきりと夢の中に。

故園

土蔵の跡の石に囲まれた菜園、ここは一段と高く、とぼしい緑を風に晒している。わたしはさまざまなことをおもいだす。薄暗い土蔵の小さな窓から仄《ほの》かに見えていた杏の花。母と死別れた秋、蔵の白い壁をくっきりと照らしていた月。ふるさとの庭は年老いて愁も深かったが……。ふしぎな朝の夢のなかでは、ずしんと崩壊した刹那の家のありさまが見えてくるのだ。

記憶

もしも一人の男がこの世から懸絶したところに、うら若い妻をつれて、そこで夢のような暮しをつづけたとしたら、男の魂のなかにたち還ってくるのは、恐らく幼ない日の記憶ばかりだろう。そして、その男の幼児のような暮しが、ひっそりとすぎ去ったとき、もう彼の妻はこの世にいなかったとしても、男の魂のなかに栖むのは妻の面影ばかりだろう。彼はまだ頑に呆然と待ち望んでいる、満目蕭条たる己の晩年に、美しい記憶以上の記憶が甦ってくる奇蹟を。

植物園

はげしく揺れる樹の下で、少年の瞳は、雲の裂け目にあった。かき曇る天をながれてゆく竜よ……。

その頃、太陽はギドレニイの絵さながらに、植物園の上を走っていた。忍冬、柊《ひいらぎ》、木犀、そんなひっそりとした樹木が白い径に並んでいて、その径を歩いているとき、野薔薇の花蔭から幻の少女はこちらを覗いていた。樹の根には、しずかな埋葬の図があった。色どり華やかな饗宴や、虔《つつま》しい野らの祈りも、殆どすべての幻があそこにはあったようだ。それは一冊の画集のように今も懐しく私のなかに埋れている。

黒すみれ

体のすみずみまで、もう過ぎ去った、お前の病苦がじかに感じられて、睡れない一夜がすぎると、砂埃のたつ生温かい日がやって来た。こういう日である、何か考えながら、何も云わず、力ないまつげのかげに、熱い眼がみひらかれていたのは。

真昼

うっとりとお前の一日がすぎてゆくほとりで、何の不安もなく伸びていたものがある。それは小さな筍が竹になる日だった。そよ風とやわらかい陽ざしのなかに、縺れてほほえむ貌は病んでいたが。

露

キラキラと光りながれるものが涙をさそうなら、闇にうかぶ露が幻でないなら、おもいつめた、パセチックな眼よ。

部屋

小さな部屋から外へ出て行くと坂を下りたところに白い空がひろがっている。あの空のむこうから私の肩をささえているものがある。ぐったりと私を疲れさせたり、不意に心をときめかすものが。

私の小さな部屋にはマッチ箱ほどの机があり、その机にむかってペンをもっている。ペンをもっている私をささえているものは向に見える空だ。

一つの星に

わたしが望みを見うしなって暗がりの部屋に横わっているとき、どうしてお前は感じとったのか。この窓のすき間に、あたかも小さな霊魂のごとく滑りおりて憩らっていた、稀れなる星よ。

雲の裂け目

お前の幼な姿を見ることができた。それは僕がお前と死別れて郷里の方へ引あげる途中お前の生家に立寄った時だったが、昔の写真を見せてもらっているうちに、庭さきで撮られた一家族の写真があった。それにはお前の父親もいて、そのほとりに、五つか六つ位の幼ないお前は眼をきっぱりと前方に見ひらいていて、不思議に悲しいような美しいものの漲っている顔なのだ。こんな立派な思いつめたような幼な顔を僕はまだ知らなかった。そういえば、お前と死別れて間もない頃、お前の母はこんな話を僕にしてくれた。

「あの子は小さい時から、それは賢くて、まだはっきり昨日のように憶い出せるのは、あの家から小川の方を見ていると、小さな子供達があそこで遊んでいるのです。そうすると、そこへ学校の先生が通りかかりになると、ほかの子たちは知らぬ顔しているのに、あの子だけが路の真中へ出て来て、丁寧にお辞儀するのです。先生も可愛さにおもわず、あの子の頭を撫でておやりになるのでした。」

僕はそれから、自分の郷里に戻ると、久振りにこんどは僕の幼い姿を見ることができた。その写真も家族一同が庭さきに並んでいる姿なのだが、父親に手をひかれて気ばっているこの男の子は、もう自分の片割ともおもえないのであった。そのかわり久振りで見る亡父の姿はつくづくと珍しかった。ついこの間まで僕は父親というものを、ひどく遠いところに想像していた。ところが今度みる写真では、もう殆ど僕の手の届きそうなところに父親がいる。僕は土蔵の中から父の古い手紙を見つけると、警報の合間には憑かれたようにそれを読み耽った。

僕の父は死ぬる半年あまり前に、病気の診断を受けるため、はるばる大阪へ赴いているのだが、その大阪の病院から母へ宛てた手紙が二三あった。止むを得ない周囲の事情のため多年宿痾の療養をなおざりにしていたことを嘆じながら、診断を受けてみると、もう手遅れかもしれぬと宣告されたときのことだ。何処からも見舞状もやって来ないし、父はよほど寂しかったのだろう。それで僕の父は母に対ってこう訴えているのだ。「お前様も漸く一通の見舞状を呉れただけ　その文面にも只驚いたとの事ばかりにて　私の精神とお前様の精神は大変に相違して居るのに今更私も驚く外はない　小児が多くて多忙ではあろうが毎日はがきなり又二日に一度なり手紙を下さらぬか　病室には只一人で精神の慰安は更にない」

はたして、これが五十を過ぎた男がその妻に送った手紙なのだろうか、夫婦というものの微妙さに僕はすっかり驚かされてしまった。そして、僕はすぐにこれをお前に読ませたくなると、まるでお前がまだ何処かこの世の片隅に生きているのではないかという気がした。僕はこれを読むときのお前の顔つきも、その顔つきを眺めている僕自身の顔つきまですっかり想像できるのであった。だが、こういう空想に浸っている時でも、僕は自分のいる家が猛火につつまれる時のことがおもわれてならなかった。お前と死別れて広島に帰って来た僕は今度はここの家の最後の姿を見とどけることになるのかしらと考えていた。

　そして、間もなくそれはそのとおりになったのだった。あれは夏の朝のほんの数秒間の出来事だった。真暗な音響とともに四方の壁が滑り墜ち、濛々と煙る砂塵が鎮まると、いたるところに明るい透間と柱が見えて来た。それはおそろしく静かな眺めだった。僕はあの時、あの家の最初の姿と最後の姿を同時に見たような気がしたのだった。間もなく火の手があがりだしたので僕はあの家を逃出して行ったのだが、むかし僕の父が建て、そこで死んで行った家もあれが見おさめだったのだ。

　あの時から僕はすっかり家というものを失ってしまった。しかし、どうしたものか郷里の家の姿はもうあまり僕の眼さきにちらつかなかった。それなのに、お前と一緒に暮していたあの旅先の借家の姿は、あれは僕の内側にあって、僕はまだどうかすると、あそこでお前と一緒に暮しているのではないかしらとおもうのだ。僕はあの立てきった部屋で何かぼんやり不安と慰藉につつまれていた。机の前の窓の外の地面には氷の張っていることが感じられたが、僕のいる部屋は暖かに火がいこっていたし、廊下を隔てて隣の部屋にはお前が睡っていた。殆ど毎晩僕は同じ姿勢で同じ灰の色を眺め、同じことを考えていたらしい。お前が睡っている時間が僕の起きている時間だったので、僕は僕ひとりの時間が始まると、夜の沈黙《しじま》のなかに魅せられながら、やがて朝がやって来るまでを、凝とあの部屋に坐っていた。夜あけ前の微妙な時刻には、ふと、どうしたわけか、死んだ人の生還ってくるような幻覚がした。

　毎晩、僕たちは夕食後の一ときをあの部屋で過したので、あの部屋には僕たちの会話や、会話では満たされない無限の気分が一杯立罩めて行ったようだ。お前が寝室に引退り僕ひとりになると、僕はよくあの部屋の柱や壁をじっと眺めた。その柱には懐中時計の型をしたゴム消が吊りさげてあった。あれはお前が女学生だった頃から持っていたゴム消だったが、僕はあの時計の面の針が一向動かないのがひどく気に入っていた。電灯の明りが夜更になると静かな流れをなして古ぼけた襖の模様の上を匐った。僕はそっと立上って、壁際にある鏡台の真紅な覆いをめくってみた。すると、鏡は僕の顔や僕の背後をそっと映している。僕は自分の顔を覗《のぞ》き込むより（何だか古い、もの寂びた井戸の底を覗くように）向側から覗いてくるものを覗き込もうとしていた。僕はお前の云っていたことを思い出す。「深夜の鏡で自分の顔を眺めると、怕くなることはありませんか」何気なくそういうことを云ったお前も、僕を覗き込むよりもっと向側から覗いてくるものを覗き込もうとしていたのではあるまいか。よくお前は臨終の話をした。人間の意識が生死の境目をさまよう時の幽暗な姿を想像するお前の顔には、いつも絶え入るようなものと魅せられたようなものが入混っていた。そして、僕たちは死のことを話すことによって、ほんとうに心が触れあうようにおもえたものだが……。

僕は絶えずあそこの部屋で自分の少年時代の回想をしていた。僕という少年が父親の死を境に変って行った姿をくりかえし繰返し考えていた。僕の父の顔に嶮しい翳が差すことを、僕は十位のときから知っていた。恰度、雷雨がやって来そうになる前の空模様とか、遽《にわ》かに光線の加減が変って死相を帯びる叢の姿にそっくりそれは似ていた。よく僕は真昼の家のうちが薄暗くなると、脅えて藻掻くような気持に駆られるのだったが、時どき僕の父も何かに駆られてもがいているような不思議な顔をしていた。しかし、父はもう真暗なものを通り越していたのだった。二ヵ月あまり熱病で魘《うな》されていた父は、やがて病床を離れると、雷雨の去った後のように爽やかな気分が訪れた。僕はもう父が死ぬるとは考えてもみなかった。父は快活に振舞っていたし、僕も明るい子供だった。だが、そういう家のうちの空気が二三年するとまた妙にこじれて来た。父は旅に出て行ったし、母は心配相な顔をして父のことを話しだした。僕は薄光りする台所の板の間に立っていた。何か心配なことを話すとき母はいつもそこにいるのだったが、すると、ほんとうに台所の窓は薄暗くなってゆくようだった。それから間もなく母も旅に出て行った。母は父に追いついて看護のために出かけて行ったのだった。僕は母が家のうちからいなくなると、だんだん不機嫌になった。ぞくぞくと鳥肌のようなものが家の隅から迫って来るし、僕はききわけのない子供になってしまった。無茶苦茶な気持に引裂れて、僕は泣き狂うのだった。だが、やがて両親は家に戻って来た。すると、僕はすっかり安心したらしかった。父はまた元どおり生きて還ったのだ。

　ところが、ある日、父はみんな彼の部屋に呼び集めたのだ。障子の窓からはひっそりした冬の庭が見えていた。父は脇息に凭掛り、その側には母も坐っていた。大きな桐火鉢に新しい火がいこっていたし、僕のすぐ隣には二番目の兄が手を膝の上に置いて坐っていたが、——僕はこうして、みんなが揃ったからには、何かすばらしい団欒が始まるのではないかと思った。すると、ちょっと浮浮した気持がした。父はまだ何も云い出さなかったけれども、兄の顔を覗くと、その頬は少し綻びかけていた。僕はもう我慢ができなくて、くすりと笑った。すると、兄も僕に誘われてくすくす笑いだした。父はまだ何も云い出そうとしない。僕の気持はおかしさが一杯詰って、すっかり上ずってしまった。そのとき漸く父が口を開いた。「きょうこれからお父さんが話すことは……」気がつくと、父の声はひどく沈んでいるのだ。だが、僕の弾んだ気持は容易に鎮まろうとしない。僕は父がしみじみ話し出せば出すほど、その下をくぐり抜けるように、くすくす笑った。その癖、僕はその時の父の言葉はみんな憶えていた。

やっぱし父の病気はただごとではなかったのだ。父は医者から胃癌の宣告を受けたのだ。もし手術をして経過が良ければ助かるかもしれないが、この儘ではもう先が見えていると云われたのだ。それで、父は思い惑った揚句、手術を受けることに決心したのだった。またはるばる手術を受けに旅に出ることになったのだ。だが、手術で失敗すれば、それきり助からないかもしれないから、これがお別れになるかもしれないのだった。——話のなか頃から僕は隣に坐っている兄が洟を啜りだすのに気づいた。見ると、兄の鼻翼を伝って大粒の涙が流れているのだった。それでも僕は何か目さきにちらつくおかしさを怺《こら》えることができなかった。そのうちに、父も眼に指をあてて、涙を拭いだす。僕はもう流石《さすが》に笑わなかったようだが、それでも何か自分ひとり取残されているような、変な気持だった。僕は茶棚の上に飾られた翡翠の小さな香炉を眺めていた。子供の僕にはどうしてあんなことがおこったのかわからなかった。僕はやはり父が死ぬるとは容易に信じなかったのだろう。

間もなく父は福岡の大学病院に入院して手術を受けることになり、母が附添って出掛けて行った。そうするとまた家のうちは薄暗くなり、寒い風が屋根の上を吹いた。僕はときどき、走り廻った揚句など、火照る感覚の向に、ひんやりした西空の翳をおもい出すことがあった。庭の池には厚い氷が張り、雪囲いの棕櫚の藁は霜でふくれ上っていた。ふと、僕はひっそりした庭が病気しているように思えると、庭の方でもじっと僕を見つめているように思えるのだった。日南の縁側には福寿草の鉢が置いてあった。あの褐色の衣の中からパッと金色に照り返っている蕾が、僕には何だか朽葉色の夜具の下で藻掻いている熱病の時の父を連想させるのだった。父はまたあの嶮しい翳を額に押されて、ひどいあがきをつづけている――僕には手術ということがはっきり解らなかったが、もの凄い感じだけがわかった。やがて父は旅先から帰って来た。手術は無事に終ったらしかった。だが、家へ戻って来ると父はすぐ奥座敷に引籠った儘、寝ついたままであった。僕はその病室に入ることを許されなかったし、父の容態がどうなっているのか分らなかった。ひょっとすると僕はまたあの雷雨の後の爽やかな気分が訪れてくるのかとおもった。ところが、ある日、隣境の黒い板塀が取除かれて、そこから隣の空家へ行けるようになると、子供たちは昼間はその空家の方で過すことになった。

僕はその隣の家に絡まる不思議なことがらを知っていた。その家は以前は酒屋だったのが死絶えてしまったのだ。僕は幼い時、表の方からよくその店さきに遊びに行ったことがあるし、その家族の顔もよく覚えている。ある年そこの主人が亡くなると、若い息子がフラフラ病になった。そのおとなしい青年は幼い僕にガリバアの話などしてくれたこともあったが、僕はもう長い間その姿を見なかった。僕はある朝その青年が死んだということを聞かされた。恰度《ちょうど》その少し前、鴉が妙な啼きかたをしていたので、やっぱし、そうでした、と母は不思議そうな顔をした。それから次《つ》いで、そこの主婦《かみ》さんが殺された。一週間ばかし前に傭った小僧が夜明けがたその主婦《かみ》さんの枕頭に立ち斧を振って滅多打にしたのだ。犯人は有金を攫って逃げたらしかった。それきり、そこの酒屋は表戸が鎖され長らく棲む人もなかった。僕は黒塀越しに見える隣の松の梢に月が冴えているときなど、その方角を振向くのも怕い気持がした。だから、隣境の塀が取除かれても、僕一人ではとてもその空家へ這入って行けなかっただろう。僕は兄たちに従いて、裏口から踏込んで行った。すると薄暗い台所の中央に深い車井戸があって、長い綱の垂れ下った底には水が鏡のように覘いていた。荒れた庭さきには植木鉢が放り出してある。小さな円形の厚つぽったい葉をした草が埃をかむっている。それから隅の方に、紅い椿が淋しそうに咲いている。僕は何か探険でもしているような気持で、黴くさい畳の上を歩き廻った。表の方の戸は鎖ざされているので、家のうちは薄暗かった。いたるところに怕いものが潜んでいそうなので、僕は絶えずそれを踏みつけていなければならなかった。僕たちはそこでさんざ騒ぎ廻っていた。家の方からオルガンが運ばれると、そこは一層賑やかになった。女中は僕の妹を背に負った儘オルガンを弾いた。僕はこの幽霊屋敷がだんだん気に入った位だった。しかし、電灯のつかない家だから、日暮になるともう堪らなかった。僕は逃げだすように家の方へ走って帰るのだった。

僕は家に戻って来ると、よく厭な気分に陥った。もう久しく母の姿を見なかったし、大人たちは誰も僕をかまってくれないのを知っていたが、それがどうかすると我慢できなくなるのだった。僕は台所の方へ廻ると、尖った声で従姉を呼びとめた。その次の瞬間には僕はもう自分が狂暴な喚きをあげそうなのを知っていたし、すぐ側の火鉢に掛っている鍋がくらくら湯気をあげているのを僕は睥みつけていた。ところが、従姉はそのとき僕の顔を見ると急にとても心配そうな顔つきになり、殆ど哀願するような眼つきだった。「ね、薫さんだって、お父さんが亡くなられたら悲しいでしょう。この間お父さんはこんなことを言っていられましたよ。薫はときどき騒いだりするがあれは儂が死ぬるのを喜んでるのかしら、そうお父さんは私に訊かれたのです。いいえ、いいえ、とんでもない、薫さんだってお父さんと死にわかれるのは、それは淋しいにちがいありません、心のうちではやっぱし心配しているのです、とそうお父さんには申上げておきました」

僕は従姉の言葉を聞いているうちに、側にある鍋の湯気まで凍ててゆくような気持がした。それからふと僕は父の顔の翳をおもい出した。すると、それが遽かに怨めしそうな白っぽいものにかわり、それが病室一ぱいに拡がっているような気がした。

僕はその日、学校の一番最後の時間が理科の時間で、先生が次の理科の時間までにしてくる宿題を出したのをおぼえている。僕は次の理科の時間には学校を休んでいるかもしれないなと考えた。すると、何だか明日からもう学校を休まなければならなくなるような気持がした。僕はその頃、女の子が不思議な夢の話をしているのに耳を傾けていたことがある。「紅いお月さんの昇る夢をみたら、お父さんが亡くなる。白いお日さんの沈む夢をみたら、お母さんが」二人の女の子はそう云いながら教室の片隅で静かに頷き合っているのだった。その女の子たちは近頃ほんとうに不幸があったのだから、僕にはどうも不思議でたまらなかった。僕はその日も学校の帰り路で、ちらりとその夢のことを考えていたようだ。

　僕はその夜、寝る前に父の病室に呼ばれて行った。父は腹這になりながら枕に齧《かじ》りつくようにして、顔をもち上げ、喘ぎ喘ぎ口をきいた。「薫か、お父さんはもう助からないが、お父さんが死んだ後は、みんな仲よくやって行ってくれ」僕は黙ってただ頷いていたが、間もなく次の間に去った。それから僕は間もなく床に這入ったのだった。だが、僕はさきほど見た父の難儀そうな姿がはっきり目に見えて、なかなか睡れそうにない。そのうちに僕はつい夢をみていた。円い大きな紅い月が昇って来た。僕は夢のなかで、とうとう紅い月の夢をみたなと思った。それではいよいよ父も死ぬるのかしら、そう考えた瞬間、父の病床がぱっと眼さきに見えて来た。さきほどあんなに喘ぎ喘ぎしていた父は今、夜具を跳ねのけると、するすると、畳の方へ匐い出して来る。はっとして僕は呻こうとした。そのとき僕は従姉にゆすぶり起されていた。「お父さんが……」彼女は急いで僕に着物着替えさせた。僕が父の病室に入った時、あたりは泣声に満ちていた。

　とうとう父はほんとに死んだのだった。僕はしかし何か半信半疑の気持がしてならなかった。死んだ父の額にはあの不吉な翳が刻まれていたし、身を縮めて棺に納まってゆくときの父はやはり喘いでいるのではないかとおもわれた。だが、家には大勢の人が集まっていたし、埋葬はもの珍しく賑やかだったので、僕はやはりどうやら、その方に気をとられている子供だったのだ。

　だが、それから一年位すると、僕はいつの間にか、あの飛んだり跳ねたりしたがる子供の衝動をすっかり喪っていた。父の臨終の時の空気がその頃になって、ぞくぞくと僕のなかに流れ込んで来た。僕の家の庭の隅にある大きな楓の樹が無性に懐しくおもえだしたのもその頃だ。その樹は恰度父が死んだ部屋のすぐ近くの地面から伸び上り、二階の窓のところに二股の幹を見せていたが、僕は窓際に坐って、青く繁った葉の一つ一つの透間にしずかに漾う影を見とれた。殆どその楓の樹は僕のすべての夢想を抱きとってくれたようであった。幹には父親のような皺があったが、光沢のいい小さな葉は柔かにそよいでいた。夜もそこに繁った葉があることを考えると、ひっそりと落着くのだった。雨の日はしずかなつぶやきが葉のなかにきこえた。僕はその密集する葉をそのまま鬱蒼とした森林のように感じたり、霊魂のやすらう場所のようにおもった。そして、僕はもう同じ齢頃の喧騒好きの少年たちとは、どうしても一緒になれなかったし、学校の課業にはまるで張合を失っていた。僕は子供のとき考えていた僕とはすっかり変っている自分に面喰いだした。僕は何になりたいのか、わからなかったし、大人たちが作っている実際の世界は僕にはやりきれないもののように思えだした。僕は運動場の喧騒を避けて、いつも一人で植物園のなかを歩いた。そうすると、樹木の上の空が無限のかなたにじっと結びつけられているのがわかったし、樹影の沈黙のなかに秘められている言葉がみつかりそうだった。それから、ふと樹の枝にある花が僕に幼年の日の美しい一日を甦《よみがえ》らせたし、父親の愛情がそこに瞬いているようであった。僕の頭には、あの荘厳な宗教画の埋葬の姿が渦巻き、沈んだセピア色と燃える紅と、光と翳の襞《ひだ》につつまれ、いま僕の父親の死が納まっていた。

弾力のある青空からは今にも天使の吹く喇叭の音がききとれそうであった。僕は樹の列から列へゆるやかに流れてくる日の光のなかをくぐって、僕はいつのまにか、中央にある芝生の円い花壇のところに来ていた。円い環のなかではアネモネ、ヒヤシンス、チューリップなどが渦巻いていて、それはいきなり僕を眩惑させる。僕はエデンの園にいるような気がした。そして僕はどこか見えないところにいるイヴの姿を求めているのだった。

魔のひととき

　ここでは夜明けが僕の瞼の上に直接落ちて来る。と、僕の咽喉のなかで睡っている咳は、僕より早く目をさます。咳は、板敷の固い寝床にくっついている僕の肩や胸を揉みくちゃにする。どんなに制しようとしても、発作が終るまでは駄目なのだ。僕は噎《むせ》びながら、涙は頰にあふれる。だらだらと涙を流しながら、隣家の庭に咲いている紫陽花の花がぽっと朧に浮んでくる。僕は泣いているのだろうか、薄暗い庭に咲き残っている紫陽花は泣かないのだろうか。死んだお前も、僕も、それから、このむごたらしい地上には、まだまだ沢山、こんな悲しい時刻を知っている人がいるはずだ。……

　発作が終ると、僕は寝たまま手を伸べて枕頭の回転窓の軽いガラス窓を押す。すると、五インチほどの隙間から夜明けの冷んやりした空気が、この小さなガラス箱（部屋の中）に忍び込んでくる。その少し硬いが肌理《きめ》のこまかい空気は僕の顔の上に滑り込んでくる。僕の鼻腔から僕の肺臓に吸われてゆく。発作の終った僕は、何ものかに甘えながら、もう一度睡ってゆこうとする。（空気って、いいものだなあ。そうだよ、もう一度ゆっくりおやすみ。こんな透明な夜明けがあるかぎり……）僕の吸っている空気はだんだん柔かくなって、僕は羽根のように軽くなってゆく。小さな窓から流れてくるこの空気は無限につづいている。死んだお前も、僕も、それから一切が今むこう側にあるようだ、僕は……。僕は……。僕は安心して睡ってゆけるかもしれない。僕は医やされて元気になれるかもしれない。安心していよう。あんな優しい無限の透明が向側にあるかぎり……。僕は……。

　突然、僕の耳に手押ポンプの軋む音が、僕をずたずたに引裂く。窓のすぐ下の方にある隣家の手押ポンプだ。それが金切声で柔かい僕の睡りを引裂く。バケツからザアッと水が溢れてゆく。僕の頭は水の音とポンプの音でひっくり返り滅茶苦茶にゆさぶられている。僕は惨劇のなかに生き残った男だろうか、僕は惨劇の呻きに揺さぶられているのではないか。……固い寝床にくっついている自分の背なかが、かちんと僕に戻ってくる。僕は宿なしの身の上をかちんと意識する。それは朝毎に甦ってくる運命のように僕の額に印されているのではないか。漂泊、流浪――そんな言葉ではない。でんぐりかえって、地上に墜落したのだ。僕の額の上を外のポンプの音が流れ、惨劇の影がゆれている。僕はお前と死別れると、その土地の家を畳んで、郷里の広島へ移った。すると、あの惨劇の日がやって来た。それから、僕は寒村に移って飢餓の月日を耐えてきた。それから僕はその村を脱出するように、この春上京して来た。しかし、僕を容れてくれた、ここの家も……。

　ふと、僕はさっきの発作をおもいだして、どきりとする。とこの固い寝床にくっついている自分の背なかに、階下のありさまが、一枚の薄い天井板を隔てて、鏡のように透視されてくる。階下はまだ、しーんとしているのだが、この冷んやりした奇怪なガラスの家の底には、何とも云いようのない憂悶が籠っているのだ。たしかに、僕はあの咳を、この家の細君の耳に聴きとられたような気がする。と、僕には、このガラスの家全体が、しーんとして僕の息の一つ一つまで聴きとる装置のようにおもえてくるのだ。

前から僕はこの家の主人に、医者に診てもらえと、そっと注意されていた。恐る恐る僕は一度、病院の門を潜った。医者は衰弱していることのほかは何も云ってくれなかった。それはむしろ僕を吻とさせた。このような恐ろしい飢餓の季節に、文無しの僕がどのような養生ができるのか。僕は、疲労しないように、疲労しないように、と、飢え細ってゆく自分の体をなるべく、ただ静かにしているだけであった。だが、僕を視るこの家の細君の眼は、――それは僕がこの家で世話になりだした最初から穏やかではなかったようだが――次第に棘々《とげとげ》しくなっていた。澱粉類の配給がばったり杜絶《とだ》えて、菜っぱと水ばかりで胃の腑を紛らしてゆく日がつづいていた。と、ある日とうとう、この家の細君の癇癪は爆発した。僕は地べたに叩き伏せられた犬のような気持がした。宿なしの罪業感が僕を発狂させそうだった。僕は怯《おび》えはじめた。ひとりでに僕は、この家の人たちから隔離の状態に置かれた。主人は僕を憐むような眼つきで眺めてくれたが、もう遠慮がちに何も語らなかった。細君は僕と顔を逢わすことを明かに避けていた。ただ内側に押し潰されて籠るものが、この家全体の無気味なものが、無言のまま僕をとりかこんだ。そして、これは僕がこの部屋にいる限り絶えることのない苛責なのだ。

この低い白い脆《もろ》そうな天井、……僕の寝ている頭とすれすれにあるガラス窓、……僕の足とすれすれにある向側の壁、……真四角な狭い、あまりにも狭い二・五米立方の一室……これは病室なのだろうか、隔離された独房なのだろうか。だが、僕は軽く、軽く生きてゆくよりほかはない。軽く、軽く、夜明けがた僕をつつんでくれた空気の甘いねむり、羽根のように柔らかなもの。……誰かが絶えず僕のことを祈ってくれているにちがいない。……僕はぼんやり寝床の中でいつまでも纏らない思考を追っている。

僕の、僕だけの隔離された食事は、もう階下にできている。僕はそっと細い階段を下りてゆく。この細い古びた階段や天井や、いたるところが壁がわりに、すりガラスが使用されていて、柱らしいものはない。奇妙な家屋の不安定感は、僕が動くたびに僕を脅やかし、いつでも頭上に崩れ落ちて来そうなのだ。僕は、そっと祈るようにしか歩けない。それに、この家で習慣づけられた、おどおどした動作はもう僕の身についている。そして、僕が階下にいると、この家の人たちは奥へ引込んでしまうのだが、僕はおどおどと囚人のような気持で貧しい朝の食事をのみこむ。それから、僕はそっと匐うように階段を昇ってゆく。僕が階段を昇ってゆくのと入れちがいに、階下には細君の出てくる足音がきこえる。

僕は自分の部屋に戻り、ほっと自分に立戻る。だが、すぐに、何かに呪縛されている感覚が甦る。僕は板の上にごろりと横たわり、狭い真四角な箱（二・五米の部屋）を眺める。僕は幽閉されているのだろうか。この小さな、すりガラスの窓から射してくる光は、実験装置の光線かもしれない。人間が何百日間、飢餓感に堪えてゆけるか、衰弱して肺を犯されかけた男が何百日間、凄惨な環境に生きてゆけるものか、——そんなことを測定されているのかもしれない。（しかし、一たい、何のためにだ？）僕はガラス箱のなかの一匹の虫けらなのか。脱けだしたい。逃げだしたい。僕は少しずつ、じりじりしてくる。……
　このガラス箱から僕が出てゆく時、と、僕はまだ板の間に横たわったまま考えている。と、あの穿きにくいゴム底靴の感覚がすぐ僕の蹠《あしうら》にある。あの靴は僕が上京する時、広島の廃墟の露店で求めたものなのだが、総ゴム底のくらくらする、だぶだぶの靴は、僕のひだるい軀を一そうふらふらさす。そして僕がこの階段下の狭い玄関、一メートル四方にも足りない土間で、その靴を穿いて立上ると、この窮屈な家屋全体の不安定感は僕の靴の踵に吸収されてしまう。だから、僕は道路の方へ歩きだしても、足もとの地面はくらくらし、遠い頭上から何かサッとおそろしい光線がやって来そうになったり、魔のような時刻がつきまとうのだが……。

　このあたりの道がふと魔法のようにおもわれてくる。さきほど僕は箱のなかから抜け出して、出勤にはまだ少し早いが、焼跡の往来を抜け溝橋を渡って、とぼとぼとこの坂路をのぼった。急な坂だが、そこを登りつめたところに、茫々とした叢がある。僕は何気なく叢の方へ踏み入った。ふと見ると、坂の下に展がる空間は、樹木も家屋も空も、靄のなかに弱められている。足許の草は黄色に枯れていて、薄の穂がかすかに白い。すべてが追憶のようにうっすらとしているのだ。なにもかも弱々しく、冷え冷えした空気まで実にひっそりしている。これはどうした時刻なのだ？　……突然、僕には疑問が涌《わ》く。僕はたしか昔何度もこんな時刻や心象を所有していた筈だが、それが今僕を迷路に陥し込んだのか。僕はこれから何処へ出掛けて行こうとしているのだろう……（いつもの夜学へか？）これはいつもの路を歩いているのだろうか。この路を歩いているのは僕なのだろうか。僕はほんとに存在しているのか。眼の前にある靄を含んだ柔らかい空気は優しく優しく顫えてくる。僕のなかにも何か音楽のようなものがふるえだす。これはどうした時刻なのだ？　……冷え冷えした空気と僕の体温……溶けあって僕はうっとり歩いている。もしかすると、僕は荒涼とした地方を逍遥っている贅沢な旅人かもしれない。砂丘や枯草が心細い影絵ではあっても、大理石の宿に着けば熱い湯がこんこんと涌いている。僕のなかにメルヘンが涌く。メルヘン？　あ、そうだ、僕はもう百日位、誰とも（生きている人間と）話らしい話をしたことがないのだ。メルヘン？　僕はやっぱり孤独な旅人らしい。

僕の提げている骨折れ蝙蝠傘《こうもりがさ》、……僕の踵に重くくっついているゴム底靴、……僕の肩にぶらぶらする汚れた雑嚢、それらが、ふと僕をみじめな夜学教師に突落とす。メルヘン……災厄と飢餓の季節の予感に虫たちは、みなそれぞれ食糧や宝物を地下に貯えた。やがて天地を覆す嵐が来た。そのとき僕はまる裸で地上に放り出された。あのときから僕はあわれな一匹の虫であった。そうだ、虫けらのメルヘンなら、今も僕のゴム底靴の踵にくっついている。メルヘン？　……だが、今はもっと別の時刻なのだ。もっと美しい、たとえようもなく優しげなものが今僕のなかに鳴りひびいている。誂《あつら》えむきに今この路はひっそりとして人通りが杜絶えている。眼の前にある空気はこまかに顫えて、今にも雨になりそうなのだ。僕はじっと何かを怺えている。だが時刻は刻々に堪え難くなる。……地のはてにある水晶宮がふと僕の眼に見えてくる。その透明な泉に誰か女のひとが、ひっそりと影をうつしている。その姿が僕には、だんだんはっきりわかってくる。その顔は何ごとかを堪え、じっと何ごとか祈っているのだ。

僕は感動に張裂けそうになり空を眺める。泉にうつっている女の顔はキラキラとゆらめきだす。たしかに、その誰ともわからぬ女のひとは熱い涙とやさしい笑みをたたえたまま凝と雲のなかにいるのだ。靄を含んだ柔らかい空気……それは僕の眼の前にある。僕の頬の下にも涙を含んだ顫える靄が……。ふと、僕はいつのまにか、いつもの見なれた路を歩いている自分をとりかえしている。僕はやはり夜学へ行くのか……。だが、さっき僕を感動させたものはキラキラとまだ何処か遠方でゆらめいている。ゆらめいている。それはかすかに僕につき纏ってくる。僕はお前のことを考えているのだろうか、お前に話しかけているのだろうか、死んだお前が僕に話しかけてくるのだろうか。

僕は駅前の雑沓が一目に見下ろせる焼跡の神社の境内に来ている。僕の足許のすぐ下に鋪道が見え、駅の建物は静かに曇っている。僕の眼はごたごたした家屋と道路の果てにある薄い一枚の白紙のような海にむかう。その白紙のなかに空と海の接するあたりに、かすかに夢のような紫色の線をさぐる。陸地なのだ。僕が昔お前と一緒に暮していた土地なのだ。あそこの海岸から僕はよく空と海の接するあたりに黒い塊りを見ていたが、それが今僕の立っている地点なのだろう。やはり今でも向側の陸地から、こちら側の陸地を眺めているものがいるようだ。それはやはり僕なのだろうか。それなら、お前はまだあの土地のあの家の病床で僕のかえりを待っているのかもしれない。……僕の視線はそっと朧なものを撫でまわし、それから、とぼとぼと神社の境内を出て行く。……

急な石段と忙しげな人通りが僕をゆるやかな追憶から切離す。僕は不安定なゴム底靴で弱々しい姿勢をピンと張りあげようとする。罹災以来、僕にのこされた、たった一つの弱々しい抵抗の姿勢……それが僕に立戻ってくる。雑沓が僕をかすかな混乱に突きおとす。僕は前後左右から押されて駅のホームを歩いている。生きる場所を喪った人間がぐんぐん僕の方へのしかかり押してくる。僕は電車に押込まれている。僕は押されとおされている。生きる場所を喪った人間ならむしろ僕なのだが、僕の肩の骨が熱く疼く。僕の頤のすぐ側にある知らない人間の肩。ぎっしり詰った肩のむこうから洩れてくる呻き……。物質の重量に挿まれて僕は何処かへ紛れ込んでしまいそうだ。こうした瞬間、こうした瞬間は何回繰返されているのだろう。僕が死ぬる時、こうした窮屈な感覚はやはり痕跡を残すかもしれない。死んでゆく僕の幻覚に人間の固い肩が重なり、飢えてふらふらの僕を搾木でしめあげ……。靴の底にゆれる速度で、僕はときどきよろめく。こうした瞬間、僕は何を考えているのだろう。僕は物質……肩は物質の……。やがて電車は僕の降りる駅に来て僕を放り出す。

僕は人間の群に押されて、駅の広場に出ている。ここはもうすっかり夕暮のようだ。僕は電車通を越えて、焼残りの露地に入る。ここは死んだお前のあまり知らない場所だが、僕にとってはずっと以前から知っている一角なのだ。この焼残った露地のつづきに、唐黍《とうきび》畑や、今、貧弱なバラックの見えているあたりに、昔、僕の下宿はあった。こういう曇った夕暮前の時刻に、学生の僕はよく下宿を出てふらふらと歩きまわった。薄弱で侘しい巷の光線は僕のその頃の心とそっくりだった。僕の眼は大きな工場の塀に添って、錆びついた鉄柱や柳の枯葉にそそがれた。そんな傷々しいものばかりが不思議に僕の眼を惹きつけていた。その頃、僕には友人がない訳ではなかったし、僕の境遇は不幸というのではなかった。だが、何故かわからないが、僕はこの世のすべてから突離された存在だった。僕にとっては、すべてが堪えがたい強迫だった。低く垂れさがる死の予感が僕を襲うと、僕は今にも粉砕されそうな気持だった。僕はガラスのように冷たいものを抱きながら狂おしげに歩きつづけた。するとクラクラとして次第に頭が火照ったものだ。

　銀行か何かだったらしい石段の焼残った角から僕は表通りに出る。ここは殆ど焼跡の新築ばかりだ。電車の軌道は残されているが電車の姿は見えない。僕のまわりにまつわる暮色と人通りはそわそわと動いてゆく。僕の背後から見憶えのある顔が二つ三つ僕を追いこす。夜学の生徒なのだ。僕はいつあの生徒たちを憶えたのかしら……。瞬間、僕は教師のつもりになっている。と、僕はずしんとする。剝ぎとられて叩きつけられた感覚だ。それが僕をふらふらさせる。と僕は何か見憶えのあるものの前に立ちどまっている。新築の花屋だ。僕はショーウインドに近よる。僕はみとれる。みとれている自分にみとれる。玻璃越しに見える花々がまるで追憶そっくりだ。そうだ、追憶はいま酒のように僕をふらふらさす。それに、このゴム底靴や凹凸の地面が、僕を一そうふらふらさす。僕は何かもっと固い手応えを求めているようだ。何か整然とした一つの世界が僕に見えてくるようだ。僕のまわりにまつわる雲母色の空気は殆どさきほどから、それを囁《ささや》いているのではないか。……その頃お前が入院していた病院は、野らも海も一目に見下ろせる高台の上にあった。僕は澄んだ秋の光線のなかを、そこの坂の固い鋪道を靴の音を数えながら歩いていた。お前の病態は憂わしかったし、僕の生きている眼の前は暗澹としていたが、不思議に僕のなかには透明な世界が展がって来た。坂の上に建つ、その殿堂のように大きな病院の、そのなかにお前の病室はあったが、お前の病室と僕との距離に、いつも透明な光線が滑り込んでいた。僕は自分の靴音を琺瑯質《ほうろうしつ》の無限の時間の中に刻まれる微妙な秒針のようにおもいながら歩いていた。それから、僕がお前の病室を出て、坂の上に立つと、晩秋の空気は刻々に顫えて薄暗くなってゆき、靄のなかには冷やかな思考と熱っぽいものが重なりあっていた。僕はあの靴の音をおもい出そうとしているのだ。

僕の歩いて行く方向に、今僕の行く学校の坂路がある。その高台に建つX大学の半焼の建物はひっそりとして夕暮のなかに見える。かすかに僕はあの病院へ通う坂路を歩いているようなつもりなのだが、ふと、もの狂おしい弾力の記憶がこの坂から甦ってくる。学生の僕はこの坂路を歩くとき、突然あたり一杯に生命感が漲ることがあった。僕は何かに抵抗するように、何かに僕自身を叩きつけるような気分に駆られて、もの凄い勢でこの坂を登ったものだ。五月の太陽は石段の上に輝いていて、あたりには大勢の学生がぞろぞろ歩いていた。坂に添う小さな溝がピカピカ光り、学生達は瀟洒な服装をしていた。クラクラする僕の頭上には高台の青葉が燃えていた。ほとんど僕は風のなかを驀進《ばくしん》するような気持で歩いていた。

僕は今、よろよろと坂路を登ってゆく。僕の細長い影は力なく仄暗い風のなかにある。僕は殆ど乞食のような己れの恰好を疑わない。ここの石坂で僕はそっと煙草の拾殻を拾いとることもあるのだ。そんなときの僕の姿は……。僕は後から後から次々に生徒に追越されている。足許は既に暗い。ふと僕はそわそわしてくる。向うのコンクリートの三階建の校舎は生徒の群でざわざわしている。僕の歩きかたも少しせかせかしてくる。僕は一階の廊下を廻って、教員室の扉を押す。電灯の点いているゴタゴタした部屋の片隅に僕は蝙蝠傘を置く。それから中央にある大きなテーブルに凭掛る。これが僕たち教員のテーブルなのだ。僕は出勤簿に印を押す。お茶を啜る。空腹がふと急に立ちもどってくる。僕のまわりに教師たちが何か話しあっている。電灯の色で見る先生の顔は何と侘しい暈なのだろう。僕はもう一杯お茶を啜る。今、廊下の外で頻りにドタドタ靴の音がしている。誰か生徒が僕の側を通りすぎて、戸棚のところに行く。電球を持って行くのだ。ああして生徒は毎日、電球を教室に持って行って着けたり、外ずして持って戻ったりするのだ。だが、そんなことが餓《ひも》じい僕には珍しいのだろうか。部屋の隅にいた小使がベルを振りだす。と、みんなそわそわ廊下に出て行く。僕は壁に掛けてある出席簿を取り、箱の中からチョークを二本把む。僕はそろそろ廊下に出て、三階まで階段を昇ってゆく。灯の点いていない階段は真暗で、僕は手探りで昇ってゆく。茫漠とした廊下の突当りの教室に灯が洩れている。僕はそこの扉を押す。電灯の光のなかに四五十人の顔が蠢めいている。僕は教壇の椅子に腰を下ろして、出席簿を机の上におく、パタンとそれをひらく。それから僕は急しげに生徒の名前を読みあげている。僕の声が僕の耳にきこえる。（おや、こんな声だったのか）これは僕が今日はじめて人間にむかって声を出しているのだ。僕はくるりと後向きになって、塗りのわるい黒板にプリントの字を書いてゆく。I can swim, Can I swim? You can swim, Can you……ふと僕はチョークを置いて、教壇を下りる。煤けた壁際に添って、教室の後の方へ歩いてゆく。僕は眼をあげて黒板に書いてある自分の字を眺め、それから煤けて真黒の天井壁を眺める。天井からは何か黝ずんだ蜘蛛の巣のようなものが、いくすじも、いくすじも、垂れ下っている。あれは一たい何なのだろう。時間があんなところに痕跡を残しているのだろうか。

昔、僕がこの大学の予科に入学した頃は、この三階の建物はまだ新しく、僕には何か大きな素晴しい城砦のような気持がした。ある天気のいい日曜日の一日を僕は蓮華の咲いている郊外の河岸をぶらぶらと歩いた。その翌朝もまるで磨きたてのように美しい朝だった。僕はこの三階のバルコニーに立っていた。むこうに見える大きな邸の煉瓦塀や鬱葱と繁っている楠の巨木や空を舞っている鳶に僕は見とれていた。するとと、僕はそれからのすべてを領有しているような幸な気分だった。ふと僕の側に一人の友人がやって来た。が、僕と彼とはお互に暫く黙ったまま同じ景色のなかにいた。「僕たちの時代が来るね」ふと彼は呟いた。僕たちはその頃お互を立派な詩人になれると思い込んでいたし、祝福はちゃんと約束してあるようにおもえた。

僕の立っている窓の破れから、冷たい風が襟首を撫でる。僕は声を出してプリントを読みあげる。I can swim, Can I swim? You can……喋りながら教室を歩く。なるべく疲労しないように、ふらふらと軽く……。それから椅子に戻ってくる。肩も足も疼くように熱っぽい。空腹で目もとは昏みそうになる。急に教室はざわざわしてくる。今ふらふらのこの半病人が生徒の眼にはどう映るのか。突然、僕は授業をやめてしまいたい衝動に駆られる。が、僕の眼は何かを探すようにプリントに注いでいる。なるべく疲労しないように、疲労しないように、と、その祈り……その祈りがふと僕に戻ってくる。僕はまた授業のつぎほを見つけてゆく。そのうちにベルが鳴る。僕は教員室に戻ってくる。

病人であった。僕があの海の見える中学ではじめて教師になったとき、その頃、お前は、寝たり起きたりのはじめて教壇に立った僕はあべこべにまるで自分が中学生にされたように、剝きだしに晒された自分を怖れた。ときどき、僕は家に残っている自分の影をおもった。そんな弱々しい僕を病人のお前は労わってくれようとした。その僕の影は……。僕は今、頻りにお茶を飲んで空腹を紛らしている。すると小使が部屋の隅でベルを鳴らす。僕は疲労を鞭打って立上る。暗い階段を匐うように昇って行く。灯のついた教室に入る。僕は黒板の方へ向く。消してない字で一杯の黒板を僕はおそるおそる困ったように眺める。それから思いきって黒板拭きで消してゆく。おびただしい白い粉が僕のまわりに散乱する。それは今、僕に吸われている。と、僕は朝の咳の発作をおもいだす。淡い淡いあじさいの花……。疲れないように、と、軽い、軽い、祈り……。僕はふらふらと授業を続けている。ベルが鳴る時間を待ちかまえている。その時刻は電灯の光のなかにちらちらしている。そして、ほんとにベルが鳴る。僕は手探りで階段を降り教員室へ戻ってくる。

蝙蝠傘を提げて、僕は坂を下りてゆく。坂の下の表通りの闇のなかの灯が眩しく、それは僕を吸い込みそうだ。夜の闇色と感触がずしんと深まっていて、今はまるで海のようだ。僕はそのなかを泳ぐようにして歩く。僕は電車通を越えて、省線駅に来る。暗いホームは人で一杯だが、電車は容易にやって来ない。突立っている僕の脚は棒のようだ。突立っている、昨日も今日も、それから恐らく明日も……。明るい灯のついた満員電車が僕の前で停まる。僕は棒のように押込まれてゆく。僕の胸を左右から人間が押してくる。押してくる人間のいきれが僕をつつんでいる。僕は何を考えているのだろうか。Can I swim? Can I swim? ……疲れないように、斃れないように、ふらふらの軽い、今日の勤めも果たした。それが今の僕の生活《くらし》を支えてくれるのではないのに、とにかく今日の今日も耐えて来た。それがとにかく僕に安心を与えているのだろうか。人間のいきれ、……惨劇のなかに死んで行った無数の人間、……吻と今、僕をつつんでいる人間のいきれ、僕を滅茶苦茶に押してくる人間、人間の流れ——それが斃れそうな僕を逆に支えているのかもしれない。……

僕は人間の流れに押出されて、電車から降りる。人間の流れは広い鋪道を越えて、急な石段をぞろぞろ上ってゆく。僕もそろそろと石段を上って行く。ほの暗い路が三つに岐れて、人間の流れも三つに岐れる。僕はいつもの谷間のような、ひっそりした、ゆるい坂路を歩いている。僕のまわりに疎らになった人間の足音がまだ続いている。僕の少し前方できとれる、コツコツという固い靴の音……。帰宅を急ぐ足どりの音……。あれはどういう人間なのだろうか。はっきりとリズムを刻んで進んでゆく静かな靴の音……。僕はそれに惹きつけられて、その後について歩いている。コツコツという軽い快げな靴の音が僕の耳に鳴る。あれは明確な目的から目的へ静かに進んでいるのだ。ふと僕の耳に僕のゴム底靴の鈍い喘ぐような音がきこえる。いつのまにか、さっきの美ごとな靴音は消えている。

僕はがくんと突離されたような気持だ。路は急な下り坂になっている。そこから茫とした夜の塊りが見える。僕の帰って行く道もあの中にある。僕は溝の橋を渡って、仄暗い谷底のような路を進んでゆく。……と、僕のなかには、あの家の前の暗い滑りそうな石の段々が、夢のなかの情景のように浮んでくる。あの石段と僕のふらふらのゴム底靴が触れあう瞬間、僕はあの、しーんとし息を潜めたガラスの家の怒りが、こちらへ飛掛って来そうな気持がするのだ。……が、僕は今もうその石段のところまで来てしまっている。ひっそりとした、階下も二階の方にもまるで灯が見えない。停電らしいのだ。僕はおどおどと段々を踏んでゆく。僕は喘ぐように、その家の扉をそっと押す。狭い狭い入口に屈んで、難しい姿勢で靴の紐を解く。この棒のように重い脚、ふらふらの頭、僕の心臓は早く打ち、息が苦しげなのがわかる。僕はそっと靴を下駄箱に入れて、ふわふわと立上る。それから僕の眼は暫く暗闇のなかでぼんやり戸惑っている。

ガラス壁の側にあるテーブルに白い紙のようなものが仄かに見える。たしかあそこはいつも僕の食事が置いてある場所なのだ。僕はおそるおそる床板の上を歩いてゆく。匐い寄るような気分で、椅子の上に腰を下す。テーブルの上の新聞紙をそっと除けてみると、たしかに何か食べものが置いてある。僕は手探りで箸を探す。だが、ふとぼんやり疑が浮ぶ。僕は食べて差しつかえないのだろうか、これはほんとに僕のだろうか……。何かわからないが僕に課せられている苛責が、それが冷やかに僕の眼の前に据えてあるのではないか……。だが、僕はわからないが、その、しーんとしたものを既に食べ始めている。冷たい菜っぱ汁とずるずるの甘藷が、暗闇のなかで僕に感じられる。僕は食べながら、かすかに泣いているような気がする。どこか体がぐったり熱くなってゆくような、やりきれない感覚に悩まされる。僕はひそひそと静かに急いで食べ了ってしまう。それから、椅子を離れ、そろそろ闇のなかを手探りで歩く。細い細い階段を泳ぐように登ってゆく。僕の部屋の扉を手探りで押す。真暗な小さなガラス箱の部屋が僕に戻ってくる。やっと戻ったのだ。僕は蝙蝠傘をそっと板の間に置き、肩にぶらさげた雑嚢を外す。それから、ごろりと板の上に身を横たえる。ぐったりとして、かすかに泣きたいような熱いものが、……僕はぐったりと板に横わっているのだ。

と、暗闇のなかにある堅い板の抵抗感が、僕に宿なしの意識を突きつける。僕はそっと板の感触をはずし、軽く軽く、できるだけ身を軽く感じようとしている。が、どうしても、ぐったりとしたものが僕を押しつけてくる。

ふと僕はさっきから、何か小さな、ぼんやりした光を感じていたような気がする。見ると、その光はたしかに回転窓の三インチばかりの隙間のところから射して来るのだ。僕はだんだん不思議な気持がしてくる。たしかに、あれは星の光なのだが、どうしてたった一つの星があんな遥かなところから、こんな小さな隙間に忍び込んで来ることができるのか。今夜のように、どんよりとした空に、今の時刻を選んで、僕の方に瞬きだすことができるのか。この小さな光はまるで無造作に僕のところへ滑り込んできて何気なく合図をしている精霊のようなのだ。……今、僕の眼の前には、昼間の、あの靄を含んだ柔らかい空気が顫えだす。地の果てにある水晶宮のキラキラした泉の姿が……。

僕はお前の骨壺を持って郷里に戻ると、その時、兄の家で古いアルバムを見せてもらったことがある。昔の写真のなかから、僕は久し振りに懐しい面影を見つけた。僕が少年の頃、死別れた姉の写真であった。こんな優しい可愛い娘さんだったのかと、僕はそんな女のひとがこの世に存在していたことを不思議に思い、僕がその女の弟であったことまで誇らしく思えた。姉は結婚して二年目に死んだのだから、娘さんとは云えないだろうが、僕の目にはあまりに可憐で清楚なものが微笑みかけ、それが柔かく胸を締めつけるようであった。僕は大切にその面影を眼底に焼きつけておいた。

それから僕はときどき、こんな想像に耽けりだした。もしも死んだお前が遥かな世界を旅しているのであるなら、どうか僕の死んだ姉のところを訪ねて行って欲しいと。だが、この祈願は、今ではかなえられているのではないかと思う。僕は、眼もとどかない遥かなところで、お前と僕の姉との美しい邂逅を感じることが出来るようだ。

お前と死別れて一年もたたないうちに、僕は郷里の街の大壊滅を見、それからつぎつぎに惨めな目に遇って来ているが、僕にはどこか眼もとどかない遥かなところで、幸福な透明な世界が微笑みかけてくる瞬間があるようだ。

僕の姉は僕が中学に入る前の年に死んだ。僕は姉の死ぬる少し前、姉の入院している病室を訪ねて行ったことがある。ベッドの中の姉は少し弱々しそうだったが、不思議に冴えて美しい顔色だった。澄んで大きく見ひらかれた眼が僕を見つめ、——こんな風な回想をしていると、僕はその女のひとが姉だったのか、それともお前だったのか、ふとわからなくなるようだ。——姉は僕に何か話をしてくれそうな様子だった。僕はその頃ひどく我儘で癇癪持ちの子供だったが、姉の前でだけはいつも素直な気持になれるのであった。姉の唇もとが動きだすのを僕は恰度お前の唇もとが動きだすのを待つような気持で待っていた。やがて、姉は静かに話しだした。僕はすっかりその話に魅せられていた。それはアダムとイブの、僕がはじめて聴く創世記の物語であった。姉の澄んだ眼は、彼女がこの世のほかに、もっと遥かな場所――そんな場所をお前もどんなに熱心に求めていたか――を疑わない眼つきだった。そしてそれはまっすぐ僕にも映って来た。姉の話が終ったとき僕は何か底の底まで洗い清められていた。急に僕の眼には今迄と世界が変って来たようにおもわれた。その夕暮、僕がその病院を出て家に戻ってくる途中、街はずれにある青い山脈が何か活々と不思議におもわれ、僕のまわりにある凡てのものが、もっと遥かなところから繫がっているのではないかとおもえた。僕は生れ変るのではないかとおもえた。僕は僕のうちにどんな世界がひらけてくるのか、まだ分らなかったが、視えない世界の光が僕のなかに墜ちてくるのを思ってぞくぞくしていた。

僕が幸福の予感にふるえ、その世界をもっともっと姉から教えてもらいたかった時、恰度その時、僕の姉は死んだ。臨終には逢えなかったので、僕が姉と逢ったのは、あの病室を訪ねて行った日が最後だった。僕は姉が話していた、あの遥かな世界に、もうほんとに姉は行ってしまったのだろうと思った。だが、僕の上には何かとり残されたものの空虚が滑り墜ちていた。そのうちに姉の追憶がやって来て、その空虚を満たすようになった。幼い時から僕はこの姉が一番好きだったし、僕はこの姉から限りない夢を育てられたような気がする。子供の僕は姉が裁縫している傍で不思議なお伽噺をうっとりとききとれたものだが、姉が嫁入したときのことも僕には何だかお伽噺のようにおもえる。お伽噺の王女のように幸福そうだった姉がほんとに死んでしまったのだ。死んでしまったということも僕にはだんだん美しい物語のようにおもえた。二階の窓を夕陽が赤く染めている時、僕は遥かな遥かな世界を夢みている少年であった。

苦しく美しき夏

陽の光の圧迫が弱まってゆくのが柱に凭掛っている彼に、向側にいる妻の微かな安堵を感じさせると、彼はふらりと立上って台所から下駄をつっかけて狭い裏の露路へ歩いて行ったが、何気なく隣境の空を見上げると、高い樹木の梢に強烈な陽の光が帯のように纏わりついていて、そこだけが嚇《かっ》と燃えているようだった。てらてらとした葉をもつその樹木の梢は鏡のようにひっそりとした空のなかで美しく燃え狂っている。と忽ちそれは妻がみたいつかの夢の極地のように彼におもえた。熱い海岸の砂地の反射にぐったりとした妻は、陽の翳ってゆく田舎路を歩いて行く。ぐったりとした四肢の疲れのように田舎路は仄暗くなってゆくのだが、ふと眼を藁葺屋根の上にやると、大きな榎の梢が一ところ真昼のように明るい光線を湛えている。それは恐怖と憧憬のおののきに燃えてゆくようだ。いつのまにか妻は女学生の頃の感覚に喚び戻されている。苦しげな呻き声から喚び起されて妻が語った夢は、彼には途轍もなく美しいもののようにおもえた。その夢の極地が今むこうの空に現れている……。彼にとっては一度妻の脳裏を掠《かす》めたイメージは絶えず何処かの空間に実在しているようにおもえた。と同時にそれは彼自身の広漠として心をそそる遠い過去の生前の記憶とも重なり合っていた。あの何か鏡のようにひっそりとした空で美しく燃え狂っている光の帯は、もしかするとあの頂点の方に総てはあって、それを見上げている彼自身は儚《はかな》い影ではなかろうか。……これを見せてやろう、ふと彼は妻の姿を求めて、露路の外の窓から家のなかを覗き込んだ。妻は縁側の静臥椅子に横臥した儘、ぼんやりと向側の軒の方の空を眺めていた。それは衰えてゆく外の光線に、あたかも彼女自身の体温器をあてがっているような、祈りに似たものがある。ほんの些細な刺戟も彼女の容態に響くのだが、そうしていま彼女のいる地上はあまりにも無惨に罅割《ひびわ》れているのだったが、それらを凝と耐え忍んでゆくことが彼女の日課であった。

「外へ椅子を持出して休むといいよ」

彼は窓から声をかけてみた。だが、妻は彼の云う意味が判らないらしく、何とも応えなかった。その窓際を離れると、板壁に立掛けてあるデッキ・チェアーを地面に組み立てて、その上に彼は背を横たえた。そこからも、さきほどの、あの梢の光線は眺められた。首筋にあたるチエアーの感触は固かったが、彼はまるで一日の静かな療養をはたした病人のように、深々と椅子に身を埋めていた。

それに横わると、殆どすべての抵抗がとれて、肉体の疵も魂の疼《うずき》も自ら少しずつ医やされてゆく椅子――そのような椅子を彼は夢想するのだった。その純白なサナトリウムは灝気《こうき》に満ちた山の中腹に建っていて、空気は肺に沁み入るように冷たいが、陽の光は柔らかな愛撫を投げかけてくれる。そこでは、すべての物の象がかっちりとして懐しく人間の眼に映ってくる。どんな微細な症状もここでは隈なく照らし出されるのだが、そのかわり細胞の隅々まで完膚なきまで治療されてゆく。厳格な規律と、行とどいた設備、それから何よりも優しい心づかい、……そうしたものに取囲まれて、静かな月日が流れてゆく。人は恢復期の悦びに和らぐ眸をどうしても向に見える樹木の残映にふりむけたくなるのだ。……

今、あたりは奇妙に物静かだった。いつも近所合壁の寄合う場所になっている表の方の露路もひっそりとして人気がなかった。それだけでも、妻はたしかに一ときの安堵に恵まれているようだった。そして、彼もまたあの恢復期の人のように幻の椅子に椅りかかっていた。

彼等二人がはじめて、その土地に居着いた年の夏……。その年の夏は狂気の追憶のように彼に刻まれている。居着いた借家――それは今も彼の棲んでいる家だったが――は海の見える茫漠とした高台の一隅にあった。彼はその家のなかで傷ついた獣のように呻吟していた。狭い庭にある二本の黐木の燃えたつ青葉が油のような青空を支えていて、ほど遠からぬところにある野づらや海のいきれがくらくらと彼の額に感じられた。朝の陽光がじりじりと縁側の端を照りつけているのを見ただけでも、彼は堪らない気持をそそられる。すべては烈しすぎて、すべては彼にとって強すぎたのだ。しーんとした真昼、彼は暑さに喘ぎながら家のうちの涼しそうなところを求めていたが、風呂場の流板の上の小桶に水を満たすと、ものに憑かれたようにぼんやりと視入った。小さな器の水ながら、それは無限の水の姿に拡がってゆく。と彼の視野の底に肺を病んで死んで行った一人の友人の姿が浮かぶ。外部の圧迫に細り細りながら、やがて瀕死の眼に把えられたものは、このように静かな水の姿ではなかろうかと……。

奇怪な念想は絶えず彼につきまとっていた。午睡の覚めた眼に畳の目は水底の縞のように朧気に映る。と、黄色い水仙のようなものが、彼の眼の片隅にある。それは黄色いワン・ピースを着た妻であったが、怖水病患者の熱っぽい眼に映る幻のようでもあった。今にも息が杜絶えそうな観念がぎりぎりと眼さきに詰寄せる。だが、妻はいつも彼の乱れがちの神経を穏かに揺り鎮め、内攻する心理を解きほぐそうとした。どうかすると妻の眼のなかには彼の神経の火がそのまま宿っているように想えることもある。彼は不思議そうにその眸に視入った。と忽ち、もっと無心なものが、もっと豊かなものが、妻の眸のなかに笑いながら溢れていた。無心なものは彼を誘って、もっと無邪気に生活の歓びに浸らせようとするのだった。彼等が移って来たその土地は茫漠とした泥海と田野につつまれていて、何の抛りどころも感じられなかったし、一歩でも閾の外に出ることは妙に気おくれが伴うのだったが、それでも陽が沈んで国道が薄鼠色に変ってゆく頃、彼は妻と一緒によく外に出た。平屋建の黝《くろず》んだ家屋が広いアスファルトの両側につづいて、海岸から街の方へ通じる国道は古い絵はがきの景色か何かのようにおもえた。

（流竄《りゅうざん》。そういう言葉が彼にはすぐ浮ぶのだ。だが、彼は身と自らを人生から流謫《るたく》させたのではなかったか。）

鍛冶屋の薄暗い軒下で青年がバイオリンを練習していた。往来の雑音にその音は忽ち掻消されるのだが、ああして、あの男はあの場所にいることを疑わないもののようだ。低い軒の狭い家はすぐ往来から蚊帳の灯がじかに見透かされる。あのような場所に人は棲んでいて、今、彼の眼に映ることが、それだけのことが彼には不思議そのものであり微かに嗟嘆をともなった。

だが、往来は彼の心象と何の関りもなく存在していたし、灯の賑わう街の方へ入ると、そこへよく買物に出掛ける妻は、勝手知った案内人のようにいそいそと歩いた。

彼はいつも外に出ると病後の散歩のような気持がした。海岸の方へ降る路で、ふと何だかわからないが、優しい雑草のにおいを感じると、幼年時代の爽やかな記憶がすぐ甦りそうになった。だが、どうかすると、彼にはこの地球全体が得態《えたい》の知れない病苦に満ち満ちた夢魔のようにおもえる。……幾日も雨の訪れない息苦しさが、あるとき彼をぐったりさせていた。

「少し外へ出てみましょうか」

妻は夜更に彼を外に誘った。一歩家の外に出ると、白い埃をかむったトタン屋根の四五軒の平屋が、その屋根の上に乾ききった星空があった。家並が途切れたところから、海岸へ降りる路が白く茫と浮んでいる。伸びきった空地の叢と白っぽい埃の路は星明りに悶え魘されているようだった。

その茫とした白っぽい路は古い悲しい昔から存在していて、何処までも続いているのだろうか。その路の隈々には人間の白っぽい骨が陰々と横わっている。無辜《むこ》の民を虐殺して、礫刑や打首にされた無数の怨恨が今も濛々と煙っている。歪んだ掟や陥穽のために、その上に築かれてゆく血まみれの世界が……その世界のはてに、今この白い路が横わっているのだろうか。

その年の春、その土地へ移る前のことだが、彼は妻と一緒に特高課に検挙された。三十時間あまりの留置ですぐ釈放はされたが、その時受けた印象は彼の神経の核心に灼きつけられていた。得態の知れない陰惨なものが既に地上を覆おうとしているのだった。

息苦しさは、白い路を眺めている彼の眼のなかにあった。だが、暫く妻と一緒にそこに佇んでいると、やはり戸外の夜の空気が少しずつ彼を鎮めていた。再び家に戻って来ると、さきほどと違った、かすかな爽やかさが身につけ加えられていた。……こういう一寸した気分の転換を彼の妻はよく心得ているのだ。それで、彼は母親にあやされる、あの子供の気持になっていることがよくある。

粗末な生垣で囲まれた二坪ほどの小庭には、彼が子供の頃見憶えて久しく眼にしなかった草花が一めんに蔓っていた。露草、鳳仙花、酸漿《ほおずき》、白粉花、除虫菊……密集した小さな茎の根元や、くらくらと光線を吸集してうなだれている葉裏に、彼の眼はいつもそそがれる。と、すさまじい勢で時が逆流する。子供の時そういうものを眺めた苦悩とも甘美とも分ちがたい感覚がすぐそこにあり、何か密画風の世界と、それをとりまく広漠たる夢魔が入り混っていた。それは彼の午睡のなかにも現れた。ぐったりと頭と肩は石のように無感覚になっていて、彼の睡っている斜横の方角に、庭の酸漿の実が見えてくる。ほおずきの根元が急に嶮しく暗くなってゆくと、朱い実が一きわ赤く燃え立つのが、何か悪い予感がして、それを見ていると、無性に堪らなくなる。彼は子供の頃たしかこれと同じような悪寒に襲われていたのをぼんやり思い出す。と、その夢とはまた別個に、彼の睡っている眼に、膝こぶしの一部が巨大な山脈か何かのように茫と浮かび上る。見ると、そこは確か先日から小さな腫物ができて、赤くはれ上っていたのだが、今そこが噴火山となって赤々と煙を噴き上げている。二つの夢が分裂したまま同時に進行してゆく状態が終ると、彼は虚脱者のように眼を見ひらいていた。陽はまだ庭さきにギラギラ照っていたが、畳の上には人心地を甦らすものがあって、そのなかに黄色のワンピースを着た妻の姿があった。彼は柱に凭掛って、暫く虚脱のあとを吟味していた。あのような奇怪な夢も、それを妻に語れば、殆ど彼等は両方でみた夢を語り合っていたので、彼女はすぐ分ってくれそうであった。だが、彼はふと、いつも錐《きっさき》のように彼に突立ってくるどうにもならぬ絶望感と、そこから跳ね上ろうとする憤怒が、今も身裡に疼くのをおぼえた。殆ど祈るような眼つきで、彼は空間を視つめていた。と、遠い昔の川遊びの記憶がふと目さきにちらついて来る。故郷の澄みきった水と子供のあざやかな感覚が静かな音響をともないながら……。

「こんな小説はどう思う」彼は妻に話しかけた。

「子供がはじめて乗合馬車に乗せてもらって、川へ連れて行ってもらう。それから川で海老を獲るのだが、瓶のなかから海老が跳ねて子供は泣きだす」

妻の眼は大きく見ひらかれた。それは無心なものに視入ったり憧れたりするときの、一番懐しそうな眼だった。それから急に迸るような悦びが顔一ぱいにひろがった。

「お書きなさい、それはそれはきっといいものが書けます」

その祈るような眼は遥か遠くにあるものに対って、不思議な透視を働かせているようだった。彼もまた弾む心で殆ど妻の透視しているものを信じてもいいとおもえたのだが……。

彼の妻は結婚の最初のその日から、やがて彼のうちに発展するだろうものを信じていた。それまで彼の書いたものを二つ三つ読んだだけで、もう彼女は彼の文学を疑わなかった。それから熱狂がはじまった。さりげない会話や日常の振舞の一つ一つにも彼をその方向へ振向け、そこへ駆り立てようとするのが窺われた。彼は若い女の心に点じられた夢の素直さに驚き、それからその親切に甘えた。だが、何の職業にも就けず、世間にも知られず、ひたすら自分ひとりで、ものを書いて行こうとする男には、身を斫《き》りさいなむばかりの不安と憔燥が渦巻いていた。世の嘲笑や批難に堪えてゆけるだけの確乎たるものはなかったが、どうかすると、彼はよく昂然と、しかし、低く呟いた。

「たとえ全世界を喪おうとも、たとえ全世界を喪おうとも……」

たとえ全世界を喪おうとも……それはそれでよかった。だが、眼の前に一人の女が信じようとしている男が、その男が遂に何ものでもなかったとしたら……。

彼にとって、文学への宿願は少年の頃から根ざしてはいた。が、非力で薄弱な彼には、まだ、この頃になっても殆ど何の世界も築くことができなかった。世界は彼にとっては恐怖と苦悶に鎖されていた。が、その向側に夢みる世界だけが甘く清らかに澄んでいた。妻は彼の向側にあるものを引き寄せようとしているのかもしれなかった。彼はそのような妻の顔をぼんやりと眺める。するとむしろ、妻の顔の向側に何か分らないが驚くべきものがあるようにおもえた。

その年の夏が終る頃から、作品は少しずつ書かれていた。外部の喧騒から遮断されたところで読書と冥想に耽けることもできたが、彼はいつも神経を斫り刻むおもいで、難渋を重ねながらペンをとった。……このようにして年月は流れて行った。だが、外部の世界と殆ど何の接触もなく静かに月日を送っていることは、却って鋭い不安を掻きたてていた。天井の板が夜ことりと音をたてただけでも、彼の心臓をどきりとさせたし、雨戸の節穴から差してくる月の光さえも神経を青ざめさせた。

それからやがて、あの常に脅やかされていたものが遂にやって来たのだ。戦争は、ある年の夏、既にはじまっていた。彼はただ頑な姿勢で暗い年月を堪えてゆこうとした。が、次第に彼は茫然として、思い耽けるばかりだった。幼年時代に見た空の青かったこと、水の澄んでいたこと、そのような生存感ばかりが疼くように美しかった。茫然としてもの思いに耽けっている彼を、妻はよくこう云った。

「エゴのない作家は嫌です。誰が何と云おうとも、たとえ全世界を捨てても……」

そういう妻の眼もギラギラと燃え光っていた。澱みやすい彼の気分を掻きまぜ沈む心をひき立てようとするのも彼女だった。それから妻は茶の湯の稽古などに通いだした。だが、その妻の挙動にも以前と違ういらだちが滲んで来た。

「淋しい、淋しい、何かお話して頂戴」

真夜なかに妻は甘えた。二人だけの侘住居を淋しがる彼女ではなかったのに、何かの異常なものの予感に堪えきれなくなったらしい。だが、それが何であるかは、彼にはまだ分らなかった。

その悲壮がやって来たのは、もう二年後のことだった。夏の終り頃、彼は一人で山の宿へ二三泊の旅をしたが、殆ど何一つ目も心も娯しますもののないのに驚いた。山の湖水の桟橋に遊覧用のモーター・ボートが着く。青い軍服を着た海軍士官の一隊が——彼の眼には編笠をかむって数珠繫になっている囚人の姿に見えてくる。こうした憂鬱《いぶか》に沈みきって、銷然とむなしい旅から戻って来た。家へ戻ってからも彼は己れと己れの心に訝りながら、佗しい旅の回想をしていた。

そうした、ある朝、彼は寝床で、隣室にいる妻がふと哀しげな咳をつづけているのを聞いた。何か絶え入るばかりの心細さが、彼を寝床から跳ね起させた。はじめて視るその血塊は美しい色をしていた。それは眼のなかで燃えるようにおもえた。妻はぐったりしていたが、悲痛に堪えようとする顔が初々しく、うわずっていた。妻はむしろ気軽とも思える位の調子で入院の準備をしだした。悲痛に打ちのめされていたのは彼の方であったかもしれない。妻のいなくなった部屋で、彼はがくんと蹲まり茫然としていた。世界は彼の頭上で裂けて割れたようだった。やがて裂けて割れたものに壮烈が突立っていた。

病院に通う路上で、赤とんぼの群が無数に一方の空へ流れてゆくのを視て、彼は彼ひとり地上に突離されているようにおもえた。

燃えて行った夏、燃えて行った夏……彼は晩夏のうっとりとした光線にみとれて、口誦《くちずさ》んだ。夏はまだいたるところに美しく燃えたぎっているようであった。病院の入口の庭ではカンナが赤く天をめざして咲いていた。病室のベットのなかで、妻は熱に赤らんだ顔をしていた。その額は大きな夏の奔騰のように彼におもえた。やがて彼には周囲の殆どすべてのものが熱っぽく視えて来た。それは病苦と祈りを含んだ新しい日々のようであった。「どうなるのでしょう」と妻の眼はふるえる。彼も突離されたように、だが、その底で彼は却って烈しく美しいものを感じた。彼はとり縋るようにそれに視入っているのだった。

その後、妻が家に戻って来て、療養生活をつづけるようになってからも、烈しく突き離されたものと美しく灼きつけられたものが、いつも疼いていた。この時を覘《うかが》うように、殺気立った世の波は彼の家に襲って来た。家政婦は不意に来なくなり、それからその次に雇った女中は二日目にものを盗んで去った。彼はがくんと蹲まり祈りと怒りにうち震えた。その次に通いでやって来るようになった女中は何事もなく漸くこの家に馴れて来そうだった。

それから少しずつ穏かな日がつづいた。いつも彼の皮膚は病妻の容態をすぐ側で感じた。些細な刺戟も天候のちょっとした変動もすぐに妻の体に響くのだったが、脆弱い体質の彼にはそれがそのまま自分の容体のようにおもえた。無限に繊細で微妙な器と、それを置くことの出来る一つの絶対境を彼は夢みた。静謐が、心をかき乱されることのない安静が何よりも今は慕わしかった。……だが、ある夜、妻の夢では天上の星が悉《ことごと》く墜落して行った。

「県境へ行く道のあたりです。どうして、あの辺は茫々としているのでしょう」

妻はみた夢に脅え訝りながら彼に語った。その道は妻が健康だった頃、一緒に歩いたことのある道だった。山らしいものの一つも見えない空は、冬でもかんかんと陽が照り亘り、干乾らびた轍《わだち》の跡と茫々とした枯草が虚無のように拡がっていた。殆ど彼も妻と同じ位、その夢に脅えながら悶えることができた。妖しげな天変地異の夢は何を意味し何の予感なのか、彼にはぼんやり解るようにおもえた。だが、彼は押黙ってそのことは妻に語らなかった。……寝つけない夜床の上で、彼はよく茫然と終末の日の予感におののいた。焚附《たきつけ》を作るために、彼は朽木に斧をあてたことがある。すると無数の羽根蟻が足許の地面を匐い廻った。白い卵をかかえて、右往左往する昆虫はそのまま人間の群衆の混乱の姿だった。都市が崩壊し暗黒になってしまっている図が時々彼の夢には現れるのだった。

妻はさびしい自制で深い不安と戦いながら身をいたわっていた。静かに少しずつ恢復へ向っているような兆も見えた。柔かい陽ざしが竹の若葉にゆらぐ真昼、彼女は縁側に坐って女中に髪を梳《す》かさせていた。すると彼には、そういう静かな時刻はそのまま宇宙の最高の系列のなかに停止してしまっているのではないかと思える。

気分のいい日には、妻は自然の恵みを一人で享けとっているかのように静臥椅子で沈黙していた。すべて過ぎて行った時間のうち最も美しいものが、すべて季節のうち最も優しいものだけが、それらが溶けあって、すぐ彼女のまわりに恍惚と存在している。そういう時には、彼も静臥椅子のほとりで、ぼんやりと、しかし熱烈に夢みた。たとえ現在の生活が何ものかによって、無惨に引裂かれるとしても、こうした生存がやがて消滅するとしても、地上のいとなみの悉くが焼き失せる日があるとしても……。

夢と人生

夢のことを書く。お前と死別れて間もなく、僕はこんな約束をお前にした。その時から僕は何も書いていない夢に関するノートを持ち歩いているのだ。僕は罹災後、あの寒村のあばら屋の二階で石油箱を机にして、一度そのノートに書きかけたことがある。が、原子爆弾の惨劇を直接この眼で見てきた僕にとっては、あの奇怪な屍体の群が僕のなかで揺れ動き、どうしても、すっきりとした気持になれなかった。そうだ、僕はあの無数の死を目撃しながら、絶えず心に叫びつづけていたのだ。これらは「死」ではない、このように慌しい無造作な死が「死」と云えるだろうか、と。それに較べれば、お前の死はもっと重々しく、一つの纏まりのある世界として、とにかく、静かな屋根の下でゆっくり営まれたのだ。僕は今でもお前があの土地の静かな屋根の下で、「死」を視詰めながら憩っているのではないかとおもえる。あそこでは時間はもう永久に停止したままゆっくり流れている……。

僕は夢のノートを石油箱の上に置いて思い耽けっていた。僕のいる二階は火の気もなく、暗い餓じい冬がつづいていた。と、ある日、はじめて春らしい日が訪れた。快い温度がじっと蹲っている僕にも何かを遠くへ探求させようとするのだった。あばら屋の二階には、たまたま兄が疎開させていた百科辞典があった。それを開いてみると、花の挿絵のところが目に触れた。するとこれらの花々は過ぎ去った日の還らぬことどもを髣髴と眼の前に漾わす。僕はあの土地へ、嘗《かつ》てそれらの花々が咲き誇っていた場所へ行ってみたくなった。魅せられたように僕はその花の一つ一つに眺め入った。

しゃが。カーネーション。かのこゆり。てっぽうゆり。おだまき。らん。シネラリヤ。パンジー。きんぎょそう。アマリリス。はなびしそう。カンナ。せきちく。ペチュニア。しゃくやく。すずらん。ダリア。きく。コスモス。しょうぶ。とりとこ。グロキシニア。ゆきわりそう。さくらそう。シクラメン。つきみそう。おいらんそう。福寿草。ききょう。ひめひまわり。ぼけ。うつぼかずら。やまふじ。ふじ。ぼたん。あじさい。ふよう。ばら。ゼラニューム。さざんか。つばき。しでこぶし。もくれん。さつき。のばら。ライラック。さくら。ざくろ。しゃくなげ。まんりょう。サボテン。……僕はノートに花の名を書込んだままだった。

僕は小さな箱のなかにいる。僕は石油箱に夢のノートや焼残りの書物を詰めて、それから間もなく東京へ出て来た。僕を置いてくれた、その家は、ガラスと板だけで出来ている奇妙な家屋だが、その二階の二・五米四方の一室に寝起するようになった。僕はその板敷の上で目が覚めるたびに、何か空漠とした天界から小さな箱のなかに振り落されている自分を見出す。僕のいる小さな箱のなかには、焼残ったわずかばかりの品物と僕のほかには何にもない。……何にもない、僕はもう過去を持っていない人間なのだろうか。眼が昏むほどお腹が空いて、板敷の上に横わっていると、すりガラス越しに箱の外の空気が僕の瞼の上に感じられる。窓の下のすぐ隣りの家には、ささやかな庭があって、萌えだしたばかりの若葉が縁側の白い障子に映っている。あそこには、とにかく、あのような生活があるのだ。僕が飢えて、じりじり瘦せ衰えてゆくとしても、僕にはまだ夢のようなことを考えることができそうだ。夢は、この夢はどこから投影してくるのだろうか。メリメリと壊れそうなガラス窓に映っている緑色の光……あの光はお前なのか、それとも僕なのだろうか。

ある日、僕は何かに弾きだされたように、千葉の方へ出掛けて行った。あの家が残っているかどうか、僕にはわからなかったのだが、電車がその方向に接近して行くに随い、水蒸気を含んだ麦畑の崖が見えて来たりすると、僕は昔の僕に還っていた。家に戻れば、お前の病床もそのままあって、僕は何の造作もなくお前の枕頭に坐れるかもしれない……。その方向に接近するにつれ殆ど自分でも見定め難いさまざまの感覚がそっくり甦って来るようだった。僕はお前の側に坐るときの表情まで用意していた。……駅で電車を降りると、僕は一目見て、あたりの景色が以前のまま残っているのを知った。僕は勝手知った袋路の方へとっとと歩いて行った。すると、つい四五時間僕はこの場所を離れて他所へ行っていただけのような気持がした。ふと近所のおかみさんの顔が少し驚きを含んで僕の方を振向いていた。僕はあの家の七八歩手前で立ちどまった。僕の眼は板垣の外へ枝を張っている黐《もち》の樹の青葉に喰い入っていた。それから僕はあの家の方へ近づいた。それから僕は板垣の外から、あの狭い小さな庭にじっと目を注いでいた。すぐ向の縁側から、何かがちらっと爽やかに僕の眼に見えた。それは僕の心の内側の反映があの縁側にあったのだ。それは忽ち無限に展がってゆきそうだった。だが、気がつくと、その縁側では見知らぬ子供が不審げにこちらを見ているにすぎなかった。そうか、今ではあそこに見知らぬ人が住んでいるのか。そうか、しかし、とにかく家は残っていたのだったか。僕は自分に云いきかせて、その場所を立去った。僕は海岸の方へ出る国道や焼跡のバラックの路をじりじりした気分でひとり歩き廻っていた。空気のにおいや、どよめきや、過去と繋りのある無数の類型や比喩が僕のまわりを目まぐるしく追越そうとする。……そして、東京へ戻って来ると、僕は再びあの小さな箱のなかに振り落されているのだった。

僕はX大学の図書館の書庫のことは書いておきたい。この学校の夜間部の教師の口にありついた僕は餓じい体を鞭打ちながら、いつも小さな箱のなかから、ここへ出掛けて来る。ここでは焼け失せた空間と焼け残った空間が罅割れた観念のように僕の眼に映る。坂の石段を昇りつめたところにある図書館も赤煉瓦の六角塔は崩れ墜ちて、鉄筋の残骸ばかりが見えている。僕は昔、あの赤煉瓦の塔を見上げたとき、その上にある青空が磨きたての鏡のようにおもえたのを憶えているので、どこか僕のなかには磨きたての新鮮な空気がまだありそうな気もする。表の閲覧室の方は壊れたままだが、裏側にある書庫は無事に残っているのだ。僕はあるとき、入庫証をもらうと、はじめてその書庫のなかに這入ることが出来た。重たい鉄の扉を押して、ガラスの破片などの散乱している仄暗い地下室に似た処を横切ると、窓のところに受附の少年がいた。そこから細い階段を昇って行くと、階上はひっそりとして、どの部屋もどの部屋も薄明りのなかに書籍が沈黙しているのだった。僕はいま、受附の少年のほかに、この建物のなかには誰も人間がいないのを感じた。それから、窓の外にある光線はかなり強烈なのに、この書庫に射して来る光は、ものやわらかに書物の影を反映しているようだった。僕はゆっくり部屋から部屋を見て歩いた。「イーリヤス」「ドン・キホーテ」など懐しい本の名前が見えて来る。どの書物もどの書物も、さあ僕の方から読んでくれたまえと、背文字でほほえみかけてくるようだ。僕はへとへとになりながら、時間を忘れ、ものに憑かれたように、あちこち探し歩いた。だが、何を探しているのか、僕には自分でもはっきりわからないようだった。

「これは全世界を失って自己の魂を得た者の問題である」

借りて来た書物のなかから、この言葉を見出したとき僕は何かはっとした。ジェラル・ド・ネルヴァルのことを誌したその数頁の文章は怕しい追憶か何かのように僕をわくわくさせる。「理性と称する頭脳の狂いない健全さのなかに、我々の諸能力を結合している鎖の薄弱さに就いて、その鎖が、過ぎゆく夢の羽搏《はばた》きにも破れるほど脆く細々と擦り減ったように見える時がありはしないか。……眠れない夜々、心を痛めて待ちあぐむ日々、突然的な事件の衝動、こういうありふれた悩みの一つでも、人の神経のなかにある調子はずれの鐘を乱打するに充分であろう」と、その書物は悲しげに語っている。が、僕にはあのアドリイヌと呼ぶ少女のことも、青いリボンの端に結んで匐わせていた一匹の大鰕《おおえび》のことも、突然、幻想の統制力が崩れた惨めな瞬間のことも、何か朧気に心おぼえがあるのではないかという気がして来る。だが、僕はあのネルヴァルが書いたという「夢と人生」はまだ読んだことがないのだ。

ふと僕は図書館の地下室の椅子に腰かけていた昔の自分もおもいだす。学生の頃、あそこは休憩室になっていたが、はじめて僕があの地下室に這入って行ったのは、朝から夢のような雨が煙っている日だった。室内は湿気と情緒に満たされていた。僕が窓際のテーブルに肘をついて椅子に腰かけると、僕の眼の位置の高さに窓の外の地面が見えた。視野は仄暗い光線とすぐ向側にある建物に遮られてひどく狭められていたが、雨に濡れている芝生の緑が何か柔かい調子を僕のなかに誘った。その時、僕は世界がすべて柔かい調子で優しく包まれているようにおもえた。僕の視野が狭くとも僕の経験が乏しく僕の知識が浅くとも、僕を包んでいる世界は優しく僕を受入れてくれそうだった。僕は世界が静かな文章の流れのようにおもえた。あのとき僕はその流れのなかに立停まっていたのではないか。僕はしずかに嗟嘆した。まるでもう一つの生涯を畢《お》えて回想に耽けっているもののようであった。

だが、学生の僕は、僕の上にかぶさる世界が今にも崩れ墜ちそうになる幻想によく悩まされた。ときどき僕の神経は擦り切れて、今にも張り裂けるかとおもえた。僕は東京駅の食堂に友人と一緒にいた。衰弱した異常なセロファンのような空気が僕の眼の前から、その食堂の円天井まで張っているのだった。僕の向に友人がいるということも、僕の頭上に円天井があるということも、刻々に耐え難くなり、測り知れないことがらのようになっていた。……おお、僕の今いる小さな箱の天井は僕の瞬き一つでも墜落しそうになる。僕は箱のなかを出てゆく。

「何処に私の過去を蔵って置かれようか。過去はポケットの中には入らない。過去を整頓して置くためには一軒の家を持つ事が必要である。私は自分の身体しか持たない。まったく孤独で、自分の身体だけより他には何も持たない男は思い出を止めて置くことが出来ない。思い出はこの男を斜に通り抜ける。私は嘆くべきではなかったであろう」

ロカタンスの言葉が僕の歩いている靴の底から僕に突上げて来る。僕は箱のなかを抜け出して、駅に出る坂路を歩いてゆく。思い出はこの男を斜に通り抜ける……斜にこの男を。だが思い出は坂下に見える駅の群衆にも氾濫している。あのように思い出は昔から氾濫していたのか。僕は今の今の僕の思い出を摑みたい。僕はぼろぼろの服と破れ靴を穿いている。僕は飢えとおしで、胃袋は鏡のようにおもえる。この鏡には並木路の青葉が映るようだ。そのなかを乞食に似た男が歩いている。歩いている、歩いている。そうだ、僕は死ぬる日まで歩かねばならないのだろう。僕はもうあの小さな箱のなかにはいない。あの場所を立退けと命じられている僕だ。僕はやはり自分の身体しか持たない人間なのか。突然、暗闇が滑り墜ちた。あのとき突然、僕の頭上に暗闇が滑り墜ちて来た。それから何も彼も崩壊していた。それから僕は惨劇のなかを逃げ廻った。突然、暗闇が滑り墜ちた。僕の歩いている側に流れてゆく群衆、バラック、露店……思い出は僕と擦れちがう。比喩や類型が擦れちがう。擦れちがう僕には何にもない。何にもない。僕は既に荒々しく剝ぎとられた人間。荒々しく押寄せてくる波が僕を……。

僕の人生は小説か何かのようにうまく排列されては行かないようだ。僕はこの振り落されている箱のなかで夜どおし一睡もしない。この場所を立退かねばならないという脅迫が僕の胸を締めつけるようだが、何か僕はもっとはてしないものを胸一杯吸い込んでいるのかもわからない。これは僕をとり囲んでいる日毎の辛さとも異う。熱っぽく、懐しく、殆どとらえどころのないもの、だが、すぐ側にある。そうだ、僕は僕の身体の隅々に甦ってくるお前の病苦の美しさにみとれているのだ。滅茶苦茶に悲しい濁ったものを突破ろうとして冴えてゆくものを……。

お前はよく僕に夢の話をしてくれた。たった今みたばかりの夢を語るとき、お前はその夢がお前の身体のなかを通って遥かなところへ消えてゆくのを、じっと見送るような顔つきをしていた。お前には夢の羽搏が聴えたり、その行手が見えるのだろうか、無形なものを追おうとするお前の顔つきには何か不思議なものがあった。僕はお前と同じように不思議な存在になれないのを不思議におもったが、お前にとっては、やはり僕がお前の夢の傍にいてその話をきいていることが、ふと急に堪え難く不思議になったのかもしれない。そして、そういう気分はすぐ僕の方にも反映するようだった。僕たちが生きている世界の脆さ、僕たちの紙一重向に垣間見えてくる「死」……何気なく生きている瞬間のなかにめり込んでくる深淵……そうした念想の側で僕はまた何気なく別のことを考えていたものだ。お前が生れて以来みた夢を一つ一つ記述したらどういうことになるのだろうか、それはとても白い紙の上にインクで書きとめることは不可能だろう、けれども蒼空の彼方には幻の宝庫があって、そのなかに一切は秘められているのではなかろうかと。……美しい夢が星空を横切って、夜地上に舞降りて僕を訪れて来ても、僕の魂は澄みきっていないので、それをしっかりと把えることは出来ない。僕の魂は哭《な》いた。ただ、あざやかに僕を横切ってかすめて行ったものの姿におどろかされて。(僕は子供のときから頭のなかを掠めて行った美しい破片のために、じりじりと憧れつづけていたのだ。じりじりと絶えず憧れつづけて絃は張裂けそうだったが）……そして、お前があのように、たった今みたばかりの夢を僕に語るとき、その夢はほんの他愛ないものにすぎなくても、お前のなかには「美しい破片」のために苛《さいな》まれている微かな身悶えがありはしなかったか。他愛ない夢の無邪気に象徴しているものをお前は僕に告げたが、お前が語ったどんな微かな夢にもお前の顔附があって、お前の過去と未来がしっかり抱きあったまま消えて行ったのではなかったか。

僕はあの家でみた一番綺麗な夢を思い出す。すべての嘆きと憧れが青い粒子となって溶けあっている無限の青みのなかを僕は青い礫《つぶて》のような速さで押流されていた。世界がそのように、いきなり僕にとって変っているということは、睡っている僕に一すじの感動を呼びおこしていたが、醒めぎわが静かに近づいて来るに随って、僕はそこが嘗てお前と一緒に旅行をしたときの山のなかの景色になって来るのに気づいていた。……お前は重苦しいものから抜け出そうとして、あの旅行を思いついたのだ。金時計を売って旅費にしたときの、お前の身軽そうな姿は大空へ飛立とうとする小鳥に似ていた。今でも僕はお前の魂の羽搏を想像する。泡立つ透明のなかから花びらを纏って生誕する一つの顔。

僕はその頃、夢みがちの少年であった。朝毎に窓をあけると新しい朝が訪れて来るようだった。遠くにきこえる物音や窓の向に見える緑色の揺らぎが、僕を見えない世界へ誘っていた。僕は飛立とうとしていた。書物では知っていたが、まだ経験したことのない放浪や冒険の夢が日毎に僕のまわりにあった。僕は硝子張の木箱の前に坐っていた。僕にとって、ぼんやり僕の顔を映している硝子が、そのあたりにすべての予感が蹲っているようでもあった。だが、こうして部屋に坐っているということが、僕には何か堪らない束縛ではないかとおもえた。僕にはどうしようもない枠が、この世の枠が既にそっと準備されているのではないか。それは中学生の僕が足に穿いている兵隊靴のようなものかもしれなかった。大人たちは平凡な顔つきをして、みな悲しげに枠のなかにいた。書物の頁のなかから流れて来る素晴らしい観念だけが僕を惹きつけた。それは僕の見上げる晴れ渡った青空のなかに流れているようだった。僕は学校の植物園をひとりで散歩していた。柔らかい糸杉の蔭に野うばらの花が咲いていた。五月の日の光は滴り、風は静かだった。蒼穹の弧線の弾力や彼の立っている地面の弾力が直接僕の胸や踵に迫って来るようだった。荘厳な殿堂の幻が見えて、人類の流れは美しくつづいて行く。だが、そういう想像のすぐ向側で、何か凄惨な翳が忽ち僕のなかに拡がって行く。それも書物の頁から流れてくる観念かもしれなかった。傷つけあい、痛めあい、はてしなく不幸な群の連続、暗澹とした予感がどこからともなく僕に紛れ込んで来るのだ。全世界は一瞬毎にその破滅の底へずり降ってゆく。静かに音もなくずり降ってゆく。この不安定なもの狂おしい気分は植物園の空気のなかにも閃めいた。急に湿気を含んだ風が草の葉を靡《なび》かすと、樹木の上を雲が走って、陽は翳って行った。すると光を喪った叢の蔭にキリストの磔刑の図を見るような気がした。ふと、植物園の低い柵の向に麦畑のうねりや白い路が見えた。と、その黒い垣が忽ち僕を束縛している枠のようにおもえるのだった。

　僕は小娘のように何かを待ち望んでいたのかもしれない。そのように待ち望んでいるものを夢みていたのかもしれない。可憐の花の蕾や小鳥たちの模様に取囲まれて、朝毎に美しく揺らぐ透明な空気が何処かから僕を招いていたのだろうか。ふと僕は花の蕾の上に揺らぐ透明なのが刻々に何かもの狂おしく堪えがたくなってゆくような気分に襲われた。すると僕の眼のすぐ裏側には、美しい物語のなかの女の涙が凝と宿ってゆく。「世界はこんなに美しいのに……」とその嘆き声がききとれるようだった。……僕は嘆くような気持で家を出ると、街を通り抜けて、川に添う堤の白い路を歩いて行った。うっとりとしたものは僕の内側にも、僕の歩いて行く川岸にもあった。白い河原砂の向に青い水がひっそりと流れていた。その水の流れに浮かんで、石を運ぶ船がゆるやかに下ってゆく。石の重みのため胸まで水に浸っていながら進んでゆく船が何か人間の悲痛の姿のようにおもえた。僕の頭上を燕はしきりに飛び交わしていた。月見草の咲いている堤の叢に僕は腰を下ろすと、身体を後へ反らして寝転んで行った。すると眩しい太陽の光が顔一ぱいに流れて来た。僕は眼を閉じた。閉じた瞼の暗い底に赤い朧の塊りがもの狂おしく見えた。「世界はこんなに美しいのに、どうして人生は暗いのか」と僕はそっとひとり口吟《くちずさ》んでいた。（この静かなふるさとの川岸にも惨劇の日はやって来たのだった。そして最後の審判の絵のように川岸は悶死者の群で埋められたのだが……）

僕はあのとき、あの静かな川岸で睡って行ったなら、どんな夢をみたのだろうか。その頃、僕のなかには幻の青い河が流れていたようだ。それも何かの書物で読んでからふと僕に訪れて来たイメージだったが、青い幻の河の流れは僕が夜部屋に凝と坐っていると、すぐ窓の外の楓の繁みに横わっているのではないかとおもわれた。が、そんなに間近かに感じられるとともに、殆ど無限の距離の彼方にそのイメージは流れていた。まだ、この世に生誕しない子供たちが殆ど天使にまがう姿で青い川岸の花園のなかに蹲っている。だが、子供たちは既にみなそれぞれ愛の宿命を背負っているのか、二人ずつ花蔭に寄り添って優しく羞《はずか》しげに抱き合っているのだ。無数の花蔭のなかの無数の抱きあったやさしい姿、子供たちは青い光のなかに白く霞んで見えた。ちらりと僕はそのなかに僕もいるのではないかという気がした。

僕の喪失した記憶の疼きといったようなものが、いつも僕の夢見心地のなかにはあった。どうかすると僕は無性に死んでしまいたくなることがあった。早く、早く、という囁きのなかに、芝居の書割に似た河岸を走っているオフェリアの姿が見えた。僕のすぐ足許にも死の淵があった。「死」は僕にとって透明な球体のようだった。何の恐怖もない美しく澄んだ世界がじっと遠方からこちらを視詰めているようだった。僕は何ごとかを念じることによって、忽ちそのなかに溶け入ることが出来るのではないかとおもった。すると僕の足許には透明の破片がいくつも転がって来た。僕の歩くところに天から滑り墜ちて来る「死」の破片が見えた。その「死」は僕の柔かい胸のなかに飛込んで不安げに揺らぎ羽搏くのだった。

不安げに揺らぐものを持ったまま僕は、ある日、街の公会堂で行われている複製名画の展覧会場へ這入って行った。木造建の粗末な二階の壁はひっそりとした光線を湛えていた。その壁に貼られている小さな絵は、僕にとって殆どはじめて見る絵ばかりであった。ボティチェルリの「春」が、雀に説教をしている聖フランシスの絵が、音もなく滑り墜ちて僕のなかに飛込んで来るようだった。僕は人類の体験の幅と深みと祈りがすべてそれらの絵のなかに集約されて形象されているようにおもえた。僕にとって揺らぐ不安げなものは既にセピア色の澱みのなかに支えられ、狂おしく燃えるものは朱のなかに受けとめてあった。

(今も僕はボティチェルリの描いた人間の顔ははっきり想い出せるのに、僕がこれまでの生涯で出会った無数の人間の顔はどうなったのだろうか。現実の生きている人間の印象は忽ち時間とともに消え去るのに、記憶の底に生き残っている絵の顔は何故消えないのか。その輪郭があまりにきびしく限定され、その表情が既に唯一の無限と連結しているためなのだろうか。……恐らく、僕が死ぬる時、それは精神が無限の速力で墜落して行くのか、昂揚してゆくのか、僕にはわからないが、恐らく僕が死ぬる時、僕はこの世からあまり沢山のものを抱いて飛び去るのではないだろう。僕のなかで最も持続されていた輪郭、僕のなかで最も結晶されていた理念、最も切にして烈しかったもの、それだけを、僕はほんの少しばかしのものを持って行くのではないのだろうか)

その展覧会を見てから後は、世界が深みと幅を増して静まっていた。僕の眼には周囲にあるものの像がふと鮮やかに生れ変って、何か懐しげに会釈してくれた。それから、はじめてすべてのものが始まろうとする息ぐるしいような悦びが僕の歩いている街の空間にも漲っていた。ある昼、僕は書店の奥に這入って行くと、書棚のなかから一冊の詩集を手にとった。その書物を開いて覗き込もうとした瞬間、僕のなかには突然、何か熱っぽい思考がどっと流れ込んだ。僕は何か美しいものに後から抱き締められているような羞恥におののいているのだった。

遥かな旅

夕方の外食時間が近づくと、彼は部屋を出て、九段下の俎橋から溝川に添い雉子橋の方へ歩いて行く。着古したスプリング・コートのポケットに両手を突込んだまま、ゆっくり自分の靴音を数えながら、

　汝ノ路ヲ歩ケ

と心に呟きつづける。だが、どうかすると、彼はまだ自分が何処にいるのか、今が何時なのか分らないぐらい茫然としてしまうことがある。神田の知人が所有している建物の事務室につづく一室に、彼が身を置くようになってから、もう一年になるのだが、どうかすると、そこに身を置いて棲んでいるということが、しっくりと彼の眼に這入らなかった。どこか心の裏側で、ただ涯てしない旅をつづけているような気持だった。……夜の交叉点の安全地帯で電車を待っていると、冷たい風が頬に吹きつけてくる。街の灯は春らしく潤んでいて、電車は藍色の空間と過去の時間を潜り抜けて、彼が昔住んでいた昔の街角とか、妻と一緒に歩いていた夜の街へ、訳もなく到着しそうな気がする。

彼は妻と死別れると、これからさきどうして生きて行けるのか、殆ど見当がつかなかった。とにかく、出来るだけ生活は簡素に、気持は純一に……と茫然としたなかで思い耽けるだけだった。棲みなれた千葉の借家を畳むと、彼は広島の兄の家に寄寓することにした。その時、運送屋に作らせた家財道具の荷は七十箇あまりあった。郷里の家に持って戻ると、それらは殆ど縄も解かれず、土蔵のなかに積重ねてあった。その土蔵には妻の長持や、嫁入の際持って来たまま一度も使用しなかった品物もあった。それらが、八月六日の朝、原子爆弾で全焼したのだった。田舎へ疎開させておいた品物は、荷造の数にして五箇だった。

妻と死別れてから彼は、妻あてに手記を書きつづけていた。彼にとって妻は最後まで一番気のおけない話相手だったので、死別れてからも、話しつづける気持は絶えず続いた。妻の葬いのことや、千葉から広島へ引あげる時のこまごました情況や、慌しく変ってゆく周囲のことを、丹念にノートに書きつづけているうちに、あの惨劇の日とめぐりあったのだった。生き残った彼は八幡村というところへ、次兄の家族と一緒に身を置いていた。恐しい記憶や惨めな重傷者の姿は、まだ日毎目の前にあった。そのうち妻の一周忌がやって来た。豪雨のあがった朝であった。秋らしい陽ざしで洗い清められるような朝だった。彼は村はずれにあるお寺の古畳の上に、ただ一人で坐っていた。側の火鉢に煙草の吸殻が一杯あるのが、煙草に不自由している彼の目にとまった。がらんとした仏前に、お坊さんが出て来て、一人でお経をあげてくれた。

妻が危篤に陥る数時間前のことだった。彼は妻の枕頭で注射器をとりだして、アンプルを截ろうとしたが、いつも使う鑢《やすり》がふと見あたらなくなった。彼がうろたえて、ぼんやりしていると、寝床からじっとそれを眺めていた妻は、『そこにあるのに』と目ざとくそれを見つけていた。それから細い苦しげな声で、『あなたがそんな風だから心配で耐らないの』と云った。

殆ど死際まで、眼も意識も明晳だったのだ。『あなたがそんな風だから心配で耐らないの』という言葉は、その後いつまでも彼の肺腑に沁みついて離れなかった。が、流転のなかで彼は一年間は生きて来たのだった。寺を出ると、道ばたの生垣の細かい葉なみに、彼の眼は熱っぽく注がれていた。

たとえば私はこんな気持だ　束の間の睡りから目ざめて　睡る前となにか違っていることにおののく幼な子の瞳。かりそめの旅に出た母親の影をもとめて　家のうちを捜しまわる弱々しい少年。咽喉のところまで出かかっている切ないものを　いつまでも喰いしばって。

彼は自分の眼をいぶかるように、ひだるい山の上の空を眺めることがあった。空がひだるいのではなかった、どうにもならぬ飢餓の日々がつづいていたのだ。こおろぎのように痩せ細って行く彼は、自分の洗濯ものを抱えては小川の岸で洗った。やがて冬になると、川水は指を捩ぐほど冷たくなった。彼の掌は少年のように霜焼で赤くふくれ上った。火の気のない二階で一人ふるえながら、その掌を珍しげにしみじみ眺めた。暗い村道の上にかぶさる冬空に、星が冴えて一めんに輝いているのも、彼の眼に沁みた。浅い川の細い流れに残っている雪も、彼の胸底に残るようだった。が、いつまでもそんな風に、その村でぼんやりしていることは許されなかった。兄や姉は彼に今後の身の処置をたずねた。『あなたも長い間、辛苦したのかもしれないけど、今日まで辛苦しても芽が出なかったのですから、もう文学はあきらめなさい。これからはそれどころではない世の中になると思いますよ。』そう云ってくれる姉の言葉に対して、彼はただ黙っているばかりだった。

翌年の春、彼は大森の知人をたよって上京した。その家の二階の狭い板敷の一室に寝起するようになったが、ここでも飢餓の風景はつづいた。罹災以来、彼はもう食べものに好き嫌いがなくなっていた。どんな嫌なものも、はじめは眼をつむったつもりで口にしていると、餓えている胃はすぐに受けつけた。子供の時から偏食癖のあった彼は妻と一緒に暮すうち、少しずつ食べものの範囲は拡がっていた。だが、まだ彼の口にしないものはかなりあった。それが、今では何一つ拒むことが許されなかった。彼は自分の変りように驚くことがあった。そんな驚きまで彼は妻あての手記に書込んでいた。

その板敷の上で目がさめると、枕頭の回転窓から隣家のラジオの音楽がもれてくる。今日も飢じい一日が始まるのかと思いながら、耳に這入ってくる音楽はあまりに優しかった。彼は音楽の調べにとり縋るように、うっとりと聴き入るのだった。恐ろしい食糧事情のなかで、他人の家に身を置いている辛さは、刻々に彼を苛んだ。じりじりした気分に追われながら、彼は無器用な手つきで、靴下の修繕をつづけた。そんな手仕事をしていると、比較的気持が鎮まった。それから、机がわりの石油箱によっかかってはペンを執った。朝毎に咳の発作が彼を苦しめた。

妻の三回忌がやって来た。朝から小雨がしきりに降っていたが、気持を一新しようと思って、彼は二ヵ月振りに床屋へ行った。床屋を出て大森駅前の道路に出ると、時刻は恰度二年前の臨終の時だった。坂の両側の石崖を見上げると、白い空に薄が雨に濡れていた。白い濁った空がふと彼に頬笑みかけてくれるのではないかと思われた。彼は買って戻った梨と林檎（そんなものを買えるお金の余裕もなかったのだが）を石油箱の上において、いつまでも見とれていた。

おまえはいつも私の仕事のなかにいる。仕事と私とお互に励ましあって　辛苦を凌《しの》ごうよ。云いたい人には云いたいことを云わせておいて　この貧しい夫婦ぐらしのうちに　ほんとの生を愉しもうよ。一つの作品が出来上ったとき　それをよろこんでくれるおまえの眼　そのパセチックな眼が私をみまもる。

その二階の窓から隣家の庭の方を見下ろしながら、ひとり嘆息することがあった。あそこには、とにかくあのような生活がある、それだのにどうして自分には、たった一人の身が養えないのだろうか。彼は行李の底から衣類をとり出して古着屋へ運んだり、焼残ったわずかばかりの書籍も少しずつ手離さねばならなかった。日没前から電車に揉まれて、勤先の三田の学校まで出掛けて行く。焼跡の三田の夕暮は貧しい夜学教師のとぼとぼ歩くに応わしかった。そして彼は冷え冷えする孤絶感の底で、いつもかすかに夢をみていた。

焼跡に綺麗な花屋が出来た。玻璃越しに見える花々にわたしは見とれる。むかしどこかこういう風な窓越しに　お前の姿を感じたこともあったが　花というものが　こんなに幻に似かようものとは　まだお前が生きていたときは気づかなかった。

翌年の春、彼は大森の知人の家からは立退きを言渡されていた。が、行くあてはまるでなかった。彼は中野の甥の下宿先に転り込んで、部屋を探そうとした。気持ばかりは急《せ》ったが貸間は得られなかった。中野駅前の狭い雑沓のなかを歩き廻ったり、雨に濡れて並ぶ外食券食堂の行列に加わっていると、まだ戦火に追われて逃げ惑っているような気がした。中野駅附近のひどく汚ないアパートの四畳半を彼が借りて移ったのは秋のはじめだった。が、その部屋を譲渡した先住者は一時そこを立退いてはいたが、荷物はまだそのままになっていた。先住者と彼との間にゴタゴタがつづいた。こんな汚ない、こんな小さな部屋でさえ、自分には与えられないのだろうか、と彼は毎夜つづく停電の暗闇のなかに寝転んで嘆いた。もうこの地上での生存を拒まれつくされた者のようにおもえた。

わたしのために祈ってくれた　朝でも昼でも夜でも　最後の最後まで　祈っていてくれた
おそろしくおごそかなものがたちかえってくる。荒野のはてに日は沈む……生き残って部屋はまっ暗。

いつも暗黒な思考にとざされていたが、ふと彼はその頃アパートの階下の部屋で、子供をあやしている若い母親らしい女の声を聞き覚えた。心のなかに何の屈托もなさそうな、素直で懐しい声だった。ふと彼はそれを死んだ妻に聞かせたくなるほど、心の弾みをおぼえた。その声をきいていると、まだ幸福というものがこの世に存在していることを信じたくなるのだった。宿なしの彼が、中野から神田神保町へ移れたのは、その年の暮であった。

戦火を免れているその界隈は都会らしい騒音に満ちていた。事務室に続くその一室は道路に面していて、絶えず周囲は騒々しかったが、とにかく彼は久振りにまたペンを執ることが出来た。そこへ移ってから、ある雑誌の編集をしていた彼は、いつのまにか沢山の人々と知りあいになっていた。彼が大森の知人をたよって上京した頃、東京に彼は三人と知人を持っていなかった。一週間も半月も誰とも口をきかないで暮していたのだった。それが今では殆ど毎日いろんな人と応対していた。彼は人と会うとやはり疲れることは疲れた。が、ぎこちないなりにも、あまり間誤つくことはなくなっていた。

『あなたが人と話しているのは、いかにも苦しそうです。何か云い難そうで云えないのが傍で見ていても辛いの』と、以前妻はよく彼のことをこう評したものだ。そして、人と逢う時には大概、妻が傍から彼のかわりに喋っていた。が、今ではもう人に対して殆ど何の障壁も持てなかった。賑やかな会合があれば、それはそのまま娯しげに彼の前にあった。だが、何もかも眼の前を速かに流れてゆくようだった。

どうして自分にはたった一人の身が養えないのだろうか……とその嘆きは絶えず附纏ったが、ぼんやりと部屋に寝転んで休憩をとることが多かった。自分で自分の体に注意しなければ……と誰かがそれを云ってくれているような気もした。どうかすると、どうにもならぬ憂鬱に陥ることもあった。が、そういう時も彼には自分のなかに機嫌をとってくれるもう一人の人がいた。

ある夜、代々木駅で省線の乗替を待っていると、こおろぎの声があたり一めんに聞えた。もう、こおろぎが啼く頃になったのかと、彼は珍しげに聞きとれた。が、それから暫くすると、神保町の道路に面したその部屋にも、窓から射してくる光線がすっかり秋らしくなっていた。彼は畳の上に漾う光線を眺めながら、時の流れに見とれていた。

一夏の燃ゆる陽ざしが　あるとき　ためらいがちに芙蓉の葉うらに縺れていた　燃えていった夏　苦しく美しかった夏　窓の外にあったもの
死別れまたたちかえってくるこの美しい陽ざしに
今もわたしは自らを芙蓉のようにおもいなすばかり

彼は鏡台とか箪笥とか、いろんな小道具に満ちた昔の部屋が、すぐ隣にありそうな気もした。だが、事務室の雑音はいつも彼を現在にひきもどす。その現在の部屋はいつまでも彼に安住の許されている場所ではなかった。『死』の時間は彼のすぐ背後にあった。

その年も暮れかかっていた、ある夕方、彼のところへKがひょっこり訪ねて来た。Kは彼の部屋に這入るといきなり、

『昔の君の下宿屋を思い出すな』と云った。学生時代の友人だったが、その後十年あまりもお互に逢うことがなかった。Kが近頃京都からこちらへ移転して来て、ある出版屋に勤めているということを彼も聞いてはいた。

『君は昔とそう変っていないよ』とKは珍しげに呟く。生きていればこうして逢う機会もやって来たのかと、彼もしきりに思い耽けった。

Kはそれから後は時折訪ねてくれるようになった。

翌年の春、彼の作品集がはじめて世の中に出た。が、彼はその本を手にした時も、喜んでいいのか悲しんでいいのか、はっきりしなかった。……彼が結婚したばかりの頃のことだった。妻は死のことを夢みるように語ることがあった。若い妻の顔を眺めていると、ふと間もなく彼女に死なれてしまうのではないかという気がした。もし妻と死別れたら、一年間だけ生き残ろう、悲しい美しい一冊の詩集を書き残すために……と突飛な烈しい念想がその時胸のなかに浮上ってたぎったのだった。

夕方、いつものように彼は九段下から溝川に添って歩いていた。雉子橋の上まで来たとき、ふとだし抜けに誰かに叫びとめられた。忙しげに近づいて来るのはKだった。

『その辺でお茶飲もう』と、Kは彼の片腕を執るようにしてせかせか歩きだした。その調子に二十代の昔の面影があった。

『散歩していたのだよ』と彼は笑いながら白状した。

『わかってるよ。こんな時刻にこんなところ散歩なんかしている人間は君位のものさ』と、Kは別に驚きもしなかった。が、ふと、彼のオーバーに目をとめると珍しげにこう云った。

『そのオーバーは昔から着ていたじゃないか。学生時代の奴だろう』

『違うよ。卒業後拵えたのだ』と、彼は首を振った。着ているスプリング・コートは彼が結婚した年に拵えたもので、今では生地も薄れ、裏の地はすっかり破れていた。肩のところは外食券食堂の柱の釘にひっかかって裂けていたし、ポケットの内側もボロボロになっていた。……そのスプリング・コートを拵えたばかりの頃だった。彼は妻と一緒に江の島へ行ったことがある。汽車に乗った頃から、ふと急に死の念想が彼につきまとった。明るい海岸を晴着を着た妻と一緒に歩きながらも、自分は間もなく死ぬのではないかと、……その予感に苛まれつづけた。ヒリヒリと神経のなかに破り裂けようとするものを抑えながら、彼は快活そうに振舞っていた。その春の一日は美しい疼のように彼に灼きつけられていた。

不安定な温度と街のざわめきのなかに、何か彼を遠方に誘いかけるものがあるようでならなかった。ふと、ある日、彼は風邪をひいていた。解熱剤を飲んで部屋に寝転んでいたが、面会人があれば起きて出た。外食の時刻には、ふらふらの足どりで雨の中を歩いた。それから夜は早目に灯を消して寝た。こうした佗しい生活にも今はもう驚けなかった。が、そうしていると昔、風邪で寝ついて妻にまめやかに看護された時のことが妙に懐しくなった。すぐ近くにある町医に診察してもらうのに、わざわざ妻に附添って行ってもらった。『赤ん坊のような人』と妻はおもしろげに笑った。

彼の眼には夕方の交叉点附近で街を振返ると、急に人々の服装が春らしくなっていて、あたりの空気が軽快になっているのに驚くことがあった。焼残った街はたのしげに生々と動いているのだった。だが、たえず雑音のなかに低い嘆きとも憧れともつかぬ、つぶやきがきこえた。ふとある日彼は雲雀の声がききたくなった。青く焦げるような空にむかって舞上る小鳥の姿が頻りに描かれた。彼は雲雀になりたかった。一冊の詩集を残して昇天できたら……。大空に溶け入ってしまいたい夢は少年の頃から抱いていたのだ。できれば軽ろやかにもう地上を飛去りたかった。

だが、何かはっきりしないが、彼に課せられているものが、まだ彼を今も地上にひきとめているようだった。

ある日、彼は多摩川へ行ってみようと思いたつと、すぐ都電に乗った。電車の窓から見える花が風に揺れていた。渋谷まで来ると、駅の前は大変な砂ぼこりだった。だが、彼は引返さなかった。多摩川園で下車すると、川原に吹く風はまだ少し冷たく、人もあまり見かけなかった。彼は川原に蹲って、暫く水の流れを眺めていた。昔彼が学生だった頃、このあたりには二三度来たことがある。堤の方へ廻ると、彼は橋の上を歩いて行った。はじめ、その長い橋をゆっくり歩いて行くに随って、向岸にある緑色の塊りが彼の魂をすっかり吸いとるような気持がした。

どこか遠くへ、どこまでも遠くへ……。しかし、橋の中ほどで立ちどまると、向岸の茫とした緑の塊りは、静かに彼を彼の方へ押しもどしてくれるようだった。

美しき死の岸に

　何かうっとりさせるような生温かい底に不思議に冷気を含んだ空気が、彼の頬に触れては動いてゆくようだった。図書館の窓からこちらへ流れてくる気流なのだが、凝と頬をその風にあてていると、魂は魅せられたように涯てしない世界を想像してゆく。魅せられたように彼は何を考えるともなく思い耽っているのだった。一秒、一秒の静かな光線の足どりがここに立ちどまって、一秒、一秒のひそやかな空気がむこうから流れてくる。世界は澄みきっているのではあるまいか。それにしても、この澄みきった時刻がこんなにかなしく心に沁みるのはどうしたわけなのだろう……。

　ふと、視線を窓の外の家屋の屋根にとめると、彼にはこの街から少し離れたところにある自分の家の姿がすぐ眼に浮んできた。その家のなかでは容態のおもわしくない妻が今も寝床にいる。妻も今の今、何かうっとりと魅せられた世界のなかに呼吸づいているのだろうか。容態のおもわしくない妻は、もう長い間の病床生活の慣わしから、澄みきった世界のなかに呼吸づくことをも身につけているようだった。だが、荒々しいものや、暴れ狂うものは、日毎その家の塀の外まで押し寄せていた。塀の内の小さな庭には、小さな防空壕のまわりに繋るままに繋った雑草や、朱く色づいた酸漿や、萩の枝についた小粒の花が、――それはその年も季節があって夏の終ろうとすることを示していたが、――ひっそりと内側の世界のように静まっていた。それから、障子の内側には妻の病床をとりかこんで、見なれた調度や、小さな装飾品が、病人の神経を鎮めるような表情をもって静かに呼吸づいているのだ。――そうして、妻が病床にいるということだけが、現在彼の生きている世界のなかに、とにかく拠りどころを与えているようだった。

彼の呼吸づいている外側の世界は、ぼんやりと魔ものの影に覆われてもの悲しく廻転しているのだった。週に一度、電車に乗って彼は東京まで出掛けて行くのだが、人々の服装も表情も重苦しいものに満たされていた。その文化映画社に入社してまだ間もない彼には、そこの運転は漠然としかわからなかったが、ここでも何かもう追い詰められてゆくものの影があった。試写が終ると、演出課のルームで、だらだらと合評会がつづけられる。どの椅子からも、さまざまの言いまわしで何ごとかが論じられている。だが、それらは彼にとって、殆ど何のかかわりもないことのようだった。殆ど何のかかわりもない男が黙りこくって椅子に掛けている。その男の脳裏には、家に残した病妻と、それから、眼には見えないが、刻々に迫ってくる巨大な機械力の流れが描かれていた。すると、ある日その演出課のルームでは何か浮々と話が弾んでいた。フランスではじまったマキ匪団の抵抗が一しきり華やかな話題となっていたのだ。……彼はその映画会社の瀟洒な建物を出て、さびれた鋪道を歩いていると、日まわりの花が咲残っていて、半裸体で遊んでいる子供の姿が目にとまる。まだ、日まわりの花はあって、子供もいる、と彼は目にとめて眺めた。都会の上に展がる夏空は嘘のように明るい光線だった。虚妄の世界は彼が歩いて行くあちこちにあった。黒い迷彩を施されてネオンの取除かれた劇場街の狭い路を人々はぞろぞろ歩いている。

「大変なことになるだろうね、今に……」

彼と一緒に歩いている友は低い声で呟いた。と、それは無限の嘆きと恐怖のこもった声となって彼の耳に残った。

混みあう階段や混濁したホームをくぐり抜けて、彼を乗せた電車が青々とした野づらに出ると、窓から吹込んでくる風も吻と爽やかになる。だが、混濁した虚妄の世界は、やはり彼の脳裏にまつわりついていた。入社して彼に与えられた仕事は差当って書物を読み漁ることだけだった。が、遽か仕込みに集積される朧気な知識は焦点のない空白をさまよっていた。紙の上で学んだ機械の構造が、工場の組織が、技術の流れが……彼にはただ悪夢か何かのようにおもわれる。空白のなかを押進んでゆく機械力の流れ――それはやがて刻々に破滅にむかって突入している――その流れが、動揺する電車の床にも、彼の靴さきにも、ひびいてくるようだ。だが、電車を降りて彼の家の方へその露次を這入って行くと、疲労感とともに吻と何か甦る別のものがある。それが何であるかは彼には分りすぎるぐらい分っていた。

家を一歩外にすれば、彼には殆ど絶え間なしに、どこかの片隅で妻の神経が働きかけ追かけてくるような気がした。寝たままで動けない姿勢の彼女が何を考え、何を感じているのか、頻りと何かに祈っているらしい気配が、それらがいつも彼の方へ伝わってくる。どうかすると、彼は生の圧迫に堪えかねて、静かに死の岸に招かれたくなる。だが、そうした弱々しい神経の彼に、絶えず気をくばり励まそうとしているのは、寝たまま動けない妻であった。起きて動きまわっている彼の方がむしろ病人の心に似ていた。妻は彼が家の外の世界から身につけて戻ってくる空気をすっかり吸集するのではないかとおもわれた。それから、彼が枕頭で語る言葉から、彼の読み漁っている本のなかの知識の輪郭まで感じとっているような気もした。

昨日も彼はリュックを肩にして、ある知りあいの農家のところまで茫々とした野らを歩いていた。茫々とした草原に細い白い路が走っていて、真昼の静謐はあたりの空気を麻痺させているようだった。が、ふと彼の眼の四五米彼方で、杉の木が小さく揺らいだかとおもうと、そのまま根元からパタリと倒れた。気がつくと誰かがそれを鋸で切倒していたのだが、今、青空を背景に斜に倒れてゆく静かな樹木の一瞬の姿は、フィルムの一齣ではないかとおもわれた。こんな、ひっそりとした死……それは一瞬そのまま鮮かに彼の感覚に残ったが、その一齣はそのまま家にいる妻の方に伝わっているのではないかとおもえた。……農家から頒けてもらったトマトは庭の防空壕の底に籠に入れて貯えられた。冷やりとする仄暗い地下におかれたトマトの赤い皮が、上から斜に洩れてくる陽の光のため彼の眼に沁みるようだった。すると、彼には寝床にいる妻にこの仄暗い場所の情景が透視できるのではないかしらとおもえた。

……生暖かい底に不思議な冷気を含んだ風がうっとりと何か現在を追憶させていた。彼はその街にある小さな図書館に入って、ぼんやりと憩うことが近頃の習慣となっていたのだ。

書物を閉じると、彼は窓際の椅子を離れて、受附のところへ歩いて行った。と、さきほどまで彼の頬に吹寄せていた生温かいが不思議に冷気を含んだ風の感触は消えていた。だが、何かわからないが彼のなかを貫いて行ったものは消えようとしなかった。閲覧室を出て、階段を下りて行きながらも、さきほどの風の感覚が彼のなかに残っていた。

それは沖から吹きよせてくる季節の信号なのだろうか。夏から秋へ移るひそかな兆なら彼は毎年見て知っていた。だが、さきほどの風は、まるでこの地球より、もっと遥かなところから流れて来て、遥かなところへ流れてゆくもののようだった。その中に身を置いておれば、何の不安も苦悩もなく、静かに宇宙のなかに溶け去ることもできそうだ。だが、それにしても何かかなしく心に沁みるものがあるのはどうしたわけなのだろう。（人間の心に爽やかなものが立ちかえってくるのだろうか。）もしかすると何か全く新しいものの訪れの前ぶれなのだろうか。……彼はまだ、さきほどの風の感触に思い惑いながら往来に出て行った。人通りの少ない、こぢんまりした路は静かな光線のなかにあった。煉瓦塀や小さな溝川や楓の樹などが落着いた陰翳をもって、それは彼の記憶に残っている昔の郷里の街と似かよってきた。

ほとんど総ての物から　感受への合図が来る。
向きを変える毎に　追憶を吹き起す風が来る。
何気なく見逃がして過ぎた一日が
やがて自分へのはっきりとした贈りものに成って蘇る。

いつも頭に浮ぶリルケの詩の一節を繰返していた。

その春、その街の大学病院を退院して以来、自宅で養生をつづけるようになってからも、妻の容態はおもわしくなかった。夜ひどい咳の発作におそわれたり、衰弱は目に見えて著しかった。だが、彼の目には妻の「死」がどうしても、はっきりと目に見えて迫っては来なかった。その部屋一杯にこもっている病人の雰囲気も、どうかすると彼には馴れて安らかな空気のようにおもえた。と、夏が急に衰えて、秋の気配のただよう日がやって来た。その日、彼女の母親は東京へ用たしに出掛けて行ったので、家のうちは久しぶりに彼と妻の二人きりになっていた。

寝たままで動けない姿勢で、妻は彼の方を見上げた。と、彼もまた寝たままで動けない姿勢で、何ものかを見上げているような心持がするのだったが……。

「死んで行ってしまった方がいいのでしょう。こんなに長わずらいをしているよりか」

それは弱々しい冗談の調子を含みながら、彼の返事を待ちうけている真面目な顔つきであった。だが、彼には死んでゆく妻というものが、まだ容易に考えられなかった。四年前の発病以来、寝たり起きたりの療養をつづけているその姿は、彼にとってはもう不変のもののようにさえ思えていたのだ。

「もとどおりの健康には戻れないかもしれないが、だが寝たり起きたり位の状態で、とにかく生きつづけていてもらいたいね」

それは彼にとって淡い慰めの言葉ではなかった。と妻の眼には吻と安心らしい翳りが拡った。

「お母さんもそれと同じことを云っていました」

今、家のうちはひっそりとして、庭さきには秋めいた陽光がチラついていた。そういう穏かな時刻なら、彼は昔から何度も巡りあっていた。だから、この屋根の下の暮しが、いつかぷつりと截ち切られる時のことは、それに脅かされながらも、どう想像していいのかわからなかった。

どうかすると妻の衰えた顔には微かながら活々とした閃きが現れ、弱々しい声のなかに一つの弾みが含まれている。すると、彼は昔のあふれるばかりのものが蘇ってくるのを夢みるのだった。まだ元気だった頃、一緒に旅をしたことがある、あの旅に出かける前の快活な身のこなしが、どこかに潜んでいるようにおもえた。綺麗好きの妻のまわりには、自然にこまごましたものが居心地よく整えられていたし、夜具もシイツも清潔な色を湛えていた。それらには長い病苦に耐えた時間の祈りがこもっているようだった。壁に掛けた小さな額縁には、蔦の絡んだバルコニーの上にくっきりと碧い空が覗いていた。それはいつか旅で見上げた碧空のように美しかった。

今にも降りだしそうな冷え冷えしたものが朝から空気のなかに顫えていた。電車の窓から見える泥海や野づらの調子が、ふと彼に昨年の秋を回想させるのだった。……一年前の秋、彼と妻の生活は二つに切離されていた。糖尿病を併発した妻は大学病院に入院したが、これからはじまる新しい療養生活に悲壮な決意の姿をしていた。その時から孤絶のきびしい世界が二人の眼の前に見えて来たようだった。だが、彼は追詰められた気分のなかにも何か新しく心が研れて澄んでゆくようだった。それは多少の甘え心地を含んだ世界ではあったが、ぼんやりと夢のような救いがどこかに佇んでいるのではないかと思えた。……熱にうるんだ妻の眼はベッドのなかでふるえていた。

「こないだ、三階から身投げした女がいるのです。あなたの病気は死ななきゃ治らないと云われて……」

冷え冷えとした内庭に面した病室の窓から向側の棟をのぞむと、夕ぐれ近い乳白色の空気が硬い建物のまわりにおりて来て、内庭の柱の鈴蘭灯に、ほっと吐息のような灯がついていた。あのもの云わぬ灯の色は今でも彼の眼に残っているのだったが……。

だが、彼はつい先日その大学病院を訪ねて行って大先生に来診を求めたときの情景がまざまざと甦ってくる。看護婦が持って来た四五枚のレントゲン写真を手にして眺め入ったまま、大先生は暫く何も語らない。それから妻の入院中の診断書類を早目に一読していたが、

「それでは今日の夕方お伺いしましょう」と彼に来診を約束した。それから、大先生が診察に来るということは彼の妻にとっては大変な期待となった。妻はわざわざ新しい寝巻に着替えて約束の時刻を待っている。彼は家の外に出て俥の姿を待った。冷えて降りだしそうな暗い空に五位鷺が叫んでとおりすぎる。そうして待ち侘びていると、ふと彼は遠い頼りない子供の心に

陥落されていた。倖がやって来たのは彼が待ち侘びて家に戻って来た後だった。大先生は妻の枕頭に坐って、丁寧に診察をつづける。羽毛をとりだして病人の足の裏を撫でてみたり、ものなれた慎重な身振りだったが、鞄から紙片をとり出すと、すらすらと処方箋を書いた。

「二週間分の処方をしておきますから、当分これを飲みつづけて下さい」

そうして、大先生は黙々と忙しそうに立上る。彼が後を追って家の外に出ると、既に倖は走りだしている。それは何か熱いものが通過した後のように、ぐったりした心地だった。さきほどまで気の張りつめていたらしい妻も、ひどく悲しげに疲れ顔で押し黙っている。さきほど用意したまま出しそびれていた蜜柑の缶詰が彼の目にとまった。それを皿に盛って妻の枕頭に置くと、

「ああ、おいしい」妻は寝たまま、まるで心の渇きまで医やされるように、それを素直にうけとる。侘しく暗い気分のなかに、ふと蜜柑の色だけが吻と明るく浮んでいるのだった。……だが、その翌日彼が街に出て処方箋どおり求めて来た散薬は、もう妻の口にまるで喜びを与えなかった。何かはっきりしないが、眼に見えて衰えてゆくものがあった。気疎《けうと》そうな顔つきで、妻はぼんやりと焦点のさだまらぬ眼つきをしている。あの弱々しい眼のなかから、パッと一つの明るいものが浮びあがったら……彼は電車の片隅でぼんやりと思い耽っていた。

今にも降りだしそうな冷え冷えしたものは、そのまま持ちつづいて、街も人も影のように薄暗かった。家を出てから続いている時間が今では彼には不安な容態そのもののようにおもえた。映画会社の廊下を廻り演出課のルームに入っても、彼は影のように壁際に佇んでいた。

「奥さんの病気はどうかね」と友人が話しかけて来た。

「よくない」彼はぽつんと答えた。こんな会話をするようになったのかと、ふと彼には重苦しく愁わしいものがつけ加えられるようだった。

冷え冷えとしたものは絶えずみうちに顫えてくるようだったが、試写室に入ると、いつものように巨大な機械力の流れが眼の前にあった。フィルムの放つ銀色の影も速度も音響もその構成する意味も、彼にはただ、やがて破滅の世界にむかって突入している奔流のように無気味におもえた。だが、無数の無表情の顔のなかに、ふと心惹かれる悲しげな顔が見えてくることもある。ふと、その時、試写室の扉が開いて廊下の方から誰か呼出しの声がした。瞬間、彼はハッと自分の名が呼ばれたのではないかと惑った。……試写が終ってドカドカと明るい廊下の方へ人々が散じると、重苦しい魔ものの影の姿も移動する。狭い演出課のルームの椅子は一杯になり議論が始るのだった。だが、こうして、こんな場所に彼が今生きていることは、まるで何かの間違いのようにおもえてくる。今は魘《うな》されるような感覚ばかりが彼をとりまいているのだった。刻々にふるえる侘しいものが、会社を出て鋪道を歩きながらも、彼に附きまとっていた。混みあう電車に揺られながら、彼はじっと何か悲痛なものに堪えている心地だった。だが、電車が広漠とした野を走りつづけ、見馴れた芋畑や崖の叢が窓の外に見えて来たとき、外はしきりに雨が降りつづいていた。まるで、それは堪えかねて、ついに泣き崩れてしまったものの姿だ。こんなにも悲しい、こんなにも悲しいのか、……何が？　冷え冷えとした真暗な底に突落されてゆく感覚が彼の身うちに喰込んで来る。こんなにも悲しい、こんなにも悲しいのか、何が……？　この訳のわからぬ感傷は今かぎりのものなのだろうか、やがて別の日が訪れてくれば消え失せてしまうのだろうか……ぼんやりと彼がおもい惑っていると、ぽっと電灯がついて車内は明るくなった。と、灯のついている彼の家の姿が、びしょ濡れの闇のなかにもすぐ描かれた。

「お母さん……お母さん……」

今、目ざめたばかりの彼はふと隣室で妻のかすかな声をきくと、寝床を出て台所の方にいる母親に声をかけた。それから、その弱々しいなかにも何か訴えを含んでいる声にひきつけられて、彼は妻の枕頭にそっと近寄ってみた。妻の顔は昨夜からひきつづいている不機嫌な苛々したものを湛えていた。だが、それは故意にそうしている顔ではなく、何かもう外界の空気に堪えられなくなり、外界から拒否されたものの姿らしかった。瞼はだるそうに窄《すぼ》められ、そこから細く覗いている眸はぼんやりと力なく何ものかを怨じていた。

……一週間前に、妻は小さな手帳に鉛筆で遺書を認めていた。枕頭に置かれていたので彼も読んでそれは知っていた。けれども、それを認めた妻も読んだ彼も、ほんとうに別離が切迫したものとはまだ信じきれないようだったのだ。

昨日の夕方、電車を降りて彼が暗い雨のなかを急込んで戻ってくると、家には灯のついた病室が待っていた。彼は妻の枕頭に屈んで「どうだったか」と訊ねた。

「今日は気分も軽かったのに、お母さんがひとりでおろおろされるので何だか苛々しました」

　枕頭には食べさしの林檎が置いてあった。林檎が届いたら、と長い間待ち望んでいたのだが、註文の荷が届いたときには、これももう彼女の口にあわなくなっていたのだ。ふと、妻は指の爪で唇の薄皮をむしりとろうとした。

「どうしてそんなことをするのだ」

「…………」妻は無言で唇の皮を引裂いた。

……今、朝の光線で見ると、昨夜傷けた唇の傷はひどく痛々しそうだった。やがて、母親が食膳を運んでくると妻は普段のように箸をとった。だが、忽ち悲しげに顔を顰めた。それから、つらそうに無理強いに食事をつづけようとした。殆ど何かにとり縋るようにしながら悶え苦しんで食事を摂ろうとする姿は見るに堪えなかった。これははじめて見る異様な姿だった。それから重苦しい時間が過ぎて行った。昼の食事は母親がいくらすすめても遂に摂ろうとしなかった。日が暮れるに随って、時間は小刻みに顫えながら過ぎて行った。

　夕食の用意が出来て枕頭に置かれた。が、妻は今は母親のすすめる食事を厭うように、わずかに二箸ばかり手をつけるだけだった。電灯のあかりの下に、すべてが薄暗くふるえていた。食後の散薬を呑んだかとおもうと、間もなく妻は吐気を催して苦しみだした。今、目には見えないが針のようなものがこの部屋のなかに降りそそいでくるようだった。

……ずっと以前から彼も妻も「死」についてはお互によく不思議そうに嘆きをもって話しあっていた。人間の最後の意識が杜絶える瞬間のことを殆ど目の前に見るように想像さえしていた。少女の頃、一度危篤に瀕したことのある妻は、その時見た数限りない花の幻の美しかったことをよく話した。それから妻は入院中の体験から死んでゆく人のうめき声も知っていた。それは、まるで可哀相な動物が夢でうなされているような声だ、と妻は云っていた。彼も死の幻影には絶えず脅かされていた。が、今の今、眼の前に苦しみだしている妻が「死」に吹き攫われてゆくのかどうか、彼にはまだわからなかった。「死」が彼よりさきに妻のなかを通過してゆくとは、昔から殆ど信じられないことだったのだ。だが、たとえ今「死」が妻に訪れて来たとしても、眼の前にある苦しみの彼方に妻はもう一つ別の美しい死を招きよせるかもしれない。それは日頃から彼女の底にうっすらと感じられるものだった。彼も今、最も美しいものの訪れを烈しく祈った。……

胃にはもう何も残っていそうもないのに、妻はまだ苦しみつづけた。これはまるで訳のわからぬことだった。

「よく腹を立てるから腹にしこりが出来たのかな」と彼はふと冗談を云っていた。

「この頃ちょっとも腹は立てなかったのに」と妻は真面目そうに応えた。そのうちに、妻は口の渇きを訴えて、氷を欲しがった。隣室で母親は彼に小声で云った。

「もう唾液がなくなったのでしょう」

それから母親は近所で氷の塊りを頒けてもらって来た。氷があったので彼は吻と救われたような気がした。氷は硝子の器から妻の唇を潤おした。うとうとと眼を閉じたまま妻の痛みはいくらか落着いてくるようだった。

夜はもう更けていた。彼は別室に退いて横臥していた。が、暫くすると母親に声をかけられた。

「お腹を撫でてやって下さい。あなたに撫でてもらいたいと云っています」

彼は妻の体に指さきで触れながら、苦しみに揉まれてゆくような気がした。妻の苦しみは少し鎮まっては、また新しく始って行った。彼は茫とした心のなかに、熱い熱い疼きがあった。これが最後なのだろうか、それなら……。だが、今となってはもう妻にむかって改めてこの世の別れの言葉は切りだせそうもなかった。言い残すかもしれない無数のおもいは彼のなかに脈打っていた。妻はまた氷を欲しがった。それからまた吐き気を催し、ぐったりとしていた。

「もう少しすれば夜が明けるよ」

かたわらに横臥して、そんな、さりげないことを話しかけると、妻は静かに頷く。そうしていると、まだ妻に救いが訪れてくるようで、もう長い長い間、二人はそんな救いを待ちつづけていたような気もした。そして、これは彼等の穏やかな日常生活の一ときに還ってゆくようでさえあった。だが、ふと吃驚したように妻は胸のあたりの苦しみを訴えだした。その声は今迄の声とひどく異っていた。それは魔にうなされたように、哀切な声になってゆく。愕然として、彼も今その声にうなされているようだった。病苦が今この家全体を襲いゆさぶっているのだ。

彼が玄関を出ると、外は仄暗い夜明だった。どこの家もまだ戸を鎖していたが、町医のベルを押すと、灯がついて戸は開いた。医者は後からすぐ行くことを約束した。

家に戻って来ると、妻の苦悶はまだ続いていた。「つらいわ、つらいわ」と、とぎれとぎれに声は波打つようだった。彼はその脇に横臥するようにして声をかけた。

「外はまだ薄暗かったよ。医者はすぐ来ると云っていた」

妻は苦しみながらも頷いていた。妻が幼かったとき一度危篤に陥って、幻にみたという美しい花々のことがふと彼の念頭に浮んだ。

「しっかりしてくれ。すぐ医者はやってくるよ。ね、今度もう一度君の郷里へ行ってみよう」

妻はぼんやり頷いた。玄関の戸が開いて医者がやって来た。医者の来たことを知ると、妻は更に辛らそうに喘いで訴えた。

「先生、助けて、助けて下さい」

医者は静かに聴診器を置くと、注射の用意をした。その注射が済むと、医者は彼を玄関の外に誘った。

「危篤です。知らすところへ電報を打ったらどうです」

医者はとっとと立去った。彼は妻の枕頭に引返した。妻はまだ苦悶をつづけていた。

「どうだ、少しは楽になったか」

妻は眼を閉じて嬰児のように頭を左右に振っていた。暫くすると、さきほどから続いていた声の調子がふと変って来た。

「あ、迅い、迅い、星……」

少女のような声はただそれきりで杜切れた。それから昏睡状態とうめき声がつづいた。もう何を云いかけても妻は応えないのであった。

彼は急いで街へ出て、郷里の方へ電報を打っておいた。急いで家に戻って来ると、玄関のところで、まだ妻のうめき声がつづいているのを耳にした。その瞬間、今はそのうめき声がつづいていることだけが彼の唯一のたよりのようにおもえた。

彼は妻の枕頭に坐ったまま、いつまでも凝としていた。時間は過ぎて行き、庭の方に朝の陽が射して来た。あたりの家々からも物音や人声がして、その日も外界はいつもと変りない姿であった。昏睡のままうめき声をつづけている妻に「死」が通過しているのだろうか。いつかは、妻とそのことについてお互に話しあえそうな気もした。だが、妻のうめき声はだんだん衰えて行った。やがて、その声が一うねり高まったかと思うと、息は杜絶えていた。

死のなかの風景

妻が息をひきとったとき、彼は時計を見て時刻をたしかめた。

妻の母は、念仏を唱えながら、隣室から小さな仏壇を抱えて来ると、妻の枕許の床の間にそっと置いた。すると、何か風のようなものが彼の背後で揺れた。と、彼ははじめて悲しみがこみあげて来た。彼はこれまでに、父や母の死に逢遇していたので、人間の死がどのように取扱われるかは既によく知っていた。仏壇を見たとき、それがどっと彼の心にあふれた。それよりほかに扱われようはない死がそこにあった。苦しみの去った妻は、なされるがままに床のなかに横わっているのだ。その細い手はまだ冷えきってはいなかったが、はじめて彼はこの世に置き去りにされている自分に気づいた。今は彼もなされるがままに生きている気持だった。

「僕は茫としてしまっているから、よろしく頼みます」

葬いのことや焼場のことで手続に出掛けて行ってくれる義弟を顧みて、彼はそう云った。昨夜からの疲労と興奮が彼の意識を朧にしていた。妻の居る部屋では、今朝ほど臨終にかけつけたのに意識のあるうちには間にあわなかった、神戸の義姉がいた。彼はひとり隣室に入って、煙草を吸った。障子一重隔てて、台所では義母が昼餉の仕度をしていた。（そうだったのか、これからもやはり食事が毎日ここで行われるのか）と彼はぼんやりそんなことを考えていた。……心のなかで何かが音もなく頽りに崩れ墜ちるようだった。ふと机の上にある四五冊の書籍が彼の眼にとまった。それはみな仏教の書物だった。その年の夏に文化映画社に入社して以来、機械や技術の本ばかり読まされていた彼は、ふと仏教の世界が探求してみたくなった。それは今現に無惨な戦争がこの地上を息苦しくしている時に、嘗ての人類はどのような諦観で生きつづけたのか、そのことが知りたかったからだ。だが、病妻の側で読んだ書物からは知識の外形ばかりが堆積されていたのだろう。それが今、音もなく崩れ墜ちてゆくようだった。彼はぼんやりと畳の上に蹲っていた。

それは樹木がさかさまに突立ち、石が割れて叫びだすというような風景ではなかった。いつのまにか日が暮れて灯のついた六畳には、人々が集まって親しそうに話しあっていた。東京からやって来た映画会社の友人は、彼のすぐ横に坐っていた。ことさら悔みを云ってくれるのではなかったが、彼にはその友人が側に居てくれるというだけで気が鎮められた。……床の間に置かれた小さな仏壇のまわりには、いつのまにか花が飾られて、蠟燭の灯が揺れていた。開放たれた縁側から見ると、小さな防空壕のある二坪の庭は真暗な塊りとなって蹲っていた。その闇のなかには、悲しい季節の符号がある。彼が七年前に母と死別れたのも、この季節だった。三日前に、「きょうはお母さんの命日ね」と妻は病床で何気なく呟いていたのだが……。母を喪った時も、暗い影はぞくぞくと彼のなかに流れ込んで来た。だが、それは息子としてまだ悲しみに甘えることも出来たのだ。だが今度は、彼はこれからさきのことを思うと、ただ茫として遠いところに慟哭をきいているような気がした。

　妻の寝床は部屋の片隅に移されて、顔は白い布で覆われていた。そこの部屋のその位置が、前から一番よく妻の寝床の敷かれた場所だった。彼女は今も何ごともなく静かに睡りつづけているようだった。だが、四年前に拵えたまま、まだ一度も手をとおさなかった訪問着が夜具の上にそっと置かれていた。電灯の明りに照らされて、その緑色の裾模様は冴えて疼くようだった。ふと外の闇から明りを求めて飛込んで来た大きな蟷螂が、部屋の中を飛び廻って、その着物の裾のところに来てとまった。やはり死者の気配はこの部屋に満ちているのだった。読経がおわって、近所の人たちが去ると、部屋は、しーんと冴え静まっていた。彼は妻の枕許に近より、顔の白布をめくってみた。あれから何時間たったのだろう、顔に誌されている死の表情は、苦悶のはての静けさに戻っている。（いつかもう一度、このことについてお互に語りあえないのだろうか）だが、妻の顔は何ごとも応えなかった。義母が持って来たアルコールを脱脂棉に浸して、彼は妻の体を拭いて行った。義母はまだ看護のつづきのように、しみじみと死体に指を触れていた。それは彼にとって知りすぎている体だった。だが、硬直した皮膚や筋肉に今はじめて見る陰翳があった。

　その夜も明けて、次の朝がやって来た。棺に入れる花を買いに彼は友人と一緒に千葉の街へ出かけて行った。家を出てから、ずっと黙っていた友は、国道のアスファルトの路へ出ると、

「元気を出すんだな、挫《くじ》けてはいかんよ」と呟いた。

「うん、しかし……」と彼は応えた。しかし、と云ったまま、それからさきは言葉にはならな

かった。佗しい単調な田舎街の眺めが眼の前にあった。(これからさき、これからさきは、悲しいことばかりがつづくだろう)ふと、そういう念想が眼の前を横切った。……寝棺に納められた妻の白い衣に、彼は薄荷《はっか》の液体をふりかけておいた。顔のまわりに、髪の上に、胸の上に合掌した手のまわりに、花は少しずつ置かれて行った。彼はよく死者の幻想風な作品をこれまでも書いていたのだが、だが、今眼の前で行われていることは幻ではなかった。郷里から妻の兄がその日の夕刻家に到着していた。そうした眼の前の一つ一つの出来事が、いつかまた妻と話しあえそうな気が、ぼんやりと彼のなかに宿りはじめた。

霊柩車が市営火葬場の入口で停まると、彼は植込みの径を歩いて行った。花をつけた百日紅やカンナの紅が、てらてらした緑のなかに燃えていた。その街に久しく住み馴れていたのだが、彼はこんな場所に火葬場があるのを今日まで知らなかったのだ。妻も恐らくここは知らなかったにちがいない。柩は竈《かまど》の方へあずけられて、彼は皆と一緒に小さな控室で時間を待っていた。何気なく雑談をかわしながら待っている間、彼はあの柩の真上にあたる青空が描かれた。妻の肉体は今最後の解体を遂げているのだろう。(わたしが、さきにあの世に行ったら、あなたも救ってあげる)いつだったたか、そんなことを云った彼女の顔つきが憶いだされた。それは巫戯らしかったが、ひどく真顔のようでもあった。……しばらく待っているうちに火葬はすっかり終っていた。竈のところへ行ってみると、焦げた木片や藁灰が白い骨と入混っていた。義母はしげしげとそれを眺めながら骨を撰り分けた。彼もぼんやり側に屈んで拾いとっていたが、骨壺はすぐに一杯になってしまった。風呂敷に包んだ骨壺を抱えて、彼は植込の径を歩いて行った。すると遽かに頭上の樹木の葉がざわざわ揺れて、さきほどまで静まっていた空気のなかに、どす黒い翳りが差すと、陽の光が苛立って見えた。それはまた天気の崩れはじめる兆だった。こういう気圧や陽の光はいつも病妻の感じやすい皮膚や彼の弱い神経を苦しめていたものだ。（地上には風も光ももとのまま）そう呟くと、急に地上の眺めが彼には追憶のように不思議におもえた。

持って戻った骨壺は床の間の仏壇の脇に置かれた。さきほどまで床の間にはまだ明るい光線が流れていたのだが、いつの間にかそのあたりも仄暗くなっていた。外では雨が降りしきっていた。湿気の多い、悲しげな空気は縁側から匐い上って畳の上に流れた、雨はザアッと防空壕の上の木の葉を揺すった。庭は真暗に濡れて号泣しているようなのだ。こうした時刻は、しかし、彼には前にもどこかで経験したことがあるようにおもえた。郷里から次兄と嫂がやって来たので、狭い家のうちは人の気配で賑わっていた。その家の外側を雨は狂ったように降りしきっていた。

二日つづいた雨があがると、郷里の客はそれぞれ帰って行った。義姉だけはまだ逗留していたが、家のうちは急に静かになった。床の間の骨壺のまわりには菊の花がひっそりと匂っている。彼は近いうちに、あの骨壺を持って、汽車に乗り郷里の広島まで行ってくるつもりだった。が、ともかく今はしばらく心を落着けたかった。久振りに机の前に坐って、書物をひらいてみた。茫然とした頭に、まだ他人の書いた文章を理解する力が残っているかどうか、それを試してみるつもりだった。眼の前に展げているのは、アナトール・フランスの短篇集だった。

読んで意味のわからない筈はなかった。だが意味は読むかたわらから消えて行って、それは心のなかに這入って来なかった。今、彼は自分の世界がおそろしく空洞になっているのに気づいた。

久振りに彼は電車に乗って、東京へ出掛けて行くと、家を出た時から、彼をとりまく世界はぼんやりと魔の影につつまれて回転していた。それは妻を喪う前から、彼の外をとりまいて続いている、暗い、もの悲しい、破滅の予感にちがいなかった。今も電車のなかには、どす黒い服装の人々で一杯だった。ホームの人混みのなかには、遺骨の白い包みをもった人がチラついていた。久振りに映画会社に行くと、彼は演出課のルームの片隅にぼんやり腰を下ろした。間もなく、試写が始まって、彼も人々について試写室の方へ入った。と、魔の影はフィルムのなかに溶け込んで、彼の眼の前を流れて行った。大陸の暗い炭坑のなかで犇めいている人の顔や、熱帯の眩じい白い雲が、騒然と音響をともないながら挽歌のように流れて行った。映画会社の階段を降りて、道路の方へ出ると、一瞬、彼のまわりは、しーんと静まっていた。秋の青空が街の上につづいていた。ふと、その青空から現れて来たように、向の鋪道に友人が立っていた。先日、彼の家に駈けつけてくれた、その友人は、一瞥で彼のなかのすべてを見てとったようだった。そして、彼もその友人に見てとられている自分が、今まるで精魂の尽きた影のように思えた。

「おい、なんだ、しっかりし給え」

「駄目なんだ」と彼は力なく笑った。だが、笑うと今迄彼のなかに脹りつめていたものが微かにほぐされた。だが、ほぐされたものは忽ち彼から滑り墜ちていた。彼はふらふらの気分で、しかし、まっすぐ歩ける自分を訝りながら鋪道を歩いていた。友人と別れた後の鋪道には、またぼんやりと魔の影が漾っていた。

週に一度の出勤なのに、東京から戻って来ると、翌日はがっかりしたように部屋に蹲っていた。妻が生きていた日まで、この家はともかく、外の魔の姿からは遮られていた。妻のいなくなった今も、まだ、外の世界がいきなりここへ侵入して来たのではなかった。だが、どこからか忍びよってくる魔の影は日毎に濃くなって行くようだった。彼は、ある画集で見た「死の勝利」という壁画の印象が忘れられなかった。オルカーニアの作と伝えられる一つの絵は、死者の群のまんなかに大きな魔ものが、どっしりと坐っていた。それからもう一つの絵は、画面のあちこちに黒い翼をした怪物が飛び廻っていた。その写真版からは、人間の頭脳を横切る魔ものの影がぞくぞくと伝わってくるようなのだった。人間の想像力で描き得る破滅の図というものは、いくぶん図案的なものかもしれない。やがて来る破滅の日の図案も、もう何処かの空間に静かに潜められているのだろうか。

暫く滞在していた義姉が神戸の家に帰ることになった。義姉の家には挺身隊の無理から肺を犯されて寝ている娘がいた。その姪のために彼は妻のかたみの着物を譲ることにした。簞笥から取出した衣裳を義母と義姉はつぎつぎに畳の上にくりひろげて眺めた。妻はもっている着物を大切にして、ごく少ししか普段着ていなかったので、殆んどがまだ新しかった。義母は愛着のこもる手つきで、見憶えのある着物の裾をひるがえして眺めている。彼には妻の母親が悲嘆のなかにも静かな諦観をもって、娘の死を素直に受けとめている姿が羨しかった。ある日こういうことになる日が訪れて来たのか、と彼は着物の賑やかな色彩を眺めながら、ぼんやり考えた。

広島までの切符が手に入ったので、彼は骨壺をもって郷里の兄の家に行くことにした。夕方家を出て電車に乗ると、電車はぎっしり満員だった。夜の混濁した空気のなかで、彼は風呂敷に包んだ骨壺と旅行カバンを両脇にかかえて、人の列に挟まれていた。無事にこの骨壺を持って行けるだろうか、押しあうカーキー色の群衆のなかで彼はひどく不安だった。駅のホームに来てみると列車は満員で、坐席はとれなかった。網棚の片隅に置いた骨壺が、絶えず彼の意識から離れなかった。荒涼とした夜汽車の旅だったが、混濁と疲労の底から、何か一すじ清冽なものが働きかけてくるような気持もした。

その清冽なものは、彼がそれから二日後、骨壺を抱えて郷里の寺の墓地の前に立ったときも、附纏ってくるようだった。納骨のために墓の石は取除かれたが、彼の持っている骨壺は大きすぎて、その墓の奥に納まらなかった。骨は改めて、別の小さな壺に移されることになった。改めて彼は再び妻の骨を箸で択りわけた。火葬場で見た時とちがって、今は明るい光線の下に細々とした骨が眼に沁みるようだった。壺に納まった骨は静かに墓の底に据えられ、余りの骨は穴のなかにばら撒かれた。この時、彼の後に立っている僧がゆるやかな優しい声で読経をあげた。それは誰かを静かにゆさぶり、慰め、あやしているような調子だった。彼は眼をあげて、高いところを見ようとした。眼の少し前には、ひょろひょろの樹木が一本、その後には寺の外にある二階建の屋根が、それらはすべて、ありふれた手ごたえのない眺めだった。が、陽の光ばかりは遥かに清冽なものを湛えていた。

　埋葬に列なった人々は、それから兄の家に引かえして、座敷に集まった。「波状攻撃……」と誰かが沖縄の空襲のことを話していた。その酒席に暫く坐っているうちに、彼はふと居耐《いたたま》らなくなった。何かわからないが怒りに似たものが身に突立ってきた。彼はひとり二階に引籠ってしまった。葬儀の翌日から雨が降りだした。彼は二階の雨戸を一枚あけたまま薄暗い部屋で、昼間から寝床の上でうつうつと考え耽けった。その部屋は彼が中学生の頃の勉強部屋だったし、彼が結婚式をあげてはじめて妻を迎えたのも、その部屋だった。ほのぼのとした生の感覚や、少年の日の夢想が、まだその部屋には残っているような心地もした。だが彼は悶絶するばかりに身を硬ばらせて考えつづけた。彼にとって、一つの生涯は既に終ったといってよかった。妻の臨終を見た彼には自分の臨終をも同時に見とどけたようなものだった。たとえこれからさき、長生したとしても、地上の時間がいくばくのことがあろう。生きて来たということは、悔恨にすぎなかったのか、生きて行くということも悔恨の繰返しなのだろうか。彼は妻の骨を空間に描いてみた。彼の死後の骨とても恐らくは、あの骨と似かよっているだろう。そうして、あの暗がりのなかに、いずれは彼の骨も収まるにちがいない。そう思うと、微かに、やすらかな気持になれるのだった。だが、たとえ彼の骨が同じ墓地に埋められるとしても、人間の形では、もはや妻とめぐりあうことはないであろう。

　三日ばかり部屋に閉籠って憂悶を凝視していると、頭は酸性の悲しみで満たされていた。雨があがると、彼は家を出て郷里の街をぶらぶら歩いてみた。足はひとりでに、墓地の方へ向かった。彼は墓の前に暫く佇んでいたが、寺を出ると、橋を渡って川添の公園の方へ向かった。秋晴れの微風が彼の心を軽くするようだった。何もかも洗い清められて空気のなかに溶け込んでゆくようで、天空のかなたにひらひらと舞いのぼる転身の幻を描きつづけた。

一週間目に彼は妻の位牌を持って、千葉の家に戻って来た。つくづくと戻って来たという感じがした。家に妻のいないことは分っていても、彼にはやはり住み馴れた場所だった。彼は書斎に坐ると、今度の旅のことをこまごまと亡妻に話しかけるような気分に浸れるのだった。だが、ある日、映画会社の帰りを友人と一緒に銀座に出て、そこで夕食をとったとき、彼にはあの魔ものの姿が神経の乱れのように刻々に感じられた。窓ガラスの外側にも、ざわざわするテーブルのまわりにも、陰惨なもの影が犇めきあっているようなのだ。

「いつか自分たちで、自分たちの好きな映画が作りたいな」

彼の友人は、彼に期待を持たせるように、そう呟くのだった。だが、そういう明るい社会が彼の生存中にやって来るのだろうか。今、彼の眼の前には破滅にむかってずるずる進んでいる無気味な機械力の流れがあるばかりだった。

食堂を出ると、彼はもっと夕暮の巷を漫歩していたくなった。外で食事をとったり、帰宅を急がなくてもいい身の上になったことが、今しきりに顧みられた。彼は友人の行く方に従いてぶらぶら歩いていた。

「橋を見せてやろうか」

友は彼を誘って勝鬨橋の方へ歩いて行った。橋まで来ると、巷の眺めは一変して、広大無辺なものを含んでいた。冷やかな水と仄暗い空があった。（やがて、このあたりも……）夕靄のなかに炎の幻が見えるようだった。それから銀座四丁目の方へ引返して行くと、魔の影は人波と夕靄のなかに揺れていた。（このひとときが、破滅への進行のひとときとしても……）靄のなかに動いている人々の影は陰惨ななかにも、まだかすかに甘い憂愁がのこっているようだ。だが、彼が友人と別れて電車に乗ると、夜の空気のなかから、何かぞくぞくと皮膚に迫ってくるものがあった。暗い冷たいものが身内を這いまわるようで、それはすぐにも彼を押し倒そうとしていた。（何がこのように荒れ狂うのだろうか）今迄に感じたことのない不思議に新鮮な疲れだ。家にたどりつくと、彼は夜具を敷いて寝込んでしまった。何かが彼のなかに流れ込んでくる、それは死の入口の暗い風のような心地がした。彼はそのまま眼をとじて闇に吸い込まれて行ってもいいと思った。しかし、二三日たつと彼の変調は癒えていた。

ある午后、彼は演出課のルームでぼんやり腰を下ろしていた。彼の目の前では試写の合評がだらだらと続いていたが、ふと誰かが立上ると、急に皆の表情が変っていた。人々はてんでに窓から地面の方へ飛降りてゆく。彼にもそれが何を意味しているのか直ぐにわかった。人々の後について、人々の行く方へ歩いて行った。人々が振仰ぐ方向に視線を向けると、丘の上の樹木の梢の青空の奥に、小さな銀色の鍵のような飛行機が音もなく象眼されていた。高射砲の炸裂する音が遠くで聞えた。丘にくり抜かれている横穴の壕へ人々は這入って行った。暗い足許には泥土質の土塊や水溜りがあって、歩き難かったが、奥へ奥へと進んで行くと、向側の入口らしい仄明りが見えて来た。人々はその辺で一かたまりになって蹲った。撮影機を抱えた人や、蠟燭を持った人の姿が茫と見えた。じっとしていると、壕の壁は冷え冷えとした。ふと彼にはそこが古代の神秘な洞穴のなかの群衆か何かのようにおもえた。さきほど見た小さな飛行機も幻想のように美しくおもえた。……やがて、その騒ぎが収まると、後は嘘のように明るい秋の午后だった。彼は電車の窓から都会の建築の上の晴れ亘る空をぼんやり眺めていた。来るものが来たのだが、何という静かな空なのだろう。

来るものは、しかし、それから後、つぎつぎにやって来た。ある午后、家で彼は机にむかって何か書きものをしていた。遠くで異様なもの音がしていると思うと、たちまちサイレンと高射砲のひびきが間近かにきこえて来た。彼は机を離れて身支度にとりかかった。

「おや、案外落着いていられるのですね」と、義母は彼の様子を見て笑った。彼も自分自身の変りように気づいていた。いきなり恐怖につんざかれて転倒する姿を、以前はよく予想していたものだ。だが、今は異常なもののなかにあっても逆上は殆ど感じられなかった。妻がまだ生きていたら……と彼はふと思った。病妻が側にいたら、彼の神経はもっと必死で緊張したかもしれないのだ。今では「死」が彼にとって地上の風景を微小にしてしまったのだろうか。屋根の上の青空の遥かなところを、小さな飛行機が星のように流れていた。それは海岸の方向にむかって散ってゆくらしかった。

ある夜、彼は東京から帰る電車のなかで、遽かに人々の動揺する姿を見た。と、車内の灯は急に仄暗くなり、つづいて電車は停車してしまった。窓の覆いを下げるもの、立上って扉のところから外を覗くもの、急いで鉄兜を被るもの……彼はしーんとした空気のなかに、ぼんやり坐っていた。間もなく電車は動きだした。次の駅に着いたとき、彼の側にいる女が外をのぞいて、駅の名前を呼んだ。それからその女は駅に来るたびに、駅の名を呼んでいた。ふと、短かいサイレンの音が聴きとれた。灯は全く消された。

「あ、落している、落している」と誰かが窓の外を覗いて叫んでいた。サーチライトの交錯した灯が遠くに小さく見えた。今、彼は自分のすぐ外側に異常な世界が展がっているのを、はっきりと感じた。だが、何かが、それとぴったり結びつくものが、彼のなかから脱落しているようなのだ。彼はぼんやりと、まわりの乗客を眺めていた。これは彼と何のかかわりもない、もの哀しい歴史のなかの一情景のようにおもえて来る。もの哀しい盲目の群のように、電車の終点駅で、人々は暗闇のなかの階段を黙々と昇って行った。だが、そうした人々の群のなかを歩いていると、彼にも淡い親しみと憐憫が湧いてくるようなのだった。道路の方では半鐘が鳴り「逃避」と叫んでいる声がした。線路の方には朧な闇のなかを赤いシグナルをつけた電車がのろのろと動いていた。

そうした哀しい風景は、過ぎ去れば、忽ち小さな点のようになって彼の内部から遠ざかって行った。彼はひっそりとした家のうちに坐って、ひっそりとした時間と向きあっていた。どうかすると、彼はまだここでは何ものも喪失していないのではないかと思われた。追憶というよりも、もっと、まざまざとしたものがその部屋には満ちていた。それから、もっと遠いところから、風のようなもののそよぎを感じた。そこには追憶が少しずつ揺れているようだった。世界は研ぎ澄まされて、甘美に揺れ動くのだろうか。静かな慰藉に似たものがかすかに訪れて来たようだった。……だが、そうした時間も、たちまちサイレンの音で截ち切られていた。庭の防空壕の中に蹲っていると、夜の闇は冷え冷えと独り悶えているようだった。太古の闇のなかで脅える原始人の感覚が彼には分るような気がした。

だが、ある夜、壕を出て部屋に戻って来た義母は、膝の泥を払いながら、

「あ、こんな暮しはもう早く打切りましょう。私は郷里へ帰りたくなった」と切実な声で呟いた。すると彼にはすべてがすぐに諒解できるようだった。一つの時期が来たのだった。病妻の看護のために彼の家に来ていてくれた義母は、今はもう娘のためにするだけのことは為し了えていたのだ。年老いた義母には郷里に身を落着ける家があるのだ。急に彼もこの家を畳んで、広島の兄のところへ寄寓することを思いついた。すると彼には空白のなかに残されている枯木の姿が眼に甦って来た。それは先日、野菜買出しのため大学病院の裏側の路を歩いていた時のことだった。去年、彼の妻がその病院に入院していたこともあり、感慨の多い路だった。薄曇りの空には微熱にうるむ瞳がぼんやりと感じられた。と、コンクリートの塀に添う並木の姿が彼の眼にカチリと触れた。同じ位の丈の並木はことごとく枯枝を空白に差し伸べ冷え冷えと続いているのだ。それを視ていると、たちまち悲しみが彼の顔を撫でまくるような気持がした。が、もっと深い胸の奥の方では静かに温かいものがまだ彼を支えているようにもおもえた。

「もう広島へ行ったら苦役に服するつもりなのです」と、彼は東京からやって来た義弟に笑い

ながら話した。彼は郷里の街が今、頭上に迫って来る破滅から免れるだろうとは想像しなかった。そこへ行けば、更らにもっと、きびしい鞭や苛酷な運命が待ち構えているかもしれない。だが、殆ど受刑者のような気持で、これからは生きているばかりなのだろうと思った。……ある日、彼は国道の方から路を曲って、自分の家の見えるところを眺めた。叢の空地のむこうに小さな松並木があって、そこに四五軒の家が並んでいる。あの一軒の家のなかには、今もまだ病妻の寝床があって、そして絶えず彼の弱々しい生存を励まし支えていてくれるような気がするのだった。

引越の荷は少しずつ纏められていた。ある午后、彼は銀座の教文館の前で友人を待っていた。眼の前を通過する人の群は破滅の前の魔の影につつまれてフィルムのように流れて行く。彼にとって、この地上の営みが今では殆ど何のかかわりもないのと同じように、人々の一人一人もみな堪えがたい生の重荷を背負わされて、破滅のなかに追いつめられてゆくのだろうか。暗い悲しい堪えがたいものは、一人一人の歩みのなかに見えかくれしているようだった。と不意に彼の眼の前に友人が現れていた。社用で九州へ旅行することになった友は、新しい編上靴をはいていて、生活の意慾にもえている顔つきなのだ。だが、郷里へ引あげてしまえば彼はもう二度とこの友とも逢えないかもしれないのだった。

「何だ、しっかりしろ、君の顔まるで幽霊のようだぜ」

友は彼の肩を小衝いて笑った。と、彼も力なく笑いかえした。彼は遠いところに、ひそかな祈りを感じながら、透明な一つの骨壺を抱えているような気持で、青ざめた空気のなかに立どまっていた。

心願の国

〈一九五一年　武蔵野市〉

夜あけ近く、僕は寝床のなかで小鳥の啼声をきいている。あれは今、この部屋の屋根の上で、僕にむかって啼いているのだ。含み声の優しい鋭い抑揚は美しい予感にふるえているのだ。小鳥たちは時間のなかでも最も微妙な時間を感じとり、それを無邪気に合図しあっているのだろうか。僕は寝床のなかで、くすりと笑う。今にも僕はあの小鳥たちの言葉がわかりそうなのだ。そうだ、もう少しで、もう少しで僕にはあれがわかるかもしれない。……僕がこんど小鳥に生れかわって、小鳥たちの国へ訪ねて行ったとしたら、僕は小鳥たちから、どんな風に迎えられるのだろうか。その時も、僕は幼稚園にはじめて連れて行かれた内気な子供のように、隅っこで指を噛んでいるのだろうか。それとも、世に拗ねた詩人の憂鬱な眼ざしで、あたりをじっと見まわそうとするのだろうか。だが、駄目なんだ。そんなことをしようたって、僕はもう小鳥に生れかわっている。ふと僕は湖水のほとりの森の径で、今は小鳥になっている僕の親しかった者たちと大勢出あう。

「おや、あなたも……」

「あ、君もいたのだね」

寝床のなかで、何かに魅せられたように、僕はこの世ならぬものを考え耽けっている。僕に親しかったものは、僕から亡び去ることはあるまい。死が僕を攫って行く瞬間まで、僕は小鳥のように素直に生きていたいのだが……。

今でも、僕の存在はこなごなに粉砕され、はてしらぬところへ押流されているのだろうか。僕がこの下宿へ移ってからもう一年になるのだが、人間の孤絶感も僕にとっては殆ど底をついてしまったのではないか。僕にはもうこの世で、とりすがれる一つかみの藁屑もない。だから、僕には僕の上にさりげなく覆いかぶさる夜空の星々や、僕とはなれて地上に立っている樹木の姿が、だんだん僕の位置と接近して、やがて僕と入替ってしまいそうなのだ。どんなに僕が今、零落した男であろうと、どんなに僕の核心が冷えきっていようと、あの星々や樹木たちは、もっと、はてしらぬものを湛えて、毅然としているではないか。……僕は自分の星を見つけてしまった。ある夜、吉祥寺駅から下宿までの暗い路上で、ふと頭上の星空を振仰いだとたん、無数の星のなかから、たった一つだけ僕の眼に沁み、僕にむかって頷いていてくれる星があったのだ。それはどういう意味なのだろうか。だが、僕には意味を考える前に大きな感動が僕の眼を熱くしてしまったのだ。

孤絶は空気のなかに溶け込んでしまっているようだ。眼のなかに塵が入って睫毛に涙がたまっていたお前……。指にたった、ささくれを針のさきで、ほぐしてくれた母……。些細な、あまりにも些細な出来事が、誰もいない時期になって、ぽっかりと僕のなかに浮上ってくる。……僕はある朝、歯の夢をみていた。夢のなかで、死んだお前が現れて来た。

「どこが痛いの」

と、お前は指さきで無造作に僕の歯をくるりと撫でた。その指の感触で目がさめ、僕の歯の痛みはとれていたのだ。

うとうとと睡りかかった僕の頭が、一瞬電撃を受けて、ジーンと爆発する。がくんと全身が痙攣した後、後は何ごともない静けさなのだ。僕は眼をみひらいて自分の感覚をしらべてみる。どこにも異状はなさそうなのだ。それだのに、さっき、さきほどはどうして、僕の意志を無視して僕を爆発させたのだろうか。あれはどこから来る。あれはどこから来るのだ？　だが、僕にはよくわからない。……僕のこの世でなしとげなかった無数のものが、僕のなかに鬱積して爆発するのだろうか。それとも、あの原爆の朝の一瞬の記憶が、今になって僕に飛びかかってくるのだろうか。僕にはよくわからない。僕は広島の惨劇のなかでは、精神に何の異状もなかったとおもう。だが、あの時の衝撃が、僕や僕と同じ被害者たちを、いつかは発狂させようと、つねにどこかから覘っているのであろうか。

ふと僕はねむれない寝床で、地球を想像する。夜の冷たさはぞくぞくと僕の寝床に侵入してくる。僕の身躰、僕の存在、僕の核心、どうして僕は今こんなに冷えきっているのか。僕は僕を生存させている地球に呼びかけてみる。すると地球の姿がぼんやりと僕のなかに浮かぶ。哀れな地球、冷えきった大地よ。だが、それは僕のまだ知らない何億万年後の地球らしい。僕の眼の前には再び仄暗い一塊りの別の地球が浮んでくる。その円球の内側の中核には真赤な火の塊りがとろとろと渦巻いている。あの鎔鉱炉のなかには何が存在するのだろうか。まだ発見されない物質、まだ発想されたことのない神秘、そんなものが混っているのかもしれない。そして、それらが一斉に地表に噴きだすとき、この世は一たいどうなるのだろうか。人々はみな地下の宝庫を夢みているのだろう、破滅か、救済か、何とも知れない未来にむかって……。

だが、人々の一人一人の心の底に静かな泉が鳴りひびいて、人間の存在の一つ一つが何ものによっても粉砕されない時が、そんな調和がいつかは地上に訪れてくるのを、僕は随分昔から夢みていたような気がする。

ここは僕のよく通る踏切なのだが、僕はよくここで遮断機が下りて、しばらく待たされるのだ。電車は西荻窪の方から現れたり、吉祥寺駅の方からやって来る。電車が近づいて来るにしたがって、ここの軌道は上下にはっきりと揺れ動いているのだ。しかし、電車はガーッと全速力でここを通り越す。僕はあの速度に何か胸のすくような気持がするのだ。全速力でこの人生を横切ってゆける人を僕は羨んでいるのかもしれない。だが、僕の眼には、もっと悄然とこの線路に眼をとめている人たちの姿が浮んでくる。人の世の生活に破れて、あがいてももがいても、もうどうにもならない場に突落されている人の影が、いつもこの線路のほとりを彷徨っているようにおもえるのだ。だが、そういうことを思い耽けりながら、この踏切で立ちどまっている僕は、……僕の影もいつとはなしにこの線路のまわりを彷徨っているのではないか。

僕は日没前の街道をゆっくり歩いていたことがある。ふと青空がふしぎに澄み亘って、一ところ貝殻のような青い光を放っている部分があった。僕の眼がわざと、そこを撰んでつかみとったのだろうか。しかし、僕の眼は、その青い光がすっきりと立ならぶ落葉樹の上にふりそそいでいるのを知った。木々はすらりとした姿勢で、今しずかに何ごとかが行われているらしかった。僕の眼が一本のすっきりした木の梢にとまったとき、大きな褐色の枯葉が枝を離れた。枝を離れた朽葉は幹に添ってまっすぐ滑り墜ちて行った。そして根元の地面の朽葉の上に重なりあった。それは殆ど何ものにも喩《たと》えようのない微妙な速度だった。梢から地面までの距離のなかで、あの一枚の枯葉は恐らくこの地上のすべてを見さだめていたにちがいない。……いつごろから僕は、地上の眺めの見おさめを考えているのだろう。ある日も僕は一年前僕が住んでいた神田の方へ出掛けて行く。すると見憶えのある書店街の雑沓が僕の前に展がる。僕はそのなかをくぐり抜けて、何か自分の影を探しているのではないか。とあるコンクリートの塀に枯木と枯木の影が淡く溶けあっているのが、僕の眼に映る。あんな淡い、ひっそりとした、おどろきばかりが、僕の眼をおどろかしているのだろうか。

部屋にじっとしていると凍てついてしまいそうなので、外に出かけて行った。昨日降った雪がまだそのまま残っていて、あたりはすっかり見違えるようなのだ。雪の上を歩いているうちに、僕はだんだん心に弾みがついて、身裡が温まってくる。冷んやりとした空気が快く肺に沁みる。(そうだ、あの広島の廃墟の上にはじめて雪が降った日も、僕はこんな風な空気を胸一杯すって心がわくわくしていたものだ。)僕は雪の讃歌をまだ書いていないのに気づいた。スイスの高原の雪のなかを心呆けて、どこまでもどこまでも行けたら、どんなにいいだろう。凍死の美しい幻想が僕をしめつける。僕は喫茶店に入って、煙草を吸いながら、ぼんやりしている。バッハの音楽が隅から流れ、ガラス戸棚のなかにデコレイションケーキが瞬いている。僕がこの世にいなくなっても、僕のような気質の青年がやはり、こんな風にこんな時刻に、ぼんやりと、この世の片隅に坐っていることだろう。僕は喫茶店を出て、また雪の路を歩いて行く。あまり人通りのない路だ。向から跛の青年がとぼとぼと歩いてくる。僕はどうして彼がわざわざこんな雪の日に出歩いているのか、それがじかにわかるようだ。(しっかりやって下さい)すれちがいざま僕は心のなかで相手にむかって呼びかけている。

我々の心を痛め、我々の咽喉を締めつける一切の悲惨を見せつけられているにもかかわらず、我々は、自らを高めようとする抑圧することのできない本能を持っている。(パスカル)

まだ僕が六つばかりの子供だった、夏の午後のことだ。家の土蔵の石段のところで、僕はひとり遊んでいた。石段の左手には、濃く繁った桜の樹にギラギラと陽の光がもつれていた。陽の光は石段のすぐ側にある山吹の葉にも洩れていた。が、僕の屈んでいる石段の上には、爽やかな空気が流れているのだった。何か僕はうっとりとした気分で、花崗石の上の砂をいじくっていた。ふと僕の掌の近くに一匹の蟻が忙しそうに這って来た。僕は何気なく、それを指で圧えつけた。と、蟻はもう動かなくなっていた。暫くすると、また一匹、蟻がやって来た。僕はまたそれを指で捻り潰していた。蟻はつぎつぎに僕のところへやって来るし、僕はつぎつぎにそれを潰した。だんだん僕の頭の芯は火照り、無我夢中の時間が過ぎて行った。僕は自分が何をしているのか、その時はまるで分らなかった。が、日が暮れて、あたりが薄暗くなってから、急に僕は不思議な幻覚のなかに突落されていた。僕は家のうちにいた。が、僕は自分がどこにいるのか、わからなくなった。ぐるぐると真赤な炎の河が流れ去った。すると、僕のまだ見たこともない奇怪な生きものたちが、薄闇のなかで僕の方を眺め、ひそひそと静かに怨《えん》じていた。（あの朧気な地獄絵は、僕がその後、もう一度はっきりと肉眼で見せつけられた広島の地獄の前触れだったのだろうか。）

僕は一人の薄弱で敏感すぎる比類のない子供を書いてみたかった。一ふきの風でへし折られてしまう細い神経のなかには、かえって、みごとな宇宙が潜んでいそうにおもえる。

心のなかで、ほんとうに微笑めることが、一つぐらいはあるのだろうか。やはり、あの少女に対する、ささやかな抒情詩だけが僕を慰めてくれるのかもしれない。U……とはじめて知りあった一昨年の真夏、僕はこの世ならぬ心のわななきをおぼえたのだ。それはもう僕にとって、地上の別離が近づいていること、急に晩年が頭上にすべり落ちてくる予感だった。いつも僕は全く清らかな気持で、その美しい少女を懐しむことができた。いつも僕はその少女と別れぎわに、雨の中の美しい虹を感じた。それから心のなかで指を組み、ひそかに彼女の幸福を祈ったものだ。

また、暖かいものや、冷たいものの交錯がしきりに感じられて、近づいて来る「春」のきざしが僕を茫然とさせてしまう。この弾みのある、軽い、やさしい、たくみな、天使たちの誘惑には手もなく僕は負けてしまいそうなのだ。花々が一せいに咲き、鳥が歌いだす、眩しい祭典の予感は、一すじの陽の光のなかにも溢れている。すると、なにかそわそわして、じっとしていられないものが、心のなかでゆらぎだす。滅んだふるさとの街の花祭が僕の眼に見えてくる。死んだ母や姉たちの晴着姿がふと僕のなかに浮かぶ。それが今ではまるで娘たちか何かのように可憐な姿におもえてくるのだ。詩や絵や音楽で讃えられている「春」の姿が僕に囁きかけ、僕をくらくらさす。だが、僕はやはり冷んやりしていて、少し悲しいのだ。

あの頃、お前は寝床で訪れてくる「春」の予感にうちふるえていたのにちがいない。死の近づいて来たお前には、すべてが透視され、天の灝気《こうき》はすぐ身近かにあったのではないか。あの頃、お前が病床で夢みていたものは何なのだろうか。

僕は今しきりに夢みる、真昼の麦畑から飛びたって、青く焦げる大空に舞いのぼる雲雀の姿を……。（あれは死んだお前だろうか、それとも僕のイメージだろうか）雲雀は高く高く一直線に全速力で無限に高く高く進んでゆく。そして今はもう昇ってゆくのでも墜ちてゆくのでもない。ただ生命の燃焼がパッと光を放ち、既に生物の限界を脱して、雲雀は一つの流星となっているのだ。（あれは僕ではない。だが、僕の心願の姿にちがいない。一つの生涯がみごとに燃焼し、すべての刹那が美しく充実していたなら……。）

原爆以後

小さな村

夕暮

青田の上の広い空が次第に光を喪っていた。村の入口らしいところで道は三つに岐れ、水の音がしているようであった。私たちを乗せた荷馬車は軒とすれすれに一すじの路へ這入《はい》って行った。アイスキャンデーの看板が目についた。溝を走るたっぷりした水があった。家並は杜切《とぎ》れてはまた続いていった。国民学校の門が見え、それから村役場の小さな建物があった。田のなかを貫いて一すじ続いているらしいこの道は、どこまでつづくのだろうかとおもわれた。荷馬車はのろのろと進んだ。家並が密になってくると、時々、軒下から荷馬車の方を振返って、驚愕している顔があった。路傍で遊んでいる子供も声をあげて走り寄るのであった。

微かにモーターの響のしている或る軒さきに、その荷馬車が停められた時、あたりはもう薄暗かった。みんなはひどく疲れていた。立って歩けるのは、妹と私ぐらいであった。私はその製粉所に這入って行くと、深井氏に声をかけた。表に出て来た深井氏は吃驚して、それから、すぐにまた奥に引込んだ。いま、荷馬車の上の負傷者をとり囲んで、村の女房たちがてんでに私たちに話しかけた。けれども私は、薄闇のなかに誰が何を云ってくれているのやら、気忙しくてわからないのであった。深井氏はせっせと世話を焼いてくれた。兼ねて、その製粉所から三軒目の家を、次兄が借りる約束にはなっていたのだが、こうして突然、罹災者の姿となって越して来ようとは、誰も思いがけぬことであった。

やがて、私たちは、ともかく農家の離れの畳の上に、膝を伸した。次兄の一家族と、妹と私と、二昼夜の野宿のあげく、漸《ようや》く辿《たど》りついた場所であった。とっぷりと日は暮れて、縁側のすぐ向の田を、風が重苦しくうごいていた。

一老人

背の低いわりに顔は大きい、額は剝《は》げあがっているが、鬢の方には白髪と艶々した髪がまじっている、それから、何より眼だが、そのくるりとした眼球は、とてもいま睡むたそうで、まだ昼寝の夢に浸っているようだし、ゆるんだ唇にはキセルがあった。……一瞬、あたりの空気がずりさがって、こちらまで何だか麻酔にかかりそうであった。が、そのぼんやりした眼が漸くこちらに気づいたようであった。すると、その男の顔には何ともいえぬもの珍しげな表情がうかび、唇がニヤニヤと笑いだした。

「どうしたのだ、黙ってつっ立っていたのでは分らないよ」

さきほどから、そこの窓口に紙片を差出して転入のことを依頼している私は、ちょっと度胆を抜かれた。

「これお願いしたいのですが、そうお願いしているのですが」
しばらくすると、その男は黙って、その紙片を机上に展げた。それから、帳面に何か記入したり、判を押したりしだした。反古のような紙に禿《ち》びたペンで奇妙な文字を記入し、太い指さきで算盤を弾いては乱暴な数字を書込んでいる。じっと窓口でそれを視入っている私は、何だかあれで大丈夫なのかしらと、ひどく不安になるのであった。だが、とにかく、こうして転入の手続は済んだ。受取った米穀通帳その他は、その日から村で通用するようになった。

私をおどろかしたその老人は、村の入口の小川の曲り角とか、畑道で、ひょっくり出逢うことがあった。いつも鍬《くわ》を肩にしてぶらぶらと歩いている容子は――畑に釣をしに行くような風格があった。

その後、この村から私が転出する際も、私はまたその老人の手を煩わした。老人は滅多に役場に姿を現さず主に畑を耕しているのだったが、その日、村道の中ほどを悠然と歩いている老人の姿を見つけると、私はやにわに追い縋《すが》って、転出のことを頼んだ。村役場の机で、老人は転出証明を書いてくれた。「東京への転出はどうもむつかしいということだがな……」と老人は首を捻《ひね》りながら、とにかくそれを書いてくれたのである。

火葬

「何とも御愁傷のことと存じます」そこの座敷へ上り誰に対して云うともなしに発した、この紋切型の言葉が、ぐいと私の胸にはねかえって来て、私は悲しみのなかに滅《め》り込んで行きそうになった。これはいけない、と私はすぐに傍観者の気持に立還ろうとした。広島で遭難してから五日目に、その男は死んでしまった。この村へ移って四日目に、私はその葬式に加わっているのだった。

今あたりを見廻すと、村の人々は、それほどこの不幸に心打たれているようにはおもえなかった。みんながいま頻《しき》りに気にしていることは、空襲警報中なので出発の時刻が遅れることであった。榊や御幣のようなものが、既にだいぶ前からそこの縁側に置いてあった。しばらくすると、警報が解かれた。すると、人々は吻《ほっ》としたように早速それらを手に手に取って、男たちは路ばたに並んだ。棺は太い竹竿に通されて、二人の年寄に担がれた。それが先頭を揺れながら進んだ。村道を突切り、田の小径を渡り、山路にさしかかると、棺を担う竹がギシギシと音をたてた。火葬場は山の中腹にあった。いま、ここまで従いて来る男たちに私が気づくと、それはみんな年寄ばかりなのだった。

なかの二三人が棺を焼場の中に据え、その下に丸太を並べ、藁《わら》を敷いて点火した。火は鉄の扉の向で燃えて行った。

「それではあとはよろしくお願いします」と、棺を担いで来た老人と若い未亡人がさきに帰って行った。人々は松の木蔭の涼しいところに腰を下ろして、暫《しばら》く火の燃え具合を眺めているのであった。鉄の扉からは今も熾《さか》んに煙が洩れた。

「ほら、まるで鯔《ぼら》を焼くのと同じことだ。脂がプスプスいっている」と誰かが気軽な調子で云った。すると、一人が扉のところへ近づいて更に薪を継ぎ足した。暫くみんなは莨《タバコ》を喫いながら、てんでに勝手なことを喋り合っていた。

「よく燃えている。この調子なら、夜はお骨拾いに行けるでしょう」と一人の年寄は満足そうに呟《つぶや》いた。「では、そろそろ引あげましょうか」と誰かがいうと、みんなは早速腰を上げた。淡々として、人々は事を運び、いくぶん浮々した調子すら混っている。広島の惨劇がまだ目さきにちらつく私には、これは多少意外な光景であった。だが、こうした不幸を扱うに、今はこうした軽い調子によるよりほかないのかもしれない。すたすたと、坂路を降って行く年寄たちは、頻りにふり仰いでは頭上を指さす。見ると、松の枝のあちこちに小さな竹筒が括《くく》り附けてあるのであった。一人の年寄は態《わざ》と立留まって、まるでそれをはじめて眺めるように、「ははあ、なるほど、松根油か。松根油が出るから日本は勝つそうな」と、からからとわらいだした。この村の人々が松根油でさんざ苦しめられているらしいことを、ふと私はさとるのであった。

農会

はじめて米穀通帳を持って、その農会へ行った時、そこの土間の棚にレモンシロップや麦藁帽子、釦《ボタン》などが並べてあるのを私はじろじろと眺めた。「あれは売ってもらえるのですか」と女事務員に訊《たず》ねると頷《うなず》く。そこで、私は水浸しになってカチカチに乾きついた財布からパサパサになっている紙幣をとり出し、毛筆とシロップを求めた。「あそこではこんなもの売ってくれるよ」と私はめずらしさのあまり妹に告げると、妹も早速出掛け、シロップや釦を買ってもどる。「ほんとうに、お金を出せばものが買えるなんて、まるで夢のようだ」と妹も妙に興奮してくるのであった。

だが、その後、お金を出してものが買えるのは既に珍しくない世の中がやって来た。その頃になると、この村にも、復員青年の姿がぽつぽつ現れた。農会の女事務員は、村の老婆にしつこく年齢を訊ねられていた。

「気だてさえよければ伜《せがれ》の嫁にしたいのだが」老婆はむきつけてそんなことを娘に打明けるのだった。Agricultural Society いつのまにか農会の入口にはこんな木札が掲げられていた。

玩具の配給

爺さんは牛を牽《ひ》いて夜遅く家に帰る途中だった。後からやって来た朝鮮人が頻りに頼むので、その荷物を牛の背に乗せてやったかとおもうと、すぐ側の叢《くさむら》で「万歳！　万歳！」と叫ぶ声がした。見ると薄らあかりのなかに軍刀を閃めかしながら人影が立上った。「万歳！　万歳！」と猶も連呼しながら、影はよろよろとこちらへ近づいてくる。その時、朝鮮人は荷を持って素速く逃げ去ったが、牛を連れている爺さんは戸惑うばかりであった。「こらえて下さいや。なんにもわしはわるいことしたおぼえはないのです」爺さんは哀願した。だが、朦朧とした眼つきの男は、振りあげた軍刀で牛の尻にぴたと敲《たた》きつけると、つづいて爺さんの肘《ひじ》のところを払った。そして、それきり相手の将校は黙々と立去ったのである。――八月十五日の晩の出来事で、軍刀の裏側でやられた肘の疵《きず》を撫でながら、爺さんは翌朝おそろしそうにこの話をした。

そんなことがあってから五六日目のことだが、爺さんは牛を牽いて、朝早くから玩具を取りに出掛けて行った。牛の背に積んで戻る程、たんと玩具がやって来るのかしら、と私は少しおかしくおもった。すると、お餉《ひる》ごろ爺さんは村へ帰って来た。それから暫くして、玩具の配給があるから取りに来いというのだった。よろこんで出掛けて行った甥はすぐにひきかえして来た。

「風呂敷がいる、風呂敷がいるんだよ」

甥はひどく浮々してまた出掛けて行った。やがて持って戻った風呂敷包は、すぐ畳の上にひろげられた。笛がある。カチカチと鳴る奇妙な木片がある。竹のシャベル。女優のプロマイド。紙の将棋。木の車。どれも、これも、おそろしく粗末なものだが、宣撫用として、久しく軍の倉庫に匿されていたものなのだろう。こんなもの呉れるより、米の一升でもくれたらいいのに、と大人たちはあまり喜ばないのであったが、子供らはてんでに畳の上のものに気を奪われた。

日が暮れて、私は二階に昇って行った。すると、田の方で笛の音がするのだ。それも、一つばかりではない。短かい、単調な、笛の音は、あっちの家からも、こちらの小屋からも、今しきりにもの珍しげに鳴りひびくのであった。そういえば、堤の方にも、山の麓にも、灯がキラキラと懐しげに瞬いている。私の心も少し潤うようであった。罹災以来ひどく兇暴な眼ざしになっていた、小さな姪の眼の色が、漸くやわらぎを帯びて来たのは、それから二三日後のことである。

罹災者

軍から引渡された品が隣組長の処で配給されることになった。受取りに行った私は、そこの閾で、二三時間待たされた。蚊取線香、靴篦《くつべら》、歯ブラシ、征露丸、梅肉エキス、蚤とり粉、毛筆、紙挟み、殆ど使用に堪えそうもない安全剃刀、パイプなど畳一杯に展げられていたが、ゲートル、帽子、雑嚢などになると、一層奇妙なものが多かった。

その、腹巻とも、鉢巻ともつかぬ、紐の附いた白い布をとりあげて、「これは、犢鼻褌《ふんどし》にしたらいいわな」と側にいる親爺が私に話しかけた。私が曖昧に頷くと、それからは相手は得意になって、頻りに愚にもつかぬことを喋りだすのであった。が、どうも、その弛んだ貌《かお》つきと捨鉢な口調とは不可解なものを含んでいた。

その後、私はその親爺とは時折路上で出喰わすようになった。いつも狎れ狎れしく話しかけるし、ひどく出鱈目な身なりや、阿房めいた調子は――こちらまで魯鈍の伴侶にされそうであった。「芋を供出せえというお触れが出たが、わしんところには畑はない。それだから他所で買うて芋をおかみへ供出せねやならんことになるわい」そういって、ハハと力なく笑うのであった。私は彼が罹災者で、大阪から流れ込んで来たことをもう知っていた。

隣の家で誰か祈禱師がやって来て、頻りに怕いような声をあげていた。その家の娘を揉み療法で祈り治すらしいのだが、ふと、その文句に耳を傾けてみると、ギャテイ　ギャテイ　ハラギャテイとか、チョウネンカンゼオン、ボネンカンゼオンとか、いろんな文句が綴り合わされているのであった。しかし、文句より声の方が凄さまじかった。——ところが、その祈禱師が、あの大阪の罹災親爺だとは、私は久しく気づかなかった。

祈禱師、田口の親爺さんは、縁側に腰を下ろして、私の次兄に話しかけていた。「簞笥を売ろうという人があるんだが、あんた買う気はないかね。何でも買うなら今のうちだよ。黒柿の素敵な簞笥じゃ。うんにゃ、楓の木じゃったかな」と、彼は相変らず阿房めいた調子を混じえながら、巧みに話をもちかけてゆくのであった。

脅迫

私はひどい下痢に悩まされながら、二階でひとり寝転んでいた。すると、階下の縁側のところに誰だか近寄って来る足音がした。

「今晩は、今晩は、森さんはここですかいの」その声ははじめから何か怨みを含んでいるらしい調子であったが、どうしたわけか、嫂が返事をするのが、少し暇どっていた。「森さん、森さん」と、相手の声はもう棘々《いらいら》していたが、やがて嫂が応対に出たらしい気配がすると、「なして、あんたのところは当番に出なかったのですか」と、いきなり嚇と浴せかけるのであった。

国民学校の校舎が重傷者の収容所に充てられ、部落から毎日二名宛看護に出ることになっていた。が、嫂はいま、死にそうになっている息子の看病に附ききりだったし、次兄も火傷でまだ動けない躰だし、妹はその頃、広島へ行っていた。……何か弁解している嫂の声はききとれなかったが、激昂している相手の声は、あたり一杯に響き亘った。

「ええッ！　義務をはたさない家には配給ものもあげやせんからの」

と、とうとう今はそんなことまで呶鳴り散らしている。その声から想像するに、相手はかなりの年配の男らしかったが、おのれの声に逆上しながら、ものに脅えているような、パセチックなところもあった。それは、抑制を失った子供の調子であった。やがて、その声もだんだん低くなり、まだ何か呟いているらしかったが、それもぴったり歇《や》んでしまった。遠ざかってゆく足音をききながら、私はその人柄を頭に描き、何となくおかしかった。

だが、この事件は、決して笑いごとではすまなかった。それでなくても、罹災者の弱味をもつ私たちは、その後は戦々兢々として、村人の顔色を窺《うかが》わねばならなかった。

嫂は路傍で、村人の会話の断片を洩れ聴きして戻って来た。

「そうすると、広島の奴等はやがてみんな飢え死にか」

「飢え死にするだろうてえ」

その調子は、街の人間どもが、更に悲惨な目に陥ることを密かに願っているようだった、と嫂は脅えるのであった。

「上着のお礼に芋をやると約束しておきながら、とるものばかりさきにとっておいて、くれた品はたったこれだけ」と、妹もこの辺の百姓のやりかたに驚くのであった。

私も、その村の人々をそれとなく観察し、できるだけ理解しようとはした。だが、私がその村に居たのは半歳あまりだったし、農民との接触も殆どなかったので、街で育った私には、何一つ摑《つか》むところがなかった。もともと、この村は、海岸の町へ出るに一里半、広島から隔たること五里あまり、言語も、習慣も、私たちとそう懸隔《かけはな》れている訳ではなかったが、それでいてこの村の魂を読みとることは、トルストイの描いた農民を理解することよりも困難ではないかと思われた。

厠《かわや》の窓から覗くと、鶏小屋の脇の壁のところに陣どって、せっせと藁をしごいている男がいた。雨の日でも同じ場所で同じ手仕事をつづけていたが、その俯《うつむ》き加減の面長な顔には、黒い立派な口鬚もあり、ちょっと、トーマスマンに似ていた。概して、この村の男たちの顔は悧巧そうであった。それは労働によって引緊まり、己れの狭い領域を護りとおしてゆく顔だった。若い女たちのなかには、ちょっと、人を恍惚とさすような顔があった。その澄んだ瞳やふっくらした頰ぺたは、殆どこの世の汚れを知らぬもののようにおもわれた。よく発育した腕で、彼女たちはらくらくと猫車を押して行くのであった。だが、年寄った女は、唇が出張って、ズキズキした顔が多かった。

ある日、役場の空地で、油の配給が行われていた。どこに埋めてあったのか、軍のドラム缶が今いくつもここに姿を現していたが、役場の若い男が二人、せっせと秤《はかり》で測っては罎《びん》に注いだ。各班から罎を持って集って来る女たちは、つぎつぎに入替ったが、私のところの班だけは組長の手違いのため一番最後まで残された。

その秤で測っては壜に注ぐ単調な動作をぼんやり眺めていると、私はいい加減疲れてしまった。だが、女たちはよほど嬉しいのだろう、「肩が凝るでしょうね、揉んであげよう」と、おかみさんは油を注いでくれる青年の肩に手をかけたりした。

ふと、役場の窓のところに、村長の顔が現れた。すると、みんなは一寸お辞儀するのであったが、その温厚そうな、開襟シャツの村長は、煙草を燻《くゆ》らしながら、悠然と一同を瞰下《みお》ろしていた。

「油をあげるのだから、この次には働いてもらわねばいかんよ。もらうものの時だけ元気よく出て来て、働くときには知らん顔では困るからね」と、ねっとりした、しかし、軽い口調で話しかけるのであった。

舌切雀

ある朝、私は二階の障子を繕っていた。ひっそりと雨が降りつづいて、山の上の空は真白だったが、稲の穂はふさふさと揺れていた。たった四五枚の障子を修繕しただけで、私はもう精魂尽きるほど、ぐったりした。朝たべた二杯の淡いお粥は、既に胃の腑になかったし、餉までにはまだ二三時間あった。ふと、私の眼は、鍋に残っている糊に注がれていた。（これはメリケン粉だな。それなら食べられる）はじめ指先で少し摘んで試みると、次にはもう瞬くうちにそれを平らげているのだった。（舌切雀、舌切雀）と私は口の糊を拭いながら、ひとり苦笑した。

秋雨があがると暑い日がもり返して来た。村では、道路を修繕するため、戸毎に勤労奉仕が課せられた。私がふらふらの足どりで、国民学校の校庭に出掛けて行くと、帳面を手にした男がすぐ名前をそれに控え、「あんたは車の方をやってくれ」と云う。「病気あがりなのですから、なるべく楽な方へ廻して下さい」と私は嘆願した。漸く土砂掘りの方へ私は廻された。校庭の後に屹立している崖を、シャベルで切り崩して行くのであったが、飢えている私には、嚇と明るい陽光だけでも滅入るおもいだった。土砂はいくらでも出て来るし、村人は根気よく働いた。その土砂を車に積んで外へ運んで行く連中も、みんな、いきいきしていたし、涼しそうな眼なざしをした頬かむりの女もいた。

「お粥腹では力が出んなあ」

いつの間にか私の側には、大阪の罹災親爺が立っているのだった。

巨人

台風が去った朝は、稲の穂が風の去った方角に頭を傾むけ、向の低い山の空には、青い重そうな雲がたたずんでいた。

二階からほぼ眼の位置と同じところに眺められる、その山は、時によっていろんな表情を湛えた。その山の麓から展がる稲田と、すぐ手まえに見える村社と、稲田の左側を区切っている堤と、私の眼にうつる景色は凡そ限られていた。堤の向は川でその辺まで行くと、この渓流のながめは、ちょっと山の温泉へでも行ったような気持をいだかせるのだったが、ひだるい私は滅多に出歩かなかった。

ぼんやりと私はその低い山を眺めていた。真中が少し窪んでいるところから覗いている空は、それが、真青な時でも、白く曇っている時でも、何か巨人の口に似ているようにおもえだした。その巨きな口も、飢えているのだろうか。いつのまにか、飢えている私は、その山の上の口について、愚かな童話を描いていた。……あの巨人の口はなかなか御馳走をたべるのだ。朝は大きな太陽があそこから昇るし、夕方は夕方で、まるい月がやはりあそこから現れて来る。雲や星も、あの美食家の巨人の口に捧げられる。……だが、そうおもっても、やはり巨人の口も、何となく饑《ひも》じそうだった。

朽木橋

小春日の静かな流れには、水車も廻っていた。この辺まで来るのは、今日がはじめてであったが、嫂は私より先にとっとと歩いた。薪を頒けてくれるという家は、まだ、もっとさきの方らしかった。先日、雨のなかの畑路で、嫂が木片を拾い歩いていると、通りがかりの男が、薪なら少し位わけてやるよ、と言葉をかけてくれたのである。で、嫂は私を連れて、その家に薪を貰いに行くのであった。

崖の下に水が流れていて、一本の朽木が懸っている、その向に農家があった。嫂はその橋を渡って、農家の庭さきに廻り声をかけた。色の黒い男が早速、薪を四五把とり出してくれた。

「背負って行くといい。負いこを貸してやろうか」と、負いこを納屋から持って来てくれる。

そういうものを担うのは私は今日がはじめてであった。

「三把負えるのだが、あんたには無理かな」

「ええ、それに、あの橋のところが、どうも馴れないので、……あそこの橋のところだけ、一つ負って行ってもらえませんか」

さきほどから、私はそれがひどく心配でならなかったのだが、その男はこくりと頷き、二把の薪を背負うと、とっとと朽木橋を渡って行った。

路

私はあの一里半の路を罹災以来、何度ゆききしたことだろう。あの路の景色は、いまもまざまざと眼の前に浮かび、あそこを歩いた時のひだるい気持も、まだ消え失せてはいない。忍耐というものがあるとすれば、それが強いられるものでなく、自然に形づくられるものであるとすれば、ああした経験はたしかに役立つだろう。村から一里半ばかり小川に添って行くと、海岸に出たところにH町がある。そこには、長兄の仮寓があった。その家に行けば、ともかく何か喰べさせてもらえるのであった。

内臓が互に嚙みあうぐらい飢えていた私は、ひょろひょろの足どりで村の端まで出て来る。するとと、路は三つに岐れ、すぐ向に橋が見える。この辺まで来ると、私の足も漸く馴れ、視野も展がって来るのだが、そこから川に添って海の方まで出てゆく路が、実はほんとうに長かった。

恥かしいことながら、空腹のあまり私はとかく長兄の許《もと》へよく出掛けて行くのであった。だが、そこで腹を拵《こしら》えたとしても、帰りにはまた一里半の路が控えていた。ことに夜など、川に沿って戻る路が、――それは人生のように侘《わび》しかった。橋のところに見える灯を目あてに、いくら歩いて行っても、行っても、灯は彼方に遠ざかってゆくようにおもえることがあった。その橋のところまで辿りつくと、とにかく半分戻ったという気持がする。私はH町まで行って戻るたびに、膝の関節が棒のようになり、まともに坐ることが出来ないのであった。

雲

刈入れの済んだ後の田は黒々と横わっていたが、夜など遅くまで、その一角で火が燃やされていることもあったし、そこでは、絶えず忙しげに働いている人の姿を見かけるのであった。

私は二階の縁側に出て、レンズをたよりに太陽の光線で刻みタバコに火を点けようとしていた。雲の移動が頻りで、太陽は滅多に顔をあらわさない。いま、濃い雲の底から、太陽の輪郭が見えだしたかとおもうと、向の山の中腹に金色の日向がぽっと浮上ってくるのだが、こちらの縁さきの方はまだぼんやりと曇っている。やがて雲に洗われた太陽が、くっきりとこちらに光を放ちだしたと思うのも束の間で、すぐに後からひろがって来る雲で覆われてしまう。私は茫然として、レンズを持てあますのであった。が、そうした折、よく、ひょっくりと、H町の

長兄はここへ姿を現すのであった。彼は縁側に私と並んで腰を下ろすと、

「一体、どうするつもりなのか」と切りだす。

罹災以来、私と一緒に次兄の許で厄介になっていた妹は、既にその頃、他所へ立退いてしまったが、それと入れ替って、次兄の息子たちが、学童疎開から戻って来た。いつまでも私が、ここでぶらぶらしていることは、もう許されないのであった。だが、一たいどうしたらいいのか、私にはまるで雲を摑むような気持であった。

路

降りしきる雪が、山のかなたの空を黒く鎖《と》ざしていたが、海の方の空はほの明るかった。私はその雪に誘われてか、その雪に追いまくられてか、とにかく、またいつもの路まで来ていた。

年が明けても、飢えと寒さに変りはなく、たまたま読んだアンデルセンの童話も、凍死しかかる昆虫の話であった。どこかへ、私も脱出しなければ、もう死の足音が近づいて来るような気がした。広島の廃墟をうろつく餓死直前の乞食も眼に泌《し》みついていたが、先日この村をとぼとぼと夏シャツのまま歩いていた若い男の姿――その汚れた襯衣《シャツ》や黝《くろ》ずんだ皮膚は、まだ原子爆弾直後の異臭が泌み着いているかのようにおもえた。――も忘れられなかった。新聞に載った大臣の談話によると、この冬は一千万人の人間が餓死するというではないか。その一千万人のなかには、私もたしか這入っているに違いない。

私は降りしきる雪のなかを何か叫びながら歩いてゆくような気持だった。早くこの村を脱出しなければ……。だが、汽車はまだ制限されているし、東京都への転入は既に禁止となった。それに、この附近の駅では、夜毎、集団強盗が現れて貨物を攫《さら》って行くという、――いずこを向いても路は暗くとざされているのであった。

深井氏

深井氏はよく私に再婚をすすめていたが、いよいよ私が村を立去ることに決まると、「切角いい心あたりがあったのに」と残念がった。村を出発する日、私は深井氏のところで御馳走になった。

「去年の二月でしたかしら」

「一月です。ここへ移って来たのが三月で、恰度《ちょうど》もう一年になります」

深井氏はゆっくりと盃をおいた。去年の一月、彼は京城の店を畳んで、広島へ引上げたのだった。だが広島へ移ってみても、形勢あやうしと観てとった彼は、更にこの村へ引越したのである。これだけでも、千里眼のような的中率であったが、その上、ここで選んだ家業が製粉業であった。

「何といっても人の咽喉首を締めつけていらっしゃるのですから……」(厭な言葉だが)と、人はよく深井氏のことを評した。

「ええ、暢気な商売でしてね、機械の調子さえ聴いておれば、後は機械がやってくれます。それに村のおかみさん連中が、内証で持って来る小麦がありますし」と、深井氏はたのしそうに笑うのだった。だが、深井氏は決してのらくらしているのではなく、裏の畑をせっせと耕している姿がよく見受けられた。係累の多い彼は、いつもそのために奮闘しているらしかった。私もこの村では深井氏を唯一のたよりとし、何彼と御世話にばかりなっていた。どうやらこうやら命が繋げてゆけたのも、一つには深井氏のおかげであった。

路

うららかな陽光が一杯ふり灑《そそ》いでいた。私はその村はずれまで来ると、これでいよいよ、お別れだとおもいながらも、後を振返っては見なかった。向には橋が見え、H町へ出る小川がつづいている。私はその路を、その時とっとと歩いて行ったのだった。

東京へ移って来た私は、その後、たちまち多くの幻滅を味った。上京さえすれば、と一図《いちず》に思い込んでいたわけでもないが、私を待伏せていた都会は、やはり、飢えと業苦の修羅でしかなかった。

どうかすると、私は、まだあの路を歩いている時の気持が甦ってくる。春さきの峰にほんのりと雲がうつろい、若草の萌えている丘や畑や清流は、田園交響楽の序章を連想さすのだった。ここでゆっくり腰を下ろし、こまかに眼を停めて景色を眺めることができたらどんなにいいだろう。だが、私の眼は飢えによって荒《すさ》んでいたし、心は脱出のことにのみ奪われていた。

それに、あの惨劇の灼きつく想いが、すぐに風物のなかにも混って来る。

それから、あの川口へ近づくあたり、松が黒々と茂っていて、鉄道の踏切がある。そこへ来かかると、よく列車がやって来るのに出遭う。それは映画のなかに出て来る列車のようにダイナミックに感じられることがあった。いつの日にか、あの汽車に乗って、ここを立去ることができるのだろう——私は少年のようにわくわくしたものだ。

広島ゆきの電車は、その汽車の踏切から少し離れたR駅に停る。その駅では、切符切のにやけ男が、いつも「君の気持はよくわかる」と歌っていた。それが、私にはやりきれない気持を伝えた。足首のところを絞るようになっている軍のズボンを穿《は》いている男たちの恰好も、無性に厭だったが、急に濃厚な化粧をして無知の衣裳をひけらかしている女も私をぞっとさすのだった。

見捨ててしまえ！　こんな郷土は……

私はいつも私に叫んでいたものだ。

日々の糧に脅かされながら、今も私はほとほとあの田舎の路を憶い出すのだ。ひだるい足どりで歩いて歩いて行った路は、まだはるか私の行手にある。

氷花

三畳足らずの板敷の部屋で、どうかすると息も窒《ふさ》がりそうになるのであった。雨が降ると、隙間の多い硝子窓からしぶきが吹込むので、却《かえ》って落着かず、よく街を出歩いた。「僕をいれてくれる屋根はどこにもない、雨は容赦なく僕の眼にしみるのだ」——以前読んだ書物の言葉が今はそのまま彼の身についているのだった。有楽町駅のコンクリートの上に寝そべっている女を見かけたことがある。乳飲児を抱えて、筵《むしろ》も何もない処で臆びれもせず虚空な眸を見ひらいていた。それは少し前まで普通な暮しをしていたことの分る顔だった。そういう顔が何といっても一番いけなかった。朝、目が覚めると、彼の部屋の固い寝床は、そのまま放心状態で寝そべっているコンクリートになっている。はっとして彼は自分にむかって叫ぶのであった。「此処で死んではならない、今はまだ死んではならないぞ」だが、彼を支えている二階の薄い一枚の板張は今にも墜落しそうだったし、突然、木端微塵に飛散るものの幻影があった……。

家の焼跡に建てているバラックももう殆ど落成しそうだ——。

広島からそんな便りを受取ると、彼は一度郷里へ行ってみたくなった。今年の二月、彼は八幡村から広島の焼跡へ掘出しに行ったのだが、あの時の情景が思い出された。眼のとどく処には粗末な小屋が二つ三つあるばかりで焼跡の貌ばかりがほしいままに見渡せたが、彼は青い水を湛えている庭の池の底を覗きながら、まだ八月六日の朝の不思議な瞬間のことを思い耽っていた。だが、長兄はせっせと瓦礫を拾っては外に放りながら、大工たちを指図しているのだった。大工たちは焼残った庭樹を焚いて、そのまわりで弁当を食べた。すると、すぐ近くに見える山脈に嶮しい翳りが拡がって、粉雪がチラつきだした。彼が庭に埋めておいた木箱からは、黒い水に汚れた茶碗や皿が出て来た。それは彼が妻と死別れて、広島に戻る時まで旅先の家で使っていた品だった。が、そんなものは差当って何にもならなかったので、彼は姉のところへ預けに行った。

　川口町の焼残った破屋で最近夫と死別れた姉は、彼の顔を見るたびに、「どうするつもりなの、うかうかしている場合ではないよ」と云うのであった。この姉は、これから押寄せてくる恐ろしいものに脅えながら、突落された悲境のなかをどうにかこうにかくぐり抜けてゆく気組を見せていた。ところが、彼は罹災以来、八幡村で次兄の家に厄介になっていて、飢えに苛《さいな》まれ衰弱してゆく体を視つめながら、漠然と何かを待っていたのである。

　新シイ人間ガ生レツツアル　ソレヲ見ルノハ媮《タノ》シイ　早クヤッテキタマエ　と、東京の友は云って来た。汽車の制限がなくなるのを待っていると、間もなく六大都市転入禁止となった。

　新しい人間が見たいという熱望は彼にもあった。彼があの原子爆弾で受けた感動は、人間に対する新しい憐憫と興味といっていい位だった。急に貪婪《どんらん》の眼が開かれ、彼は廃墟のなかを歩く人間をよく視詰めた。廃墟の入口のべとべとの広場に出来た闇市には頭髪をてらてら光らし派手なマフラを纏《まと》っている青年や、安っぽい衣裳の女を見かけるようになった。憩える場所の一つもない死の街を人はぞろぞろ歩いて居り、ガタガタの電車は軋《きし》みながら走った。彼はその電車のなかで、漁師らしい男が不逞な腕組みをしながら、こんなことを唸っているのをきいた。

「ヘッ！　着物を持って来て煮干とかえてくれというようになりゃあがったかッ。もう奴等の底は見えて来たわい」

それは獲物の血を啜っている蜘蛛の姿を連想さすのだった。だが、そういう蜘蛛の巣は今にいたるところに張りめぐらされてくるかもしれなかった。

「もうこれからは百姓になるか、闇屋になるかしなくては、どっちみち生きては行けませんぞ」

以前は敏腕な社員だったが、今は百姓になっている後藤は、皆を前にして熱心に説くのであった。それは廿日市の長兄のところで、製作所の解散式が行われた日のことだった。彼も半年ほどその製作所にいたので、次兄と一緒にこの席へ加わった。罹災以来、製作所の者が顔を合わすのは、それが最初の最後であった。奇蹟的に皆無事に助かっていた。ひどい火傷で生死が気づかわれていた西田まで今はピンピンしていた。だが、これから皆は何を仕始めたらいいのか、かなり迷っているのだった。

「たとえまあ商店をやるにしたところで、その脇にちょっと汁粉屋などを兼ねて、二段にも三段にもこまめにせっせと立働くことですな」

後藤がこんなことを面白おかしく喋っていると、縁側に自転車の停まる音がして、誰かがのそっと入って来た。

「バタージャ、雪印が四十五円、どうじゃ、要るかなあ」

その男は勝誇ったように皆を見下ろしていたが、「まあ、まあ、一寸休んで行きなさい」と後藤に云われると、漸くそこへ腰を下ろし、それから人を小馬鹿にしたような調子で喋りだした。

「ははん、これからいよいよ暮し難うなると仰しゃるのか、あたりまえよ。大体、十あるものを十人に分けるというのなら道理も立つが、三つしかないものを十人に分けろなんて、あんまり馬鹿馬鹿しいわい。何もこの際、弱い奴や乞食どもを養ってやるのが政府の方針でもあるまいて。……ははん、ところでまあ聞いてもくれたまえ。こないだも荷物を送出すのに儂はいきなり駅長室へ掛合に行った。あたりには人もいたから、そろっと二十円ほど駅長の机の上に差出して筆談したわけさ。駅長もよく心得たもので早速それは許可してくれた。ははん、近頃は万事まあこの調子さ。……ところで、まあ聞いてもくれたまえ。たったこの間まで儂もよく知っているピイピイの小僧子がひょっくり儂に声をかけて云うことには、この頃はお蔭で大きな商売やってます、何しろ月五千円からかかりますってな、笑わしゃあがるが、まあまあ人間万事からくり一つさ」

その赭ら顔のむかつくような表情の男を、彼は茫然と傍から眺めていた。喋り足りると、その男は勝誇ったように自転車に乗って去って行った。――その時から、彼はその男が残して行った奇怪な調子を忘れることが出来なかった。以前も二三度見かけたことはある男だったが、あれは一体何という人間なのだろう。「ははん」と自棄《やけ》くその調子が彼を嘲るようであった。

煙草に餓えて、彼は八幡村から廿日市まで一里半の路を吸殻を探して歩いて行った。田舎路のことで一片の吸殻も見つからなかった。廿日市の嫂のところで一本の煙草にありついた時には、さきほどまで滅入りきっていた気分が急に胸にこみあげて来た。

「何だか僕は死ぬるのではないかと思っていた」彼はふと溜息をついた。

「悪いことは云わないから、再婚なさい。主人とも話しているのですが、もし病気されたら、誰が今どきみてくれるでしょうか」

長兄もときどき八幡村に立寄った序《ついで》には彼にそのことを持ちかけるのだった。

「結局、それではどうするつもりなのだ」

「近いうち東京へ出たいと思っている」

彼は兄の追求を避けるように、こう口籠《くちごも》るのであった。「いつまであそこへ迷惑かけているつもりなのですか。もう大概何とかなさったらいいでしょうね」――彼と一緒に次兄の家で一時厄介になっていた寡婦の妹からこんな手紙が来た。……

「誠がよくやってくれるのよ、お母さんが愚痴云うと躍気になって、それはそれは何でもかでも引受けたような口振りで、一生懸命やってくれるよ」

川口町の姉は彼の顔を見ると、息子のことを話しだした。父親と死別れたこの中学二年生の少年は急に物腰も大人じみていたが、いつの間にか物資の穴とルートを探り当てて、それを巧みに回転さすのだった。そうして得た金では屋根を修繕させたり、鱈腹飯を食べたり、闇煙草を吸うのであった。彼は殆ど驚嘆に近い気持で、十六歳の甥を眺めた。こうした少年は、しかし、今いたるところの廃墟の上で育って行っているのかもしれなかった。

彼が漫然と上京の計画をしていると、モラトリウムの発表があった。一体どういうことになるのか見とおしもつかないので、廿日市の長兄の許へ行ってみた。「君のように政府の打つ手を後から後から拝んで行く馬鹿があるか」と長兄は彼を顧みて云う。何のことか彼にはよく分らなかったが、「ははん」という嘲笑が耳許できとれた。

大森の知人から「宿が見つかるまでなら置いてやってもいい」という返事をもらうと、彼は必死になって上京の準備をした。転入禁止も封鎖も大変な障碍物だった。それをどう乗越えていいのか、てんで成算もなかったが、唯めくら滅法に現在いる処から脱出しようとした。

「荷造なんか、あんた自分でおやんなさい」村の運送屋は冷然と彼の嘆願を拒もうとした。

「荷を預っておいても集団強盗が来るから駄目ですよ。持って帰って下さい」駅の運送屋は漸くの思いで運んで来た荷を突返そうとした。

広島発東京行の列車なら席があるだろうと思って、彼がその朝、広島駅のホームで緊張しながら待っていると、その列車は急に大竹からの復員列車になっていた。どの昇降口の扉も固く鎖《と》ざされ、乗るものを拒もうとしていた。彼は夢中で走り廻り、漸く昇降口の一隅に身を滑り込ますことが出来た。滅茶苦茶の汽車だったが、横浜で省線に乗替えると、彼は窓の外を珍しげに眺めていた。焼けているとはいっても、広島の荒廃とはちがっているのだった。

東京へ来たその日から彼は何かそわそわしたものに憑《つ》かれていた。三田の学校を訪れようと思って省線に乗ると、隙間のない車内はぐいぐいと人の肩が胸を押して来た。大混乱の電車は故障のため品川で降ろされてしまった。ホームにはどっと人が真黒に溢れてしまった。へとへとに疲れながら彼は身内に何か奮然としたものを呼びおこされた。次の電車で田町に降りた時には、熱湯からあがったように全身がすーっとしていた。それから三田の学校にO先生を訪ねたのだが不在だったので、彼はすぐまた電車でひきかえした。帰りの電車も物凄い混雑だ。ふと、すぐ側にいるジャンパーの男が、滑らかな口調で、乗りものの混乱を罵倒しだした。彼は珍しげに眺めた。その男の顔は敗戦の陽気さを湛えていて、人間と人間とが滅茶苦茶に摩擦し合う映画のなかの俳優か何かのようにおもえた。

翌日、彼は目白の方へO先生の自宅を探して行った。焼跡と焼けていないところが頻りに彼の興味を惹《ひ》いていたが、O先生の宅も無事に残っている一郭にあった。静かな庭に面した書斎には、ぎっしりと書棚に本が詰まっている。こうした落着いた部屋を眺めるのも実に彼には久振りであった。

「教師の口ならあるかもしれない。そのかわりサラリーはてんでお話になりませんよ」

O先生は気の毒げに彼を眺めていたが、「広島にいた方がよかったかもしれんね」と呟いた。

それから二三日して、三田の学校へO先生を訪ねて行くと、その時も先生は不在だった。まだ転入のとれない彼はひどく不安定な気分だったが、ふと新橋行の切符を買うと、銀座へ行ってみる気になった。……来てみるとそこは柳の新緑と人波と飾窓が柔かい陽光のなかに渦巻いている。飾窓の銀皿に盛られた真紅な苺が彼をハッとさせた。どの飾窓からも、彼の昔の記憶にあるものや、今新しく見るものがチラチラしていた。彼はふらふらとデパートに入るとスピード籤を引く人の列に加わっていた。まるで家出した田舎娘のような気持だった。これはどうしたことなのだろう、いったい、これからどうなるのだろう、と彼は人混のなかで見失いそうになる自分を怪しんだ。

　文化学院に知人を訪ねようと思って、大森駅から省線に乗ると、その朝は珍しく席がゆっくりしていた。だが、次の駅でどかどかとプラッカードを抱えた一群が乗込んで来ると、車内は異様な空気に満たされた。「三菱の婿、幣原を倒せ」そんな文字の読みとられるプラッカードは電車の天井の方へ捧げられ、窓から吹込む風にハタハタと翻っている。背広を着た若い男が小さな紙片を覗き込みながら、インターナショナルを歌っている。爽やかな風が絶えず窓から吹込み、電車は快適な速度に乗っていた。新しい人間はあのなかにいるのだろうか……彼も何となしに晴々した気持にされそうであった。お茶の水駅で電車を降りると、焼けていない街が眼の前にあった。彼はまた浮々とした気分ですぐその方へ吸込まれそうになった。だが、不意と転入のことが気になりだすと、急に目白のＯ先生を訪ねようと思った。彼は駅に引返すと目白行の切符を求めた。

三田の学校の夜間部へ彼が就職できたのは、それから一週間位後のことであった。ある夕方、そこの運動場で入学式が行われると、新入生はぞろぞろと電灯の点いている廊下に集まり彼を取囲んだ。声をはりあげて彼は時間割を読んできかせねばならなかった。

翌日から出勤が始まった。大森から田町まで、夕方の物凄い電車が彼を揉みくちゃにするのだった。彼は「交通地獄に関するノート」を書きだした。……長らく彼を脅かしていた転入のことも就職とともに間もなく許可になった。が、こんどは食糧危機が暗い青葉の蔭から、それこそ白い牙を剝《む》いて迫って来るのだった。

雨に濡れた青葉の坂路は、米はなく、菜っぱばかりで満たされた胃袋のように暗澹としていた。三田の学校の石段を昇って行くとき彼の足はふらふらと力なく戦《おのの》く。教室に入ると、彼は椅子に腰を下ろした儘《まま》、なるべく立つことをすまいとする。だが、教科書がないので、いやでも黒板に書いて教えねばならなかった。チョークを使っていると、彼の肩は疼くようにだるかった。

彼は「飢えに関するノート」もとっておこうと思った。だが、飢餓なら、殆ど四六時中彼を苛んでいるので、それは刻々奇怪な幻想となっていた。どこかで死にかかっている老婆の独白が耳にきこえる。どういう訳で、こんな、こんな、ひだるい目にあわねばならないのかしら……食べものに絡まる老婆の哀唱は連綿として尽きないのだった。床屋へ行って、そこの椅子に腰を下ろし、目をとじた瞬間、ふいと彼が昔飼っていた犬の姿が浮かぶ。尻尾を振り振り、ガツガツと残飯に啖《くら》いつく犬が自分自身の姿のように痛切であった。

ふと、彼はその頃読んだセルバンテスの短篇から思いついて、「新びいどろ学士」という小説を書こうと考えだした。セルバンテスの「びいどろ学士」は自分の全身が硝子でできていると思い込んでいるので、他からその体に触られることを何よりも恐れている。そのかわり、彼の体を構成している、その精巧微妙な物質のお蔭で、彼の精神は的確敏捷に働き、誰の質問に対しても驚くべき才智の閃きを示して即答できるのであった。たとえば、一人の男が他人を一切羨《うらや》まない方法はどうしたらいいのかと質問すると、

「眠ることだ、眠っている間は、少くとも君は君の羨む相手と同等のはずだからね」と答える。しかし、この不幸な、びいどろ学士は遂に次のような歎声を洩らさねばならなかった。

「おお、首府よ、お前は無謀な乱暴者の希望は伸すくせに、臆病な有徳の士の希望を断つのか！　無恥な賭博者どもをゆたかに養うのに、恥を知る真面目な人々を餓死させて顧みないのか！」

彼はこの歎声がひどく気に入ったので、こういう人間を現在の東京へ連れて来たら、どういうことになるのだろうかと想像しだした。その新びいどろ学士は、原子爆弾の衝撃から生れたことにしてもいい。全身硝子でできている男を想像しながら、彼が電車の中で人間攻めに遭っていると、扉のところの硝子が滅茶苦茶に壊れているのが目につく。忽《たちま》ち新びいどろ学士の興奮状態が描かれるのであった。

夜学の生徒たちも、腹が空いているとみえて、少しでも早く授業が了るのを喜んだ。学校が

退けて、彼が電車で帰る時刻は、どうかすると、買出戻りの群とぶっつかる。その物凄い群の大半は大井町駅で吐出されるが、あとの残りは大森駅の階段を陰々と昇って行く。真黒な大きな袋の群は改札口で揉み合いながら、往来へあふれ、石段の路へぞろぞろと続いて行く。「こういう光景をどう思うか」と、あるとき彼は新びいどろ学士を顧みて質問してみたが、相手は何とも答えてくれないのであった。……ある時も大森駅のホームで、等身大の袋を担おうとして、ぺたんと腰をコンクリートの上に据えながら、身を反り返している女を見かけた。彼はその女が立上れるかどうか、はらはらして眺めていたが、うまく起上ったので、「あれは何という物凄い力なのだろう」と、彼は彼の新びいどろ学士に話しかけてみた。が、やはり何とも答えてくれないのであった。

ある日、彼は文化学院に知人を訪ねて行ったが、恰度外出中だったので、暫く待っていようと思って、あたりをぶらついていると、講堂のところに何か催しがあるらしく大勢の人が集まっていた。彼は階段を昇って、その講堂が見下ろせるところにやって来た。すると、そこには下の光景を眺めるために集まっている連中がいたので、彼もその儘そこへとどまっていた。下の講堂では芸術家らしい連中が卓を囲んでビールを飲んでいた。そして、ステージでは今、奇妙な男女の対話が演じられていた。その訳のわからない芝居が終ると、今度は唖のような少年がステージにぽつんと突立っていた。

「この弟は天才ピアニストですが、そのかわり一寸した浮世の刺戟にもこの男のメカニズムはバラバラになるのです」

紹介者がこんなことを云いだしたので、おやおや、新びいどろ学士がいるのかな、と彼は思った。やがて、ピアノは淋しげに鳴りだしたが、場内はひどく騒然としていた。「即興詩を発表します、題は祖国。祖国よ、祖国よ、祖国なんかなあんでえ」誰かがこんなことを喚いていた。そのうちに、レコードが鳴りだすと、みんな立上って、ダンスをやりだした。

「おーい、みんな降りて来い」下から誰かが声をかけると、彼の周囲にいた連中はみんな講堂の方へ行きだした。彼もついふらふらと何気なくその連中の後につづいた。そこはもう散会前の混雑に満たされていたが、彼がぼんやり片隅に立っていると、「飲み給え」と見識らぬ男がコップを差向けた。……何だか彼は既に酩酊気味だった。気がつくと、人々はぞろぞろと廊下の方へ散じていた。彼が廊下の方へ出て行くと、左右の廊下からふらふらと同じような恰好で現れて来た二人の青年が、すぐ彼の目の前で突然ふらふらと組みつこうとした。間髪を入れず、誰かがその二人を引きわけた。廊下の曲角には血が流されていて、粉砕された硝子の破片が足許にあった。酔ぱらいがまだどこかで喚いていた。殺気とも、新奇とも、酩酊ともつかぬ、ここの気分に迷いながら、どうして、ふらふらと、こんな場所にいるのか訳がわからなくなるのだったが、それはその儘、「新びいどろ学士」のなかに出て来る一情景のように想われだした。

冷え冷えと陰気な雨が降続いたり、狂暴な南風の日が多かった。ある日、ＤＤＴの缶を持った男がやって来ると、彼の狭い部屋を白い粉だらけにして行った。それは忽ち彼を噎びそうにさせた。それでなくても彼はよくものにむせたり、烈しく咳込んでいた。咳はもう久しい間とれなかった。彼は一度、健康診断をしてもらおうと思ったが、いま病気だと云われたら、それこそどうしようもなかった。

が、とうとう思いきって、ある日、信濃町の病院を訪れた。するとまた、彼のなかから新びいどろ学士が目をひらいて、あたりを観察するのだった。その焼残った別館の内科診察室の狭い廊下には昼間も電灯が点いていて、ぞろぞろと人足は絶えなかった。彼が椅子に腰を下ろして順番を待っていると、扉のところへ出て来た高等学校の学生と医者とがふと目についた。その学生は、先日文化学院で見たピアノを弾く少年とどこか類似点があったが、見るからに生気がなく、今にもぶっ倒れそうな姿だった。

「電車などに乗ってやって来るには及びません。家へ帰って夜具の上に寝ていなさい。窓を開け放して、安静にしていることです。充分な栄養と、それから、しゃんとした気持で、決して決して、悲観しないことです」

医者が静かに諭すと、その青年は「はあ、はあ」と弱く頷いている。ふと彼は病死した妻のことが思い出されて堪らなく哀れであった。だが、彼の順番がやって来ると、彼はまた新びいどろ学士にかえっていた。

「前からそんなに瘠せていたのですか」と、医者は彼の裸体に触りながら訊ねた。

「食糧がないから瘠せたのです」彼はあたりまえのことを返事したつもりだったが、それは何か抗議しているようでもあった。見ると今、彼を診察している医者は、配給がなくても、とにかく艶々した顔色だった。

　血沈の検査が済むと、彼は白血球——原子爆弾の影響で白血球が激減している場合もあるから一度診察してもらう必要は前からあったのだ——を検べてもらうことになった。彼は窓際のベッドに寝かされ、医者は彼の耳から血を採ろうとした。メスで耳の端を引掻き廻すのに、血はなかなか出て来なかった。「おかしいな、どうしたのかしら」と医者は小首を捻っている。硝子の耳だから血は出ないのだろう——と彼は空々しいことを考えていた。だが、あおのけになっている彼の眼には、窓硝子越しに楓の青葉が暗く美しく戦いていた。それはもし病気を宣告された場合、彼がとり得る、残されている、たった一つの手段を暗示しているようだった。……病院を出ると、彼は外苑の方へふらふらと歩いて行った。強い陽光と吹き狂う風が青葉を揺り煽《あお》っていた。それに、あたりのベンチはみんな無惨に壊されていた。

　彼が二度目にそこの病院を訪れると、医者は先日の結果を教えてくれた。血沈は三十、白血球の数は四千——これはやはりかなりの減少ではあったが——差当って心配はなかろうというのであった。

「まあ、用心しながらやって行くのですな」そう云われると、彼は吻《ほっ》として、それから彼の新びいどろ学士も忽ち元気を恢復していた。だが、体がふらふらして、頭が茫としていることは前と変りなかった……。

「とてもいま書きたくてうずうずしているのだが……」と、彼はある日、若い友人を顧みて云った。「ものを書くだけの体力がないのだ。二週間でいいから飢えた気持を忘れて暮せたら……何しろ罹災以来ずっと飢えとおしなのだからね」

彼とその友とはお茶の水駅のホームに立っていた。電車が発着するすれすれのところに、片足は靴で片足は草履で、十歳位の蓬髪の子供がぼんやり腰を下ろして蹲《うずくま》っている。

「あんな子供もいるのだからね」と彼は若い友を顧みて呟いたが、雑沓する人々は殆どそんなものには気をとられていないのであった。

狂気の沙汰は募る。――と彼はその頃、ノートに書込んだ。電車の混乱は暑さとともに一層猛烈を加え、屋根に匐《は》い上る人間、連結機から吹出す焔、白ずぼんに血を滲ませている男、そういう光景を毎日目撃した。そうして、彼は車中では、

〈饑饉ノ烈シキ熱気ニヨリテワレラノ皮膚ハ炉ノゴトク熱シ〉という言葉を思い泛《うか》べていた。

休暇になって、電車に乗る用がなくなると、漸く彼ものびのびした気持だった。が、今度は硝子一重の狭い部屋に容赦なく差込む暑い光がどうにもならなかった。新びいどろ学士は蒸殺しになりそうな板の上で昼寝と読書の一夏をすごした。夜あけになると、奇怪な咳が彼の咽喉を襲った。そうして、漸く爽やかな秋風も訪れて来た頃、銭湯の秤で目方を測ってみると、彼の体重は実に九貫目しかなかったのである。

あるとき彼は思い屈して、大森駅の方へ出る坂路をとぼとぼと歩いていた。ふと、電柱に貼られた「衣類高価買入」という紙片が彼の目についた。気をつけてみると、その札は殆どどの

電柱にも貼ってあった。急に彼は行李の底にある紋附の着物を思い出した。それは昔彼が結婚式のとき着用した品だったが、たまたま疎開させておいたので助かっていたのだ。次の日、彼はその紋附の着物を風呂敷に包むと、金融通帳を持って、はじめてその店を訪れた。

金はつぎつぎに彼を苦しめていた。彼は蔵書の大半を焼失していたが、残っている本を小刻みに古本屋へ運ぶのであった。

書物と別れるのは流石《さすが》につらかった。だが、今はただ生きて行けさえすればいいのだ、と彼は自分を説得しようとした。だが、朝日が覚めるたびに、何ともいえぬ絶望が喰いついていた。「ははん、『新びいどろ学士』か、嗤《わら》わせるない。もうお前さんの底は見えて来たわい」と、まっ黒のぬたぬた坊主の嘲笑がきこえた。

夕刻五時半からの勤めなのに、彼は三時頃から部屋を出て、よくとぼとぼと歩き廻った。晩秋の日が沈んでゆく一刻一刻の変化が涙をさそうばかりに心に迫ることがあった。夕ぐれの教室の窓から、下に見える枯木や、天の一方に吹寄せられている棚雲に三日月が懸っていて、靄《もや》のなかに人懐げに灯が蠢《うごめ》いている、そうした、何でもない眺めがふと彼を慰めた。心を潤すもの、心を潤おすもの、彼はしきりに今それを求めていた。ある日、思いついて、上野の博物館へ行ってみた。だが博物館は休みだったので、広小路の方へぶらぶら歩いて行くと、石段のところに、赤ん坊を抱えた女がごろんと横臥しているのだった。

それはもう霜を含んだ空気がすぐ枕頭の窓硝子に迫っていたからであろうか、朝の固い寝床で、彼は何か心をかきむしられる郷愁につき落されていた。人の世を離れたところにある、高原の澄みきった空や、その空に見える雪の峰が頻りと想像されるのだった。すると、昔みたセガンティニの絵がふと思い出された。あの絵ならたしか倉敷に行けば見られるはずだった。ふと、彼は倉敷の妹のことも思い浮べると、無性にそこへ行ってみたくなった。そこの一家だけが、彼の身内では運よく罹災を免がれているのだった。

広島からの便りでは、焼跡に建てたバラックは、まだ建具が整わず、そこで棲めるようになるのは年末頃だろう、と云って来た。彼もその頃、旅に出掛けたいと思いだした。旅費にあてるために、大島の袷をとり出した。こうして年末の旅を目論んでいると、石炭不足のため列車八割削減という記事が新聞に出た。その新聞もタブロイド版に縮小されていた。また行手を塞ごうとする障碍物が現れて来たのだが、石炭が足りなくて汽車を減らすということは、何か人を慄然とさすのだった。だが、彼はどうしても旅に出たいと思った。切符を手に入れるため夜明前から交通公社の前に立った。汽車に乗るためには六時間ホームで待っていなければならなかった。

……混濁した空気の夜が明けると、窓の外には清冽な水や青い山脈が見えていた。倉敷駅で下車すると、彼ははじめて、静かな街にやって来たような気持で、あたりの空気を貪るように吸った。妹の家はすぐ駅の近くにあった。彼はその家の座敷に腰を下ろすと、久振りに畳の上に坐れる自分を懐しくおもった。松の樹や苔の生えた石の見える、何でもない、ささやかな庭も彼の眼には珍しかったが、長らく見なかったうちに、姪たちはすくすくと伸びているのだった。まだ国民学校の三年だというのに、木綿絣のずぼんを穿いている背の高い姪は女学生のように可憐だった。

「諸人　こぞりて　讃えまつれ　久しく待ちにし……」と、その姪は幼稚園へ行っている妹と一緒に縁側で歌った。

「誰にそんな歌教えてもらった」と彼はたずねてみた。

「お母さんよ、この、ひさあしいくう……というところがとてもいいわね」

翌日、彼が大原コレクションを見て、家に戻って来ると、小さな姪が配給で貰った五つの飴玉のその一つを差出して、

「おじさん、あげましょう」と云う。

「ありがとう、おじさんはいいから、あなた食べなさい」

そう云うと、この小さな児は円い眼を大きく見ひらいて何だか不満そうな顔だった。

「配給を分けてあげたい折角の心づくしだから、もらっておきなさい」と妹は側から彼に口を添えた。

……彼はその翌日、また汽車に乗っていた。夕刻広島へ着く頃になると、雨がポチポチ降りだした。駅の広場からすぐバラックの雑沓がつづいていた。彼は橋を渡り、両側にぎっしり立並ぶ小さな新しい平屋建のごたごたした店を見すごしながら路を急いだ。その次の橋を渡る

と、そこからはバラックも疎《まば》らで、まだあまり街の形をなしていなかった。道路からひどく引込んだ空地に、小さな家が見えて来た。

　彼はその家に近寄って、表札を確かめると、すぐ玄関の戸を開けようとした。だが、戸は鎖していて、内には人がいるのかいないのか、声をかけてみても反応がなかった。まだ、廿日市から引越してはいなかったのかしら、それにしても今日はもう大晦日だというのに、どうしたことかしら……と、彼は家のまわりの焼跡の畑を見ながら、ぐるりと縁側の方へ廻ってみた。すると、そこには雑然と荷物が取りちらかされていて、その間に立働いている甥たちの姿が見えた。漸くその日、荷物を運んで来たばかりのところだった。

　翌朝、彼は原子爆弾に逢う前訪ねて以来、まだその後一度も行ったことのない妻の墓を訪れようと思って外に出た。その寺へ行く路の方にもだいぶ家の建っているのが目についた。墓地は綺麗に残っていて、寺の焼跡にはバラックの御堂が建っていた。

　彼はぶらぶらと、昔、賑やかな街だった方向へ歩いて行った。その昔の繁華街は、やはり今度もその辺から賑わって行くらしく、書店、銀行、喫茶店などが立並ぼうとしていた。軒ばかり揃って、まだ開かれていない、マーケットもあった。彼はその辺に、八幡村の次兄がバラックを建てている筈なので、その家を探すと、次兄の書いたらしい表札はすぐ目についたが、表戸は鎖されていた。横の小路から這入れそうなところを探すと、風呂場のところが開いていた。家のうちはまだ障子も襖もなく、毛布やカーテンが張りめぐらされていた。薄暗い狭い部屋には荷物が散乱し、汚れた簡単服を着た瘦せ細った小さな姪や、黝ずんだ顔の甥たちがゴソゴソしていた。窶《やつ》れ顔の次兄は置炬燵の上に頤を乗せ、「ここでは正月もへちまもないさ」と呟いていた。ここでは、彼にも罹災当時の惨澹とした印象が甦りそうであった。

彼はその家を辞すと、川口町の姉を訪れてみた。縁側の方から声をかけると、部屋の隅でミシンを踏んでいた姉は忙しそうな身振りで振向いた。それからミシンのところを離れると、「とっと、とっと、と働くのでさあ。だが、まあ今日はお正月だから少し休みましょう」と笑いながら、火鉢の前に坐った。「兄さんたちは、それはそれはみんな大奮闘でしたよ。とっと、とっと、と働いて、あんなふうにバラック建てたのです」

姉はそんなことを喋りだした。それは以前、彼に、「どうするつもりなの、うかうかしている場合ではないよ」と忠告した調子と似ていた。……彼が東京で、まだ落着く所も定まらず、ふらふらと途方に暮れているうちに、兄たちは、とにかく、その家族まで容れることのできる家を建てたのであった。

彼は長兄の家に二三日滞在していた。八畳、六畳、三畳、台所、風呂場——これだけのこぢんまりした家だったが、以前近所にいた人が訪ねて来ると、嫂は、「とにかく便利にできていて、落着けそうですよ」と云っていた。この家にくらべれば焼ける前の家はまるで御殿のようであったが、その家を「こんな、だだっ広い家では掃除に日が暮れてどうにもならない」と嫂はよく苦情云っていたのだ。嫂の顔は何となく重荷をおろしたような表情で、それは彼に母が亡くなった頃の顔を連想させた。疎開以来、他人の家を間借していたので、嫂も気兼の多い暮しだったのだろう。

「これは、そこの畑にできたのですよ」と嫂は食卓の京菜を指した。家のまわりの荒地は耕されて、菜園となっていたが、庭のあとの池はまだそのまま残っていた。土蔵のあった場所は石で囲まれて、一段と高くなっていたが、そこも畑にされていた。昔、彼が二階の窓から、樹木や家屋の混り合った向うに眺めていた山が、今は何の遮るものもなく、あからさまに見渡せた。長兄は物置の方の荷を整理したり、何か用事を見つけながら、絶えず働いていた。

慌しい旅を畢《お》えて、東京へ戻って来ると、彼の部屋はしーんとして冷え返っていた。火の気のない一冬が始まるのだった。あんまり寒いときは彼は夜具にくるまって寝込んだ。彼は震えながら、こんどの旅のことを回想していた。どういうわけか倉敷の二人の姪の姿が心を温めてくれるようであった。

「諸人、こぞりて……」という歌が彼の耳についた。あの小さな姪たちが、素直に生長して、やがて、立派な愛人を得て、美しいクリスマスの晩を迎えるとき、……そういう夢がふと頭をかすめるのであった。

飢え

僕はこの部屋にいると、まるで囚人のような気持にされる。四方の壁も天井もまっ白だし、すりガラスの回転式の小窓の隙間から見える外界も、何か脅威を含んでいる。絶え間ない飢餓が感覚を鋭くさせるのか、ガラス一重と薄い板壁からなる、この部屋の構造が、外界の湿気や光線や狂気を直接皮膚のように吸集するのか、――じっと坐って考え込むことは、大概こんなことだ。それにしても、何という低い天井で狭い小さな部屋なのだろう。僕の坐っている板敷は、それがそのまま薄い一枚の天井となっているので、ちょっと身動きしても階下の部屋に響く。そして、階下ではちょっとした気配にも耳を澄ませているこの家の細君がいるのだ。たとえば、僕が厠へ行くため、ドアをあけて細い階段の方へ出たとする。すると、この家の細君は素速く姿を消して次の間に隠れる。僕と顔を逢わすことを避けているのだ。……僕はこの家の細君と口をきくことはまるで無いし、細君の弟が一人いるのだが、それとももう言葉を交わさなくなっていた。この家の主人は一月前に社用で何処か遠方へ行ってしまった。僕はその主人が旅に出かける前、一度一緒に散歩したことがある。そのとき彼は、

「女房の奴、よほど怒ってる。俺ともう一ヵ月も口をきかない」とぽつんと云った。

「あ」というような曖昧な頷き方を僕はした。この家にわだかまっている幽暗なものに、それ以上触れるのは何だかおそろしかったのだ。

僕はいつもそっとしているのだ。ことりという物音一つからでも、このガラスの家は崩壊しそうな気がする。実際ここでは薄い壁とすりガラスの窓と木造の細い窓枠のほか、この家を支えている柱らしいものは無いのだ。地面と同一の高さにある階下の床は歩くたびに釘のとれた床板が跳ね返る。その、だだっ広く天井の高い一階は、壁がわりに張られたガラス全体の枠が物凄く歪んでいるが、一階から細い階段に眼を向けて二階の方を見上げると、壁の亀裂の線に沿うように二階の部屋が少しずり下っている。僕のいるあの部屋が墜落する瞬間のことが、どうしても描かれてならないのだ。それは僕があの部屋にいるとき生じるのだろうか、それとも僕が外に出ている留守のときに起るのか……僕にはあの広島の家が崩壊した瞬間のことが、まだどうしても脳裏から離れないのだ。

壊れものの上にいるように、僕はおずおずとしていなければならない。僕はこの家の主人と階下で顔を逢わすことがあっても、お互に罪人同志が話しあうような慎重さで、さりげなくお天気のことなど二こと三こととりかわす。僕にはこの家の主人が、やはりいつも壊れものの側にいるように、じっと何かを抑制しているようにおもえてならない。この蓬髪の大男の体全体から放射されるパセチックな調子は、根限り忍耐を続けているものの情感だ。それは僕の方に流れてくる。……だが、ここでは、少くともこの家の細君の前では、彼と話をすることも遠慮しなければならなかったので、僕は自分の部屋にじっと引込んでいるのだ。

ある日、（そうだ、こんなある日もあるのだ。）……僕がその部屋——それはこの家の入口の脇にある小さな一区切だが——の扉の前を通りかかると、ふとその扉がぽっと開く。大きなノート・ブックがぬっと差出される。「読んでみてくれ、詩だ」彼の調子はどこかいつもとは変っている。で、僕は、あ、今日はマダムが出かけていて留守なのだな、と気がつく。僕は二階の部屋にそのノート・ブックを持って入る。石油箱の上にそのノートを置いて読みはじめる。榎という詩が眼に入る。烈風に揉み苦茶にされながら、よじれ、よじくれて、天を目指し伸びゆく海岸の榎だ……。あ、これだな、と僕はこの家の主人の自画像を見せつけられたおもいがする。暗いまなざしの彼方に、鬱蒼と繁った榎の若葉が……若葉は陽の光を求めてそよいでいる。

「お茶のまないか」ふと階下で彼の呼ぶ声がする。僕は立上って、階段を降りて行く。だだっ広いガラスの壁を背景に、この家の主人公は椅子にかけている。

「この頃睡れるかい」と彼はさりげない調子で訊ねる。

「うん」僕も憂鬱そうに応えるのだが、脇腹のあたりに何か涙っぽいものが横ぎる。僕たちは了解し合っているのだろうか？　……何を？　……どんな風に？　……とにかく、今は異常な時刻なのだ。突然、僕はあの榎の向うに稲妻型に裂けた雲を見る。人類の渦の混濁のかなたに輝かしい幻像が浮上る。僕は何かぺらぺらと熱っぽいことを口走りたくなる。

「お茶ばっかしでは飢えは紛れないな」

彼は重そうに頭を揺すぶる。急に僕も疲労感が戻ってくる。僕は重たい関節をひきつるようにして、まっ白な壁とガラス窓で囲まれた小さな部屋に戻る。板敷の上にごろりと横たわる。軽いめまいのなかに僕は細っそりと眼を閉じる。窓から射し込む暮近い明りが、僕の内臓を透きとおって過ぎる。軽い。軽い。僕にはもう殆ど体重がないのだ。窓の外にある樹木や空やアスファルトの坂は、みんな痺《しび》れている、それが僕のなかに崩れかかろうとして痙攣《けいれん》する、……僕は惨劇の中に死にかかっている男だろうか。違う、……。僕は結晶を夢みるのだ。軽い、軽い、空白のなかに浮び上る。透明。……突然、僕は鞭の唸りを耳許で聴いたようにおもう。階下の入口が開いて、この家の細君の声がしている。僕ははっとする。忽ち僕は囚人の意識をとり戻すのだ。僕は身を屈め眼を伏せて、無抵抗の窒息状態に還っている。僕は四方の壁と天井と、二・五メートル立方の空間の中に存在している。存在している、僕がここに存在しているということが、ここでは一番いけないことなのだ。

いつから僕はこんな風にされてしまったのだろうか……。とにかく、最初この家に僕がやって来た当座は、今とはまるで容子が違っていた。恰度、四月はじめで、ガラス張の階下には明るい光線がふんだんに溢れ、僕はそのアトリエ式の部屋で、この家の主人と細君とその弟と、同じ食卓でくつろいで箸をとった。いろんな話をした。何しろ久振りに打とけて話し合える旧友なのだ。広島での遭難、それにつづく飢えと屈辱の暮し、……僕は喋りすぎる位喋ったかもしれない。そうだ、僕は少し浮々していたようだ。だが、僕はあの時、焼出されの文無しを置いてくれるという、この家に対する感謝で心は甘く弾んでいた。僕は職を求めてうろうろしたが、漸くありついた夜学の教師の口では自分一人を養うことも出来なかったが、それとても、あまり気を滅入らせはしなかった。着古しの国民服が乞食のように見窄《みすぼら》しいのも、靴の底が抜けかかっているのも、殆ど僕は気にならなかった。この靴で、僕はとにかく逃げ廻って生きのびたのだし、飢えでぶっ斃《たお》れそうな体を支えてくれた自分の脚をなつかしんだ。だから、通勤が始まると、混雑する電車の中では、いつも抵抗するように僕はその二つの脚をつっ張っていたのだ。それから、……それは、このガラスの家の前の空地に、急に夏を想わすような眩しい光が溢れた午後だったが、僕は切株の上に腰を下して、高い高い梢を見上げた。家のまわりの樹木は青空に接するあたり鬱蒼と風に若葉が揺れていたが、その方を眺めていると、何か遥かに優しいものに誘われて、（あ、時は流れた）という感嘆が湧いた。ほんとに、そこから梢を見上げていると、自分のいる場所がだんだん谷底のようにおもえる。多分いま僕はこの世の谷底にいるに違いなかった。だが、いつかは、いつかは谷間を攀《よ》じのぼって、そうして、もう一度、あ、時は流れたと感嘆したいものだ。とかく僕は戦災乞食の己れを見離してはいなかった。

もっとも、こんなことはあった。何かの話の中途で、この家の細君はいきなり僕に変な罵倒を投げつけた。

「へえッ、あなたはいつまで生きていられると思うのです。あなたの生命なんか、あともう二三年もない癖に」

僕はこの断定に吃驚して、僕のどこかに死神が取憑いているのかと、自分の背後を振返った。が、細君は確信に満ちたような、ひどく冷酷な表情だった。……もしかすると、僕には、この肉眼に灼きつけられた、あの大災禍の絵巻が、死狂う裸体の群像が、まだどこかで僕に作用しているのではないか。それで、細君の眼には、僕が最後の審判からのがれて来た不吉な人間のように見えるのかもしれない。罹災以来、絶えず飢えと屈辱をくぐり抜けて来た、この僕に、死の臭がまつわりついていたとしても致し方のないことであった。だが、僕はあまりこうした念想に耽けりたくなかったし、寧《むし》ろ何事もなかった人間のような顔つきでいたかった。

このガラス張の家は——これは十年前建てられたのだが——今はいたる処が破損しかかっていたので、扉の開け立てや、階段の昇り降りにも注意を要した。家の外にある井戸のポンプも調子が狂っていて取扱困難だった。が、僕は最初ここへ来たとき一とおりその心得をきかされた。「もう他に注意してもらうことはなかったと思うが……」と、細君はちょっと満足げにあたりを見廻した。だが、まだ心得ておくべき、いろんな細かな不文律があったのだ。「なにしろ彼女の生活様式や信条をみんなに押しつけようとするのでね」と、ある時この家の主人は僕にそっと解説してくれた。「彼女の精神形成史は非常に複雑で不幸なのさ」と、彼は自らの不幸を嘆くように呟くのであった。隣組の人とは絶対に無駄口をきいてはならないこと、家の内だけでなく、その周辺数米に亘って、さまざまの神経的な禁制が存在していること、そんなことの次第も僕はだんだん覚らされて行った。

この家の外は木立の多いアスファルトの坂路であって、大きな邸の塀から、その頃繁りだした青葉が一せいに覗いていたが、駅の方へ出掛けて行く坂路を行くたびに、僕は雨に濡れた青葉の陰鬱で染められてゆくような気持がした。ガラス張の家でもこの惨めな雨の季節がじかに滲み込んでいた。主食の配給がぱったり無くなると、僕はだんだん四肢がだるくなって来た。神経が小刻みに慄えて、みんなの顔つきが重苦しくなる。とくに、この家の細君はその頃になると、何かいつも嚇怒を抑えつけているような貌だった。

だが、何といっても僕は自分自身のひだるさに気を配らねばならなかった。たとえば銭湯へ行くにしても、僕は一番疲労しそうにない時刻と天候を選ぶ。洗面器を持って細い石段の坂を上り溝に添う大通りまで出ると、疾走するトラックの後にパッと舞い上る焼跡の砂塵や、ひょろひょろ畑の青い色が、忽ち僕を疲らせる。僕が頭をあげて青空を視つめるなら、そのまま僕は吸いとられてしまうだろう。僕は今にも切れそうな糸を繰るような気持で、自分自身と外界とを絶えず調節しなければならなかった。……久しく澱粉類を絶たれて、蒟蒻とか菜っぱとかで紛らされている肉体は、ひどく敏感になって、たとえば朝のお茶を飲んだだけでも、それは足の裏まで沁み亘ってゆくのがわかる。それから、路を歩いていても、何か郷愁に似たとてもいい匂いがするので、あれは何だったかしらと、暫く戸迷いながら、そうだ、パンを焼いている匂いだな、世の中にはパンを焼いて食べる幸福な家庭だってあるのかと、吃驚させられる。

毎日、僕は夕方には滅茶苦茶に混乱する電車に揉まれて、夜学の勤めに出なければならなかった。僕は疲れないために、時間をゆっくり費して駅まで辿りつく。ホームの雑沓の中に立っていると、もう少しで今にもパタンと倒れそうな気がする。そういう時、僕のすぐ前に、やはり青白い、ひだるそうな顔が見つかると、おや同じような仲間もいたのかと、少し吻とするのだが、相手は僕の視線にかすかに怒った表情で応える。（どちらがさきに斃れるかなんて！畜生！）まるでそう云う無言の抗議が聞こえてくるようである。それから、僕をいつも電車の中で迫害する荷物だらけの人間と来たら、あれは人間が歩いているのか、食糧が歩いているのか。僕にはあんな重荷を背負える体力も無いし、もとよりそんなものを購える金もないのだ。どうかすると僕は腹の底から絶体絶命の怒りがこみ上げて来そうになる。……だが、僕はできるだけ気を鎮めるために、毎日きめて英文法の本を読んだ。すると、体系とか秩序とかいうものが妙に慕わしかった。小さな板敷の部屋にコチンと坐って朝の光線のなかで書物を展げていると、窓の外の若葉や朝空は、とにかく、まだ生活に潤いのあった頃のつづきのようにおもえた。僕は漠然とバランスのことを夢みる、……青葉の蔭に据えられている透明な大きな秤を。……だが、そういう一寸した悦ばしい観念が自分のなかに湧いて来ると、あ、お前のせいだな、と僕はすぐ気がついた。お前はまだ何処かからこちらを覗き込んでいたし、僕は母親に見守られている幸な子供のような気持にされた。

　佗しい朝の食事の後では忽ち猛烈な空腹感が襲いかかって来る。ふらつく僕の頭はするすると過ぎ去った遠い昔の朝のことを考えた。子供のとき食べた表面を桃色の砂糖で固めたビスケット、あんなお菓子や子供の味覚が今では何か幸福の象徴のようにおもえだす。それから僕は銀の匙や珈琲セットを夢みる。すると、一瞬満ちたりた食後の幻想が僕を掠《かす》めるのだった。

　しかし、この家におしかかって来る飢えのくるめきは、次第にもうどうにもならなくなっていた。生暖かい白っぽい細雨が毒々しい樹木の緑を濡らし、湿気は飢えとともに到る処に匐い廻った。そして、煙が、家の中で薪や紙を焚くので、煙はいつまでも亡霊のようにあちこちに籠っていた。……僕の頭も感じていることもすべてもう夕暮のように仄暗《ほのぐら》かった。どこかで必死に歯を喰いしばっている人間の顔がぼんやり泛かぶ。と、つぎつぎに死んでゆく人の群や、呻《うめ》きながら、静かに救いを求めながら路上に倒れたまま誰からも顧られない重傷者の顔が……あの日の惨劇がまだその儘つづいているようであった。

ふと見ると、この家の細君がびしょ濡れの姿で外から帰って来た。その土色の顔には殺気のひいた無気味さが漲《みなぎ》っている。彼女はぺたんと椅子に腰を下すと、

「撲られた」と、乾ききった声で云った。それから、隣組の女同志の争いについて、いきまいて喋りだした。が、僕には少し耳が遠いような感じで、何が何だかはっきり分らなかった。配給ものの量についての説明を彼女が追求していると、いきなり隣にいた大女が撲りつけたという、それだけしか事情は呑みこめなかった。……再び僕は薄暗い雨の思惟に鎖されていた。泥べたの上でずぶ濡れになり争いあっている女の姿が雨の中のスパアクのようにおもえた。

それから二三日後のことであった。

「もう起きてごそごそ動かないことです。義夫さん、寝ていなさい、寝ていなさい、食糧の配給があるまでは寝ていなさい」

この家の細君のひきつった声に、その弟はのっそりと階段を昇って行った。それは恰度、僕がみじめな朝食を済ませた時であったが、やがて僕も何かに脅かされたような気分で自分の部屋に引込んで行った。ドアをあけて自分の部屋に入ろうとしたとたん、僕は細目に開いている

窓から隣家の庭さきが見えた。青いひっそりとした葉蔭に紫陽花の花が咲いていて、縁側の障子はとざされていた。(紫陽花の花が咲いているのか)僕はふと幸福をおもいだそうとしていた。

その翌朝だった。雨雲の切れ目から、陽の光とねばっこい風が吹きつけて、妙に人をいらいらさせる朝だった。たまたま僕は煙草を持っていたが、マッチがなかった。佗しい食後の空腹状態で、無性に僕は煙草が吸ってみたくなった。僕はじりじりしながら、ポケットの隅々を探した。それから、ふとレンズを思いついた。太陽の光線で点火することは罹災後寒村にいた頃からやっていたことなのだ。僕は表へ出ると、その家の空地の陽のよくあたりそうな処を選んだ。薄雲が流れていて、なかなか火は点かなかった。空地のすぐ向は他所の畑になっていたが、その境に暫く僕は佇《たたず》んでいた。家のすぐ前では配給ものの菜っぱを囲んで隣組の女たちが集まっていた。漸く煙草に点火すると、僕は吻として疲れながら屋内に戻った。それから僕はそのことを細君から云われる瞬間までは、自分のしたことを忘れていたのだが……。昼の食事に僕は階下に下りて椅子に腰かけた。すると、この家の細君がすぐ僕の側の椅子に腰をおろし、前屈みの姿勢でにじり寄って来た。

「あんた、部屋移ったらどう」

ぽつんと放たれた言葉で、僕はまだ何のことかよく分らなかった。見ると、相手はもっと何か切出そうとして、いらいらしている表情だった。

「どこの部屋に移るのです」

「他所へ越してもらいたいのよ」

僕は全く混乱してしまった。殆ど息も塞がりそうになり、僕の心臓が急にぐっと搾縮されていることがわかった。ふと見ると、細君の額には、じりじりと汗の玉が浮んでいた。あ、今日は少し蒸暑いから気持がいらいらするのだな、瞬間、僕はそんな物凄い顔つきをしている相手を気の毒におもった。

「私はね、一度命令したことに背く奴は徹底的に憎悪してやります」

「どんな間違を僕が犯したのですか」僕は青ざめて聞きかえした。

「今朝あなたは畑のところで何をしていたのです」

漸く僕には少し意味がわかって来た。いつだったか、理由は分らなかったが、あまり家のまわりを出歩いてはいけないと言い渡されたことが、たしかにあったようだ。僕は煙草のことを説明しようと思ったが、言葉にはならなかった。

「あなたが普通の人間でないことを知っている人ならかまいませんが、何も知らない人はみんな吃驚しますよ。子供があきれて、あなたを見ていました。この近所の子供は私がたった一言、『あれはキチガイだ』とそそのかせば、今後あなたを見るたびに石を投げます」

「…………」

「それに、あの畑の持主は、いつでも物蔭から見張りしていて、少しでも怪しげな奴が立っていれば、いきなり鍬で撲りつけます。つまりあなたは撲り殺されたいのですか」

僕はもう平謝りに謝るより他はなかった。黙ったまま細君は漸く椅子を離れた。

僕の心臓はゆさぶられ、打ちのめされてしまった。自分の部屋に戻ると、暫くごろんと寝転んでいたが、何かに急きたてられ、そうだ、こうしてはいられない、と立上った。こうしてはいられない、……とにかく、なんとかしなければ、と僕は何か的があるように外出の用意をした。といって、何処にも行く場所はなかったし、出勤の時間はまだ早かったが、僕はいつものように電車に揉みくちゃにされていた。……僕は思考力を失っていた。心臓ばかりがゆさぶられ、脅え上って一睡もしようとしない神経があった。昼間の衝撃が緩い緩い速度で回転している。と思うと、突然、路上に放り出されて喘《あえ》いでいる自分を見出すのだ。炎天の焔の中で死狂う人や、放り出されてことされている死骸が……。あの死骸は僕なのか。……あの時以来、僕は死ぬるならやはり何処かの軒の下で穏かに呼吸をひきとりたいと思っていた。ところが、ふと気がついたのだが、僕を容れてくれる屋根は今はもう何処にもないのだ。これははじめから分っていたはずだった。僕の迂闊《うかつ》さがいけなかったのだ。

悪いことに、僕はその頃から、ときどき変な咳をするようになっていた。

「一度医者に診てもらったらどうだ」この家の主人は僕を憐むような調子で云ってくれる。「今病気したら大変だからね、早いうちに養生した方がいい」僕はただ泣きたい気持でそれを聞いていた。……僕の怪しげな咳は暫くしておさまっていたが、いつの間にか僕は屋内の洗面所で口を漱《すす》ぐことを禁止されていた。僕は雨の朝も屋外の井戸の処で顔を洗うことになった。ところが暫くすると井戸端で顔を洗うのも禁止されてしまった。僕は一旦井戸で汲んだ洗面器を抱えて、今は塵捨場になっている防空壕のところで顔を洗った。……食事も既に大分前から僕のだけ分離されていた。いつも食事の時刻を見計って僕が階段を降りて行くと、誰もいない広い部屋の片隅に僕の食事がぽつんと置いてあった。どうかすると膳の脇に、「タバコ、五円三十銭」と書いた紙片と配給ののぞみが置いてあった。

僕はもうこの家の細君と口をきくのが怕かった。どうしても何かを口頭で依頼しなければならぬ時、僕はまるで犯人のようにへどもどしていた。細君の顔は石のように平静だったが、僕のおろおろ声がその耳に入った時、一瞬相手の顔にさっと漲る怒気はまるで鋭利な刃もののようにおもえた。……僕は自分の部屋にいる時でも、絶えずこの家の神経に監視されていた。僕はじりじりと脅やかされ絶えず悶えた。それでも僕は卑屈にはなりたくなかった。しかし、どうしてもこれでは卑屈にしかなれない。このまま、こうした生活をつづけて行くなら僕は結局、陰惨無類の人間にされてしまいそうだ。僕はそれが腹立たしく、時に何かヒステリックな気持に駆られそうだった。

どんなに僕が打ちのめされているかは、外へ出てみるとよくわかった。たまに以前の友人を訪ねて行ったりすると、罹災していない家では、畳があって、何もかも落着いている。それだけでも僕には慰めのような気がしたが、その家では食事まで出してくれる。それも、僕一人がぽつんと餌食を与えられるのではなく、みんなが僕を忌避しないで食卓を囲む。こんなことがあり得るのだろうかと、僕は何だか眼の前に霧のようなものがふるえだすのだった。……霧のようなものは、あまり親しくない人を訪ねて行っても、僕のなかでふるえていた。そういう人と逢うとき、僕はひどく感情が脅え、言葉が閊《つか》えたりするのだが、相手は僕を喫茶店へ誘って珈琲を奢《おご》ってくれたりする。僕のような人間でも、あたりまえに扱ってくれる人がいるのかと思うと、急に泣きだしたくなる。いけない、いけない、これはまるでヒステリーの劣等感だ、と僕は自分にむかって叫ぶ。だが、飢えと一緒に存在する涙もろいものは、僕の顔のすぐ下にあって、どうにも出来なかった。

ある日も僕は昔の知人とめぐりあって、その家で酒を御馳走になった。はじめはやはり冷んやりと脅えがちのものが僕のなかに蟠《わだかま》っていたが、そのうちに酒の酔と旧知の情が僕をだんだんいい気持にさせた。すると、僕はお前が生きていた頃の昔の自分とまだちょっとも変っていないような気がした。帰って行けば、ちゃんと居心地のいい家が待っていてくれる、そういう風な錯覚が僕の足どりを軽くした。だが、一歩そこの門を出ると、外は真の暗闇だった。廃墟の死骸や狂犬やあらゆる不安と溶けあっている茫々とした夜路をふらふらと僕は駅の方へ歩いて行った。駅に来て僕は電車を三十分あまり待った。それから乗替の駅ではもっともっと長く待たねばならなかった。そうして夜の時刻が更けて行くのが切実な恐怖をかきたてながら、一方ではまだ昔の夢が疼くように僕のなかにあった。いつもの駅で降りた時、既に人足は杜絶えていた。僕はその家の戸口に立つまではやはり何か満ちたりたような気分だった。……灯を消したガラスの家はしーんとして深夜のなかに突立っていた。僕はその扉にまだ鍵が掛っていないのを知って、まず吻とした。それから内側に入って、何気なく鍵を掛けようとした。ところが、どうしても鍵はうまく掛らなかった。僕は扉を持上げては、鍵と鍵穴の位置を合わそうとした。すると、そのたびに扉はガタガタと音たて、鍵は反抗するのだった。ゴトゴトというもの音が僕を苛責と恐怖に突陥していた。僕はその時、奥の方の寝室でこの家の細君が何か歯ぎしりに似た呻き声を発したようにおもう。つづいて鈍い足音が近づき、暗闇の向から主人の声がした。

「おう、いいよ、僕が掛ける」声の調子で僕は相手が怒っていないのを感じた。

「あ……」と曖昧な返答を残し僕はそのまま階段を昇って行った。

僕が何十回試みても出来なかった鍵を、彼は一回で完了した。あたりは再びしーんとなった。

僕が自分の部屋に入り、洋服掛に服を吊るそうとする、服掛がガタンと床に落ちた。木製の服掛は薄い板敷に（それはそのまま天井板になっていて、その下ではこの家の細君が寝ているのだ）あまりにも大きな音響をたてた。たちまち僕の耳は歯ぎしりに似た神経の脅威を聞いたような気がする。だが、それはこの家屋の不幸な呻吟のようにもおもえた。……それから僕は部屋の片隅に積重ねてある夜具を敷こうとした。すると、机がわりに使用している石油箱の上の灰皿がガタンと落ちた。重ね重ねの失策に僕はもう茫然としてしまった。

その翌朝はねばっこい烈風が日の光を掻き廻していて、恰度あの引越を言渡された厭な日とそっくりの天気だった。僕はおそるおそる階段を降りて行った。部屋の隅の椅子に腰掛けていたその家の主人と細君と弟の話は急に杜切れ、細君は石のような表情でつんと立上ると奥の部屋に消えてしまった。それから、思いきり力一杯ドアを閉める音がした。

「風あたりがひどいよ」

主人が僕のぼんやり立っているのを見て呟くと、細君の弟はちょっと薄ら笑いをした。僕は何事かを了解した。瞬間、僕にはこのガラスの家がバラバラになって頭上に崩れ墜ちたように思った。それでいて、僕の足もとを流れているのは生温かい、そして妙に冷たいところのある気体だった。僕はぼんやりした儘おずおずとしていた。何事かを弁解しようとすれば、唇のあたりが徒《いたず》らに痙攣しそうになるのだった。……こうして、僕はこの家の主人にも細君にも謝罪する機会を逸してしまった。この家の主人が社用で遠方に出かけてから、僕にはまだ一通のたよりも来なかった。

僕は部屋に寝そべって、出勤までの時間をぼんやりとしている。こうして僕がここにいるということは、一刻ごとに苛責の針を感じながら、つい僕の頭にはとてつもない夢想ばかりがはびこり勝ちなのだ。ふと、細目にひらいた窓の方を眺めると、向の畑の樹の枝に残った糸瓜《へちま》が一つ、ふらふらと揺れている。……時は流れた。ほんとに時は流れ去ってしまった。僕はもっと恍惚した気分で、以前こんな時刻にめぐり合わなかっただろうか。お前と死にわかれる年の秋まで、何度僕はこんな風な小さな眺めのなかに時の流れを嘆じただろう。家の窓のすぐ外に糸瓜はみのり、それがさわさわと風に揺れていた。あれは、まだその儘、いたるところに残っているではないか。

——と、何かひっそりとした影が、僕の見ている窓の下を横切る。殆ど何の音もたてず、黙々と今、畑のところを通りすぎて行くのは、長い鍬を肩にになって前屈みの姿勢で重苦しく、ゆっくりと歩いて行く老人だった。人間とも思えない位、これは不思議な調子の存在だ。だが、忽ち僕はあの鍬で脳天を叩き割られている自分に脅える。谷間に似たこの附近一帯には陰々として怨霊の気が立罩《たちこ》めているのだろうか。……耳を澄していると、階下にいる家の細君の足音がわかる。ドアが開いて、今どうやら奥の間へ引込んだらしい。今のうちに、僕が外へ出かけて行くなら顔を逢わせなくて済む。そうだ、今のうちに……。

火の踵

……音楽爆弾。

突然、その言葉が頭の一角に閃光を放つと、衝撃によろめくようにしながら人混のなかで立留まっていた。たった今、無所得証明書とひきかえに封鎖預金から千円の生活費を引出せたので、その金はポケットの中にあった。それほどの金では一ヵ月の生活を支えることも不可能だったが、その金すら、いつ紙屑同然のものと化するかわからない。今も今、ポケットの中の新円は加速度で価値を低下しつつある。それどころか、たしかに彼のような男の生存をパッと剝ぎ奪ってしまう不可知の装置が、彼の感知できない場所で既に着々と準備されている。――そうした念想が踵《かかと》の方まで流れかけてゆくと左右の雑沓が急に緊迫して音響を喪っていた。

……音楽爆弾。

突如、その言葉が通り過ぎると、冷やりとした一瞬がすぎ、眼の前の雑沓はまた動きだしていた。彼の体も二三歩動きはじめた。だが、脳裏を横切った閃光は、遥か遠方で無限に拡大してゆくらしく、それを想っただけでも耐らなく頭が火照る。体全体が熱と光のくるめきに、つん裂かれそうになった。いけない、いけない、と彼は努めて平静を粧い、雑沓の中を進んだ。

が、爆発しそうなものは爪さきまで走り廻った。

省線駅入口に向う路が露店を並べて狭まっていた。彼はライター修繕屋のテーブルに眼をとめ、ピカピカ光る金属を視つめた。（今、何ごとも発生してはいない。すべてはもとのままではないか。）だが、衝撃は刻々と何処かで拡大されてゆくようにおもえた。もう一度、遭難地点を吟味するように、さきほどから自分の歩いている場所を振りかえってみた。銀行から電車通を抜けてＫ駅にむかう路の入口まで来たとき、恰度その時、突然あの言葉が閃いたのだった。

その言葉の発想とともに無数の連想の破片が脳裏に散乱した。最初、音楽爆弾の言葉が浮ぶと同時に閃いた考は、すべて有機体は音楽に依って影響を蒙るという仮説だった。それなら、無機物も音楽の特殊装置によって自在に変化できる。その装置による微妙な音楽は原子核をも意のままに操作配列さす。そして、この方法によって発生する魔力は遂には全く人間の想像を絶したものになる。それは……、そして……、それから……、それらは……。この奇妙な着想とともに、その魔力が既にぞくぞく彼の肉体に影響してくるような錯覚と、それから、いつも彼の脳裏にある、あの広島の体験と、こんどの音楽爆弾の予感がひどく混乱して、何か制しきれない苦悩を叫んでいた。

……アダム
突然、一つの名称が奇蹟のように浮んだ。それは嘗《かつ》て酸鼻と醜怪をきわめた虚無の拡がりの中に、底抜けの静謐《せいひつ》を湛えている青空を視たとき、不意と彼の念頭に浮び、それきり発展しなかったアイデアであったが、その名称が今何か救済のように思い出された。

（そうだ、アダム……。音楽爆弾の空想は君にまかせよう。君はあの死体の容積が二三倍に膨脹し、痙攣がいたるところに配列されているシインのなかから、ぽっかりと夢のように現れたイメージだった。君の名はアダム……だが君の名をいま僕はニュー・アダムと呼びたい。音楽爆弾でも何でもいいから勝手に勝手な空想をしてくれ給え。いずれ僕はそいつも小説に書こうと思うから、これからは時々やって来てくれ給え。だが今は僕はこうして街なかを歩いているのだし、日常生活の姿勢でいなければ、どうも困るのだ。）

そういう会話を仮想人物に与えると、さきほどまで彼を苦しめていた感覚は次第に緩められて行った。漸く普通人の気分に戻ると、彼は吻として切符売場の行列に加わっていた。

毎朝、彼はニュー・アダムの囁《ささやき》に悩まされだした。それを彼は次のようにノートに書きしるした。

「顔を洗ったり、外食をすませてくる間に、一ダース位の小さな念想が泡立ってくる。素敵だ、ノートに書きとめてやろう、と直ぐペンをとりたい思いに駆られながらも、目さきの用件に追われている。漸くつまらぬ用が済んで朝の部屋に落着くと、さきほどの念想は高い梢にとまった目白のように、チラチラとこちらを嘲っている。

君たちを捉まえて、小器用にまとめれば、君たちはノートのなかで晴れやかに囀《さえず》るだろう。だが、君たちを飛ばしたり囀らす母なる大地とその秘密の方が、もっとも僕を悩ましているのだ。見給え、僕の部屋は頗《すこぶ》る無器用に朝の宇宙に突立っている。……」

彼の部屋は神田のある事務所の二階にあったが、朝から晩まで騒音攻めにされていた。半年あまり部屋がないため、さんざ悩まされた揚句、漸くその事務所の一室に転がり込んで来たのだが、何ものかに追い詰められている気持は今もまだ附纏っていた。

「悪意ある童話」――それは彼が原子爆弾遭難以来、絶えず条件に追いつめられ追いまくられて行く窮鼠の心情を述べようとするものだったが――その題名だけがノートの端に書いてあった。


彼はある朝、頭上に真黒な一撃を受け、つづいて家の崩壊を眺め、それからそこを逃出して行ったのだが、あの時から、もはや地上に生存してゆくことを剝奪されたのかもしれなかった。その後、うちつづく飢えと屈辱の底をくぐり抜け、田舎から東京へ出て来たが、そこでも同じような条件が待伏せていた。彼を迎えてくれた友人の家の細君は、彼がその部屋に居ついて一ヵ月も経たないうちに、もうそこを立退いて欲しいと仄めかした。それからそこでは隠忍と飢えの生活が一年あまり続いた。が、そのうち彼の友人は社用で遠く旅に出掛け、そのまま消息がなかった。その友人が旅先で愛人が出来、もはや東京へは戻らないという決意を知らせて来たので、彼は早急にそこを立退こうと思っている矢さき、その家の細君からも立退命令を受けた。前からその細君の無気味な顔にいつも脅かされていた彼は、火のついたように狼狽《あわ》ててしまった。彼はその頃、やはり下宿を追出されて、友人の下宿に同居している中野の甥のところへ無理矢理に転がり込んで行った。それから、そこでも紛糾と困憊の蒸返しであった。とにかく部屋が見つかる迄という約束で泣き附いたのだったが、彼が持込んで来た荷物を見ただけで、この部屋の主人公は眉を顰《しか》めた。

歯科医専の学生である、その甥の友人は、その部屋の特別席にあたるテーブルでいつも石膏いじりをやる。その友人が出掛けて行くと、部屋中に散乱している粉末や破片を甥は丹念に掃除した。人間一人増えたため、この甥は二倍も気を使っていたが、一番余計者の彼は片隅に身を縮め、できるだけその存在を目だたないように努めた。

その友人が外に出て行くと、彼と甥は始めて解放されたように畳の上にのびのびと横わる。だが、そうしていても火がついて追いまくられているような、あちらの岸の火が衰えたかとおもえば、こちらの岸の火が燃え上ってゆく、あの日からひきつづく強迫があった。衣類を売り書物を手離し餓死とすれすれに生きのびて来ても、インフレは後から後から彼を追って来るのだ。重傷者がごろごろしている炎天の砂地や、しーんとした死者の叫喚はすぐ眼の前にあった。身軽に逃げのびて、日蔭に憩っていても、すぐ彼の隣では三尺幅の日蔭を争って、両手片足を捥《も》がれた男と全身血達磨の青年が低い声で唸りあっている。あのとき、見た数々の言語に絶する光景はまだ彼にとって終結したのではなかった。……彼は避難民のような恰好で、若い甥と話し合うのだが、この甥と話しあうとお互にもやもやしたものが燃え上った。

「まるで、とにかく、今では生きてゆくことが吹き晒《さら》しの中にまる裸にされているような感じがするな」

「だけど、君はまだ帰って行ける処があるが、僕はもう、あの日から地上の生存権を剝奪されたのだ」

するると、甥は何か不満そうに彼の言葉に抗議しだした。「そいつは少々言いすぎだよ。とにかく、あんなひどい目に遇いながら今日まで生きのびて来られたのは、やはり感謝していいだろう」

甥は九州の連隊にいたため惨劇には遭わなかった。家の焼跡にもその後バラックが建てられたので、とにかく身を容れる最後の場所だけはあった。ところが彼の方は今もまだ身一つで逃げ惑っている形だった。……夢中で全速力で彼は走っているつもりなのだが、忽ち条件が怪物の如く彼の行手を塞ぐ。かと思うと、血走った彼の眼には、突然一切がだらけ切ってどうにもならぬ愚劣の連続となる。……炎天の下、今にもつんのめりそうな、ふわふわに腫れ上った火傷患者に附添って、彼は立っている。重傷者の列は蜿蜒と続いているが、施療の順番は殆ど無用の手続のため、できるかぎり延期されている。……銀行、郵便局、町会事務所、食糧営団、いたるところの窓口が奇妙な手続で弱者の嘆願を拒んだ。無器用な彼は到る処で悪意に包囲されているようにおもえた。それは予想を裏切り想像を絶した形で突如出現する。

（……ある瞬間、ある瞬間を境に、地上の凡ては変形してしまった。到る処に、いたるところに人間が満ち溢れ、もう何処でも食事を摂ることも身を横たえることも困難になる。更に人間の増えてゆく予感がこの時ぞくぞくと彼を脅かし、「逃げよ、逃げよ、今度こそ失敗《しくじ》るな」という声がする。だが、彼は今暫らく情況を確かめた上でと躊躇《ためら》っている。そのうちにも人間はぐらぐらと増えてゆく。今はもう呼吸をすることすら困難になった。切羽詰って無我夢中で左右の人間を押しのけ、鉄道線路めがけて逃げ出す。が、線路のところは、ここはもう先を争う人々で身動きもならない。ふらふらになりながら列に押され、列をくぐり抜け、どうにかこうにか、今突進してくる急行列車目がけて投身自殺を試みる。自殺は成功した。だが、死んだ筈の彼は、ふと気がつくと、一向に情況は変っていないのだ。両手片足の捥げた男、血まみれの裸女、全身糜爛《びらん》の怪物、内臓の裂けて喰みだす子供、無数の亡者、無数の死体がすぐ彼の側を犇《ひし》めきあい、ぞろぞろと押されて進んで行く。ざわざわした人声のなかから、「もう墓地なんかありはしないよ」と鋭い悲しげな声が聴きとれる。どこへ、それでは何処へ？　……どこへ行ったって、もう君たちの憩える場所はないのだ。）――こうした「悪意ある童話」の断片はいつとはなしに彼のなかに蓄積されていた。

「人間は一本の葦に過ぎない。自然のうちで最も弱いものである。だが、それは考える葦である。彼を圧し潰すには、全宇宙が武装するを要しない。一吹の蒸気、一滴の水でも彼を殺すに充分である。しかし……」

彼がノートに書とめているパスカルの言葉を読んできかせると、若い甥は目を輝かす。大学に籍はありながら、これまで殆ど纏った勉強の出来なかった甥は終戦後、飢えているように書物を読みたがった。だが、この二人が「考える葦」として許されている時間は極く限られていた。この部屋の主人公が戻って来れば忽ち事情は一変する。頗る無表情な顔で、その医学生は脱ぎ捨てた服をポンと部屋の片隅に放りつける。すると、甥の顔つきは見る見るうちに戸惑って行く。その甥の姿を見ているとと彼も直ぐ弾き出されるように、「そうだ、一刻も早くここを立去らねば」と外へ出てゆく。それから何か貸間の的があるかのように雑沓のなかを歩いている。軒下にぎっしり並んだ露店や、あたりに犇めいている人波は、みんな絡れあって彼の眼に流れ込んでくる。「やって来るぞ、やって来るぞ」と、奇怪な狂気に似た囁があった。

そのうちに、部屋の主人公が休暇で帰省し、つづいて甥も休暇で郷里へ帰って行くと、切迫した気分が一時に緩んだ。荒れはてている部屋だったが、それでもとにかく下宿屋の六畳らしい落着があった。日が沈んで、一日中ギラギラ光っていた窓の外が漸く穏かになる頃、彼はごろりと畳の上に寝そべって、その部屋の天井板や柱をぼんやりと眺めた。妻と死別した男が火と飢えの底をくぐり抜け漸く雨露を凌《しの》げる軒に辿りついたような気持がするのだった。

〈ボクハ　コノ地上デ受ケタ魂ノ疵ヲコノ地上デ医ヤシタイノダ　アマストコロアト　七千日……〉

旅先で新しい愛人を得て、東京へはもう戻らないと宣言した友からの手紙だったが、異常な悲壮が揺れうごいていた。あの男が揺れうごいているのか、この地球が揺れうごいているのか……。凝《じっ》と考えていると、茫漠とした巨大な感覚が彼を呑込んでしまおうとするのだった。

休暇があけて甥が中野へ戻って来ると、彼は再び緊迫した気持に戻った。数少ない知人の間を廻っては、貸間のことを頼んだが、「さあ、部屋はね……」と誰もこれには確答ができなかった。だが、焼跡には少しずつバラックが建っていた。いつも彼は電車の窓から燃えるような眼ざしでそれを眺めた。鋏とボール紙で瞬く間に一都市が出来上ってゆく、映画のなかの素晴しい情景は、眼の前にある切ない夢とごっちゃになった。……ある日、藁にもとり縋る気持で、先輩を訪ねてみた。貸間の権利金について相談を持ちかけると、「いやあ、そいつはね……」と、もの柔かに断られた。徒労だったと分ると彼はさばさばした気持で、この失敗を甥に打あけた。

「なるほどね、今となっては誰も僕のような者を相手にしてくれないのが当前だった」

絶望と滑稽感が犇きあった。ふと彼はまた、もう一つの藁を夢みるように口走った。

「広島の土地は、あれはどうしても売れないものかしら」

それは前から兄たちに問合せたり、甥にも訊ねていたが、焼跡の都市計画が進捗しないため、何とも判断できないのだったが、何も彼も剝ぎ奪ってしまう怪物が既にその土地を呑込んでいたとしても彼は差程《さほど》驚かなかったかもしれない。

「うん、近頃、畳一枚位の値段で売買されてるよ」

甥の意外な言葉で、彼は急に眼を輝かしだした。

「畳、一枚、それでは……」

それでは、とにかく、彼の所有地を売却すれば今後一年位は生きのびて行けそうな計算だった。

「助かった、助かった、それでは……」

おかしい程、彼はいきいきと興奮していた。身代金が出来たのだった。そいつを怪物の口に投げ与えて置けば、相手の追撃からまだまだ、ずらかって行ける。生きのびよう、生きのびよう、（しかし、何のために？）しかし、とにかく生きのびて行きたかった。

そのうちに医学生も戻って来た。「済みません、済みません、極力部屋を探してはいますが」と彼は今暫くの猶予を哀願するばかりだった。甥の顔には繊細な心づかいが漲った。……踵まで火がついたような気持で、彼はいらいらと歩き廻った。夕刊を買おうと思って並んだ行列が、急にその日から値上のため釣銭に手間どって一向捗《はか》らない。人々はしかし殆ど無感覚に列を組んでいる。（苛立つな、麻痺せよ、遅緩して、石になれ）悪意の声がふと彼の耳に唸るのであった。

〈人生ハ百万台ノ　トラックガ　疾走スルナカヲ　駈ケヌケル　ヨウナモノサ〉

旅に出て愛人と悲壮を得た友のハガキであった。彼もまた夢の中で左右から数万台のトラックに脅威される。もはや人生は彼にとって満員列車以上に身動きできなかった。が、たまたま一人の友人の厚意により神田の某事務所の一室が空けてもらえたのは奇蹟のようだった。リヤカー一台に荷を纏め彼はボストンバッグ一つで中野を脱出することができた。

ニュー・アダムの囁は、その雑然とした事務所全体の発散する絶え間ない音響に混ざって、近づいたり消えたりする。彼と彼の部屋は相変らず百万台のトラックの下を逃げ惑っているような気もした。襖一重向の廊下はドタドタと足音で乱れ、電話の滅茶苦茶の喚叫や、高低さまざまの人声が、襖の彼方は彼の理解できない性質のビジネスらしかったが、つねにざわざわと沸き立ちながら、逆上のように建ものの中を流れて行くのだ。

彼は茫然として万年筆のペン先を視詰める。それから外食のため外に出かけると、さっき視詰めたペン先がふと眼の前にちらつく。すると小さな万年筆ながら実に物凄く、まるで巨大な針のようなのだ。何か制するに困難な無限感が湧上って、そのなかに針は突立って行こうとする。彼はほとほと困惑しながら事務所の二階に戻って来る。それから、ごろりと畳の上に横たわり、天井を眺めていると、今度は彼の体全体が一つの巨大な針のように想える。たしかに、その針は磁石のように一つの極を指差している。ぎしぎしとその二階がゆるく回転し畳はむくむく揺れているようだが、彼の思考は石のように動こうとしない。だが、眼の前にあるこの無限感は、忽ち、(あッという叫びとともに)彼の上に崩れ墜ちそうになるのだ。

(ニュー・アダム、ニュー・アダムよ、待ってくれ給え。僕は君を君の郷土へ連れて行こう。ほんとなのだ、どのみち、僕は少しばかしの所有地を売却するため近く広島へ行って来たいと思っている。だから、その時はきっと君をつれて行くから、まあ少し待ってくれ給え。)

土地の売却は兄に頼んであったが、なかなか返事がなかった。そのうちにも彼の生活は底をついて来た。踵に火のついた想いで、とうとう彼は広島へ赴いた。

東京を離れて十八時間汽車に乗っただけで、彼の眼は久しく忘れていた野や山の緑色に魅せられていたが、それは今、バラックのまわりにも微風とともにそよいでいた。縁側に腰を下して見渡すと、この家の麦畑の向に可憐な水色の木造洋館がある。それは音楽学校であったが、ふと彼の目には原子爆弾から突如生誕した建物のような気もする。その凹凸の小路をヴァイオリンのケースを提げた若者たちがいそいそと通っていた。物置小屋の前の花畑には金盞花《きんせんか》、矢車草、スイートピイなどが咲き揃っていた。

彼は下駄をつっかけて辺りを歩き廻ってみた。中野の甥もたまたま春休みで此処へ戻っていた。「あの木だ」と甥は指ざし教えてくれた。庭にあった樹木は悉《ことごと》く焼け滅んだのに、その黒焦の楓の幹からふと青い芽が吹き出したのは昨年のことだった。豆畑の中に立つその楓は今も美しい小さな若葉を見せていた。……昔の位置のままの井戸に近寄って、内側を覗くと、石で囲われた隙間に歯朶《しだ》は青々と茂っている。この歯朶も恐らく劫火のなかに生命を保って来たものだろう。麦畑の中にある、もう一つの井戸にはたしか蛙が棲んでいるというが、それも奇蹟かもしれなかった。

彼はまだ奇蹟を求めるように、敷石や池の跡がその儘残っているあたりに佇んだ。八月六日の朝、彼は屋内にいたため助かったのだが、それも家が顚覆《てんぷく》していたらどうなったかわからない。壁や畳は散乱したが、その家の柱は静かにあの時錯乱を支えていた。――子供の頃、彼はよく母からその家の由来をきかされていた。父は一度ここへ新しい家を建てさせた。ある時、地震で壁にかすかな亀裂が生じると、父は忽ちその家作を解かせて、それから今度は根底から吟味を重ね新しく岩乗な普請をさせた。この亡父の用心深さが四十年後、彼の命を助けたのだった。

土地売却の話は漠然としていたが、買手が見つからないとも限らなかった。「そんなに最後のものまで手離して一体このさきどうするつもりなのか」と兄は呟くのだったが、強く反対するのでもなかった。

彼は外に出た序に久振りにその焼跡の自分の土地を眺めようと思って川端の方へ立寄ったが、草が茫々と繁っていて、どの辺に家があったのかも見当がつかなかった。そこの借家は母の遺産として彼が貰ったのだが、次兄がずっと棲んでいた。生涯に一度はあの川端の家で暮してみたい、と妻は旅先の佗住居でよく彼に話していた。その妻とも死別れ、彼が広島の長兄の家に寄寓するようになると、もう空襲警報の頻発する頃であったが、彼はよくその次兄の家へ立寄った。玄関に佇めば庭と座敷と川が一目に見渡せた。その庭の滴るばかりの緑樹は殆どこの世の見おさめのように絢爛としていた。今もふと暖かい春の陽気が、あの頃の不思議な巷の感覚を甦らせた。塀越しにそよいでいたアカシアの悩ましげな青葉……恐怖に張りつめられて青く美しかった空……それらが胸をふさぐようだった。

饒津《にぎつ》公園の方へ歩いて行くと、その辺は重傷者と死骸のごろごろしていた路だが、今は快適な温度と陽の光がひっそりと砂の上に溢れているのだった。烈しい火炎に包まれて燃え上った兵営の跡は、住宅地域になって、マッチ箱のような家が荒い路に並んでいる。それから、駅の広場へ出ると、ここは闇市の雑沓ぶりで、突然彼の頭上から広告塔の女の声が叫びかけたりする。新しい雑沓や悲しげな荒廃の巷を歩き廻っているうちに、何とも名ざすことのできない情感が満ちて来た。

世は去り世は来る《きた》　地は永久《とこしえ》に長存《たもつ》なり

次第に彼は少年の頃の憧憬に胸を締めつけられるような疼きをおぼえた。……彼がその昔その街の姿を所有していたと同じように、恐らくこれからの少年たちはこの街の新しい姿を疑わないだろう。彼がその昔、母の口から恐ろしい昔話を聴いたと同じように、焔の中に生きのびた少女たちはやがてその息子にあの戦慄の昔話を語るであろう。だが戦慄はまこと、その少女たちの記憶だけで地上から消滅するであろうか。測り知れない、答えてもくれないものが、まだ何処かに感じられる。（もしも人類が自らの手で自滅を計るとしても恐らく草木は焼跡に密生し、爬虫類は生き残るであろう）ニュー・アダムは微かに悲しげに呟く。

ある日、雨に降り籠められて、彼は甥と雑談に耽っていたが、

「原子力以外にまだ発見されていないものがあるだろう」

ふと、その言葉が口を滑り出ると、彼のなかにニュー・アダムがギラギラと眼を輝かしだした。何を描こうとするのか煽りだそうとするのか、とにかく激しく悩ましいものが一時に奔騰した。そして彼はやたらに異常なことがらを喋りまくった。

「今にきっと人類全体の消費する食糧なんか三日間で一年分生産できるようになるよ、今に」

「うーん」と甥は曖昧に頷くのだが、彼の方は向に見えている麦畑が既に幼稚きわまる過去の人類の遺跡のように思いだす。

「今にすると、田地なんかもう不要になって住宅難は昔の夢になる。その頃になれば、無機物から生物を創造することも出来るし、どんな人間の精神でも狂いなく立派に調節できるようになる。それどころか、人間の生命だって、今の二倍三倍四倍位には延長できる。」

今あらゆる可能性が高揚して天蓋を覆い尽そうとした。できる、できる、何でもできるのだ、しかし……。ニュー・アダムは空想の頂点に達することはできなかった。

二三日つづいた雨が霽《は》れると、地面の緑が遽《にわ》かにいきいきと感じられ、バラックのまわりの草花のそよぎは何か彼を遥かなところへ誘う囁のようだった。彼はふらりと外に出ると、昔よく登ったことのある比治山の方へ歩いて行った。その山は橋の上から眺めても以前の比治山とは変って何か生彩を喪っていることがわかったが、麓のところまで行くと、あの時の光線で剝ぎ奪られたものが密度のない木立に感じられた。ゆるい坂路を彼は何気なく昇っていた。と、何かキラキラ光るものが向にあるようにおもえた。彼は異常な心のときめきを覚えながら、その方へ近づいて行った。それは生気ないあたりの草木のなかにあって、ずばぬけて美事な、みずみずしい樫の大木であった。まるで巨大な天の蠟燭のように、その樹は彼の眼に喰入って来た。

災厄の日

　自分の部屋でもないその部屋を自分の部屋のように、古びた襖や朽ちかかった柱や雨漏のあとをとどめた壁を、自分の心の内部か何かのように安らかな気持で僕は眺めている。湿気と樹木の多い日蔭の露路にこの下宿屋の玄関はあって、暗い階段をのぼった突当りの六畳が僕の部屋なのだが、焼け残ったこの一角だけは今、焼跡に発生しているギラギラの世界に対して、静かに身を躱《かわ》しているようだ。

　窓の外の建物の向うにギラギラ燃えていた太陽が没して、この部屋の裸電球が古びた襖や柱を照らす頃、僕は漸く人心地がついたように古畳の上に横わったまま、自分の部屋でもないその部屋を自分の部屋か何かのように眺めまわしているのだ。これは僕が学生の頃下宿していた六畳の部屋に似ていて、何となしに、この世のはてのような孤独の澱みが感じられる。僕は久振りに昔の古巣に戻ったような親しみをおぼえる。(古巣へ？　ほんとうに僕が戻って行かれたら！)僕はいま晩年のことを考えているのだ。せめて僕の晩年には身を落着けることのできる一つの部屋が欲しい。この世のすべてから見捨てられてもいいから、誰からも迷惑がられず、足蹴にされたり呪詛されることのない場所で、安らかに息をひきとりたい。そしてその時、自分のしてきた、ささやかな仕事に対して、とにかく、かすかに肯くことができたら、そんなことを考えていると僕は何か恍惚とさされる。

遠方の友よ、君はもうあの家には戻って来ないのであろうか。君が旅に出掛ける頃、僕たちは同じ軒の下にいながら、もうお互に打とけて話しあうこともできなかった。前から僕は君の細君とは口をきくのもひどく怕かったが、君が旅に出てからは、なおさら、あの家の空気は暗澹としてしまった。転居の費用とあてさえあれば、僕はもっと早くあそこを飛出していただろうに。その家の無言の表示のなかには僕に早く立退いてほしいということが、いたるところに読みとれるのだったが、僕はおどおどしながら窒息するばかりの窮屈な状態をつづけていた。

だが、……ある日、僕は君が阿佐ケ谷の友人にあてた手紙を見せて貰って、僕は根底から震駭された。そうかなあ、そうだったのか……そうなったのなら……もう、こうしてはいられない、と僕は君の手紙の告白を読んだ瞬間から絶えず呟きつづけていたが、その友の家を出て省線の駅まで歩いて来ると、夜が急に深まっていた。そうか、そうなのか、と僕は電車の軌道や青いシグナルをじっと眺めていた。その冷んやりした夜のレールや電柱は、すべて何ごとも答えてはくれなかったが、僕には何かの手応えのようにおもえた。電車は容易にやって来なかった。静かな駅の上にかぶさる夜空は大きな吐息に満ちているようだった。この夜空のはて、軌道の彼方に、僕のまだ知らない土地で、その遠隔の地で、君は新しい愛人と生活をともにしていたのか。そうして、僕がいつもの如くおずおずと帰って行こうとする方角には、君が既に見捨て、断じて再び戻らないと宣言している君の家があるのだ。そうして、今もその家には君の決意をまだ少しも知らない君の細君がいるのだ。君は僕あてに手紙を出すと細君が怒るのを考慮して、長らく僕には手紙をくれなかったのか。漠然とそんな心づかいも分っていたようだが、悲しい友よ、君のお蔭で僕には人生が二倍の深さに見えてくる。友よ、人間とはこんなに悲しいものなのか。突然、僕の穿いているゴム靴の底は、僕の体を宙に浮上らせるような感覚がした。僕は大きく息を吸って、両脚を突張らねばならなかった。

君はその愛人のなかに神を見出し、この地上で被った魂のかずかずの痛手をこの地上で、こんどこそほんとに医やすのだという。そして、そのためには君が建てた東京の家と家財一切は金輪際、捨てて顧みないというのか。君がこれまで人間のできうる限りの忍耐力で堪えていたものも僕にはわかるような気がする。だから君にとっては、こんどのことも……だが、それにしても、そしてこれは……これらはすべて容易ならぬことに違いないのだ。不思議な友よ、悲しい友よ、僕は君をよく知っているはずなのに、ほんとうはまるで知っていないとも云えるのだ。そのくせ君の存在は遠くから僕をゆさぶり、僕に何ものかを放射してくる。戦時中、君が牢獄から出ていきなり鋭い詩を書きだした時も、ハッと僕を驚かした。終戦後、一刻も早く東京へ出て来いと云ってくれた君の葉書は忽ち僕を弾いた。そして今度も、何か容易ならぬものが、僕の胸を締めつける。……殆ど絶え間なしに、こんな独白を繰返しながら、僕はその夜もいつもの如くおずおずとあの家に帰って行った。何ごとも知らないその家の細君は、その家の奥にひっそりと存在していたようだし、その家の模様は僕がそのことを知らなかった前とちょっとも違ってはいなかった。だが、僕はどうしても、もう直ちにその家を引揚げねばならぬ男だった。

それから間もなく僕は甥の下宿へ一時、身を置くことになった。彼は郷里から先輩の宿を頼って受験に来て、その先輩が卒業したのと入替りに簡単にあとの部屋を譲り受けていた。この未成年の甥は僕のような窮迫をとても理解するのではなかったが、ただ休暇中だけという約束で渋々と承知してくれた。もう甥の学校は夏になるかならないうちに休暇になっていた。僕は甥が帰郷すると入れ違いに、この部屋に移って来た。それから、ここでの仮りの生活がはじまった。

この下宿屋の階下の薄暗い部屋は、ここの主人とその母親だけの棲居になっているのだが、品のいい老女とその若い息子は、まだ昔ながらの静かな澱みのなかに生き残っているようだ。二人が話しあっている声まで、しっくりと穏やかに潤いがあって、まるでここへは災厄の季節も侵入しなかったのかとおもえる。僕はある夕方、台所でその婆さんと身上話をしていた。

「原子爆弾……大変な目にあわれたのですね」

静かな緊迫した調子だったが、それだけの言葉で僕はふと深いところに触られたような不思議な気持がした。ある日、僕は知人から貰った五合の米を甥の置いて行った鍋で少し炊いてみようとおもった。下宿の狭い薄暗い台所には小さな流場があったが、鍋に水道の水を満たし指で白米を掻きまぜた瞬間、僕はそこの流場が昔の僕の家の流場とそっくりのような錯覚がした。僕が妻と死別れた夏、その頃はもう女中も傭えなかったので、僕はよく台所で炊事をしたものだ。炊事も洗濯も縫ものもとにかく不器用ながら出来るようになったとき僕の妻は死んだ。その後、僕は旅先の住居を畳んで広島の兄の家に移った。(まるで広島の惨劇に遭うために移ったようなものだったが。)それからも絶えず他所の家で厄介になりつづけていたので僕はもう台所のことを忘れかけていた。いま僕は自分の指を鍋の水に浸すと、急に自分の指がふと歓びに甦ったようにおもえた。すぐ向うの部屋には病妻が寝ていて、僕は台所でごそごそ用事をした。長らく病床にいながら妻は台所のこまごました模様を僕よりはっきり憶えていた。あれはつい昨日のことのようで、あの片隅はまだそこにあるように思えるのだが、実際はもう涯《は》てしもない遠い世界のことがらになってしまった。だが、生活とは多分あのような、ひっそりした片隅にしかないものなのだろう。

ひっそりとしたこの宿の雰囲気を絶えず掻き乱しているのは、僕のすぐ向うの部屋なのだ。障子と狭い廊下で隔てられているその部屋は殆ど絶え間なく僕の方へ響いてくる。障子の向うの若い男は日に二三度は烈しい咳の発作に襲われる。その咳だけきいていると、もう余り余命は長いことなさそうなのだ。だが、咳が鎮まれば、すぐ興奮した声で彼は喋りつづける。その障子の向うで細君を相手に喋ったり身動きしている調子は、まるで何か危険な物質の上を爪立ちながら飛歩いているようだ。僕はその男の身うごきから、ふと向うの部屋に無数の爆弾が飛散っているような幻想をおぼえる。箸を持つ間も畳の上を忙しげに、あの男は逃げ廻っているのではないか。その部屋には日に何度も相棒らしい人がやって来るが、すると彼は相棒らしい声でひどく調子づいている。忙しげに早朝から出かけるかとおもえば、一日中寝そべって細君と喋りあっていることもある。それから、軍人あがりらしい間抜け声の揉み医者がやって来ると、二人はすぐ世間話に夢中になる。終戦のどさくさに、らくらくと荒稼ぎした連中のことを彼は自分のことのように熱狂して話しだす。間抜け声の医者はねっとりと落着払って、「そうしたものですかなあ」と感心している。そのうちに話はきっと戦争のことになる。すると彼等の間にはもう今にもすぐ世界戦争が始まりそうなことになっているのだ。「そうしたものですかなあ」と揉み医者はいつまでも坐り込んでいる。

どうしても、絶えず、あの部屋には騒擾《そうじょう》がなくてはならないのだろう。男が留守の時は、小柄な細君がひとりで何かぶつぶつ呟いている。「ああ、米が欲しい、米が。いつになったら米の心配しないで暮せる世の中になるのやら」と嘆息のように喚いていることもある。僕はある朝その細君が男にむかって、「それでもあなたは元気になったわね」と囁いているのを聞いて吃驚した。あの二人もこの地上から追詰められて、今、六枚の畳の上で佗しく寄り添っているのだが、ほんとに寄り添っているのだろうか、そのことさえ、もう気づかないし、はっきりはしていないに違いない。

三度、三度の外食食堂では玉蜀黍《とうもろこし》の団子がつきものなのだが、あの日まわりの花のように真黄な団子は嚥下《えんげ》するのに困難であっても、とにかく空腹感を満たしてくれる。僕にとって二年間もつづいた飢餓感覚は今もまだ僕を脅かしているのだが、僕はその黄色なものの存在に対して子供らしい安心感を抱くようになった。ところが、僕の周囲で忙しげに食事をしている人たちは、どうかすると、その団子だけをテーブルの上に放り出して行く。（そうだ、彼等はとにかく僕よりはましな暮しをしているのだな）と僕は時々その見捨てられた団子の数に驚かされる。ここへ集まって来る人々は細っそりと生気ない顔をした仲間と、てらてら卑しげな表情の連中とが水と油のように、しかし、まぜごちゃになって並んでいる。僕は朝夕の行列の中で、ふと淋しげな眼の色の婦人を見かけたことがある。大きな通勤カバンを抱えたその婦人は朝の食堂で昼の食糧を弁当箱に詰め込んでいた。だが、ここへ集まって来る婦人は大概、爪さきを真紅に染めた若い女たちだ。そうした女たちはもう放縦なポーズが身についているのか、壁とテーブルの間の狭い通路は席のあくのを待つ人々で一杯なのに、椅子を壁に凭掛けて脚をテーブルの上にやり何かを嘲けるように身を反りかえしている。

僕は食堂を出てアスファルトの道路の方へ歩いて行く。軒の密集した小路から、そこへ出ると、暑い陽光が一杯あふれ、風はしきりに吹いて来る。この道路は駅のガードの方へ通じる路で、時間も空間もすべて一つ方向から他の方向へ流されているようだ。僕はたしかに、はっきりとそれを感じる。だが、僕の現実の視覚のすぐ裏側には、今この道路が忽ちバラバラに粉砕されてしまう。破片だ、――結局ここも何か惨劇の跡の破片なのだ。……だが、僕の踏んでいる惨劇の破片の道路と道路の上の空は今、ピンと胸を張って駅のガードの方へ一つの意欲の如くつづいているではないか。結局、僕の方がここへ迷い込んで来た破片なのだ。……だが、もう一度、僕はピンと張った青空の向うに眼をやると、この道路のはるか向うに、何か小さなものがピカリと閃く。と、一ふきの風に散りうせてしまう奇怪な地球壊滅の全景が見えてくるのだ。

こうして僕のうちには絶えず窃《かす》かに静かな惨劇が繰返されているのだが、僕はいつのまにか駅のあたりまで来ている。道路が駅のところへ来ると、急に焼跡の新世界が展がり、人々の流れは戦災者の渦のように息苦しくなる。流れている、流れている、人々はまだ的もなく押流されている。と、ガード下のトラックに袋を抱えたどす黒い男女が警官たちに包囲されて無理矢理に一人ずつ車上に積込まれて行く。が、たちまち人々の流れはそんな光景を黙殺して露路から露路へ入込んで行く。露路から露路へ、僕も乞食のような足どりで歩いている。戦災と飢えと宿なしがいたるところに流れている。ぞろぞろと人波は向うの方からもやって来る。

しかし、どうかすると、僕は何かはっとする。たしかに、ダイヤモンドのようなものが、樹木の多い露路の人混みのなかから、たしかに、こちらを射ている。あれは一たい何なのだろうか。なにものが僕を射るというのであろうか。それは何か思いちがいのようにも思えるのだが、だが、たしかに今も地上にはそんな美しいものが存在しているのかもしれない。

僕は甥から部屋を早く立退いてくれと催促されていた。近いうちに彼は友人を一人連れて帰るので、どうしてもそれ迄に僕にここを出てくれと云うのだった。初めの約束もあったし、僕はこの部屋に移った時から絶えず貸間はさがしていた。週に二度出掛けて仕事を貰って来る出版社の人々にも極力頼んでみた。できるかぎり僕の数少ない知人から知人をめぐって部屋のことを哀願してはいた。が結局、金を持っていない僕にとって、殆どそれは絶望的というよりほかなかった。どうかすると、僕は自分の部屋でもないこの部屋に（もっとも、そうでもするより他はなかったのだが……）うっかり安定感を抱きかけていた。しかし、甥の要求の手紙は度重なり、その調子もだんだん激越になっていた。僕はそろそろ逃亡の準備をしておかねばならなかった。

　ある日、とうとう甥はこの部屋に戻って来た。学生服の甥は部屋の障子をあけると、黙って廊下の外に立ちどまっていた。僕はその顔を見た瞬間はっとして、あ、これはもう駄目だな、と思った。それはもう顔とも云えない位、怒りにはち切れそうな顔だった。こんな風な顔なら、僕にはいくつも思いあたることがあるのだ。甥は廊下の外に立っているもう一人の学生服を顧みて、「はいれよ」と云った。友人らしいその男は部屋に入って来ると、僕に軽く会釈した。僕は甥に何とか言葉を掛けようと思ってもじもじした。だが、甥の顔の筋肉は硬直してピリピリ痙攣していた。

「もう二三日待ってくれないか、とにかくもう二三日」僕は漸くこれだけ云うと、やがてその部屋を出て行った。いや、僕が部屋を出たというより、痙攣が僕をあの部屋から押出したのだ。僕は密集した軒の小路を抜けて、広いアスファルトの道路へ出た。道路の上の空はピンと胸を張って駅のガードの方へ一つの意志の如くつづいている。ふらふらと僕はいつのまにか駅の前の雑沓を歩いていた。前から二三度僕の意識に浮んだことのある土地会社の方へ足は向いていた。袋路を入って、その扉の前に僕は立った。僕が扉を押して入ると、狭い土間に老婆が一人腰掛けていた。

「部屋ですか、この近所にあるのですよ、アパートの二階の四畳半ですが、今日も一人見に行かれて流場が少し暗いといって断られましたが……」

「その流場には水道もあるのですか」僕は妙なことを訊ねたが老婆が頷いたので何か吻として、権利金のことを訊ねた。

「一万ということですが、係の人が今留守ですから明日もう一度おいでになりませんか」

一万円ときいて、僕はかねて勤先の出版屋へ交渉中の前借の金額を思った。それは恰度、一万円であった。それだけの金が借れると、それだけが僕にとって使うことのできる最後の金に違いなかった。

部屋に戻ってみると、そこら中が甥の荷でごった返しになっていたが、今、部屋には甥も友人もいなかった。机の上の紙片を見て僕ははっとした。

〈三日ほど待ちます　僕たちは三日間友人のところへ行っています必ず立退いて下さい　以上〉

圧力はやはり僕をここから弾き出そうとしているのだ。これは僕にとって、単なる甥の拒否ではなかった。……翌日は嵐にでもなりそうな、奇妙にねっとりした、だらだら雨の日だった。僕が土地会社を訪れると、係の人はいた。そのブローカーらしい男は、すぐに貸間の条件についてごたごた話しだした。それから、とにかく一度ごらんになっては、と僕にすすめた。そこの小僧に案内してもらうことになった。僕と一緒に外へ出た小僧は傘もささないで雨のなかをすたすた歩いて行った。彼は僕を甥の下宿のある露路の方へ連れて行く。が、その一つ手前の角まで来ると、横へ曲って助産婦の看板の出ているところまで来た。そこがアパートだったのだ。僕はその時までそこにアパートがあるとは気がつかなかった。だが、それは僕の迂潤さばかりからではない、その古びた木造二階建の家屋は殆ど芥箱か何かのように引込んだところに目だたなく存在していたのだから。僕たちは大きな薄暗い芥箱のなかに這入って行った。朽ちかかった木の階段にはところどころ穴があいていて、短い階段をのぼると、低い天井に薄暗い電灯が一つ侘しげに灯っている。そこから一米幅の廊下の筈なのだが、薪やらバケツが通路を一杯塞いでいた。障害物を避けながら二三歩進むと、すぐ目の前の扉が開放しになっている部屋の入口に小僧は立留まった。が、つづいて僕がその入口に立った時、何か気味悪い濁った塊りがもじゃもじゃと暗いなかに蠢めいている姿に僕は圧倒されそうだった。小僧はその部屋に上って行くと、何かひそひそと話していた。

「どうぞおはいり下さい」膝の上に女の児を抱えている若い女が僕の方へ声をかけた。狭い汚れた畳の上には白米が一杯に新聞紙に展げてあったが、僕が入って来ると、真黒な腕をした痩せた老人が、それを両手で掻き集めて隅の方へ片づけた。壁に凭掛《よりかか》って汚れたモンペ姿の老婆が二人、脚を投出していた。五人暮しかしら……僕はこの部屋の人員のことをぼんやり考えていた。

「お天気がわるくていけませんね。いい部屋ですよ、日もよくあたりますし……」若い女は落着払って日常の会話を持ちかけて来た。僕はさっき土地会社の男から、その部屋の条件についていろいろきかされてはいた。アパート管理人の諒解は後でうけることにして、最初は同居人の形でずるずる入り込むこと、（そうでもしなければこの節、部屋など絶対にないと彼は云った）だから、部屋を見に行っても、前から識りあいの人が訪ねて来たように振舞って欲しい、そうして同じアパートの煩さい人々の手前をうまく繕ってもらいたいというのが、その条件であった。差当って僕はこの条件に縛られて行くより他はなさそうだった。若い女はあたりの部屋に聴かすため大きな声で世間話をするのだった。それから、あたりを憚るような声で部屋の説明をした。

「あと三日位で部屋はきれいに開けますよ。ですけど、当分、間代は私の方から管理人へ払うことにさせて下さい。それからアパートの人達にはとにかく身内だということにしておいて下さい。いいえ、隣近所はみんなそれはいい人たちばかりです」

その説明は何か眼の前にある、僕には見えない、複雑な糸について云っているような、もどかしさがあった。

「それであなたたちの出て行くあてはあるのですか」

「こんどは事務所の二階へ移ります。いいえ、この人たちは郷里から一寸来ていましたが明日は帰ります」

僕は古びた箪笥や鏡台でごたごたした壁際や、向うに見えるガラスの破損した窓に視線をやり、何かがっかりしたような気持だった。僕と案内人とがその薄暗い芥箱のようなアパートの建物を抜けて外に出ると、あたりは陰気な雨の巷であったが、それでも外の光線や空気がすっと爽やかに感じられた。

返事は少し待ってもらうことにしたが、僕は怯気《おじけ》づいている気持を強いて鞭打たなければならなかった。どんな陰惨な建物だろうが、暗い環境だろうが、とにかく自分の部屋として、いくらかの空間が与えられれば、それでいいではないか。そうすれば、その部屋の中に僕は何ものにも侵されない僕の部屋を持つことができるのだ。だが、やはり最初あの部屋の入口に佇んだ時の、あのもじゃもじゃとした濁った気味のわるいものが、どうにもならなかった。僕はどう決めていいのか思い惑っていた。……朝がた僕は奇怪な夢をみた。アパートの部屋のあのもじゃもじゃとした真黒い塊りが一瞬、電撃のように僕の頭のなかに再現したかとおもうと、「あれは、泥棒の巣だ」と、はっきりした声が聴きとれた。僕は妙に胸苦しく脅えた感覚に突落されていた。

朝の外食を済せて部屋に戻ると、甥から電報が来ていた。

〈アサッテカエル〉

僕には殺気立った甥の顔が目に見えてくるようだった。もはや躊躇している際ではなかった。僕は早速外出した。出版社に立寄って、前から申込んである前借の金を頼んだ。金はその時、都合よく融通してもらえた。一万円の包みを受取ると、僕はとにかくめさきが少し明るくなった。それから、その足で土地会社へ立寄った。もの馴れ顔のブローカーは僕の来るのを待っていたかのような顔つきだった。

「まだ少し不審があるのですが、あんな風な条件で約束しても、ほんとに相手は他へ移る的があるものかどうか」

「さあ、それはあの人も子供まである婦人ですし、まさか大それたことはしないでしょう。何でも借金の期限に追われているようで、話は急いでいるようです。誰でもいいから約束する人を見つけてくれと今朝もやって来ました」ブローカーは慎重そうな顔つきで更につけ加えた。「とにかく、相手の身元をはっきり確かめておきなさい。米穀通帳なり金融通帳なり見せて貰って控えておけば大丈夫でしょう」

僕はまだ割り切れないものがあったが、その足でアパートの部屋を訪れた。入口に立ったとき昨日と変って、部屋は稍々《やや》すっきりした（少くともそう感じようとする気持が僕にあったのかもしれない）感じだった。部屋には昨日の若い女がひとり壁に凭掛っていた。

「少しは広々したでしょう。今朝、箪笥を売払って、さっぱりしたところなのです」女は自嘲的な調子で狭い部屋を見廻した。それはやはり何かに追つめられているものの顔だった。

「子供は母が郷里へ連れて帰りました。これからはほんとに新規蒔直《まきなお》しでやるつもりです」

僕は米穀通帳のことを持ち出した。

「あ、身許調査ですか」と、女は汚れた通帳を取出して僕の前に展げた。ずらりといろんな姓名が記入してあるなかから杉本花子というところを指して教えてくれた。その通帳の住所は福島県になっていた。女はそのことを弁解しだした。

「以前はここで配給とっていたのですが、田舎の方が欠配もないし、ずっといいので、あちらへ移したのです。だから、お米はあちらから背負って運んでいるのです」

僕には何だかよく事情がわからなかった。すると女はこんなことを云い出した。

「あなたの荷物は沢山おありなのですか。明日あたり私はここを引揚げるつもりですが、ただ少しお願いがあるのです。目ぼしい荷物は持って行きますが、この鏡台とか押入の行李などは当分ここへ置かして下さいませんか。どっちみち間代は当分私の方から管理人へ払います」女はもう僕がここを借りることにしているようだった。

その夕方、土地会社の男が僕を訪ねて来て、僕の返事を求めた。僕はまだ何とも決心がつかなかった。するとまた翌朝、土地会社の男はやって来た。何しろ相手は急いでいるのだから手金だけでも今日中に渡してやってくれ、でなければ話を他へ持って行くと急かしだした。とうとう僕はその申込を承諾した。彼が帰って行くのと入れ違いにアパートの女が金を受取りに来た。女は金を受取ると、それでは早速今日のうちに荷物を少し運んで頂きたいと云いだした。僕はいま荷物を向うへ運んでみたところで、まだどうにもならないだろうと思った。あまり気はすすまなかったが、とにかく行李を一箇だけその部屋へ運んで行った。……その部屋の片隅に僕の行李が置かれると、僕という存在はひどく中途半ぱな気持にされてしまった。だが、こんな風に困難な状態も焼け出されの僕にとっては止むを得ないことかのようにおもえた。

翌日は残金を渡して、一応とにかく部屋を開渡してもらう約束だった。僕が約束の時刻に訪ねて行くと、部屋はいろんな荷物でごった返していた。

「ああ、くたびれた」と女は大きな溜息をついて、「昨夜いろんなことを考えるととても眠れなかったのです」と、なおもごそごそ細かい品物を引掻廻していた。しかし僕から残金を受取ると、女は急に真面目そうな顔になり、

「では今日からこの部屋を使って下さい」と小声で呟いた。それからふと何か説明しにくい纏

らないことを喋る時のように、こんなことを云うのだった。

「私はすぐ出て行きます。ですけれど、これからもやはり時々はお邪魔させて頂きますよ。それから鍵を一つ、この方を預けておきます。気をつけて下さい。ここのアパートでは品物がよく無くなりますから、鍵だけはお願いします」

それから暫く荷拵えをしていたが、やがて大きな包みを背に負うと両手に籠や風呂敷包を持って出掛けて行った。相手が出て行くと、僕は自分の荷物のことを考えながら、そこの押入を開けてみた。押入はまだ半分以上、女の荷物で塞がっていた。これではどうにもならなかったが、差当って僕は夜具だけでも向うの下宿から運ぼうと思った。

僕はその夜そこのアパートへ夜具を運んで来ると、その時からその部屋での僕の生活が始まった。だが、これはほんとに僕の部屋なのだろうか……。ここには女の残して行った鏡台や卓袱台《ちゃぶだい》が僕の眼の前にあり、押入の中には自堕落な暮し振りがはっきり見えてくる。しかし、それは僕の知ったことではない。僕は僕の周囲にある無関係の物質から影響されたくはないのだ。だが、僕の眼の前の窓ガラスには大きな穴があって、そこへ貼られた半紙は皺くちゃになっていて、そして今にもとれてしまいそうなのだ。ガラス戸の桟は歪んで緩るみ、開け立てするたびにぐらぐらする。壁も畳も襖も滅茶苦茶に汚なく、時々、プーンと芥溜《ごみため》の臭いがする。それから……、この部屋の周囲にある陰惨な空気について云えば殆ど限りがなかった。部屋は廊下と同一平面の高さにあるので、外をガタガタ歩く下駄の音は寝ている僕の枕頭に直接響いて来る。階段の脇の光線のあたらぬ流場は煤けた蜘蛛の巣か何かのように真黒だったが、僕がその水道の栓を捻ってみると、水は一滴も出なかった。水道はもう数年前から壊れていたのだ。通風のわるい狭い廊下では部屋毎に薪を燃やす。その煙は建物の中を匐い、容赦なく僕の眼や鼻を襲った。僕は外から帰ってこのアパートに入ると、入口のところでむんむんする人間の異臭のかたまりと出あう。躓《つまず》きそうな階段をのぼって薄暗い廊下の方へ来ると、青ぶくれのおかみさんが廊下に乳飲児を抱えて、すぐ扉の脇に小便をさせているのだった。……僕は自分が子供だった頃のことを憶いだすのだ。子供の僕は自分の家の納屋の荒壁の汚れた部分を見てもひどく気持悪かったが、他所の家の惨めな姿など見ると、すぐ夢にまで出て来そうな寒気を感じた。そんな風な弱々しい子供の僕は今でも僕のすぐ手の届くところにいるのだが……。

ある朝、早くからこの部屋の扉をノックするものがあった。僕が睡不足の眼をこすりながら内側から鍵を外すと、背に大きなリュックを負った旅行者の扮装で、女は扉の外に立っていた。

「只今」と女は勝手にどかどか部屋に上って来て肩の荷を外した。

「一寸郷里まで行って来ました」と女はまだ旅行の浮々した弾みを持っているようだった。僕は彼女が今度引越すと云っていた事務所の方へ行っていたことばかり思っていた。だが、相手は僕の思惑など眼中になく、今、古巣に戻って来たように振舞いだした。リュックの紐を解くと新聞紙を展げて白米をざあっと移した。それから、両手で白米を掻きまぜては、口に茶碗の水を含みプーッと吹き掛けだした。

「ああ、お米よ、お米よ、米ゆえ苦労はたえはせぬ」

そんなことを呟きながらゲラゲラ笑い、升で測っては風呂敷に移した。軈《やが》て風呂敷包を一つ抱えてふいと外へ出て行った。暫くすると、女はすぐに部屋に戻って来た。続いて、背の高いマーケット者らしい男がのそっと部屋に上って来る。男は部屋にいる僕の存在を無視し、立ったまま畳の上の白米を蔑《さげす》んだ眼つきで見下していたが、やがて黙って出て行った。それからも、女は絶えずそわそわしながら部屋を出入しながら昼すぎまでいたようだが、何時の間にか姿を消していた。

日が暮れると毎晩停電なので、アパートは真暗になるが、僕は蠟燭を点ける気もしないので、真暗な部屋に蹲った儘ぼんやりしていた。誰かが僕の部屋の扉をノックして、濁み声で「杉本さん」と叫ぶ。

「杉本さんはいませんよ」僕は扉の内からそう応えたが、相手はなかなか去らなかった。扉をあけて僕は用向を訊ねてみた。

「困ったな、杉本さんいないのですか。自転車を一つあずかっておいてもらいたいのですがねえ」

「自転車を？　この部屋へ」僕はただ驚くだけであった。やがて相手は黙々と帰って行った。

殆ど毎日いろんな不可解な人物が杉本を訪ねて来た。結婚媒介所で教えてもらったといってやって来る若い青年や、その媒介所の親爺までやって来るようになった。それから債権者らしい男も頻繁に苛立たしくやって来る。僕はこの部屋の先住者にどんな複雑な事情があるにしろ、なるべく早く立退いてもらいたいと思う心で一杯だった。

と、ある朝早くから扉を叩く音で僕は起された。女はこの前と同じようにリュックを背負って意気込んでいた。僕は何時頃ほんとにこの部屋を開けてもらえるのか、そのことをすぐに訊ねた。と意外な障害物と遭遇したように、ぴしりとしたものが閃き、それから急に女はひどく萎《しお》れた顔つきになっていた。

「私の方にもいろいろ都合がありますので、……それに実はお米のことで二千円ぺてんにかかったところなのです。闇屋にお金渡したのに約束の米はくれなかったので……相手が悪かったので」

そんなことを憂わしげに呟いていたが、軈《やが》てリュックの紐を解きだした。白米は新聞紙に展げられ、両手で荒々しく掻き廻されていた。

「食うか、食われるか」何か凄惨な姿で女はひとり呟いていた。

僕は殆ど毎晩すぐ隣室で泣き叫ぶ子供のために睡れない。親はまるでその子をいびり殺そうとしているのだろうか、――撲りつける手の音がピシピシと僕の耳にひびく。僕の頭のなかの状態はこのアパートのどうにもならぬ疵だらけの姿と似て来る。どうにもならぬ人間たちが朽ちかかった階段を降りて巷へ出て行く。どうにもならぬ人間の群はぞろぞろぞろ駅の方で押合っている。そうした人間たちは、混乱の電車の中やマーケットに、お互の符牒と動物力で僕と無関係に生存している。そして、そうした人間たちはいつも土足で僕の頭のなかを踏みにじるのだ。僕の頭には次第に訳のわからぬ怒りが満ちて来る。怒りはこの部屋に満ちている。

これはほんとうに僕の借りた部屋なのだろうか。それともこの汚ならしい部屋までが現在の僕を愚弄《ぐろう》しようとしているのではないか。……なにごともう考えるな、と夜はきまって停電になった。毎晩の停電は僕を日が暮れると絶望的にすぐ床に横わらせる。僕はこんな詩を考える。

わびしい部屋のなかの海。頭のなかの海、くらい怒りを溶かす海、大きな大きなあまりにも大きなものにむかって睡り込んでゆこうとする、ぎしりぎしりと頭のなかに渦巻く海。

真黒な思考の夜のつぎには、毎日、この部屋にも朝がやって来る。すると、僕にはとにかく何やら新しく拭われた気持にされている。この畳とも云えない位、汚れきった畳の上にも、今、秋の光線はひっそりとしている。その澄んだ光は……。遠方の友よ、僕は君に呼びかけているのだ。

火の唇

いぶきが彼のなかを突抜けて行った。一つの物語は終ろうとしていた。世界は彼にとってまだ終ろうとしていなかった。すべてが終るところからすべては新らしく始まる、すべてが終るところからすべては新らしく……と繰返しながら彼はいつもの時刻にいつもの路を歩いていた。女はもういなかった、手袋を外して彼のために別れの握手をとりかわした女は……。あの掌の感触は熱つかったのだろうか、冷やりとしていたのだろうか……彼はオーバーのポケットに突込んでいる両手を内側に握り締めてみた。が何ものも把えることは出来なかった。影のような女だったのだが、彼もまた女にとって影のような男にすぎなかったのだ。影と影はひっそりとした足どりで濠端に添う鋪道を歩いていた。そして、最後にたった一度、別れの握手をとりかわした、たったそれだけの交渉にすぎなかった、淋しい淋しい物語だった。

いぶきが彼のなかを突抜けて行く。淋しい淋しい物語の後を追うように、彼は濠端に添う鋪道を歩いて行く。枯れた柳の木の柔らかな影や、傍にある静かな水の姿が彼をうっとりと涙ぐませようとする。すべてが終るところから、すべては新しく……彼はくるりと靴の踵をかえして、胸を張り眼を見ひらく。と、風景も彼にむかって、胸を張り眼を見ひらいてくる。決然と分岐する鋪装道路や高層ビルの一連が、その上に展がる茜色の水々しい空が、突然、彼に壮烈な世界を投げかける。世界はまだ終ってはいないのだ。世界はあの時もまた新しく始まろうとしていた。あの時……原子爆弾で破滅した、あの街は、銀色に燻る破片と赤く爛れた死体で酸鼻を極めていた。傾いた夏の陽ざしで空は夢のように茫と明るかった。橋梁は崩れ堕ちず不思議と川の上に残されていた。その橋の上を生存者の群がぞろぞろと通過した。その橋の上で颯爽と風に頭髪を翻えしながら自転車でやって来る若い健康そうな女を視た。それは悲惨に抵抗しようとする生存者の奇妙なリズムを含んでいた。だが、その瞬間から、彼の脳裏に何か焦点ははっきりとしないが、広漠たる空間を横切る新しい女の幻影が閃いた。

イブ

ニュー・イブ

イブは今も彼が見上げる空の一角を横切ってゆくようだ。茜色の水々しい空には微かに横雲が浮んでいて、それは広島の惨劇の跡の、あの日の空と似てくる。いぶきが彼のなかを突抜けてゆく。

彼がその女と知遇ったのは、ある会合の席上であった。火の気のないビルの一室は煙草の煙で濛々と悲しそうだった。女は赤いマフラをしていた。その眼はビルの窓ガラスのように冷たかった。二度目に遇ったのも、やはりその侘しいビルの一室であった。会合が終ったとき女がはじめて彼に口をきいた。それから駅まで一緒に歩いた。

「わたしと交際ってみて下さい。またいつかお会い致しましょう」

みて下さい……といま言葉が彼の意識に絡まった。が、彼はさり気なく冷やかに肯いた。冷やかに……だが、その頃、彼は身を置ける一つの部屋さえ持てず、転々と他人の部屋に割込んで暮していた。そんな部屋の片隅でノートに書いていた。

《踏みはずすべき階段もなく、足は宙に浮いている。もしかすると彼は堕落しているのだろうか。だが、僕の眼は真さかさまに上を向いていて、堕落してゆく体と反対に、ぐんぐん上の方へ釣上げられてゆく。絶叫もきこえない。歓喜も湧かない、すべては宙に浮んだまま。（無限階段）》

女は彼と反対側の電車で帰った。淋しそうな女だが、とにかくああして帰って行く場所はあるのかと、何となしに彼は吻とした。人間が地上にはっきりした巣をもっていること（それは妻が生きていた頃なら別に不思議でもなかったが）今では彼にとって殆ど驚異に近かった。あの時……、彼の頭上に真暗なものが崩れ落ちると、その時から、彼には空間が殆ど絶え間なく波のように揺れ迫った。その時から、彼は地上の巣を喪い、空間はひっきりなしに揺れ返ったのだ。……火焰のなかを突切って、河原まで逃げて来ると、そこには異形の裸体の重傷者がずらりと並んでいる。彼はそのなかから変りはてた少女を見つける。それは兄の家の女中なのだ。彼はその時から、苦しがる少女に附添って面倒をみる。ふくふくに腫れ上った四肢を支えてやると、少女の軀ともおもえぬほど無気味だが、水を欲しがる唇は嬰児のように哀れだ。やがて、二晩の野宿の揚句、彼は傷いた兄の家族と一緒に寒村の農家に避難する。だが、この少女だけは家に収容しきれず村の収容所に移される。ある日、彼はその女中のために蒲団を持って収容所を訪れる。板の間の莚の上にごろごろしている重傷者のなかに黒く腫れ上った少女の顔がある。その眼が、彼の姿を認めると、眼だけが少女らしくパッと甦る。

「連れて帰って下さい、連れて帰って、みんなのところへ」

その眼は、眼だけで彼にとり縋ろうとしていた。

「それはそうしてあげたいのだが……」

彼はかすかに泣くように呟くと、持って来た蒲団をおくと、まるで逃げるようにして立去る。その後、少女は死亡したのだ。だが、あの悲しげな少女の眼つきは、いつまでも彼のなかに突立っていた。

わたしと交際ってみて下さいと約束して、反対の方向に駅で別れた女の眼つきを彼は思い出そうとしていた。その眼は祈りを含んだ眼だろうか、彼のなかに突立ってくるだろうか、……何か揺れ返る空間の波間にみた幻のようにおもえた。

轟音もろとも船は転覆する。巨濤が人間を攫《さら》い、閃光が闇を截切《たちき》る。あたり一めん人間の叫喚……。叫ぶように波を搔き分け、喚くように波に押されながら、恐しい渦のなかに彼はいる。しぶきが頰桁を撲り、水が手足を捥ぎとろうとする。刻々に苦しくなってゆく眼に、ふと仄明りに漾《ただよ》っているボートが映る。と、その方向へ、ひたすら、そこへ、一インチ、一インチとすべてが蠕動《ぜんどう》してゆく。が、漸く近づいたボートは既に遭難者で一杯なのだ。彼は無我夢中でボートの端に手を掛ける。と、忽ち頭上で鋭い怒声がする。

……。

眼を波間から見上げる。眼だけで、縋りつくように、波間から……波間から……波間から

いま相手はほんとに鉈《なた》を振上げて彼の手を覗《うかが》っているのだ。彼は縋りつくように、その男の

「こん畜生！　その手をぶった切るぞ！」

だが、彼は必死で船の方へ匐い上ろうとする。

「離せ！　この野郎！」

宿なしの彼は同室者に対する気兼ねから、饉じい体を鞭打ちながら、いつも用ありげに巷の雑沓のなかを歩いていた。金はなく、彼の関係している雑誌も久しく休刊したままだった。知人のKが所有するビルの一室が、もしかすると貸してもらえるかもしれないという微かな望みがあったが、いつも波間に漾っているような気持で雑沓のなかを歩いていた。……彼の歩いてゆく前面から冬の斜陽がたっぷり降り灑ぎ、人通りは密になっていた。省線駅の広場の方まで来ていたのだ。その時、恰度電車から吐き出された群衆が、改札口から広場へ散って行くのだった。彼は何気なく一塊りの動く群に眼を振向けてみた。と、何か動く群のなかにピカッと一直線に閃くものがあった。赤いマフラをした女の眼だ。あの女……かもしれないと思った瞬間、彼はもう視線を他へ外らしていた。が、ものの三十秒とたたないうちに、彼は後から呼び留められていた。

「平井さん　かしらと思いました」

女はそう云ったまま笑おうとしなかった。彼も無表情に立っていた。

「今日はこれから訪ねて行くところがあるので失礼致しますが、またそのうちにお逢いできるでしょう」

ふと女は忙しそうに立去って行った。彼も呼び留めようとはしなかった。


そのビルの一室が開けてもらえるかどうかはっきりしなかったが、彼の全家財を積んだ一台のリヤカーはもうその建物の前に停まっていた。彼は運送屋と一緒にそのビルの扉を押して、事務室らしい奥の方へ声をかけた。濛々と煙るその煙のなかに人間の顔がぐらぐら揺いだ。彼の前に出て来た小柄の老人は冷然と彼を見下ろして云った。

「部屋なんか開ける約束になっていない」

彼はドキリとした。とにかくKに逢ってみれば解ることだが、荷物だけでもここへ置かしてもらわねば、差当って他へ持って行ける所もなかった。

「それなら土間のところへ勝手にお置きなさい」

夜具と行李とトランクが土間に放り出されると、彼はとにかく往来へ出て行った。忽ち揺れ返る空間が大きくなっていた。鉈《なた》を振るって彼の手首を断ち切ろうとするのが、先刻の老人のようにおもえたりする。ふらふらと歩いて行くうち、ふと彼は知人のKが弁護士らしい男と連れだっているのに出喰わした。Kはその所有しているビルを他に貸していたが、その半分を自分の側に開け渡さすため前々から交渉に交渉を重ねていた。約束の日は今日だった。日が暮れかかる頃、漸く二階の一室が譲渡された。その時から、彼はその二階の一室を貸してもらったのだが。……揺れ返るものは絶えずその部屋を包囲していた。襖と廊下を隔てて向側にある事務室は電話の叫喚と足音に入り乱れ、人間が人間を捻じ伏せたり、人間が人間を撫でまくる、さまざまのアクセントを放つ。男も女も男もそれは一塊りの声であり、バラバラの音響なのだ。彼と何のかかわりもない、それらの一群が夕方退去すると、今度は灯の消えた廊下を鼠の一群が跳梁する。それから、彼が外食に出掛けたり、近所にある雑誌社に立寄ると、街が、活字が、音楽が、何かが何かを煽り、何かが何かと交錯して来た。

そのビルの一室に移ってから、彼はあの淋しげな女とよく出逢うようになっていた。女の勤先があまり遠くない所にあるのも彼には分った。電車通りから少し外れると、人通りの少い静かな道路がある。時々、そんな路を女はふらりと歩いていることがあった。路でぱったりと彼と出逢うと、女はすぐ人懐そうに彼に従いて歩いた。彼は殆ど黙って歩いた。

「お忙しいでしょう、失礼します」

女は曲角ですらりと離れる。それからお辞儀をして、小刻に歩いて行く。忙しそうなものに掻き立てられてゆく後姿だけが彼の眼に残った。何度、行逢っても、あっけない遭遇にすぎなかったが、女は人混みのなかでも彼の姿をすぐ見わけた。女が雑踏のなかに消え去ると、……揺れ返る空間の波が忽ち大きくなる。ああして、女がこの世に一人存在していること、それは一たい何なのだ？　そして今ここで何なのだと僕が思考していること、それは一たい僕にとって何なのだ？　と急にパセチックな波が昂まって、この世に苦しむものの、最後の最後の一番最後のものの姿がパッと閃光を放つ。

ふと彼はその頃、書きたいと思っている一つの小説の囁をきいたようにおもった。

……火の唇　……火の唇

…………………………………………

燃え狂う真紅の焔が鎮まったかとおもうと、やがて、あの冷たい透き徹った不思議な焔がやって来た。飢餓の焔だ。兄の一家族や寡婦の妹と一緒に農家に避難した僕は、それから後、絶えずこのしぶとい悲しい焔に包囲されていた。それは台所の汚れかえった畳の上でも、煤けた穴だらけの障子の蔭でもめらめらめらと燃えた。それから青田の上でも、向に見える山の上でもめらめらと透き徹る焔はゆらいだ。空間が小刻みに顫《ふる》えて、頭の芯《しん》が茫として来る。このような時――人間は何を考えるのか――このような時、人間は人間の……人間の白い牙がさっと現れた。妹と嫂は絶えず何ごとか云って争っていた。

「口惜しくて、口惜しくて、あの嫁を喰いちぎってやりたい」

飢えてはいない隣家の農婦が庭さきで歯ぎしりしていた。その言葉は、しかし、ぴしりと僕を打った。喰いちぎってやりたい……人間が人間を喰いちぎる……一瞬にして変貌する女の顔がパッと僕のなかで破裂したようだった。

悲しげな無数の焔に包囲されて、僕が身動きもできないでいる時、しかし、人々は軽ろやかに動いていた。爆心地で罹災して毛髪がすっかり脱けた親戚の男は、田舎の奥で奇蹟的に健康をとり戻し、惨劇の年がまだ明けないうちに、田舎から新しい細君を娶《めと》った。無数の変り果てた顔の渦巻いていた廃墟を、無数の生存者が歩き廻った。廃墟の泥濘の上の闇市は祭日のようであった。人々はよろめきながら祭日をとり戻したのだろうか。僕もよろめきながら見て歩いた。今にもぶっ倒れそうな痩男がひらひらと紙幣を屋台に差出し、手で把んだものをもう口に入れていた。めらめらとゆらぐ焔は到る処にあった。復員者はそこここに戻って来て、崩壊した駅は雑踏して賑わった。その妻子を閃光で攫われた男は晴着を飾る新妻を伴って歩いていた。速やかに、軽ろやかに、何気なく、そこここに新しい巣が営まれた。

「もう決して何も信じません。自分自身も……」

罹災を免れ家も壊されなかった中年女は誇らかに嘯《うそぶ》くのだが。……寡婦の妹は絶えず飢餓からの脱出を企てていた。リュックを背負う面窶《おもやつ》れした顔は、若々しい力を潜め、それが生きてゆくための最後の抗議、堕ちて来る火の粉を払おうとする表情となっていた。だが、どうかすると、それは血まみれの亡者の面影に見入って、キャッと叫ぶ最後の眼の色になっている。悶え苦しむ眼つきで、この妹が僕に同情してくれると僕はぞっとした。たしかその眼は、もうあの白骨の姿を僕のうちに予想する眼だった。

だが、その年が明けると、その妹にも急に再縁の話が持ち上っていた。その話をはじめてきいた日、僕は村の入口の橋のところで、リュックを背負ってやって来る妹とぱったり出逢った。立話をしているうちに、僕はふと涙が滲んで来た。(涙が？　それは後で考えてみると、人間一人飢死を免れたのを悦ぶ涙らしかった。)だが、その僕はまだ助かってはいなかった。焔は追って来た。滅茶苦茶にあがき廻った揚句、僕は東京の昔の友人のところへ逃げ込んだ。

だが、僕を迎えてくれた友人の家も忽ち不思議な焔に包囲された。飢餓の火はじりじりと燻んで、人間の白い牙はさっと現れた。一瞬にして、人間の顔は変貌する。人間は一瞬の閃光で変貌する。長い長い不幸が人間を変貌させたところで、何の不思議や嘆きがあろう。——日夜、その家の細君のいかつい顔つきに脅えながら、僕はひとり心に囁いていた。

紅の衣服にて育てられし者も今は塵堆を抱く——乞食のような足どりで、僕は雑踏のなかや、焼跡の路を歩いた。焼跡の塵堆に僕の眼はくらくらし、ひだるい膝は前にずんのめりそうだった。と頭上にある青空が、さっと透き徹って光を放つ。（この心の疼き、この幻想のくるめき）僕は眼も眩むばかりの美しい世界に視入ろうとした。

それから、僕を置いてくれていたその家の主人は、ある日旅に出かけると、それきり帰って来なかった。暫くして、その友人は旅先で愛人を得ていて、もう東京へは戻って来ないことが判った。それから僕はその家を立退かねばならなかった。それから僕は宿なしの身になっていたのだが、それから……。苦悩が苦悩を追って行く。——つみかさなる苦悩にむかって跪《ひざまず》き祈る女がいた。

「一度わたしは鏡でわたしの顔を見せてもらった。あれはもうわたしではなかった。わたしではない顔のわたしがそんなにもう怕くはなかった。怕いということまでもうわたしからは無くなっているようだ。わたしが滅びてゆく。わたしの靡爛した乳房や右の肘が、この連続する痛みが、痛みばかりが、今はわたしなのだろうか。

あのときサッと光が突然わたしの顔を斬りつけた。あっと声をあげたとき、たしかわたしの右手はわたしの顔を庇《かば》おうとしていた。顔と手を同時に一つの速度が滑り抜けた。あっと思いながらわたしはよろめいた。倒れてはいなかった。倒れてはいないのがわかった。なにかが走り抜けたあとの速さだけがわたしの耳もとで唸る。わたしの眼は、わたしが眼をあけたとき、濛々としているものが静まって、崩れ落ちたものが、しーんとしていた。どこかで無数の小さな喚きが伝わってくる。風のようなものは通りすぎていたのに、風のようなものの唸りがまだ迫ってくる。あのとき、すべてはもう終っているのだ。だのに、これから何か始まりそうで、そわそわしたものがわたしのなかで揺れうごいた。……」

「火の唇」の書きだしを彼はノートに誌していたが、惨劇のなかに死んでゆくこの女性は一たい誰なのか、はっきりしなかった。が、独白の囁は絶えず聞えた。永遠の相に視入りながら、死の近づくにつれて、心の内側に澄み亘ってくる無限の展望……。突如、生の歓喜が、それは電撃の如くこの女を襲い、疾風よりも烈しくこの女を揺さぶる。まさに、その音楽はこの女を打砕こうとする。ああ、一人の女の胸に、これほどの喜びが、これほどの喜びが許されていていいいので御座いましょうか、と、その女は感動している自分に感涙しながら跪く。と、時は永遠に停止し、それからまたゆるやかに流れだす。

こんな情景を追いながらも、彼は絶えず生活に追詰められていた。それから長く休刊だった雑誌が運転しだすと急に気忙しさが加わった。雑誌社は何時出かけて行っても、来訪者が詰めかけていたし、原稿は机上に山積していた。いろんな人間に面会したり、雑多な仕事を片づけてゆくことに何か興奮の波があった。その波が高まると、よく彼は「人間が人間を揉み苦茶にする」と悲鳴をあげた。

（人間が人間を……）。昔、僕は人間全体に対して、まるで処女のように戦いていた。人間の顔つき、人間の言葉・身振・声、それらが直接僕の心臓を収縮させ、僕の視野を歪めてふるえさせた。一人でも人間が僕の眼の前にいたとする、と忽ち何万ボルトの電流が僕のなかに流れ、神経の火花は顔面に散った。僕は人間が滅茶苦茶に怕かったのだ。いつでもすぐに逃げだしたくなるのだった。しかも、そんなに戦き脅えながら、僕はどのように熱烈に人間を恋し理解したく思っていたことか。

ところが今では、今でも僕が人生に於てぎこちないことは以前とかわりないが、それでも、人間と会うとき前とは違う型が出来上ってしまった。僕が誰かと面談しようとする。僕は僕のなかにスイッチを入れる。すると、さっと軽い電流が僕に流れ、するとあとはもう会話も態度も殆どオートマチックに流れだすのだ。これはどうしたことなのだ？　僕は相手を理解し、相手は今僕を知っていてくれるのだろうか――そういう反省をする暇もなく、僕の前にいる相手は入替り時間は流れ去る。そして深夜、僕にはいろんな人間のばらばらの顔や声や身振がごっちゃになって朧な暈《かさ》のように僕のなかで揺れ返る。僕はその暈のなかにぼんやり睡り込んでしまいそうだ。と突然、戦慄が僕の背筋を突走る。

「いけない、いけない、あの向うを射抜け」

何万ボルトの電流が叫びとなって僕のなかを疾駆するのだ。

（人間が人間を……。その少女にとって、まるで人間一個の生存は恐怖の連続と苦悶の持続に他ならなかった。すべてが奇異に縺《もつ》れ、すべてが極限まで彼女を追詰めてくる。食事を摂ることも、睡ることも、息をすることまで、何もかも困難になる。この幼ない魂は徒らに反転しながら泣号する。「生きていること、生きていることが、こんなに、こんなに辛い」と……。ところが、ある時、この少女の額に何か爽やかなものが訪れる。それから向側にぽっかりと新しい空間が見えてくる。）

「火の唇」のイメージは揺らぎながら彼のなかに見え隠れしていた。そのうち仕事の関係で彼は盛場裏の酒場や露路奥の喫茶店に足を踏入れることが急に増えて来た。すると、アルコールが、それは彼にとって戦後はじめてと云っていいのだったが、彼の眼や脳髄に沁みてゆき、夜の狭い裏通には膨れ上ってゆらぐ空間が流れた……。彼の腰掛けている椅子のすぐ後を奇妙な身なりの少年や青年がざわざわと揺れてゆく。屋台では若い女が一つのアクセントのように絶えず身動きしながら、揺れているものに取まかれている。眼はニスを塗ったようにピカピカし、ルージュで濡れた唇は血のようだ。あれが女の眼であり、唇かと僕はおもう。揺れているガス体は今にも何かパッと発火しそうだ。だが、僕の靴底を奇妙に冷たいものが流れる。どうにもならぬ冷たいものが……。あの女も恐らく炎々と燃える焰に頬を射られ、跣《はだし》で地べたを走り廻ったのか。今も何かを避けようとしたり、何かに喰らいつこうとするリズムが、それも揺れている。めらめらと揺れている。それにしても、彼の靴底を流れてゆく冷たいものは……。ふと、彼の腰掛のすぐ後に、ふらふらの学生が近寄ってくる。自分の上衣のポケットからコップを取出し、それに酒を注いでもらっている。「いいなあ、いいなあ、人間が信じられたならなあ」とその学生は甘ったれの表情でよろよろしている。冷たいものはざわざわと揺れる。火が、火が、火が、だが、火はもうここにはなさそうだ。火事場の跡のここは水溜りなのか。
水溜りを踏越えたかと思うと、彼の友人が四つ角のもの蔭で「夜の女」と立話している。それからその女は黙って二人の後をついて来る。薄暗い喫茶店の隅に入る。(どうして、そんな「夜の女」などになったのです) 親切な友人は女に話しかけてみる。(家があんまり……家では暮らせないので飛出しました) 小さないじけた鼻頭が、ひっぱたけ、何なりとひっぱたけと、そのように、そのように、歪んだように彼の目にうつる。それからテーブルの下にある女の足が、その足に穿いている佗しい下駄が、ふと彼の眼に触れる。あ、下駄、下駄、下駄……冷たいものの流れが……(じゃあお茶だけで失敬するよ) 親切な友人は喫茶店の外で女と別れる。おとなしい女だ。そのまま女は頷いて別れる。
それからまた、ある日は、この親切な友人が彼を露路の奥の喫茶店へ連れて行く。と、テーブルというテーブルが人間と人間の声で沸騰している。濛々と渦巻く煙草の煙のなかから、声が、顔が、わざとらしいものが、ねちこいものが、どうにもならないものが、聞え、見え、閃くなかを、腫れっぽい頬のギラギラした眼の少女がお茶を運んでいる。(ここでも、人間が人間を……。だが、人間が人間と理解し合うには、ここでは二十種類位の符牒でこと足りる。たとえば、
清潔　立派　抵抗　ひねる　支える　崩れる　ハッタリ　ずれ　カバア　フィクション
etc.
そんな言葉の仕組だけで、お互がお互を刺戟し、お互に感激し、そして人間は人間の観念を

確かめ合い、人間は人間の観念を生産してゆく。だが、僕の靴底を流れるこの冷たい流れ、これは一たい何なのだ。）……ふと、気がつくと、向のテーブルでさっきまで議論に熱狂していた連中の姿も今はない。夜更が急に籐椅子の上に滑り堕ちている。隣の椅子で親切な友人はギラギラした眼の少女と話しあっている。（お腹がすいたな、何か食べに行かないか）友人は少女を誘う。（ええ、わたしとても貧乏なのよ）少女は二人の後について夜更の街を歩く。冷たい雨がぽちぽち降ってくる。彼の靴底はすぐ雨が泌みて、靴下まで濡れてゆく。灯をつけた食べもの屋はもう何処にもなさそうだ。（君もそんな靴はいていて、雨が泌みるだろう）彼はふと少女に訊ねてみる。（ええ　泌みるわ　とても）少女はまるでうれしげに肯く。灯をつけた食べもの屋はもう何処にもない。（わたし帰るわ）少女は冷たい水溜のなかに靴を突込んで立留まる。

「火の唇」はいつまでたっても容易に捗らなかった。そして彼がそれをまだ書き上げないうちに、その淋しげな女とも別れなければならぬ日がやって来たのだ。その後もその女とは裏通りなどでパッたり行逢っていた。一緒に歩く時間も長くなったし、一緒に喫茶店に入ることもあった。人生のこと、恋愛のこと、お天気のこと、文学のこと、女は何でもとり混ぜて喋り、それから凝と遠方を眺める顔つきをする。絶えず何かに気を配っているところと、底抜けの夢みがちなところがあって、それが彼にとっては一つの謎のようだった。お天気のこと、人生のこと、恋愛のこと、文学のこと、彼は女の喋る言葉に聴き惚れることもあったが、何かがパッたり滑り堕ちるような気もした。

ああして、女がこの世に一人存在していること、それは一たい何なのだ……その謎が次第に彼を圧迫し強迫するようになっていた。それから、ある日、何故か分らないが、女の顔がこの世のなかで苦しむものの最後のもののように、ひどく疼いているように彼にはおもえた。「あなたのほんとうの気持を、それを少しきかせて下さい」彼は突然口走った。

「もう少し歩いて行きましょう」と女は濠端に添う道の方へ彼を誘った。水の面や、夕暮の靄や、枯木の姿が、何かパセチックな予感のようにおもえた。女は黙って慍《いか》ったような顔つきで歩いている。何かを払いのけようとする、その表情が何に堪えきれないのかと、彼はぼんやり従いて歩いた。突然、女はビリビリと声を震わせた。

「別れなければならない日が参りました。明日、明日もう一度ここでこの時刻にお逢い致しましょう」

そう云い捨てて、向側の鋪道へ走り去った。突然、それは彼にとって、あまりに突然だったのだが……。

女は翌日、約束の時刻に、その場所に姿を現していた。昨日と変って、女は静かに落着いた顔つきだった。がその顔には何か滑り堕ちるような冷やかなものと、底ぬけの夢のようなものが絡みあっている。

「遠いところから、遠いところから、わたしの愛人が戻って参りました」

遠いところから、遠いところから、という声が彼には夢のなかの歌声のようにおもえた。

「そうか、あなたは愛人があったのか」

「いいえ、いいえ、愛人があったところで、生きていることの切なさ、淋しさ、堪えきれなさは同じことで御座います」

生きていることの切なさ、淋しさ、堪えきれなさ、それも彼には遠いところから聴く歌声のようにおもえた。

「それではあなたはどうして僕に興味を持ったんです」

「それはあなたが淋しそうだったから、とてもとても堪えきれない位、淋しそうな方だったから」

そう云いながら、女は手袋を外して、手を彼の方へ差出した。

「生きていて下さい、生きて行って下さい」

彼が右の手を軽く握ったとき、女は祈るように囁いていた。

美しい言葉や念想が殆ど絶え間なく流れてゆく。深い空の雲のきれ目から湧いて出てこちらに飛込んでゆく。僕はもう何年間眠らなかったのかしら。僕の眼は突張って僕の唇は乾いている。息をするのもひだるいような、このふらふらの空間は、ここもたしかに宇宙のなかなのだろうか。かすかに僕のなかには宇宙に存在するものなら大概ありそうな気がしてくる。だから僕が何年間も眠らないでいることも宇宙に存在するかすかな出来事のような気がする。僕は人間というものをどのように考えているのかそんなことをあんまり考えているうちに僕はとうとう眠れなくなったようだ。僕の眼は突張って僕の唇は乾いている、息をするのもひだるいような、このふらふらの空間は……。

僕は気をはっきりと持ちたい。僕は僕をはっきりとたしかめたい。僕の胃袋に一粒の米粒もなかったとき、僕の胃袋は透きとおって、青葉の坂路を歩くひょろひょろの僕が見えていた。あのとき僕はあれを人間だとおもった。自分のために生きるな、死んだ人たちの嘆きのためにだけ生きよ、僕は自分に繰返し繰返し云いきかせた。それは僕の息づかいや涙と同じようになっていた。僕の眼の奥に涙が溜ったとき焼跡は優しくふるえて霧に覆われた。僕は霧の彼方の空にお前を見たとおもった。僕は歩いた。僕の足は僕を支えた。人間の足。驚くべきは人間の足なのだ。廃墟にむかって、ぞろぞろと人間の足は歩いた。その足は人間を支えて、人間はたえず何かを持運んだ。少しずつ、少しずつ人間は人間の家を建てて行った。

人間の足。僕はあのとき傷ついた兵隊を肩に支えて歩いた。兵隊の足はもう一歩も歩けないから捨てて行ってくれと僕に訴えた。疲れはてた朝だった。橋の上を生存者のリヤカーがいくつも威勢よく通っていた。世の中にまだ朝が存在しているのを僕は知った。僕は兵隊をそこに残して歩いて行った。僕の足。突然頭上に暗黒が滑り墜ちた瞬間、僕の足はよろめきながら、僕を支えてくれた。僕の足。僕の足。僕のこの足。恐しい日々だった。滅茶苦茶の時だった。僕の足は火の上を走り廻った。水際を走りまわった。悲しい路を歩きつづけた。ひだるい長い路を歩きつづけた。真暗な長いひだるい悲しい夜の路を歩きとおした。生きるために歩きつづけた。生きてゆくことができるのかしらと僕は星空にむかって訊ねてみた。自分のために生きるな、死んだ人たちの嘆きのためにだけ生きよ。僕を生かしておいてくれるのはお前たちの嘆きだ。僕を歩かせてゆくのも死んだ人たちの嘆きだ。お前たちは星だった。お前たちは花だった。久しい久しい昔から僕が知っているものだった。僕は歩いた。僕の足は僕を支えた。僕の眼の奥に涙が溜るとき、僕は人間の眼がこちらを見るのを感じる。

人間の眼。あのとき、細い細い糸のように細い眼が僕を見た。まっ黒にまっ黒にふくれ上った顔に眼は絹糸のように細かった。河原にずらりと並んでいる異形の重傷者の眼が、傷ついていない人間を不思議そうに振りむいて眺めた。不思議そうに、不思議そうに、何もかも不思議そうな、ふらふらの、揺れかえる、揺れかえった後の、また揺れかえりの、おそろしいものに視入っている眼だ。水のなかに浸って死んでいる子供の眼はガラス玉のようにパッと水のなかで見ひらいていた。両手も両足もパッと水のなかに拡げて、大きな頭の大きな顔の悲しげな子供だった。まるでそこへ捨てられた死の標本のように子供は河淵に横わっていた。それから死の標本はいたるところに現れて来た。

人間の死体。あれはほんとうに人間の死骸だったのだろうか。むくむくと動きだしそうになる手足や、絶対者にむかって投げ出された胴、痙攣して天を掴もうとする指……。光線に突刺された首や、喰いしばって白くのぞく歯や、盛りあがって喰みだす内臓や……。一瞬に引裂かれ、一瞬にむかって挑もうとする無数のリズム……。うつ伏せに溝に墜ちたものや、横むきにあおのけに、焼け爛れた奈落の底に、墜ちて来た奈落の深みに、それらは悲しげにみんな天を眺めているのだった。

人間の屍体。それは生存者の足もとにごろごろと現れて来た。それらは僕の足に絡みつくようだった。僕は歩くたびに、もはやからみつくものから離れられなかった。僕は焼けのこった東京の街の爽やかな鈴懸の朝の鋪道を歩いた。鈴懸は朝ごとに僕の眼をみどりに染め、僕の眼は涼しげなひとの眼にそそいだ。僕の眼は朝ごとに花の咲く野山のけはいをおもい、僕の耳は朝ごとにうれしげな小鳥の声にゆれた。自分のために生きるな、死んだ人たちの嘆きのためにだけ生きよ。僕を生かして僕を感動させるものがあるなら、それはみなお前たちの嘆きのせいだ。僕のなかで鳴りひびく鈴、僕は鈴の音にききとれていたのだが……。

だが、このふらふらの揺れかえる、揺れかえった後の、また揺れかえりの、ふらふらの、今もふらふらと揺れかえる、この空間は僕にとって何だったのか。めらめらと燃えあがり、燃え畢った後の、また燃えなおしの、めらめらの、今も僕を追ってくる、この執拗な焔は僕にとって何だったのか。僕は汽車から振落されそうになる。僕は電車のなかで押つぶされそうになる。僕は部屋を持たない。部屋は僕を拒む。僕は押されて振落されて、さまよっている。さまよっている。さまよっている。さまよっているのが人間なのか。人間の観念と一緒に僕はさまよっている。

人間の観念。それが僕を振落し僕を拒み僕を押つぶし僕をさまよわし僕に喰らいつく。僕が昔僕であったとき、僕がこれから僕であろうとするとき、僕は僕にピシピシと叩かれる。僕のなかにある僕の装置。人間のなかにある不可知の装置。人間の核心。人間の観念。観念の人間。洪水のように汎濫する言葉と人間。群衆のように雑沓する言葉と人間。言葉。言葉。言葉。僕は僕のなかにある ESSAY ON MAN の言葉をふりかえる。

死について　　死は僕を生長させた
愛について　　愛は僕を持続させた
孤独について　　孤独は僕を僕にした
狂気について　　狂気は僕を苦しめた
情欲について　　情欲は僕を眩惑させた
バランスについて　　僕の聖女はバランスだ

夢について　夢は僕の一切だ
神について　神は僕を沈黙させる
役人について　役人は僕を憂鬱にした
花について　花は僕の姉妹たち
涙について　涙は僕を呼びもどす
笑について　僕はみごとな笑がもちたい
戦争について　ああ戦争は人間を破滅させる

殆ど絶え間なしに妖しげな言葉や念想が流れてゆく。僕は流されて、押し流されてへとへとになっているらしい。僕は何年間もう眠れないのかしら。僕の眼は突張って、僕の空間は揺れている。息をするのもひだるいような、このふらふらの空間に……。ふと、揺れている空間に白堊の大きな殿堂が見えて来る。僕はふらふらと近づいてゆく。まるで天空のなかをくぐっているように……。大きな白堊の殿堂が僕に近づく。僕は殿堂の門に近づく。天空のなかから浮き出てくるように、殿堂の門が僕に近づく。僕はオベリスクに刻られた文字を眺める。僕は驚く。僕は呟く。

原子爆弾記念館

僕はふらふら階段を昇ってゆく。僕は驚く。僕は呟く。僕は訝《いぶか》る。階段は一歩一歩僕を誘い、廊下はひっそりと僕を内側へ導く。ここは、これは、ここは、これは……僕はふと空漠としたものに戸惑っている。コトコトと靴音がして案内人が現れる。彼は黙って扉を押すと、僕を一室に導く。僕は黙って彼の後についてゆく。ガラス張りの大きな函の前に彼は立留る。函の中には何も存在していない。僕は眼鏡と聴音器の連結された奇妙なマスクを頭から被せられる。彼は函の側にあるスイッチを静かに捻る。……突然、原爆直前の広島市の全景が見えて来た。

……突然、すべてが実際の現象として僕に迫って来た。これはもう函の中に存在する出来事ではなさそうだった。僕は青ざめる。飛行機はもう来ていた。見えている。雲のなかにかすかな爆音がする。僕は僕を探す。僕はいた。僕はあの家のあそこに……。あのときと同じように僕はいた。僕の眼は街の中の、屋根の下の、路の上の、あらゆる人々の、あの時の位置をことごとく走り廻る。僕は叫ぶ。（厭らしい装置だ。あらゆる空間的角度からあらゆる空間現象を透視し、あらゆる時間的速度であらゆる時間的進行を展開さす呪うべき装置だ。恥ずべき詭計だ。何のために、何のために、僕にあれをもう一度叩きつけようとするのだ！）

僕は叫ぶ。僕の眼に広島上空に閃く光が見える。光はゆるゆると夢のように悠然と伸び拡る。あッと思うと光はさッと速度を増している。が、再び瞬間が細分割されるように光はゆるゆるとためらいがちに進んでゆく。突然、光はさッと地上に飛びつく。地上の一切がさッと変形される。街は変形された。が、今、家屋の倒壊がゆるゆると再びある夢のような速度で進行を繰返している。僕は僕を探す。僕はいた。あそこに……。僕は僕に動顚する。僕は僕に叫ぶ。（虚妄だ。妄想だ。僕はここにいる。僕はあちら側にいない。僕はここにいる。僕はあちら側にはいない。）僕は苦しさにバタバタし、顔のマスクを捥ぎとろうとする。
と、あのとき僕の頭上に墜ちて来た真暗な塊りのなかの藻掻《もが》きが僕の捥ぎとろうとするマスクと同じだ。僕はうめく。僕はよろよろと倒れそうになる。倒れまいとする。と、真暗な塊りのなかで、うめく僕と倒れまいとする僕と……。僕はマスクを捥ぎとろうとする。バタバタとあばれまわる。……スイッチはとめられた。やがて案内人は僕の顔からマスクをはずしてくれる。僕は打ちのめされたようにぐったりしている。案内人は僕をソファのところへ連れて行ってくれる。僕はソファの上にぐったり横わる。

〈ソファの上での思考と回想〉

僕はここにいる。僕はあちら側にはいない。ここにいる。ここにいる。ここにいる。ここにいるのだ。ここにいるのが僕だ。ああ、しかし、どうして、僕は僕にそれを叫ばねばならないのか。今、僕の横わっているソファは少しずつ僕を慰め、僕にとって、ふと安らかな思考のソファとなってくる。……僕はここにいる。僕は向側にはいない。僕はここにいる。ああ、しかし、どうしてまだ僕はそれを叫びたくなるのか。

……ふと、僕はK病院のソファに横わってガラス窓の向うに見える楓の若葉を見たときのことをおもいだす。あのとき僕は病気だと云われたら無一文の僕は自殺するよりほかに方法はなかったのだが……。あのとき僕は窓ガラスの向側の美しく戦く若葉のなかに、僕はいたのではなかったかしら。その若葉のなかには死んだお前の目なざしや嘆きがまざまざと残っているようにおもえた。……僕はもっとはっきりおもいだす。ある日、お前が眺めていた庭の若竹の陽ざしのゆらぎや、僕が眺めていたお前のかおつきを……。僕は僕の向側にもいる。お前は生きていた。アパートの狭い一室で僕はお前の側にぼんやり坐っていた。美しい五月の静かな昼だった。鏡があった。お前の側には鏡があった。鏡に窓の外の若葉が少し映っていた。僕は鏡に映っている窓の外のほんの少しばかし見える青葉に、ふと、制し難い郷愁が湧いた。「もっともっと青葉が一ぱい一ぱい見える世界に行ってみないか。今すぐ、今すぐに」お前は僕の突飛すぎる調子に微笑した。が、もうお前もすぐキラキラした迸《ほとばし》るばかりのものに誘われていた。軽い浮々したあふるるばかりのものが湧いた。一人の人間に一つの調子が湧くとき、すぐもう一人の人間にその調子がひびいてゆくこと、僕がふと考えているのはこのことなのだろうか。

僕はもっとはっきり思い出せそうだ。僕は僕の向側にいる。鏡があった。あれは僕が僕というものに気づきだした最初のことかもしれなかった。僕は鏡のなかにいた。僕の顔は鏡のなかにあった。鏡のなかには僕の後の若葉があった。ふと僕は鏡の奥の奥のその奥にある空間に迷い込んでゆくような疼きをおぼえた。あれは迷い子の郷愁なのだろうか。僕は地上の迷い子だったのだろうか。そうだ、僕はもっとはっきり思い出せそうだ。

僕は僕の向側にいた。子供の僕ははっきりと、それに気づいたのではなかった。が、子供の僕は、しかしやはり振り墜されている人間ではなかったのだろうか。安らかな、穏やかな、殆ど何の脅迫の光線も届かぬ場所に安置されている僕がふとどうにもならぬ不安に駆りたたれていた。そこから奈落はすぐ足もとにあった。無限の墜落感が……。あんな子供のときから僕の核心にあったもの、……僕がしきりと考えているのはこのことだろうか。僕はもっとはっきり思い出せそうだ。

僕は僕の向側にいる。樹木があった。僕は樹木の側に立って向側を眺めていた。向側にも樹木があった。あれは僕が僕というものの向側を眺めようとしだす最初の頃かもしれなかった。少年の僕は向側にある樹木の向側に幻の人間を見た。今にも嵐になりそうな空の下を悲痛に叩きつけられた巨人が歩いていた。その人の額には人類のすべての不幸、人間のすべての悲惨が刻みつけられていたが、その人はなお昂然と歩いていた。獅子の鬣《たてがみ》のように怒った髪、鷲の眼のように鋭い目、その人は昂然と歩いていた。少年の僕は幻の人間を仰ぎ見ては訴えていた。僕は弱い、僕は弱い、僕は僕はこんなに弱いと。そうだ、僕はもっとはっきり思い出さなければならない。僕は弱い、僕は弱い、僕は弱いという声がするようだ。今も僕のなかで、僕のなかで、その声が……。自分のために生きるな、死んだ人たちの嘆きのためにだけ生きよ。僕のなかでまたもう一つの声がきこえてくる。

僕はソファを立上る。僕は歩きだす。案内人は何処へ行ったのかもう姿が見えない。僕はひとりで、陳列戸棚の前を茫然と歩いている。僕はもうこの記念館のなかの陳列戸棚を好奇心で覗き見る気は起らない。僕の想像を絶したものが既に発明され此処に陳列してあるとしても、はたしてこれは僕の想像を絶したものであろうか。そのものが既に発明されて此処に陳列してあること、陳列されてあること、陳列してあるということ、そのことだけが僕の想像を絶したことなのだ。僕は悲惨になる。僕は憂鬱になる。自分で自分を処理できない狂気のように、それらは僕を苦しめる。僕はひとり暗然と歩き廻って、自分の独白にきき入る。泉。泉。泉こそは……

そうだ、泉こそはかすかに、かすかな救いだったのかもしれない。重傷者の来て呑む泉。つぎつぎに火傷者の来て呑む泉。僕はあの泉あるため、あの凄惨な時間のなかにも、かすかな救いがあったのではないか。泉。泉。泉こそは……。その救いの幻想はやがて僕に飢餓が迫って来たとき、天上の泉に投影された。僕はくらくらと目くるめきそうなとき、空の彼方にある、とわの泉が見えて来たようだ。それから夜……宿なしの僕はかくれたところにあって湧きやめない、とわの泉のありかをおもった。泉。泉。泉こそは……。

僕はいつのまにか記念館の外に出て、ふらふら歩き廻っている。群衆は僕の眼の前をぞろぞろと歩いているのだ。群衆はあのときから絶えず地上に汎濫しているようだ。僕は雑沓のなかをふらふら歩いて行く。僕はふらふら歩き廻っている。僕にとって、僕のまわりを通りこす人々はまるで纏りのない僕の念想のようだ。僕の頭のなか、僕の習癖のなか、いつのまにか、纏りのない群衆が汎濫している。僕はふと群衆のなかに伊作の顔を見つけて呼びとめようとする。だが伊作は群衆のなかに消え失せてしまう。ふと、僕の眼にお絹の顔が見えてくる。僕が声をかけようとしていると彼女もまた群衆のなかに紛れ失せている。僕は茫然とする。そうだ、僕はもっとはっきり思い出したい。あれは群衆なのだろうか。僕の念想なのだろうか。ふと声がする。

〈僕の頭の軟弱地帯〉　僕は書物を読む。書物の言葉は群衆のように僕のなかに汎濫してゆく。僕は小説を考える。小説の人間は群衆のように僕のなかに汎濫してゆく。僕は人間と出逢う。実在の人間が小説のようにしか僕のものと連結されない。無数の人間の思考・習癖・表情それらが群衆のようにぞろぞろと歩き廻る。バラバラの地帯は崩れ墜ちそうだ。

〈僕の頭の湿地帯〉　僕は寝そびれて鶏の声に脅迫されている。魂の疵《きず》を掻きむしり、掻きむしり、僕は僕に呻吟してゆく。この仮想は僕なのだろうか。この罪ははたして僕なのだろうか。僕は空転する。僕の核心は青ざめる。めそめそとしたものが、割りきれないものが、皮膚と神経に滲みだす。空間は張り裂けそうになる。僕はたまらなくなる。どうしても僕はこの世には生存してゆけそうにない。逃げ出したいのだ。何処かへ、何処か山の奥に隠れて、ひとりで泣き暮したいのだ。ひとりで、死ぬ日まで、死ぬる日まで。

〈僕の頭の高原地帯〉　僕は突然、生存の歓喜にうち顫える。生きること、生きていること、小鳥が毎朝、泉で水を浴びて甦るように、僕のなかの単純なもの、素朴なもの、それだけが、ただ、僕を爽やかにしてくれる。

〈僕の頭の……〉

〈僕の頭の……〉

〈僕の頭の……〉

僕には僕の歌声があるようだ。だが、僕は伊作を探しているのだ。伊作も僕を探しているのだ。それから僕はお絹を探しているのだ。お絹も僕を探そうとする。僕は伊作を知っている。

僕はお絹を知っている。しかし伊作もお絹も僕の幻想、僕の乱れがちのイメージ、僕の向側にあるもの、僕のこちら側にあるもの……。ふと声がしだした。伊作の声が僕にきこえた。

〈伊作の声〉

世界は割れていた。僕は探していた。何かをいつも探していたのだ。廃墟の上にはぞろぞろと人間が毎日歩き廻った。人間はぞろぞろと歩き廻って何かを探していたのだろうか。新しく截りとられた宇宙の傷口のように、廃墟はギラギラ光っていた。巨きな虚無の痙攣は停止したまま空間に残っていた。崩壊した物質の堆積の下や、割れたコンクリートの窪みには死の異臭が罩《こも》っていた。真昼は底ぬけに明るくて悲しかった。白い大きな雲がキラキラと光って漾《ただよ》った。朝は静けさゆえに恐しくて悲しかった。その廃墟を遠くからとりまく山脈や島山がぼんやりと目ざめていた。夕方は迫ってくるもののために侘しく底冷えていた。夜は茫々として苦悩する夢魔の姿だった。人肉を啖《くら》いはじめた犬や、新しい狂人や、疵だらけの人間たちが夢魔に似て彷徨していた。すべてが新しい夢魔に似た現象なのだろうか。廃墟の上には毎日人間がぞろぞろと歩き廻った。人間が歩き廻ることによって、そこは少しずつ人間の足あとと祈りが印されて行くのだろうか。僕も群衆のなかを歩き廻っていたのだ。復員して戻ったばかりの僕は惨劇の日をこの目で見たのではなかった。だが、惨劇の跡の人々からきく悲話や、戦慄すべき現象はまだそこここに残っていた。一瞬の閃光で激変する人間、宇宙の深底に潜む不可知なもの……僕に迫って来るものははてしなく巨大なもののようだった。だが、僕は揺すぶられ、鞭打たれ、燃え上り、塞《せ》きとめられていた。家は焼け失せていたが、父母と弟たちは廃墟の外にある小さな町に移住していた。復員して戻ったばかりの僕は、父母の許で、何か忽ち塞きとめられている自分を見つけた。今は人間が烈しく喰いちがうことによって、すべてが塞きとめられている時なのだろうか。だが、僕は昔から、殆ども心ついたばかりの頃から、揺すぶられ、鞭打たれ、燃え上り、塞きとめられていたような記憶がする。僕は突抜けてゆきたくなるのだ。僕は廃墟の方をうろうろ歩く。僕の顔は何かわからぬものを嚇と内側に叩きつけている顔になっている。人間の眼はどぎつく空間を撲りつける眼になっている。のぞみのない人間と人間の反射が、ますますその眼つきを荒っぽくさせているのだろうか。めらめらの火や、噴きあげる血や、捩がれた腕や、死狂う唇や、糜爛《びらん》の死体や、それらはあった、それらはあった、人々の眼のなかにまだ消え失せてはいなかった。鉄筋の残骸や崩れ墜ちた煉瓦や無数の破片や焼け残って天を引裂こうとする樹木は僕のすぐ眼の前にあった。世界は割れていた。割れていた、恐しく割れていた。だが、僕は探していたのだ。何かはっきりしないものを探していた。どこか遠くにあって、かすかに僕を慰めていたようなもの、何だかわからないとらえどころのないもの、消えてしまって記憶の内側にしかないもの、しかし空間から再びふと浮び出しそうなもの、記憶の内側にさえないが、嘗てたしかにあったとおもえるもの、僕はぼんやり考えていた。

世界は割れていた。恐しく割れていた。だが、まだ僕の世界は割れてはいなかったのだ。まだ僕は一瞬の閃光を見たのではなかった。僕はまだ一瞬の閃光に打たれたのではなかった。だが、とうとう僕の世界にも一瞬の大混乱がやって来た。そのときまで僕は何にも知らなかった。その時から僕の過去は転覆してしまった。その時から僕の記憶は曖昧になった。その時から僕の思考は錯乱して行った。知らないでもいいことを知ってしまったのだ。僕は知らなかった僕に驚き、僕は知ってしまった僕に引裂かれる。僕は知ってしまったのだ。僕は知ってしまったのだ。僕の母が僕を生んだ母とは異っていたことを……。突然、知らされてしまったのだ。突然？　……だが、その時まで僕はやはりぼんやり探していたのかもしれなかった。叔父の葬式のときだった。壁の落ち柱の歪んだ家にみんなは集っていた。そのなかに僕は人懐こそうな婦人をみつけた。前に一度、僕が兵隊に行くとき駅までやって来て黙ったまま見送ってくれた婦人だった。僕は何となく惹きつけられていた。叔父の死骸が戸板に乗せられて焼場へ運ばれて行く時だった。僕はその婦人とその婦人の夫と三人で人々から遅れがちに歩いていた。その婦人も婦人の夫も僕は何となく心惹かれたが、僕は何となく遠い親戚だろう位に思っていた。突然、婦人の夫が僕に云った。

「君ももう知っているのだね、お母さんの異うことを」

不思議なこととは思ったが、僕は何気なく頷いた。何気なく頷いたが、僕は閃光に打たれてしまっていたのだ。それから僕はザワザワした。揺れうごくものがもう鎮まらなかった。それから間もなく僕の探求が始った。僕はその人たちの家をはじめてこっそり訪ねて行った。山の麓にその人たちの仮寓はあった。それから僕は全部わかった。あの婦人は僕の伯母、死んだ僕の母の姉だったのだ。僕の母は僕が三つの時死んでいる。僕の父は僕の母を死ぬる前に離婚している。事情はこみ入っていたのだが、そのため僕には全部今迄隠されていた。僕は死んだ母の写真を見せてもらった。僕には記憶がなかったが……。僕の父もその母と一緒に僕と三人で撮っている。僕には記憶はなかったが……。僕は目かくしされて、ぐるぐるぐる廻されていたのだった。長い間、あまりに長い間、僕ひとり、僕ひとり……。僕の目かくしはとれた。こんどは僕のまわりがぐるぐる廻った。僕もぐるぐる廻りだした。

僕のなかには大きな風穴が開いて何かがぐるぐると廻転して行った。何かわけのわからぬものが僕のなかで僕を廻転させて行った。僕は廃墟の上を歩きながら、これは僕ではないと思う。だが、廃墟の上を歩いている僕は、これが僕だ、これが僕だと僕に押しつけてくる。僕はここではじめて廃墟の上でたった今生れた人間のような気がしてくる。僕は吹き晒しだ。吹き晒しの裸身が僕だったのか。わかるか、わかるかと僕に押しつけてくる。それで、僕はわかるような気がする。子供のとき僕は何かのはずみですとんと真暗な底へ突落されている。何かのはずみで僕は全世界が僕の前から消え失せている。ガタガタと僕の核心は青ざめて、僕は真赤な号泣をつづける。だが、誰も救ってはくれないのだ。僕はつらかった。僕は悲しかった、死よりも堪えがたい時間だった。僕は真暗な底から自分で這い上らねばならない。僕は這い上った。そして、もう堕ちたくはなかった。だが、そこへ僕をまた突落そうとする何かのはずみはいつも僕のすぐ眼の前にチラついて見えた。僕はそわそわして落着がなかった。いつも誰かの顔色をうかがった。いつも誰かから突落されそうな気がした。突落されたくなかった。堕ちたくなかった。僕は人の顔を人の顔ばかりをよく眺めた。彼等は僕を受け容れ、拒み、僕を隔てていた。人間の顔面に張られている一枚の精巧複雑透明な硝子……あれは僕には僕なりにわかっていたつもりなのだが。

おお、一枚の精巧複雑透明な硝子よ。あれは僕と僕の父の間に、僕と僕の継母の間に、それから、すべての親戚と僕との間に、すべての世間と僕との間に、張られていた人間関係だったのか。人間関係のすべての瞬間に潜んでいる怪物、僕はそれが怕くなったのだろうか。僕はそれが口惜しくなったのだろうか。僕にはよくわからない。僕はもっともっと怕くなるのだ。すべての瞬間に破滅の装塡されている宇宙、すべての瞬間に戦慄が潜んでいる宇宙、ジーンとしてそれに耳を澄ませている人間の顔を僕は夢にみたような気がする。僕にとって怕いのは、もう人間関係だけではない。僕を呑もうとするもの、僕を嚙もうとするもの、僕にとってあまりに巨大な不可知なものたち。不可知なものは、それは僕が歩いている廃墟のなかにもある。僕はおもいだす、はじめてこの廃墟を見たとき、あの駅の広場を通り抜けて橋のところまで来て立ちどまったとき、そこから殆ど廃墟の全景が展望されたが、ぺちゃんこにされた廃墟の静けさのなかから、ふと向うから何かわけのわからぬものが叫びだすと、つづいてまた何かわけのわからないものが泣きわめきながら僕の頰へ押しよせて来た。あのわけのわからないものたちは僕を僕を僕のなかでぐるぐると廻転さす。

僕は僕のなかをぐるぐる探し廻る。そうすると、いろんな時のいろんな人間の顔が見えて来る。僕にむかって微笑みかけてくれる顔、僕をちょっと眺める顔、僕に無関心の顔、厚意ある顔、敵意を持つ顔、……だが、それらの顔はすべて僕のなかに日蔭や日向のある、とにかく調和ある静かな田園風景となっている。僕はとにかく、いろんなものと、いろんな糸で結びつけられている。僕はとにかく安定した世界にいるのだ。

ジーンと鋭い耳を刺すような響がする。僕のいる世界は引裂かれてゆく。それらはない、それらはない！　と僕は叫びつづける。それらはみんな飛散ってゆく。破片の速度だけが僕の眼の前にある。それらはない！　それらはない！　僕は叫びつづける。……と、僕を地上に結びつけていた糸がプッリと切れる。こんどは僕が破片になって飛散ってゆく。くらくらとする断崖、感動の底にある谷間、キラキラと燃える樹木、それらは飛散ってゆく僕に青い青い流れとして映る。僕はない！　僕はない！　僕は叫びつづける。……僕は夢をみているのだろうか。

僕は僕のなかをぐるぐるともっと強烈に探し廻る。突然、僕のなかに無限の青空が見えてくる。それはまるで僕の胸のようにおもえる。僕は昔から眼を見はって僕の前にある青空を眺めなかったか。昔、僕の胸はあの青空を吸収してまだ幼かった。今、僕の胸は固く非常に健やかになっているようだ。たしかに僕の胸は無限の青空のようだ。たしかに僕の胸は無限に突進んで行けそうだ。僕をとりまく世界が割れていて、僕のいる世界が悲惨で、僕を圧倒し僕を破滅に導こうとしても、僕は……。僕は生きて行きたい。僕は生きて行けそうだ。僕は……。そうだ、僕はなりたい、もっともっと違うものに、もっともっと大きなものに……。巨大に巨大に宇宙は膨れ上る。巨大に巨大に……。僕はその巨大な宇宙に飛びついてやりたい。僕の眼のなかには願望が燃え狂う。僕の眼のなかに一切が燃え狂う。

それから僕は恋をしだしたのだろうか。僕は廃墟の片方の入口から片一方の出口まで長い長い広い広いところを歩いて行く。空漠たる沙漠を隔てて、その両側に僕はいる。僕の父母の仮りの宿と僕の伯母の仮りの家と……。伯母の家の方向へ僕が歩いてゆくとき、僕の足どりは軽くなる。僕の眼には何かちらと昔みたことのある美しい着物の模様や、何でもないのにふと僕を悦ばしてくれた小さな品物や、そんなものがふと浮んでくる。そんなものが浮んでくると僕は僕が懐しくなる。伯母とあうたびに、もっと懐しげなものが僕につけ加わってゆく。伯母の云ってくれることなら、伯母の言葉ならみんな僕にとって懐しいのだ。僕は伯母の顔の向側に母をみつけようとしているのかしら。だが、死んだ母の向側には何があるのか。向側よ、向側よ、……ふと何かが僕のなかで鳴りひびきだす。僕は軽くなる。僕は柔かにふくれあがる。涙もろくなる。嘆きやすくなる。嘆き？　今まで知らなかったとても美しい嘆きのようなものが僕を抱き締める。それから何も彼もが美しく見えてくる。嘆き？　靄にふるえる廃墟まで美しく嘆く。あ、あれは死んだ人たちの嘆きと僕たちの嘆きがひびきあうからだろうか。嘆き？　嘆き？　僕の人生でたった一つ美しかったのは嘆きなのだろうか？　わからない、僕は若いのだ。僕の人生はまだ始ったばかりなのだ。僕はもっと探してみたい。嘆き？　人生でたった一つ美しいのは嘆きなのだろうか。

それから僕は彷徨《さまよ》って行った。僕はやっぱし何かを探しているのだ。僕が死んだ母のことを知ってしまったことは僕の父に知られてしまった。それから間もなく僕は東京へやられた。それから僕は東京を彷徨って行った。東京は僕を彷徨わせて行った。（僕のなかできこえる僕の雑音……。ライターが毀れてしまった。石鹼がない。靴の踵がとれた。時計が狂った。書物が欲しい。ノートがくしゃくしゃだ。僕はくしゃくしゃだ。僕はバラバラだ。書物は僕を理解しない。僕も書物を理解できない。僕は気にかかる。何もかも気にかかる。くだらないものが一杯充満して散乱する僕の全存在、それが一つ一つ気にかかる。教室で誰かが誰かと話をしている。人は僕のことを喋っているのかしら。向側の鋪道を人間が歩いている。あれは僕なのかしら。音楽がきこえてくる。僕は音楽にされてしまっている。下宿の窓の下を下駄の音が走る。走っているのは僕だ。以前のことを思っては駄目だ、こちらは日毎に苦しくなって行く……父の手紙。父の手紙は僕を揺るがす。伊作さん立派になって下さい立派に、……伯母の声だ。その声も僕を揺るがす。みんなどうして生きて行っているのかまるで僕には見当がつかない。みんな人間は木端微塵にされたガラスのようだ。世界は割れている。人類よ、人類よ、人類よ。僕は理解できない。僕は結びつけない。僕は揺れている。人類よ、人類よ、僕は理解したい。僕は結びつきたい。僕は生きて行きたい。揺れているのは僕だけなのかしら。いつも僕のなかで何か爆発する音響がする。いつも何かが僕を追かけてくる。僕は揺すぶられ、鞭打たれ、燃え上り、塞きとめられている。僕はつき抜けて行きたい。どこかへ、どこかへ）それから僕は東京と広島の間を時々往復しているが、僕の混乱と僕の雑音は増えてゆくばかりなのだ。僕の中学時代からの親しい友人が僕に何にも言わないで、ぷつりと自殺した。僕の世界はまた割れて行った。僕のなかにはまた風穴ができたようだ。風のなかに揺らぐ破片、僕の雑音、雑音の僕。僕の人生ははじまったばっかしなのだ。ああ、僕は雑音のかなたに一つの澄みきった歌ごえがききとりたいのだが……。

伊作の声がぷつりと消えた。雑音のなかに一つの澄みきったうたごえ……それをききとりたいと云って伊作の声が消えた。僕はふらふらと歩いている。僕のまわりがふらふらと歩いてくる。群衆のざわめきのなかに、低い、低い、しかし、絶えまなくきこえてくる、悲しい、やわらかい、静かな、嘆くように美しい、小さな小さな囁き、僕もその囁きにきき入りたいのだが……。やっぱし僕のまわりはざわざわ揺れている。揺れているなかから、ふと声がしだした。お絹の声が僕にきこえた。

〈お絹の声〉

わたしはあの時から何年間夢中で走りつづけていたのかしら。あの時わたしの夫は死んだ。わたしの家は光線で歪んだ。火は近くまで燃えていた。わたしの夫が死んだのを知ったのは三日目のことだった。わたしの息子はわたしと一緒に壕に隠れた。わたしは何が終ったのやら何が始ったのやらわからなかった。火は消えたらしかった。二日目に息子が外の様子を見て戻って来た。ふらふらの青い顔で蹲《うずくま》った。何か嘔吐していた。あんまりひどいので口がきけなくなっていたのだ。翌日も息子はまた外に出て街のありさまをたしかめて来た。夫のいた場所では誰も助かっていなかった。あの時からわたしは夢中で走りださねば助からなかった。水道は壊れていた。電灯はつかなかった。雨が、風が吹きまくった。わたしはパタンと倒れそうになる。

足が、足が、足が、足が、倒れそうになるわたしを追越してゆく。またパタンと倒れそうになる。足が、足が、足が、倒れそうになるわたしを追越してゆく。息子は父のネクタイを闇市に持って行って金にかえてもどる。わたしは逢う人ごとに泣ごとを云っておどおどしていた。だがわたしは泣いてはいられなかった。泣いている暇はなかった。おどおどしてはいられなかった。走りつづけなければ、走りつづけなければ……。わたしはせっせとミシンを踏んだ。ありとあらゆる生活の工夫をつづけた。わたしが着想することはわたしにさえ微笑されたが、それでもどうにか通用していた。中学生の息子はわたしを励まし、わたしの助手になってくれた。走りつづけなければ、走りつづけなければ……。わたしは夢のなかでさえそう叫びつづけた。

突然、パタンとわたしは倒れた。わたしはそれからだんだん工夫がきかなくなった。わたしはわたしに迷わされて行った。青い三日月が焼跡の新しい街の上に閃いている夕方だった。わたしがミシン仕事の仕上りをデパートに届けに行く途中だった。わたしは雑沓のなかでわたしの昔の愛人の後姿を見た。そんなはずはなかった。愛人は昔もう死んでいたから。だけどわたしの目に見えるその後姿はわたしの目を離れなかった。わたしはこっそり後からついて歩いた。どこまでも、どこまでも、この世の果ての果てまでも見失うまいとする熱望が突然わたしになにか囁きかけた。そんなはずはなかった。わたしは昔それほど熱狂したおぼえはなかった。わたしはわたしが怕くなりかかった。突然、その後姿がわたしの方を振向いていた。突き刺すような眼なざしで、……ハッと思う瞬間、それはわたしの夫だった。そんなはずはなかった。夫はあのとき死んでしまったのだから。突き刺すような眼なざしに、わたしはざくりと突き刺されてしまっていた。熱い熱いものが背筋を走ると足はワナワナ震え戦いた。人ちがいだ、人ちがいだ、とパッと叫んでわたしは逃げだしたくなる。わたしはそれでも気をとりなおした。わたしを突き刺した眼なざしの男は、次の瞬間、人混みの青い闇に紛れ去っていた。後姿はまだチラついたが……。

　人ちがいだ、人ちがいだった、わたしはわたしに安心させようとした。後姿はまだチラついたが……わたしはわたしの眼を信じようとした。わたしはハッキリ眼をあけていたかった。水晶のように澄みわたって見える、そんな視覚をとりもどしたかった。澄みきった水の底に泳ぐ魚の見える、そんな感覚をよびもどしたかった。だけど、わたしはがっかりしたのか、ひどく視力がゆるんでしまった。怕《おそろ》しい怕しいことに出喰わした後の、ゆるんだ視覚がわたしらしかった。わたしはまわりの人混みのゆるい流れにもたれかかるようにして歩いた。後姿はまだチラついたが……。

　わたしはそれでも気をとりなおした。人混みのゆるい流れにもたれかかるようにして歩いて、何処へ行くのか迷ってはいなかった。いつものようにデパートの裏口から階段を昇り、そこまで行ったが、ときどき何かがっかりしたものが、わたしのまわりをザラザラ流れる。品物を渡して金を受取ろうとすると、わたしは突然泣けそうになった。金を受取るという、この世間並の、あたりまえの、何でもない行為が、突然わたしを罪人のような気持にさせた。そんな気持になってはいけない、今はよほどどうかしている。わたしはわたしを支えようとした。今はよほどどうかしている、しっかりしていないと、何だか空間がパチンと張裂けてしまう。何気なく礼を云ってその金を受取ると、わたしは一つの危機を脱したような気がしたものだ。それからわたしは急いで歩いた。急がなければ、急がなければ、後から何かが追かけてくる。わたしは急いで歩いているはずだったが、ときどきぼんやり立どまりそうになった。後姿はまだチラついた。

家に戻っても落着けなかった。わたしはよほどどうかしている。わたしはよほどどうかしている。今すぐ今すぐしっかりしないと大変なことになりそうだった。わたしはわたしを支えようとした。わたしはわたしに凭《もた》れかかった。ゆるくゆるくゆるんで行く睡い瞼《まぶた》のすぐまのあたりを凄い稲妻がさッと流れた。わたしはうとうと睡りかかるとハッとわたしは弾きかえされた。後姿がまだチラついた。青いわたしの脊髄の闇に……。

わたしはわたしに迷わされているらしい。わたしはわたしに脅えだしたらしい。何でもないのだ、何でもないのだ、わたしなんかありはしない。昔から昔からわたしはわたしをわたしだと思ったことなんかありはしない。お盆の上にこぼれていた水、あの水の方がわたしらしかった。水、……水、……水、……わたしは水になりたいとおもった。青い蓮の葉の上でコロコロ転んでいる水銀の玉、蜘蛛の巣をつたって走る一滴の水玉、そんな優しい小さなものに、そんな美しい小さなものに、わたしはなれないのかしら。わたしはわたしを宥《なだ》めようとおもうと、静かな水が眼の前をながれた。静かな水は苔の上をながれる。小川の水が静かに流れる。あっちからもこっちからも川が流れる。白帆が見える、燕が飛んだ。川の水はうれしげに海にむかって走った。海はたっぷりふくらんでいた。たのしかった。うれしそうだった。懐しかった。

鷗がヒラヒラ閃いていた。海はひろびろと夢をみているようだった。夢がだんだん仄暗くなったとき、突然、海の上を光線が走った。海は真暗に割れて裂けた。わたしはわたしに弾きかえされた。わたしはわたしにいらだちだした。わたしはわたしだ、どうしてもわたしだ。わたしのほかにわたしなんかありはしない。わたしはわたしに獅嚙《しが》みつこうとした。わたしは縮んで固くなっていた。小さく小さく出来るだけ小さく、もうこれ以上は小さくなれなかった。もうこれ以上は固まれそうになかった。わたしはわたしだ。どうしてもわたしだ。小さな殻の固いかたまり、わたしはわたしを大丈夫だとおもった。とおもった瞬間また光線が来た。わたしは真二つに割られていたようだ。それから後はいろいろのことが前後左右縦横に入乱れて襲って来た。わたしは苦しかった。わたしは悶えた。

地球の裂け目が見えて来た。それは紅海と印度洋の水が結び衝突し渦巻いている海底だった。ギシギシと海底が割れてゆくのに、陸地の方では何にも知らない。世界はひっそり静まっていた。ヒマラヤ山のお花畑に青い花が月光を吸っていた。そんなに地球は静かだったが、海底の渦はキリキリ舞った。大変なことになる大変なことになったとわたしは叫んだ。わたしの額のなかにギシギシと厭な音がきこえた。わたしは鋏だけでも持って逃げようかとおもった。わたしは予感で張裂けそうだ。それから地球は割れてしまった。濛々と煙が立騰るばかりで、わたしのまわりはひっそりとしていた。煙の隙間に見えて来た空間は鏡のように静かだった。と何か遠くからザワザワと潮騒のようなものが押よせてくる。騒ぎはだんだん近づいて来た。と目の前にわたしは無数の人間の渦を見た。忽ち渦の両側に絶壁がそそり立った。すると青空は無限の彼方にあった。「世なおしだ！　世なおしだ！」と人間の渦は苦しげに叫びあって押合い犇《ひし》めいている。人間の渦は藻掻きあいながら、みんな天の方へ絶壁を這いのぼろうとする。わたしは絶壁の硬い底の窪みの方にくっついていた。そこにおれば大丈夫だとおもった。が、人間の渦の騒ぎはわたしの方へ拡《ひろが》ってしまった。わたしは押されて押し潰されそうになった。わたしはガクガク動いてゆくものに押されて歩いた。後から後からわたしを小衝いてくるもの、ギシギシギシギシ動いてゆくものに押されて歩いているうち、わたしの硬かった足のうらがふわふわと柔かくなっていた。わたしはふわふわ歩いて行くうちに、ふと気がつくと沙漠のようなところに来ていた。いたるところに水溜りがあった。水溜りは夕方の空の血のような雲を映して燃えていた。やっぱし地球は割れてしまっているのがわかる。水溜りは焼け残った樹木の歯車のような影を映して怒っていた。大きな大きな蝙蝠が悲しげに鳴叫んだ。わたしもだんだん悲しくなった。わたしはだんだん透きとおって来るような気がした。透きとおってゆくような気がするのだけれど、足もとも眼の前も心細く薄暗くなってゆく。どうも、わたしはもう還ってゆくところを失った人間らしかった。わたしは水溜りのほとりに蹲ってしまった。両方の掌で頬をだきしめると、やがて頭をたれて、ひとり静かに泣き耽った。ひっそりと、うっとりと、まるで一生涯の涙があふれ出るように泣いていたのだ。ふと気がつくと、あっちの水溜りでも、こちらの水溜りでも、いたるところの水溜りにひとりずつ誰かが蹲っている。ひっそりと蹲って泣いている。では、あの人たちももう還ってゆくところを失った人間なのかしら、ああ、では、やっぱし地球は裂けて割れてしまったのだ。ふと気がつくと、わたしの水溜りのすぐ真下に階段が見えて来た。ずっと下に降りて行けるらしい階段をわたしはふらふら歩いて行った。仄暗い廊下のようなところに突然、目がくらむような隙間があった。その隙間から薄荷の香りのような微風が吹いてわたしの頰にあたった。見ると、向うには真青な空と赤い煉瓦の塀があった。夾竹桃の花が咲いている。あの塀に添ってわたしは昔わたしの愛人と歩いていたのだ。では、あの学校の建ものはまだ残っていたのかしら。……そんな筈はなかった、あそこらもあの時ちゃんと焼けてしまったのだから。わたしのそばでギザギザと鋏のような声がした。その声でわたしはびっくりして、またふらふら歩いて行った。また隙間が見えて来た。わたしの生れた家の庭さきの井戸が、山吹の花が明るい昼の光に揺れて。……そんな筈はなかった、あそこはすっかり焼けてしまったのだから。またギザギザの鋏の声でわたしはびっくりしていた。また隙間が見えて来る。仄暗い廊下のようなところははてしなくつづいた。……それからわたしはまたぞろぞろ動くものに押されて歩いていた。わたしは腰を下ろしたかった。腰を下ろして何か食べようとしていた。すると急に何かぱたんとわたしのなかで滑り墜ちるものがあった。わたしは素直に立上って、ぞろぞろ動くものに随いておとなしく歩いた。そうしていれば、そうしていれば、わたしはどうにかわたしにもどって来そうだった。みんな人間はぞろぞろ動いてゆくようだった。その足音がわたしの耳には絶え間なしにきこえる。無数に交錯する足音についてわたしの耳はぼんやり歩き廻る。足音、足音、どうしてわたしは足音ばかりがそんなに懐しいのか。人がざわざわ歩き廻って人が一ぱい群れ集っている場所の無数の足音が、わたしそのもののようにおもえてきた。わたしの眼には人間の姿は殆ど見えなくなった。影のようなものばかりが動いているのだ。影のようなものばかりのなかに、無数の足音が、……それだけがわたしをぞくぞくさせる。足音、足音、どうしてもわたしは足音が恋しくてならない。わたしはぞろぞろ動くものについて歩いた。そうしていると、そうしているうちに、わたしはわたしにもどって来そうだった。ある日わたしはぼんやりわたしにもどって来かかった。わたしの息子がスケッチを見せてくれた。息子が描いた川の上流のスケッチだった。わたしはわたしに息子がいたのをふと気がついた。わたしはわたしに迷わされてはいけなかったのだ。わたしにはまだ息子がいたのだ。突然わたしは不思議におもえた。ほんとに息子は生きているのかしら。あれもやっぱし影ではないのか。わたしはハッと逃げ出したくなった。わたしは跣で歩き廻った。ぞろぞろ動くものに押されて、ザワザワ揺れるものに揺られて、影のようなものばかりが動いているなかをひとりふらふら歩き廻った。そうしていれば、そうしている方がやっぱしわたしはわたしらしかった。わたしの袖を息子がとらえた。「お母さん帰りましょう、家へ」……家へ？　まだ還るところがあったのかしら。わたしはそれでも素直になった。わたしはわたしに迷わされまい。わたしにはまだ息子がいるのだ。それだのに何かパタンとわたしのなかに滑り墜ちるものがある。と、すぐわたしはまた歩きたくなるのだ。足音、足音、……無数にきこえる足音がわたしを誘った。わたしはそのなかに何かやさしげな低い歌ごえをきく。わたしはそのなかを歩き廻っている。そうしていると足音がわたしのなかを歩き廻る。わたしはときどき立どまる。わたしにはまだ息子があるのだ。わたしにはまだわたしがあるのだ。それからまたふらふら歩きまわる。わたしにはもうわたしはない、歩いている、歩いている、歩いているものばっかしだ。

お絹の声がぷつりと消えた。僕はふらふら歩き廻っている。僕のまわりを通り越す群衆が僕には僕の影のようにおもえる。僕は僕を探しまわっているのか。僕は僕に迷わされているのか。僕は伊作ではない。僕はお絹ではない。僕ではない。伊作もお絹も突離された人間なのか。伊作の人生はまだこれから始ったばかりなのだ。お絹にはまだ息子があるのだ。そして僕には、僕には既に何もないのだろうか。僕は僕のなかに何を探し何を迷おうとするのか。

地球の割れ目か、夢の裂け目なのだろうか。夢の裂け目？……そうだ。僕はたしかにおもい出せる。僕のなかに浮んで来て僕を引裂きそうな、あの不思議な割れ目を。僕は惨劇の後、何度かあの夢をみている。崩れた庭に残っている青い水を湛えた池の底なしの貌つきを。それは僕のなかにあるような気がする。僕がそのなかにあるような気もする。それから突然ギョッとしてしまう、骨身に沁みるばかりの冷やりとしたものに……。僕は還るところを失ってしまった人間なのだろうか。……自分のために生きるな、死んだ人たちの嘆きのために生きよ。僕は僕のなかに嘆きを生きるのか。

隣人よ、隣人よ、死んでしまった隣人たちよ。僕はあの時満潮の水に押流されてゆく人の叫声をきいた。僕は水に飛込んで一人は救いあげることができた。青ざめた唇の脅えきった少女は微かに僕に礼を云って立去った。押流されている人々の叫びはまだまだ僕の耳にきこえた。僕はしかしもうあのとき水に飛込んで行くことができなかった。……隣人よ、隣人よ。そうだ、君もまた僕にとって数時間の隣人だった。片手片足を光線で捩がれ、もがきもがき土の上に横わっていた男よ。僕が僕の指で君の唇に胡瓜《きゅうり》の一片を差あたえたとき、君の唇のわななきは、あんな悲しいわななきがこの世にあるのか。……ある。たしかにある。……隣人よ、隣人よ、黒くふくれ上り、赤くひき裂かれた隣人たちよ、そのわななきよ。死悶えて行った無数の隣人たちよ。おんみたちの無数の知られざる死は、おんみたちの無限の嘆きは、天にとどいて行ったのだろうか。わからない、わからない、僕にはそれがまだはっきりとわからないのだ。僕にわかるのは僕がおんみたちの無数の死を目の前に見る前に、既に、その一年前に、一つの死をはっきり見ていたことだ。

その一つの死は天にとどいて行ったのだろうか。わからない、わからない、それも僕にはわからないのだ。僕にはっきりわかるのは、僕がその一つの嘆きにつらぬかれていたことだけだ。そして僕は生き残った。お前は僕の声をきくか。

僕をつらぬくものは僕をつらぬけ。僕をつらぬくものは僕をつらぬけ。一つの嘆きよ、僕をつらぬけ。無数の嘆きよ、僕をつらぬけ。僕はここにいる。僕はこちら側にいる。僕はここにいない。僕は向側にいる。僕は僕の嘆きを生きる。僕は突離された人間だ。僕は歩いている。僕は還るところを失った人間だ。僕のまわりを歩いている人間……あれは僕 で は ない。

僕はお前と死別れたとき、これから既に僕の苦役が始ると知っていた。僕は家を畳んだ。広島へ戻った。あの惨劇がやって来た。飢餓がつづいた。東京へ出て来た。再び飢餓がつづいた。生存は拒まれつづけた。苦役ははてしなかった。何のために何のための苦役なのか。わからない、僕にはわからない、僕にはわからないのだ。だが、僕のなかで一つの声がこう叫びまわる。

　僕は堪えよ、堪えてゆくことばかりに堪えよ。僕を引裂くすべてのものに、身の毛のよ立つものに、死の叫びに堪えよ。それからもっともっと堪えてゆけよ、フラフラの病いに、飢えのうめきに、魔のごとく忍びよる霧に、涙をそそのかすすべての優しげな予感に、すべての還って来ない幻たちに……。僕は堪えよ、堪えてゆくことばかりに堪えよ、最後まで堪えよ、身と自らを引裂く錯乱に、骨身を突刺す寂寥に、まさに死のごとき消滅感にも……。それからもっともっと堪えてゆけよ、一つの瞬間のなかに閃く永遠のイメージにも、雲のかなたの美しき嘆きにも……。

　お前の死は僕を震駭させた。病苦はあのとき家の棟をゆすぶった。お前の堪えていたものの巨きさが僕の胸を押潰した。

　おんみたちの死は僕を戦慄させた。死狂う声と声とはふるさとの夜の河原に木霊しあった。

　真夏ノ夜ノ
河原ノミズガ
血ニ染メラレテ　ミチアフレ
声ノカギリヲ
チカラノアリッタケヲ
オ母サン　オカアサン

断末魔ノカミツク声
ソノ声ガ
コチラノ堤ヲノボロウトシテ
ムコウノ岸ニ　ニゲウセテユキ
それらの声はどこへ逃げうせて行っただろうか。おんみたちの背負されていたギリギリの苦悩は消えうせたのだろうか。僕はふらふら歩き廻っている。僕のまわりを歩き廻っている無数の群衆は……僕ではない。僕ではない。僕ではない。僕ではなかったそれらの声はほんとうに消え失せて行ったのか。それらの声は戻ってくる。僕に戻ってくる。それらの声が担っていたものの荘厳さが僕の胸を押潰す。戻ってくる、戻ってくる、いろんな声が僕の耳に戻ってくる。
アア　オ母サン　オ父サン　早ク夜ガアケナイノカシラ
窪地で死悶えていた女学生の祈りが僕に戻ってくる。
兵隊サン　兵隊サン　助ケテ
鳥居の下で反転している火傷娘の真赤な泣声が僕に戻ってくる。
アア　誰カ僕ヲ助ケテ下サイ　看護婦サン　先生
真黒な口をひらいて、きれぎれに弱々しく訴えている青年の声が僕に戻ってくる、戻ってくる、戻ってくる、さまざまの嘆きの声のなかから、
ああ、つらい　つらい

と、お前の最後の声が僕のなかできこえてくる。そうだ、僕は今漸くわかりかけて来た。僕がいつ頃から眠れなくなったのか、何年間僕が眠らないでいるのか。……あの頃から僕は人間の声の何ごともない音色のなかにも、ふと断末魔の音色がきこえた。面白そうに笑いあっている人間の声の下から、ジーンと胸を潰すものがひびいて来た。何ごともない普通の人間の顔の単純な姿のなかにも、すぐ死の痙攣や生の割れ目が見えだして来た。いたるところに、あらゆる瞬間にそれらはあった。人間一人一人の核心のなかに灼きつけられていた。人間の一人一人からいつでも無数の危機や魂の惨劇が飛出しそうになった。それらはあった。それらはあった。それらはあった。それらはあった。それらはきびしく僕に立ちむかって来た。僕はそのために圧潰されそうになっているのだ。僕は僕に訊ねる。救いはないのか、救いはないのか。だが、僕にはわからないのだ。僕は僕の眼を捩ぎとりたい。僕は僕の耳を截り捨てたい。だが、それらはあった、それらはあった、僕は錯乱しているのだろうか。僕のまわりをぞろぞろ歩き廻っている人間……あれは僕ではない。僕ではない。だが、それらはあった。それらはあった。僕の頭のなかを歩き廻っている群衆……あれは僕ではない。僕ではない。だが、それらはあった、それらはあった。

それらはあった。それらはあった。と、ふと僕のなかで、お前の声がきこえてくる。昔から、昔から、それらはあった、と……。そうだ、僕はもっともっとはっきり憶い出せて来た。お前は僕のなかに、それらを視つめていたのか。僕もお前のなかに、それらを視ていたのではなかったか。救いはないのか、救いはないのか、と僕たちは昔から叫びあっていたのだろうか。それだけが、僕たちの生きていた記憶ではなかったのか。だが救いは。僕にはやはりわからないのだ。お前は救われたのだろうか。僕にはわからない。僕にわかるのは救いを求める嘆きのなかに僕たちがいたということだけだ。そして僕はいる、今もいる、その嘆きのなかにつらぬかれて生き残っている。そしてお前はいる、今もいる、恐らくはその嘆きのかなたに……。

　救いはない、救いはない、と、ふと僕のなかで誰かの声がする。僕はおどろく。その声は君か。友よ、友よ、遠方の友よ、その声は君なのか。忽ち僕の眼のまえに若い日の君のイメージは甦る。交響楽を、交響楽を、人類の大シンフォニーを夢みていた友よ。人間が人間とぴたりと結びつき、魂が魂と抱きあい、歓喜が歓喜を煽りかえす日を夢みていた友よ。あの人類の大劇場の昂まりゆく波のイメージは……。だが（救いはない、救いはない）と友は僕に呼びつづける。（沈んでゆく、沈んでゆく、一切は地下に沈んでゆく。それすら無感覚のわれわれに今救いはないのだ。一つの魂を救済することは一つの全生涯を破滅させても今は出来ない。奈落だ、奈落だ、今はすべてが奈落なのだ。今はこの奈落の底を見とどけることに僕は僕の眼を磨《と》ぐばかりだ。）友よ、友よ、遠方の友よ、かなしい友よ、不思議な友よ。堪えて、堪えて、堪え抜いている友よ。救いはないのか、救いはないのか。……僕はふらふら歩き廻る。やっぱし歩き廻っているのか。僕のまわりを歩きまわっている群衆。僕の頭のなかの群衆。やっぱし僕は雑沓のなかをふらふら歩いているのか。雑沓のなかから、また一つの声がきこえてくる。ゆるいゆるい声が僕に話しかける。

〈ゆるいゆるい声〉

……僕はあのときパッと剝ぎとられたと思った。それからのこのこと外へ出て行ったが、剝ぎとられた後がザワザワ揺れていた。いろんな部分から火や血や人間の屍が噴き出ていて、僕をびっくりさせたが、僕は剝ぎとられたほかの部分から何か爽やかなものや新しい芽が吹き出しそうな気がした。僕は医やされそうな気がした。僕は僕のなかに開かれたものを持って生きて行けそうだった。それで僕はそこを離れると遠い他国へ出かけて行った。ところが僕を見る他国の人間の眼は僕のなかに生き残りの人間しか見てくれなかった。まるで僕は地獄から脱走した男だったのだろうか。人は僕のなかに死にわめく人間の姿をしか見てくれなかった。「生き残り、生き残り」と人々は僕のことを罵《ののし》った。まるで何かわるい病気を背負っているものを見るような眼つきで。このことにばかり興味をもって見られる男でしかないかのように。それから僕の窮乏は底をついて行った。他国の掟はきびしすぎた。不幸な人間に爽やかな予感は許されないのだろうか……。だが、僕のなかの爽やかな予感はどうなったのか。僕はそれが無性に気にかかる。毎日毎日が重く僕にのしかかり、僕のまわりはだらだらと過ぎて行くばかりだった。僕は僕のなかから突然爽やかなものが跳ねだしそうになる。だが、だらだらと日はすぎてゆく……。僕のなかの爽やかなものは、……だが、だらだらと日はすぎてゆく。僕のなかの、だが、だらだらと、僕の背は僕の背負っているものでだんだん屈められてゆく。

〈またもう一つのゆるい声が〉

……僕はあれを悪夢にたとえていたが、時間がたつに随って、僕が実際みる夢の方は何だかひどく気の抜けたもののようになっていた。たとえば夢ではあのときの街の屋根がゆるいゆるい速度で傾いて崩れてゆくのだ。空には青い青い茫とした光線がある。この妖しげな夢の風景には恐怖などと云うより、もっともっとどうにもならぬ郷愁が喰らいついてしまっているようなのだ。それから、あの日あの河原にずらりと並んでいた物凄い重傷者の裸体群像にしたところで、まるで小さな洞窟のなかにぎっしり詰め込められている不思議と可憐な粘土細工か何かのように夢のなかでは現れてくる。その無気味な粘土細工は蠟人形のように色彩まである。そして、時々、無感動に蠢めいている。あれはもう脅迫などではなさそうだ。もっともっとどうにもならぬ無限の距離から、こちら側へ静かにゆるやかに匍《は》い寄ってくる憂愁に似ている。それから、あの焼け失せてしまった家の夢にしたところで、僕の夢のなかでは僕の坐っていた畳のところとか、僕の腰かけていた窓側とかいうものはちょっとも現れて来ず、雨に濡れた庭石の一つとか、縁側の曲り角の朽ちそうになっていた柱とか、もっともっとどうにもならぬ侘しげなものばかりが、ふわふわと地霊のようにしのび寄ってくる。僕と夢とあの惨劇を結びつけているものが、こんなに茫々として気が抜けたものになっているのは、どうしたことなのだろうか。

〈更にもう一つの声がゆるやかに〉

……わたしはたった一人生き残ってアフリカの海岸にたどりついた。わたしひとりが人類の最後の生き残りかとおもうと、わたしの軀はぶるぶると震え、わたしの吐く息の一つ一つがわたしに別れを告げているのがわかる。わたしの視ている刹那刹那がすべてのものの終末かとおもうと、わたしは気が遠くなってゆく。なにものももうわたしで終り、なにものももうわたしから始らないのかとおもうと、わたしのなかにすべての慟哭《どうこく》がむらがってくる。わたしの視ている碧い碧い波……あんなに碧い波も、ああ、昔、昔、……人間が視ては何かを感じ何かを考え何かを描いていたのだろうに、……その碧い碧い波ももうわたしの……わたし以前のしのびなきにすぎない。死・愛・孤独・夢……そうした抽象観念ももはやわたしにとって何になろう。わたしの吐く息の一つ一つにすべての記憶はこぼれ墜ち、記号はもはや貯えおくべき場を喪ってゆく。ああ、生命《いのち》……生命……これが生命あるものの最後の足掻《あがき》なのだろうか。ああ、生命、生命、……人類の最後の一人が息をひきとるときがこんなに速くこんなに速くもやってきたのかとおもうと、わたしのなかにすべての悔恨がふきあがってくる。なぜに人間は……なぜに人間は……なぜ人間は……ああ、しかし、もうなにもかもとりかえしのつかなくなってしまったことなのだ。わたしひとりではもはやどうにもならない。わたしひとりではもはやどうしようもない。わたしはわたしの吐く息の一つ一つにはっきりとわたしを刻みつけ、まだわたしの生きていることをたしかめているのだろうか。わたしはわたしの吐く息の一つ一つに吸い込まれ、わたしの無くなってゆくことをはっきりとあきらめているのだろうか。ああ、しかし、もうどちらにしても同じことのようだ。

〈更にもう一つの声が〉

……わたしはあのとき殺されかかったのだが、ふと奇蹟的に助かって、ふとリズムを発見したような気がした。リズムはわたしのなかから湧きだすと、わたしの外にあるものがすべてリズムに化してゆくので、わたしは一秒ごとに熱狂しながら、一秒ごとに冷却してゆくような装置になった。わたしは地上に落ちていたヴァイオリンを拾いあげると、それを弾きながら歩いてみたが、わたしの霊感は緊張しながら遅緩し、痙攣しながら流動し、どこへどう伸びてゆくのかわからなくなる。わたしは詩のことも考えてみる。わたしにとって詩は、(詩はわななく指で　みだれ　みだれ　細い文字の　こころのうずき) だが、わたしにとって詩は、(詩は情緒のなかへ崩れ墜ちることではない、きびしい稜角をよじのぼろうとする意志だ) わたしは人波のなかをはてしなくはてしなくさまよっているようだ。わたしが発見したとおもったのは衝動だったのかしら、わたしをさまよわせているのは痙攣なのだろうか。まだわたしは原始時代の無数の痕跡のなかで迷い歩いているようだった。

〈更にもう一つの声が〉

……わたしはあのとき死んでしまったが、ふとどうしたはずみか、また地上によびもどされているようだ。あれから長い長い年月が流れたかとおもうと、青い青い風の外套、白い白い雨の靴……。帽子？　帽子はわたしには似合わなかった。生き残った人間はまたぞろぞろと歩いていた。長い長い年月が流れたかとおもったのに。街の鈴懸は夏らしく輝き、人の装いはいじらしくなっていた。ある日、突然、わたしの歩いている街角でパチンと音と光が炸裂した。雷鳴なのだ。忽ち雨と風がアスファルトの上をザザザと走りまわった。走り狂う白い烈しい雨脚を美しいなとおもってわたしはみとれた。みとれているうちに泣きたくなるほど烈しいものを感じだした。あのなかにこそ、あのなかにこそ、とわたしはあのなかに飛込んでしまいたかった。だが、わたしは雨やどりのため、時計店のなかに這入って行った。ガラスの筒のなかに奇妙な置時計があった。時計の上にくっついている小さな鳥の玩具が一秒毎に向を変えて動いている。わたしはその鳥をぼんやり眺めていると、ふと、望みにやぶれた青年のことがおもいうかんだ。人の世の望みに破れて、こうして、くるくると動く小鳥の玩具をひとりぼんやり眺めている青年のことが……。だが、わたしはどうしてそんなことを考えているのか。わたしも望みに破れた人間らしい。わたしには息子はない、妻もない。わたしは白髪の老教師なのだが。もしわたしに息子があるとすれば、それは沙漠に生き残っている一匹の蜥蜴《とかげ》らしい。わたしはその息子のために、あの置時計を購ってやりたかった。息子がそいつをパタンと地上に叩きつける姿が見たかったのだ。

……………………

声はつぎつぎに僕に話しかける。雑沓のなかから、群衆のなかから、頭のなかから、僕のなかから。どの声もどの声も僕のまわりを歩きまわる。どの声もどの声も救いはないのか、救いはないのかと繰返している。その声は低くゆるく群盲のように僕を押してくる。押してくる。押してくる。そうだ、僕は何年間押されとおしているのか。僕は僕をもっとはっきりたしかめたい。しかし、僕はもう僕を何度も何度もたしかめたはずだ。今の今、僕のなかには何があるのか。救いか？　救いはないのか救いはないのかと僕は僕に回転しているのか。回転して押されているのか。それが僕の救いか。違う。絶対に違う。僕は僕にきっぱりと今云う。僕は僕に飛びついても云う。

……救いはない。

僕は突離された人間だ。還るところを失った人間だ。突離された人間に救いはない。還るところを失った人間に救いはない。

では、僕はこれで全部終ったのか。僕のなかにはもう何もないのか。僕は回転しなくてもいいのか。僕は存在しなくてもいいのか。違う。それも違う。僕は僕に飛びついても云う。

……僕にはある。

僕にはある。僕にはある。僕にはまだ嘆きがあるのだ。僕にはある。僕にはある。僕には一つの嘆きがある。僕にはある。僕にはある。僕には無数の嘆きがある。

一つの嘆きは無数の嘆きと結びつく。無数の嘆きは一つの嘆きと鳴りひびく。僕は僕に鳴りひびく。鳴りひびく。鳴りひびく。嘆きは僕と結びつく。僕は結びつく。僕は無数と結びつく。鳴りひびく。無数の嘆きは鳴りひびく。鳴りひびく。一つの嘆きは鳴りひびく。鳴りひびく。一つの嘆きは無数のように。結びつく、一つの嘆きは無数のように。一つのように、無数のように。鳴りひびく。結びつく。嘆きは嘆きに鳴りひびく。嘆きのかなた、嘆きのかなた、嘆きのかなたまで、鳴りひびき、結びつき、一つのように、無数のように……。

一つの嘆きよ、僕をつらぬけ。無数の嘆きよ、僕をつらぬけ。僕をつらぬくものは僕をつらぬけ。僕をつらぬくものは僕をつらぬけ。嘆きよ、嘆きよ、僕をつらぬけ。……戻って来た、戻って来た、僕の歌ごえが僕にまた戻って来た。これは僕の錯乱だろうか。これは僕の無限回転だろうか。だが、戻って来るようだ、戻ってくるようだ。何かが今しきりに戻って来るようだ。僕のなかに僕のすべてが……。僕はだんだん爽やかに人心地がついてくるようだ。僕が生活している場がどうやらわかってくるようだ。僕は群衆のなかをさまよい歩いてばかりいるのではないようだ。僕は頭のなかをうろつき歩いてばかりいるのでもないようだ。久しい以前から僕は踏みはずした、ふらふらの宇宙にばかりいるのでもないようだ。久しい以前から、既に久しい以前から、鎮魂歌を書こうと思っているようなのだ。鎮魂歌を、鎮魂歌を、僕のなかに戻ってくる鎮魂歌を……。

僕は街角の煙草屋で煙草を買う。僕は突離された人間だ。だが殆ど毎朝のようにここで煙草を買う。僕は煙草をポケットに入れてロータリを渡る。鋪道を歩いて行く。鋪道にあふれる朝の鎮魂歌……。僕がいつも行く外食食堂の前にはいつものように靴磨屋がいる。鋪道の細い空地には鶏を入れた箱、箱のなかで鶏が動いている。いつものように何もかもある。電車が、自動車が、さまざまの音響が、屋根の上を横切る燕が、通行人が、商店が、いつものように何もかも存在する。僕は還るところを失った人間。だが僕の嘆きは透明になっている。何も彼も存在する。僕でないものの存在が僕のなかに透明に映ってくる。それは僕のなかを突抜けて向側へ翻って行く。向側へ、向側へ、無限の彼方へ……、流れてゆく。なにもかも流れてゆく。素直に静かに、流れてゆくことを気づかないで、いつもいつも流れてゆく。僕のまわりにある無数の雑音、無数の物象、めまぐるしく、めまぐるしく、動きまわるものたち、それらは静かに、それらは素直に、無限のかなたで、ひびきあい、結びつき、流れてゆくことを気づかないで、いつもいつも流れてゆく。書店の飾窓の新刊書、カバンを提げた男、店頭に置かれている鉢植の酸漿《ほおずき》、……あらゆるものが無限のかなたで、ひびきあい、結びつき、ひそかに、ひそかに、もっとも美しい、もっとも優しい囁きのように。僕はいつも行く喫茶店に入り椅子に腰を下ろす。いつもいる少女は、いつものように僕が黙っていても珈琲を運んでくる。僕は剝ぎとられた世界の人間。だが、僕はゆっくり煙草を吸い珈琲を飲む。僕のテーブルの上の花瓶に活けられている白百合の花。僕のまわりの世界は剝ぎとられてはいない。僕のまわりのテーブルの見知らぬ人たちの話声、店の片隅のレコードの音、僕が腰を下ろしている椅子のすぐ後の扉を通過する往来の雑音。自転車のベルの音。剝ぎとられていない懐しい世界が音と形に充満している。それらは僕の方へ流れてくる。僕を突抜けて向側へ移ってゆく。透明な無限の速度で向側へ向側へ向側へ無限のかなたへ。剝ぎとられていない世界は生活意欲に充満している。人間のいとなみ、日ごとのいとなみ、いとなみの存在、……それらは音と形に還元されていつも僕のなかを透明に横切る。それらは無限の速度で、静かに素直に、無限のかなたで、ひびきあい、むすびつき、流れてゆく、憧れのようにもっとも激しい憧れのように、祈りのように、もっとも切なる祈りのように。

それから、交叉点にあふれる夕の鎮魂歌……。僕はいつものように濠端を散歩して、静かな、かなしい物語を夢想している。静かな、かなしい物語は靴音のように僕を散歩させてゆく。それから僕はいつものように雑沓の交叉点に出ている。いつものように無数の人間がそわそわ動き廻っている。いつものようにそこには電車を待つ群衆が溢れている。彼等は帰って行くのだ。みんなそれぞれ帰ってゆくらしいのだ。一つの物語を持って。一つ一つ何か懐しいものを持って。僕は還るところを失った人間、剝ぎとられた世界の人間。だが僕は彼等のために祈ることだってできる。僕は祈る。（彼等の死が成長であることを。その愛が持続であることを。彼等が孤独ならぬことを。情欲が眩惑でなく、狂気であまり烈しからぬことを。バランスと夢に恵まれることを。神に見捨てられざることを。彼等の役人が穏かなることを。花に涙ぐむことを。彼等がよく笑いあう日を。戦争の絶滅を。）彼等はみんな僕の眼の前を通り過ぎる。彼等はみんな僕のなかを横切ってゆく。四つ角の破れた立看板の紙が風にくるくる舞っている。それも横切ってゆく。僕のなかを。透明のなかを。無限の速度で、憧れのように、祈りのように、静かに、素直に、無限のかなたで、ひびきあうため、結びつくため……。

それから夜。僕のなかでなりひびく夜の歌。

生の深みに、……僕は死の重みを背負いながら生の深みに……。死者よ、死者よ、僕をこの生の深みに沈め導いて行ってくれるのは、おんみたちの嘆きのせいだ。日が日に積み重なり時間が時間と隔たってゆき、遥かなるものは、もう、もの音もしないが、ああ、この生の深みより、あおぎ見る、空間の荘厳さ。幻たちはいる。幻たちは幻たちは嘗て最もあざやかに僕を惹きつけた面影となって僕の祈願にいる。父よ、あなたはいる、縁側の安楽椅子に。母よ、あなたはいる、庭さきの柘榴《ざくろ》のほとりに。姉よ、あなたはいる、葡萄棚の下のしたたる朝露のもとに。あんなに美しかった束の間に嘗ての姿をとりもどすかのように、みんな初々しく。

友よ、友よ、君たちはいる、にこやかに新しい書物を抱えながら、涼しい風の電車の吊革にぶらさがりながら、たのしそうに、そんなに爽やかな姿で。

隣人よ、隣人よ、君たちはいる、ゆきずりに僕を一瞬感動させた不動の姿で、そんなに悲しく。

そして、妻よ、お前はいる、殆ど僕の見わたすところに、最も近く最も遥かなところまで、最も切なる祈りのように。

死者よ、死者よ、僕を生の深みに沈めてくれるのは……ああ、この生の深みより仰ぎ見るおんみたちの静けさ。

僕は堪えよ、静けさに堪えよ。幻に堪えよ。生の深みに堪えよ。堪えて堪えて堪えてゆくとに堪えよ。一つの嘆きに堪えよ。無数の嘆きに堪えよ。嘆きよ、嘆きよ、僕をつらぬけ。還るところを失った僕をつらぬけ。突き離された世界の僕をつらぬけ。

明日、太陽は再びのぼり花々は地に咲きあふれ、明日、小鳥たちは晴れやかに囀るだろう。地よ、地よ、つねに美しく感動に満ちあふれよ。明日、僕は感動をもってそこを通りすぎるだろう。

火の子供

〈一九四九年　神田〉

僕は通りがかりに映画館の前の行列を眺めていた。水色の清楚なオーバーを着たお嬢さんの後姿が何気なく僕の眼にとまった。時間を待っている人間の姿というものは、どうしても佗しいものが附纏《つきまと》うようだが、そのお嬢さんの肩のあたりにも何か孤独の光線がふるえていた。たった一人で、これから始る映画を見たところで、どれだけ心があたたまるというのだろう、幸福そうな、しかし気の毒げな、お嬢さんよ。僕は何気なく心のなかで、そんなことを呟いていた。と、その時どうしたはずみか、お嬢さんはこちらを振向いた。その顔は一めん火傷の跡で灰色なのだ。僕は見てしまったのだ。僕は知ってしまった。何故に、そのお嬢さんはたった一人で映画のなかに夢を求めなければならないかという理由を……。

毎朝、僕はこの部屋で目が覚めるとたん、背筋に真青なものがつっ走る。僕はほんとうに、ここに存在しているのだろうか、僕は宙に漾っていて、何処かはて知らぬところへ押流されているのではないか。こうした感覚はどこから湧いてくるのだろうか。僕がまた近いうちに、この部屋も立退かねばならぬという不安からだろうか。

僕はあの瞬間、生きていた。斃れてはいなかった。いきなり暗闇が僕の上に滑り墜ちたので、唸りながらよろめいた。僕はあの時、自分のうめき声をきいた。頭に落ちてくるものは崩れ墜ちる破片だった。だが、僕はもっともっと何かひどいものに叩きつけられたような気がした。すべてが瞬時に、とおりすぎた。もの凄い速さが僕のなかで通り過ぎたのだ。あの時から、僕はもう「突然」という言葉が奇異に感じられなくなったし、あの時から僕は地上に放り出された人間だったのだ。……僕はあの夜のことを憶い出す。広島の街は夜もすがら燃えていた。僕は川原の堤の窪地に横臥して、人々の号泣をきいていた。殆どこれからさき、どうなるのか皆目わけのわからぬ状態のなかに、不思議な静けさがあった。もはや地球は破滅に瀕していて人々は死の寸前に置かれている、そうした不思議な静けさだったかもしれない。薄暗いなかに負傷者や避難民が一ぱい蹲っていた。僕のすぐ側にやって来て蹲った男は、どんな男なのか視線ではわからなかった。だが、声でその人の人柄がわかるようだった。「おじさんについているのだよ。おじさんについていれば大丈夫さ」と男は連れている子供を顧みて頻りに云っていた。

「この子は迷い子で今朝から私につき歩いているのです」

僕はその男が皆目わけの分らぬ状態のなかにいる感動から、迷い子を庇っているようにおもえた。迷い子も、それを保護している男も、それから僕も、すべて、かいもく訳のわからぬものに凭掛《よりかか》っていたのだろう。だから世界はあの時、消滅しても僕にとっては余り不思議ではなかった。だが、世界は消滅しなかった。夜が明けると、僕はまた、まのあたり惨禍のまっただ中にいるのだった。僕はあの迷い子がその後どうなったか知らない。あの男によって、ほんとに保護されて救われただろうか。それとも突離されてしまっただろうか。

雑沓の人混のなかを歩いていると、あちこちから洩れてくる雑音のなかに、奇妙に哀しい調子をもったジャズのギターの音がある。ふと気がつくと、僕のすぐ眼の前を老人が一人妙に哀しい調子で歩いているのだ。老人の肩から縄でぶらさげている小さな荷物の包みは、ギターの音につれてチンチンチンと小刻みに揺れ動いている。視ると、老人の足はびっこなのだ。彼は自分ではもうどんな哀しい後姿を持っているかさえ気づかないのだろう。ジャズの音に踊らされて地上を飛び歩くような奇妙に哀しい切ない恰好は無数の泣号のなかから湧いて出た一つの幻かもしれない。何処か涯しらぬところへ押流されてゆくように、何処か涯しらぬところへ人を誘うように、その姿は次第に人混のなかに紛れてゆく。

僕は夜ふけに部屋を出て深夜の街を歩いてみる。と、露次の芥箱から芥箱へ、何か漁りながら歩いている男がいるのだ。男は懐中電灯と雑嚢をぶらぶらさせながら、芥箱から芥箱へ飛歩いているのだ。電車通りの鋪道では、また別の男を見た。竹のステッキのさきに仕掛を附けて、それで、煙草の吸殻を摘みとっているのだ。吸殻から吸殻へ男は奇妙に哀しい飛歩きの姿をしている。追詰られている人間は、どうして、あのように一ように奇妙なアクセントをもつのだろうか。その姿が僕の姿と重なりあう。「部屋」というものを持てない僕はやはり地上を飛歩いている男だろうか。

僕はこの部屋の真青な冷凍感の底で、ぼんやり夢をみていた。家を焼かれ、居住を拒まれだんだん衰弱してゆく子供たち、……ギリシャに、ポーランドに、ルーマニヤに、……そんなイメージがきれぎれに僕に浮ぶ。僕はそれが昼間、街の鋪道に陳列してあった写真のせいだとおもった。あの写真は削げた頰の下の唇が匙でスープを吸っていた。あの写真は靴のない瘦せた脛《すね》が砂の上を飛歩いていた。あの写真は掘立小屋の揺らぐテントの蔭の木のベッドで注射の円い肩が波打っていた。僕はそれらが今も僕のなかに紛れ込み僕を脅かしているのがわかった。すると何処からともなしに哀しげな手風琴の音が聞えて来た。すると僕はその音に誘われて、ぞろぞろと街を歩いているような気持がした。だが、僕のいるところは一向明るくなかった。仄暗い地下道らしいところに、僕のまわりを大勢の子供がぞろぞろ歩いているらしかった。僕は子供たちの流れに添って歩いて行けばよかった。と、突然、その流れは停止してしまった。僕のすぐ眼の前に浮浪児狩りの白い網の壁がするすると降りて来てしまったのだ。

僕は朝の街角で、すぐ僕の眼の前を歩いて行く若い女の後姿に眼をとめた。午前の爽やかな光線と活々した空気のなかで、その女の小刻みな歩き振りは何の異常も含んではいなかった。きちんとした身なりの健康そうな姿だった。だが、僕の視線がふと、その無表情な洋服の肩のつけ根にとまったとき、一瞬、相手がバラバラに分解する姿が閃いた。と、あっちからも、こっちからも、悶死者の顔や火の叫喚が僕をとりまいた。ハッとして僕は自分を支えなければならなかった。……暫くして、僕のなかで犇きあうものが鎮まると、僕はまた先程の女の後姿を眼で追っていた。女はもう人混の間に消え去ろうとしていた。その姿にはどこかはっきりしないが危険な割れ目があるようだった。

　だが、どんな人間の姿のなかにだって、たしかに危険な割れ目は潜んでいるのではないか。僕はあの原爆の光線で灼かれて死んだ人間たちが、人間というより塑像か何かのように無機物の神秘な表情をしていたのを憶い出す。滅茶苦茶に膨れ上った肉塊のなかから、紡錘形や円筒が無言で盛上って流動していたのだ。それは突然襲撃してきたものに対する大驚愕のリズムだった。すべての痙攣的リズムは絡みあって空間を摑もうとしていた。僕はどうかすると今でも眼の前にある街が脅え上って、一つの姿勢に凝結する図が浮ぶ。すると群衆の一人一人が円筒や紡錘形の無機物の神秘な表情でひっそりと流動しているのだ。

　ある日、僕は満員の外食食堂で、ふと、あたりを見渡して吃驚した。窓から斜に差込んでくる光線のために、薄暗い天井の下に犇めく顔は殆どすべて歪んでいた。労苦に抉《えぐ》りとられた筋肉と煤けた皮膚と頭髪が入乱れて、粗末な服装のなかに渦巻いている。一瞬、僕は奇怪な油絵のなかに坐っているような気がした。

　僕はこの外食食堂でいつとなしに、その顔を見憶えてしまった青年と鋪道で擦れちがうたびに、何となく微かに忌々しい気持にされる。その青年が長い縮れた髪をしていることと、洋服の色が華美に明るいことが僕の注意を惹くくらいなのだが、それでは何も相手を厭う理由にはなりそうにない。だが、僕は彼が僕と同じ場所で同じ時刻に似たような食事を摂っているということが、それだけのことが、ふと堪らなく厭わしくなるのだ。僕のなかには今でも何かを激しく拒否したがる子供らしい傾向が潜んでいるのだ。だから僕はテーブルの向うでいつも縮こまって箸を動かしている傴僂男を見ると、やはり微かに気に喰わない感情が湧いて来る。だが、僕はあるとき、その傴僂男が汗みどろでリヤカーを牽いている姿を路上で見てハッとした。僕のなかにまだ残っている子供らしい核心は粉砕されそうになった。どのように僕が今激しく外界を厭おうと、外界の方がもっと激しく僕を拒否するかもしれないのだ。

僕は金物屋の軒先を通りかかって、目に入る品物にふと不安を感じる。あんなに沢山の食器類はやがて、それぞれ何処かの家の戸棚に収まるのだろう。が、僕にはもうそれらの食器類の名称がわからなくなったような気さえする。アルマイト……ニッケル……無理矢理に僕は何か忘れかけたものを憶い出そうとしてみる。だが、何かが僕から滑り墜ちるのだ。お前が生きていた頃、僕は何の不安もなく、家のなかの什器類にとり囲まれていた。久しい間、僕には家のなかにある品物の名称も形状もすっかりあたりまえのことになっていた。今になって、僕はあのおびただしい器具や衣類が夢のようにおもえる。焼けて灰になってしまった、それらの夢は、もうどこにも収まりようはないのだ。

だから、それらの夢はぼんやりと空気のなかに溶けて、地上を流れうごいてゆく。お前と死別れてから、「家」というものを喪ってから、この地上を流転している僕には、おびただしく流れ動いているものを空白のなかに見おくるばかりなのだ。だけど、今でもやはり、この地上には無数の家が存在して、その軒下では無数の憂鬱と親和が繰返されているのだろう。その軒の下でなくては通じない特別の表情や合図がぎっしりと詰っているに違いないのだ。

僕には焼失せた郷里の家の縁側の感触が夢のなかで甦ってくる。あの座敷の縁側の板のどの部分であったか、楓の木の茶褐色の節の美しい木目が見えているあたりだったとおもう。その辺に僕の死んだ母は坐って、幼い僕に雷の話をしてくれた。そこからは井戸の側から大きく曲りうねって空高く伸上っている松の幹が真正面に見えていた。

「あの松の木の上の空です。パッと火柱が立ったのです。真赤な大きな火箸のような柱が……。それから間もなく火事になりました。香川さんの屋根の上に雷は墜ちたのでした。あのときの怕かったこと、それは何といっていいのか。まだ朝のことでした」

母はまだ松の上の空に火柱を視た瞬間の表情を湛えていた。それは僕がまだ生れない前の出来事だったが、母の顔つきから僕には何かほのぼの伝わってくるものがあった。

「お前がまだ、おなかにいた頃、近所に火事がありました。あのときも、それは何といっていいのか驚いてしまいました」

そんなことを語る母の表情には不思議に僕をうっとりとさすものがあったようだ。僕はもしかすると、母の乳房から彼女の脅えた心臓の鼓動を吸いとったのかもしれない。それは大地に生存しようとするもの、女性たちの祈りのようにおもえてくる。（だから、僕にはあの広島の惨劇に遭った沢山の女の子たちが、やがて母親となった時、その息子たちに、あのときのことを語る顔つきや言葉が見えてくるようだ。）

あの焼失せた家の座敷には、いつも初夏の爽やかな風がそよいでいた。たしかに、子供の僕は爽やかなものが飛びきり悦しかったのだろう。僕の死んだ父もやはり微風のなかでものを想像するのが好きだったらしい。涼しい籐の敷物の上で、少年の僕を膝の上に抱えて、僕に話してくれたものだ。

「お前が大きくなったら、……そうだね、お前が大人になったときの話をしよう。お前はその時、大きな大きな家に棲むよ。それから、お前には立派な立派なお嫁さんがある。そうだ、お前は兄弟のうちで、とにかく一番の幸ものになるよ」

父は自分の予言に熱中して、その時僕がどんな着物着ているか、その家の庭の眺めがどんな具合になっているか、一つ一つ細かに描いてみせるのだった。それは微風が描かせた夢だったのかもしれない。が、死んだ父はやはり僕に一つの夢を托しておきたかったのだろうか。

あの家の二階の北側にある小さな窓からは、いつも漆黒の夜空が覗き込んでいた。あの窓を開け立てするたびに発する微妙な軋みまで僕には外から覗き込んでいるものと関連があるような気がしたものだ。死んだ姉はよく星のことを話してくれた。姉の眼のなかには深淵に脅えるものと憧れるものとが混りあっていたようだ。しーんとした狭い部屋だった。少年の僕にはその部屋の上の屋根をめくって展がっている無限の世界が、じーんと響いてきそうだった。あの頃から何か不思議なものが僕を魅して僕を覗き込んでいたのではないだろうか。……お前は知っていてくれるだろう。子供の僕がどのように烈しく美しいものに憧れたか。てんとう虫の翅《はね》の模様、桜桃の光沢、しゃぼん玉に映る虹、そんなものを見ただけで、僕の魂はいきなり遠いところへ彷徨って行った。僕の眼は美しい色彩にみとれ、頭の芯まで茫としていた。子供の僕には美の秘密につつまれた世界だけが堪らなかったのだ。(だから、僕がお前のなかに一番切実に見ようとしたのは、子供の時の郷愁だったかもしれない。)

ときどき僕はこの街なかの雑沓のなかで、お前の幼年時代に似ている女の子をちらっと見かけることがある。きちんとした、そして少し悲しそうでさえある、小さな女の子の顔を見ると、あそこにまだお前は成長しているのではないかしらとおもう。それから僕はお前が嘗て夢に描いていた子供のことをおもいだす。野っぱらを飛び廻って跳ね廻って、見るからに幸福そうな、子供であることの幸福を全身に湛えている子供のことを……、そんな子供は今も何処かこの地上にいて、やはり成長しているのだろうか。

僕は歩きながら自分の靴音が静かに整っているのを感じる。電車通りから横に折れて、一米幅の小路に入ると、両側の高い建物の上に見える青空がくっきりと美しい。ほんとに、こんな美しい青空が街なかに存在しているのだろうか。だが僕は知っている。殆ど餓死に近い状態で焼跡をよろめき歩いたとき、あのときも、天の高みから、さっと洩れて来る不思議に清らかな光があった。そして僕が生き残ったこと、現にまだ僕が生きていること、何かがそのことを僕に激しく刻みつけよと促すようだ。僕は自分の靴の音を自分の息のように数えている。

僕はこの部屋の窓のすぐ下で、大勢の子供が声を揃えて、

ウオ

ウオ　ウオ

ウオ　ウオ　ウオ

と火事の唸りを真似ているのを、ぼんやり聴いていた。夕闇のおりている寒々とした路上で、子供たちは自分たちで煽りだした自分たちの声に興奮して、まるで一人一人が焔のように振舞っているのだ。ほんとうに子供たちは燃え狂い、何かに憑かれているのではないか。これは凄惨な空襲の夜の記憶が彼等の眼に甦り、子供らは今、火炎の反射のなかで遊んでいるのだろうか、だが、

燃える　燃える　わあ　わあ　わあ

子供らの声はだんだん上の方を振上ぐ調子を帯び、みんなが今、同じ一つの幻を凝視しているようだ。そしてそれはもう哀愁を乗越えて、歓喜の頂点に達したもののようだった。

僕は殆ど絶え間なしに雑音にとりまかれて揺さぶられている。道路を隔ててこの窓はすぐ向側の家並と向きあっているが、絶えず窓から飛込んでくる音響は、まるでこの部屋のなかに街や道路が勝手に割込んでくるようだ。つくづく僕は僕を今仮りに容れてくれている、この部屋を気の毒なおもいで見渡す。だが、見捨てられているのはやはり僕の方らしいのだ。僕はどう

かすると窓の外の騒ぎに揺さぶられながら、夕闇につつまれた部屋で電灯も点けないで、ぼんやりしていることがある。そういうとき、この部屋の窓の外に下駄の音が近づいて来る。と、窓の外にある街灯の柱からぶらさがっている紐を誰かが引張る。軽い音とともに、そこには灯がつくのだ。と、僕は置き去りにされていた自分に気がつく。子供たちはあの街灯のスイッチの紐を引張ることに、そんな些細な単純なことに歓びを見出しているのだろうか。道路のほかに遊び場を持たない、この附近の子供たちは、どういう訳か好んで僕の窓のすぐ前にある街灯のところに集るのだが、彼等のなかには何か互に感染しあう弾みが潜んでいるのだろう、一人が喚きだすと、忽ち騒ぎは道路一めんに拡って行く。僕は彼等のなかで絶えず喚きのきっかけを作りだす男の子と女の子の声を覚えてしまった。が、一たん騒ぎが拡ってしまうと、後から後から喚きは湧上って回転する。……僕はふと走り喚く子供の頭に映るイメージの色彩を憶い出した。体が火照って頭の上に揺らぐ温かいものが絶えず僕の上にあった。僕は筒のなかを走りつづけていた。だが、ふと、そうして走り廻ることの虚しさが僕を把えた。僕は立どまってしまった。急に何も彼も冷んやりとしていた。その頃から僕は置き去りにされた子供だった。

僕は夕方、外食へ出掛けて行く途中のごたごたした路上で、「一番星みつけた」という優しい単純な声を聞いた。すると僕のなかで、ごった返している思念がふと水を打ったように静まって来た。星はいつの世にも夕ぐれ現れ、子供はいつの日にもそれを見つけて悦ぶのだろうか。それから僕は路ばたの筵の上に坐って遊んでいる女の子のほとりを何気なく通りすぎた。見ると筵のあたりはまだ明るかった。と、何か美しいものがチラと僕の眼を掠めたようだ。

の紙の上には小さく引裂かれた蜜柑の皮が釦か何かのように綺麗に並べてあるのだった。（だが、こんなものを見てすぎて行く僕は空漠たる旅人なのだろうか。）

僕がはじめて郷里の家を離れて旅に出たのは、もう遠い昔の春のことだった。東京の裏街の下宿の狭い部屋で、僕ははじめて、たった一人になったような気がしたものだ。だが、その部屋の窓から見える隣の黒い板塀に春の陽ざしは柔かく降灑《ふりそそ》いでいて、狭い庭の面には青い草が萠えていた。僕は柔かい優しい空気につつまれて、あやされているような気持がした。たった一人にはなったが、郷里の家には母や妹が僕のことを思っていてくれた。僕はその頃やさしいものに支えられて、のびのびと呼吸づいているのが分った。だが、何か感じ易い心がやがて遠くから訪れてくる激変をひそかに描いてはいた。その予感とても僕を挫《くじ》きはしなかった。僕は運命を素直に受け入れて人生を味いたかった。それほどまだ体験に憧れている少年だったのだ。

僕はその下宿の部屋の電灯の下でバルビュスの「地獄」を読んだ。生温かい静かな晩だった。僕は柔かい壁にとり囲まれているようだった。だが、その物語の人物は巴里の荒涼とした下宿の一室で独り深淵を視つめているのだった。そのひとり暮しの全く孤独の彼には子供が無かった。だから、もし彼が死んでしまえば、人類の生存以来続いて来た一つの点線が彼のところで、ぱたりと杜切れてしまうことになる。この空白の想定は彼を何か慄然とさすのだった。体験に憧れている少年の僕もそこから底なしの風穴が覗き込むような気がしたものだ。

学生の僕はその頃、不思議な男と友達になってしまった。（これは今でも遠くから僕を揺さぶる不思議な人間像なのだが、……）はじめて僕が彼と知りあいになった頃、既にその人は家が没落して殆ど無一文で巷に投出されていた。倒産とともに死んだ父親は実は叔父で、ほんとの父親は夙《つと》に死亡していた。それから今迄生みの母だと思っていた母親は養母だったのだ。こんなことがその時漸く彼にはわかったのだ。

「だから、こんなこともあったのだ。子供の僕は悪戯をして刑罰に父親に両手を紐で括られて、押入の中に押込まれる。暫くすると、僕は押入の中で泣喚いているのだ。括られていた紐がひとりでに解けた。紐が解けたからもう一度括ってくれと云って泣喚いているのだよ。こんな悲しい子供があるだろうか」

だが、僕がその頃、漠然とその友に惹きつけられていたのは、やはり彼のなかにある人並はずれて悲しい人間の姿だったのかもしれない。巷に投出された彼は公園のベンチで夜を明したり、十日目にありついた一杯の飯に涙ぐむこともあった。そういう悲惨な境遇はまだ僕にとっては未知の世界だったが、僕の友人の顔には力一杯何か踏ん張っているものの表情があった。どうかすると僕は彼のなかに潜む根かぎり明るい不思議な力を振り仰ぐような気持だった。彼は僕と遇えば、絶えず詩のことを話しかけた。その話振りは、何かもどかしく僕には通じないところもあったが、烈しい火照りは疼くように僕の方にも伝わって来た。二人は街を歩きながら、まるで遠い世界のはてを視ているようだった。宇宙も歴史も人類の流れも一切がごっちゃになって、くらくらと僕たちのなかに飛込んでくるような気がした。それから、彼は人間の生存を剝ぎ奪ろうとする怪物に対して、いつも怒りの眼を燃やしていた。貧窮と闘いながら、彼は少しずつ生活の道を切拓いて行った。ある不幸な女と知遇って結婚すると、やがて自分の力で小さな家まで建てた。その小さな家にはいくたびも怪物の手は伸びようとしたが……。そうして、とにかく時が流れて行ったのだ。

その友人の家屋は戦火を免れてともかく地上に残されていた。住所を失った僕は友人の家を頼ってそこに一時身を置いた。だが、久し振りに逢うた友の顔はひどく暗鬱な顔つきに変ってしまっていた。それは何か重苦しいものに押拉《おしひし》がれてしまった人間のようであった。それはまだ何ものかを根かぎり堪えようとしている姿でもあった。そして、囚人のように重苦しい表情の底にひどく優しげなものが微かに揺れていた。こんな悲しい人間があったのだろうか、僕はひそかに驚かされてしまった。だが、重苦しさは、その小さな家屋全体に漲っていて、もうどうにもならないことが僕にも分ってきた。怕しい顔つきをして押黙っている、この家の細君はいつも何か烈しい苛立ちを身うちに潜めていた。時とすると、この小さな家は地割れの呻吟のただなかにあるような感じがした。ほんの微かな瞬《まばたき》一つからでも、この家屋は崩壊しそうだった。その友人はまだ詩を書きつづけていた。僕は一度そのノートを見せてもらったことがある。それには人間の無数の陰惨と破滅に瀕した地上の無数の傷口がぎりぎりの姿で歌いあげられていた。そして、誰かが一すじの光（それは真黒な雲の裂け目から洩れてくる飴色の太陽の光のようだ）を微かに手をあげて求めているようだった。殆ど彼はすべての人間の不幸を想像の上でも体験の上でも背負いきれないほど背負わされて、精神の海の暗い深底部の岩礁に獅噛みついているのではないか。ある日、その友人は黙って旅に出掛けてしまった。それから暫くして僕もその窒息しそうな家を飛出したのだった。

その友人は旅に出たまま遂に戻って来なかった。だが、そのうち手紙は頻繁に僕のところへ届くようになった。それを読むたびに僕は何か烈しいものに揺さぶられる気持がした。彼は遠い北国で一人の愛人を得て、そのままそこへ住みついてしまったのだ。

「私がこの数年来の絶望の脱走の自殺のてまえに植えつけられた傷心の生活については殆どまだ誰にも云わなかったが、私の自殺の手まえは今了った。今ひとりの女人像が立った。私はそのまなざしの光のなかをのぼり、底へ底へと深淵をくぐる。ここにはじめて私は底をきわめうるはずの光を見た。私の救済は吹雪のうちに見た雪女から始った。この女は愚かさを知って甘んじて身を捨てて清らかに母を養う処女。私はその裸身を抱きながら、まだいつまでも処女でありうるという交流を行う。私はもうここを去らない。この眼ざしの光のなかでなくては、私は何も考えられない。私は甦る。私ははじめて真実に立ちむかう。私は生き甲斐というものを、生の均衡というものを知った……」

これはその手紙の一節なのだが、彼は雪と氷柱の土地で新しい愛人を得て、みごとな人生を踏みだしたのだろうか。だが、それは裏街の貧民窟の狭い家屋に母親と姉とそれから彼の愛人との混み入った雑居生活らしかった。彼は殆ど絶え間なしに僕に手紙をくれるようになった。物凄い勢で絶えず詩を書き、心はつねに陋屋で昂ぶっていることが分った。僕はこの友がこの地上で受けた一切の傷がこの地上で癒やされることを祈っていた。だが、そのうちに友の手紙はだんだん絶望に近い調子を帯びて来るのだった。

「奈落だ、奈落だ、――どこを見廻しても奈落ばかりなのだ。僕はあの牢獄で独房にいたときが一番幸福だったとおもう」

「明日の光に欺されて、人間に絶望できない絶望が苦しい。人類で正しいのは被害者だけだ。しかも殆ど全部が加害者なのだ」

　これは裏街の貧民窟の狭い家屋で、老いた母親と意地のわるい姉とそれから彼の愛人との雑居生活から生れる軋《きしめ》きであり呻《うめ》きのようであった。……友は暗黒の壁で頭を叩き割ってしまったのであろうか。無数の魂の傷手を蒙り人間に絶望しながら、友は遂にこんなことを叫ぶ。

「惨めなものだ。生殖のほかに目的のない人生というもののなかでは、女と子供だけが光だ。他はみなまやかしだ」

　この言葉を僕は驚異なしには受けとれないのだった。……だが、友は燃料も乏しい住居で、雑草で飢を凌ぎながら、遂にこの友は惨めさの底に、今新しい一人の子供を得たのだ。新しい人間の子供を……。

　風景は僕を嚙む　僕は風景を嚙む
　ああ　嚙みあう二つの　お前と僕

僕は日没前の時刻が僕をここへ誘いだすのを知っている。この濠端の鋪道まで来れば、冷え冷えしたものが何か却って僕を温めてくれるのだ。僕のすぐ側を自動車はひききりなしに流れてゆくが、僕の頭上の空はひっそりとして少しずつ光線が薄らいでゆく。僕の眼は今はじめて見るように洋館の上の煙突を見上げる。黒い煙の塊りが黙々として浮いて動いているのだ。そのすぐ側にはまだ色のつかない三日月が見えている。僕はあの三日月が僕が向うの橋のところまで歩いて行くうちに光を帯びてくるのを知っている。濠の水を隔てて石崖の上に枝葉を展げて乱舞しているような一本の樹木……。その緑色の葉は消えてゆく最後の灯のように僕の眼に残る。僕はこのあたりの樹木が真夏の光線にくらくら燃え立っていたのをまだ憶えている。だが、今、僕の歩いて行く前に見えてくる木々は薄すらと空気に溶け入ってしまいそうだ。空気はそのように顫えているのだろうか。顫えているのは僕なのだろうか。それとも死んだお前だろうか。この踵のすり減ってしまった靴、この着古して紙のように脆《もろ》くなったオーバー、僕は僕が生き残って、こうして歩いているのを知っている。お前は知っているだろうか、僕がこうして歩いているのを……。光線はすっかり仄暗くなって、向側の広い道路は茫としている。誰か一人の少女がその茫とした光線の方に歩いてゆく。その影は少しずつ消えうせてゆく。

永遠のみどり

梢をふり仰ぐと、嫩葉《わかば》のふくらみに優しいものがチラつくようだった。樹木が、春さきの樹木の姿が、彼をかすかに慰めていた。吉祥寺の下宿へ移ってからは、人は稀れにしか訪ねて来なかった。彼は一週間も十日も殆ど人間と会話をする機会がなかった。外に出て、煙草を買うとき、「タバコを下さい」という。喫茶店に入って、「コーヒー」と註文する。日に言語を発するのは、二ことか三ことであった。だが、そのかわり、声にならない無数の言葉は、絶えず彼のまわりを渦巻いていた。

水道道路のガード近くの叢に、白い小犬の死骸がころがっていた。春さきの陽を受けて安らかにのびのびと睡っているような恰好だった。誰にも知られず誰にも顧みられず、あのように静かに死ねるものなら……彼は散歩の途中、いつまでも野晒しになっている小さな死体を、しみじみと眺めるのだった。これは、彼の記憶に灼きつけられている人間の惨死図とは、まるで違う表情なのだ。

「これからさき、これからさき、あの男はどうして生きて行くのだろう」――彼は年少の友人達にそんな噂をされていた。それは彼が神田の出版屋の一室を立退くことになっていて、行先がまだ決まらず、一切が宙に迷っている頃のことだった。雑誌がつぶれ、出版社が倒れ、微力な作家が葬られてゆく情勢に、みんな暗澹とした気分だった。一そのこと靴磨になろうかしら、と、彼は雑沓のなかで腰を据えて働いている靴磨の姿を注意して眺めたりした。

「こないだの晩も電車のなかで、FとNと三人で噂したのは、あなたのことです。これからさき、これからさき、どうして一たい生きて行くのでしょうか」近くフランスへ留学することに決定しているEは、彼を顧みて云った。その詠嘆的な心細い口調は、黙って聞いている彼の腸をよじるようであった。彼はとにかく身を置ける一つの部屋が欲しかった。

荻窪の知人の世話で借りれる約束になっていた部屋を、ある日、彼が確かめに行くと、話は全く喰いちがっていた。茫然として夕ぐれの路を歩いていると、ふと、その知人と出逢った。その足で、彼は一緒に吉祥寺の方の別の心あたりを探してもらった。そこの部屋を借りることに決めたのは、その晩だった。

騒々しい神田の一角から、吉祥寺の下宿の二階に移ると、彼は久振りに自分の書斎へ戻ったような気持がした。静かだった。二階の窓からは竹藪や木立や家屋が、ゆったりと空間を占めて展望された。ぼんやり机の前に坐っていると、彼はそこが妻と死別した家のつづきのような気持さえした。五日市街道を歩けば、樹木がしきりに彼の眼についた。楢、欅、木蘭、……あ、これだったのかしら、久しく恋していたものに、めぐりあったように心がふくらむ。……だが、微力な作家の暗澹たる予想は、ここへ移っても少しも変ってはいなかった。二年前、彼が広島の土地を売って得た金が、まだほんの少し手許に残っていた。それはこのさき三、四ヵ月生きてゆける計算だった。彼はこの頃また、あの「怪物」の比喩を頻りに想い出すのだった。

非力な戦災者を絶えず窮死に追いつめ、何もかも奪いとってしまおうとする怪物にむかって、彼は広島の焼跡の地所を叩きつけて逃げたつもりだった。これだけ怪物の口に与えておけば、あと一年位は生きのびることができる。彼は地所を売って得た金を手にして、その頃、昂然とこう考えた。すると、怪物はふと、おもむろに追求の手を変えたのだ。彼の原稿が少しずつ売れたり、原子爆弾の体験を書いた作品が、一部の人に認められて、単行本になったりした。彼はどうやら二年間無事に生きのびることができた。だが、怪物は決して追求の手をゆるめたのではなかった。再びその貌が真近かに現れたとき、彼はもう相手に叩き与える何ものも無く、今は逃亡手段も殆ど見出せない破目に陥っていた。

「君はもう死んだっていいじゃないか。何をおずおずするのだ」

特殊潜水艦の搭乗員だった若い友人は酔ぱらうと彼にむかって、こんなことを云った。虚しく屠《ほふ》られてしまった無数の哀しい生命にくらべれば、窮地に追詰められてはいても、とにかく彼の方が幸かもしれなかった。天が彼を無用の人間として葬るなら、止むを得ないだろう。ガード近くの叢で見た犬の死骸はときどき彼の脳裏に閃めいた。死ぬ前にもう一度、という言葉が、どうかするとすぐ浮んだ。が、それを否定するように激しく頭を振っていた。しかし、もう一度、彼は郷里に行ってみたかったのだ。かねて彼は作家のMから、こんど行われる、日本ペンクラブの「広島の会」に同行しないかと誘われていた。広島の兄からは、間近かに迫った甥の結婚式に戻って来ないかと問合せの手紙が来ていた。倉敷の妹からも、その途中彼に立寄ってくれと云って来た。だが、旅費のことで彼はまだ何ともはっきり決心がつかなかった。

ある日、彼はすぐ近くにある、井ノ頭公園の中へはじめて足を踏込んでみた。ずっと前に妻と一度ここへ遊んだことがあったが、その時の甘い記憶があまりに鮮明だったので、何かここを再び訪ねるのが躊躇されていたのだった。薄暗い並木の下の路を這入って行くと、すぐ眼の前に糠《ぬか》のように小さな虫の群が渦巻いていた。彼は池のほとりに出ると、水を眺めながら、ぐるぐる歩いた。水のなかの浮草は新しい蔓を張り、そのなかを、おたまじゃくしが泳ぎ廻っている。なみなみと満ち溢れる明るいものが頻りに感じられるのだった。

彼が日に一度はそこを通る樹木の多い路は、日毎に春らしく移りかわっていた。枝についた新芽にそそぐ陽の光を見ただけでも、それは酒のように彼を酔わせた。最も微妙な音楽がそこから溢れでるような気持がした。

とおうい　とおうい　あまぎりいいす
朝がふたたび　みどり色にそまり
ふくらんでゆく蕾のぐらすに
やさしげな予感がうつってはいないか
少年の胸には　朝ごとに窓窓がひらかれた
その窓からのぞいている　遠い私よ

これは二年前、彼が広島に行ったとき、何気なくノートに書きしるしておいたものである。郷愁が彼の心を嚙んだ。甥の結婚式には間にあわなかったが、こんどのペンクラブ「広島の会」には、どうしても出掛ようと思った。……彼は舟入川口町の姉の家にある一枚の写真を忘れなかった。それは彼が少年の頃、死別れた一人の姉の写真だったが、葡萄棚の下に佇んでいる、もの柔かい少女の姿が、今もしきりに懐しかった。そうだ、こんど広島へ行ったら、あの写真を借りてもどろう――そういう突飛なおもいつきが更らに彼の郷愁を煽るのだった。

ある日、彼は友人から、少年向の単行本の相談をうけた。それは確実な出版社の企画で、その仕事をなしとげれば彼にとっては六ヵ月位の生活が保証される見込だった。急に目さきが明るくなって来たおもいだった。その仕事で金が貰えるのは、六ヵ月位あとのことだから、それまでの食いつなぎのために、彼は広島の兄に借金を申込むつもりにした。……倉敷の姪たちへの土産ものを買いながら、彼は何となく心が弾んだ。少女の好みそうなものを選んでいると、やさしい交流が遠くに感じられた。

……それは恋というのではなかったが、彼は昨年の夏以来、ある優しいものによって揺すぶられていた。ふとしたことから知りあいになった、Uという二十二になるお嬢さんは、彼にとって不思議な存在になった。最初の頃、その顔は眩しいように彼を戦かせ、一緒にいるのが何か呼吸苦《いきぐる》しかった。が、馴れるに随って、彼のなかの苦しいものは除かれて行ったが、何度逢っても、繊細で清楚な鋭い感じは変らなかった。彼はそのことを口に出して讃めた。すると、タイピストのお嬢さんは云うのだった。

「女の心をそんな風に美しくばかり考えるのは間違いでしょう。それに、美はすぐにうつろいますわ」

彼は側にいる、この優雅な少女が、戦時中、十文字に襷《たすき》をかけて挺身隊にいたということを、きいただけでも何か痛々しい感じがした。一緒にお茶を飲んだり、散歩している時、声や表情にパッと新鮮な閃めきがあった。二十二歳といえば彼が結婚した時の妻の年齢であった。

「とにかく、あなたは懐しいひとだ。懐しいひととして憶えておきたい」

神田を引あげる前の晩、彼が部屋中を荷物で散らかしていると、Uは窓の外から声をかけた。彼はすぐ外に出て一緒に散歩した。吉祥寺に移ってからは、逢う機会もなかった。が、広島へ持って行くカバンのなかに、彼はお嬢さんの写真をそっと入れておいた。……ペンクラブの一行とは広島で落合うことにして彼は一足さきに東京を出発した。


倉敷駅の改札口を出ると、小さな犬を抱えている女の児が目についた。と、その女の児は黙って彼にお辞儀した。暫く見なかった間に小さな姪はどこか子供の頃の妹の顔つきと似てきた。

「お母さんは今ちょっと出かけていますから」と、小さな姪は勝手口から上って、玄関の戸を内から開けてくれた。その座敷の机の上には黄色い箱の外国煙草が置いてあった。

「どうぞ、お吸いなさい」と姪はマッチを持ってくると、これで役目をはたしたように外に出て行った。彼は壁際によって、そこの窓を開けてみた。窓のすぐ下に花畑があって、スミレ、雛菊、チューリップなどが咲き揃っていた。色彩の渦にしばらく見とれていると、表から妹が戻って来た。すると小さな姪は母親の側にやって来て、ぺったり坐っていた。大きい方の姪はまだ戻って来なかったが、彼が土産の品を取出すと、「まあ、こんなものを買うとき、やっぱし、あなたも娯《たの》しいのでしょう」と妹は手にとって笑った。

「とてもいいところから貰えて、みんな満足のようでした」

先日の甥の結婚式の模様を妹はこまごまと話しだした。

「式のとき、あなたの噂も出ましたよ。あれはもう東京で、ちゃんといいひとがあるらしい、とみんなそう云っていました」

急に彼はおかしくなった。妻と死別してもう七年になるので、知人の間でとかく揶揄や嘲笑が絶えないのを彼は知っていた。……妹が夕飯の仕度にとりかかると、彼は応接室の方へ行ってピアノの前に腰を下した。そのピアノは昔、妹が女学生の頃、広島の家の座敷に据えてあったものだ。彼はピアノの蓋をあけて、ふとキイに触ってみた。暫く無意味な音を叩いていると、そこへ中学生の姪が姿を現した。すっかり少女らしくなった姿が彼の眼にひどく珍しかった。「何か弾いてきかせて下さい」と彼が頼むと、姪はピアノの上に楽譜をあれこれ捜し廻っていた。

「この『エリーゼのために』にしましょうか」と云いながら、また別の楽譜をとりだして彼に示しては、「これはまだ弾けません」とわざわざ断ったりする。その忙しげな動作は躊躇に充ちて危うげだったが、やがて、エリーゼの楽譜に眼を据えると、指はたしかな音を弾いていた。

翌朝、彼が眼をさますと、枕頭に小さな熊や家鴨の玩具が並べてあった。姪たちのいたずらかと思って、そのことを云うと、「あなたが淋しいだろうとおもって、慰めてあげたのです」と妹は笑いだした。

その日の午后、彼は姪に見送られて汽車に乗った。各駅停車のその列車は地方色に染まり、窓の外の眺めも、のんびりしていたが、尾道の海が見えて来ると、久振りに見る明るい緑の色にふと彼は惹きつけられた。それから、彼の眼は何かをむさぼるように、だんだん窓の外の景色に集中していた。彼は妻と死別れてから、これまで何度も妻の郷里を訪ねていた。それは妻の出生にまで溯って、失われた時間を、心のなかに、もう一度とりかえしたいような、漠とした気持からだったが、その妻の生れた土地ももう間近かにあった。……本郷駅で下車すると、亡妻の家に立寄った。その日の夕方、その家のタイル張りの湯にひたると、その風呂にはじめて妻に案内されて入った時のことがすぐ甦った。あれから、どれだけの時間が流れたのだろう、と、いつも思うことが繰返された。

翌日の夕方、彼は広島駅で下車すると、まっすぐに幟町の方へ歩いて行った。道路に面したガラス窓から何気なく内側を覗くと、ぼんやりと兄の顔が見え、兄は手真似で向へ廻れと合図した。ふと彼はそこは新しく建った工場で家の玄関の入口はその横手にあるのに気づいた。

「よお、だいぶ景気がよさそうですね」

甥がニコニコしながら声をかけた。その甥の背後にくっつくようにして、はじめて見る、快活そうな細君がいた。彼は明日こちらへ到着するペンクラブのことが新聞にかなり大きく扱われていて、彼のことまで郷土出身の作家として紹介してあるのを、この家に来て知った。「原子爆弾を食う男だな」と兄は食卓で軽口を云いだした。が、少し飲んだビールで忽ち兄は皮膚に痒《かゆ》みを発していた。

「こちらは喰われる方で……こないだも腹の皮をメスで剝がれた」

原子爆弾症かどうかは不明だったが、近頃になって、兄は皮膚がやたらに痒くて困っていた。A・B・C・C（原子爆弾影響研究所）で診察して貰うと、皮膚の一部を切とって、研究のため、本国へ送られたというのである。この前見た時にくらべると、兄の顔色は憔悴していた。すぐ側に若夫婦がいるためか、嫂の顔も年寄めいていた。夜遅く彼は下駄をつっかけて裏の物置部屋を訪ねてみた。ここにはシベリアから還った弟夫婦が住居しているのだった。

翌朝、彼が縁側でぼんやり佇んでいると、畑のなかを、朝餉《あさげ》前の一働きに、肥桶を担いでゆく兄の姿が見かけられた。今、彼のすぐ眼の前の地面に金盞花や矢車草の花が咲き、それから向の麦畑のなかに一本の梨の木が真白に花をつけていた。二年前彼がこの家に立寄った時には麦畑の向の道路がまる見えだったが、今は黒い木塀がめぐらされている。表通りに小さな縫工場が建ったので、この家も少し奥まった感じになった。が、焼ける前の昔の面影を偲ばすものは、嘗て庭だったところに残っている築山の岩と、麦畑のなかに見える井戸ぐらいのものだ。彼はあの惨劇の朝の一瞬のことも、自分がいた場の状況も、記憶のなかではひどくはっきりしていた。火の手が見えだして、そこから逃げだすとき、庭の隅に根元から、ぽっくり折れ曲って青い枝を手洗鉢に突込んでいた楓の生々しい姿は、あの家の最後のイメージとして彼の目に残っている。それから壊滅後一ヵ月あまりして、はじめてこの辺にやって来てみると、一めんの燃えがらのなかに、赤く錆びた金庫が突立っていて、その脇に木の立札が立っていた。これもまだ刻明に目に残っている。それから、彼が東京からはじめてこの新築の家へ訪ねた時も、その頃はまだ人家も疎らで残骸はあちこちに眺められた。その頃からくらべると、今この辺は見違えるほど街らしくなっているのだった。

午后、ペンクラブの到着を迎えるため広島駅に行くと、降車口には街の出迎えらしい人々が大勢集っていた。が、やがて汽車が着くと、人々はみんな駅長室の方へ行きだした。彼も人々について、そちら側へ廻った。大勢の人々のなかからMの顔はすぐ目についた。そこには、彼の顔見知りの作家も二三いた。やがて、この一行に加わって彼も市内見物のバスに乗ったのである。……バスは比治山の上で停まり、そこから市内は一目に見渡せた。すぐ叢のなかを雑嚢をかけた浮浪児がごそごそしている。それが彼の眼には異様におもえた。それからバスは瓦斯会社の前で停まった。大きなガスタンクの黝《くろず》んだ面に、原爆の光線の跡が一つの白い梯子の影となって残っている。このガスタンクも彼には子供の頃から見馴れていたものなのだ。……バスは御幸橋を渡り、日赤病院に到着した。原爆患者第一号の姿は、背の火傷の跡の光沢や、左手の爪が赤く凝結しているのが標本か何かのようであった。……市役所・国泰寺・大阪銀行・広島城跡を見物して、バスは産業奨励館の側に停まった。子供の時、この洋式の建物がはじめて街に現れた時、彼は父に連れられて、その階段を上ったのだが、あの円い屋根は彼の家の二階からも眺めることが出来、子供心に何かふくらみを与えてくれたものだ。今、鉄筋の残骸を見上げ、その円屋根のあたりに目を注ぐと、春のやわらかい夕ぐれの陽ざしが虚しく流れている。雀がしきりに飛びまわっているのは、あのなかに巣を作っているのだろう。……時は流れた。今はもう、この街もいきなり見る人の眼に戦慄を呼ぶものはなくなった。そして、和やかな微風や、街をめぐる遠くの山脈が、静かに何かを祈りつづけているようだ。バスが橋を渡って、己斐《こい》の国道の方に出ると、静かな日没前のアスファルトの上を、よたよたと虚脱の足どりで歩いて行く、ふわふわに脹れ上った黒い幻の群が、ふと眼に見えてくるようだった。

翌朝、彼は瓦斯ビルで行われる「広島の会」に出かけて行った。そこの二階で、広島ペンクラブと日本ペンクラブのテーブルスピーチは三時間あまり続いた。会が終った頃、サインブックが彼の前にも廻されて来た。〈水ヲ下サイ〉と彼は何気なく咄嗟《とっさ》にペンをとって書いた。それから彼はMと一緒に中央公民館の方へ、ぶらぶら歩いて行った。Mは以前から広島のことに関心をもっているらしかったが、今度ここで何を感受するのだろうか、と彼はふと想像してみた。よく晴れた麗しい日和で、空気のなかには何か細かいものが無数に和みあっているようだった。中央公民館へ来ると、会場は既に聴衆で一杯だった。彼も今ここで行われる講演会に出て喋ることにされていた。彼は自分の名や作品が、まだ広島の人々にもよく知られているとは思わなかった。だが、やはり遭難者の一人として、この土地とは切り離せないものがあるのではないかとおもえた。……喋ろうとすることがらは前から漠然と考えつづけていた。子供の時、見なれた土手町の桜並木、少年の頃くらくらするような気持で仰ぎ見た国泰寺の樟の大樹の青葉若葉、……そんなことを考え耽けっていると、いま頭のなかは疼くように緑のかがやきで一杯になってゆくようだった。すると、講演の順番が彼にめぐって来た。彼はステージに出て、渦巻く聴衆の顔と対きあっていたが、緑色の幻は眼の前にチラついた。顔の渦のなかには、あの日の体験者らしい顔もいるようにおもえた。

その講演会が終ると、バスはペンクラブの一行を乗せて夕方の観光道路を走っていた。眼の前に見える瀬戸内海の静かなみどりは、ざわめきに疲れた心をうっとりさせるようだった。汽船が桟橋に着くと、灯のついた島がやさしく見えて来た。旅館に落着いて間もなく、彼はある雑誌社の原爆体験者の座談会の片隅に坐っていた。

翌日、ペンクラブは解散になったので、彼は一行と別れ、ひとり電車に乗った。幟町の家へ帰ってみると、裏の弟と平田屋町の次兄が来ていた。こうして兄弟四人が顔をあわすのも十数年振りのことであった。が、誰もそれを口にして云うものもなかった。三畳の食堂は食器と人でぎっしりと一杯だった。「広島の夜も少し見よう。その前に平田屋町へ寄ってみよう」と、彼は次兄と弟を誘って外に出た。次兄の店に立寄ると、カーテンが張られ灯は消えていた。

「みんなが揃っているところを一寸だけ見せて下さい」

奥から出て来た嫂に彼はそう頼んだ。寝巻姿や洋服の子供がぞろぞろと現れた。みんな、嘗て八幡村で侘しい起居をともにした戦災児だった。それぞれ違う顔のなかで、彼に一番懐《なつ》いていた長女のズキズキした表情が目だっていた。彼はまたすぐ往来に出た。それから三人はぶらぶらと広島駅の方まで歩いて行った。夜はもう大分遅かったが、猿猴橋を渡ると、橋の下に満潮の水があった。それは昔ながらの夜の川の感触だった。京橋まで戻って来ると、人通りの絶えた路の眼の前を、何か素速いものが横切った。

「いたち」と次兄は珍しげに声を発した。

彼はまだ見ておきたい場所や訪ねたい家が少し残っていた。罹災後、半年あまり、そこで悲惨な生活をつづけた八幡村へも、久振りで行ってみたかった。今では街からバスが出ていて、それで行けば簡単なのだが、五年前とぼとぼと歩いた一里あまりの、あの路を、もう一度足で歩いてみたかった。それで翌日、彼はまず高須の妹の家に立寄った。この新築の家にあがるのも、再婚後産れた子供を見るのも、これがはじめてだった。

「もう年寄になってしまいました。今ではあなたの方が弟のように見える」と妹は笑った。側では這い歩きのできる子供が、拗ねた顔で母親を視凝めていた。

「あなたは別に異状ないのですか。眼がこの頃、どうしたわけか、涙が出てしようがないの。A・B・Cで診て貰おうかしらと思ってるのですが」

妹と彼とは同じ屋内で原爆に遭ったのだが、五年後になって異状が現れるということがあるのだろうか。……だが、妹は義兄の例を不安げに話しだした。その義兄はあの当時、原爆症で毛髪まで無くなっていたが、すぐ元気になり、その後長らく異状なかったのに、最近になって頬の筋肉がひきつけたり、衰弱が目だって来たというのだ。そんな話をきいていると、彼はあの直後、広島の地面のところどころから、突き刺すように感覚を脅かしていた異臭をまた想い出すのだった。

妹のところで昼餉をすますと、彼は電車で楽楽園駅まで行き、そこから八幡村の方へ向かって、小川に沿うた路を歩いて行った。遥か向うに、彼の眼によく見憶えのある山脈があった。その山を眺めて歩いていると、嘗ての、ひだるい、悲しい、怒りに似た感情がかえりみられた。……飢餓のなかで、よく彼はとぼとぼとこの路を歩いていたものだ。冷却した宇宙にひとりとり残されたように、彼はこの路で、茫然として夜の星を仰いだものだ。だが、生存の脅威なら、その後もずっと引続いているはずだった。今も、生活の破局に晒されながら、こうして、この路をひとり歩いている。だが、とにかく、あれから五年は生きて来たのだ。……いつの間にか、風が出て空気にしめりがあった。山脈の方の空に薄靄が立ちこめ、空は曇って来た。すぐ近くで、雲雀《ひばり》の囀りがきこえた。見ると、薄く曇った中空に、一羽の雲雀は静かに翼を顫わせていた。

彼はその翌朝、白島の方へ歩いて行った。寺の近くの花屋で金盞花の花を買うと、亡妻の墓を訪ね、それから常盤橋の上に佇んで、泉邸の川岸の方を暫く眺めた。曇った緑色の岸で、何か作業をしている人の姿が小さく見える。あの岸も、この橋の上も、彼には死と焰の記憶があった。

午后は基町の方へ出掛けて行った。そこは昔の西練兵場跡なのだが、今は引揚者、戦災者などの家が建ならび、一つの部落を形づくっている。野砲連隊の跡に彼の探す新生学園はあった。彼は園主に案内されて孤児たちの部屋を見て歩いた。広い勉強部屋にくると、城跡の石垣と青い堀が、明暗を混じえてガラス張りの向うにあった。

そこを出ると、彼は電車で舟入川口町の姉の家へ行った。

「あんたの食器をあずかってあるのは、あれはどうしたらいいのですか」彼が居間へ上ると、姉はすぐこんなことを云いだした。

「あ、あれですか。もう要らないから勝手に使って下さい」

食器というのは、彼が地下に埋めておき、家の焼跡から掘出したものだが、以前、旅先の家で妻が使用していた品だった。姉のところへ、あずけ放しにしてから五年になっていた。……彼はアルバムが見せてもらいたかったので、そのことを云った。どの写真が見たいのかと、姉は三冊のアルバムを奥から持って来た。昔の家の裏にあった葡萄棚の下にたたずんでいる少女の写真は、すぐに見つかった。これが、広島へ来るまで彼の念頭にあった、死んだ姉の面影だった。彼はそれを暫らく借りることにして、アルバムから剝ぎ取ろうとした。が、変色しかかった薄い写真は、ぺったりと台紙に密着していた。破れて駄目になりそうなので、彼は断念した。

「あんた、一昨年こちらへ戻ったとき土地を売ったとかいうが、そのお金はどうしていますか」

「大かた無くなってしまった」

「あ、金に替えるものではないのね。金に替えればすぐ消える。あ、あ、そうですか」

姉はこんど改造した家のなかを見せてくれた。恰度、下宿人はみな不在だったので、彼は応接室から二階の方まで見て歩いた。畳を置いた板の間が薄い板壁のしきりで二分され、二つの部屋として使用されている。どの部屋も学生の止宿人らしく、侘しく殺風景だった。内職のミシン仕事も思わしくないので、下宿屋を始めたのだが、「この私をご覧なさい。十万円貯めていましたよ。そのうち六万円で今度、大工を雇ったのです」と姉は云うのだった。ここは爆心地より離れていたので、家も焼けなかったのだが、終戦直後、姉は夫と死別し、二人の息子を抱えながら奮闘しているのだ。だが、その割りには、PL信者の姉は暢気《のんき》そうだった。「しっかりして下さい。しっかり」と姉は別れ際まで繰返した。

明日は出発の予定だったが、彼はまだ兄に借金を申込む機会がなかった。いろんな人々に遇い、さまざまの風景を眺めた彼には、何か消え失せたものや忘却したものが、地下から頻りに湧き上ってくるような気持だった。きのう八幡村に行く路で雲雀《ひばり》を聴いたことを、ふと彼は嫂に話してみた。

「雲雀なら広島でも囀っていますよ。ここの裏の方で啼いていました」

先夜瞥見した鼬《いたち》といい、雲雀といい、そんな風な動物が今はこの街に親しんできたのであろうか。

「井ノ頭公園は下宿のすぐ近くでしょう。ずっと前に上京したとき、一度あの公園には案内してもらいました」……死んだ妻が、嫂をそこへわざわざ案内したということも、彼には初耳のようにおもわれた。

彼はその晩、床のなかで容易に睡れなかった。〈水ヲ下サイ〉という言葉がしきりと頭に浮んだ。それはペンクラブの会のサインブックに何気なく書いたのだが、その言葉からは無数のおもいが湧きあがってくるようだった。火傷で死んだ次兄の家の女中も、あの時しきりに水を欲しがっていた。水ヲ下サイ……水ヲ下サイ……水ヲ下サイ……水ヲ下サイ……それは夢魔のように彼を呻吟させた。彼は帰京してから、それを次のように書いた。

水ヲ下サイ
アア　水ヲ下サイ
ノマシテ下サイ
死ンダホウガ　マシデ
死ンダホウガ
アア
タスケテ　タスケテ
水ヲ
水ヲ
ドウカ
ドナタカ
　オーオーオーオー
オーオーオーオー

天ガ裂ケ
街ガナクナリ
川ガ
ナガレテイル
　オーオーオーオー
　オーオーオーオー
夜ガクル
夜ガクル
ヒカラビタ眼ニ
タダレタ唇ニ
ヒリヒリ灼ケテ
フラフラノ
コノ　メチャクチャノ
顔ノ
ニンゲンノウメキ
ニンゲンノ

出発の日の朝、彼は漸く兄に借金のことを話しかけてみた。

「あの本の収入はどれ位あったのか」

彼はありのままを云うより他はなかった。原爆のことを書いたその本は、彼の生活を四五ヵ月支えてくれたのである。

「それ位のものだったのか」と兄は意外らしい顔つきだった。だが、兄の商売もひどく不況らしかった。それは若夫婦の生活を蔭で批評する嫂の口振りからも、ほぼ察せられた。「会社の欠損をこちらへ押しつけられて、どうにもならないんだ」と兄は屈托げな顔で暫く考え込んでいた。

「何なら、あの株券を売ってやろうか」

それは死んだ父親が彼の名義にしていたもので、その後、長らく兄の手許に保管されていたものだった。それが売れれば、一万五千円の金になるのだった。母の遺産の土地を二年前に手離し、こんどは父の遺産とも別れることになった。

十日振りに帰ってみると、東京は雨だった。フランスへ留学するEの送別会の案内状が彼の許にも届いていた。ある雨ぐもりの夕方、神田へ出たついでに、彼は久振りでU嬢の家を訪ねてみた。玄関先に現れた、お嬢さんは濃い緑色のドレスを着ていたので、彼をハッとさせた。だが、緑色の季節は吉祥寺のそこここにも訪れていた。彼はしきりに少年時代の広島の五月をおもいふけっていた。

拾遺作品集

二つの死

一

　その頃私はその朽ちて墜ちそうな二階の窓から、向側に見える窓を眺めることがあった。檜《ひ》葉垣《ばがき》を隔てて、向に見える二階建洋館のアパートでは、私が見おろす窓のところに、白い顔をした男が鏡にむかってネクタイを結んでいる。そのありふれた映画のなかの一情景か何かのような姿が、とにかく、あそこには、あのような生活があるのだなということが分るのだった。ところが、私の立っている側の六畳の部屋は、そこではボロボロに汚れた畳が、その畳の感触までが今では私をその部屋から追出そうとしているのだった。

　その秋、私は土地会社の周旋で中野駅附近の汚ないアパートの一室を貸りたのだが、私から権利金を受取った先住者は押入に荷物を残したまま身柄だけ一時立退いたかと思うと、時折その部屋に現れてはそこを足場に担ぎ屋の商いをつづけていた。そのうち先方の都合がどうしても立退けなくなったと諒解と解約を申込んで来た。私は中野打越にある、甥の下宿先に再び舞戻って来た。それから私は新聞社に「求間独身英語家庭教師に応ず」という広告を依頼してみたり、数少ない知人を廻り歩いて部屋のことを哀願してみた。「いつになったら引越してくれる」と甥は時々不機嫌そうに訊ねる、そのたびに私は多少心あたりがあるような返事をしなければならなかった。この若い学生の甥は殆ど毎日友人を連れて来ては部屋に寝そべっていた。「あの時は愉快だったね、隣の家にはピカ（原子爆弾）で死にかかりの人間がいるのに、こちらではみんな楽器を持寄って大騒ぎやった」

私は若い学生たちのだらけきった雑談を部屋の片隅できかされた。みんな彼等は原子爆弾の際は中学の勤労隊にいて市街から離れていたため無事だったのだ。それは惨劇に直面し、その後突おとされた悲境のなかに生き喘いでいる私とはひどく違う世界だった。学校はもう休暇になっていたが甥たちはなかなか帰郷しそうになかった。毎日、彼等は七輪で米を煮いてはガヤガヤと食事をしていた。食事の時刻には私は部屋を出て外食食堂に行った。それから夜は壁際の片隅に身を縮めて寝た。私は何処かへ突抜けてゆきたいような心の疼きで一杯だった。甥が帰郷すると始めて私はその部屋で久振りに解放されたような気持がした。が、ある朝、新聞記者が訪ねて来ると、

「唐突な質問で恐縮ですが世態調査で伺いたいのです」と先日の求間広告で申込があったかどうか訊ねた。私は「求間独身英語家庭教師に応ず」の広告が既に二週間前新聞に掲載されていたのもまだ知っていなかった。

「そうですか、何分条件が特殊なので申込があったかと思いましたが」と新聞記者は微笑しながら去った。

藁をも摑もうとしている自分の姿が寒々と私の目に見える。年が明ければ甥はここへ戻って来るので、それまでにはどうしても立退かねばならなかった。私は真空のなかに放り出されたような感覚で、年末の巷を歩き廻るのだった。省線駅に出る露店にとりかこまれた路は絶え間なしに人の流れで犇めいている。私はそこを歩いていると、あたりの人間がみんな私同様の戦災者の宿なしの群のようにおもえたり、ふと周囲に動いている人間はただ単に私の夢遊病の眼に映る幻覚ではないかと思える。私は勤先の出版社や知人のところへ出向いて部屋のことを頼んでみるのだったが、下宿の部屋へ戻って来ると、今は誰もいない部屋なのに緊迫した空気と追詰められている自分が見えてくる。硝子戸だけで雨戸のない窓はガタガタと寒い風にふるえた。

（私が幼かった頃には女中が足袋を温めてはかせてくれた。そんなにいたわられ大切にされながらも私はよく泣きたい気持にされた。火の気のない朝、氷雨ふる窓にふるえながら、いま私はあの子供をおもいだすのだ）。

私は心のなかでこんな言葉を繰返していた。その言葉は私の胸だけを打つのかもしれなかったが……。私にとって、火の気のない冬は既に三度目だった。

ある日、私は阿佐谷の友人を訪ねて行った。Sは外出中だったが間もなく帰って来るというので引とめられた。座敷に坐っていても、私は何かしーんとした空気を身につけているような気持だったが、話相手に出て来たSの細君が、ふと不安げにこんなことを語りだした。

「おそろしい病気もあるものですよ。Hさんの親戚の山宮さんという方が一週間前に亡くなられたのですが、はじめ中国から復員する船のなかで、ふと通路が分らなくなったことがあるのです。上官にひどく頭部を撲られたことがあるので、多分その所為《せい》だろうと云われていましたが、東京の家へ戻って来てから、少しずつ意識が変になって、癲癇のような徴候が生じるのです。しまいには御不浄に通うことさえ本人の意志どおり行かなくなったので、家族に持てあまされていました。ところが入院して四五日目に亡くなってしまったのです。それで病院ではその人の頭を解剖してみました。すると脳のいたるところに小さな白い繭が出来ているのです。脳のなかに寄生虫が一杯いたわけなのです」

ふと私は自分の脳に何か暗い影が横切るような気持だったが、恰度そこへSが帰って来た。それで話はすぐ他の話題に移って行った。が、暫くすると、Sもやはり脳のなかにある白い繭のことから余程ショックをうけているらしく、不安な顔つきで奇怪な病気のことを云いだした。それは私がSの細君から聞いた筋と同じだったが、その病気がエヒモコックスという寄生虫のためらしいこと、普通その寄生虫は鼈魚という中国の魚にいて刺身などから感染すると、人体にとりつくと全身いたるところに切傷のような傷跡を発生するが、それが脳にまで侵入することは全く稀有のことらしい、とSは新しい註釈をつけ加えた。

「その山宮泉は昔、芥川龍之介論で『歯車』のことを書いていて、人間の脳の襞《ひだ》を無数の蝨《しらみ》が喰い荒らしてゆく幻想をとりあげているのだが……」と、Sは何か暗合のおそろしさをおもうような顔つきをした。それからSと細君は明日S学園で行われるその告別式の都合を話合っていたが、Sは明日都合つかないので細君に是非代理で出てくれと頼み、山宮泉には、友人も身内も少ないので一人でも沢山行ってやった方がいいと云っているのだった。「山宮」「山宮泉」ときいているうち私はさきほどから私の脳の一点を何か掠めてゆくものがあるようにおもえた。

「その山宮という人はもしかするとK大の文科を出た人ではないかしら」

「あ、学校はK大だった……」

「あ、あの男かしら」と私はうなだれて考え込んだ。

「へえ、知っていたのですか」とSは驚いた。

知っていたという程の間柄でもなかった。昔その男と私は二度ばかり口をきいたことがある。そして一度私に葉書をくれたことがあった。その葉書に山宮泉とあったのが、その微かな記憶がふと私の脳に点火されたのだった。私はその簡単な経緯をSに話した。

「へえ、それは珍しい。山宮にはK大の方の友人はなかったようだが、それでは明日はあなたも一つ都合ついたら告別式に出てやってくれませんか」

山宮は学校を出て女学校へ勤務しているうち、Sたちのグループに加わり、太平洋戦争前まで尖鋭な文学論の筆をとっていた。学校を出ると私は東京を離れ殆ど孤立して暮していたので、こんなことを私がはっきり知るのも今がはじめてだった。私は明日気がむいたら告別式に出席するかもしれないと約して、Sの家を辞した。

私の記憶にのこっている面影では、ひどく神経質らしい相手だったが、その男がその後生き難い時代をどのように生きていたのだろうか。一生に三度ばかり口をきいた男、脳に悲劇が発生して惨死した男……私は何かしーんとした底で茫然とするのだった。

それは満洲事変の始まる前の年の晩秋の午後のことだった。K大学の合併授業で、私は自分の席から少し離れた前の席に着席した男の机の上に置いてある書物の表紙をちらりと見た。ローザ・ルクセンブルグ「経済学入門」その題名が私の注意を惹くと時々そっと私はその男を眺めだした。後から見る首筋や耳や髪の生え具合に何か烈しそうなものがあるのが私の眼に残った。授業がすんで学生の群が坂をぞろぞろ降りて行くなかに、私は何気なくやはりその男を追うようにして歩いていた。電車通の鋪道に出て、もう少し行くと道が曲ってしまうが、その男は私のすぐ前横にいる。私はもっと彼の側に近寄って行った。

「ちょっとお話したいことがあるのですが」

私はとうとう相手に声をかけていた。相手はひどく喫驚したように立どまった。私も自分が思い切って声をかけたことに驚いていたが、

「さっき教室で見かけましたので」と云いかかると、

「あなたはほんとにK大の学生ですか」と相手は警戒的に私をじろじろ眺めた。私はレインコートとハンチングの服装だった。

「一寸ここでお茶でも飲みませんか」

私は目の前の喫茶店を指した。固い表情のまま相手はそれでも私について喫茶店に入った。間もなく私は単刀直入にR・Sのことを話しだしていた。すると相手はすぐ私の言うことを諒解したようで、態度もすっかり平静になっていた。

「では廿五日の午後二時に飯田橋駅の入口のベンチで待っていますから」と私は約束して別れた。

約束の日に私は飯田橋駅のベンチで待っていた。私は未だかつて自分で見知らぬ人をR・Sに誘ったりするようなことはしなかった。約束の時間は来ていたが相手の姿は見えなかった。やはり来ないのかとベンチを立上ろうとした時、あたふたと相手はやって来て帽子をとった。

「実は今日は大変なことがあって失礼します。為替を道で落してしまったので、これから友達のところへ行かねばなりません」

私は次の会合の日どりと私の下宿を教えて相手と別れた。だが、次の会合の時も相手の姿は現れなかった。それから一週間もして私の下宿に葉書が舞込んだ。約束はしたが急に帰郷しなければならない用件が出来たので失礼したという断り状だった。その葉書の片隅に山宮泉とあった。私はそれで始めて相手の姓名を知ったのだった。

私が彼と三度目に逢ったのは、その翌年の春だった。どちらも殆ど学校に出ていないらしく出逢う機会もなかったが、ある日の合併授業の教室で相手は私を見つけると、ふと懐しげに近よって来た。

「何度も失礼しました。一寸いろいろ都合つかない事情があったので、漸くそれも片づきましたから……」

　この次からR・Sの会へ出てもいいと云う顔つきだった。しかし、私たちのR・Sはその頃既にバラバラになり自然消滅の形になっていたのだ。


　私はその日の午後になるとやはり山宮泉の告別式に出かけて行く気になっていた。からりと晴れた寒い美しい日だった。S学園前で電車を降りると、その辺は空気も澄んでいて桜並木の路も私の眼に沁みるようだった。学園の運動場を横切って、女学校の講堂へ来てみると、告別式は既に始まっていた。参列者の殆ど大部分が女学生で、祭壇の左右に遺族らしいものの姿やSの細君やSの友人のHやAの姿が見えた。祭壇にはたしかに山宮泉の写真が飾ってあるらしかった。私はそれをやがて見ることができると思った。その写真を眺めるために私はやって来たのに違いない。私はそっと後の列の脇にひとり離れて佇んでいた。

　先生らしい男がふと列を離れると、靴音をたてまいとして、慎重な身振りで歩こうとしていた。その靴さきに集中されている慎重さが私の注意を惹くと、私は何となく「イワン・イリッチの死」のこまかい描写を連想した。それから、人間の死の雰囲気のなかにいる人間たちの姿を考えた。私は五年前死別れた妻の葬儀を夢のように思い出しているのだった。その時、列の後の方で合唱隊の唱歌が始まった。……悼詞が済んで焼香が始まると、やがて私の順番も廻って来た。私は祭壇に近づくと正面に飾ってある写真を灼けつくように見上げた。が、それが私の知っていた彼かどうか、写真は茫として不明瞭な印象だった。と、その瞬間、私は擦れ違う急行列車の窓のこちら側から向側の窓をちらっと眺めているのではないかとおもえた。

二

ある日曜日の午後、私は夕方の外食時間にはまだ少し間があったので、駿河台下から明大裏手にあたるひっそりとした坂路をひとりぶらぶら歩いていた。私が今まで生きのびて行けたのはまるで奇蹟ではないかとおもわれる。昨年の今頃は途方に暮れながら真空のなかを泳ぎ廻っていたのだが、たまたま私はある知人の厚意でその人が所有している神田の事務所の一室へ押しつまったその年の暮に入れてもらうことができた。それ以来、私はずっとここにいる。生活が追いつめられていることに於ては今とても変りはないのだが、生きて行くということは、私にとって絶えず何ごとかに堪え、何ごとかを祈りつづけることなのだろうか……私は歩きながらそんなことを考えていた。と、私の目にふれる壁の上の赤らんだ蔦《つた》の葉や枯れのこる葉鶏頭が幻か何かのようにおもえて来た。しだいに私はひっそりとした空気のなかに、もう何も思わず何も考えたくなかった。が、ふと、何かもの狂おしい祈りのようなものが私の胸に高く湧き上って来た。

その翌々日、私は小村菊夫の死亡通知を受取った。私が静かな、しかし、もの狂おしい気持で歩いていた美しい日曜日の日に、彼は死んで行ったことになるのだった。私はその母堂のわななく指で書かれたらしい葉書を見ると、凝としていられなくなった。小村菊夫とはたった一度しか逢ったことのない間柄だが、とにかく悔みに行っておきたかった。

身仕度をするとすぐ私は出掛けて行った。地図で番地は凡そ調べていたが、中野駅で降りると、人に訊ね訊ねして、ぐるぐると小路を歩き廻った。ひっそりとした小路の奥の突あたりの玄関に私はたどりついた。障子が開放たれ小さな座敷には七八人身内の人らしい正座の姿が見えた。今、私は告別式に間にあって来ているのが分った。が、座敷の一番端に坐った時、それは私が今迄急いでせかせか歩いて来たためかもしれないが、急にパセチックなものが湧上ろうとした。牧師の静かな讃美歌が私を少し鎮めてくれるようだった。やがて私も祭壇の前に膝まずく番になった。祭壇に飾ってある小村菊夫の写真を見上げると、茫とした白い顔は少し悲しげに微笑しているのではないかとおもえた。それから私は母堂に挨拶を述べるとすぐその家を辞した。中野駅の近くまで歩いて来ると、恰度、店頭のラジオがショパンらしい清冽なピアノを私の耳に投げかけて来た。

私は小村菊夫と生前たった一度しか逢っていない。それも昨年私が神田の事務所の一室に移れる手筈になって、引越の荷拵《にごしら》えをしている年末の日だった。部屋は品物でごった返していたが、罹災以来転々として持運ばれている僅かばかりの品物は、いい加減傷つき汚れていて、自分ながら悲惨に見えた。そこへ小村菊夫が訪ねて来たのだ。私は何か軽い狼狽を感じながら、窓の近くに坐をすすめると、彼は背広服のずぼんを端折ってそっと坐った。その顔のなかには何か緊張と弱々しいものが混っていた。

「まだ熱が出たりするのですが、散歩がてらお訪ねしました」

こう云って彼は持参の原稿を畳の上に置いた。前から私は彼の作品に惹きつけられていたので、私たちの同人雑誌に原稿を依頼していたのだった。愛のほの温かさや死の澄んだ瞳を見つめて囁くように美しい彼の詩は私にとって不思議な魅力だった。私は彼の詩集が上梓されたら是非読んでみたいと思っていたので、そのことを話した。

「実は京都の書店から出るはずになっていたのですが……」と、彼の顔にいくぶん昂然とした暗さが横ぎった。それから間もなく彼は坐を立った。ほんの一寸私の部屋に挨拶がてら一休みしに来たような恰好だったが、私も引きとめはしなかった。

彼の作品は私たちの雑誌に掲載されだしたが、同人の間では評判が悪かった。ことに学校を出たばかりの若い人たちは軽蔑と反撥を示した。

(信子はその暗い険の強い美しい横顔を厚志に向けながら「厚志さん、あれは一匹の蝶ではないのよ、二匹の蝶なのだわ……」とこう低く呟いた。厚志の心には、一瞬、羞恥にも似た秘やかな思いが浮んだ。そして厚志は、その砂丘の上の明るい五月の空の下で、信子の甘い息づかいを、暗い眼ざしを、髪の毛の匂を次第に身近く燃える如く感じたのであった)。

このような作風は兵隊靴の音やサイレンの唸りに、つい昨日まで攪乱されてひき裂かれている心にとっては無縁の世界だったのかもしれない。

ある日、雑誌の同人会が新宿のある書店の二階の一室で行われていた。そこは何かざわざわして、窓の向に見える表通りには絶え間なしに通行人の姿が映画のように動いていた。ふと私には通行人の顔や、この部屋で行われている雑談や、毎月生産されるおびただしい文学作品が、すべては動いて止まぬ戦後の汎濫のようにおもえて来るのだった。その時、誰かが雑誌の批評をはじめていた。批評は小村菊夫の作品に触れ、軽く抹殺されるのだった。その言葉は私の耳にはいっていた。だが、その言葉もやはり動いてやまぬ汎濫のなかに吸込まれてゆくようだった。会合がはねると、私は通行人の汎濫のなかをかきわけ、ひとり駅の方へ向っていた。するると、誰かが追ついて来て声をかけた。それは学校を出たばかりのEであった。

「一緒に少しつきあって下さい」と縁無《ふちなし》眼鏡をかけた背の高い青年はギクシャクするような身振りで私を誘った。私たちは小さな屋台店に腰を下ろした。癇高い抑揚のある声でEは頻りに文学談をしかけるのだったが、

「小村菊夫があんな風に取扱われるとは情ないッことです」と烈しく抗議するように喋りだした。どこかEは戦争の疵と疼きがのこっているような青年だったが、私はそのEが小村菊夫の支持者であるばかりか、かなり親交のあることをはじめてこの時知ったのである。

その後、私はEを通じて時折、小村菊夫の消息をきかされるようになった。……小村菊夫は既に咽喉結核が昂進して病臥していること、彼の作品がある雑誌社に行ったまま抹殺されていること、そんなことをEはいつも悲憤に似た調子で話した。

そのうち病気は絶望的になり、彼はもはや永遠の睡りに入ることしか望んでいないということも私は耳にした。それから間もなく、小村菊夫の死亡通知を受取ったのだった。

彼が死んで十日目位にEが私のところに訪ねて来た。Eは告別式には間に合わなかったのだが、小村家からその遺稿をあずかって、私のところに持って来たのだった。その遺稿は近くある書肆《しょし》から出版される手筈になっていた。その遺された原稿を読み、私はぼんやり考え耽ける

のであった。

神様、私の死にます日が美しく清らかでありますように。
私の文学上のまた他の不安が、そして生涯の皮肉が、
きっと私の額の大きな疲れを離れるでしょう
この日が大きな平和のうちにありますように。
私が死を望むのは、それは全く身振りを作る者達のようにではありません、本当に全く素朴に、
人形のように、小さな子供のようにです。…………

これは小村菊夫が訳したフランシス・ジャムの詩の一節だが、私は小村菊夫が死んだ日も、恐らく、美しく清らかな日であったのだろうと思っている。

星のわななき

私は「夏の花」「廃墟から」などの短篇で広島の遭難を描いたが、あれを読んでくれた人はきまったように、「あの甥はどうなりましたか」と訊ねる。

「健在ですよ」と答えるものの、相手には何か腑に陥ちない様子がうかがわれるのであった。してみると、どうもあのところは書き足りないのではなかったかと思える。それで、甥のところだけを切離してちょっと書添えておく。


私たちは八月六日に広島で遭難し、八日に八幡村に移ったが、中学一年生の甥だけはまだ行衛不明であった。末子の死体をまざまざと途上で見て来た両親は、長男の方のことも、口に出しては云わなかったが、殆ど諦めていたらしい。ある昼、突然、縁側で嫂の泣き喚く声がした。

「わあ、生きていたの、生きていたの」

と嫂は廿日市から自転車でその甥の無事だったことを報らせに来てくれた長兄にとり縋るようにして泣き狂った。甥はしかしその日、廿日市の長兄のところまで辿りついたが、疲労のためまだこちらへは帰って来なかった。甥がこちらへ戻って来たのはその翌日であった。

戻って来た甥は思ったより元気そうだった。あの朝、建もの疎開のため動員されて恰度、学校の教室にいたが、光線を見た瞬間、彼は机の下に身を潜めた。次いで教室は崩壊したが、机の下から匐い出すと、助かっている生徒は四五名しかいなかった。みんなは走って比治山の方へ向かい、途中で彼も白い液体を吐いた。——こういうことを語る甥はいたって平静であった。一緒に助かった友達と翌日、汽車に乗り彼はその友達の家へたどり着いた。そこで四五日滞在し静養していたのである。この神経質でおとなしい少年は、何か鋭い勘とねばりを潜めていた。奇蹟的に助かったのも、偶然ではなかったのかもしれない。だが、甥にとっての危機は決してこれで終ったのではなかった。戻って来た甥は二三日すると、私の妹と一緒に遠方の知人のところへ、野菜を頒けてもらいに出かけた。朝はやく出かけ、山一つ越えて行くのだった。妹は昼すぎに戻って来たが、甥は四五町さきの農家の軒下に蹲っているということであった。暑さと疲れのため、もうどうしても歩けなくなったのである。やがて日が傾いた頃、甥は蒼ざめた顔で戻って来た。まだ戦災の疲れも癒えていないのに、ここではみんなが空腹のまま無理をつづけなければならなかった。台所の土間からつづく二畳の部屋が食事をする場所だったが、そこに坐ると、破れ窓を塞ぐためにマッチのレッテルらしい一メートル四方位の紙がぶらさげてある。その毒々しい細かい模様を眺めると、それがそのまま何か血まみれの記憶と似かよっていた。小さな姪たちは耳や指を火傷していたし、次兄の肩の傷もヒリヒリと痛むらしかった。

　ある朝、食事の箸をおいた甥は、ふと頭に手をやって、「髪の毛が抜ける」と云いだした。「禿頭になったのかしら、ひとの帽子を借りたので」と不審がる。そういえば、甥はここへ戻って来たとき大きな麦藁帽をかむっていたのだった。まだ禿というほど目だってもいなかったが、妹に連れられて廿日市の方の医者に診てもらった。結局はっきりしたことは判らなかった。がそれからも脱毛は小止みなくつづいた。「いくらでも脱ける」と、甥は心細そうに呟き、だんだんいらだって来た。そのうちに彼の頭はすっかりつるつるになっていた。私もその頃、猛烈な下痢に悩まされひどく衰弱していたが、ある日、廿日市の長兄のところで何気なくそんなことを話していると、傍にいた近所の人が、

「それはよほど気をつけた方がいいですぞ」と、何かぞっとするような調子で心配してくれた。今度の遭難者で下痢や脱毛や斑点が現れると、危険だということが、そこではもう大分知れわたっていた。今迄無事で助かっていたと思う人もつぎつぎ死んで行くし、鼻血が出だすともう助からないということもその時耳にした。妹は甥の様子がだんだん衰えて行くのに気づき、

「あれはもうあぶない」と囁きだした。

　甥は食事の度毎に神経質に顔をしかめ、

「これは何か厭なにおいがする」と、ひどく不平そうに呟くのだった。後で考えてみると、臭いにおいがするのは神経の所為ではなく、その頃彼の内臓が腐敗しかかっていたためなのだろう。斑点の話が出て、私たちが自分の体を調らべ、二つ三つあるなど云いあっていると、黙っ

て側できいていた甥が、

「僕にもある」と、はっきりした声で云った。が、それは何か冷やりとさすものを含んだ調子であった。


その前の日から甥は血を喀《は》きだしたが、恰度廿日市の長兄のところへ立寄っていると、夕食を済したところへ、八幡村から電話がかかって来た。長兄も嫂も今夜は八幡村の方へ泊るつもりで出掛けた。私たちは長い暗い路を歩きながら、また人の死に目に遇うのかとおもった。暗い夜空からは雨が降りだした。私の眼の片隅には、神経に異常でも生じたのか、頻りに青い小さな羽虫のような焔がちらついていた。それは歩くたびに煩《うるさ》いほどつきまとって来た。家に着くと、私たちは甥の枕頭に坐り込んだ。甥はいつのまにか、綺麗な縞の絹の着物を着せられ、禿げ上った頭と細い顔は陶器のように青ざめていた。鼻腔には赤く染まった綿が詰められていた。枕頭の金盥《かなだらい》は吐くもので真赤だった。それでも甥はパッチリと黒い眼をあけ、ときどき苦しげに悶えた。

「がんばれよ」と次兄は側から低い声で励ました。甥の枕頭には一枚の葉書が置いてあった。それはあのとき一緒に逃げた友達の親許から寄来された死亡通知であった。みんなはそっとその葉書をみて押黙った。

「際の際まで、意識は明瞭だということです」と嫂は声を潜めた。夜が更けていたので、私たちは一まず二階へ引あげた。私はいつ呼び起されるかしれないつもりで夜具に潜った。陰惨な光景にはあきあきするほど遭遇していたが、さっき見た甥の姿は眼に沁みるのだった。だが、階下の方はひっそりとして何の変った気配もなかった。そのまま夜は明けて行った。朝になると、みんなは吻とした。何だか助かったのではないかという気持が支配した。事実、甥は持ちこたえて行くらしかった。急変がないのをみて、廿日市の長兄たちも一まず帰って行った。

危篤状態は過ぎたらしかったが、まだ甥は絶えず頭を氷で冷やしつづけ、医者は毎日注射をつづけた。嫂はせっせと村の小路を走り廻って氷や牛乳や卵を求め看護しつづけた。そこの家を吹飛ばしそうな、ひどい颱風が訪れたときも、甥は寝たままでまだ動けなかった。

長雨や嵐の陰惨な時期がすぎると、やがて秋晴れの好天気がつづいた。村では久振りに里祭が行われ、すぐ前の田の向に見える堤の上を若衆が御輿を担いで騒ぎ廻った。だが、私たちは空腹の儘その賑わいを見送っていた。その祭の賑わいの最中のことであった。階下で急に甥の泣き叫ぶ声がして、嫂の烈しく罵る声がした。あまり激越な調子なので何事がおこったのかとおもった。

「死んだ方がよかった」と甥は私がやって来たのを見ると、また抗議するように低い声で呟いた。

「くそ意気地なし。誰のお蔭で助かったのか。ひとが一生懸命看護してやったのも忘れて」と嫂はまだ興奮している。

「どうしたのです」

「今さき村の子供がここを通りながらこちらを覗き込んで『禿がいる、禿がいる』と罵ったのです」

「悪い子供だな。学校へ云ってやるといい」

「禿が一たい何ですか。男でも女でもこんど禿になったのはあたりまえのことで、恥でも何でもない。禿と云われた位で、それ位のことで死にたいとは……その意気地なしが情ない」

甥はもう何も云わなかったが、私は病後の甥がこんなに興奮していいのかと心配だった。

学童疎開に行っていた二人の弟たちが還って来ると、狭い家のうちはごった返し、暮しは一層苦しくなっていた。甥はもうかなり元気になっていたが、どうかすると階下では物凄い衝突がもちあがった。平素はおとなしい性質なのに、喧嘩となればこの甥はねちねちしていた。甥は炬燵にもぐって、英語のリーダーなど勉強しだした。大病のあとだし、一年位は学校を休ませた方がいいだろうとみんなは云っていたが、年末頃になると、禿げていた頭に少しずつ髪の毛が顕れだした。

年が明けると、私はいつまでもそこの家に厄介になっているのも心苦しく、頻りに上京のことを考えていた。甥は既にその頃から広島まで学校に通いだした。八幡村から広島の郊外まで往復すれば、元気な男でさえ、かなり疲労する。電車までの路が一里あまり、電車に乗ってからも、それは決して楽なことではなかった。私は甥がよくも続けて通学できるのに驚かされた。甥は毎日、軍から払い下げになった、だぶだぶの服と外套を着て、早朝出かけては日没に戻って来るのだった。私はその年の春、漸く八幡村を立去ることが出来たが、その後、上京してからも、あの甥は元気になったのかしらと思い出すことが多かった。私が甥の元気な姿を再び見たのは、翌年の正月であった。その時、次兄は広島の焼跡にバラックを建て、恰度八幡村から荷を運んで来たばかりのところだった。あたりはまだごった返していた。甥はだぶだぶの軍服を着て、シャベルで何かとりかたづけていた。私の来訪もあまり気にならない位、彼は忙しそうに作業に熱中していた。

私がこの頃になって、甥のことなど書いてみる気になったのは、何か私の現在の気持の底に、生き運というものを探し求めているからでもある。甥の頭髪はもとどおり立派に生え揃った。あの時、禿になりながら、その後立派に助かっている人は甥ばかりではなかった。槙氏もやはりその一人である。彼は大手町で遭難し火のまわるのが急速だったため、細君を助け出すことも出来ず、身一つで河原に避れた。その後、髪の毛が脱けだすと、彼は田舎の奥へ引込んで、そこで毎日、野菜ばかりを摂取していた。薬剤師の心得のある人だが、医者にもかからず自分の勘一つで独特の療法をつづけた。そうして、この人も無事に頭髪が生え揃い、ピンピンしているのであった。

私は家の近所の水槽の中に身を浸し、そこで猛火を避けながら、遂に生きのびていたという女の話もきいた。その水槽の前にはコンクリートの建物とちょっとした空地があったが、それにしても一昼夜燃えつづける火のなかで助かっていたとは恐しいことだ。フィリッピンでジャングルに脱走し生きのびて還って来たという人とも逢った。どんな天変地異のときでも、生き運のある人は助かるのであろうか。

私が八幡村から立去ろうと考えている頃のことであった。たまたま私は天文学の解説書を読み耽けっていたが、何億光年、何億万光年という観念は私の魂を呆然とさせた。私は廿日市の長兄のところから八幡村へ戻る夜路で、よく空の星をふり仰いだ。冬の澄んだ空には一めんに美しい星がちらばっていた。広島が一瞬にして廃墟と化したことも壮大なことではあったが、その一瞬は宇宙にとって何ほどのことであったのだろう。だが、戦災で飢え、零落してゆくこの私の身は、それでは、この凍てた地球の夜にとって、何ほどの意味があるのだろう。だが、私はこの身の行衛を、己の眼でいま少し見とどけたいのであった。

その後、私は東京の友人のところで間貸りして暮すようになったが、一年あまりすると、余儀ない事情でそこも立退かねばならなくなった。宿なしの私は行くあてもなく、別の知人の下宿へ転がり込んだものの、身を落着ける部屋は見つからないのであった。出来るだけ早く私はその知人のところも立退かねばならない。だが、行くあてはまるで見つからない。私の眼の前にはまた冬の夜の星の群が見えてくるのであった。

昔の店

　静三が学校から帰って来た時、店の前にいた笠岡が彼の姿を認めると「恰度いい処へお帰りね、今、写真撮ろうとしている処なのよ」と云って、早速彼を自転車の脇に立たせた。その時（それは明治四十三年のことであった）出来上った写真は、店先の自転車に凭掛《よりかか》っている静三の姿のほかは、誰もはっきり撮れていなかった。父も兄も他の店員たちも少し引込んだ場所に並んでいたため、写真ではその辺が真暗になり、みんな輪郭がぼやけている。人物はそのように不鮮明であるし、店の奥の模様も殆ど写されてはいなかったが、そのかわり、この朦朧とした写真は却って昔の雰囲気を懐しく伝えていた。まず、簷《のき》の上には、思いきり大きな看板が二階をすっかり目隠しするように据っていたが、その簷のところには四角形の大きな門灯もあり、それから、静三が立っている脇にも、軒から吊るす板看板が三つ四つ並んでいて、路上には台八車が一台放ってある。――写真に残されているそれらの部分から、静三は薄暗い店の奥の様子をこまごまと憶い出すことが出来た。……父や店員たちの並んでいた場所は、正面の土間の脇にあたる処で、その板の間にはズックや麻布が積重ねてあったが、往来に面した側は硝子張になっていて、埃によごれた硝子越しに、赤いメガホンや箒や物差が乱雑に片隅に立掛けてあるのがいつも外から眺められた。その反対側の、土間のつづきにあたる処に、秤や釘函や自転車の空気入れが置かれ、どうかすると、梱包のまま荷物がそこから道路の方へ喰み出していた。そして、そこのところに静三が凭掛っている自転車が停めてあった。正面の土間には、粗末な椅子が二三脚、板の間の上り口には、冬だと、真四角の大きな木の火鉢が据えてあった。

馬車がその店先に停まると、忽ち土間のところは荷物で一杯になる。すると真上の天井板が二三枚、取はずされ、二階から綱がおりて来て、ほどかれた荷物はこの綱に括られ、するすると二階の方へ滑車で持上げられて行くのであった。静三にとっては、この二階からぶらさがって来る綱は、夜、店が退けてから、鞦韆のかわりになった。夜、ここは静三たちの遊び場であった。どうかすると、荷物は土間一めんにぎっしり積重ねられていて、天井まで届きそうなことがあった。そんな時、静三は荷物の山を見上げて何か歓呼を感じる。その薦包《こもづつ》みの固い山を攀登《よじのぼ》って暗い天井の方へ突進して行くと、藁のにおいがふと興奮をそそる。見下ろす足許は深い谷底になっていた。静三が猛獣のように咆哮すると、弟の修造が下から這上って来る。二人は同じ空想に浸り、そして、神秘な、頭の蕊まで熱くなるような、冒険の一ときが過ぎて行くのであった。……写真に残っている板看板には、たとえば「帝国製麻株式会社取次店」とか「日本石油商会代理店」とかいう文字が彫込んであったが、それは夕方店を鎖す前に丁稚が軒から取はずし、朝毎にまた軒に取つけるのであった。その板看板も夜は土間の荷物の脇に放ってあったので、静三たちにとっては滑り台となったり、橋梁となるのであった。

静三は夕方店が退ける前の雑然とした空気が好きであった。大人たちはそわそわと忙しそうに立働いていたが、静三は店先に佇んでぼんやり往来を眺めている。すると、脚榻《きゃたつ》を抱えた点火夫が軒毎に灯を入れてゆく。その、すばしこい微妙な動作は、静三が気がついた時には、もう次の家の軒に灯を入れているのだったが、簷の四角形の門灯に灯が点くともう夜の領分であった。大人たちが静三に城を譲り渡す時であった。夕飯が済むと、静三は家の玄関から暗い露路を通って、そこの店へ裏口から乗込んで行くのだが、糸杉の植わった暗い石畳が何か神秘な感覚につつまれていて、その纔《わず》かな距離を歩く間にも、夜の劇の期待に心は弾むようだった。実際、そして、店では毎晩、変った劇が演じられた。草履とり、王様ごっこ、火あそび、猛獣狩り——こうした遊びは兄の敬一も弟の修造も加わるし、時には店番の丁稚も一緒になった。そこは正面の土間から続く板の間で、片側は硝子窓で区切られた事務室になっていたが板の間の処は、昼間はいろんな商品が取捌《とりさば》かれ店員の出入りの頻繁な場所であった。夜、静三たちが一騒ぎして引上げると、店番はそこに夜具を敷いて寝るのだった。……店の裏口からその板の間へ通じる廊下は真暗であった。夜具を収めた押入が大概、襖が半開になっていたし、廊下の片隅にファイヤガンやバケツが置いてあるのも静三は心得ていた。だが、廊下の外のじめじめした庭の闇がふと静三に恐怖を抱かすことがあった。棕櫚の葉や梅の幹が雨に濡れて蹲っているあたりから、何か飛出して来そうな気がするのだった。が、電話室の処まで来ると、板の間の灯が見えるので、彼はドカドカとそこへ登場して行くのであった。

彼はそこで何か素晴しいものを見つけた。昼間の商品がその儘になっていると、それはすぐ遊び道具に役立ったし、きちんと板の間が片づいていると、静三は棚の方を見上げて「梅津商店」と屋号の入っている弓張提灯を取出したり、商品戸棚の抽斗《ひきだし》を引抜いてみた。事務室の方から算盤や物差や椅子や草履やボール箱が持出された。こうして、空想の材料が揃い、静三たちの演技が白熱して行くと、それは板の間から土間へ土間から夜の往来の方へ突進して行った。……それから、ここでは、幻灯会が催されることがあった。その玩具は父が大阪から土産に買って戻ったものだったが、幻灯をやる晩は弟の修造に吩付《いいつ》けて、近所の子供たちを招いた。すると弟はもう始める前から興奮しているのであったが、静三もいろんな絵を入替え取替えて写しているうちに、何か感覚が一新されるのであった。それは物語の筋とか人物の姿などからではなく、背景の色彩が彼の心を惹きつけるのであった。緑色の樹木とか青い空がことに美しく浮上ったし、黄や紅の色彩も潑溂と網膜に残った。幻灯会が終ると暫くは、あたりの物の象《かたち》までなつかしい陰翳に満たされていた。静三はよく恍惚とどこか遠くにある素晴しい世界を夢みるのだった。

ある日、静三は電話室の脇にある戸棚の抽斗の前に屈んでいた。恰度その辺まで庭の青葉の光がこぼれてくる昼すぎであった。その抽斗の中にはテイプとか、ハトメ、肩章、襟章などが一杯詰っているのだったがたまたま、赤い紙にぎっしり並べられた釦の一組が彼の目についた。その銀色のキラキラする釦の一つの中には静三の顔が小さく写っていた。それから更に気がつくとどの釦の中にも彼の顔が——その少し歪んで縮まった大勢の顔は静三が口をあければ、やはり赤い小さな唇を動かし静三の吃驚した眼より更に吃驚したような眼つきで、——映っているのであった。……だが、この発見よりもっと素晴しかったのは、電話室の中で見つけた一葉の色刷写真であった。はじめ修造が見つけたのを奪いとって眺めているといきなり静三の魂を惹きつけてしまった。それは軍楽隊の服装を撮った写真であったが、綺麗な服装ときらびやかな楽器の中央に立って、指揮棒を振っている隊長の姿は、烈しい憧憬を静三に植えつけてしまった。「軍楽隊長、軍楽隊長」と彼は弟の修造と囁き合った。同じような熱狂が弟の眼にも宿り、二人はどうかして、すぐにも軍楽隊長になりたかった。静三はよく小さな紙片に軍楽隊の絵を描いては娯しんだ。その小さな絵の中から幽《かす》かに音楽がきこえて来そうな気がした。

静三の高まってゆく気分を、うまく繰展《くりひろ》げてくれたのは、店から工場の方へ行く道であった。静三は工場の畑に花をとりに行こうと思うと、そう思うと、すぐ店から工場までの四五町の距離がわくわくと彼の足許で躍りだすのであった。一緒に従いて来る修造も気負っていたし、彼はいつも新しい冒険のなかに突入して行くような気持にされた。それで、表通を曲って、柳の植わっている見とおしのいい小路へ出ると、忽ち彼等はひた走りに走りだしたいような衝動に駆られる。頭の上の空には真白い雲の峰がキラキラ燃えていたし、足許の土はむっと熱かった。それから、しーんとした袋路へ入ると、草いきれや土くれのにおいが低く渦巻いていて、黒いタイル塗りの粗末な門の向に、トタン屋根の上のポプラはギラギラとそよいでいる。粗末な門をくぐると、すぐ前が花畑になっているのだが、静三にはそのなかから見つけて持って帰る素晴しい花が隠されているのがわかっていた。……静三の眼は焼杭をめぐらした柵に添って走り廻った。向の荒地には大きな蓼《たで》や帚木が伸び放題になっている。そしてここには静三が幼い時からの数えきれない記憶があった。たとえば、すぐ門の脇にある物置小屋には、釦づけをする機械が放ってあったが、前には一度その機械で拵えられた釦が赤い羅紗に貼られ梅津商店と金文字の入った額に収まり、練兵場で開かれた共進会へ出品されたこともあった。それから、向に幻灯のように青々と茂っている樹木と黒いトタン屋根の縫工場があるが、遠くから見るとひっそりしているがそこの入口に近づくと、高い棟の下に数台のミシンの回転する響と女工たちの入乱れた姿があるのを静三はよく知っていた。彼はその工場が建った晩の棟あげの壮烈な光景や、ずっと前に海岸の砂地で行われた女工たちの運動会もおぼろ気に思い出せた。それから、工場の裏の空地には飛んだり跳ねたり叫びながら追かけ廻した叢があった。その叢から向が土手になっていて、川が見えた。いつも、あの川のところへ行くと、ゆったりした、静かな、水のどよめきが、彼等の騒ぎ廻ったあとの気持を遥かに、遠くへ運んでくれるのだった。

……だが、あの辺があんなに素晴しくおもえたのは、そっくり父の影響だったのかもしれなかった。静三の父は前からこの工場の土つづきの空地にいくつも借家を建てていたし、工場の畑も父が気晴しにやっているのだった。そして、父もそこへ出掛けて行く時には何か解放された気分になるらしく、子供らしい身振りなどするので、急に静三と父との距離が縮まることがあった。あの辺で父と行逢う人は大抵相手の方が腰が低かったが、途上で立留まって話込む大人達の話を静三は一生懸命理解しようとした。いつの間にか静三は父の姿勢を模倣していた。

両手を後で組み合わせて、ものを眺めている父のやり方を、そっくり意識しながら、静三は店先に立って外を眺めているのだった。

　だが、店の奥に居る時の父は無表情で、静三には殆ど接近し難い存在だった。父の部屋は事務室の隣の引込んだところにあった。北向の硝子窓の庭の築山の裏側の佗しい眺めだったし、窓から射して来る静かな光線は大きな机の上に漾い、壁際に据えられた金庫や硝子戸棚もみんな冷んやりした感覚だった。それから、その硝子戸棚の上には、金米糖、蓬萊豆――どうして、そんなものがあったのか静三は奇妙におもった――などを容れた玻璃の容器が置いてあった。父の机の上にはインク壺・海綿・硯箱・金銭容器・複写紙・ホチキンスなどがきちんと並べてある。よく静三は昼の三時頃、母の吩付で台所から父の処まで牛乳を運んで行ったが、いきれの立つ茶碗の牛乳は店の奥まで持って行く間に表面に薄い膜が出来、無数の皺が刻まれるのであった。静三がお盆を持ってその部屋に這入って行くと、机の上で何か仕事をしている父はちらと彼の方を眺め、それから一寸手を休め、彼が牛乳を置いて行くのを待つのであった。静三は病弱らしい陰気なこの顔とその部屋の冷やりした空気を一緒にして、父の死後おもい出すのだった。……だが、その部屋にも晴れ晴れした空気が漲っていることもあった。たしか、それは店が休業の日だった、父の机の上に大きな白い採集網と肩から掛けるようになっている採集箱が置いてあった。父は三人の息子を連れて郊外に出掛けた。敬一の昆虫採集に皆がひかれて行ったのだが、くらくらする麦畑や、はっと青空を掠める蝶の影が静三の頭には残り、帰って来て父の部屋に入ると、ひっそりした空気は火照った軀に大へん快かった。それから、あれはまた何の催しだったのか、部屋中に一杯賞品が飾られ、父の机の上には紙縒《こより》の籤《くじ》の大きな束が置いてあった。静三が父の前に行ってそっと籤を引くと、父はその時もひどく神妙な顔つきであった。

それから、どうかすると事務室の方に夜遅くまで灯がつけられていることもあった。こういう時、父も事務室の方へ姿を現わすのだったが、時には母や姉たちまでやって来て、かっかと燃える火鉢をとり囲んでいた。夜業の机には大人たちがせっせと算盤を弾いたり、帳簿を繰って、一しきり傍目も振らない事務がつづいているが、やがて帳簿の打合せが済むと、くつろぎの一ときがやって来る。その潮時を見計って、静三は大人たちの間へ割込んで行くのだが、そこでは夜の空気が急に親和的に感じられる。大人たちの膝は大概、黒羅紗のずぼんを穿いていたが、妙に静三には温かく感じられたし、やに臭いにおいと羅紗のにおいがうれしく鼻さきに漾った。赧ら顔の笠岡の頬には豆粒位の赤いほくろがあったし、額の禿上った吉田は大きな掌で顳顬《こめかみ》を撫でていた。瘦形の青白い今泉はいつも神経質に身じろぎをしていた。みんなそれらの大人たちは静三がもの心つく前からその事務室にいたのだった。それらの大人たちはいつも何か相談しながら、素晴しいことを待っているように思えた。

「入札」「被服支廠」「経理部」……彼等の間でよくとりかわされる言葉を静三はまだ理解できなかったが、とにかく、大人たちは昔から絶えず動き廻っていて、静三がまだ生れて来ない前から、大人たちは働いていて、みんなでこんな店を作ったらしかった。はじめ、ここの店は何処か遠くから引ぱって来たような気もした。それはひどく真暗な夜のこと、大人たちは台八を牽いたり、自転車を押し、てんでに白い息を吐きながら勇しく進んで行った。提灯の灯がさっと行手を照らし、みんなの頬はてらてら燃えていた。――静三は何となくそんな風な童話を感じるのであったが、夜更の事務室でお茶を飲んでいる大人たちは勇しかった昔の面影をどこかに潜めていた。静三にとっては、笠岡の頬にある赤いほくろまで神秘におもえた。

実際、笠岡は時折、静三の虚を衝いて、風のように現れることがあった。ある夕方も笠岡は静三が往来にいるのを見つけると、何か誘うように手招きした。彼に従いて、とっとと橋の方へ歩いて行くと、橋の袂から石段を伝い、大きな船の中に連れて行かれた。入口の手すりに烏が括りつけてあるのが静三の眼に奇怪におもえたが、船の内部は畳敷の部屋になっていて、そこには父をはじめ店の人たちが集まっていた。後から思い出すと、そこは牡蠣船だったのだ。……それから静三は学校の帰り路でよく自転車に乗っている笠岡と出逢った。笠岡は後からさっとやって来ると、ひょいと謎のような表情をして自転車をとめる。それから静三を掬《すく》うようにして、前の方の席に乗せるのであった。詰襟の黒い服を着、細長いずぼんを穿いた笠岡はどこか敏捷で花車《きゃしゃ》なところがあった。ずっと古い写真にも、そのとおりの服装で笠岡は写っていた。その写真は静三がまだ生れない頃、庭さきで撮られたもので、築山を背景に店員たちが酒盛をしているのだった。半被を着て盃を受けている爺さんは、今泉のうちの爺さんで、その頃はやはりここの店員だったらしい。爺さんの方へ剽軽な顔つきで徳利を差向けているのは竹村であった。この竹村は店の階下には滅多に姿を現さなかったが、そのかわり二階へ行けば大概一人でせっせと裁ちものをしている姿が眺められた。

二階は電話室の裏側から階段になっていて、表は往来に面した格子だが大きな看板で遮られ、裏は静三の家の二階と遥かに対いあっていた。夏の夕暮、家の玄関に立って、その二階の方を眺めると、簷のところに蚊柱が揺れていて、蝙蝠の姿も閃いた。往来に面した側の簷には燕の巣もあった。そのだだっ広い板の間には大きな裁物台が置いてあって、いつもズックや木綿の裁ち屑が散乱していた。チャコで青いしるしをつけ大きな裁物庖丁でぎゅっぎゅっと竹村は布を切って行く。すると部厚な裁ち屑が瞬く間に出来上る。竹村は宴会の席などでよく手品をして皆を喜ばしたが、ひとりで洟水を啜りながら、せっせと裁ちものをしているのも、いくぶん手品のようなところがあった。

工場の花畑の井戸のところで父は誰かと頻りに戦争のことを話合っていた。井戸のところには紅い夾竹桃が燃えていて、頭上にはくらくらするような雲が浮んでいる真昼だった。時々、号外が出たし、遥かに遠い後方で戦争があるのを静三も知っていた。戦争はしかし夕焼の空のむこうにあるもののように（殆どその夕焼と同じもののように）静三にはおもえた。それが大正三年のことであった。……その頃から店の模様はだんだん変って行った。薄暗い父の部屋の続に応接室が新築された。以前は庭に面した粗末な廊下で、夜静三が通る時など物凄い感じのした場所だったが、今度は新しい白壁と硝子窓の部屋になり、すっかりハイカラな感じになった。往来の方からも、その店の奥にある応接室の硝子越に庭の緑が幽邃に見えたし、静三の家の座敷の方からも、庭を隔てて、その応接室を眺めるのは趣があった。部屋にはストーブが焚かれ、隅の新しい本棚には、美しい挿絵の一杯ある、ネルソン百科辞典や国民文庫が飾られていた。父は新しい背広を着て金口のタバコを吸った。もうその頃になると、店員たちの服装もすっかり新しくなっていて、その頃撮られた写真には、叔父や従兄の良一など新しい店員の顔も加わっている。金銭登録器が使用されたのも、その頃だが、これはすぐ壊れてそのまま物置に放ってあった。……そのうちに、あの、川の近くにあった縫工場が店のすぐ隣へ移転して来た。これははじめ静三にはあの工場へ通う道の歓声がその儘ここへやって来たようにおもえた。実際、店は工場と連結されたため急に賑やかになった。台八に積まれた服地の山や、大きな籠に一杯詰まった軍帽が、つぎつぎに現れ、夕方の店先では女工たちと店員のとりかわす浮々した声がきこえた。梅津商店という屋号の上に合名会社という肩書が加えられるようになった。静三は会社という名称に何か朧気ながらハイカラなものを感じた。

その翌年の春、この街に物産陳列館が建てられた。その高く聳える円屋根にはイルミネーションが飾られ、それがすぐ前の川の水に映っていた。静三たちは父に連れられて、対岸の料理屋の二階からその賑いを眺めていた。夜桜の川ふちを人がぞろぞろと犇いて通った。その円屋根の珍しい建物は、まだあまり大きな建物の現れない頃のことで、静三の家の二階の窓からも遥かに甍《いらか》の波のかなたに見えるのだったが、その左手に練兵場の杜が見え、広島城の姿もあった。その年の秋、御大典祝の飛行機が街の上を低く飛んで行った。父はフロックコートを着て、紀念の写真を撮った。その写真は父の死後引伸しされて、仏間の長押《なげし》に掲げられたのだった。――その翌年、父は療養のため長らく旅に出ていたが、家に戻って来ると間もなく病態が改まった。それは応接室の屋根に積った雪がいつまでも凍てついている頃のことだった。

父の葬儀が済むと、お供に持込まれていた俵の米を、街の貧窮者に頒けることになった。市から配られた引換券と米袋を持って、そこの店先には佗しそうな人たちが入替り立替り現れた。店先では、店員たちが米俵を解いては、馴れない手つきで米を測っていた。これは父の遺言によって行われたのだが、その情景は何となく目に泌みるものがあった。店の奥でこれを眺めていた叔父がふと感に堪えないように云った。「義挙だな、これは」叔父はかなり酔っているようであった。「これは新聞社へ知らせてやろう」そう呟くと、もう電話室の方へ行っていた。すると従兄の良一が遽かに荒々しく立上った。「よしなさい、よして下さい、そんなことは」電話室で憤然と叔父を抱きとめて宥めている声がした。その時の従兄の気持は静三にもよく解るような気がしたし、後になってもよくこの光景を思い出すのだった。

それから静三にはもっと忘れられないことがあった。恰度、父の四十九日の日に大勢の人が集まっていたが、家に集まった大人たちの騒ぎに少し興奮していた彼は、弟の修造とちょっとした悶着をひき起した。店員の吉田が割込んで仲裁しようとした。静三はふと大人の干渉に反撥をおぼえ、吉田に喰ってかかろうとした。すると酔っていた吉田はふと乱暴に彼を跳ね飛ばした。静三は嚇となってしまった。が、何度突進して行ってもその度に一層手荒く跳ね返されるばかりだった。とうとう泣号が塞を切った。すると兄の敬一がやって来て、いきなりまた彼を叱りつけるのであった。が、静三は吉田のやり方にこれまでにないものを感じ――それは何といって人に説明していいのかわからなかった――口惜しくてたまらないのであった。恰度、店の応接室と家の玄関をつなぐ石畳の上であったが、吉田の妙に意地わるい微笑が、泣狂う彼の眼さきに執拗にちらついていた。急に静三の世界は真暗になって、引裂かれてしまったのだった。

それから暫くすると、静三と店との関係はすっかり変って行った。もう彼も中学生であったが、以前あれほど心を跳らせた夜の遊び場が今ではけろりと忘れられてしまった。すると、弟の修造も自然、彼を倣《ま》ねてやはりもう店を訪れようとはしないのであった。静三は後になって回想すると、この頃を境に彼は日向から日蔭へ移されたような気持がする。父の生きていた時は、店の者がすべて密接なつながりを有って、生の感覚と結びついていたのだが、父の死後そこには味気ない死の影が潜んでいるようにおもえた。

店員との親しみもすっかり薄れてしまった。庭を隔てて、応接室の方に店の人の姿を見かけることはあっても、静三は座敷の縁側に立って別の世界を眺めるような気持しかしなかった。どうかすると、往来で店員と出逢っても中学生の静三は素知らぬ顔でいた。しかし、代表社員の叔父が営業上のことで母のところへ相談に来ると、そんな時、静三はすぐ隣室で漠然とした不安にとらわれるのであった。何かもう店の破滅が近づいている、そういう妄想がふと彼には湧くのであった。まだ明るいうちから店が退けることもあった。退ける時には誰かが静三の家の玄関の閾のところまで、金庫の鍵とその日の新聞を置いて行った。彼はその鍵の鳴る音で玄関のところへのそっと行き、その日の新聞を展げてみるのだった。工場と商店に挿まれた狭い門から這入って行く石畳の奥に静三の家の玄関はあったが、兄の敬一は東京の学校へ行っていたし、中学生の静三がその頃この奥まった家の仮りの主であった。母は大人の男下駄をわざわざ、ひっそりとした玄関に並べた。彼は学校から戻って来るとすぐ自分の部屋に引籠り、もう滅多に誰とも口をきかなかった。親しい友も持てずただ何か青白い薄弱な気分と熱っぽい憧れに鎖されていた。ある日、珍しく店の慰労会に誘われて、店員たちと一緒に船遊に出たことがある。陽気に浮かれて騒ぎ廻る大人たちの姿が静三には一向なじめず、何か淡い軽蔑の念をよぶのであったが、島々に咲きほこる桃の花だけが烈しく彼の眼に焼つけられた。

よく彼は二階の窓から夕暮の空を眺めた。低い山脈に囲まれた甍の波の中に、物産陳列館の円屋根が見え、盛場のクラリオネットの音が風に吹きちぎられてここまできこえてくる。山脈と空との接するあたりに、まだ見ぬ遠国への憧れがあり、夕ぐれの光線は心を遥かなところへ連れて行こうとするのだ。……だが、階下の方へ降りて行くと、静三は居間のところで忽ち陰気な気持に引戻されることがあった。電灯がともる頃まで、借家管理人と静三の母はだらだらと対談していた。その痘痕だらけの老人はキセルをはたきながら、乾からびた声で、借家人の誰彼を罵っている。それから大きな革の鞄を披《ひら》いて札束を数える。――中学生の静三にはそれが高利貸というものの姿を想像させ、たまらなく憂鬱になるのだった。ある日その情景を眺めていると、ふと、「金利生活者」という言葉が頭に泛んだ。もうその頃、少し社会学の本をかじり始めていた彼には、ぼんやりと身のまわりが見えはじめた。梅津商店の決算が年二回行われていること、それから、その商店の由来、――それは、陸軍用達商として発展して来たのだが、そのことの意味、――それらが静三にはだんだん厭わしく思えだした。

休暇で東京から兄の敬一が帰って来るたびに、兄は新しい刺戟を静三に与えた。新しい時代がもう始まろうとしていた。敬一はやはりその頃覚えたばっかしの社会主義の理論を口にし、家族制度の崩壊を予言したりするのだった。……やがて、静三にも飛躍の季節が訪れた。中学を卒えると、京都の学校へ入っていたのだが、間もなく彼は社会運動の群に加わっていた。いつも善意の眼を輝かし、ものに駆られるように動きまわった。それは一面、感傷的のものでもあったが、この頃ほど、人間と人間の核心がぴったり結びついている時期はなかった。恰度、関東大震災の疲れはてた罹災者を乗せた列車が京都駅を通過する時、学生の静三はホームに立って、茶菓の接待をしていた。疲れきっている人の眼の中にも、もう明日の希望のあかりが見えるような気持がした。そういう希望のやりとりを一人の女生徒と手紙で繰返した。すると、猛然と恋情が点ぜられた。それから彼は或る教授の選挙運動のため寝食を忘れて奔走した。だが、感激の日も長くはつづかなかった。ひどい喀血がすっかり軀の自信を奪った。突然、矢も楯もたまらぬホームシックに陥り、静三は広島の家へ戻って来た。すると、もう女生徒からの文通もなかった。

それから静三は父の写真が長押に懸けてある仏間に寝起しながらぶらぶら暮した。東京の学校を卒えて戻って来た兄の敬一は間もなく結婚して、これも同じ家の二階で暮すようになった。敬一はすぐ梅津商店へ出るようになった。すると、代表社員だった叔父はあたふたと店から身を退いてしまった。「資本を喰込んで配当するなんて、随分勝手なやり方じゃないか」と敬一は従兄に対《むか》って、古い帳簿を問いただしたりした。嫁のことで母と云い争っていることもあった。借家の家賃値上も断行した。……そういう敬一のやり方を静三は皮肉な気持で傍観するのであった。だが、敬一の方でも静三の存在がひどく気に喰わず、いつもいらいらしていた。同じ屋根の下で病気の静三と年寄の母と新婚の兄と嫁と、こうした取組のもとに陰気な日はつづいた。彼はまた殆ど誰とも口をきくことがなく、自分の病気を観察したり、文学書を読耽けった。弟の修造は東京へ遊学に出ていたが、休暇で戻って来ても、この青年の口にすることはただニヒリスチックであった。

その薄暗い部屋は北庭に面していて、いつも冷やりした空気を湛えていた。父が死んだのもそこであったが、静三はどうかすると自分がこの儘ここで廃人になってしまうのではないかと思った。ついこの間まで元気だった従兄の良一が彼と同じような病気で、若い細君を残して急にポックリ死んでいた。静三はチェーホフの戯曲に出てくる哀しい人物の心がそっくり彼の気持になっていることもあった。いずれは没落してゆく階級の挽歌――それがもう寒々と襖のまわりに聞えてくるようなおもいもした。ふと突拍子もない家の崩壊がねつけない頭に描かれることもあった。……だが、夏になると、店の方の窓が開放たれるので、ひっそりとした庭を隔てて、卓上電話の声がよくききとれる。寝そべったまま静三は、その声に耳を傾けていると、癇高い声で応答しているのは、昔からその店に通っている今泉であった。その声をきいていると、毎日何もしないでいる静三は暗に自分が咎《とが》められているようにおもえた。それから静三はよく長押にある父の肖像を見上げては、これだけの家とあの店を一代で築いた父は何といってもやはり偉かったのだなあ――と、おずおずと考えた。土蔵から父の手帳や古い写真などを見つけると、それを部屋に持って戻り、静三は昔のことを調べだした。

　安静に慣れた彼は容易に軀の自信が得られなかったし、何一つ積極的な気持は生じなかった。だが、三十歳をすぎた彼の顔は円々と肥満していて、それは学生時代の面影と較べるともう別人の観があった。医者も健康を保証していたし、静三は周囲の奨める儘に、ふと妻を娶って別家する気になったのである。――それが昭和六年のことであった。世帯を持った静三は就職のことで、暫く迷っていたが、結局彼も梅津商店へ出るようになった。それから以後のことはもう、こまごまと回想するまでもなく、つい最近まで連続して彼の目の前にあった。

　静三の母が昭和十年の秋に死んだ。その頃彼は既に四人の子供の父親であり、梅津商店の支配人であった。社長の敬一にくらべて、この支配人はどことなし物腰は柔かであったが、敏捷に自転車で飛廻ることも出来た。自宅附近で遊んでいる長男を認めると、さっと自転車を停めて、相手を掬い上げるところなど、それは静三が嘗て笠岡から伝授されたものであった。その笠岡も老耄してしまって滅多に店にはやって来なかったが、今泉はまだ昔どおりの神経質な顔つきで几帳面に事務を執っていた。支配人の静三もいつのまにか計算を身につけ、殖財に熱を持つようになっていた。漸く固い蕊が出来たのだと静三はその頃思った。すると静三たちが母の二回忌を迎えた頃から、商店は遽かに活気づいて来たので、それはよく母が回想して息子たちにきかせていた、日露戦争頃の忙しさの再来かとおもわれた。一時に殺到する註文のため夜業が毎日つづき、縫工場の方も足踏式ミシンだった工場にモーターミシンが取つけられ、就業人員もぐっと増加して行った。てんてこ舞いの昼夜がつづき、どうなることかと思っていると、それも間もなく下火となりやがて夜業は廃止された。すると今度は絶えず統制や法規がここを襲い営業の模様をつぎつぎに変えて行った。静三は役所へ提出する書類に忙殺され、防空演習をはじめ各種の行事に悩まされた。やがて、梅津商店もその頃の流儀に従って、梅津製作所と改名された。……今はその建物も改築されていたので、静三が昔憶えている姿とはひどく懸隔れていた。だが、戸棚の隅などからまだ子供の時見つけた商品が出てくることもあったし、どこか手の届かない柱の上などには昔の塵がその儘残っているようにも思えるのだった。

さて、昭和十九年の暮れは梅津製作所創立五十周紀念の祝賀が賑やかに行われた。すると、その祝いの最中、急に空襲警報が鳴り出した。がそれは、その時九州が空襲されたため、少し周章《あわ》てて警報が出たのだった。が、それから半年もたたないうちに今度はほんとうに警報が鳴りだすようになり、そこの街の上空にもB29の姿を見かけるようになった。

その頃、長い間他郷に出ていた弟の修造が徴用のがれの為に、ここへ戻って来た。するとまた東京の下宿先を焼かれた甥の周一も、入営までの日を親許で過すために戻って来た。このもう殆ど一人前になりかかっている敬一の長男と、何時までたってものらくら者の叔父の修造とは、何となく話のうまが合うらしかった。……この頃になると、静三の気持もやはりぐらぐらと揺れ返っていた。ある晩も静三は拠りどころを失ったような気分で家を出ると、ふらふらと本家に立寄ってみた。敬一は嫂の疎開先に行って留守だったが、修造と周一は遮光された食堂で頻りに何か話合っていた。

「マルクスの資本論も疎開させておくといいよ、今に値うちが出る」修造がこう云うと、周一

は大きく頷く。そんな本を兄の敬一が持っていたことも静三はもう忘れかけていたところだったが、

「そうさ、何でも彼でも疎開させておくに限る、戦争が済めばそれを又再分配さ」と、静三も傍から話に割込もうとした。しかし、どういうものか、この二人はいま何かもの狂おしい感情にとり憑かれて、頻りに戦争を呪っているのであった。ことに若い周一は忿懣のかぎりをこめて軍人を罵った。

「まあ、待ち給え、そんなこと云ったって、君は一体誰のお蔭で今日まで生きて来たのかね」

静三は熱狂する甥をふと嘲弄《からか》ってみたくなった。

「誰って、僕を養ってくれたのは無論親父さ」

「うん、親父だろう、その親父の商売は、あれは君が一番きらいな軍人を相手の商売じゃないかね」

すると、周一は嚙みつくような調子で抗議するのであった。

「だから、だからよ、僕が後とりになったらその日から即刻あんな店きっぱり廃めてしまうさ」

静三は腹の底で、その若い甥の言葉をちょっと美しいなとおもった。だが、梅津製作所は、その後間もなく原子爆弾で跡形をとどめず焼失した。つづいて、製作所は残務整理の後その年の末に解散された。

罹災者として、寒村の農家の離れに侘住居をつづけるようになった静三は時折、ぼんやりと

昔の店のことを憶い出すのであった。

翳

I

　私が魯迅の「孤独者」を読んだのは、一九三六年の夏のことであったが、あのなかの葬いの場面が不思議に心を離れなかった。不思議だといえば、あの本——岩波文庫の魯迅選集——に掲載してある作者の肖像が、まだ強く心に蟠《わだかま》るのであった。何ともいい知れぬ暗黒を予想さす年ではあったが、どこからともなく惻々として心に迫るものがあった。その夏がほぼ終ろうとする頃、残暑の火照りが漸く降りはじめた雨でかき消されてゆく、とある夜明け、私は茫とした状態で蚊帳のなかで目が覚めた。茫と目が覚めている私は、その時とらえどころのない、しかし、かなり烈しい自責を感じた。泳ぐような身振りで蚊帳の裾をくぐると、足許に匐っている薄暗い空気を手探りながら、向側に吊してある蚊帳の方へ、何か絶望的な、愬《うった》えごとをもって、私はふらふらと近づいて行った。すると、向側の蚊帳の中には、誰だか、はっきりしない人物が深い沈黙に鎖されたまま横わっている。その誰だか、はっきりしない黒い影は、夢が覚めてから後、私の老いた母親のように思えたり、魯迅の姿のように想えたりするのだった。この夢をみた翌日、私の郷里からハハキトクの電報が来た。それから魯迅の死を新聞で知ったのは恰度亡母の四十九忌の頃であった。

その頃から私はひどく意気銷沈して、落日の巷を行くの概《おもむき》があったし、ふと己の胸中に「孤独者」の嘲笑を見出すこともあったが、激変してゆく周囲のどこかに、もっと切実な「孤独者」が潜んでいはすまいかと、窃《ひそ》かに考えるようになった。私に最初「孤独者」の話をしかけたのは、岩井繁雄であった。もしかすると、彼もやはり「孤独者」であったのかもしれない。

彼と最初に出逢ったのは、その前の年の秋で、ある文学研究会の席上はじめてSから紹介されたのである。その夜の研究会は、古びたビルの一室で、しめやかに行われたのだが、まことにそこの空気に応《ふさ》わしいような、それでいて、いかにも研究会などにはあきあきしているような、独特の顔つきの痩形長身の青年が、はじめから終りまで、何度も席を離れたり戻って来たりするのであった。それが主催者の長広幸人であるらしいことは、はじめから想像できたが、会が終るとSも岩井繁雄も、その男に対って何か二こと三こと挨拶して引上げて行くのであった。さて、長広幸人の重々しい印象にひきかえて、岩井繁雄はいかにも伸々した、明快卒直な青年であった。長い間、未決にいて漸く執行猶予で最近釈放された彼は、娑婆に出て来たことが、何よりもまず愉快でたまらないらしく、それに文学上の抱負も、これから展望されようとする青春とともに大きかった。

岩井繁雄と私とは年齢は十歳も隔たってはいたが、折からパラつく時雨をついて、自動車を駆り、遅くまでSと三人で巷を呑み歩いたものであった。彼はSと私の両方に、絶えず文学の話を話掛けた。極く初歩的な問題から再出発する気組で——文章が粗雑だと、ある女流作家から注意されたので——今は志賀直哉のものをノートし、まず文体の研究をしているのだと、そういうことまで卒直に打明けるのであった。その夜の岩井繁雄はとにかく愉快そうな存在だったが、帰りの自動車の中で彼は私の方へ身を屈めながら、魯迅の「孤独者」を読んでいるかと訊ねた。私がまだ読んでいないと答えると話はそれきりになったが、ふとその時「孤独者」という題名で私は何となくその夜はじめて見た長広幸人のことが頭に閃いたのだった。

それから夜更の客も既に杜絶えたおでん屋の片隅で、あまり酒の飲めない彼は、ただその場の空気に酔っぱらったような、何か溢れるような顔つきで、——やはり何が一番愉しかったといっても、高校時代ほど生き甲斐のあったことはない、と、ひどく感慨にふけりだした。

私が二度目の岩井繁雄と逢ったのは一九三七年の春で、その時私と私の妻は上京して暫く友人の家に滞在していたが、やはりSを通じて二三度彼と出逢ったのである。彼はその時、新聞記者になったばかりであった。が、相変らず溢れるばかりのものを顔面に湛えて、すくすくと伸び上って行こうとする姿勢で、社会部に入社したばかりの岩井繁雄はすっかりその職業が気に入っているらしかった。恰度その頃紙面を賑わした、結婚直前に轢死《れきし》を遂げた花婿の事件があったが、それについて、岩井繁雄は、「あの主人公は実はそのアルマンスだよ」と語り、「それに面白いのは花婿の写真がどうしても手に入らないのだ」と、今もまだその写真を追求しているような顔つきであった。そうして、話の途中で手帳を繰り予定を書込んだり、何か行動に急きたてられているようなところがあった。かと思うと、私の妻に「一たい今頃所帯を持つとしたら、どれ位費用がかかるものでしょうか」と質問し、愛人が出来たことを愉しげに告白するのであった。いや、それればかりではない、もしかすると、その愛人と同棲した晩には、染料の会社を設立し、重役になるかもしれないと、とりとめもない抱負も語るのであった。二三度逢ったばかりで、私の妻が岩井繁雄の頼もしい人柄に惹きつけられたことは云うまでもない。私の妻はしばしば彼のことを口にし、たとえば、混みあうバスの乗降りにしても、岩井繁雄なら器用に婦人を助けることができるなどというのであった。私もまた時折彼の噂は聞いたが、私たちはその後岩井繁雄とは遂に逢うことがなかったのである。

日華事変が勃発すると、まず岩井繁雄は巣鴨駅の構内で、筆舌に絶する光景を目撃したという、そんな断片的な噂が私のところにも聞えてきて、それから間もなく彼は召集されたのである。既にその頃、愛人と同居していた岩井繁雄は補充兵として留守隊で訓練されていたが、やがて除隊になると再び愛人の許に戻って来た。ところが、翌年また召集がかかり、その儘前線へ派遣されたのであった。ある日、私がSの許に立寄ると、Sは新聞の第一面、つまり雑誌や新刊書の広告が一杯掲載してある面だけを集めて、それを岩井繁雄の処へ送るのだと云って、「家内に何度依頼しても送ってくれないそうだから僕が引うけたのだ」とSは説明した。その説明は何か、しかし、暗然たるものを含んでいた。岩井繁雄が巣鴨駅で目撃した言語に絶する光景とはどんなことなのか私には詳しくは判らなかったが、とにかく、ぞっとするようなものがいたるところに感じられる時節であった。ある日、私の妻は小学校の講堂で傷病兵慰問の会を見に行って来ると、頻りに面白そうに余興のことなど語っていたが、その晩、わあわあと泣きだした。昼間は笑いながら見たものが、夢のなかでは堪らなく悲しいのだという。ある朝も、――それは青葉と雨の鬱陶しい空気が家のうちまで重苦しく立籠っている頃であったが――まだ目の覚めきらない顔にぞっとしたものを浮べて、「岩井さんが還って来た夢をみた。痩せて今にも斃れそうな真青な姿でした」と語る。妻はなおその夢の行衛を追うが如く、脅えた目を見すえていたが、「もしかすると、岩井さんはほんとに死ぬるのではないかしら」と嘆息をついた。それは私の妻が発病する前のことで、病的に鋭敏になった神経の前触れでもあったが、しかしこの夢は正夢であった。それから二三ヵ月して、岩井繁雄の死を私はSからきいた。戦地にやられると間もなく、彼は肺を犯され、一兵卒にすぎない彼は野戦病院で殆ど碌に看護も受けないで死に晒されたのであった。

岩井繁雄の内縁の妻は彼が戦地へ行った頃から新しい愛人をつくっていたそうだが、やがて恩賜金を受取るとさっさと老母を見捨てて岩井のところを立去ったのである。その後、岩井繁雄の知人の間では遺稿集――書簡は非常に面白いそうだ――を出す計画もあった。彼の文章が粗雑だと指摘した女流作家に、岩井繁雄は最初結婚を申込んだことがある。――そういうことも後になって誰かからきかされた。

たった一度見たばかりの長広幸人の風貌が、何か私に重々しい印象を与えていたことは既に述べた。一九三五年の秋以後、遂に私は彼を見る機会がなかった。が、時に雑誌に掲載される短かいものを読んだこともあるし、彼に対するそれとない関心は持続されていた。岩井繁雄が最初の召集を受けると、長広幸人は倉皇と満洲へ赴いた。当時は満洲へ行って官吏になりさえすれば、召集免除になるということであった。それから間もなく、長広幸人は新京で文化方面の役人になっているということをきいた。あの沈鬱なポーズは役人の服を着ても身に着くだろうと私は想像していた。それから暫く彼の消息はきかなかったが、岩井繁雄が戦病死した頃、長広幸人は結婚をしたということであった。それからまた暫く彼の消息はきかなかったが、長広幸人は北支で転地療法をしているということであった。そして、一九四二年、長広幸人は死んだ。

既に内地にいた頃から長広幸人は呼吸器を犯されていたらしかったが、病気の身で結婚生活に飛込んだのだった。ところが、その相手は資産目あての結婚であったため、死後彼のものは洗い浚《ざら》い里方に持って行かれたという。一身上のことは努めて隠蔽する癖のある、長広幸人について、私はこれだけしか知らないのである。

II

私は一九四四年の秋に妻を喪ったが、ごく少数の知己へ送った死亡通知のほかに、満洲にいる魚芳へも端書を差出しておいた。妻を喪った私は悔み状が来るたびに、丁寧に読み返し仏壇のほとりに供えておいた。紋切型の悔み状であっても、それにはそれでまた喪にいるものの心を鎮めてくれるものがあった。本土空襲も漸く切迫しかかった頃のことで、出した死亡通知に何の返事も来ないものもあった。出した筈の通知にまだ返信が来ないという些細なことも、私にとっては時折気に掛るのであったが、妻の死を知って、ほんとうに悲しみを頒ってくれるだろうとおもえた川瀬成吉からもどうしたものか、何の返事もなかった。

　私は妻の遺骨を郷里の墓地に納めると、再び棲みなれた千葉の借家に立帰り、そこで四十九日を迎えた。輸送船の船長をしていた妻の義兄が台湾沖で沈んだということをきいたのもその頃である。サイレンはもう頻々と鳴り唸っていた。そうした、暗い、望みのない明け暮れにも、私は凝と蹲ったまま、妻と一緒にすごした月日を回想することが多かった。その年も暮れようとする、底冷えの重苦しい、曇った朝、一通の封書が私のところに舞込んだ。差出人は新潟県××郡××村×川瀬丈吉となっている。一目見て、魚芳の父親らしいことが分ったが、何気なく封を切ると、内味まで父親の筆跡で、息子の死を通知して来たものであった。私が満洲にいるとばかり思っていた川瀬成吉は、私の妻より五ヵ月前に既にこの世を去っていたのである。

　私がはじめて魚芳を見たのは十二年前のことで、私達が千葉の借家へ移った時のことである。私たちがそこへ越した、その日、彼は早速顔をのぞけ、それからは殆ど毎日註文を取りに立寄った。大概朝のうち註文を取ってまわり、夕方自転車で魚を配達するのであったが、どうかすると何かの都合で、日に二三度顔を現わすこともあった。そういう時も彼は気軽に一里あまりの路を自転車で何度も往復した。私の妻は毎日顔を逢わせているので、時々、彼のことを私に語るのであったが、まだ私は何の興味も関心も持たなかったし、殆ど碌に顔も知っていなかった。

私がほんとうに魚芳の小僧を見たのは、それから一年後のことと云っていい。ある日、私達は隣家の細君と一緒にブラブラと千葉海岸の方へ散歩していた。すると、向の青々とした草原の径をゴムの長靴をひきずり、自転車を脇に押しやりながら、ぶらぶらやって来る青年があった。私達の姿を認めると、いかにも懐しげに帽子をとって、挨拶をした。

「魚芳さんはこの辺までやって来るの」と隣家の細君は訊ねた。

「ハア」と彼はこの一寸した逢遭を、いかにも愉しげにニコニコしているのであった。やがて、彼の姿が遠ざかって行くと、隣家の細君は、

「ほんとに、あの人は顔だけ見たら、まるで良家のお坊ちゃんのようですね」と嘆じた。その頃から私はかすかに魚芳に興味を持つようになっていた。

その頃――と云っても隣家の細君が魚芳をほめた時から、もう一年は隔っていたが、――私の家に宿なし犬が居ついて、表の露次でいつも寝そべっていた。褐色の毛並をした、その懶惰な雌犬は魚芳のゴム靴の音をきくと、のそのそと立上って、鼻さきを持上げながら自転車の後について歩く。何となく魚芳はその犬に対しても愛嬌を示すような身振であった。彼がやって来ると、この露次は急に賑やかになり、細君や子供たちが一頻り陽気に騒ぐのであったが、ふと、その騒ぎも少し鎮まった頃、窓の方から向を見ると、魚芳は木箱の中から魚の頭を取出して犬に与えているのであった。そこへ、もう一人雑魚《ざこ》売りの爺さんが天秤棒を担いでやって来る。魚芳のおとなしい物腰に対して、この爺さんの方は威勢のいい商人であった。そうするとまた露次は賑やかになり、爺さんの忙しげな庖丁の音や、魚芳の滑らかな声が暫くつづくので

あった。――こうした、のんびりした情景はほとんど毎日繰返されていたし、ずっと続いてゆくもののようにおもわれた。だが、日華事変の頃から少しずつ変って行くのであった。

私の家は露次の方から三尺幅の空地を廻ると、台所に行かれるようになっていたが、そして、台所の前にもやはり三尺幅の空地があったが、そこへ毎日、八百屋、魚芳をはじめ、いろんな御用聞がやって来る。台所の障子一重を隔てた六畳が私の書斎になっていたので、御用聞と妻との話すことは手にとるように聞える。私はぼんやりと彼等の会話に耳をかたむけることがあった。ある日も、それは南風が吹き荒んでものを考えるには明るすぎる、散漫な午後であったが、米屋の小僧と魚芳と妻との三人が台所で賑やかに談笑していた。そのうちに彼等の話題は教練のことに移って行った。二人とも青年訓練所へ通っているらしく、その台所前の狭い空地で、魚芳たちは「になえつつ」の姿勢を実演して興じ合っているのであった。二人とも来年入営する筈であったので、兵隊の姿勢を身につけようとして陽気に騒ぎ合っているのだ。その恰好がおかしいので私の妻は笑いこけていた。だが、何か笑いきれないものが、目に見えないところに残されているようでもあった。台所へ姿を現していた御用聞のうちでは、八百屋がまず召集され、つづいて雑貨屋の小僧が、これは海軍志願兵になって行ってしまった。それから、豆腐屋の若衆がある日、赤襷をして、台所に立寄り忙しげに別れを告げて行った。

目に見えない憂鬱の影はだんだん濃くなっていたようだ。が、魚芳は相変らず元気で小豆《こまめ》に立働いた。妻が私の着古しのシャツなどを与えると、大喜びで彼はそんなものも早速身に着けるのであった。朝は暗いうちから市場へ行き、夜は皆が寝静まる時まで板場で働く、そんな内幕も妻に語るようになった。料理の骨《こつ》が憶えたくて堪らないので、教えを乞うと、親方は庖丁を使いながら彼の方を見やり、「黙って見ていろ」と、ただ、そう呟くのだそうだ。鞠躬如《きっきゅうじょ》として勤勉に立働く魚芳は、もしかすると、そこの家の養子にされるのではあるまいか、と私の妻は臆測もした。ある時も魚芳は私の妻に、――あなたとそっくりの写真がありますよ。それが主人のかみさんの妹なのですが、と大発見をしたように告げるのであった。

冬になると、魚芳は鵯《ひよどり》を持って来て呉れた。彼の店の裏に畑があって、そこへ毎朝沢山小鳥が集まるので、釣針に蚯蚓《みみず》を附けたものを木の枝に吊しておくと、小鳥は簡単に獲れる。餌は前の晩しつらえておくと、霜の朝、小鳥は木の枝に動かなくなっている――この手柄話を妻はひどく面白がったし、私も好きな小鳥が食べられるので喜んだ。すると、魚芳は殆ど毎日小鳥を獲ってはせっせと私のところへ持って来る。夕方になると台所に彼の弾んだ声がきこえるのだった。――この頃が彼にとっては一番愉しかった時代かもしれない。その後戦地へ赴いた彼に妻が思い出を書いてやると、「帰って来たら又幾羽でも鵯鳥を獲って差上げます」と何かまだ弾む気持をつたえるような返事であった。

翌年春、魚芳は入営し、やがて満洲の方から便りを寄越すようになった。その年の秋から私の妻は発病し療養生活を送るようになったが、妻は枕頭で女中を指図して慰問の小包を作らせ魚芳に送ったりした。温かそうな毛の帽子を着た軍服姿の写真が満洲から送って来た。きっと魚芳はみんなに可愛がられているに違いない。炊事も出来るし、あの気性では誰からも重宝がられるだろう、と妻は時折噂をした。妻の病気は二年三年と長びいていたが、そのうちに、魚芳は北支から便りを寄越すようになった。もう程なく除隊になるから帰ったらよろしくお願いする、とあった。魚芳はまた帰って来て魚屋が出来ると思っているのかしら……と病妻は心細げに嘆息した。一しきり台所を賑わしていた御用聞きたちの和やかな声ももう聞かれなかったし、世の中はいよいよ兇悪な貌を露出している頃であった。千葉名産の蛤の缶詰を送ってやると、大喜びで、千葉へ帰って来る日をたのしみにしている礼状が来た。年の暮、新潟の方から梨の箱が届いた。差出人は川瀬成吉とあった。それから間もなく除隊になった挨拶状が届いた。魚芳が千葉へ訪れて来たのは、その翌年であった。

その頃女中を傭えなかったので、妻は寝たり起きたりの身体で台所をやっていたが、ある日、台所の裏口へ軍服姿の川瀬成吉がふらりと現れたのだった。彼はきちんと立ったまま、ニコニコしていた。久振りではあるし、私も頻りに上ってゆっくりして行けとすすめたのだが、彼はかしこまったまま、台所のところの閾から一歩も内へ這入ろうとしないのであった。「何になったの」と、軍隊のことはよく分らない私達が訊ねると、「兵長になりました」と嬉しげに応え、これからまだ魚芳へ行くのだからと、倉皇として立去ったのである。

そして、それきり彼は訪ねて来なかった。あれほど千葉へ帰る日をたのしみにしていた彼はそれから間もなく満洲の方へ行ってしまった。だが、私は彼が千葉を立去る前に街の歯医者でちらとその姿を見たのであった。恰度私がそこで順番を待っていると、後から入って来た軍服の青年が歯医者に挨拶をした。「ほう、立派になったね」と老人の医者は懐しげに肯いた。やがて、私が治療室の方へ行きそこの椅子に腰を下すと、間もなく、後からやって来たその青年も助手の方の椅子に腰を下した。「これは仮りにこうしておきますから、また郷里の方でゆっくりお治しなさい」その青年の手当はすぐ終ったらしく、助手は「川瀬成吉さんでしたね」と、机のところのカードに彼の名を記入する様子であった。それまで何となく重苦しい気分に沈んでいた私はその名をきいて、はっとしたが、その時にはもう彼は階段を降りてゆくところだった。

それから二三ヵ月して、新京の方から便りが来た。川瀬成吉は満洲の吏員に就職したらしかった。あれほど内地を恋しがっていた魚芳も、一度帰ってみて、すっかり失望してしまったのであろう。私の妻は日々に募ってゆく生活難を書いてやった。すると満洲から返事が来た。「大根一本が五十銭、内地の暮しは何のことやらわかりません。おそろしいことですね」――こんな一節があった。しかしこれが最後の消息であった。その後私の妻の病気は悪化し、もう手紙を認《したた》めることも出来なかったが、満洲の方からも音沙汰なかった。

その文面によれば、彼は死ぬる一週間前に郷里に辿りついているのである。「兼て彼の地に於て病を得、五月一日帰郷、五月八日、永眠仕候」と、その手紙は悲痛を押つぶすような調子ではあるが、それだけに、佗しいものの姿が、一そう大きく浮び上って来る。

あんな気性では皆から可愛がられるだろうと、よく妻は云っていたが、善良なだけに、彼は周囲から過重な仕事を押つけられ、悪い環境や機構の中を堪え忍んで行ったのではあるまいか。親方から庖丁の使い方は教えて貰えなくても、辛棒した魚芳、久振りに訪ねて来ても、台所の閾から奥へは遠慮して這入ろうともしない魚芳。郷里から軍服を着て千葉を訪れ、晴れがましく顧客の歯医者で手当してもらう青年。そして、遂に病軀をかかえ、とぼとぼと遠国から帰って来る男。……ぎりぎりのところまで堪えて、郷里に死にに還った男。私は何となしに、また魯迅の作品の暗い翳を思い浮べるのであった。

終戦後、私は郷里にただ死にに帰って行くらしい疲れはてた青年の姿を再三、汽車の中で見かけることがあった。……

曲者

☆その男が私の前に坐って何か話しているのだが、私は妙に脇腹のあたりが生温かくなって、だんだん視野が呆けてゆくのを覚える。例によって例の如く、これは相手の術策が働いているのだなと思う。私は内心非常に恥しく、まる裸にされて竦《すく》んでいる哀れな女を頭に描いていた。そのまる裸の女を前にして、彼は小気味よそうに笑っているのである。急に私は憎悪がたぎり、石のように頑《かたくな》なものが身裡に隠されているのを知る。しかし、眼の前にいる相手は、相変らず何か喋りつづけている。見ると彼の眼もかすかに涙がうるんでいる。ところで、漸くこの時になって私は相手が何を話していたかを了解した。ながながと彼が喋りつづけているのは自慢話であった。

☆わはっと笑って、その男が面白げに振舞えば振舞うほど、後に滑り残される空虚の淵が私を困らせた。その淵にはどうやら彼の秘密が隠されていることに私は気づいていたが、そこは彼も見せたくない筈だし、私も見たくない筈であった。それにしても彼は絶えず私の注意を動揺させておかないといけないのだろうか、まるで狐の振る尻尾のように、その攪乱の技巧で以て私を疲労させた。生暖かいものが疼くに随って、その淵に滑り墜ちそうになると、私ははっとして頓馬なことを口にしていた。すると、餌ものを覘《うかが》う川獺《かわうそ》の眼差がちらりと水槽の硝子の向に閃いているのだった。

☆私はその男と談話している時、相手があんまり無感覚なので、どうやら心のうちで揉み手をしながら、相手の団子鼻など眺めている。私を喜ばす機智の閃きもなく、私を寛《くつろ》がす感情のほつれも示さず、ただ単にいつもやって来てはここに坐る退屈な相手だ。どうしたらこの空気を転換さすことが出来るかと、私は頻りに気を揉んでいるのだが、そんな時きまって私は私の母親を思い出し、すると、私のなかに直かに母親の気質が目覚め、ついつまらないことを喋ったりするのだ。待っていた、とこの時相手はぶっきら棒に私の脳天に痛撃を加える。すると、私はひどく狼狽しながら、むっとして、何か奇妙に情なくなるのだった。

☆私はそこの教室へ這入って行くと、黙りこくって着席するのだが、這入ってゆく時の表情が、もうどうにもならぬ型に固定してしまったらしい。はじめて、その教室に飛込んだ時、私は私という人間がもしかするとほかの人間達との接触によって何か新しい変化を生むかと期待していたのだが、どうも私という人間は何か冷やかな人を寄せつけない空気を身につけているのか、どんな宿命によってこうまでギコチない非社交性を背負わされたのか、兎に角ひどく陰気くさい顔をしている証拠に、誰も今では私を相手にしようとしないのである。皆はそっと私を私の席にとり残しておいてくれるだけである。そこで私は机に俯向いた儘、自分の周囲に流れる空気に背を向けている。私は目には見えない貝殻で包まれた一つの頑な牡蠣であろうか。すぐそのまわりを流れている静かな会話や娯しげな笑声や、つまり友情というものの温気さえ

——まるで、ここへはてんで寄りつくことを拒まれているように、凝と無性に何か我慢しているらしいのである。

☆その男は私の部屋にやって来て、長い脚を伸して横になっている。時々、鼻でボコボコという大きな息をしたり、あーいと、湯上りのような曖昧な欠伸をしている。そうかと思うと、間の抜けた声で流行歌を歌い出す。私は大きな棒が一本ここに転がり込んだように面喰らいながら、だんだん不機嫌にされる。何時になったら腰をあげるつもりなのだろうと焦々する。この男と暮していたのでは、こちらまで気持が堕れてしまうし、私は私の時間が浪費されるのをじっと恨みながら、我慢しなきゃならないのか。こんな相手は御免だと思いながら、いつもいつもこんな目に遇わされているので、そうすると、私はもう一生を空費してしまったもののように、茫として、とりかえしのつかぬ思いに身は痛くなるのだ。そして、今、彼の方を見れば、相手は牛のように部屋の隅で仮睡しているのだった。

☆その人に久振りに遇った私は、すぐ暇を乞うつもりでいたところ、その人はじつに私をうまうまと把えてしまったのである。日は暮れ灯火管制の街は暗く、帰りを急ぐ心は頻りなのに、「まあもう一寸」とその人はゆるやかなオーバーを着込んだまま娯しそうな顔をしているのである。電車やバスに揺られて、混み合う中だから、話もとぎれとぎれしか出来ないのに、そうして、広い会場に連れて行かれると、ここではなおさら人が騒いでいて話も碌に出来ないのに、その人はどの人とも巧みに二こと三こと冗談を云い合ったり、私が置てけぼりになりそうなのをちゃんと心得ていて一寸側に戻って来たりする。そして、だらだらと粘強いこの人の親和的な弁舌を聞いていると、私は例の曲者を私のうちに意識する。一体この人のどこからああ果てしない糸のあやは流れ出、その綾に私はつつまれているのだろうか。随分昔からの交際ではあるが、今更ふしぎになってもくるのだ。「もう遅いから失礼しますよ」と電車の中で私が時計を取出すと、「なあにまだ早いさ」と云って、その人も懐中時計を出したが、その時計は停っていた。「この時計も、古いのだなあ、君も知っているだろう」とその人は時計を見つめながら何か昔のことを喋り出したが、あたりの雑音にかき消されてしまった。――翌日、私は勤め先でどうも私のものごしに、人に対して親和的な調子が溢れそうになるのを、どうすることもできなかった。あの人の調子がずるずるとまだ私に働いているのであった。
☆私はその女を雇っていたため、食い辛棒《しんぼう》の切ない気持にされてしまった。はじめ、その若い女が私の家へやって来た時、眼玉がギロリと光って暗黒な魂を覗かせていたが、居つくにつれて、だんだん手に負えない存在となった。いつでも唾液を口の中に貯えていて、眼は貪欲でギラギラ輝く。台所の隅で何かゴソゴソやっているかとおもうと、ドタバタと畳を踏んで表に飛出す。だらりと半分開いた唇から洩れて来る溜息は、いつも烈しい食欲のいきれに満ちていた。そして、何かものを云おうとする時、眼玉をギョロリとさせて、纏らない観念を追うように唇をゆがめ、舌足らずの発音で半分ほど文句を云っておき、さて突然烈しい罵倒的表現に移るのであった。いつもその女は私の気質を嘲弄するのであったが、私も相手に生理的嫌悪を抱きつづけた。が、悲しいかなしかも、どうしたことであろう、凡そ、今日世間一般が飢餓状態に陥ってしまったお蔭で、私も四六時中空腹に悩まされているのだが、どうかすると、私の眼はあの女の眼のようにキロリとたべものの方へ光り、私の溜息は食欲のために促され勝ちで、私の魂はあの女のように昏迷し、食っても食っても食い尽せないものを食いきろうとするように、悲憤の焔を腸に感じるのである。
☆私はその男に頼みごとがあって行くと、相手は大きな木の箱へ釘を打込んでいた。ワンピース（？）の作業服を着て戦闘帽を横ちょに被り、彼はもっぱら金槌の音に堪能しているらしい。私の言おうとすることなんか、まるで金槌の音で抹殺されるのだし、相手は社長さんでありながら、好んで人夫のようなことをしていながら、人足だ人足だ、今や日本は人足の時代だ、と云わんばかりの権幕で疎開荷造に余念なく、青く剃りあげた顎をくるりと廻して、こちらを睨《にら》んだりする。愈々《いよいよ》私はとりつきかねるのだが、何だか忌々しく阿呆らしいので相手をじろじろ眺めてやると、向もこちらを忌々しげに睥み返し、用事がなければさっさと帰れ、と金槌の音を自棄につけ加えるのであった。
☆私はその男の親切な顔をどういう風に眺めたらいいのだろうかと、いつも微妙な悩みに悩まされるのだ。柔和な表情はしているが、どこか底知れないものを湛えているし、どうかした拍子に顳顬《こめかみ》に浮かぶギラリとしたものが、やはり、複雑な過去を潜めており、そう単純に親切ではあり得ないことを暗示しているようでもある。どうにもならない戦災者の棄鉢《すてばち》で、やたらにその男にものごとを頼みに行けば、その男は万事快く肯いてくれるのではあるが、それでいてやはり私は薄暗い翳にうなされているようだった。
☆私は家を焼かれ書斎を喪い、随って外部から侵略されて来る場所を殆ど持てなくなった。むしろ、今では荷厄介なこの己の存在が、他所様の安寧を妨げるのを、そっと静かにおそれているのである。どうしても、他所の家の台所の片隅で乏しい食事を頒けてもらわねばならぬし、縮こまって箸をとっている己の姿は自分ながら情ないのである。私は知人から知人の間を乞食のような気持で訪ねて行く。昔ながらの雰囲気のいささかも失われていないもの静かな田舎の広い座敷に泊めてもらって、冬の朝そこの家の玄関をとぼとぼと立去ってゆく私の後姿には、後光が射しているのであった。後光が？　……おお、何という痛ましい幻想だろう。しかし、私はその幻想をじっと背後に背負いながら、この新たなる曲者に対《むか》って面喰っているのであった。

西南北東

時計のない朝

私は焼跡から埋めておいた小さな火鉢を掘出したが、八幡村までは持って帰れないので姉の家にあずけておいた。冬を予告するような木枯が二三日つづいた揚句、とうとう八幡村にも冬がやって来た。洗濯ものを川に持って行って洗うと指が捥げそうに冷たい。火鉢のない二階でひとり蹲っているうち、私の掌には少年のように霜焼が出来てしまった。年が明けて正月を迎えたが、正月からして飢えた気持は救えなかった。だが、戦災以来この身にふりかかった不自由を一つ一つ数えてみたら、殆ど限りがないのであった。

所用があって、私は広島駅から汽車に乗ろうと思った。切符は早朝並ばないと手に入らないので、焼残っている舟入川口の姉の家に一泊して駅に行くことにした。天井の墜ち壁の裂けている姉の家は灯を消すと鼠がしきりに暴れて、おちおち睡れなかった。姉は未明に起出して、朝餉の支度にとりかかったが、柱時計が壊れたままになっているので、一向に時刻が分らないのであった。私ももとより懐中時計は原子爆弾の日に紛失していた。近所に灯がついているから朝の支度をしているのかとも思えたが、雨もよいの空は真暗で、遠い山脈の方にうすら明りが見える。朝食をすますと、甥は近所に時間を訊きに行ってくれたが、その家にも時計はなかった。何にしろ早目に出掛けた方がいいので、私は暗がりの表通りを歩いて行った。暫くすると向うから男が来たので時刻を訊ねてみた。すると相手は曖昧なことを云って立去ってしまった。電車通に添って行くうち、あちこちの水溜に踏込んで靴はずぶ濡れになり、寒さが足の裏に沁みるのであった。

私は真暗な惨劇の跡の世界を急ぎ足に歩いていた。ある都市が一瞬にして廃墟と化すような幻想なら以前私は漠然と思い浮べていたことがあったし、死の都市の夜あけの光景も想像の上では珍しくなかった。しかし今こうして実際、人一人いない焼跡を歩いていると、何か奇異なものが附纏って来るので、相生橋を渡りながらも、これが相生橋であったのかしらと錯覚に陥りそうであった。がやがて八丁堀のところで灯をつけている自動車と出逢うと、寂寥のなかに烈しくエンジンの音をたぎらせているので、漸く人心地に還った。京橋あたりから駅の方へ行くらしい人の姿も見かけられた。

駅に来てみると六時前であったが、窓口にはもう人が集まっていた。切符は七時から売出すので、その間、私は杜詩を読んで過した。汽車に乗ってからも、目的地に着いてからも、帰りの汽車でも、私は無性に杜甫の行路難にひきつけられていた。

蜜柑

西広島の蜜柑をみかけるようになったのは十二月のはじめ頃からだったが、暫くは私は何気なく見ているにすぎなかった。私が蜜柑に惹きつけられたのは廿日市で五百目五円で買った時からだ。飢えて衰弱している体が要求するのか、ほかに胃の腑を満たすものがないのでこうなのか、とにかく、私は自分でも驚くほど、その時から蜜柑を貪りだした。そうして、私は妻が死ぬる前、頻りに果物を恋していたことを憶い出すと、その分のとりかえしまでするような気持になっていた。私は八幡村から廿日市まで一里半の道を往来しては、一貫目ずつ蜜柑を買ってもどった。「戦争が終ってよかったですな、こうして蜜柑がいただけますもの」と云っている人の言葉まで、何だか私には身に沁みるようであった。

いつのまにか私がいる二階の縁側には、蜜柑の皮が一杯になっていた。すると、夜毎、鼠がやって来て、その皮を引掻きまわし、残っている袋をむしゃむしゃ食うのであった。鼠はしまいには障子に穴をあけ、室内に侵入するようになった。私は障子を破る鼠というのをはじめて知った。古雑誌でその穴を修繕しておいても、つぎつぎに紙の弱っているところを破って行った。この村の鼠は私同様飢えていた。ある朝、階下の押入にはカチカチになって死んでいる鼠がみつかったが、「食いものがないからよ」と人々は笑っていた。

悲鳴

車内は台湾からの復員兵がぎっしり詰っていたがあれは何という怕しい列車だったのだろう。朝から昇降口に立ちづめのまま、私はそこで揉み合う沢山の人間を見た。若い男が年寄を呶鳴りつけていた。呶鳴られた年寄はおとなしく身を縮め、なるべくそちらへ触るまいとした。だが、どうかすると、押してくる人のためにそちら側へ押されて行くのだった。便所の中にはトランクやリュックが持込まれ、そこにも四五人が陣どっていた。私が漸く列車の車内に這入れるようになったのは、その日の夕刻からであったが、そこは濛々として荷物やら人の顔やら見わけもつかぬもので満されていた。

次の駅に着くと昇降口のところではまた紛争が繰返されているらしかった。何か頓狂な叫びと、それを罵る大勢の声がしていたが、やがて、ドカドカと車内へ割込んでくる防空頭巾の奇妙な男と、その配偶らしい婦人があった。はじめここへ割込んでくる仕草のうちにも何かヒステリックなものがあったが、すぐにその男は絶えまなく、この混乱についての泣きごとを呟きだしたのである。これでは全く、どうにもこうにも致しかたがない。生れて以来こんなひどい目に遇おうとは思ってもみなかった。――そういう意味のことを述べるのに、その男のうわずった大阪弁は真に迫るものがあった。それから、配偶の婦人が何か云うと、すぐそれに対《む》《か》って も――殆どこの男が今日の一切の悲惨を背負わされているかのように――泣声で抗議するのであった。だが、どういうものか、この男はあたりの反感を買うらしかった。

「万才はやめろ」と誰かが呶鳴った。しばらくすると、さきほど点いていた電灯も消え、それきり車内は真暗になってしまった。すると、また、防空頭巾の男の悲鳴がおこった。

「痛たた、誰かがわての頭なぐった」たちまち誰かが闇のなかから厳しく叫んだ。「誰だ……そんなわるいことをする奴は」

が、それは弱い子供を庇ってやるような、ある調子が含まれているのだった。ふと私には、あの弱い男の過去が解るような気持がした。多分、あの男もたったこの間まで安逸に馴れていたのだが、急に悲惨に突落されたもので、こうして身も世もあらぬおもいで、旅に出掛けなければならなくなったのだろう。

真暗な列車は真暗なところを走りつづけて行った。

米

もう都会からは米というものが姿を消して、その味も忘れられている頃のことであった。彼は電車の中で二人の女が、こんなことを云い合っているのを耳にした。この頃では素人の女でも月に米一斗あてがってもらえば喜んでお妾さんになるそうです。

それから彼はある夜、駅のベンチに寝そべっている酔ぱらいの老人がこんなことを喚いているのをきいた。俺には妾が四人あるんだぞ。——その時、彼は妾四人という言葉ですぐ米四斗を思い浮べた。

痩せ細った彼はある日、闇市の食べもの小路に這入って行って見た。半びらきになっている扉の蔭から、テーブルの上にある丼の白米の姿がふと彼の眼に灼きつくように飛込んで来た。その瞬間、彼は何ともいえぬ羞恥感に全身がガタガタ顫えそうになるのであった。

溜息

列車が京都に着いたのは夜半だったが、ホームの側の窓はどの窓も申合せたように、ぴったり閉ざされていた。私の席のところの窓は木の窓だったので外の様子は見えなかったが、間もなく外からガタガタと揺さぶる音がきこえ、忽ちそれは乱打となり、あけろ、あけろ、あけろ、と叫喚しだした。これでは今にも窓は壊れそうだったが、あの騒ぎでは、もし窓をあけたら一たいどうなるのかともおもわれた。あけろ、あけろ、あけろ、は耳をつんざくように突撃してくる。すると向の人混みの中に立っていた男がこちらへやって来て、「あけてやりなさい」と云いながら窓を開ける手真似をした。その様子はいかにも自信たっぷりで何か目論見があったらしかったが、とうとう自分でそこの窓を少し持上げたのである。彼が窓から首を差出すと、外では「もっとあけろ、もっとあけろ」と怒りだす声がきこえた。

「窓から乗る法はないよ、昇降口から乗り給え」

首を外に出している男の云う言葉がきこえた。だが、男の首の出ている隙間から、小さな荷物が放り込まれると、いつの間にか窓はこじ開けられ、二三人の人間が瞬く間に私の膝の上に滑り込んで来た。隣の方の窓も開放たれていた。そこではまだ飛込もうとするものを拒もうとしていたが、見ると外側では駅員が必死になって声援しているのだ。「これは駅員の命令ですぞ、駅員の命令を拒むのですか」

とうとうその窓からもぞろぞろと雪崩《なだ》れ込んで来た。汽車が動きだすと、私の前に飛込んで

来た男は、

「えらい、すみませんな、喰べものがないばっかしに、ああ、こうしてみんな苦労しゃんす」

と、溜息まじりに口をきくのであった。

虚脱

目白駅の陸橋にはゼネストのビラがべたべたと貼りつけてあった。二月一日からゼネスト突入とあるから、もうあと幾日もない日のことであった。私は雑司ケ谷に人を訪ね、それから再び駅の方へ引かえして来ると、恰度もう日も傾きかかった頃だったが、駅前の広場に人だかりがしている。何気なくその人垣の方へ近づき円陣の外に立留まって眺めると、実に意外な光景であった。そこには七八人の男女が入乱れて、南無妙法蓮華経を低唱しながら、てんでに勝手な舞踊をつづけている。舞踊というのか、祈禱というのか、ものにとり憑かれているというのか、両手で円い環を描いたり、足をゆさぶってみたり、さまざまの恰好をつくるのだが、大概のものが、眼は軽く閉じていて、動作は頗る緩慢なのだ。戦災者らしい汚れた服装の娘もいたし、薄化粧をした振袖の女もいる。そうかと思うと、人垣の方からフラフラと誘われて踊りながら円陣の中に吸込まれる口鬚の親爺もいた。しかし誘われる人には誘うところの光景だったのだろう。

ところが私は、ふと円陣の外で、これよりもっと興味ありそうな事が起りかけているのに気づいた。先程から背の高い頑強そうな男と中年の婦人と、何か押問答していたが、そのうちに数珠を持った婦人はいきなり、その男の顔の真中を目がけて合掌すると、南無妙法蓮華経を唱えだしたのである。これは一体どうなるのだろうか、今に相手の男は念仏の力に感動して何かやり出すのだろうか。それともそれは始めから仕組まれ打合わされている芝居なのだろうか。そう思いながら、婦人の顔をみると、ふとこの顔は私の親戚の狂信家の、熱狂はしている癖にとりつく島のないような淋しい顔を連想させた。それから今度は相手の男を眺めると、これはまた私の知人の、いつでも顔はむかっ腹立てながら心中では巫山戯《ふざけ》ている人物をしのばせた。これでは、もう大概さきが知れていて大したことも起るまいと思えたが、やはり私は次に起ることを待っていた。

暫く婦人の念仏は恍惚とつづけられていたが、相手の男は一向に動ずる色も浮ばない。やがて、この厳しい顔をした男は唇を突出すと、べっと舌を、出したのである。「罰あたりめ」婦人は軽くその男を撲るような身振りをしたが、相手はもう颯爽と立退って行くのであった。

浴衣

体の調子がよかったので、久振りに寝巻を洗濯した。襟の方にしみついた垢はいくら石鹸で揉んでも落ちなかったが、一時間あまりも屈んでいると、いい加減くたびれる。私はいい加減にして、その浴衣を木蔭へ吊しておいた。それから私は狭い部屋で寝転んで窓の外の青空を眺めていた。洗濯もののよく乾きそうな気持のいい日だった。夕方、私は木蔭のところへ行くと、ハッとした。浴衣は無くなっていた。足袋や靴下やハンカチなどこまごましたものは残っていたが、一目で目につく浴衣はなかった。

あの浴衣を盗まれたからには、もう私には肩のところの透きとおった、穴だらけの、よれよれの浴衣しか残っていないのだ。私はそのぼろぼろの浴衣をとり出して手にとって眺め、だんだん自分が興奮しだすのを覚えた。盗むよりほか手段を持たない人が盗んで、あれを着るのなら、たとえば貧しい母親が子供の襁褓にするため盗んだのなら、私の心はまだ穏かであり得る。だが、どうもあれは専門家の手によって古着屋へ五十円位で売払われ、一杯のカスとり焼酎にされてしまったのではないか。

童話作品集

山へ登った毬

史朗は今度一年生になりました。まだ学校へ行く道が憶えられないので、女中が連れて行きます。女中は史朗の妹を背に負って行くのでした。妹は美しい毬《まり》を持っています。その毬は姉が東京から土産に買って来たものでした。毬には桃の花の咲いた山の絵が描いてあります。

さて、ある日、先生が「今日はこれから山へのぼりましょう」と申しました。皆はそれでワイ〳〵と喜びながら、学校の門を出ました。山は学校のすぐ側にあったので、すぐ登れました。草原にちらかって遊びました。桃の花が咲いていました。史朗も妹も、みんなその辺で遊びました。暫くして山を下りました。史朗は女中に連れられて家へ戻りました。

戻って気がつくと、妹の毬が無くなっているのでした。どうしたのだろう、どこへやったのかしらと大探ししてもありません。毬は、山へ連れて行かれたので急に元気になって勝手にはね廻って、ころ〳〵、転んで、そのまゝ、「この山は僕の絵と似てるな」と云って、ねころんでしまったのでしょうか。

気絶人形

くるくるくるくる、ぐるぐるぐるぐる、そのお人形はさっきから眼がまわって気分がわるくなっているのでした。ぐるぐるぐるぐる、くるくるくるくる、そのお人形のセルロイドのほおは真青になり、眼は美しくふるえています。みんなが、べちゃくちゃ、べちゃくちゃ、すぐ耳もとでしゃべりつづけているのです。暗いボール箱から出してもらい、薄い紙の目かくしをはずしてもらい、ショーウインドに出して並べてもらったのでみんな大はしゃぎなのです。

「自動車が見えるよ」

「わあ、あの人、可愛いい犬連れてたのしそうに歩いていています」

「おお、早くクリスマスがやって来ないかな」

お人形たちは、みんなてんでにこんなことをしゃべっていましたが、そのなかに一人、今とても気分がわるくなっている人形がいました。はじめて眼の前に街の景色が見えて来たり、あんまりいろんなものが見えるので、そのお人形は目がまわったのかもしれません。そのお人形の顔は、とてもさびしそうでした。そのうちに、ほかのお人形たちも、その人形の様子に気がつきました。

「まあ、どうしたの、お顔が真青よ。早くおクスリ」と、誰かが心配そうにいいました。そういわれると、その人形は一そう青ざめて来ました。とうとう足がふるえて、バタンと前に倒れてしまいました。

人形屋の主人は倒れている、そのお人形をとりあげて、足のところを調べてみました。別に足が痛んでいるわけでもなかったのでまたもとどおり、ショーウインドのなかに立たせておきました。

くるくるくるくる、ぐるぐるぐるぐる、そのお人形はまた眼がまわって気分がわるくなりそうでした。べちゃくちゃ、べちゃくちゃ、みんなはすぐ耳もとでしゃべりつづけます。

「まあ、あんた、どうしたのお顔が真青」

また誰かがこんなことをいいました。でも、こんどは一生けんめい、我まんしました。そのお人形は、あんまりいろんなものが見えてくるので、疲れるのかもしれません。生れつき、ほかの人形たちより弱いのかもしれません。でもじっと我まんしている姿は、とても美しく立派に見えました。今にもバタンと前に倒れそうなのに、眼は不思議にかがやいていました。

ショーウインドの前に立って、熱心に人形をながめていた、一人の少女は、人形屋の主人をよんでその人形をゆびさしました。それから、そのお人形は少女の手に渡されました。その温かい手のなかににぎられると、急にその人形のほおの色はいきいきとしてきました。もう、これからは気絶したりすることはないでしょう。

うぐいす

梅の花が咲きはじめました。学校の門のところにある梅も、公園の池のほとりにある梅も、静かに花をひらきました。雄二の家の庭の白梅も咲きました。花に陽があたると、白い花はパッとうれしそうにかがやきます。日蔭の枝にある花は静かに青空をながめています。梅の花はみんなじっと何かを待っているようでした。

雄二の家の庭さきに、ある朝、うぐいすがやって来ました。ホーホケキョ　ホーホケキョうぐいすは梅の枝にとまって二声三声さえずりました。が、すぐにへいをとびこえて、どこかへとんで行ってしまいました。

その翌朝もまたうぐいすがやって来ました。こんどは、雄二の家の庭が気に入ったのか、少しゆっくりしているようでした。うぐいすは梅の木の枝から枝へ上手にとびうつって遊んでいました。が、しばらくすると、またへいをとびこして行ってしまいました。

うぐいすは毎朝やって来て、だんだん雄二の家の庭を好きになるようでした。縁側の方から雄二たちが見ていても、あわてて逃げだすようなことはありません。

日曜日の朝でした。

に現れました。

『よし、あのうぐいすを一つ写真にうつしてやろう』と、雄二の父は早速カメラを持って縁側

『とれた、とれた、うまくとれたぞ』

父はうれしそうでした。雄二もどんな写真が出来るのか早く見たくてたまりませんでした。五日ほどして、うぐいすの写真は出来上りました。それは庭の黒べいと梅の枝が黒くうつっていて、白い花とうぐいすの姿がくっきりと浮出ている、すばらしい写真でした。雄二は父からその写真を一枚もらいました。

けれども、その写真が出来た頃から、うぐいすは雄二の家の庭に姿を見せなくなりました。どうしたのかしら、どうしたのかしら、と、雄二はしきりにさびしくなりました。

雄二はうぐいすの写真をポケットに入れて学校へ行きました。

『僕のうちに来ていたうぐいすだよ』

『そうかい』と、山田君は目をみはりました。

雄二は山田君をつれて、家にもどって来ました。が、庭に来てみても、やはりうぐいすはいませんでした。雄二と山田君はその写真と庭の梅の木を見くらべて調べてみました。ちょうど、あのうぐいすがとまっていた枝が見つかりました。

『あそこのところにとまっていたのだね』

『うん、あそこのところだ』

『あそこのところに何かしるしつけておこう』

山田君はポケットから白いひもを取出しました。そして、それをうぐいすのとまっていた枝のところに結びつけました。

二つの頭

日曜日のことでした、雄二の兄と兄の友達が鶴小屋の前で、鶴をスケッチしていました、雄二はそれを側で眺めながら、ひとりでこんなことを考えました……何んだい、僕だって描けますよ、鶴だって、犬だって、山の絵だって、駅だって、街の絵だって、みんな描けます、僕の眼にちゃんと見えるものなら、それをそのとおり描けばいいんだから、だからなんだって描けますよ、眼に見えないものだって、美しい美しい天国の絵だって、それもそのうち描けますよ

雄二はだんだん素晴らしい気持になっていましたが、ふと何だか心配になりました、ほんとかしら、ほんとに僕は描けるのかしら……ふと、雄二はまだ明日の宿題をやっていないのを思い出しました、急いで家に戻って、机の前にすわりました、めんどくさい計算なので、雄二はすぐいやになってしまいました、鉛筆をけずりながら、また雄二はひとりで、こんなことを考えました……いやになっちゃうな、こんな宿題なんか、僕の頭と兄さんの頭ととりかえっこすれば、すぐ出来るのに、首から上だけ、そっと、とりかえできないかなあ

それでも、雄二はしぶりしぶりその夜、宿題をしあげました、その夜、雄二はこんな夢をみました、算数の試験でした、雄二は教室の机について、紙と鉛筆をもっています、試験の問題

が不思議にすらすらとけてゆきます、雄二は頭のところが自分の頭ではなくて、兄の頭になっているのが、ちゃんと分ります、でもそれは他人にはまるでわからないのです、雄二はいい気になって早速、全部の問題を解いてしまいます

「雄二君、素敵だなあ、この問題が全部できた人はこのクラスには君しかいなかったよ」

先生からかえしてもらった答案をもって、雄二は家にもどります、雄二はその成績をお母さんに見てもらおうと思います、でも、もし兄がほんとのことを知っていたら「何だい、僕の頭借りたくせに」と兄はおこるかもしれません、そこで雄二は成績をそっとかくすようにして、部屋の入口から中をのぞいてみました

すると驚いたことに、兄は寝床のなかで、ぐうぐう眠っていました、が、もっと驚いたのは、兄の首から上は雄二の頭とそっくりなのです、それを見ると雄二は急に腹が立ちました

「いけない、いけない、僕の頭とっちゃいやだい」雄二は猛烈な勢いで兄にとびついて行きました、そのひょうしに雄二は眼がさめました、雄二の頭は隣に寝ている兄の頭にごつんと、ぶつかったのでした

屋根の上

かちんと、羽子板にはねられると、羽子は、うんと高く飛び上ってみました。それから、また板に戻ってくると、こんどはもっと思いきって高く飛び上りました。何度も何度も飛び上っているうちに、ふと羽子は屋根の樋のところにひっかかってしまいました。はじめ羽子はくるっと廻って、わけなく下に飛び降りようとしました。しかし、そう思うばかりで、身体がちょっとも動きません。

しばらくすると、下の方では、また賑やかに、羽子つきの音がきこえてきました。別の新しい羽子が高く舞い上っているのです。

「モシ　モシ」と、樋にひっかかっている羽子は、眼の前に別の羽子が見えて来るたびに呼びかけてみました。しかし、それはすぐ見えなくなって、下の方におりてゆきます。

「モシ　モシ」「モシ　モシ」何度よびかけてみても、相手にはきこえません。そのうちに下の方では羽子つきの音もやんでいました。

「もう、おうちへ帰ろうと」という声がして、玄関の戸がガラっとあく音がしました。あたりは薄暗くなり、家の方では灯がつきました。樋にひっかかっている羽子はだんだん心細くなりました。屋根の上の空には三日月が見え、星がかがやいてきました。とうとう夜になったのです。ああどうしよう、どうしよう、どうしたらよいのかしら、と、羽子は小さなためいきをつきました。

星の光はだんだん、はっきり見えて来ます。空がこんなに深いのを羽子は今はじめて知りました。一つ一つの星はみんな、それぞれ空の深いことを考えつゞけているのでしょう。一つ二つ三つ四つ五つ……と、羽子は数を数えてゆきました。百、二千、三千、いくつ数えて行っても、まだ夜は明けませんでした。夜がこんなに長いということを羽子は今しみじみと知りました。

今あの羽子板の少女はどうしているかしら、と羽子は考えました。眼のくりくりっとした、羽子板の少女の顔がはっきりと思い出せるのでした。羽子板は今、家のなかに静かに置かれていることでしょう。羽子は、あの羽子板の少女がとても好きなのでした。もう一度あの少女のところへ帰って行きたい、あの少女も多分、僕のことを心配しているだろう、と羽子は思いました。

一つ二つ三つ四つ五つ……羽子は何度もくりかえして数を数えてゆきました。

東の方の空が少しずつ明るんできました。やがて、雲の間から太陽が現れました。薔薇色の雲の間から洩れて来る光は、樋のところの羽子を照らしました。すると、羽子はまた急に元気が出て来るのでした。

もぐらとコスモス

コスモスの花が咲き乱れていました。赤、白、深紅、白、赤、桃色……花は明るい光に揺らいで、にぎやかに歌でも歌っているようです。

暗い土の底で、もぐらの子供がもぐらのお母さんに今こんなことを話していました。

「僕、土の上へ出て見たいなあ、ちょっと出てみてはいけないかしら」

「駄目、私たちのからだは太陽の光を見たら一ぺんに駄目になってしまいます。私たちの眼は生れつき細く弱くできているのです」

「でも、この暗い土の底では、何にも面白いことなんかないもの。それなのに、ほら、このコスモスの白い細い根っこが、何かしきりに近頃たのしそうにしているのは、きっと何か上の方で、それはすばらしいことがあるのだろうと僕思うのだがなあ」

「あ、あれですか、コスモスに花が咲いたのですよ。夜になるまでお待ちなさい。今夜は月夜です。夜になったら、お母さんも一寸上の方まで行ってみます。その時、ちょっと覗いてみたらいいでしょう」

もぐらの子供は、夜がくるのをたのしみに待っていました。

「お母さん、もう夜でしょう」

「まだ、お月さんが山の端に出たばかりです。あれがもっとこの庭の真上に見えてくるまでお待ちなさい」

しばらくして、お母さんは、もぐらの子供にこう云いました。

「さあ、私の後にそっとついて、そっと静かについてくるのですよ」

もぐらの子供はお母さんの後について行きましたが、何だか胸がワクワクするようでした。

「そら、ここが土の上」

と、お母さんは囁きました。

赤、白、深紅、白、赤、桃色……コスモスの花は月の光にはっきりと浮いて見えます。

「わあ」

もぐらの子供はびっくりしてしまいました。

「綺麗だなあ、綺麗だなあ」

もぐらの子供は、はじめて見る地上の眺めに、うっとりしていました。

すると、コスモスの花の下を、何か白いものが音もなく、ぴょんと跳ねました。これは月の光に浮かれて、兎小屋から抜け出して、庭さきを飛び廻っている白兎でした。

「あ、また兎が庭の方へ出てしまったよ」

と、このとき誰か人間の声がしました。それから足音がこちらに近づいて来ました。すると、もぐらのお母さんは子供を引張って、ずんずん下の方へ引込んで行きました。

「綺麗だったなあ。いつでも土の上はあんなに綺麗なのかしら」

もぐらの子供は土の底で、お母さんにたずねました。

「お月夜だから、あんなに綺麗だったのですよ」

お母さんは静かに微笑っていました。

誕生日

　雄二の誕生日が近づいて来ました。学校では、恰度その日、遠足があることになっていました。いい、お天気だといいがな、と雄二は一週間も前から、その日のことが心配でした。というのが、この頃、毎日あんまりいいお天気ばかりつづいていたからです。このまま、ずっとお天気がつづくかしら、と思って雄二は、校庭の隅のポプラの樹の方を眺めました。青い空に黄金色の葉はくっきりと浮いていて、そのポプラの枝の隙間には、澄みきったものがあります。その隙間からは、遠い遥かなところまで見えて来そうな気がするのでした。

　雄二は自分が産れた日は、どんな、お天気だったのかしら、としきりに考えてみました。やっぱり、その頃、庭には楓の樹が紅らんでいて、屋根の上では雀がチチチと啼《な》いていたのかしら、そうすると、雀はその時、雄二が産れたことをちゃんと知っていてくれたような気がします。

　雄二は誕生日の前の日に、床屋に行きました。鏡の前には、鉢植の白菊の花が置いてありました。それを見ると、雄二はハッとしました。何か遠い澄みわたったものが見えてくるようでした。

「いい、お天気がつづきますね」

「明日もきっと、お天気でしょう」

大人たちが、こんなことを話合っていました。雄二はみんなが、明日のお天気を祈っていてくれるようにおもえたのです。

いよいよ、遠足の日がやって来ました。眼がさめると、いい、お天気の朝でした。姉さんは誕生のお祝いに、紙に包んだ小さなものを雄二に呉れました。あけてみると、チリンチリンといい響のする、小さな鈴でした。雄二はそれを服のポケットに入れたまま、学校の遠足に出かけて行きました。

小さな鈴は歩くたびに、雄二のポケットのなかで、微かな響をたてていました。遠足の列は街を通り抜け、白い田舎路を歩いて行きました。綺麗な小川や山が見えて来ました。そして、どこまで行っても、青い美しい空がつづいていました。

「ほんとに、きょうはいい、お天気だなあ」

と、先生も感心したように空を見上げて云いました。雄二たちは小川のほとりで弁当を食べました。雄二が腰を下した切株の側に、ふと一枚の紅葉の葉が空から舞って降りてきました。雄二はそれを拾いとると、ポケットに収めておきました。

遠足がおわって、みんなと別れて、ひとり家の方へ戻って来ると、ポケットのなかの鈴が急にはっきり聞えるのでした。雄二はその晩、日記帳の間へ、遠足で拾った美しい紅葉の葉をそっと挿んでおきました。

網膜に焼き付いた風景

解説　関川夏央

　原民喜は一九四五（昭和二十）年には三十九歳であった。八月四日朝、妻貞恵の広島の墓に詣でた原民喜が手にしていたのは、亡き妻を連想させる「黄色の小弁の可憐な野趣を帯び」た、無名の「夏の花」であった。

　四四年九月、妻は千葉市の借家で肺結核と糖尿病のために亡くなった。三十三歳であった。

　四五年一月、原民喜は約十年住んだ千葉を引き払い、故郷広島に帰った。実家の原商店は陸軍と官公庁の注文を引き受ける「被服支廠《ししょう》」で大きな縫製工場を持ち、戦争中も活発な生産を行っていた。実務に役立たざる人と自他ともに認める原民喜だが、実家の事務を手伝うほか広島で日を暮らす手だてはなかった。四四年に国民兵として点呼召集されてはいたが、すでに戦況の悪化は明らかで、正式に召集されることはなさそうであった。

　大都市は無差別爆撃を受けてすでに焦土と化し、四五年六月以降、B29の攻撃目標は地方都市に移っていた。岡山、下関、宇部、徳山、高松、松山と空襲を受けたが、中国地方の中心都市であるにもかかわらず広島は二度小規模の攻撃を受けただけであった。

「土佐沖に敵編隊」という決まり文句で始まる空襲警報は、連夜出された。爆撃機は四国山地を越えて瀬戸内地方に出現するのだが、広島付近への攻撃は海面への機雷投下に終始した。そのため広島市民は弛緩し、負担であった夜間の「防空当番」を中止しがちとなり、原商店もそのひとつであった。延焼を防ぐための「建物疎開」はつづいていたものの、広島はこのまま無事なのではないかという楽観的空気が広がった。広島と同じく、まだ本格的な空襲に見舞われていないめぼしい都市に、新潟、京都、小倉、長崎があった。

しかし六月三十日から七月一日の未明にかけて呉が大空襲を受け、大都市空襲に匹敵する数千人という犠牲者を出した。原民喜はその巨大な炎を、広島湾を隔てた五日市から見た。広島中心部から十キロほど西、海岸部の五日市町に、原商店の経営者たる長兄は妻と荷物を疎開させるために家を借りていたのだが、いざというとき場所を知らないでは困る、一度行って見て来い、といわれて訪ねたのであった。

原商店は広島駅に近く、駅を出て猿猴川と京橋川、ふたつの川を渡って一キロ弱の幟《のぼり》町にあった。次兄も妹も家業に従事していたそこは、爆心地から直線で一・二キロほどである。

八月四日午前、亡妻の墓参から帰った原民喜は、家のあわただしい空気に気づいた。突然、工場と家の「建物疎開」を命じられ、八月六日のうちに立退きを命じられたのだという。次兄はおろおろするばかりだったが、長兄は電話で五日市の妻を呼び出した。広島に戻った兄嫁はすぐに市会議員の有力者のもとに出向いて説き、原商店の「建物疎開」を中止させた。いろいろ問題ありげな兄嫁だが、政治的外交的な実力者なのであった。また空襲警報で電車が不通になる前にと、兄嫁が急ぎ疎開先に帰ったのは、八月四日午後四時頃であった。

三部に分かれた『夏の花』最終部「壊滅の序曲」の最後はこのようであった。

「暑い陽光《ひざし》が、百日紅の上の、静かな空に漲《みなぎ》っていた。……原子爆弾がこの街を訪れるまでには、まだ四十時間あまりあった」

八月六日の朝、原民喜は実家の厠に入った。

「突然、私の頭上に一撃が加えられ、眼の前に暗闇がすべり墜ちた。私は思わずうわあと喚《わめ》き、頭に手をやって立上った。嵐のようなものの墜落する音のほかは真暗でなにもわからない」(「夏の花」)

父原信吉が、創業十一年目の民喜誕生の年に相当な金をかけて建てた家は頑丈で、原爆の爆風にも耐えた。壁は壊れ、建具はすべて破壊されたが、家は原形を保っていた。

原民喜は軽傷ですみ、妹も一見無傷であった。しかしやがて付近の火の手が迫ったので京橋川の上流西岸にある泉邸(のちの縮景園)に避難した。河原にあふれかえった被災者たちは、いちように水をもとめていた。長じてからはまともに泳いだこともなかった原民喜だが、川を流されてゆく女の子を見ると材木をかかえて川を泳ぎ、その子を助けた。

翌日、原民喜は原商店の人々とともに筏で渡河し、川からさして遠くない二葉山の南麓、東照宮に避難した。持っていた手帳に、「突如　空襲　一瞬ニシテ　全市街崩壊」というメモを書きはじめたのは、その八月七日であった。

八日、長兄が調達してきた馬車で五日市方面に向かって崩壊した市街を横断、その光景を目に焼き付けた。意図してそうしたのではない。恐るべき風景は、恐るべき強制力を持って原民喜の網膜に焼き付いたのである。その途上、次兄の下の息子、小学一年生の遺体を発見し、「文彦ノ死骸アリ」としるした。運ぶことはできないので、次兄が爪を切り取ってその場を去った。

原民喜は、長兄が次兄の疎開先にとあらたに借りていた八幡村の家に同居した。八幡村は五日市から山側に四キロほど入ったところの農村であった。

「我ハ奇蹟的ニ無傷ナリシモ　コハ今後生キノビテコノ有様ヲツタヘヨト天ノ命ナランカ」

と書きつけた原民喜は、障子紙を貼るための糊をつい食べてしまうほどの空腹に耐えながら、メモの原稿化につとめた。原商店の事務用箋に鉛筆で罫線を引いた原稿用紙に「夏の花」第一部三十八枚を書きあげたのは、四五年十一月であった。

東京の佐々木基一の求めに応じて四六年一月に送った恐るべき迫真力の原稿には、当初「原子爆弾」という題名が付されていた。このままでは占領軍の検閲に引っかかる。佐々木基一をはじめ原民喜の友人たちが苦慮した末に、「三田文学」なら一種の同人誌だから検閲をまぬがれるのではないか、と掲載に踏み切ったのは原民喜が上京して一年以上が経過した四七年六月のことであった。それでも初出時には、被災者の悲惨な描写を二、三カ所削った。佐々木基一は本名永井善次郎、広島県三原に近い山間の本郷町出身で原民喜より九歳下、民喜の妻貞恵の弟であった。掲載するとき題名を、貞恵の墓前に供えた花の記述から「夏の花」とかえた。

つづく第二部、おもに八幡村での生活と原爆被爆後の広島をえがいた「廃墟から」四十枚は、「三田文学」四七年十一月号に載った。原子爆弾以前、四五年三月から八月四日までの原家と広島を書いた最終部、八十枚あまりの「壊滅の序曲」は、佐々木基一、平野謙、本多秋五、埴谷雄高らが発刊した「近代文学」四九年一月号に掲載された。単行本『夏の花』は能楽書林からその翌月に刊行された。能楽書林は慶応義塾時代の友人、二歳下の丸岡明の版元で、「三田文学」も編集・発行していた。原民喜は三五年、二十九歳のとき掌編集『焰』を自費出版で出していたが、満四十三歳で出したこの『夏の花』が事実上最初の本であった。

四九年四月から原民喜は講談社の文芸誌「群像」に書くようになり、ほとんど初めて原稿料を得た。「群像」の編集者大久保房男も、晩年につきあいのあった年少の友人たち、のちに作家となる遠藤周作、詩人藤島宇内をはじめ、原民喜をささえたのはほとんど慶応義塾の出身者で、広島高等師範付属中学の後輩で旧制山口高校から東大美学科に進み、後年文芸と映画の評論家となる佐々木基一は、ほとんど例外であった。

原夫妻が十年あまり住んだ千葉海岸近くの高台にある借家は、畳敷きだけで二十五畳半、風呂場と四坪の庭のついた広い家であった。その暮らしは原商店からの仕送りによってささえられていた。しかし四二年はじめから原民喜は、対人関係がまったく不得意であるにもかかわらず船橋市立船橋中学で英語講師となり、生涯初めての定職についた。三九年秋に妻が結核と糖尿病を発病し、さらに戦時インフレによって生活が著しく圧迫されたためであったが、英語の授業が週五時間から二時間に減らされ、さらに船橋中学が県立に移管されることになった四四年三月、退職した。妻が死んだのはその年の九月であった。

ほとんど口を利かず、「人間世界」を恐怖する原民喜にとって、妻は外界とをつなぐ唯一の「回廊」の役割を果たした。他者と会えば、沈黙の原民喜のかわりに貞恵が心得た「通訳」のように話した。夫の文学を無条件に認めながら、日常のすべてを引き受けてくれた妻が、幼子を残して死ななければならない若い母親のような無念のうちに逝ったときから彼は生きる意味を失い、「死者の眼」で世界を見た。

「もし妻と死別れたら、一年間だけ生き残ろう、悲しい美しい一冊の詩集を書き残すために……」（「遥かな旅」）と書いたのは本心であった。だが原爆によって数年延期された。

原民喜は一九〇五（明治三十八）年秋生まれ、勝利のうちに日露講和がなって「民が喜ぶ」から民喜と命名された。原家は豊かな大家族で十人きょうだい、民喜は早逝した長男、次男を除けば三番目の男の子で、幼い頃から異常なまでに神経質な性格であった。

民喜にとって帰りたい時代とつねに意識されつづけたその幼少期だが、同時に彼は、天井や便所の「薄闇のなかで」「奇怪な生きものたちが、薄闇のなかで僕の方を眺め、ひそひそと静かに怨《えん》じて」いるといった幻想を見る少年でもあった。彼は「あの朧《おぼろげ》気な地獄絵は、僕がその後、もう一度はっきりと肉眼で見せつけられた広島の地獄の前触れだったのだろうか」と書いている。

一九一七（大正六）年、父信吉が五十一歳で病没したとき、牧歌の時代は終った。翌一八年、広島高師付属小から付属中へ進む試験に失敗、一年間小学校高等科で学ぶことになったが、ほぼ同時期、慕っていた八歳上の姉が亡くなった。少年期以後の原民喜に大きな影を落とすできごとがつづいた。

付属中の四年を修了して上級学校に進む資格を得ると、五年生ではほとんど登校せず、自宅で読書に日を暮らしたのは、帝大予科である旧制高校の試験を受けるつもりがなかったからである。慶応義塾の文科に進んだ彼は、将来の就職を考慮せず、職業作家になるか、あるいはただ文学の周辺で生きて行ければよいと考えていたようである。

慶応予科入学は二四年、原は三年で修了する予科に五年在籍した。本科三年となった三一年四月、原民喜は「モップル（日本赤色救援会）」の活動で逮捕されたが、この経験を原は妻にも話していない。慶応本科を二十六歳で卒業した三二年の春、横浜本牧の妓楼の女性を身請けして同棲した。相当な額の身代金は原商店が出したのである。だが女性に一カ月で逃げられ、彼はカルモチン自殺をはかった。

上京後、慶応予科ではじめて得た友人、山本健吉の影響下に築地小劇場の運動に刺激され、やがてニヒリズムとダダイズムの洗礼を受けた。ついでマルクス主義に接近した原民喜は、自ら社会不適応者を任じながらも、昭和初年の知識青年の歩んだ道を短期間のうちになぞったのであった。

六歳下の貞恵と結婚したのは三三年、二十七歳のときであった。三四年、新宿柏木に住んでいたとき、原夫妻は特高警察に検挙された。昼夜逆転の生活を怪しまれたのである。一晩で帰されたが、近所で親しく行き来していた山本健吉の政治的活動の余波ではないかと疑った原民喜は、山本と絶交、あえて遠い千葉に越して妻と二人の別世界を築こうとした。

『夏の花』は、自らの内的描写を主とした原民喜の作品系列中ではまったく異質といえる。佐々木基一は書いている。

「作者はあたかもいま起った出来事の新鮮さに心の昂ぶりを感じている風である。そうしてたぶんそのために、外界の強烈な印象が直接網膜にはりついたといった気味合いがある。心象風景を主として描いた原の作品系列の中で、純粋に視覚的印象からのみなるこの作品が異質に感じられる所以《ゆえん》であるが、これはまた巨大な死の積み重なりを眼の前にして、それまでは死者の眼で外界を眺めるのをつねとしていた作者が逆に生に甦ったという逆説にも由因する現象であろう」

原民喜の俳号は「杞憂」であったが、原子爆弾は天を墜とした。その後に広がっていた地獄の光景は彼の内面世界を一瞬にして押し流し、同時に彼を「生き残り」すなわち「生者」にかえた。その「生者」の大きな眼の網膜に焼き付けられたものを、彼は宿命と見て記録したのである。まさに畢生の言語表現であった。

四六年四月、再上京した原民喜は自分の居場所に苦労した。最初に置いてもらった大森の友人宅は、友人の妻に追い出された。その後、中野の甥の下宿、中野のアパート、神保町の「三田文学」編集室の隣室を転々とし、五〇年はじめに武蔵野市吉祥寺の田んぼの中の下宿に落着いた。この間、戦後の食糧難とハイパーインフレが原民喜を苦しめた。

実家からの援助はもはや望むべくもない。四七年暮れに広島に帰ったとき、亡母から贈られた土地を長兄に売ってもらった。京橋川沿いのよい土地だったが、不動産取引が活発化する直前だったからたいした金額にはならなかった。四九年二月に刊行された『夏の花』の印税は、彼ひとりの生活を四カ月ほどささえて尽きた。五〇年四月、日本ペンクラブ広島の会主催の「平和講演会」で帰郷した際、父の遺産である株券を売ってもらった。その一万五千円ほどの金は、やはり生活費の四カ月分だった。生活上の危機が、原民喜の死を決定づけた。

五一年三月十三日の夜更け、原民喜は中央線の吉祥寺・西荻窪間の線路に身を横たえて自殺した。四十五歳であった。周到な準備をした末のことで、友人たちと親族宛ての遺書が十数通残されていた。

「僕はいま誰とも、さりげなく別れてゆきたいのです。妻と別れてから後の僕の作品は、その殆どすべてが、それぞれ遺書だったような気がします」

佐々木基一宛ての遺書である。

「岸を離れて行く船の甲板から眺めると、陸地は次第に点のようになって行きます。僕の文学も、僕の眼には点となり、やがて消えるでしょう」

それは再び「死者の眼」に立ち戻って見た風景であった。

そのほか友人たちに贈る遺品が、それぞれに荷札をつけて置かれていた。自作の詩の清書と、雑誌原稿の切り抜きを整理して作品集のかたちにまとめたものもあった。

妻貞恵の最後の言葉は、「あ、迅《はや》い、迅い、星……」であった。

日頃から空高く飛翔する雲雀《ひばり》を好んでいた原民喜は、天空の高みに向かって飛び、やがて流星になりかわった妻を想像した。そうして彼は彼女のあとを追う流星と化したのである。

年譜　原　民喜

一九〇五年（明治三八年）

一一月一五日、広島県広島市幟町一六二番地に原信吉、ムメの五男として生まれる。両親共に広島市の生まれ、他に家族は長女操、次女ツル、三男信嗣、三女千代、四男守夫がいた。長男、次男は早逝。民喜の後に六男六郎、四女千鶴子、五女恭子、七男敏が生まれている。生家は陸海軍・官庁用達を業とする原商店（明治二七年創業）。「民喜」の名は戦争に勝って民が喜ぶというところからきているという。

一九一二年（明治四五年・大正元年）　七歳

四月、県立広島師範学校付属小学校に入学。

一九一七年（大正六年）　一二歳

二月、父信吉死去、五一歳。八月、兄守夫と原稿綴りの雑誌『ポギー』を発行。以後、四年にわたり断続的に刊行。詩や散文、エッセイなどを発表。

一九一八年（大正七年）　一三歳

三月、付属小学校尋常科を卒業。広島高等師範学校付属中学校を受験したが不合格。四月、付属小学校高等科に進学。この年、もっとも慕っていた姉ツルが二一歳で死去。精神的な痛手を受ける。

一九一九年（大正八年）　一四歳

四月、広島高等師範学校付属中学校に入学。

国語、作文を得意とした。尚、在学中、級友も教師も民喜の声を殆ど聞くことがなかったという。

一九二三年（大正一二年）一八歳

三月、付属中学校四年を修了。上級学校の受験資格が得られたため五年進級後は登校しなかった。この頃より熊平武二と親しくなり、詩作を始めると共にゴーゴリ、チェホフ、ドストエフスキーなどの一九世紀ロシア文学やヴェルレーヌ、宇野浩二、室生犀星などを耽読。五月、謄写版刷りの同人雑誌『少年詩人』に参加。同人は熊平武二、末田信夫（長光太）、銭村五郎、続木公大、永久博郎、木下進、岡田二郎、澄川広史ら。熊平、銭村の二人とは特に親しく付き合う。

一九二四年（大正一三年）一九歳

四月、慶応義塾大学文学部予科に入学。大学に近い芝区三田四国町（現・港区芝）の金沢館に下宿。同級に石橋貞吉（山本健吉）、田中千禾夫らがいた。大学入学後も詩作を続けたが、同じ予科に進んだ熊平の影響で子規、虚子、蕪村などを読み、句作を始めた。六月、山本健吉と小山内薫の築地小劇場の旗揚げ記念講演を三田の講堂に聞きに行く。

一九二五年（大正一四年）二〇歳

トルストイやスティルナー、辻潤などを読みダダイズム的傾向を強める。一月初めより糸川旅夫の筆名で広島の『芸備日々新聞』にダダ風の作品を発表し始める。熊平に山本健吉、長光太らを加え交友範囲も少しずつ広がってきた。また、昼寝て夜起きるという生活の中で読書や創作に専念。そのため出席日数が不足し、二年、学部進学が遅れることになった。

一九二六年（大正一五年・昭和元年）二一歳

一月、熊平武二、熊平清一（安芸清一郎）、長光太、銭村五郎、山本健吉らと詩の同人雑誌『春鶯囀』を発行。四号（大15・5）まで刊行。詩や評論、エッセイを発表。一〇月、熊平武二、長光太、銭村五郎、山本健吉らと原稿綴りの回覧雑誌『四五人会雑誌』を発行。詩、小説、評論、俳句などを発表。俳号は杞憂亭。この雑誌は昭和三年五月まで一三冊を刊行。また、広島在住の兄守夫との同人誌『沈丁花』に詩や散文、俳句を発表。これは『霹靂』（昭2）へと続くことになる。三尚、ブハーリン、プレハーノフ、レーニンなどの著作を通じ、左翼運動への関心を強めていった。

一九二九年（昭和四年）　二四歳
四月、文学部英吉利文学科に進学。主任教授西脇順三郎、同級に滝口修造、井上五郎らがいた。

一九三〇年（昭和五年）　二五歳
R・S（読書会）に参加していたが、やがて日本赤色救援会（略称モップル）の東京地方委員会城南地区委員会に所属し、活動する。

一九三一年（昭和六年）　二六歳
一月、モップル広島地方委員会の組織化のため広島にて活動。四月、広島での運動弾圧が民喜自身にも及び東京で逮捕される。運動を断念、以後、酒と女に傾く。

一九三二年（昭和七年）　二七歳
卒業を前にして桐ケ谷の長光太宅に寄寓。知人の紹介で京橋のダンス教習所に勤める。三月、文学部英吉利文学科を卒業。卒業論文は「Wordsworth」論。横浜本牧の女を身請けして一ヵ月ほど同棲したが、女に裏切られる。初夏、長光太宅の二階でカルモチン自殺を図り未遂に終る。長光太と共に千駄ケ谷、明治神宮外苑裏のアパートに移る。

一九三三年（昭和八年）　二八歳
三月、永井菊松、スミの四女貞恵と見合結婚。隣に住む両家の親戚に当る三吉光子の仲介による。永井家は広島県豊田郡本郷町大字本郷で肥料業を中心に米穀・酒造業を営んでいた。貞恵は明治四四年九月一二日生まれ。昭和三年、広島県立尾道高等女学校卒業。池尚、貞恵の弟善次郎が佐々木基一である。池袋のアパートに移り、続いて淀橋区柏木町（現・新宿区北新宿）に転居。向いに予科時代からの友人山本健吉が住んでいた。当時、山本は改造社に勤めていた。井上五郎の発行する同人雑誌『ヘリコーン』に参加。同人に高木卓がいた。宮沢賢治を読む。賢治が亡くなったのはこの年の九月である。

一九三四年（昭和九年）　二九歳

五月、昼夜逆さまな生活を続けていたため特高警察の嫌疑を受け、夫妻で淀橋署に検挙されるが、容疑事実なく一晩で帰される。同じく検挙された山本健吉は運動との関係が続いていたことから二〇日間拘留される。この事件がもとで山本と絶交。千葉市登戸《のぶと》町二の一〇七（現・中央区登戸）に転居。以後一〇年間、同所に住む。

一九三五年（昭和一〇年）　三〇歳

三月、掌篇集『焰』を白水社より自費出版。「読売新聞」に中島健蔵の批評が載る。大学時代からの知人である宇田零雨主宰の俳句雑誌『草くき』（昭10・12、創刊）に妻貞恵と共に俳句を発表し始め、数年間続ける。俳号は杞憂。貞恵は恵女。一二月、「蝦獲り」を『メッカ』に発表。

一九三六年（昭和一一年）　三一歳

四月、「狼狽」を『作品』に発表。八月、「貂」を、九月、「行列」を『三田文学』に発表。『三田文学』事務所を訪れたのは長光太に連れられてであるが、以後、『三田文学』にたびたび寄稿するようになる。母ムメ死去。六二歳。一〇月、「千葉寒川」を『草くき』に、一二月、「『ルナアル日記、第四冊』に就いて」を『図書評論』に発表。

一九三七年（昭和一二年）　三二歳

三月、『句集早贄《はやにえ》』（草茎社）に妻貞恵と共に俳句が収録される。五月、「幻灯」を、一一月、「鳳仙花」を『三田文学』に発表。

一九三八年（昭和一三年）　三三歳

一月、「不思議」を『日本浪曼派』に発表。三月、「玻璃」を、四月、「迷路」を『三田文学』に発表。「動物園」を『慶応倶楽部』に、五月、「旅信」を『草くき』に発表。六月、「暗室」を、九月、「招魂祭」を『三田文学』に発表。「自由画」を『草くき』に発表。一〇月、「魔女」を岩佐東一郎主宰の『文芸汎論』に発表。これは『三田文学』編集者和木清三郎の紹介によるが、以後、同誌に寄稿するようになる。一一月、「夢の器」を『三田文学』に発表。この年の春、京都周辺を、夏、箱根を取材を兼ね旅行する。

一九三九年（昭和一四年）　三四歳

一月、「炬燵随筆」を『草くき』に、二月、「曠野」を『三田文学』に、三月、「湖水めぐり」を『文芸汎論』にそれぞれ発表。四月、「夜景」を、五月、「華燭」を、六月、「沈丁花」を、九月、「溺没」をそれぞれ『三田文学』に、「潮干狩」を『文芸汎論』に発表。妻貞恵結核で千葉医大付属病院に入院などして長い療養生活を送ることになる。以後、作品の発表次第に減る。

一九四〇年（昭和一五年）　三五歳

一月、「旅空」を、四月、「鶯」を『文芸汎論』に発表。五月、「小地獄」を『三田文学』に発表。六月、「青写真」を、一〇月、「眩暈」を『文芸汎論』に発表。一一月、「冬草」を『三田文学』に発表。

一九四一年（昭和一六年）　三六歳

六月、「雲雀病院」を、九月、「白い鯉」を『文芸汎論』に発表。一一月、「夢時計」を『三田文学』に発表。

一九四二年（昭和一七年）　三七歳

一月、船橋市立船橋中学校（昭19・4、県立移管）の嘱託講師として英語を教える。二月、「面影」を、五月、「淡章」を、一〇月、「独白」をそれぞれ『三田文学』に発表。
一九四三年（昭和一八年）　三八歳
五月、「望郷」を『三田文学』に発表。
一九四四年（昭和一九年）　三九歳
二月、「弟へ」を『三田文学』に発表。三月、船橋中学校を退職。夏頃より長光太の推薦により朝日映画社脚本課の嘱託となる。四月、同居中の義弟佐々木基一が治安維持法違反容疑で特高警察に検挙され、世田谷署に留置される。このショックで妻貞恵の病状が悪化することになった。八月、「手紙」を『三田文学』に発表。九月二八日、妻貞恵死去（結核・糖尿病）。三三歳。その後の人生に大きな影響を及ぼすこととなった。一〇月、『三田文学』休刊。この年、リルケの『マルテの手記』を読み、感銘を受ける。
一九四五年（昭和二〇年）　四〇歳
一月、千葉市登戸町の家を引き払い、広島市幟町に住む兄信嗣のもとに疎開し、家業を手伝う。八月六日朝、家の中にて原子爆弾被災。しかし奇蹟的に無事。「今後生キノビテコノ有様ヲツタヘヨト天ノ命ナランカ」とノートに記す。東練兵場で二日間過した後、兄守夫らと共に広島市郊外八幡村（現・佐伯区五日市町）に移る。以後、原爆症とは言えないが、健康のすぐれぬ時が多くなった。この年の秋から翌年冬にかけ、八幡村にて原爆被災の体験をもとに「夏の花」（原題「原子爆弾」）を執筆。『近代文学』に発表する予定であったが、原子爆弾に関する記事の発表を禁止していたGHQ（連合軍総司令部）の検閲を考慮し、発表を差し控えた。
一九四六年（昭和二一年）　四一歳
一月、『三田文学』復刊。三月、「忘れがたみ」を『三田文学』に発表。四月、長光太の勧めで上京。大森区馬込東二の八九九（現・大田区南馬込）の長光太宅に寄寓。慶応義塾商業学校・工業学校（昭24・3、両校廃校）の夜間部の嘱託講師として英語を教える。「雑音帳」を『近代文学』に発表。六月、「小さな庭」を『三田文学』に、九月、「冬日記」を『文明』に発表。一〇月、『三田文学』の編集に携わるようになる。一一月、「ある時刻」を『三田文学』（一〇・一一月合併号）に、一二月、「猿」を『近代文学』（一一・一二月合併号）に発表。リルケを熟読する。

一九四七年（昭和二二年）　四二歳

三月、「吾亦紅」を『高原』に、四月、「秋日記」を『四季』にそれぞれ発表。中野区打越町一三（現・中野区中野）の甥原三四郎の下宿に移る。六月、「夏の花」を『三田文学』に発表。広く注目される。八月、「小さな村」を『文壇』に発表。秋、中野区内のアパートに移る。一一月、「廃墟から」を『三田文学』に発表。一二月、慶応義塾商業学校・工業学校を退職。「雲の裂け目」を『高原』に、「氷花」を『文学会議』に発表。生活困窮の中で創作に専念する。

一九四八年（昭和二三年）　四三歳

一月、神田神保町三の六、丸岡明宅（能楽書林）に移る。同所で『三田文学』の編集が行われていたため、同人たちとの交流が密になる。二月、「二つの手紙——佐々木基一との往復書簡」を『月刊中国』に発表。五月、「はつ夏、気鬱、祈り」を『晩夏』に発表。六月、『近代文学』同人となる。「昔の店」を『若草』に、「星のわななき」を『饗宴』に発表。七月、「画集」を『高原』に、「愛について」を『三田文学』に発表。九月、「戦争について」を、一〇月、「火の踵」を『近代文学』に、一一月、「翳」を『明日』にそれぞれ発表。一二月、「夏の花」で第一回水上滝太郎賞を受賞。「災厄の日」を『個性』に発表。

一九四九年（昭和二四年）　四四歳
一月、「壊滅の序曲」を『近代文学』に、「魔のひととき」を『群像』に発表。二月、小説集『夏の花』（ざくろ文庫(5)）を能楽書林より刊行。四月、「死と愛と孤独」を『群像』に、五月、「夜、死について、冬」を『高原』に発表。六月、「火の唇」を『個性』（五・六月合併号）に、「苦しく美しき夏」を『近代文学』（五・六月合併号）に発表。七月、「渡辺一夫著『狂気について』など」を『三田文学』に、「母親について」を『教育と社会』に発表。八月、「鎮魂歌」を『群像』に、「夢と人生」を『表現』に発表。九月、「二つの死」を『文潮』に、一〇月、「外食券食堂のうた」、「長崎の鐘」を『近代文学』に発表。一二月、「『冬の旅』と『印度リンゴ』」を『近代文学』に、「抵抗から生まれる作品世界――石川淳『最後の晩餐』評」を『読書倶楽部』に発表。この年で『三田文学』の編集を辞す。尚、この年の夏、近くに住んでいた祖田祐子と知り合う。

一九五〇年（昭和二五年）　四五歳
一月、武蔵野市吉祥寺二四〇六（現・吉祥寺南町）、川崎方に転居。二月、「惨めな文学的環境――山本健吉におくる手紙」を『都新聞』に発表。四月、日本ペンクラブ広島の会主催の平和講演会（川端康成会長以下一六名）に参加するために広島に赴く。「美しき死の岸に」を『群像』に、「胸の疼き」を『近代文学』（三・四月合併号）に発表。八月、「讃歌」を『近代文学』に、「原爆小景」を『近代文学』（特別号）に発表。九月、「海の小品」を『野性』に、一一月、「火の子供」を『群像』に、「燃エガラ」を『歴程』にそれぞれ発表。山本健吉と和解する。

一九五一年（昭和二六年）　四六歳
二月、「遥かな旅」を『女性改造』に、「碑銘」を『歴程』に、童話「うぐいす」、「二つの頭」を『愛媛新聞』にそれぞれ発表。三月、「風景」を『歴程』に発表。一三日午後一一時三一分、中央線の吉祥寺・西荻窪間の線路上に身を横たえ自殺。佐々木基一、丸岡明、山本健吉、遠藤周作、大久保房男、藤島宇内らの他、近親者に遺書が残されていた。一六日、阿佐ケ谷の佐々木宅で自由式による告別式。『近代文学』『三田文学』合同葬のかたちで行われ、佐藤春夫が歌を捧げ、山本健吉が「夏の花」の一節を朗読した。続いて柴田錬三郎・埴谷雄高の弔辞が読まれた。葬儀委員長は佐々木基一が務めた。四月、「悲歌」を『歴程』に、「ガリヴァ旅行記」、「ラーゲルレーヴの魅力」を『近代文学』に発表。五月、「心願の国」を『群像』に、「死のなかの風景」を『女性改造』に、「死について」を『日本評論』にそれぞれ発表。六月、『ガリバー旅行記』を主婦の友社より刊行。七月、「永遠のみどり」を『三田文学』に発表。『原民喜詩集』を細川書店より刊行。八月、「屋根の上、ペンギン鳥の歌、蟻、海」を『近代文学』に、一〇月、「杞憂句抄」を『俳句研究』に発表。

一九五三年（昭和二八年）
三月、『原民喜作品集』全二巻を角川書店より刊行。六月、童話「もぐらとコスモス」、「誕生日」を『近代文学』に発表。

一九五四年（昭和二九年）
八月、『夏の花』（文庫版）を角川書店より刊行。

一九五六年（昭和三一年）
八月、『原民喜詩集』（文庫版）を青木書店より刊行。

一九六五年（昭和四〇年）
八月、『原民喜全集』全二巻を芳賀書店より刊行。

一九六六年（昭和四一年）
二月、『原民喜全集』（普及版）全三巻を芳賀書店より刊行。
一九七〇年（昭和四五年）
七月、『夏の花』を晶文社より刊行。
一九七三年（昭和四八年）
五月、『夏の花・鎮魂歌』（文庫版）を講談社より刊行。七月、『夏の花・心願の国』（文庫版）を新潮社より刊行。
一九七七年（昭和五二年）
一二月、『ガリバー旅行記』を晶文社より刊行。
一九七八年（昭和五三年）
八月、『定本原民喜全集』全四巻を青土社より刊行（完結・七九年三月）。
一九八八年（昭和六三年）
六月、『夏の花』（文庫版）を岩波書店より刊行。
一九九三年（平成五年）
五月、『夏の花』（文庫版）を集英社より刊行。
一九九四年（平成六年）
一二月、『原民喜詩集』を土曜美術社より刊行。

（島田昭男編）

著書目録　　原　民喜

【単行本】

焔　昭10・3　白水社
夏の花　昭24・2　能楽書林
ガリバー旅行記　昭26・6　主婦の友社
原民喜詩集　昭26・7　細川書店
夏の花　昭45・7　晶文社
ガリバー旅行記　昭52・12　晶文社
原民喜詩集　平6・12　土曜美術社
新編 原民喜詩集　平21・8　土曜美術社

【全集】

原民喜作品集　全二巻　昭28・3　角川書店
原民喜全集　全二巻　昭40・8　芳賀書店
原民喜全集（普及版）　全三巻　昭41・2　芳賀書店
定本原民喜全集　全四巻　昭53・8～54・3　青土社
昭和文学全集53　昭30・2　角川書店
現代日本文学全集88　昭33・8　筑摩書房
昭和戦争文学全集13　昭40・8　集英社
日本現代文学全集95（織田作之助・田中英光・原民喜集）　昭41・7　講談社
現代文学大系65　昭43・5　筑摩書房

全集・現代文学の発見10 昭43・6 学芸書林
日本詩人全集33 昭44・4 新潮社
日本短篇文学全集46 昭44・8 筑摩書房
日本の詩歌27 昭45・3 中央公論社
日本の文学80 昭45・10 中央公論社
現代日本文学大系92 昭48・3 筑摩書房
日本の原爆文学1 昭58・8 ほるぷ出版
昭和文学全集32 平1・8 小学館
日本の原爆記録19 平3・5 日本図書センター
コレクション戦争と文学19 平23・6 集英社

【文庫】

夏の花・心願の国（解＝大江健三郎） 昭48 新潮文庫
夏の花（解＝佐々木基一） 昭63 岩波文庫
夏の花（解＝藤井淑禎 鑑＝リービ英雄 年＝沖山明徳） 平5 集英社文庫

【文庫】は本書初版刊行日現在の各社最新版「解説目録」に記載されているものに限った。（ ）内の略号は解＝解説 鑑＝鑑賞 年＝年譜 案＝作家案内 著＝著書目録を示す。

（作成・島田昭男）

本書は、青土社版『定本原民喜全集』（全四巻）のⅠ・Ⅱ（一九七八年八月、九月刊）を底本として、一九九五年七月、八月に刊行された講談社文芸文庫『原民喜戦後全小説』（上下巻）を一巻本に編み直し、あらたに解説を加えた新装版です。作品中、明らかな誤植と思われる箇所は正しましたが、原則として底本にしたがい、適宜ふりがなを調整しました。なお底本にある表現で、今日から見れば不適切と思われるものがありますが、作品が書かれた時代背景および作品価値、著者が故人であることを考慮し、そのままとしました。よろしくご理解のほど、お願いいいたします。

原民喜戦後全小説《はらたみきせんごぜんしょうせつ》

原《はら》 民喜《たみき》

二〇一五年六月一〇日第一刷発行
二〇二三年一月一七日第五刷発行

発行者——鈴木章一
発行所——株式会社 講談社
東京都文京区音羽2・12・21 〒112-8001
電話 編集（03）5395・3513
販売（03）5395・5817
業務（03）5395・3615

デザイン——菊地信義
印刷——株式会社KPSプロダクツ
製本——株式会社国宝社
本文データ制作——講談社デジタル製作
Printed in Japan
定価はカバーに表示してあります。

講談社
文芸文庫

ISBN978-4-06-290276-2

講談社文芸文庫

青木淳選	建築文学傑作選	青木 淳——解
青山二郎	眼の哲学|利休伝ノート	森 孝一——人／森 孝一——年
阿川弘之	舷燈	岡田 睦——解／進藤純孝——案
阿川弘之	鮎の宿	岡田 睦——年
阿川弘之	論語知らずの論語読み	高島俊男——解／岡田 睦——年
阿川弘之	亡き母や	小山鉄郎——解／岡田 睦——年
秋山駿	小林秀雄と中原中也	井口時男——解／著者他——年
芥川龍之介	上海游記|江南游記	伊藤桂一——解／藤本寿彦——年
芥川龍之介 谷崎潤一郎	文芸的な、余りに文芸的な|饒舌録ほか 芥川vs.谷崎論争　千葉俊二編	千葉俊二——解
安部公房	砂漠の思想	沼野充義——人／谷 真介——年
安部公房	終りし道の標べに	リービ英雄-解／谷 真介——案
安部ヨリミ	スフィンクスは笑う	三浦雅士——解
有吉佐和子	地唄|三婆 有吉佐和子作品集	宮内淳子——解／宮内淳子——年
有吉佐和子	有田川	半田美永——解／宮内淳子——年
安藤礼二	光の曼陀羅 日本文学論	大江健三郎賞選評-解／著者——年
李良枝	由熙|ナビ・タリョン	渡部直己——解／編集部——年
石川淳	紫苑物語	立石 伯——解／鈴木貞美——案
石川淳	黄金伝説|雪のイヴ	立石 伯——解／日高昭二——案
石川淳	普賢|佳人	立石 伯——解／石和 鷹——案
石川淳	焼跡のイエス|善財	立石 伯——解／立石 伯——年
石川啄木	雲は天才である	関川夏央——解／佐藤清文——年
石坂洋次郎	乳母車|最後の女 石坂洋次郎傑作短編選	三浦雅士——解／森 英一——年
石原吉郎	石原吉郎詩文集	佐々木幹郎-解／小柳玲子——年
石牟礼道子	妣たちの国 石牟礼道子詩歌文集	伊藤比呂美-解／渡辺京二——年
石牟礼道子	西南役伝説	赤坂憲雄——解／渡辺京二——年
磯﨑憲一郎	鳥獣戯画|我が人生最悪の時	乗代雄介——解／著者——年
伊藤桂一	静かなノモンハン	勝又 浩——解／久米 勲——年
伊藤痴遊	隠れたる事実 明治裏面史	木村 洋——解
伊藤比呂美	とげ抜き　新巣鴨地蔵縁起	栩木伸明——解／著者——年
稲垣足穂	稲垣足穂詩文集	高橋孝次——解／高橋孝次——年
井上ひさし	京伝店の烟草入れ 井上ひさし江戸小説集	野口武彦——解／渡辺昭夫——年
井上靖	補陀落渡海記 井上靖短篇名作集	曾根博義——解／曾根博義——年
井上靖	本覚坊遺文	高橋英夫——解／曾根博義——年

▶解=解説　案=作家案内　人=人と作品　年=年譜を示す。　2022年12月現在

井上靖	崑崙の玉｜漂流 井上靖歴史小説傑作選	島内景二──解／曾根博義──年
井伏鱒二	還暦の鯉	庄野潤三──人／松本武夫──年
井伏鱒二	厄除け詩集	河盛好蔵──人／松本武夫──年
井伏鱒二	夜ふけと梅の花｜山椒魚	秋山 駿──解／松本武夫──年
井伏鱒二	鞆ノ津茶会記	加藤典洋──解／寺横武夫──年
井伏鱒二	釣師・釣場	夢枕 獏──解／寺横武夫──年
色川武大	生家へ	平岡篤頼──解／著者──年
色川武大	狂人日記	佐伯一麦──解／著者──年
色川武大	小さな部屋｜明日泣く	内藤 誠──解／著者──年
岩阪恵子	木山さん、捷平さん	蜂飼 耳──解／著者──年
内田百閒	百閒随筆 II 池内紀編	池内 紀──解／佐藤 聖──年
内田百閒	[ワイド版]百閒随筆 I 池内紀編	池内 紀──解
宇野浩二	思い川｜枯木のある風景｜蔵の中	水上 勉──解／柳沢孝子──案
梅崎春生	桜島｜日の果て｜幻化	川村 湊──解／古林 尚──案
梅崎春生	ボロ家の春秋	菅野昭正──解／編集部──年
梅崎春生	狂い凧	戸塚麻子──解／編集部──年
梅崎春生	悪酒の時代 猫のことなど ─梅崎春生随筆集─	外岡秀俊──解／編集部──年
江藤 淳	成熟と喪失 ─“母”の崩壊─	上野千鶴子─解／平岡敏夫──案
江藤 淳	考えるよろこび	田中和生──解／武藤康史──年
江藤 淳	旅の話・犬の夢	富岡幸一郎─解／武藤康史──年
江藤 淳	海舟余波 わが読史余滴	武藤康史──解／武藤康史──年
江藤 淳 蓮實重彦	オールド・ファッション 普通の会話	高橋源一郎─解
遠藤周作	青い小さな葡萄	上総英郎──解／古屋健三──案
遠藤周作	白い人｜黄色い人	若林 真──解／広石廉二──年
遠藤周作	遠藤周作短篇名作選	加藤宗哉──解／加藤宗哉──年
遠藤周作	『深い河』創作日記	加藤宗哉──解／加藤宗哉──年
遠藤周作	[ワイド版]哀歌	上総英郎──解／高山鉄男──案
大江健三郎	万延元年のフットボール	加藤典洋──解／古林 尚──案
大江健三郎	叫び声	新井敏記──解／井口時男──案
大江健三郎	みずから我が涙をぬぐいたまう日	渡辺広士──解／高田知波──案
大江健三郎	懐かしい年への手紙	小森陽一──解／黒古一夫──案
大江健三郎	静かな生活	伊丹十三──解／栗坪良樹──案
大江健三郎	僕が本当に若かった頃	井口時男──解／中島国彦──案